Comme deux gouttes d'eau

Tana French

Comme deux gouttes d'eau

Traduit de l'anglais (Irlande)
par François Thibaux

ÉDITIONS FRANCE LOISIRS

Titre original : *The Likeness*

Édition du Club France Loisirs,
avec l'autorisation des Éditions Michel Lafon

Éditions France Loisirs,
123, boulevard de Grenelle, Paris
www.franceloisirs.com

ISBN : 978-2-298-03110-2

À Anthony, pour un million de raisons.

Prologue

Certaines nuits, quand je dors seule, je rêve encore de Whitethorn House. Mon rêve se passe toujours au printemps. Une brume atténue une belle lumière paisible de fin d'après-midi. Je grimpe le perron usé avant d'actionner le grand heurtoir de cuivre noirci par le temps et assez lourd pour, chaque fois, me faire sursauter. Une vieille femme en tablier, aux traits vifs et peu amènes, me laisse entrer. Elle raccroche la grosse clé rouillée à sa ceinture, puis s'en va en descendant l'allée sous les cerisiers dont les fleurs tombent avec douceur. Je referme la porte derrière elle.

La maison est toujours déserte. Dans les chambres nues et claires, seuls mes pas résonnent sur les parquets. Tels les grains de poussière flottant dans le soleil, leur écho tournoie jusqu'aux hauts plafonds. S'insinuant par les fenêtres grandes ouvertes, un parfum de jacinthe sauvage se mêle à une senteur de cire. La peinture blanche des châssis s'écaille et s'effrite. Depuis les rebords, des vrilles de lierre se faufilent à l'intérieur. Dehors, quelque part, des colombes indolentes.

Dans le salon, le piano au couvercle relevé luit comme un marron. Le soleil rend son éclat presque aveuglant. Tel un doigt, la brise tourne les pages des partitions jaunies. On a dressé la table pour nous. Cinq couverts : assiettes de porcelaine, verres à vin aux longues tiges, chèvrefeuille fraîchement coupé débordant d'une coupe de cristal. Mais l'argenterie s'est ternie et de la poussière s'est incrustée dans les plis des serviettes de damas. L'étui à cigarettes de Daniel est posé à sa place, en tête de table, ouvert et vide, hormis une allumette consumée.

Dans la maison, aussi ténus qu'un ongle tapotant mon oreille, des bruits : frottements, murmures. Mon cœur cesse presque de battre. Je me suis trompée : les autres ne sont pas partis. Ils se cachent, c'est tout. Ils sont toujours là, à jamais.

Je traque ces sons minuscules de pièce en pièce, m'arrêtant à chaque marche pour écouter. Je ne suis jamais assez rapide. Les bruits reculent comme des mirages, juste derrière cette porte, ou au sommet de cet escalier. Un fou rire aussitôt étouffé, du bois qui craque. Délaissant les armoires dont les portes bâillent, je contourne à la hâte le pilier du palier. Un mouvement furtif des yeux : là-bas, au bout du couloir, le vieux miroir tacheté ; et le reflet de mon visage, qui rit.

1

Cette histoire est celle de Lexie Madison, pas la mienne. J'aurais aimé raconter l'une sans m'immiscer dans l'autre, mais c'est impossible. Je croyais nous avoir fermement cousues, toutes les deux, épaule contre épaule, avoir bien serré les sutures mais être capable de les briser. Or, peu à peu, nos liens se sont raffermis, approfondis ; ils sont devenus souterrains, invisibles. Et ils m'ont échappé.

Pourtant, je suis responsable : de tout ce que j'ai fait. Frank met tout sur le dos des autres, surtout de Daniel. De son côté, autant que je puisse en juger, Sam estime que, de façon obscure et presque irrationnelle, Lexie fut la seule fautive. Quand je leur affirme que ce n'est pas vrai, ils me jettent à la dérobée un regard circonspect et changent de sujet. J'ai même l'impression de souffrir, aux yeux de Frank, d'une variante inquiétante du syndrome de Stockholm. Cela arrive aux agents infiltrés ; mais pas cette fois. Je n'essaie de protéger personne ; d'ailleurs, il ne reste personne à protéger. Lexie et les autres ne sauront jamais que la faute retombe sur eux. De toute façon, s'ils le savaient, ils n'en auraient que faire. Alors, accordez-moi ceci : j'ai eu ma part. Même si ce n'est pas moi qui ai distribué les cartes, je les ai ramassées sur la table, je les ai toutes jouées et j'avais mes raisons.

En premier lieu, à propos d'Alexandra Madison, il faut connaître l'essentiel : elle n'a jamais existé. Frank Mackey et moi l'avons inventée voilà longtemps, par un éblouissant après-midi d'été, dans son bureau poussiéreux de Harcourt Street. Il cherchait des gens pour infiltrer un réseau de vendeurs de drogue opérant à l'université de Dublin. Je voulais le job. Jamais je n'avais rien désiré avec autant d'ardeur.

Frank Mackey était une légende : encore trentenaire et dirigeant déjà des opérations secrètes ; le meilleur agent d'Irlande dans sa partie, disait-on, téméraire, insensible à la peur, funambule opérant sans filet, toujours. Il évoluait au sein des cellules de l'IRA et parmi les caïds du grand banditisme comme dans son pub habituel. Tout le monde m'avait raconté cette histoire : lorsque le Serpent, un truand de haut vol doublé d'un barjot de première qui avait laissé un de ses hommes tétraplégique pour ne pas avoir payé sa tournée, menaça de lui transpercer les mains avec un pistolet à clous, Frank le fixa droit dans les yeux sans trahir la moindre émotion et le bluffa avec une telle assurance que le malfrat lui tapa dans le dos avant de lui offrir, en guise d'excuses, une fausse Rolex. Frank la porte toujours.

Je n'étais qu'une bleusaille sans expérience, sortie depuis à peine un an de l'école de police de Templemore. Deux jours plus tôt, quand Frank avait demandé des flics ayant suivi des études supérieures et paraissant âgés d'une vingtaine d'années, je patrouillais, vêtue d'un gilet jaune fluo trop grand pour moi, dans une petite ville du comté de Sligo dont les habitants avaient l'air désagréablement identiques. La perspective de le rencontrer aurait dû m'angoisser. Mais non. Je souhaitais trop ce poste pour me laisser envahir par la moindre appréhension.

Sa porte était ouverte. Assis sur un coin de la table, en jean et tee-shirt bleu passé, Frank feuilletait mon dossier. Son bureau exigu était en désordre comme s'il avait surtout servi de débarras. La table était nue : pas même une photo de famille. Sur les étagères, de la paperasse côtoyait des CD de blues, des tabloïds, un jeu de poker et un cardigan de femme rose encore affublé de ses étiquettes. Ce type me plut tout de suite.

— Cassie Maddox, dit-il en levant les yeux.

— Oui, monsieur.

Il était de taille moyenne, trapu mais bien proportionné, avec des épaules larges, des cheveux bruns coupés court, des traits rugueux, carrés, de grands yeux bleus et une présence qui devait laisser derrière lui de l'électricité dans l'air. Ce n'était pas mon type, mais il avait certainement du succès auprès des femmes.

— Frank. « Monsieur », c'est pour les larbins.

Il s'exprimait avec un accent de Dublin, léger mais délibéré, comme un défi. Il me tendit la main.

— Cassie, murmurai-je en la serrant.

Il m'indiqua un siège, tapota mon dossier.

— On dit, là-dedans, que vous êtes excellente sous pression.

Il me fallut quelques secondes pour comprendre à quoi il faisait allusion. Alors que j'effectuais un stage dans un quartier chaud de Cork, j'avais réussi, uniquement en lui parlant, à calmer un jeune schizophrène paniqué qui menaçait de se trancher la gorge avec le rasoir de son grand-père. J'avais presque oublié cet épisode. Et il ne m'était pas venu à l'esprit que c'était sans doute à cause de cela qu'on m'avait jugée apte pour le job.

— J'espère, rétorquai-je.

— Vous avez… quoi ? Vingt-sept ans ?

— Vingt-six.

La lumière qui traversait la fenêtre éclairait mon visage. Frank me scruta longuement.

— On pourrait vous en donner vingt et un sans problème. On dit que vous avez passé trois ans à l'université. Où ?

— Trinity. Psychologie.

Il eut une moue ironique, faussement impressionnée.

— Ah, une intello. Pourquoi n'êtes-vous pas allée jusqu'au bout ?

— J'ai développé une allergie mystérieuse aux intonations anglo-irlandaises.

Ma réplique lui convint.

— L'université de Dublin risque donc de vous donner de l'urticaire ?

— Je prendrai mes antihistaminiques.

Il sauta à bas de son bureau et se dirigea vers la fenêtre en me faisant signe de le suivre.

— Bien. Vous voyez ce couple, en bas ?

Un garçon et une fille remontaient la rue en devisant. Elle sortit ses clés et pénétra avec lui dans un immeuble déprimant.

— Parlez-moi d'eux, dit Frank.

Il s'adossa à la fenêtre, passa les pouces dans sa ceinture et attendit.

— Ce sont des étudiants, commençai-je. Sacs à dos bourrés de livres. Les sacs de Dunnes indiquent qu'ils viennent de faire des courses. Elle a davantage de moyens que lui. Sa veste lui a coûté cher. Lui a, sur son jean, des taches qui ne doivent rien à la mode.

— Un couple ? Des amis ? Des colocataires ?

— Un couple. Ils marchent plus près l'un de l'autre que des amis. Et leurs têtes se touchent presque.

— Ils sont ensemble depuis longtemps ?

J'adorais cette façon nouvelle de faire fonctionner mon cerveau.

— Un certain temps, oui.

Frank eut une mimique interrogative. Pendant quelques secondes, je me demandai ce qui avait provoqué ma réponse. Enfin, le déclic :

— Ils ne se regardent pas en se parlant. Les couples récents ne cessent de se dévorer des yeux. Les couples établis n'en éprouvent plus le besoin.

— Ils vivent ensemble ?

— Non. Si c'était le cas, le garçon aurait, d'instinct, cherché ses propres clés. C'est son domicile à elle. Toutefois, elle le partage avec au moins une personne. Tous deux ont levé les yeux vers la fenêtre pour vérifier si les rideaux étaient tirés.

— Comment s'entendent-ils ?

— Bien. Elle l'a fait rire. Or, la plupart du temps, les hommes ne rient pas des plaisanteries d'une femme, sauf s'ils lui font du gringue. Il portait les deux sacs à provisions et elle lui a tenu la porte avant de le suivre. Ils sont pleins de sollicitude l'un pour l'autre.

— Bien vu. Dans l'infiltration, l'intuition entre pour moitié. Laissons de côté la psychologie à la noix. Il faut remarquer les détails et les analyser avant même d'en avoir conscience. Le reste tient en deux mots : rapidité et culot. Si vous êtes amenée à parler ou à agir, faites-le vite et avec une conviction absolue. Si vous hésitez ou si vous vous reprenez, vous êtes foutue, et probablement morte. Vous serez injoignable pendant un an ou deux. De la famille ?

— Un oncle et une tante.

— Un petit ami ?

— Oui.

— Vous pourrez entrer en relation avec eux, mais ils n'auront aucun moyen de vous contacter. Vont-ils l'accepter ?

— Il faudra bien.

Il s'appuyait négligemment contre la fenêtre. Je captai l'éclat bleu de son regard : il m'observait avec insistance.

— Il ne s'agit pas d'un cartel colombien. Vous n'aurez affaire qu'au menu fretin, du moins au début. Sachez quand même que le boulot est risqué. La moitié de ces gens sont dans le coaltar du matin au soir, mais les autres ne rigolent pas. Vous tuer ne leur posera aucun problème. Ça vous perturbe ?

— Pas le moins du monde.

J'étais sincère.

— Merveilleux. Allons chercher du café et mettons-nous au travail.

Je compris seulement au bout d'une minute que j'avais emporté le morceau : j'étais engagée. Je m'étais attendue à un entretien de trois heures ponctué de toute une série de tests de Rorschach et de questions sur ma mère. Mais Frank ne travaille pas comme ça. J'ignore toujours à quel moment de notre entrevue il prit sa décision. J'ai longtemps guetté l'occasion propice pour l'interroger à ce sujet. À présent, je ne suis plus certaine d'avoir envie de savoir.

Après avoir rapporté de la cantine deux gobelets de café au goût de cramé et un paquet de biscuits au chocolat, nous avons passé le reste de la journée à créer le personnage d'Alexandra Madison. Je choisis moi-même ce nom.

— Ainsi, vous vous en souviendrez mieux, déclara Frank.

« Madison » parce que cela ressemblait assez à mon patronyme pour me forcer à me retourner, « Lexie » parce que c'était le diminutif dont j'avais doté, enfant, ma sœur imaginaire. Frank dénicha une grande feuille de papier et y inscrivit à mon intention les éléments de sa biographie.

— Vous êtes née à l'hôpital de Holles Street le 1er mars 1979. Votre père, Sean Madison, diplomate de second rang, est en poste au Canada, ce qui nous permettra de vous évacuer rapidement en cas de besoin. Une urgence familiale, et vous foutez le camp. Cela implique également une enfance nomade, ce qui explique pourquoi personne ne vous connaît.

L'Irlande est petite. Nous avons tous un cousin dont la chérie était en classe avec nous.

— Nous pourrions faire de vous une étrangère, mais je ne veux pas que vous vous emmerdiez à prendre un accent. Votre mère s'appelle Caroline Kelly Madison. Elle a un métier ?

— Infirmière.

— Attention. Réfléchissez plus vite. N'oubliez pas les implications. Les infirmières ont besoin d'un permis de travail différent dans chaque pays. Elle a exercé, mais elle a arrêté alors que vous aviez sept ans, lorsque votre famille a quitté l'Irlande. Vous voulez des frères et sœurs ?

— Bien sûr, pourquoi pas ? Un frère.

Je m'amusais comme une folle. Cette liberté d'invention m'enchantait : piocher à ma guise, avoir de la famille sur tous les continents, habiter les pays les plus invraisemblables. J'aurais pu avoir été élevée dans un palais du Bhoutan en compagnie de sept frères et sœurs et avoir eu un chauffeur pour moi toute seule. Je fourrai un biscuit dans ma bouche avant que Frank remarque mon sourire et doute de mon sérieux.

— Si le cœur vous en dit… Il a six ans de moins que vous. Il vit donc au Canada avec vos parents. Comment s'appelle-t-il ?

— Stephen.

Le prénom du frère que je m'étais inventé. J'avais une vie imaginaire très riche quand j'étais petite.

— Vous vous entendez bien avec lui ? À quoi ressemble-t-il ? Plus vite ! me pressa Frank alors que je reprenais mon souffle.

— C'est un bêcheur. Dingue de foot. Il se dispute tout le temps avec mon père et ma mère, parce qu'il a quinze ans, mais il consent encore à me parler…

Les rayons obliques du soleil sur le bois ébréché du bureau. Frank sentait bon : un mélange de savon et de cuir. C'était un excellent, un merveilleux professeur. Son stylo à bille noir alignait les dates, les endroits, les événements. Lexie Madison émergea du néant comme une photo Polaroid. Elle s'échappa de la page, s'éleva devant nous telle une fumée d'encens. Une fille dotée de mon visage et d'une existence issue d'un rêve à demi oublié. « À quel âge remonte votre premier flirt ? Où habitiez-vous ? Comment s'appelait-il ? Qui a plaqué qui ? Pourquoi ? » Frank dégota un cendrier, m'offrit une Player's. Lorsque les rayons de soleil délaissèrent le bureau et que le ciel s'assombrit, il fit tourner son siège, s'empara d'une bouteille de whisky sur une étagère et corsa nos cafés.

— Nous l'avons mérité, dit-il. Santé.

Nous avons fait de Lexie une fille intelligente, cultivée, mais marquée par une éducation vagabonde et incapable d'apprendre les codes sociaux. Bonne pâte, un peu naïve peut-être, sans méfiance, trop prompte à lâcher ce qu'on lui demandait sans y réfléchir à deux fois.

— Une proie, assena froidement Frank. La chèvre idéale pour les dealers. Il faut qu'elle soit assez innocente pour qu'ils ne la considèrent pas comme une menace, assez respectable pour qu'ils la trouvent utile, mais assez rebelle pour qu'ils ne s'interrogent pas sur les motivations qui la poussent à entrer dans leur jeu.

Lorsque nous eûmes terminé, il faisait nuit.

— Bien joué, conclut Frank en repliant la feuille de notes qu'il me tendit. Un stage d'entraînement pour inspecteurs commence dans dix jours. Je vous y ferai admettre. Ensuite, vous reviendrez ici et je travaillerai quelque temps avec vous. Quand l'université ouvrira ses portes, en octobre, vous vous y inscrirez.

Il décrocha une veste de cuir suspendue au coin d'une étagère, éteignit la lumière et ferma la porte sur le petit bureau. Je gagnai à pied l'arrêt de bus, ébahie, émerveillée par l'univers secret, tout neuf, dans lequel je venais de plonger. La biographie de Lexie craquait dans la poche de mon uniforme. C'était aussi rapide, aussi simple que ça.

Je ne vous imposerai pas la longue chaîne d'événements chaotiques qui me firent passer des opérations d'infiltration au département des violences domestiques. Version abrégée : le dealer en chef de l'université devint parano et me poignarda, ma blessure en service commandé me valut un poste à la brigade criminelle, où je fus tellement meurtrie que je finis par m'en aller. Il y avait des années que je ne pensais plus à Lexie et à sa courte vie. Je ne suis pas du genre à regarder par-dessus mon épaule. Du moins, je m'y efforce. Le passé est le passé. Prétendre le contraire n'est qu'une perte de temps. Pourtant, je crois avoir toujours su que la création de Lexie Madison aurait des conséquences. On ne peut pas inventer une personne de toutes pièces, la date de son premier baiser, sa forme d'humour ou son sandwich favori, puis s'attendre qu'elle se dissolve dans des notes griffonnées à la hâte et un café arrosé de whisky quand son existence ne se justifie plus. Oui, j'ai toujours eu l'intuition qu'elle reviendrait, qu'elle me retrouverait un jour.

Il lui fallut quatre ans. Elle choisit soigneusement son moment. Elle se manifesta un matin très tôt, au début d'avril, quelques mois après mon départ de la brigade criminelle, alors que je m'exerçais au pistolet.

Le stand est enfoui dans le centre-ville, sous la moitié des autos de Dublin, et une épaisse couche de smog. Je n'avais aucune raison d'être là. J'ai toujours été une bonne gâchette et mon test de qualification n'aurait pas lieu avant des mois. Mais, depuis quelque temps, je me levais trop tôt pour aller travailler, dans un état d'agitation qui m'interdisait toute autre activité. Je n'avais trouvé que ces séances de tir pour me calmer les nerfs. Je pris mon temps pour ajuster mon casque et vérifier mon arme, attendant que les deux autres policiers présents se concentrent sur leur cible, ce qui les empêcherait de me voir galvanisée, tel un personnage électrocuté de dessin animé, par mes premiers coups de feu.

J'ai toujours été solide. Avoir des vapeurs ou transporter des sels dans mon sac, très peu pour moi. Jusque-là, aucune crise n'avait eu raison de mon calme. Le coup de couteau du dealer m'avait à peine perturbée. Le psy de la brigade avait passé des semaines à tenter de me convaincre que j'étais gravement traumatisée. Il avait fini par se résigner et admettre que j'allais très bien. À regret, car il n'avait pas tous les jours sous la main des flics poignardés sur lesquels exercer ses talents, il m'autorisa à reprendre mon travail.

Bizarrement, le cas qui me fit craquer, le dernier que je traitai à la brigade, ne fut pas un massacre spectaculaire, une prise d'otage à l'issue tragique ou un brave type collectionnant des organes humains dans son frigo. Ce fut un crime banal, comme tant d'autres : une gamine retrouvée morte un matin d'été, mon partenaire et moi tirant au flanc dans la salle commune au moment où le téléphone sonna. Vue de l'extérieur, l'enquête fut même un succès. Selon les conclusions officielles, nous avons résolu l'énigme en moins d'un mois. Les médias applaudirent à la mise hors d'état de nuire des méchants, pour le plus grand profit de la société et des statistiques de fin d'année. Il n'y eut pas de poursuite dramatique en voiture, pas de fusillade. Je fus la seule personne brutalisée, physiquement en tout cas. Et encore… Je m'en tirai avec deux griffures sur les joues qui ne laissèrent même pas de cicatrices. Bref, une fin heureuse.

En apparence seulement. Car, en profondeur, cette affaire provoqua de gros dégâts. Opération Vestale : encore aujourd'hui, prononcez ces deux mots, même devant ceux qui ne connaissent pas tous les détails de l'histoire, et vous les verrez se détourner prudemment, évoquant un sac d'embrouilles et des dommages collatéraux. Pour l'essentiel, en effet, nous avons perdu sur toute la ligne. Certains êtres sont de petits Tchernobyl. Ils vous attirent discrètement et, sans bruit, distillent leur poison. Ceux qui les approchent ne s'en remettent pas. Leur souffle les contamine, les détruit de l'intérieur. Interrogez n'importe quel flic : certaines affaires les dévorent, les rongent comme une tumeur maligne, incurable.

Celle dont je parle déclencha en moi une série de symptômes qui auraient fait danser de joie le psy dans ses petites sandales de cuir. Grâce à Dieu, personne ne songea à m'envoyer en consultation pour des estafilades au visage. J'assumai seule les manifestations traumatiques classiques : tremblements, perte d'appétit, sauts au plafond à chaque coup de sonnette, plus quelques variantes de mon cru. Je coordonnais mal mes mouvements. Pour la première fois de ma vie, je me mis à trébucher à tout bout de champ, à me cogner aux portes ou aux placards. Et je cessai de rêver. Auparavant, je faisais des rêves aux images somptueuses, colonnes de feu tournoyant au flanc de montagnes sombres, plantes grimpantes perçant des murs de brique, cerfs auréolés de lumière galopant sur la plage de Sandymount. À présent, je m'endormais comme une masse dès que ma tête touchait l'oreiller. Sam, mon compagnon, me conseilla de laisser faire le temps, qui guérirait tout. Lorsque je lui répondis que je n'en étais pas certaine, il hocha tranquillement la tête et affirma que ce doute, lui aussi, disparaîtrait. Il arrive que Sam me tape sur le système.

J'envisageai la solution traditionnellement adoptée par les flics : picoler dès l'aube, sans discontinuer. J'y renonçai, redoutant de m'épancher au téléphone auprès de n'importe qui à 3 heures du matin. Enfin, je découvris que le tir m'anesthésiait aussi bien que l'alcool, mais sans les effets secondaires. À première vue, cela semblait absurde, dans la mesure où je supporte mal tout bruit un peu fort. Pourtant, cela fonctionna. Après les premiers coups de pistolet, un fusible sautait au fond de mon cerveau. Le reste du monde s'évanouissait, devenait un chuintement inaudible. Solides comme des rocs, mes mains serraient la crosse de mon arme. Il n'y avait plus que moi et la cible, l'odeur puissante et familière de la poudre, mon dos raidi contre le recul. Je me sentais détendue, aussi placide que si j'avais pris du Valium. Au moment où l'effet se dissipait, j'avais bouclé une nouvelle journée de travail et je pouvais de nouveau, une fois rentrée chez moi, buter contre les meubles. Je devins capable de placer neuf balles sur dix dans la tête de la cible à quarante mètres. Le petit homme ratatiné qui gérait le stand me jaugeait avec l'intérêt d'un entraîneur de chevaux, évoquant à haute voix les championnats de la police.

Ce matin-là, ma séance se termina vers 7 heures. Dans le vestiaire, je nettoyais mon arme tout en m'efforçant de bavarder avec les deux collègues qui s'étaient entraînés en même temps que moi, sans leur donner l'impression que j'envisageais de prendre le petit déjeuner en leur compagnie, lorsque mon portable sonna.

— Bon Dieu ! s'exclama l'un d'eux. Tu es aux violences domestiques, non ? Quel gus trouve la force de tabasser sa gonzesse au saut du lit ?

— Il n'y a pas d'heure pour les braves, répondis-je en sortant de ma poche la clé de mon casier.

— Elle est peut-être en mission secrète, lança le plus jeune en me décochant un sourire finaud. Elle cherche des tireurs d'élite.

Grand et roux, il se croyait beau gosse. Il faisait saillir ses muscles, et je l'avais surpris examinant furtivement mon annulaire gauche.

— Elle vient sans doute d'apprendre que nous ne sommes pas disponibles, ajouta son copain.

Je pris l'appareil dans mon casier. L'écran indiquait : « Sam O'Neill ». Le signal des appels en instance clignotait dans un coin.

— Salut, dis-je. Qu'est-ce qui se passe ?

— Cassie, haleta Sam, le souffle coupé, comme s'il venait de recevoir un coup de poing dans le ventre, tu vas bien ?

Je tournai le dos aux deux dragueurs, allai me réfugier au fond du vestiaire.

— Très bien. Pourquoi ?

— Bon Dieu, j'ai essayé quatre fois de te joindre ! J'ai failli envoyer quelqu'un te chercher chez toi ! Pourquoi n'as-tu pas décroché ton foutu téléphone ?

Cette colère ne lui ressemblait pas. Sam est l'homme le plus doux que j'aie jamais rencontré.

— Je suis au stand de tir, répliquai-je. Mon portable était dans mon casier. Qu'est-ce qui t'arrive ?

— Désolé. Je ne voulais pas... Excuse-moi.

Il respirait toujours aussi mal.

— On vient de me convoquer sur le terrain. Pour une affaire.

Mon cœur bondit dans ma poitrine. Sam travaille à la brigade criminelle. J'aurais dû m'asseoir pour entendre la suite, mais je ne parvins pas à plier les genoux. Je m'appuyai contre les casiers.

— Qui est-ce ?

— Comment ? Non, mon Dieu, non, ce n'est pas... ce n'est pas quelqu'un que nous connaissons, du moins, je ne crois pas... Écoute... Tu peux venir ?

— Sam, explique-toi, merde !

— Simplement... tu peux venir ? Nous sommes à Wicklow, à l'extérieur de Glenskehy. Tu sais où c'est ? Tu suis les panneaux jusqu'au village. Tu le traverses, puis tu continues tout droit vers le sud. À environ un kilomètre, tu trouveras un petit chemin sur ta droite... Tu apercevras le cordon de sécurité des lieux du crime. Je te retrouve sur place.

Les deux gandins commençaient à paraître intéressés.

— Ma permanence commence dans une heure, objectai-je. C'est le temps qu'il me faudra pour me rendre là-bas.

— Je vais appeler ton bureau. Je dirai que j'ai besoin de toi.

— Des clous. Je ne fais plus partie de la brigade, Sam. Si c'est un meurtre, je n'ai pas à m'en mêler.

Une voix d'homme en arrière-plan : ferme, légèrement traînante, avec un accent qui ne m'était pas inconnu, sans que je puisse l'identifier.

— Reste en ligne, m'intima Sam.

Calant l'appareil entre mon oreille et mon épaule, j'entrepris de remonter mon pistolet. Si la victime n'était pas quelqu'un que nous connaissions, il devait s'agir, pour mettre Sam dans cet état, de quelque chose de mauvais ; de très mauvais. Les homicides, en Irlande, sont simples, classiques : règlements de comptes entre dealers, cambriolages qui tournent mal, crimes passionnels. Nous n'avons pas encore connu les horreurs qui ensanglantent les autres pays : tueurs en série, tortures raffinées, sous-sols tapissés de cadavres. Ce n'est qu'une question de temps. En dix ans, Dublin a changé à une allure vertigineuse. Le boom du « Tigre celtique » est passé par là, avec son lot de nouveaux riches à la fortune douteuse et de déracinés qui, réduits à la misère, n'ont plus rien à perdre. Déjà, à la fin de mon séjour à la brigade, j'avais perçu, dans la ville, les prémices de la démence. Tôt ou tard, nous nous trouverions confrontés à la boucherie.

Nous n'avions pas de profileur officiel, mais les gars de la criminelle, qui pour la plupart n'avaient pas fréquenté l'université et se montraient impressionnés par mon semi-diplôme de psychologie, me faisaient jouer ce rôle. Je ne m'en tirais pas trop mal. À mes moments perdus, je dévorais des manuels et des statistiques pour me mettre à niveau. Dès lors, il était évident que l'instinct de flic de Sam prendrait automatiquement le pas sur son sentiment protecteur à mon égard s'il avait besoin de moi – s'il se trouvait face à quelque chose d'épouvantable.

— Minute ! s'écria le rouquin, qui, assis très droit sur son banc, avait renoncé à exhiber ses pectoraux. Tu étais à la crim' ?

C'était précisément la crainte de cette question indiscrète, trop souvent entendue au cours des derniers mois, qui m'avait poussée à garder mes distances.

— Dans une autre vie, répondis-je avec mon plus charmant sourire, démenti par un regard qui signifiait : « Laisse tomber. »

La curiosité et la libido du rouquin se livrèrent un bref combat. Sans doute estima-t-il ses chances proches de zéro, car sa curiosité l'emporta. Toujours sur son banc, il se rapprocha de plusieurs casiers.

— Tu as travaillé sur cette fameuse affaire ? Celle de la gamine assassinée ? C'est quoi, la véritable histoire ?

— Toutes les rumeurs sont vraies.

À l'autre bout de la ligne, Sam argumentait. Propos vifs, furibonds, aussitôt coupés par la voix traînante, étouffée par la distance. Si le rouquin avait consenti à la boucler une seconde, j'aurais pu deviner de qui il s'agissait. Peine perdue. Il revint à la charge.

— On m'a raconté que ton coéquipier avait perdu la boule et s'était envoyé une suspecte.

— Je ne suis pas au courant, grommelai-je en tentant de me dépêtrer de mon gilet pare-balles sans lâcher mon portable.

Furieuse tout d'abord, j'avais eu envie de l'envoyer paître très méchamment. Je me ressaisis. L'état mental et la vie amoureuse de mon ancien partenaire ne me concernaient plus.

Sam revint au téléphone, encore plus tendu.

— Pourrais-tu porter des lunettes de soleil, plus une capuche, un chapeau, quelque chose de ce genre ?

Je me figeai, mon gilet à moitié passé au-dessus de ma tête.

— Tu es dingue ?

— Je t'en prie, Cassie, insista Sam, presque au bord des larmes. Je t'en supplie.

Je me déplace sur une vieille Vespa cabossée, ce qui est incongru dans une ville où l'on vous juge sur vos dépenses, mais elle m'est bien utile. Elle se faufile sans mal dans les embouteillages, se gare n'importe où et m'aide à choisir mes relations : quiconque lui jette un regard dédaigneux ne comptera jamais parmi mes meilleurs amis.

Lorsque je quittai Dublin, le temps était idéal pour une balade sur un deux-roues. La pluie était tombée toute la nuit et n'avait cessé qu'à l'aube, laissant s'épanouir un vrai ciel de printemps. À une autre époque, par des matins tels que celui-là, je roulais dans la campagne à toute allure en chantant à tue-tête.

Au cours de mes années à Wicklow, soit la moitié de ma vie, je n'avais jamais eu la curiosité de visiter Glenskehy. Je découvris un bourg niché dans les Wicklow Mountains, perdu au milieu de nulle part, trop isolé pour attirer les citadins qui recherchent désespérément un logement à un prix abordable. De vieilles maisons blanchâtres groupées de guingois autour de l'église où l'on devait célébrer la messe une fois par mois ; un pub ; un bazar. À 8 heures, en ce mardi matin, la rue principale était déserte, hormis une vieille femme qui tirait un chariot à provisions le long d'un monument de granit à l'inscription illisible, dressé contre la masse indifférente des collines vert et ocre. J'imaginai le genre d'assassinat que l'on pouvait commettre ici : un fermier victime d'une querelle de voisinage remontant à plusieurs générations, une femme battue à mort par son mari rendu fou par l'alcool et la déprime, un homme partageant son logis avec son frère quarante années de trop. Des crimes aux racines profondes, typiques de la vieille Irlande, peu susceptibles de bouleverser un enquêteur aussi expérimenté que Sam.

La seconde voix que j'avais entendue au téléphone m'intriguait toujours. Sam est, à ma connaissance, le seul inspecteur à ne pas avoir de coéquipier. Il aime travailler en solo, traiter chaque affaire avec une nouvelle équipe, policiers locaux demandant l'assistance d'un expert. Sam s'entend bien avec tout le monde. Il est l'auxiliaire idéal. Je brûlais de savoir lequel de mes anciens collègues de la brigade il secondait cette fois-là.

À la sortie du village, la route se rétrécissait, montait en lacet au milieu des ajoncs en fleur. Les champs rapetissaient, devenaient caillouteux. Deux hommes se tenaient au sommet de la colline : Sam, robuste et tendu, bien calé sur ses pieds écartés, les mains dans les poches de sa veste ; l'autre, la tête levée, tournait le dos au vent qui, là-haut, soufflait en rafales. Étirées sous le soleil encore bas, leurs ombres évoquaient des géants menaçants nimbés, contre les nuages qui filaient, d'une lumière presque aveuglante. Derrière eux, le cordon de sécurité voletait et claquait.

Je levai la main. Sam me rendit mon salut. Le deuxième homme baissa à peine la tête ; et je le reconnus.

— Pas possible ! m'écriai-je avant même de descendre de ma Vespa. Frankie, d'où sors-tu ?

D'un seul bras, il me souleva. En quatre ans, il n'avait pas changé d'un iota. J'étais sûre qu'il portait toujours la même veste de cuir impeccable.

— Cassie Maddox ! La meilleure fausse étudiante de la planète ! Quelle joie de te revoir ! Qu'est-ce que tu fais aux violences domestiques ?

— Je sauve le monde. On m'a donné une épée de lumière et tout le fourbi.

Je perçus, du coin de l'œil, l'expression ahurie de Sam. Je lui parlais rarement de mon expérience d'infiltrée et je crois que je n'avais jamais mentionné devant lui le nom de Frank. Me tournant vers lui, je vis à quel point il avait mauvaise mine : les lèvres pâles, les yeux trop larges. J'eus un mauvais pressentiment.

— Comment va ? lui demandai-je en enlevant mon casque.

Esquissant un pauvre sourire, il murmura :

— Le mieux du monde.

Les mains sur mes épaules, Frank recula d'un pas et lança d'un ton moqueur :

— Oh, voyez-moi ça ! C'est la nouvelle panoplie des élégantes de la police ?

— Va te faire voir, Frank ! J'ai changé au moins trois fois de tenue au cours de ces dernières années !

— Vraiment, je suis impressionné… Très classe.

Il essaya de me faire tournoyer. Je repoussai ses mains. Je n'étais certes pas habillée comme Hillary Clinton. Je portais mes vêtements de travail habituels – pantalon noir et chemisier blanc. Je n'en raffolais pas. Mais lorsque j'avais intégré le département des violences domestiques, mon nouveau patron n'avait pas cessé de me tanner sur la nécessité de mettre les gens en confiance en leur offrant une image rassurante, ce qui apparemment n'était pas le cas avec un jean et un tee-shirt. Je n'avais pas eu l'énergie de résister.

— Tu as apporté des lunettes de soleil, une capuche ou autre chose du même tonneau ? ajouta Frank. Avec tes fringues, ce sera du plus bel effet.

— Tu m'as fait venir pour parler chiffons ?

Je sortis un vieux béret rouge de ma serviette, l'agitai dans sa direction avant de l'enfoncer sur mon crâne.

— Non, répliqua Frank, on en discutera un autre jour. Tiens, prends ça.

Il extirpa de sa poche une horrible paire de lunettes de soleil aux verres argentés, me les tendit.

— Si je dois me balader dans le coin en ayant l'air d'une pétasse, grommelai-je, il vaudrait mieux que tu me fournisses une explication valable.

— Patience. Si elles ne te plaisent pas, tu peux toujours remettre ton casque.

Frank attendit jusqu'à ce que je chausse les lunettes en haussant les épaules. Ma surprise de le voir s'était estompée. La mine épouvantable de Sam, Frank sur l'affaire et ne voulant pas qu'on me repère sur les lieux… Cela ressemblait fort au meurtre d'un agent infiltré.

— Ton déguisement te va à ravir, ironisa Frank.

Il souleva le cordon de sécurité pour que je me faufile dessous en m'accroupissant. Ce bref mouvement, je l'avais fait tant de fois que j'eus l'illusion, une seconde, d'être revenue parmi les miens. Je vérifiai machinalement que mon arme était bien à ma ceinture et jetai un coup d'œil derrière moi, à la recherche de mon coéquipier, comme si j'avais été en charge de l'affaire, avant de revenir à la réalité.

— Voici l'histoire, déclara Sam. Ce matin, vers six heures et quart, un habitant du coin, nommé Richard Doyle, promenait son chien sur ce chemin. Il lui a ôté sa laisse pour le laisser courir dans les champs. L'animal a galopé jusqu'à une maison en ruine située un peu à l'écart, s'y est engouffré et n'est pas réapparu. Doyle a fini par aller le chercher. Il l'a trouvé reniflant le corps d'une femme. Il a attrapé le chien, l'a ramené dehors et a appelé la police.

Je me détendis un peu : je ne connaissais aucune femme parmi les agents infiltrés.

— Pourquoi suis-je là ? demandai-je. Sans parler de ta présence ici, Frank de mon cœur. Tu as été muté à la criminelle sans qu'on m'avertisse ?

— Tu vas comprendre.

Je le suivais le long du chemin. Il répéta :

— Tu vas comprendre, crois-moi.

Du regard, j'interrogeai Sam, qui retrouvait peu à peu ses couleurs.

— Ne t'inquiète pas, dit-il. Tu tiendras le choc.

Le chemin montait en se rétrécissant, devenant trop étroit pour que deux personnes puissent s'y engager de front. Ce n'était plus qu'un sentier boueux bordé de haies d'aubépines qui laissaient voir, par intervalles, des prés verdoyants baignés d'une lumière dorée où paissaient des moutons. Un agneau bêlait dans le lointain. L'air était froid, revigorant. J'eus soudain envie de continuer à marcher et de franchir le sommet de la colline, plantant là les deux hommes et le spectacle qui nous attendait.

— Nous y sommes, annonça Frank.

Un mur de pierre effondré délimitait un terrain en friche. La maison se trouvait à une cinquantaine de mètres du chemin : l'une de ces masures de la grande famine qui parsèment encore l'Irlande, vidées au XIXe siècle par la mort ou l'émigration et jamais réclamées. Son aspect augmenta mon désir de m'enfuir très loin de là. L'endroit aurait dû être animé, encombré de gens aux mouvements concentrés et lents : agents en uniforme arpentant le pré, membres de la police scientifique en blouse blanche s'affairant avec leurs appareils photo, leurs instruments de mesure et leur poudre révélatrice, employés de la morgue déchargeant leur brancard. Or il n'y avait que deux flics en civil se balançant d'un pied sur l'autre de chaque côté de l'encadrement de la porte, et deux merles surexcités piaillant sur les avant-toits.

— Où sont les autres ?

Je m'adressais à Sam, mais ce fut Frank qui répondit :

— Cooper, le médecin légiste, est passé et est reparti. Il fallait sans doute qu'il voie la victime le plus rapidement possible pour déterminer l'heure de la mort. La police scientifique peut attendre. De toute façon, les indices ne mènent nulle part.

— Bon Dieu ! clamai-je. Ce sera le cas si nous les piétinons ! Sam, tu as déjà travaillé sur un double meurtre ?

Frank leva les sourcils.

— Il y a un autre cadavre ?

— Le tien, dès que les scientifiques seront là. Six personnes ayant foulé les lieux du crime avant leur arrivée ? Ils vont te tuer !

— Ça vaut le coup, rétorqua-t-il joyeusement en enjambant le mur. Je voulais garder l'affaire sous le boisseau un certain temps, ce qui aurait été impossible avec ces martiens investissant les lieux. Difficile de ne pas les remarquer.

Décidément, quelque chose ne tournait pas rond. Ce n'était pas l'affaire de Frank mais de Sam. Il aurait dû diriger les opérations, superviser le prélèvement des indices au moment opportun. Or il avait été secoué par ce crime au point de laisser Frank, qui n'avait aucune autorité légale pour cela, prendre les choses en main de façon rapide et efficace pour ne pas perturber son emploi du temps de la journée. Je tentai de croiser le regard de mon collègue. Mais il franchit à son tour le mur en se détournant.

— Tes vêtements de dame te gênent pour faire de l'escalade ? Tu veux que je te donne la main ? s'enquit galamment Frank.

Je lui tirai la langue, puis pris mon élan dans le pré à l'herbe haute et mouillée, au milieu des pissenlits.

Jadis, il y avait bien longtemps, la masure avait comporté deux pièces. L'une d'elles était à peu près intacte. Elle conservait même la plus grande partie de son toit. L'autre se réduisait à des cloisons déchiquetées et à des fenêtres éventrées. Du liseron, de la mousse et de petites fleurs bleues avaient poussé dans les fissures. Quelqu'un avait tracé à la bombe le prénom « Shaz » près de la porte, de façon peu artistique, mais la maison était trop inconfortable pour servir de refuge ou de lieu de rendez-vous : même les ados en maraude l'avaient abandonnée à son sort, la laissant s'effondrer lentement.

Frank me présenta aux deux plantons.

— Inspecteur Cassie Maddox, sergent Noel Byrne et *garda* Joe Doherty, du commissariat de Rathowen. Glenskehy est dans leur circonscription.

— Hélas, bougonna Byrne.

Il paraissait sincère. La cinquantaine, le dos voûté, les yeux bleu clair. L'odeur d'humidité de son uniforme s'accordait à son air résigné.

Doherty était un jeunot aux grandes oreilles. Lorsque je lui tendis la main, il eut un mouvement de recul, écarquilla les yeux. Les ragots courent plus vite dans la police que dans les clubs du troisième âge. Dieu sait ce qu'on lui avait raconté sur moi. Je n'avais pas le temps de m'interroger là-dessus. Je le gratifiai de mon plus beau sourire de commande. Il bafouilla quelques mots incompréhensibles et lâcha ma paume, comme si elle l'avait écorché.

— Nous aimerions que l'inspecteur Maddox jette un œil sur le corps, dit Frank.

— Vous devriez, c'est sûr, rétorqua Byrne en me lorgnant.

Il ne semblait guère convaincu. Doherty émit un hennissement nerveux.

— Prête ? me demanda calmement Sam.

— Le suspense me tue, ricanai-je, peut-être un peu trop désinvolte.

Frank se faufilait déjà dans la masure, écartant le rideau de ronces qui obstruait l'entrée de la pièce principale.

— Les dames d'abord ! lança-t-il avec un geste emphatique.

Je coinçai les lunettes de soleil entre deux boutons de mon chemisier, respirai un grand coup et franchis le seuil.

Cela aurait pu être une petite pièce paisible et triste. Longs rayons de soleil s'engouffrant par les brèches du toit et filtrant à travers le filet de branches qui, devant les fenêtres, frissonnait comme la lumière sur l'eau ; un âtre froid depuis un siècle, avec des piles de nids tombés de la cheminée, où pendait le crochet rouillé jadis destiné à la marmite. Non loin, le roucoulement joyeux d'une colombe.

Mais ceux qui ont vu un cadavre savent à quel point il imprègne l'atmosphère : cet énorme silence, cette absence béante, ce temps suspendu autour du corps immobile, seul à connaître l'ultime secret qu'il ne révélera jamais. Et, dans le cas d'un meurtre, le cri assourdissant qui retentit encore, cette présence invisible, tenace, qui vous saisit et vous glace : celle du tueur.

Toutefois, la première chose qui me frappa, cette fois-là, ce fut au contraire la trace infime laissée par l'assassin. Je m'étais préparée à l'inimaginable : la victime nue et les jambes écartées, des blessures profondes, innombrables, des lambeaux de chair dispersés dans les coins. Or la jeune femme donnait l'impression de s'être allongée elle-même par terre avant de pousser sereinement son dernier soupir, d'avoir choisi son lieu et son heure, sans l'intervention de quiconque. Elle était étendue sur le dos, parmi les ombres devant la cheminée, les pieds joints, les bras le long des flancs. Elle portait un caban ouvert dont les pans s'étalaient de part et d'autre de son buste, un jean indigo à la fermeture Éclair relevée, des chaussures de sport, un haut bleu orné d'une étoile sombre, teinte, semblait-il, sur la poitrine. Seul détail démentant cette quiétude : ses poings serrés.

Frank et Sam m'avaient suivie à l'intérieur et m'entouraient. Je jetai à Frank un regard perplexe, comme pour lui dire : « Et alors ? » Il se contenta de me fixer sans réagir.

J'observai de nouveau la victime. De taille moyenne, solidement bâtie, elle avait la même silhouette de garçon que moi. Sa tête était tournée vers le mur du fond. Je ne distinguais, dans la faible lumière, que de courtes boucles noires qui accentuaient la blancheur d'une pommette, la pointe d'un petit menton.

— Attends, murmura Frank.

Il alluma une puissante torche électrique. Alors, le visage jaillit de la pénombre, entouré d'une auréole.

Je restai pétrifiée quelques secondes, totalement déroutée. Sam avait-il menti en affirmant que je supporterais le choc ? Cette femme, je la connaissais. Ses traits, je les avais vus un million de fois. Je m'avançai d'un pas pour mieux l'examiner. Et mon cœur cessa de battre. Le monde ne fut plus que silence, froid, ténèbres, hormis le blanc éclatant de ce visage. Car cette femme, c'était moi. L'inclinaison du nez, l'arc des sourcils, la moindre courbe : c'était moi, les lèvres bleues, avec, sous les yeux, des ombres semblables à des hématomes. Je ne sentis plus mes mains ni mes pieds ; pas même mon souffle. Pendant une seconde, je crus que je flottais, séparée de mon corps, emportée par le vent.

— Tu la connais ? demanda Frank. Une parente ?

J'eus l'impression de devenir aveugle. Comme si je refusais de la voir. C'était impossible. Il ne pouvait s'agir que d'une hallucination, d'un mauvais rêve. Je me surpris à baisser instinctivement la main vers mon arme, comme pour anéantir cette morte, la renvoyer d'où elle venait.

— Non, répondis je d'une voix qui me parut méconnaissable. Je ne l'ai jamais vue.

— Tu as été adoptée ?

Sam sursauta, stupéfait. Mais la brutalité de la question m'aida à me ressaisir, comme un alcool fort.

— Non, dis-je.

En fait, un bref instant, horrible, un soupçon m'effleura. Ridicule : j'avais vu des photos, ma mère fatiguée souriant sur son lit d'hôpital, me donnant le sein juste après ma naissance. Non.

— Auquel de tes parents ressembles-tu ?

— Pardon ?

Il me fallut un moment pour deviner ce qu'il insinuait. Je ne pouvais m'empêcher de contempler la victime. Je dus me forcer à cligner des yeux. Pas étonnant que Doherty aux grandes oreilles ait eu un mouvement de recul.

— À ma mère. De toute façon, mon père n'était pas un coureur de jupons et… Non.

Frank haussa les épaules.

— Ce n'était qu'une hypothèse.

— On prétend que nous avons tous un double quelque part, murmura Sam.

Il était trop près de moi, prêt à me soutenir, au cas où… Je n'ai pas l'habitude de tomber dans les pommes. Je me mordis violemment la lèvre. La douleur me fit reprendre mes esprits.

— Elle n'a pas de papiers ?

Frank et Sam gardèrent un silence éloquent. *Bon sang,* pensai-je, l'estomac noué. *Usurpation d'identité. Cette fille trimbalait un faux passeport à mon nom et se faisait passer pour moi. Elle aurait très bien pu acheter une BMW sur mon compte.*

— Elle avait une carte d'étudiante sur elle, répondit enfin Frank. Un trousseau de clés dans la poche gauche de son caban, une torche électrique dans la droite, un portefeuille dans la poche droite de son jean. Douze livres, de la menue monnaie, une carte ATM, deux vieux reçus… et ceci.

Il alla prendre l'un des sachets en plastique entassés près de l'entrée, le posa dans ma main.

C'était une carte d'identité de Trinity College, luisante et digitalisée, très différente des bouts de papier colorés et plastifiés en vigueur à mon époque. La jeune femme, sur la photo, semblait avoir dix ans de moins que le visage livide de la morte. Elle me renvoyait mon propre sourire. Seule différence avec moi : sa casquette Baker-Boy à rayures, avec la visière sur le côté. Je n'en avais jamais possédé de semblable. J'orientai la carte vers la lumière. Et je lus, déchiffrant les petits caractères d'imprimerie : « Madison, Alexandra J ».

Alors, je compris tout : c'était notre œuvre, à Frank et à moi. Nous avions créé Lexie Madison de toutes pièces. Nous lui avions donné un nom et, pendant quelques mois, un visage et un corps. Ensuite, lorsque nous nous en étions débarrassés, elle en avait voulu davantage. Il lui avait fallu quatre ans pour reprendre forme, resurgir du néant. Et elle nous avait attirés jusqu'ici pour nous montrer ce que nous avions fait.

— C'est impossible ! m'écriai-je.

— Quand les gens au commissariat ont inscrit son nom dans l'ordinateur, précisa Frank en reprenant le sachet, elle est apparue avec l'injonction : « S'il arrive quoi que ce soit à cette fille, me contacter de toute urgence. » Je n'ai jamais pris la peine de la supprimer du fichier. Je pensais que nous pourrions encore, un jour ou l'autre, avoir besoin d'elle. On ne sait jamais.

— Ben voyons…

J'examinai de nouveau le corps, cette fois avec une attention toute professionnelle. Ce n'était ni une apparition ni un fantôme. C'était une morte bien réelle, un vrai cadavre.

— Sam, lançai-je, qu'est-ce que nous avons ?

Il me dévisagea avec inquiétude. Puis, quand il eut acquis la certitude que je n'allais pas hurler ou tourner de l'œil, il se raffermit, redevint un peu plus lui-même.

— Femme de type européen, dit-il. Autour de la trentaine, une seule blessure à la poitrine. Arme blanche. Selon Cooper, elle est morte aux alentours de minuit, à une heure près. Il lui est impossible de se montrer plus précis : le choc, les variations de la température ambiante, l'existence ou non d'activités physiques au moment du décès, j'en passe…

À l'inverse de la plupart de mes collègues, je m'entends bien avec Cooper. J'étais quand même ravie de l'avoir manqué. Entre Sam, Frank et les deux plantons, j'avais déjà assez de monde autour de moi.

— On l'a poignardée ici ?

— Difficile à déterminer. Nous attendons les conclusions des scientifiques. Mais les trombes d'eau qui sont tombées hier ont effacé bien des indices. Nous ne découvrirons ni traces de pas ni traînées de sang sur le sentier. Toutefois, je dirai que l'endroit où nous nous trouvons n'est pas le lieu initial du crime. La victime est restée un certain temps debout après avoir été poignardée. Tu vois, là ? Le sang a coulé le long de son jean.

Frank déplaça obligeamment le faisceau de sa lampe.

— De plus, poursuivit Sam, il y a de la boue sur les genoux du pantalon et une déchirure sur l'un d'eux, comme si elle était tombée en courant.

— Elle fuyait, dis-je. Elle cherchait un refuge.

L'image s'imposa à moi, comme dans un cauchemar : le sentier serpentant dans le noir, la jeune femme courant, ses pieds glissant sans cesse sur les cailloux, sa respiration haletante résonnant à ses oreilles. Frank s'était écarté.

— Possible, admit Sam. Le tueur la poursuivait peut-être, ou, du moins, elle le croyait. Si elle a laissé une traînée sanglante depuis chez lui, nous ne le saurons jamais ; elle a disparu depuis longtemps.

Mes mains s'agitaient. Je les enfonçai dans mes poches pour qu'elles se tiennent tranquilles.

— Donc, elle s'est engouffrée ici et s'est effondrée.

— Pas exactement. Je pense qu'elle est morte là.

Sam écarta des ronces et m'indiqua un coin de la pièce voisine.

— Nous avons ce qui ressemble à une mare de sang. Impossible d'en préciser la quantité. Nous verrons si les scientifiques pourront nous aider sur ce point... Mais s'il en reste encore autant après une nuit comme celle-là, il devait y en avoir énormément. Elle s'était sans doute assise contre ce mur, la plus grande partie du sang imbibant son tee-shirt, les genoux et l'arrière de son jean. Si elle s'était allongée, il se serait répandu le long de ses flancs. Tu vois ça ?

Il désignait le haut du corps. Le déclic se fit dans ma tête : l'étoile sombre n'était pas teinte sur le tissu.

— Elle a remonté son tee-shirt en le torsadant et l'a pressé contre sa blessure pour tenter d'arrêter l'hémorragie, conclut Sam.

Recroquevillée dans ce coin ; la pluie diluvienne, le sang chaud entre ses doigts.

— Alors, comment est-elle parvenue jusqu'ici ?

— Notre homme a fini par la rattraper, dit Frank. Quelqu'un, en tout cas.

Il se pencha, souleva l'une des baskets de la jeune femme par un lacet. Qu'il ose la toucher me fit tressaillir. Il pointa ensuite sa torche sur le talon de la chaussure : usé, maculé de boue.

— On l'a traînée, après sa mort, car il n'y a pas de sang sous le corps. Lorsqu'elle est arrivée ici, elle ne saignait plus. Le type qui l'a trouvée jure qu'il ne l'a pas touchée et je le crois. Il avait l'air sur le point de dégueuler. Il ne s'est certainement pas approché du corps plus que nécessaire. En tout cas, elle a été déplacée peu après sa mort. Cooper affirme que le cadavre n'était pas encore raide, et il n'y a pas de lividité secondaire. De plus, elle n'est pas restée longtemps sous la pluie. Elle est à peine humide. Si elle avait passé toute la nuit dehors, elle serait trempée.

Lentement, comme si mes yeux s'habituaient à peine à la faible lumière, je réalisai que toutes les taches sombres et les pointillés que j'avais pris pour des ombres et de l'eau de pluie étaient, en réalité, du sang. Il y en avait partout : striant le sol, imprégnant le jean de la victime, maculant ses mains jusqu'aux poignets. Je ne voulais plus regarder son visage ni celui de quiconque. Je gardai les yeux rivés sur sa poitrine avec une telle intensité que l'étoile sombre se brouilla et s'estompa.

— Des traces de pas ?

— Non. Ce serait normal, avec toute cette gadoue. Mais, ainsi que l'a dit Sam, la pluie a tout effacé. Dans l'autre pièce, nous n'avons que les empreintes du type qui a appelé et de son chien. C'est une des raisons pour lesquelles t'introduire ici ne m'a pas posé de problème. Même chose en ce qui concerne le sentier. Et là…

Il fit pivoter sa torche, la braqua dans les coins de la pièce : partout un mélange de boue et de crasse.

— L'endroit était dans cet état lorsque nous sommes arrivés. Les traces que tu aperçois autour du corps sont les nôtres, plus celles de Cooper et des agents. Celui qui a déplacé la victime a tout nettoyé avant de partir. On a découvert une branche d'ajonc cassée au milieu du pré. Elle provient sans doute du gros buisson proche de l'entrée. L'homme a dû l'utiliser pour balayer par terre. Nous verrons si les scientifiques y prélèvent du sang ou des empreintes. À propos d'empreintes…

Il me tendit un autre sachet d'indices.

— Tu remarques quelque chose de bizarre ?

C'était un portefeuille en faux cuir blanc, décoré d'un papillon en fil d'argent et strié de minces traits de sang.

— Il est trop propre. Tu m'as dit qu'il était dans la poche de son jean et que le sang s'était répandu sur ses genoux. Ce portefeuille devrait en être couvert.

— Bingo. Même chose pour la torche et les clés. Pas une goutte, ou presque. Or les poches du pantalon en sont imbibées. À croire que notre homme les a fouillées et a nettoyé les affaires de la victime avant de les remettre en place. Nous demanderons aux scientifiques d'isoler d'éventuelles empreintes, mais je suis prêt à parier qu'ils ne dégoteront rien d'intéressant. Nous avons affaire à un assassin très, très soigneux.

— Des signes d'agression sexuelle ?

— Cooper ne pourra se prononcer qu'après l'autopsie. Pour l'instant, rien ne le laisse supposer. Nous, pourrions avoir de la chance et détecter sur elle un autre sang que le sien. Les tueurs à l'arme blanche se coupent souvent. Mais je ne compte guère sur les résultats d'une recherche d'ADN.

Ma première impression, celle d'un tueur invisible ne laissant rien derrière lui, n'était pas si fausse. Après quelques mois à la criminelle, on repère ce genre d'affaire à des kilomètres. Mais celle-là, je m'en souvins dans un bref éclair de lucidité, ne me concernait pas.

— Magnifique ! m'exclamai-je. Alors, qu'est-ce que vous avez ? Des informations sur elle, en dehors du fait qu'elle était à Trinity College et se baladait sous une fausse identité ?

— Selon le sergent Byrne, elle habitait dans le coin, répondit Sam. Elle logeait à Whitethorn House, à moins d'un kilomètre d'ici, avec un groupe d'étudiants. C'est tout ce qu'il sait d'elle. Je n'ai pas encore parlé à ses colocataires parce que…

Il désigna Frank, qui enchaîna d'une voix doucereuse :

— Parce que je l'ai supplié de s'abstenir. J'ai une petite idée que je voudrais vous soumettre avant que l'enquête entre dans sa phase active.

Il eut un geste du menton en direction des deux plantons.

— Nous devrions peut-être aller faire un tour.

— Pourquoi pas ? répliquai-je, soulagée à l'idée de prendre l'air et de mettre un peu d'ordre dans mes idées. Si nous restons trop longtemps dans cette pièce, l'univers risque de se changer en antimatière.

Je rendis à Frank son sachet d'indices, me frottai les paumes contre mon pantalon.

Juste avant de franchir la porte, je me retournai. Frank avait éteint sa lampe. Mais, en écartant les ronces, il laissa le soleil printanier envahir la pièce. Une seconde, juste avant que mon ombre l'obscurcisse à nouveau, la jeune femme émergea violemment des ténèbres, ensanglantée et pâle, tel mon propre fantôme.

Ce fut la dernière fois que je la vis. Au cours de nos deux existences, nous ne nous étions trouvées face à face que dix minutes.

Aussi avachis que des sacs de haricots, les deux plantons faisaient le pied de grue là où nous les avions laissés. Byrne contemplait l'horizon, plongé dans une sorte d'extase. Doherty scrutait son index avec une attention soutenue. Sans doute venait-il de se curer le nez.

— Bien, ânonna Byrne, que la sensation de notre présence fit sortir de son nirvana. On s'en va. Elle est à vous.

Parfois, les flics en uniforme sont de pures merveilles. Ils vous révèlent les petits secrets de tous les individus vivant à des kilomètres à la ronde, analysent des dizaines de mobiles possibles, puis vous offrent sur un plateau le nom du principal suspect. Mais, certains jours, ils n'ont qu'une hâte : se décharger sur vous du fardeau et retourner jouer aux cartes. C'était le cas ce matin-là.

— Minute, coupa Sam avec une autorité qui, prouvant que Frank n'était pas le seul patron, me rassura. Nous avons encore besoin de vous. La police scientifique pourrait avoir recours à vos services. De mon côté, je vous demanderai de me fournir toutes les informations locales en votre possession.

— Elle n'était pas d'ici, c'est sûr, grommela Doherty en essuyant son index sur son uniforme et en me lorgnant. Ces jeunes de Whitethorn House sont des étrangers. Ils n'ont rien à voir avec Glenskehy.

— Les veinards, gémit Byrne.

— Elle vivait quand même ici, insista patiemment Sam. Et c'est ici qu'elle est morte. Il nous faudra donc mener une enquête de proximité. Or vous connaissez la région mieux que personne. Votre collaboration nous sera précieuse.

La tête de Byrne s'enfonça dans ses épaules.

— Dans le coin, il n'y a que des demeurés, lâcha-t-il d'un ton morose. Débiles et muets comme des carpes. Rien à en tirer.

— Nombre de mes meilleurs amis sont débiles, s'exclama joyeusement Frank. Voyez-y un défi. Bon courage !

Il leur adressa un signe amical de la main et s'engagea dans le pré, ses pieds clapotant dans l'herbe mouillée.

Je le suivis en compagnie de Sam, qui paraissait soucieux. Quant à moi, je bouillais de colère. Que cette fille, qui avait mon visage et mon sourire, ait, de plus, volé un nom que j'avais porté me révoltait. C'était comme si, en rentrant chez moi, j'étais tombée sur une nana préparant tranquillement son dîner dans ma cuisine, à l'aise dans mon jean le plus confortable et écoutant mon CD favori. J'éprouvais une telle fureur que j'avais du mal à respirer.

— Bien, dis-je sèchement à Frank après que Sam et moi l'eûmes rattrapé, au bout du pré. C'était très drôle. Je peux aller travailler, maintenant ?

Il feignit d'être impressionné.

— Pour que tu sois si pressée, on doit rigoler comme des fous, aux violences domestiques. Lunettes.

Je les laissai où elles étaient.

— Justement, martelai-je, à moins que cette fille n'ait été victime d'une violence domestique, ce qui, d'après ce que j'ai constaté, me paraît hautement improbable, elle n'a rien à voir avec moi. Alors, pourquoi m'as-tu fait venir ?

— Tu me manquais, mon ange. J'aurais trouvé n'importe quel prétexte…

Il eut un sourire enjôleur. Je lui jetai un regard noir. Il ajouta, toujours aussi charmeur :

— Tu t'imagines vraiment qu'elle n'a rien à voir avec toi ? Prétendras-tu la même chose quand nous essaierons de l'identifier et que tous tes amis téléphoneront, bouleversés, pour nous donner ton nom ?

Ma colère reflua subitement, aussitôt remplacée par la panique. Ce salaud de Frank avait raison. Dès que le portrait de la victime paraîtrait dans la presse, des dizaines d'appels encombreraient le standard de la police, venant de ceux qui m'avaient connue sous le nom de Lexie ou qui l'avaient connue, elle, sous ce nom-là, sans compter ceux qui me connaissaient sous ma véritable identité, tous cherchant à savoir laquelle de nous deux avait été tuée, et qui était qui dans ce jeu de miroirs.

— Sam, pourrais-tu retarder la publication de la photo pendant un jour ou deux ? Juste le temps que je prévienne certaines personnes ?

Je m'imaginai au bout du fil, ânonnant : « Écoute, tante Louisa, on a trouvé une fille assassinée et… »

Frank saisit la balle au bond.

— Ce que tu me demandes est intéressant. Et cadre parfaitement avec ma petite idée.

Il s'assit sur un amas de grosses pierres recouvertes de mousse, croisa les mains derrière sa nuque. Dans ses yeux dansait une lueur dont l'espièglerie, qui m'était familière, n'annonçait rien de bon.

— De quoi parles-tu, Frank ?

— Eh bien, nous avons là une occasion unique, non ? Nous aurions tort de la laisser passer.

— Nous ? s'exclama Sam.

— Nous ? surenchéris-je.

— Oh, que oui ! Nous avons l'occasion d'enquêter sur un meurtre de l'intérieur. Nous avons une chance de réussir le coup du siècle : introduire un agent infiltré expérimenté dans la vie de la victime.

Je restai bouche bée, tout comme Sam.

— As-tu jamais rien vu de pareil ? poursuivit Frank. C'est sublime, Cass. Une œuvre d'art.

— Œuvre d'art, mon cul ! C'est quoi, ce coup tordu, Frank ?

Il ouvrit les bras, comme un prêcheur cherchant à me convertir.

— Écoute. Tu as été Lexie Madison autrefois, d'accord ? Tu peux le redevenir. Tu peux… Attends, laisse-moi finir… Si elle n'était pas morte, mais seulement blessée… Tu me suis ? Tu pourrais te glisser dans sa vie, en reprendre le cours là où elle l'a laissée.

— Mon Dieu ! C'est pour ça qu'il n'y avait ni scientifiques ni employés de la morgue ? C'est pour ça que tu m'as obligée à me travestir en pute ? Pour que personne ne sache que tu avais une pièce de rechange ?

J'arrachai rageusement mon béret, le fourrai dans mon sac. Frank avait l'esprit vif. À peine sur les lieux, il avait dû concocter son plan. Il tenta de se montrer persuasif.

— Tu pourrais recueillir des informations auxquelles aucun flic n'aurait jamais accès, te lier avec ses intimes, identifier des suspects…

— Tu veux l'utiliser comme appât, énonça trop calmement Sam.

— Non, mon pote. Comme enquêteur, ce qu'elle est.

— Tu veux la jeter dans la gueule du loup pour que le tueur revienne finir le travail. Tu veux en faire une chèvre. Pas question.

— Et alors ? Tous les infiltrés sont des appâts. Je ne lui demande pas de faire ce que je ne ferais pas moi-même si…

— Jamais.

— Tu es quoi ? Sa mère ?

— Je suis le patron de cette enquête. Et je dis : « C'est non. »

— Tu devrais réfléchir dix secondes avant de te braquer.

J'aurais très bien pu ne pas être là.

— Hou, hou !

Ils se tournèrent vers moi.

— Excuse-moi, bredouilla Sam, penaud mais toujours furieux.

Frank se fendit d'un large sourire.

— Frank, assenai-je, c'est l'idée la plus démente qu'on ait jamais proférée. Tu déconnes à pleins tuyaux. Tu perds complètement la boule, tu…

— Qu'y a-t-il de dément là-dedans ?

Il avait l'air offusqué. Je me passai la main dans les cheveux et me mis à marcher de long en large, cherchant par où commencer. Les collines, les prés, les plantons indolents, la morte dans la masure : ce n'était pas un rêve.

— Bien. D'abord, c'est impossible.

— Mais c'est la beauté de la chose !

— Frank, si tu te substitues à quelqu'un qui existe, ce ne peut être que pour un court laps de temps et pour accomplir une mission bien précise. Là, tu me proposes de m'immiscer au beau milieu de la vie de cette fille, uniquement parce que je lui ressemble vaguement.

— Vaguement ?

— Connais-tu seulement la couleur de ses yeux ? Et s'ils étaient bleus ou…

— Ils sont marron.

— Et si elle programmait des ordinateurs ou jouait au tennis ? Si elle était gauchère ? Ça ne tient pas debout. Je serais grillée en moins d'une heure.

Il sortit de sa veste un paquet de cigarettes aplati, en prit une. Il avait de nouveau sa lueur enjouée dans l'œil ; il adore les défis.

— J'ai toute confiance en toi, Cass. Tu veux une clope ?

— Non.

J'en mourais d'envie. Incapable de rester immobile, je marchai de plus belle, faisant les cent pas dans l'herbe, passant et repassant entre Sam et Frank. « En plus, je ne peux pas la blairer ! » eus-je envie de crier, ce qui était ridicule.

Frank haussa les épaules, alluma sa cigarette.

— À moi de me demander si c'est possible ou non. Ça ne l'est peut-être pas, je te l'accorde, mais je pèserai le pour et le contre au fur et à mesure de notre discussion. Quoi d'autre ?

Sam regardait ailleurs, me laissant me dépêtrer seule.

— Deuxièmement, repris-je, c'est immoral. Cette fille avait certainement une famille, des amis. Tu vas leur dire qu'elle est vivante, qu'elle va bien, qu'elle a simplement besoin de quelques points de suture, alors qu'elle sera étendue sur une table de la morgue et se fera charcuter par Cooper ? Nom de Dieu, Frank !

— Elle vivait sous un faux nom, Cassie. Tu crois réellement qu'elle était en relation avec les membres de sa famille ? Quand nous les aurons retrouvés, tout sera terminé. Ils n'y verront que du feu.

— Tu oublies ses intimes. Doherty et Byrne nous ont dit qu'elle vivait avec un groupe d'étudiants. Et si elle avait un petit ami ?

— Ceux qui tiennent à elle ne souhaiteront qu'une chose : que nous coincions celui qui lui a fait ça, quoi qu'il en coûte. C'est ce que je souhaiterais, moi.

Il souffla de la fumée vers le ciel.

Sam remua nerveusement les épaules. À ses yeux, Frank n'était qu'un salaud. Mais Sam n'avait jamais participé à des opérations secrètes. L'essentiel lui échappait : les infiltrés sont différents ; ils feraient tout, à eux ou à n'importe qui, pour neutraliser leur cible. Sur ce point, il était inutile d'argumenter avec Frank. Il croyait à ce qu'il disait : si son gosse avait été tué et si on le lui avait caché pour confondre l'assassin, il l'aurait accepté sans un murmure. Voici ce qui définit l'infiltration : ni pitié ni ligne rouge. C'est pourquoi, entre autres, j'avais arrêté.

— Et ensuite ? Qu'est-ce que tu leur diras quand ce sera fini ? « Oh, à propos, nous avons oublié un petit détail, il s'agissait d'un sosie, votre copine est morte il y a un mois » ? Ou bien devrai-je rester Lexie Madison jusqu'à ce que je meure de vieillesse ?

Grimaçant à cause du soleil, Frank réfléchit un instant.

— Ta blessure pourrait s'infecter. On t'hospitaliserait et les médecins feraient tout leur possible pour te sauver. Hélas, sans succès. Quoi d'autre ? Vas-y, cloue-moi le bec.

— C'est foutrement dangereux, dit Sam, regardant toujours ailleurs.

Frank me décocha un petit sourire de connivence. J'eus le plus grand mal à ne pas le lui rendre.

— De toute façon, repris-je, il est trop tard. Byrne, Doherty et Machinchose, le promeneur au chien, savent tous qu'il y a une morte là-bas. Tu crois vraiment qu'ils vont la boucler uniquement parce que ça t'arrange ? Je suis sûre que Machinchose s'est déjà confié à la moitié de Wicklow.

— Machinchose s'appelle Richard Doyle et je n'ai nullement l'intention de le faire taire. Bien au contraire : je vais aller le féliciter pour avoir sauvé la vie de cette jeune femme. S'il n'avait pas eu l'admirable présence d'esprit de nous prévenir immédiatement, l'affaire aurait pu connaître une issue tragique. C'est un héros et il peut raconter l'histoire à qui il voudra. Quant à Byrne, tu l'as vu, mon ange. Il n'a pas le bonheur de faire partie de notre glorieuse confrérie. Si je lui serine à l'oreille qu'il pourrait y être muté, non seulement il la fermera, mais il s'arrangera pour que Doherty reste aussi muet que lui. Autre chose ?

— Enfin, c'est inutile. Sam a enquêté sur des dizaines de meurtres. Il les a presque tous élucidés sans avoir recours à des méthodes foireuses. Il faudrait des semaines pour mettre au point l'opération dont tu parles.

— Quelques jours tout au plus…

— D'ici là, il aura chopé quelqu'un. Du moins, si tu ne sabotes pas son enquête en poussant tout le monde à faire comme s'il n'y avait pas eu d'homicide au départ. Tu n'aboutiras qu'à une perte de temps pour toi, pour moi et pour tous les autres.

Frank s'adressa à Sam.

— Si tu affirmais pendant, mettons, deux jours, qu'il y a eu une agression mais pas de décès, ça bousillerait ton travail ?

Sam finit par soupirer.

— Non, pas vraiment. Au niveau de l'enquête, il n'existe pas une grande différence entre une tentative de meurtre et un meurtre proprement dit. De toute façon, comme l'a dit Cassie, nous devrons, pour ne pas tout embrouiller, nous montrer discrets pendant au moins quelques jours, le temps d'identifier la victime. Mais la question n'est pas là.

— Bien. Voici ce que je propose. Dans la plupart des cas, la criminelle trouve un suspect dans les soixante-douze heures. Exact ?

— Exact. Et il n'y a aucune raison pour que ça ne se produise pas cette fois-ci.

— J'en suis certain, approuva aimablement Frank. Nous sommes jeudi. Gardons nos options ouvertes la durée du week-end. Cassie restera chez elle pour que le tueur ne puisse pas la repérer et que nous gardions notre atout dans la manche si nous décidons de l'utiliser. Je rechercherai toutes les informations possibles sur la fille, au cas où… C'est ce qui se ferait de toute façon, non ? Je ne marcherai pas sur tes plates-bandes ; tu as ma parole. Quant à toi, tu devrais normalement avoir un suspect dans ta ligne de mire d'ici à dimanche soir. Dans ce cas, je renoncerai, Cassie retournera aux violences domestiques et la procédure normale se poursuivra. Si, par hasard, tu n'as pas avancé, il nous restera toujours mon plan.

Silence.

— Les amis, je ne vous demande que trois jours. Aucun engagement de votre part. Qu'est-ce que vous risquez ?

Sam parut presque rassuré. Pas moi. Je connaissais la façon de travailler de Frank : une série de petits pas, innocents en apparence, mais qui finissaient, mine de rien, par vous piéger.

Je repris la parole.

— Mais pourquoi ? Réponds-moi et je passerai volontiers un merveilleux week-end de printemps à regarder des âneries à la télé au lieu de sortir avec mon petit ami, comme n'importe quelle femme normalement constituée. Tu t'apprêtes à consacrer un maximum de temps et de personnel à préparer une opération qui pourrait se révéler totalement inutile. Pourquoi ?

Il leva une main pour se protéger les yeux du soleil et me regarder bien en face.

— Pourquoi ? Bon Dieu, Cassie, parce que nous le pouvons ! Parce que personne, dans l'histoire de la police, n'a jamais eu une occasion pareille. Parce que ce serait proprement ahurissant ! Ça ne te paraît pas évident ? Qu'est-ce qui t'arrive ? Le travail de bureau t'a ramollie à ce point ?

Je cessai de marcher et me figeai, comme s'il venait de me donner un coup de poing dans l'estomac. Alors, il changea de ton.

— Désolé, Cass, dit-il avec tristesse. Je ne m'attendais pas à ça. De la part des gens de la criminelle, oui, mais pas de la tienne. Surtout pas de la tienne. Je croyais que tu me contredisais pour le principe, que tu soupesais simplement les enjeux. Je ne me rendais pas compte.

Je savais qu'il me provoquait. Ses ruses, je les connaissais par cœur. Peu importait. Il avait raison. Cinq ans ou même une année plus tôt, je n'aurais pas hésité un dixième de seconde avant de me lancer avec lui dans cette incroyable aventure. Je serais déjà retournée dans la masure pour vérifier si la morte avait les oreilles percées, la raie au milieu ou sur le côté. Je fixai des yeux le mur qui délimitait le pré. Et, froidement, je pensai : *Mais que suis-je devenue ?*

— Entendu, articulai-je enfin. Ce que vous révélerez à la presse vous regarde, Sam et toi. Mettez-vous d'accord là-dessus. Je me planquerai tout le week-end. Mais, Frank, je ne promets rien de plus. Que Sam trouve ou non un suspect n'aura aucune influence sur ma décision. Je n'ai pas encore accepté. C'est clair ?

Gai comme un gamin, il s'écria :

— Enfin, je te retrouve ! J'ai cru un moment que les extraterrestres t'avaient implanté une puce dans le cerveau.

— Ta gueule, Frank.

— Je n'ai pas dit oui, intervint Sam, toujours de mauvaise humeur.

— Bien sûr, concéda Frank, le dernier mot te revient.

Il ne semblait guère inquiet. Il avait tort. Il risquait de mener un combat beaucoup plus rude qu'il ne le pensait. Sous ses dehors affables, Sam peut se montrer inflexible. S'il se bute, inutile d'essayer de le faire changer d'avis. Autant vouloir déplacer une maison.

— Décide-toi vite, ajouta Frank. Si nous retenons la possibilité de cette opération, nous devrons demander une ambulance le plus rapidement possible.

— Fais-moi connaître ta décision, dis-je à Sam. Je rentre chez moi. On se voit ce soir ?

Frank me jeta un coup d'œil à la fois surpris et amusé, que j'ignorai. En dépit des ragots qui courent au sein de la police, il ne s'était donc douté de rien. Il est vrai que nous évitions soigneusement, Sam et moi, de nous afficher.

— J'ignore à quelle heure je finirai, répondit mon compagnon.

Je haussai les épaules.

— De toute façon, je ne sors pas.

— À bientôt, mon ange ! me lança joyeusement Frank en agitant la main.

Sam m'entraîna vers le muret. Il était toujours aussi crispé. Je brûlais d'envie de remonter vers la masure, de contempler une nouvelle fois la morte, seule, dans le silence. Mais Sam me forçait à presser le pas. Et je sentais, dans mon dos, le regard de Frank. Je ne tournai même pas la tête. Soudain, Sam déclara, de façon abrupte :

— Je voulais te prévenir. Mais Mackey a refusé. Il s'est montré intraitable, et je n'avais pas les idées assez nettes pour m'y opposer… J'aurais dû. Je suis désolé.

De toute évidence, Frank, comme tout le monde, avait eu vent des rumeurs qui avaient suivi l'opération Vestale.

— Il voulait simplement tester mes réactions, mettre mes nerfs à l'épreuve, répondis-je. Il sait obtenir ce qu'il veut. Je ne lui en tiens pas rigueur.

— C'est un bon flic ?

— Il est très intelligent. Tu vas lui accorder ses trois jours ?

Sam soupira.

— Si tu acceptes de rester cloîtrée tout le week-end, oui. Garder cette affaire sous le coude jusqu'à ce que nous obtenions une identification, ou une piste, n'aura pas de conséquence. Et cela atténuera peut-être le désarroi des proches de la victime. Je n'aime guère l'idée de leur donner de faux espoirs, mais ils seront peut-être moins choqués s'ils disposent de quelques jours pour s'habituer à la perspective de sa mort…

Une journée magnifique s'annonçait. Le soleil séchait l'herbe. Tout était si calme que j'entendais de minuscules insectes zigzaguer entre les fleurs des champs. Pourtant, cette paix avait quelque chose d'étrange. Tout à coup, je compris : sur le flanc de la colline, les prés verdoyants étaient déserts. Pas un habitant de Glenskehy n'était monté voir ce qui se passait.

Dès que nous fûmes sur le sentier, dissimulés par les haies et les arbres, Sam me serra violemment contre lui.

— J'ai cru que c'était toi, chuchota-t-il d'une voix tremblante, la bouche contre mes cheveux. J'ai cru que c'était toi !

2

Contrairement à ce que j'avais affirmé à Frank, je ne passai pas les trois jours suivants vautrée devant la télévision. Je n'ai jamais tenu en place. Je nettoyai donc mon appartement de fond en comble : le parquet, les plinthes, le four, les toilettes, les rideaux que je lavai dans la baignoire avant de les faire sécher devant la cheminée, et ma couette, époussetée devant la fenêtre à grands coups de spatule. Si je n'avais pas promis à Sam de rester cloîtrée, je serais même allée, dans mon déguisement de gourde, acheter de la peinture pour rafraîchir les murs.

Tout en m'activant, je ne cessai de ressasser les propos de Frank : « Je ne m'attendais pas à ça. Surtout de ta part. » Les violences domestiques, où je m'étais fait muter après l'opération Vestale, n'avaient rien d'exaltant ni de bien compliqué. Tout se résumait à trois questions de base. Y a-t-il eu agression ? Qui a frappé qui ? Comment amener les deux parties à dire la vérité ? C'était sans fioritures, et diablement utile. Je n'aspirais à rien d'autre. J'étais fatiguée des enjeux dramatiques, des complications, des dilemmes éthiques.

Et pourtant… « Ton travail de bureau t'a ramollie à ce point ? » Ma belle tenue de fonctionnaire, repassée et accrochée à la porte de l'armoire, prête pour le lundi, me mettait mal à l'aise. Je finis par ne plus pouvoir la regarder. Je la fourrai dans l'armoire, dont je claquai la porte.

Bien sûr, pendant ces trois jours, je pensai également à la morte. J'avais le sentiment que son visage recelait un message secret que j'étais la seule à pouvoir décoder. Si j'avais encore appartenu à la brigade, j'aurais chipé un cliché des lieux du crime ou une copie de la carte d'identité de la victime, afin de les étudier tranquillement chez moi. Sam serait même venu me les apporter si je le lui avais demandé.

À un moment donné, au cours de ces trois jours, Cooper effectuerait l'autopsie. Cette image me hantait.

Jamais je n'avais rencontré quelqu'un me ressemblant à ce point. Dublin regorge de filles interchangeables qu'on ne remarque même plus. Rien de tel en ce qui me concerne. Je ne suis peut-être pas un canon, mais je n'ai pas un physique passe-partout. Mon grand-père maternel était français. Le mélange de sang français et irlandais a donné quelque chose de particulier. D'autant que je n'ai ni frères ni sœurs. Je n'ai que des oncles, des tantes et une ribambelle de cousins plus ou moins proches dont aucun n'a le moindre air de famille avec moi.

Mes parents sont morts alors que j'avais cinq ans. Elle était chanteuse de cabaret, lui journaliste. Une nuit pluvieuse de décembre, ils rentrèrent tard d'un concert que ma mère venait de donner à Kilkenny. Mon père conduisait sans doute trop vite. La voiture dérapa sur une flaque, fit trois tonneaux et se retrouva sur le toit, au milieu d'un champ. Un fermier, alerté par les phares, les découvrit quelques heures plus tard. Mon père mourut le lendemain. Ma mère, elle, ne survécut pas au trajet en ambulance. Lorsque je me fais de nouveaux amis, j'évoque l'accident d'entrée de jeu, pour n'y plus revenir. Les uns se taisent, les autres me plaignent : « Ils doivent tellement te manquer ! » Je ne sais quoi répondre. J'étais très jeune et le drame a eu lieu il y a plus de vingt-cinq ans. J'ai oublié, ou presque. J'aimerais avoir gardé de mes parents un souvenir assez vivace pour qu'ils me manquent. Mais ce que je regrette surtout, c'est l'enfance ordinaire que je n'ai pas eue et, parfois, les airs que me chantait ma mère. De cela, je ne parle à personne.

J'ai eu de la chance. Des milliers de gosses dans ma situation ont fini dans des familles d'accueil ou d'horribles centres d'apprentissage. Heureusement, sur le chemin du concert, mes parents m'avaient déposée à Wicklow, chez la sœur de ma mère et son mari. Je me souviens du téléphone sonnant au milieu de la nuit, des pas précipités dans les escaliers, des murmures affolés dans le couloir. Une auto démarre, des gens entrent et sortent, s'agitent interminablement. Ensuite, tante Louisa me fait asseoir dans le salon faiblement éclairé et m'explique que je vais rester un peu plus longtemps chez elle, parce que mes parents ne rentreront pas.

Elle était beaucoup plus âgée que ma mère. Oncle Gerard et elle n'avaient pas eu d'enfant. Lui est historien. Ils raffolent du bridge. À mon avis, ils ne se sont jamais vraiment habitués à ma présence. Ils m'allouèrent la chambre d'amis, dotée d'un grand lit à deux places, de bibelots fragiles et d'une reproduction, assez osée pour mon âge, de *La Naissance de Vénus*. Ils protestèrent à peine lorsque, devenue adolescente, je voulus la remplacer par des posters de mon choix. Mais, pendant douze ans et demi, ils me nourrirent, m'envoyèrent en classe, m'offrirent des séances de gymnastique et des leçons de musique, me tapotèrent distraitement la tête chaque fois que je me trouvais à leur portée et me fichèrent une paix royale. En échange, je m'arrangeai pour qu'ils ne sachent rien quand je séchais l'école, brisais les pots de confiture que je barbotais dans les placards, avais des heures de colle ou lorsque je me mis à fumer.

Aussi choquant que cela puisse paraître, ce fut une enfance heureuse. Les premiers mois, je passai la plupart de mon temps au fond du jardin, pleurant toutes les larmes de mon corps et insultant les gamins du voisinage qui cherchaient à m'apprivoiser. Mais les enfants sont pragmatiques. Ils résistent à des tragédies bien plus douloureuses que la perte de leurs parents. Je compris rapidement que rien ne ramènerait les miens. Symbolisée par Emma, la fille des voisins, ma nouvelle bicyclette rouge scintillant au soleil et les chatons à demi sauvages réfugiés dans la cabane à outils, la vie reprit vite le dessus.

De plus, je n'étais jamais seule. Quand j'achetais, en compagnie de mes petits camarades, des friandises chez l'épicier, j'en gardais la moitié pour ma sœur imaginaire. Je les cachais au fond de mon armoire, où elles devenaient une mélasse gluante qui imprégnait mes chaussures. Je faisais à cette sœur une place dans le grand lit, lorsque Emma ou qui que ce soit d'autre ne passait pas la nuit dans ma chambre. Chaque fois que l'horrible Billy MacIntyre, assis, en classe, sur le même banc que moi, essuyait sa morve sur mes nattes, mon frère inventé lui cassait la figure, en attendant que j'apprenne à le faire moi-même. Dans mon esprit, les adultes s'extasiaient sur nous trois, admiraient nos boucles noires. *Qui pourrait prétendre qu'ils ne sont pas du même sang ? On jurerait des triplés.*

Je cherchais moins de l'affection qu'une parenté incontestable, un reflet de moi-même. Je ne ressemblais qu'à ma mère, figée sur les photographies. Mes camarades, eux, avaient tous le nez de leur grand-oncle, les cheveux de leur père, les yeux de leur sœur. Même Jenny Bailey, qui avait été adoptée, avait un air de famille avec les autres élèves de la classe : dans les années quatre-vingt, tous les Irlandais étaient plus ou moins cousins. Moi, rien ne prouvait que j'avais le droit d'être là. J'aurais très bien pu venir de nulle part, avoir été déposée par des extraterrestres ou conçue dans un laboratoire par des savants fous de la CIA.

Au fil des années, je m'en étais accommodée. J'avais appris à me suffire à moi-même, à n'avoir aucune attache. Or voilà que je me retrouvais soudain confrontée à mon double, à ce reflet qui, jadis, m'avait tant manqué. Cette fille surgie du néant venait de s'agripper à moi, comme des menottes serrées jusqu'à l'os. Cela ne me plaisait pas.

Je savais comment elle avait usurpé l'identité de Lexie Madison. C'était clair comme de l'eau de roche. Quelque part en ville, dans un pub bondé ou une boutique de fringues, on l'avait interpellée : « Lexie ? Lexie Madison ? Quelle surprise ! Ça fait des années que je ne t'ai pas vue ! »

Ensuite, elle n'avait eu qu'à poser les bonnes questions : « Oui, il y a si longtemps ! Je ne me souviens même plus quand ! Qu'est-ce que je faisais, déjà, à l'époque ? »

De fil en aiguille, elle avait soutiré tout ce qu'elle avait besoin de savoir. Elle avait oublié d'être bête, cette fille.

Elle m'obsédait au point que le samedi, à l'heure du déjeuner, je grimpai sur le plan de travail de la cuisine, extirpai du sommet d'un placard la boîte à chaussures contenant mes documents officiels. Je les répandis par terre et recherchai mon extrait de naissance : « Maddox, Cassandra Jeanne, sexe féminin, 3,2 kilos ; pas de jumelle. »

— Idiote ! criai-je, avant de tout remettre en place.

Cet après-midi-là, Frank sonna. Mon appartement étant petit, je n'avais plus rien à nettoyer. J'étais si fébrile que je me sentis soulagée d'entendre sa voix dans l'Interphone.

— En quelle année sommes-nous ? clamai-je lorsqu'il surgit en haut de l'escalier. Qui est le président de la République ?

— Arrête de râler, s'esclaffa-t-il en passant un bras autour de mon cou. Tu as la chance d'avoir ce logement ravissant pour jouer à la ménagère. Tu pourrais être un tireur d'élite planqué dans son trou, s'obligeant à ne pas bouger un seul muscle de sa face et pissant dans une bouteille. Je t'ai apporté des munitions.

Il me fourra dans les mains un sac de supermarché : biscuits au chocolat, cigarettes, café, deux bouteilles de vin.

— Tu es une perle, Frank ! Tu me connais trop bien.

Je n'exagérais pas. Après quatre ans, il se souvenait que j'aimais les Lucky Strike légères. Ce n'était guère rassurant ; mais il ne cherchait pas à l'être.

— Tu as un tire-bouchon ? s'enquit-il négligemment.

Son ton me mit la puce à l'oreille. Mon soupçon s'estompa vite. Je tiens très bien l'alcool et Frank savait que je n'étais pas assez stupide pour me saouler en sa compagnie. Je lui tendis un tire-bouchon et pris deux verres.

— C'est coquet chez toi, dit-il en débouchant la première bouteille. J'avais peur de me retrouver dans un logement de bobo plein aux as.

— Avec un salaire de flic ?

Les prix des loyers, à Dublin, sont les mêmes qu'à New York, avec une différence : là-bas, on a New York en prime. J'occupe, au dernier étage d'une maison XVIIIe, une ancienne garçonnière transformée en studio qui a conservé sa cheminée d'origine avec la grille en fer forgé. J'ai assez de place pour un futon, un canapé et tous mes livres. Le plancher s'incline dans un coin. Une famille de hiboux a élu domicile sous les toits et j'ai une vue superbe sur la plage de Sandymount. Je m'y sens bien.

— Deux salaires de flic, rectifia Frank. Tu ne sors pas avec notre ami Sammy ?

Je m'assis sur le futon, lui tendis les verres pour qu'il les remplisse.

— Depuis seulement deux mois. Nous n'en sommes pas encore au stade de la vie commune.

— Je croyais que c'était plus ancien. Il semblait très protecteur, mardi. C'est le grand amour ?

— Occupe-toi de tes oignons, répliquai-je en heurtant mon verre contre le sien. À la tienne. Bon : qu'est-ce que tu fais-là ?

Il parut vexé.

— J'ai pensé que tu avais besoin de compagnie. Je me sentais coupable de t'obliger à rester enfermée, toute seule…

Je le regardai d'un sale œil. Se rendant compte que ça ne marchait pas, il ajouta, avec un grand sourire :

— Tu es trop futée. Disons que je ne voulais pas que la faim, l'ennui ou l'envie de fumer te poussent à sortir. Il y a une chance sur mille pour que tu sois repérée par quelqu'un qui connaîtrait la victime, mais pourquoi prendre un risque pareil ?

C'était plausible. Toutefois, Frank a l'habitude de lancer plusieurs lignes à la fois pour empêcher son interlocuteur de discerner l'hameçon qu'il tente de lui faire mordre.

— Je n'ai toujours pas l'intention de m'impliquer là-dedans, Frankie.

— Au moins, tu es franche, répliqua-t-il sans se troubler, en buvant une gorgée de vin et en s'installant plus confortablement sur le canapé. À propos, j'ai eu une petite conversation avec les huiles. C'est officiel : l'enquête sera menée conjointement par la criminelle et les infiltrés. Ton petit ami t'a sans doute mise au courant…

Il ne l'avait pas fait. Sam était resté chez lui les deux nuits précédentes. « Il faut que je me lève à 6 heures. Aucune raison de t'imposer ça. À moins que tu n'aies vraiment besoin de moi ? La solitude ne te pèsera pas trop ? » Je ne l'avais pas vu depuis que nous nous étions retrouvés sur les lieux du crime.

— Je suis sûre que tous les intéressés applaudissent, ricanai-je.

Les enquêtes conjointes sont toujours un cauchemar. Elles finissent immanquablement par se transformer en pugilat entre services rivaux. Frank haussa les épaules.

— Ils y survivront, Tu veux savoir ce que nous avons déjà sur la victime ?

Bien sûr que je le voulais. J'en avais autant envie qu'un alcoolique de son whisky du matin. Assez, en tout cas, pour oublier que ce plan ne tenait pas debout.

— Maintenant que tu es là, autant me mettre au parfum.

— Merveilleux, jubila Frank en fouillant dans le sac de provisions à la recherche de cigarettes. Bien. Elle apparaît pour la première fois en février 2002, lorsqu'elle fournit l'extrait de naissance d'Alexandra Madison afin d'ouvrir un compte. Elle l'exhibe à nouveau, ainsi qu'un relevé d'identité bancaire et sa photographie, pour obtenir tes anciens dossiers universitaires, dont elle se sert pour s'inscrire à Trinity en doctorat d'anglais.

— Elle est très organisée.

— Oh oui ! Organisée, imaginative et convaincante. Je n'aurais pas mieux fait moi-même. Elle ne s'est jamais inscrite au chômage, ce qui est très intelligent. Elle a dégoté un job dans un café de Dublin, travaillé, à plein temps tout l'été, puis intégré Trinity en octobre. Le titre de sa thèse est… Tu vas apprécier… « Voix diverses : identité, vérité et mensonge ». Il s'agit de femmes qui écrivaient sous un pseudonyme.

— C'est joli. Elle avait donc le sens de l'humour.

— Nous n'avons pas à la trouver sympathique, mon ange. Nous devons simplement découvrir qui l'a tuée.

— Toi, oui. Pas moi. Tu as autre chose ?

Il porta une cigarette à ses lèvres, saisit un briquet.

— Elle est donc à Trinity. Elle se lie avec quatre étudiants britanniques de troisième cycle, ne fréquente pratiquement qu'eux. En septembre dernier, l'un d'eux hérite une maison de son grand-oncle. Le groupe s'y installe. La maison s'appelle Whitethorn House. Elle est située à la sortie de Glenskehy, à moins d'un kilomètre de l'endroit où on a trouvé la victime. Mercredi soir, elle part faire un tour et ne revient pas. Ses quatre amis ont le même alibi et se portent garants les uns des autres.

— Tu aurais pu me dire tout ça au téléphone.

— Bien sûr, admit Frank en fouillant dans la poche de sa veste. Mais je n'aurais pas pu te montrer ce trésor. Voici les quatre merveilles : ses amis.

Il étala une série de clichés sur la table. L'un d'eux était une photo d'amateur prise un jour d'hiver : ciel gris, une mince couche de neige sur le sol ; cinq personnes devant une grande maison XVIIIe, leurs têtes rapprochées, décoiffées par le vent. Lexie se tenait au milieu, emmitouflée dans son caban. Elle riait. Les autres images, extraites d'une vidéocassette, d'où le flou lorsque les personnes bougeaient, avaient été imprimées dans la salle commune de la brigade : l'imprimante laisse toujours une traînée noire sur le coin supérieur droit de la page. Quatre photos en pied, quatre en gros plan, toutes prises dans la même pièce, contre un méchant papier peint aux fleurs minuscules. On distinguait dans un coin, sur deux d'entre elles, un grand sapin sans décorations : la scène se passait juste avant Noël.

— Daniel March, dit Frank, le doigt pointé sur un des personnages. Pas Dan, et surtout pas Danny : Daniel. C'est lui qui a hérité de la maison. Fils unique, orphelin, issu d'une vieille famille anglo-irlandaise. Le grand-père a perdu la plus grande partie de sa fortune dans les années cinquante après des placements hasardeux. Mais il en a laissé assez pour assurer une petite pension à son héritier. Daniel est boursier. Il n'a donc pas de frais de scolarité à payer. Il prépare un doctorat sur, ce n'est pas une blague, l'objet inanimé pris comme narrateur dans la poésie épique du haut Moyen Âge.

— Il n'est pas idiot, donc.

C'était un type bien bâti de plus d'un mètre quatre-vingts, aux cheveux brillants et bruns, à la mâchoire carrée. Assis dans une bergère, il soulevait délicatement un bibelot en verre de son socle en levant les yeux vers la caméra. Ses vêtements, chemise blanche, pantalon noir, chandail gris et moelleux, paraissaient coûteux. Ses yeux mi-clos derrière des lunettes à la monture d'acier étaient également gris, et froids comme la pierre.

— Pas idiot du tout. Aucun ne l'est, mais lui moins que personne. Il faudra que tu t'en méfies.

J'ignorai sa remarque. Il poursuivit, déplaçant son doigt :

— Justin Mannering.

Justin s'était enroulé dans une guirlande d'ampoules de Noël blanches qu'il regardait comme s'il ne pouvait s'en libérer. Lui aussi était grand mais mince et, semblait-il, prématurément vieilli : cheveux courts et déjà rares, lunettes sans monture, visage long et doux.

— Originaire de Belfast. Doctorat sur l'amour sacré et profane dans la littérature de la Renaissance. A perdu sa mère à sept ans. Père remarié, deux demi-frères. Il ne se rend pas très souvent dans sa famille. Mais papa, avocat, paie ses frais de scolarité et lui envoie de l'argent tous les mois. Il y en a qui sont vernis…

— Ce n'est pas leur faute si leurs parents ont les moyens, répondis-je avec indifférence.

— Ils pourraient bosser, non ? Lexie donnait des cours particuliers, corrigeait des copies, surveillait des examens. Et elle trimait dans un café jusqu'à ce que tous s'installent à Glenskehy et que les allers-retours deviennent trop compliqués. Tu travaillais quand tu étais à l'université ?

— J'étais serveuse. L'enfer. Si j'avais eu le choix, j'aurais fait autre chose. Se faire pincer les fesses par des clients bourrés ne vous rend pas forcément meilleur.

— Je déteste les gens à qui tout tombe tout cru dans la bouche. À ce propos : Raphael Hyland, dit Rafe. Petit connard sarcastique. Papa banquier, d'abord à Dublin, avant d'emménager à Londres dans les années soixante-dix. Maman mondaine jusqu'au bout des ongles. Divorcés quand il avait six ans, ils l'ont aussitôt envoyé en pension, en le changeant de collège tous les deux ans, chaque fois que papa devenait un peu plus riche. Rafe vit de ses rentes. Prépare un doctorat sur la contestation dans le drame anglais du début du XVIIe.

Rafe, vautré sur un divan, avait un verre de vin à la main et une capuche de Père Noël sur la tête, tel l'ornement qu'il affectait d'être : d'une beauté scandaleuse, presque équivoque. Aussi long et mince que Justin, mais avec un visage osseux aux courbes menaçantes. Et de l'or partout : cheveux blond foncé, peau légèrement cuivrée, yeux noisette aux paupières lourdes. Il ressemblait à un masque trouvé dans un tombeau égyptien.

— Oh là là ! m'écriai-je. Tout d'un coup, ce projet me paraît très tentant.

— Si tu es sage, je n'en dirai rien à ton homme. De toute façon, ce type est probablement un travelo… Et le meilleur pour la fin : Abigail Stone, alias Abby.

Petite, les cheveux bruns descendant jusqu'aux épaules et le nez camus, Abby n'était pas vraiment jolie. Pourtant, son visage espiègle ne laissait pas indifférent. Assise devant un feu de tourbe, elle enfilait des pop-corn pour en faire une guirlande tout en jetant à la personne qui filmait, sans doute Lexie, un regard ironique. Et le flou de sa main libre laissait supposer qu'elle venait d'envoyer un grain de pop-corn en direction de la caméra.

— Elle a eu un parcours tout à fait différent, précisa Frank. Née à Dublin, père absent. Sa mère l'a placée, à dix ans, dans une famille d'accueil. Après des études secondaires brillantes, Abby est entrée à Trinity. Elle a travaillé d'arrache-pied et obtenu sa licence avec mention « très bien ». Doctorat sur les antagonismes de classes dans la littérature victorienne. Elle payait ses études en faisant des ménages dans des bureaux et en donnant des cours de soutien à des mômes. Maintenant qu'elle n'a plus de loyer à verser, puisque Daniel n'en demande à personne, elle se fait de l'argent de poche en aidant des étudiants dans leur travail et son directeur d'études dans ses recherches. Tu t'entendras bien avec elle.

Même pris à l'improviste, ces quatre-là piquaient la curiosité. Je sentais l'odeur du pain d'épice en train de cuire, j'entendais les cantiques en arrière-fond. Une vraie carte de vœux. Ils étaient trop parfaits. Virginaux, irréels. Cette impression venait sans doute de leur façon austère, presque puritaine, de s'habiller : les chemises immaculées des garçons, leurs pantalons aux plis impeccables, la longue jupe de laine d'Abby enrobant sagement ses genoux ; rien à voir avec les vêtements fripés après mille passages dans une laverie automatique que je portais à l'époque où j'étais étudiante. Ils semblaient surgis d'un autre siècle, d'un temps révolu qui faisait d'eux non seulement des originaux mais des extraterrestres.

— Drôle d'équipe, murmurai-je.

— En effet. Et un peu bizarre, selon les autres étudiants du département d'anglais, où ils ne sont guère populaires. Les quatre se sont rencontrés au tout début de leurs études universitaires, il y a sept ans. Depuis, ils sont inséparables et ne se lient avec personne. Pourtant, d'une façon ou d'une autre, Lexie a réussi à intégrer leur cénacle dès son entrée à Trinity. D'autres étudiants ont cherché à devenir amis avec elle. Elle n'a pas donné suite. Elle ne s'est intéressée qu'à ce petit groupe.

Je comprenais pourquoi, ce qui me la rendit un peu plus sympathique. Quoi qu'on puisse penser d'elle, elle avait du goût.

— Qu'est-ce que tu leur as dit ?

Frank eut un grand sourire.

— Une fois qu'elle a atteint la masure où elle a perdu connaissance, le choc et le froid l'ont plongée dans un coma hypothermique. Ça a ralenti son rythme cardiaque, ce qui lui a donné toutes les apparences de la mort, a arrêté l'hémorragie et empêché la détérioration des organes vitaux. Selon Cooper, c'est « cliniquement grotesque, mais ça peut paraître plausible à des gens dépourvus de connaissances médicales », ce qui me convient. Aucun membre du groupe n'a mis cette version en doute.

Il alluma une cigarette, souffla la fumée en direction du plafond.

— Elle est toujours inconsciente et le pronostic est réservé. Mais il est possible qu'elle s'en sorte. On ne sait jamais.

— Ils vont demander à la voir, objectai-je.

— Ils l'ont déjà fait. Malheureusement, des impératifs de sécurité nous interdisent, pour l'instant, de révéler l'endroit où elle se trouve.

— Comment ont-ils réagi ?

Frank réfléchit un instant, la tête contre le dossier du canapé, fumant lentement.

— Ils sont sous le choc, répondit-il enfin. C'est bien normal. Mais on ne peut déterminer si c'est parce qu'on l'a poignardée ou si l'un d'eux redoute qu'elle ne reprenne conscience et ne nous raconte ce qui s'est passé. Ils se montrent très coopératifs, répondent à toutes nos questions sans la moindre réticence. Toutefois, ils n'ont pas révélé grand-chose. Ils sont particuliers, Cass ; difficiles à cerner. J'adorerais savoir ce que tu tirerais d'eux.

Je rassemblai les photos, les lui rendis.

— Bien. Pourquoi as-tu éprouvé le besoin de venir jusqu'ici et de me montrer ces clichés ?

Écarquillant ses yeux bleus, il prit son air le plus innocent.

— Pour voir si tu reconnaîtrais l'un d'eux, ce qui changerait tout.

— Je n'en connais aucun. Crache le morceau, Frank. Qu'est-ce que tu veux ?

Il soupira, tapota méthodiquement les photos sur la table jusqu'à ce qu'aucune ne dépasse plus de la pile, les glissa dans la poche de sa veste.

— Je voudrais être certain de ne pas être en train de perdre mon temps, articula-t-il posément. J'ai besoin de savoir si tu as l'intention de retourner aux violences domestiques lundi matin et d'oublier tout ça.

Toute sa fausse bonne humeur avait disparu. Je le connaissais assez pour savoir que c'était dans ces moments-là qu'il était le plus redoutable.

— Je ne suis pas sûre de pouvoir l'oublier, déclarai-je prudemment. Cette affaire m'a perturbée. Elle ne me plaît pas et je ne veux pas m'en mêler.

— C'est bien dommage. J'ai travaillé comme un fou, ces deux derniers jours, à rechercher toutes les informations possibles sur la vie de Lexie Madison…

— Ce qui aurait été fait de toute façon. Arrête de me culpabiliser.

— Donc, ton travail te convient.

Il savait que je mentais. Était-ce le souvenir des moments fébriles, exaltants que j'avais vécus en collaborant avec lui ? Ou cette odeur de printemps qui, flottant dans l'air, me stimulait ? En tout cas, pour la première fois depuis des mois, j'avais l'impression de me réveiller. Même si je n'avais aucune intention de l'avouer à Frank, l'idée de retrouver ma routine m'accablait. Je travaillais avec un type du Kerry nommé Maher, qui portait des chandails de golf, trouvait risible tout accent non irlandais et respirait avec bruit en tapant sur son clavier. Tout à coup, je ne fus plus certaine de pouvoir passer une heure de plus en sa compagnie sans lui balancer mon agrafeuse à la tête.

— Quel rapport avec l'affaire ? demandai-je.

— Simple curiosité. La Cassie Maddox que j'ai connue ne se serait jamais contentée d'une tâche de rond-de-cuir qu'elle aurait pu accomplir les yeux fermés. C'est tout.

Soudain, j'eus furieusement envie qu'il s'en aille. Sa présence rendait mon appartement trop exigu, trop dangereux.

— Sûr, dis-je en prenant les verres pour les apporter à la cuisine. Mais ça fait un bail.

— Cassie, murmura-t-il derrière mon dos d'une voix très douce, que t'est-il arrivé ?

— J'ai rencontré Jésus, mon Rédempteur ! criai-je en posant brutalement les verres dans l'évier. On m'a fait une transplantation cérébrale, j'ai attrapé la maladie de la vache folle, j'ai été poignardée, j'ai vieilli et je suis devenue raisonnable ! Appelle ça comme tu voudras. Je n'ai aucune idée de ce qui m'est arrivé, Frank. Tout ce que je sais, c'est que je veux, pour changer, un peu de tranquillité dans ma vie. Et ce n'est certes pas ton affaire à la noix et ton projet délirant qui me l'apporteront !

— Pigé, concéda-t-il avec un calme qui me donna l'impression de passer pour une idiote. C'est ton choix. Si je te promets de ne plus évoquer cette affaire, aurai-je droit à un autre verre de vin ?

Mes mains tremblaient. Sans répondre, j'ouvris violemment le robinet.

— On pourrait papoter. Comme tu dis, ça fait un bail. Nous pesterons contre le temps, je te montrerai des photos de moi gamin et tu me parleras de ton nouveau jules. Qu'est devenu Trucmuche, le type avec qui tu sortais jadis, l'avocat ? J'ai toujours pensé qu'il était trop vieux jeu pour toi.

Mon boulot d'infiltrée avait eu raison d'Aidan. Il ne supportait plus que j'annule nos rendez-vous sans explication, que je refuse de lui raconter ce que je faisais de mes journées. Il m'avait plaquée en me reprochant d'accorder plus d'importance à mon métier qu'à lui.

Je rinçai les verres, les posai sur l'égouttoir.

— À moins que tu n'aies besoin de rester seule pour réfléchir, ajouta Frank avec sollicitude. Je comprendrais. C'est une décision importante.

Je ne pus m'empêcher d'éclater de rire. L'enfoiré ! Si je le fichais à la porte maintenant, cela revenait à reconnaître que j'envisageais d'adhérer à son plan démentiel.

— Parfait, dis-je. Bois tout le vin que tu voudras. Mais si tu mentionnes cette histoire une fois de plus, je te les broie. Ça te va ?

— Magnifique ! s'écria-t-il joyeusement. D'habitude, je paie pour ça.

— Pour toi, ce sera gratuit.

Je lui tendis les verres. Il les essuya sur sa chemise et prit de la bouteille.

Nous avons terminé la première, puis débouché la seconde. Frank me raconta les potins des infiltrés, ignorés de toutes les autres brigades. J'étais parfaitement consciente de ce qu'il faisait, mais entendre de nouveau les noms, le jargon connu de nous seuls, me revigora. Insensiblement, nous en arrivâmes aux souvenirs. Un jour, alors que j'assistais à une soirée, il avait eu besoin d'une information. Il avait envoyé un de ses agents jouer le rôle du soupirant éconduit et beugler sous la fenêtre : « Lexiiiiie ! » jusqu'à ce que je sorte. Un matin, alors que nous nous étions retrouvés sur un banc de Merrion Square pour une séance de mise au point, j'avais vu un étudiant se diriger vers nous. En hurlant, j'avais traité

Frank de vieux pervers avant de m'éloigner à toutes jambes. À présent, même si je m'en défendais, j'étais heureuse qu'il soit là. Autrefois, j'avais du monde chez moi en permanence, des amis ou mon ancien coéquipier, affalés sur le canapé, un peu gris, avec de la musique en arrière-fond. Mais il y avait longtemps que personne, Sam excepté, ne s'était retrouvé dans mon appartement, et plus longtemps encore que je n'avais autant ri. Cela faisait du bien.

— Tu sais, dit-il beaucoup plus tard d'un air songeur, les yeux sur son verre, tu n'as pas encore dit non.

Je n'eus pas la force de me mettre en colère.

— Ai-je dit quoi que ce soit qui ressemble plus ou moins à un oui ?

Il claqua des doigts.

— J'ai une idée ! Nous avons une réunion sur l'affaire demain soir. Pourquoi ne viendrais-tu pas ? Ça pourrait t'aider à te décider.

Et voilà. L'hameçon au milieu des leurres, le but véritable derrière les biscuits au chocolat et les marques de sollicitude.

— Bon Dieu, Frank ! Quel tartuffe tu fais !

Il sourit d'une oreille à l'autre, sans la moindre gêne.

— Tu ne peux me reprocher d'essayer. Sérieusement, tu devrais venir. Les stagiaires ne se mettront pas au travail avant lundi matin. Il n'y aura donc que Sam et moi pour discuter de ce que nous avons déjà. Ça ne t'intrigue pas ?

Bien sûr que si. Tous les renseignements qu'il m'avait fournis ne m'apprenaient rien sur ce que je brûlais de savoir : qui avait réellement été cette fille. Je posai ma tête sur le futon, allumai une cigarette.

— Tu crois vraiment que nous pourrions résoudre cette affaire ?

Il se servit un autre verre de vin, me proposa la bouteille. Je refusai.

— Dans des circonstances normales, commença-t-il, en s'installant de nouveau sur le canapé, je répondrais sans doute non. Mais ce ne sont pas des circonstances normales et deux éléments plaident en notre faveur. D'abord, cette fille n'a existé que trois ans. Tu n'auras pas à te mesurer à une vie entière, à des parents, à des frères et sœurs. Tu ne tomberas pas sur des amis d'enfance, personne ne te demandera si tu te souviens de ton premier cours de danse. Ensuite, pendant ces trois années, elle a vécu dans un cercle très restreint : elle a évolué au milieu d'un cénacle, étudié dans un seul petit département, exercé un seul emploi. Tu n'auras pas à connaître une ribambelle de parents, d'amis ou de collègues.

— Elle préparait un doctorat de littérature anglaise. Je n'y connais rien. Je faisais de bonnes rédactions au lycée mais c'est tout. Je ne parle pas leur charabia.

— À notre connaissance, elle non plus. Ça ne l'a pas empêchée de tirer son épingle du jeu. Si elle a réussi, tu réussiras aussi. Encore une fois, nous avons de la chance : elle aurait pu faire des études de pharmacie ou d'ingénieur. Quant au sujet de sa thèse, aucune inquiétude. Cette blessure à l'arme blanche va se révéler très utile : nous pouvons t'affubler d'un stress post-traumatique, d'une amnésie…

— Un petit ami ?

Il y a une limite à ce que je suis prête à accomplir dans l'intérêt d'une mission.

— Non. Ta vertu sera donc sauve. Un dernier élément nous facilitera la tâche. Tu as vu les photos. Notre amie avait un téléphone portable vidéo. Il semble que nos cinq compères y enregistraient toutes les vidéos du groupe. La qualité de l'image laisse à désirer, mais elle avait une carte mémoire phénoménale bourrée de clips. Elle et ses copains au cours de leurs promenades nocturnes, en pique-nique, s'installant dans leur nouvelle baraque, la retapant, tout. Tu as donc à ta disposition un guide tout prêt de sa voix, de sa gestuelle, de ses attitudes, du ton qu'elle employait : une mine. Et tu es douée, Cassie. Tu es un agent infiltré de premier ordre. Mets tout ça ensemble et je dirai que nous avons une chance très sérieuse de venir à bout de cette énigme.

Il vida ce qu'il restait de son verre, attrapa sa veste.

— Ça m'a fait du bien de papoter, mon ange. Tu as mon numéro de portable. Fais-moi savoir ce que tu auras décidé pour demain soir.

Je le laissai s'en aller. Ce ne fut qu'une fois la porte refermée que je pris toute la mesure de ce qu'impliquaient certaines de mes remarques ou de mes questions. « Je ne connais rien en littérature anglaise. » « Un petit ami ? » Comme si j'étudiais le plan pour en déceler les failles. Comme si j'envisageais d'en faire partie.

Frank a toujours su s'éclipser au bon moment. Après son départ, je restai longtemps assise sur le rebord de la fenêtre, fixant les toits sans les voir. En me levant pour aller me verser un autre verre, je remarquai qu'il avait abandonné quelque chose sur la table basse : une photo de Lexie et de ses amis devant Whitethorn House.

J'y jetai un coup d'œil, la bouteille dans une main, le verre dans l'autre. Je songeai à la retourner et à la laisser là jusqu'à ce que Frank renonce et vienne la récupérer ; ou à la froisser dans un cendrier avant de la brûler. Finalement, je la ramassai et la posai sur l'appui de fenêtre.

Lexie aurait pu avoir n'importe quel âge. Elle prétendait avoir vingt-six ans, mais je lui en aurais aussi bien donné dix-neuf ou trente. Les traits lisses. Pas une ride, aucune cicatrice. Si elle avait traversé des épreuves avant de devenir Lexie Madison, celles-ci avaient glissé sur elle. Je paraissais plus âgée qu'elle : l'opération Vestale avait creusé mes premières rides autour des paupières et des ombres qui ne s'effacent pas après une nuit de sommeil. Je croyais entendre Frank : « Tu as perdu énormément de sang et tu es restée dans le coma pendant des jours. Ces poches sous les yeux sont parfaites. N'utilise pas de crème de nuit. »

Les amis de la jeune femme l'entouraient en souriant. Le vent gonflait leurs manteaux, soulevait l'écharpe rouge vif de Rafe. L'angle de prise de vue était un peu bancal. Ils avaient calé l'appareil sur un objet quelconque, déclenché un ralentisseur. Aucun photographe, en face d'eux, ne leur lançait : « *Cheese !* » Leurs sourires n'étaient réservés qu'à eux, pour le jour où ils se regarderaient tous ensemble ; et à moi.

Derrière eux, emplissant presque tout le cadre, Whitethorn House. Une maison très simple : large façade grise, trois étages, des fenêtres à guillotine plus petites aux étages supérieurs pour donner l'illusion d'une hauteur plus saisissante encore. La peinture de la porte, d'un bleu profond, s'écaillait par plaques. Des marches y menaient des deux côtés. Trois rangées de cheminées, un lierre épais le long des murs, presque jusqu'au toit. Seuls ornements : les colonnes cannelées encadrant la porte et l'imposte en forme de queue de paon.

À l'inverse de mes compatriotes, dépossédés de leurs terres pendant des siècles, je n'ai pas l'obsession de la propriété. Mon sang français y est peut-être pour quelque chose. Pourtant, si j'avais voulu une maison à moi, elle aurait ressemblé à celle-là : solide, immuable, défiant le temps. De minuscules flocons de neige tourbillonnaient devant elle, estompant le lierre et les fenêtres sombres. L'impression de silence qui s'en dégageait m'enrobait tout entière, comme si, traversant la photo, j'en avais pris possession, m'imprégnant de sa quiétude.

Je pourrais apprendre qui était Lexie et ce qui lui était arrivé sans jamais aller là-bas. Sam me préviendrait lorsque les enquêteurs auraient identifié la victime ou un suspect. Peut-être, même, m'autoriserait-il à assister à l'interrogatoire. Mais je savais qu'il n'obtiendrait rien de plus que le véritable nom de Lexie et celui de son assassin. Dès lors, je passerais ma vie à m'interroger sur l'essentiel. Cette maison m'apparaissait comme une forteresse de légende, gardée par ces quatre silhouettes et chargée de secrets inavouables. Un seul sauf-conduit en ouvrirait la porte : mon visage. Whitethorn était prête à me révéler son mystère. Un refus de ma part, et elle se fermerait pour toujours.

La nuit tombait. Dans les combles, les hiboux s'agitaient. Je terminai le vin en contemplant la mer couleur d'orage, le clignotement du phare à l'horizon. Quand je me sentis assez ivre pour ne plus me soucier de son triomphe, j'envoyai un texto à Frank : « À quelle heure est cette réunion ? »

Mon portable bipa dix secondes plus tard : « 19 heures tapantes. On se voit là-bas. » Il avait laissé son téléphone à portée de main, attendant que je dise oui.

Ce soir-là, je me disputai avec Sam pour la première fois.

En trois mois, nous n'avions jamais élevé le ton. Je l'avais connu lors de l'opération Vestale. J'avais découvert, au cours de cette enquête où il avait joué un rôle capital, un homme « en or ». Peu à peu, nous nous étions rapprochés. Mais cette affaire m'avait laissée dans un tel état qu'il m'avait fallu plusieurs mois, après mon départ de la brigade criminelle, pour envisager une relation suivie avec lui.

Il arriva chez moi vers 21 heures.

— Salut, dit-il en m'étreignant, pressant contre la mienne sa joue refroidie par le vent. Ça sent bon.

Un parfum de tomate, d'ail et d'aromates régnait dans l'appartement. Une sauce compliquée mijotait sur le feu, de l'eau bouillait à côté d'un énorme paquet de raviolis. Selon le vieux principe que les femmes appliquent depuis la nuit des temps : « Pour amadouer un homme à qui vous voulez dire quelque chose qu'il ne veut pas entendre, rien de tel qu'un bon plat. »

— Je deviens une femme d'intérieur parfaite, répondis-je. J'ai même fait le ménage. Bonsoir, mon cœur, comment s'est passée ta journée ?

— Très bien, murmura-t-il distraitement. On finira par aboutir.

En enlevant son manteau, il se tourna vers la table basse : bouteilles de vin, bouchons, verres. Il eut un rire joyeux.

— Tu reçois des amants dans mon dos ?

— Frank, dis-je. Comme amoureux, on fait mieux.

Son rire s'évanouit.

— Ah… Qu'est-ce qu'il voulait ?

J'avais espéré n'entamer cette conversation qu'après le dîner. Mais j'avais oublié de nettoyer le lieu du crime. Négligence impardonnable, surtout pour une femme flic.

— Il m'a demandé de me joindre à votre réunion de demain soir, répliquai-je le plus naturellement possible en me dirigeant vers la cuisine pour surveiller la cuisson du pain à l'ail. Il a pris des gants, mais c'est là qu'il voulait en venir.

Lentement, Sam plia son manteau, le posa sur le dossier du canapé.

— Que lui as-tu répondu ?

— J'y ai beaucoup réfléchi. Je veux y aller.

— Il n'est pas réglo, lâcha Sam avec un calme que démentait la rougeur qui lui montait aux joues. Se pointer ici sans me prévenir, faire pression sur toi en mon absence…

— J'aurais pris la même décision si tu avais été là. Je suis une grande fille, Sam. Je n'ai pas besoin qu'on me protège.

— Je n'aime pas ce mec ! Je n'aime ni sa façon de penser ni sa façon de travailler.

Je claquai la porte du four.

— Il essaie d'élucider ce meurtre. Peut-être n'apprécies-tu pas ses méthodes…

D'un geste de l'avant-bras, Sam chassa nerveusement une mèche qui lui tombait dans les yeux.

— C'est faux ! Cette affaire, il s'en fout, comme il se foutait de toutes celles que j'ai traitées. Il joue, c'est tout. Te jeter au milieu d'une bande de suspects et voir ce qui va se passer, ça l'amuse ! Ce type est complètement cinglé !

Je sortis les assiettes du placard.

— Et alors ? Il ne s'agit pour moi que d'assister à une réunion. Rien de plus.

— Tu parles ! Ce malade veut se servir de toi. Il sait bien que, depuis l'année dernière, tu n'es plus toi-même…

Ces mots m'atteignirent comme une décharge électrique. J'oubliai le dîner. Je me retournai violemment. Je n'avais qu'un désir : lui envoyer les assiettes à la tête.

— Oh, Sam, non. Ne reviens pas là-dessus !

— Si ! C'est le nœud du problème. Mackey a immédiatement décelé la faille qu'il y a en toi. Et il s'est imaginé qu'il n'aurait aucun mal à t'entraîner dans son projet démentiel…

La possessivité de cet homme, au centre de la pièce, les poings furieusement serrés au fond de ses poches : « mon » affaire, « ma » gonzesse… ! Je posai brutalement les assiettes sur le plan de travail.

— Ce qu'il s'est imaginé, ce qu'il veut, je m'en moque ! Point final. Bien sûr qu'il a essayé de me convaincre ! Je lui ai dit d'aller se faire voir.

— Tu fais exactement ce qu'il te demande. Curieuse façon de lui résister !

Pendant une seconde, je crus qu'il était jaloux de Frank. Si c'était le cas, comment réagir ?

— Si je ne vais pas à cette réunion, poursuivis-je, je ferai ce que toi, tu me demandes. Est-ce que ça signifiera que je te laisse décider à ma place ? Ma décision, je l'ai prise seule. Tu m'en crois incapable ? Bon Dieu, Sam, ce qui s'est passé l'année dernière ne m'a pas lobotomisée !

— Ce n'est pas ce que je voulais dire. J'affirme simplement que tu n'es pas toi-même depuis…

— Regarde bien, Sam. C'est moi. J'ai fait de l'infiltration des années avant l'opération Vestale. Alors, ne la mêle pas à tout ça… Je t'en conjure.

Il se laissa tomber sur le canapé, passa les mains sur son visage. Il avait l'air harassé. Sa journée avait dû être épuisante. Je me sentis pleine de remords.

— Et s'il t'arrivait quelque chose ? dit-il enfin. À cause de mon affaire, qui n'a rien à voir avec toi… Parce que je n'aurais pas réussi à coincer mon homme ? Je ne peux pas vivre avec cette idée, Cassie. Je ne peux pas.

Je ne savais plus si je devais le serrer dans mes bras ou lui donner des coups de pied.

— Qu'est-ce qui te fait penser qu'elle n'a rien à voir avec moi ? Cette fille est mon double. Elle arborait partout mon visage. Comment peux-tu être sûr que l'assassin ne s'est pas trompé de victime ? Réfléchis. Une étudiante passant son temps à lire Charlotte Brontë ou une enquêtrice qui a mis des dizaines d'individus à l'ombre : laquelle, selon toi, a le plus de chances d'avoir un meurtrier à ses trousses ?

Silence. Sam avait participé à l'opération Vestale. Nous savions tous les deux qu'une personne, au moins, aurait aimé me voir morte et était parfaitement capable d'engager quelqu'un pour me tuer.

— Tu penses à… ?

— Peu importe. Il peut s'agir de n'importe quelle affaire, de n'importe qui. Je ne veux pas passer le reste de ma vie à regarder par-dessus mon épaule. Jamais je ne supporterai cette menace !

Il tressaillit.

— Cela ne durerait pas toute ta vie. J'espère pouvoir te promettre au moins ça. J'ai bien l'intention de coincer ce type…

— Je sais, Sam. Je suis désolée. Ne crois pas que je doute de toi.

— Si vraiment il te traque, tu as toutes les raisons, justement, de rester en dehors et de me laisser le retrouver.

Une odeur de brûlé envahit le studio. Je me précipitai pour éteindre sous les casseroles. Aucun de nous deux n'était d'humeur à déguster mes raviolis. Je m'assis en tailleur sur le canapé, face à lui.

— Tu me traites comme ta petite amie, Sam. Dans un cas comme celui-là, je ne le suis pas. Je suis inspecteur de police, comme toi.

Il eut un sourire triste.

— Ne pourrais-tu pas être les deux ?

— Je l'espère.

Je regrettai d'avoir terminé le vin. Sam avait besoin d'un remontant.

— Je le souhaite, ajoutai-je. Mais pas de cette manière.

Il s'allongea sur le canapé, soupira.

— Donc, tu veux participer au plan de Mackey.

— Non ! Je veux simplement connaître cette fille. Voilà pourquoi je me rendrai à cette réunion. Cela n'a aucun rapport avec Frank et son idée tordue. Je veux juste entendre parler d'elle.

— Mais pourquoi ?

Il se redressa et me saisit les mains, me forçant à le regarder. Sa voix se fit presque suppliante.

— Quel rapport a-t-elle avec toi ? Elle n'est ni une parente, ni une amie, rien ! Elle n'est qu'un hasard : une fille qui, recherchant une nouvelle vie, est tombée sur l'occasion rêvée.

— Je sais. En plus, elle ne semble pas particulièrement sympathique. Si je l'avais rencontrée, elle m'aurait sans doute déplu. Toute la question est là. Je ne veux pas qu'elle m'obsède. Je ne veux pas m'interroger à son sujet. J'espère que, si j'en découvre assez sur elle, je pourrai passer à autre chose et oublier jusqu'à son existence.

— J'ai un sosie, dit Sam. Il habite Wexford ; il est ingénieur. C'est tout ce que je sais de lui. À peu près une fois par an, quelqu'un m'aborde en m'appelant Brendham, puis, une fois détrompé, me jure que je suis son portrait craché. Nous rions tous les deux. Parfois, la personne en question prend une photo de moi avec son portable pour la lui montrer. Et tout s'arrête là.

— Cette fois, c'est différent.

— En quoi ?

— D'abord, ton sosie n'a pas été assassiné.

— Sans vouloir lui porter malheur, ça ne me dérangerait pas le moins du monde. Cela ne me poserait aucun problème, sauf si je devais m'occuper de l'affaire.

— Cette fille est mon problème, Sam.

Ses grandes mains, solides et chaudes, enveloppaient les miennes. Ses cheveux tombaient sur son front, comme chaque fois qu'il se sentait inquiet. En cette nuit de printemps, nous aurions dû marcher ensemble sur une plage déserte, bercés par le bruit des vagues et le cri des courlis, essayer chez moi une nouvelle recette en écoutant de la musique trop forte, déguster une bière dans un pub à l'ancienne où l'on chante encore des ballades bien après l'heure de fermeture.

— Quelque chose m'échappe.

Il avait posé nos mains sur mes genoux et les regardait, son pouce caressant l'une de mes phalanges.

— Je ne vois qu'un meurtre banal, avec une coïncidence qui pourrait concerner n'importe qui. Bien sûr, j'ai eu un choc en présence de la victime, mais uniquement parce que j'ai cru que c'était toi. Une fois mon émotion dissipée, j'ai pensé que tout rentrerait dans l'ordre. Or vous agissez, toi et Mackey, comme si cette fille représentait quelque chose pour vous. Quelque chose de personnel. Je me trompe ?

— Dans un sens, oui, c'est personnel. Pour Frank, tu as en partie raison : cette affaire représente pour lui la perspective d'une aventure inespérée. Ce n'est pas tout. Il est à l'origine de la naissance de Lexie Madison. Pendant les huit mois où elle a vécu par mon intermédiaire, il en a été responsable. Il l'est toujours aujourd'hui.

— Mais cette fille n'est pas Lexie Madison ! Elle a usurpé son identité. Si je consultais le fichier des fraudes à l'état civil, je t'en trouverais des centaines comme elle. Il n'y a pas de Lexie Madison. Toi et Mackey, vous l'avez fabriquée.

Ses mains s'agrippèrent aux miennes.

— Je sais, murmurai-je. Et c'est le nœud du problème.

— Donc, je ne me trompe pas. Ce type est fou.

Je ne lui donnais pas entièrement tort. J'avais toujours pensé que la témérité légendaire de Frank venait de son rapport ambigu avec la réalité. Pour lui, chaque opération ressemblait à un plan de guerre virtuelle concocté par le Pentagone. Même s'il agissait froidement, en ne laissant rien au hasard, même s'il maîtrisait la situation, il ne pouvait s'empêcher, au bout du compte, de se prendre pour Sean Connery.

En cela, je lui ressemblais. J'avais toujours eu du mal, moi aussi, à distinguer le réel de l'imaginaire. Selon ma copine Emma, pragmatique s'il en est, cela remontait à la mort de mes parents. J'étais trop jeune, disait-elle, pour avoir réellement mesuré l'événement. D'où ma fuite dans le rêve, la fratrie que je m'étais inventée. Lexie Madison avait pris le relais. Pendant ses huit mois d'existence, elle était devenue pour moi un être réel, une sœur que j'avais perdue ou abandonnée ; un fantôme toujours présent. Avant même qu'elle surgisse de l'ombre, j'avais une dette envers elle parce que je lui avais survécu.

Je ne parlai pas de cela à Sam. Il était déjà assez perturbé. Inutile de lui imposer des élucubrations aussi fumeuses. Je lui racontai quand même ce que je ne lui avais jamais confié auparavant : le quotidien d'un agent infiltré, l'excitation, l'instinct du chasseur, le goût du danger qui, agissant comme une drogue, rendait fade, insipide, tout ce que je pourrais vivre aux violences domestiques pendant un million d'années.

Lorsque j'eus terminé, il me scruta d'un air inquiet.

— Es-tu en train de me dire que tu souhaites réintégrer l'équipe de Mackey ?

— Non, assenai-je en le regardant droit dans les yeux. Pas du tout.

Je me souvins des agents assassinés, de ceux dont le mariage s'était brisé, qui avaient perdu leurs amis sans même s'en rendre compte. Et de ceux qui avaient craqué, comme McCall, qui avait infiltré un groupe dissident de l'IRA et que tout le monde croyait invulnérable, jusqu'à ce qu'il s'effondre. Un soir, il avait téléphoné d'une cabine, en face d'un pub que fréquentaient les terroristes qu'il espionnait. Il n'avait plus la force d'y retourner. Il ne pouvait pas non plus s'en aller, ses jambes ne le portaient plus. Il pleurait.

— Venez me chercher, suppliait-il. Je veux rentrer chez moi !

La dernière fois que je l'avais croisé, il travaillait aux archives.

Certains, au contraire, basculaient du côté opposé, perdaient toute sensibilité, toute conscience du risque. Leur travail les dévorait, les coupait du reste du monde, comme ces aviateurs de la Grande Guerre auréolés de gloire qui, rendus à la vie civile, ne parvinrent jamais à se réadapter et se sentirent pour toujours étrangers parmi leurs proches.

Telle était la rançon de la vie d'agent infiltré : une retraite misérable ou une solitude absolue. Pourtant, cette vie nous révélait à nous-mêmes. Alors que je chancelais souvent face à des dangers plus subtils, plus insidieux, je n'avais jamais eu peur, au cours de mes missions, de me faire tuer ou de perdre le contrôle de mes nerfs. « Les meilleurs agents infiltrés, m'avait dit un jour Frank, obéissent à une part d'ombre qui, tapie au fond d'eux-mêmes, les pousse à braver tous les périls. » Je ne sais s'il avait raison. En tout cas, cela aussi, je le gardai pour moi.

3

Le samedi soir, donc, pour le conseil de guerre de Frank, je me rendis avec Sam à Dublin Castle, qui abrite les locaux de la brigade criminelle. Là, un soir d'automne, j'avais classé mes dossiers en piles estampillées chacune d'un Post-it, jeté à la corbeille les dessins humoristiques collés à mon ordinateur, débarrassé mes tiroirs de mes vieilles cartes de Noël et de mes crayons mâchonnés, éteint les lumières et refermé la porte derrière moi.

Sam passa me prendre. Il paraissait très calme. Le matin, il s'était levé si tôt que l'appartement était encore sombre quand il s'était penché pour m'embrasser avant de partir. Je ne l'interrogeai pas sur l'affaire. S'il avait découvert quelque chose d'intéressant, même la piste la plus infime, il m'en aurait parlé.

— Ne laisse pas Mackey faire pression sur toi, te mener là où tu ne veux pas, me dit-il dans la voiture.

— Allons… Quand ai-je cédé à l'insistance de qui que ce soit ?

Il régla soigneusement son rétroviseur.

— Ouais… Je sais.

Dès qu'il ouvrit la portière, l'odeur du bâtiment, ce mélange indéfinissable d'humidité, de fumée et de citron me saisit à la gorge. Je m'en délectai un instant, heureuse de ne pas respirer, pour une fois, la senteur antiseptique du nouveau bâtiment de Phoenix Park, siège des violences domestiques. Je déteste la nostalgie. Pourtant, chaque pas ravivait en moi des images enfouies : moi dévalant les escaliers, un paquet de dossiers dans chaque main et une pomme entre les dents, mon coéquipier et moi marquant une pause devant la porte d'entrée après avoir obtenu nos premiers aveux dans la salle d'interrogatoire ; nous deux harcelant le patron dans le vestibule, le conjurant de nous accorder encore un peu de temps. Pour l'heure, les couloirs semblaient vaciller, comme si j'avais eu le mal de mer.

— Ça va ? demanda Sam.

— Je meurs de faim. Qui a eu l'idée d'organiser cette réunion à l'heure du dîner ?

Soulagé, il sourit, me pressa brièvement la main.

— On ne nous a pas encore affecté de salle d'opérations. On attend que nous ayons défini une stratégie.

Il ouvrit la porte de la salle commune de la brigade.

À califourchon sur une chaise, Frank faisait face au grand tableau. Bien sûr, sa promesse d'une conversation informelle entre lui, Sam et moi était du pipeau. Cooper, le médecin légiste, et O'Kelly, le chef de la criminelle, étaient installés devant des bureaux placés aux deux extrémités de la pièce. Cette vision de Cooper à la silhouette de héron et d'O'Kelly au mufle de bouledogue bien peigné aurait dû me faire rire. En fait, elle me mit mal à l'aise. Cooper et O'Kelly se haïssent. Les réunir dans la même pièce exige une force de persuasion peu commune et au moins deux bouteilles d'un grand cru. Pour de mystérieuses raisons, Frank avait remué ciel et terre pour qu'ils acceptent d'être là tous les deux. Sam me jeta un regard alarmé. Lui non plus ne s'attendait pas à cela.

— Maddox, dit O'Kelly, réussissant à donner à sa voix le ton d'un homme profondément déçu.

Alors qu'à l'époque où je faisais partie de sa brigade il n'avait jamais fait grand cas de moi, il avait quasiment pris ma demande de mutation aux violences domestiques comme une offense personnelle. Il ajouta :

— Ça se passe bien, chez les minus ?

— Un vrai paradis, monsieur.

Quand je me sens tendue, j'ai tendance à me montrer insolente. Je me tournai vers le médecin légiste.

— Bonsoir, docteur Cooper.

— C'est toujours un plaisir, inspecteur Maddox.

Il ignora Sam. Il le déteste lui aussi, comme il déteste à peu près tout le monde. J'étais, jusqu'à présent, restée dans ses petits papiers. Mais s'il apprenait que Sam était mon compagnon, il me rayerait aussi sec de sa liste de cartes de vœux.

— Au moins, à la criminelle, bougonna O'Kelly en lorgnant mon jean déchiré, refusant de venir à la réunion dans ma tenue de fonctionnaire bien élevée, la plupart d'entre nous peuvent s'offrir des vêtements décents. Comment va Ryan ?

Sa question se voulait sans doute méchante. Robert Ryan avait été mon coéquipier à la criminelle. Je ne l'avais pas revu, pas plus, d'ailleurs, que Cooper ou O'Kelly, depuis ma mutation.

— Il vous envoie ses amitiés, monsieur.

— Je n'en attendais pas moins de lui.

Il ricana à l'intention de Sam, qui se détourna.

La salle commune, qui, d'ordinaire, peut contenir vingt personnes, avait son aspect du samedi soir : ordinateurs éteints, bureaux encombrés de papiers et d'emballages de fast-food. Les femmes de ménage ne passeraient pas avant le lundi matin. Près de la fenêtre, les bureaux où Rob et moi avions coutume de nous asseoir étaient toujours à angle droit, tels que nous les avions disposés pour nous retrouver épaule contre épaule. Une autre équipe, peut-être les bleus qui nous avaient remplacés, en avait pris possession. Celui qui avait choisi mon bureau avait un gosse. Un petit garçon aux dents de devant manquantes souriait dans un cadre, à côté d'un tas de dépositions frôlées par le soleil couchant. À cette heure, je l'avais toujours dans les yeux.

Je respirais avec peine. L'air semblait épais, presque solide. Un des néons fonctionnait mal. Sa lumière clignotait très vite, comme dans un mauvais rêve. Mon écriture ornait encore la tranche de deux gros dossiers rangés sur une des étagères. Sam tira son siège vers son bureau. Il garda le silence, ce dont je lui fus reconnaissante. Je me concentrai sur les traits de Frank. Des poches creusaient ses yeux et il s'était coupé en se rasant. Il avait quand même l'air vif, plein d'énergie. Ce moment, il l'attendait depuis longtemps.

Il surprit mon regard.

— Contente d'être de retour ?

— Aux anges.

M'avait-il convoquée exprès dans cette pièce, certain que cela me remuerait ? Je laissai tomber ma serviette sur un bureau. C'était celui de Costello, dont je reconnus les gribouillis sur des brouillons. Je m'appuyai contre le mur, enfonçai les mains dans les poches de ma veste.

— Même si j'apprécie hautement votre compagnie et le charme de cette petite réunion, déclara Cooper en s'écartant encore un peu plus d'O'Kelly, je serais ravi que nous en venions directement au fait.

— Très bien, dit Frank. Affaire Madison. Enfin, affaire X, alias Madison. Quelle est sa dénomination officielle ?

— Opération Miroir, répondit Sam.

De toute évidence, ma ressemblance avec la victime était déjà connue en haut lieu. Merveilleux. Je me demandai s'il était trop tard pour changer d'avis, rentrer chez moi et commander une pizza.

— Opération Miroir. Parfait, entérina Frank. Trois jours se sont écoulés. Nous n'avons ni suspect, ni piste, ni identification. Ainsi que vous le savez tous, il serait peut-être temps d'essayer une nouvelle tact…

— Minute ! le coupa O'Kelly. Nous examinerons votre « nouvelle tactique » dans un moment. J'ai d'abord une question à poser.

Frank eut un geste magnanime.

— Je vous en prie.

O'Kelly lui jeta un regard noir. Une âpre rivalité flottait dans l'air.

— À moins que quelque chose ne m'ait échappé, cette fille a été assassinée. Corrigez-moi si je me trompe, Mackey, mais je ne vois là aucune violence domestique, ni rien qui indique que la victime ait été un agent infiltré. Alors, pour commencer, pourquoi avez-vous tenu, lança-t-il en me désignant d'un geste du menton, à ce que Maddox soit là ?

— Je n'y suis pour rien ! m'exclamai-je.

— La victime, expliqua Frank, a usurpé une identité que j'avais créée pour un de mes agents. J'en fais une affaire personnelle. Vous devrez donc me supporter. Vous aurez, ou vous n'aurez pas, à endurer la présence de l'inspecteur Maddox. Nous sommes ici pour en décider.

— Je le peux immédiatement !

— Attends un peu, Cass. Ne donne pas ta réponse avant que nous ayons terminé. Quand tu m'auras entendu, tu auras tout loisir de m'envoyer paître. Je l'accepterai sans protester. Cette perspective te convient ?

Je renonçai. Voici un autre talent de Frank : feindre d'accorder une énorme concession, afin que vous passiez pour une tête de mule si vous ne faites pas la moitié du chemin vers lui.

— Elle m'enchante, dis-je.

Il s'adressa aux autres.

— Ça vous va ? À la fin de la réunion, vous m'ordonnerez d'aller me rhabiller et je ne mentionnerai plus jamais ma petite idée. Toutefois, écoutez-moi d'abord. Tout le monde est d'accord ?

O'Kelly grogna. Cooper eut un haussement d'épaules indifférent. Je ne pus m'empêcher de penser : *Ce salaud va tous les embobiner*.

— Avant d'aller plus loin, reprit Frank, assurons-nous que la ressemblance résiste à un examen approfondi. Dans le cas contraire, nous laisserons tomber.

Personne ne réagit. Il se leva, sortit de son dossier une série de photos qu'il épingla au tableau : l'agrandissement de la carte d'identité universitaire de Trinity College ; le visage de Lexie de profil, tuméfié, les yeux clos ; un cliché en pied de son corps sur la table d'autopsie, encore habillé, grâce à Dieu, les poings serrés sur la sombre étoile de sang ; un gros plan de ses mains dépliées, souillées d'une croûte brunâtre sous laquelle subsistaient des traces de vernis à ongles.

— Cassie, s'il te plaît, pourrais-tu venir une minute ?

Enfoiré… Je me détachai du mur et allai me placer contre le tableau comme une prévenue attendant qu'on la prenne en photo. J'étais prête à parier que Frank avait déjà extrait la mienne des archives et l'avait comparée à la loupe aux clichés accrochés au tableau. Il préfère poser des questions dont il connaît déjà les réponses. Il précisa gaiement :

— Il aurait été préférable d'utiliser, pour cette confrontation, le cadavre lui-même. Mais j'ai craint que ça ne paraisse un peu bizarre.

— Dieu soit loué, marmonna O'Kelly.

La voix de Rob résonna à mes oreilles. Nous ne nous parlions plus. Et il me manquait. Je ne l'avais jamais admis, même au milieu de la nuit, lorsque les défenses s'écroulent. Je l'avais haï au point de briser des objets contre les murs. Et puis je m'étais forcée à ne plus penser à lui. Mais, dans cette salle commune, face à ces quatre hommes qui me scrutaient comme si j'avais été une dépouille allongée à la morgue, avec ces photos si proches de moi que j'en frissonnais, j'aurais donné dix ans de ma vie pour qu'il soit là, juste un instant, me fixant d'un air sardonique derrière le dos d'O'Kelly et clamant que la substitution ne marcherait jamais, parce que la victime, elle, était vraiment jolie. Pendant une seconde, je crus sentir son after-shave.

— Les sourcils, martela Frank en tapotant la photo d'identité, correspondent. Les yeux aussi. La frange de Lexie est plus courte. Tu auras besoin d'une coupe, Cassie. Pour le reste, les cheveux sont les mêmes. Quant aux oreilles… Tourne-toi une seconde, veux-tu ? Aucune différence. Les tiennes ont été percées ?

— Trois fois.

— Les siennes, deux fois seulement. Voyons ça, dit-il en se penchant vers une des miennes. Il ne devrait pas y avoir de problème. À moins de chercher, on ne remarque rien. Le nez est identique. La bouche également. Le menton, idem. Même chose pour les mâchoires.

Sam grimaça. Cooper m'examina d'un œil professionnel qui me donna la chair de poule.

— Vos pommettes et vos clavicules apparaissent plus marquées que celles de la victime. Puis-je vous demander votre poids ?

Je ne me pèse jamais. Je répondis, de façon approximative :

— Entre cinquante et cinquante-trois kilos. Cinquante-cinq, peut-être.

— Tu es légèrement plus mince qu'elle, dit Frank. Pas de problème. La nourriture de l'hôpital, pendant une semaine ou quinze jours, ferait maigrir n'importe qui.

Il passa ensuite à la pointure de Lexie, à la taille de ses vêtements, à son tour de hanches, de poitrine, énuméra les chiffres avec une dextérité de tailleur.

— Ça coïncide ?

— À peu près.

Rob, encore. J'aurais voulu remonter le temps, retrouver les moments où je lui balançais un coup de pied dans le tibia chaque fois qu'O'Kelly nous sortait une de ses âneries pompeuses qui nous faisaient pouffer, au lieu d'être là, jaugée comme une pouliche, bougeant telle une marionnette, exhibant mes oreilles ou mon buste pour vérifier si mes seins entraient bien dans le soutien-gorge d'une morte.

— Pour le poids et la largeur d'épaules, c'est presque ça. Tu auras une garde-robe toute neuve, me lança Frank avec un grand sourire. Qui a prétendu que ce travail n'avait pas ses bons côtés ?

— Ce qu'elle a sur elle pourrait suffire, gloussa perfidement O'Kelly.

Frank désigna le gros plan.

— À présent, le plus important. Les gens remarquent toujours les mains. Tu nous montre les tiennes, Cassie ?

Je les lui tendis comme s'il allait les menotter.

Une lueur d'espoir éclaira les yeux de Sam, jusque-là très inquiet. Le moment de vérité était arrivé. Frank lui-même ne pouvait pas connaître la réponse. Si je n'avais pas les mêmes mains que Lexie, tout tombait à l'eau et je rentrais chez moi. Frank contempla longuement les miennes. Puis, désignant celles de la victime :

— Voici les plus belles mains que j'aie jamais vues.

— Extraordinaire ! s'extasia Cooper en s'avançant vers moi et en étudiant mes phalanges par-dessus ses lunettes. Une chance sur plusieurs millions !

Frank s'adressa à l'ensemble de la salle.

— Objections ?

Silence. Sam serrait les mâchoires.

— Messieurs, conclut Frank avec un geste emphatique, nous avons devant nous une réplique parfaite.

— Ce qui n'implique pas nécessairement que nous devons l'utiliser, dit Sam.

Toujours aussi sarcastique, O'Kelly applaudit lentement.

— Félicitations, Mackey. Cela ferait un superbe jeu de société. Maintenant que nous connaissons la morphologie de Maddox sous toutes ses coutures, pourrions-nous revenir à l'affaire ?

Mes jambes tremblaient comme si j'avais couru. J'étais furieuse contre tout le monde, y compris contre moi.

— Suis-je autorisée à ne plus rester plantée là ? À moins que vous n'ayez besoin de moi pour vous inspirer…

— Bien sûr, tu peux regagner ta place, concéda généreusement Frank en prenant un marqueur. Donc, voici ce que nous avons. Alexandra Janet Madison, surnommée Lexie, déclarée née à Dublin le 1er mars 1979, ce que je suis bien placé pour savoir, puisque cette déclaration a été faite par moi. En octobre 2000, poursuivit-il en inscrivant les dates et les événements au tableau, elle entre à l'université de Dublin en troisième cycle de psychologie. En mai 2001, victime de surmenage, elle interrompt ses études pour se rétablir. Dès lors, nous aurions dû ne plus jamais entendre parler d'elle.

— Minute ! protestai-je. Tu m'as collé une dépression nerveuse ?

— Ta thèse exigeait trop de toi, répliqua-t-il joyeusement. L'université est un monde dur. Certains ne résistent pas. Il fallait que je me débarrasse de toi d'une façon ou d'une autre.

Calée contre le mur, je lui adressai une horrible grimace. Il me décocha un clin d'œil. À l'époque, il avait donc tout prévu. Et cela avait aidé la fausse Lexie. Ses cafouillages quand elle était tombée sur cette vieille connaissance à qui elle avait ensuite soutiré des renseignements, ses faux pas, ses hésitations, tout était passé comme une lettre à la poste : « Elle a eu une dépression, tu sais… »

— Pourtant, reprit Frank en remplaçant son marqueur bleu par un rouge, en février 2002, Alexandra Madison réapparaît. Elle récupère son dossier universitaire et s'en sert pour s'inscrire à Trinity College, en doctorat d'anglais. Nous n'avons aucune idée du véritable nom de cette fille ni de ce qu'elle faisait auparavant. Et nous ignorons comment elle a usurpé l'identité de Lexie Madison. Nous avons relevé ses empreintes : elles ne figurent pas dans le fichier.

— Tu devrais peut-être élargir le champ des recherches, proposai-je. Il y a une chance raisonnable pour qu'elle ne soit pas irlandaise.

Il se tourna vivement vers moi.

— Pourquoi ça ?

— Les Irlandais qui veulent disparaître ne restent pas ici. Ils s'enfuient à l'étranger. Si elle avait été irlandaise, elle serait tombée sur un membre du club de Loto de sa mère en moins d'une semaine.

— Pas forcément. Elle menait une vie très retirée.

— Je suis son sosie, non ? Or, chez moi, le sang français domine, du moins en ce qui concerne mon apparence. Personne ne me prend pour une Irlandaise avant que j'ouvre la bouche. Si mon physique indique des origines étrangères, il en va certainement de même pour elle.

— Magnifique ! assena lourdement O'Kelly. Agents infiltrés, violences domestiques, immigration, les rosbifs, Interpol, le FBI… Qui d'autre pourrait se joindre à la chasse au trésor ? L'association des Fermières irlandaises ? Les Petites Sœurs des pauvres ?

— Y aurait-il une chance de l'identifier d'après sa denture ? hasarda Sam. Ou même de déterminer son pays d'origine ? Ne pourrait-on savoir où ont été effectués ses soins dentaires ?

— La jeune femme en question avait une denture superbe, intervint Cooper. Bien sûr, je ne suis pas spécialiste en la matière. Mais elle n'avait ni plombages, ni couronnes, ni dents arrachées, ni aucune autre intervention repérable.

Sam me jeta un regard interrogateur. Je ne lui cachai pas ma perplexité, tandis que Cooper continuait :

— Deux de ses dents de devant se chevauchent légèrement et une de ses molaires supérieures est plantée de travers. On peut en déduire qu'elle n'a, enfant, jamais porté d'appareil. À mon humble avis, toute identification dentaire est impossible.

Déçu, Sam retourna à ses notes. Frank me dévisageait toujours, ce qui m'exaspérait. Je me détachai du mur, ouvris grande la bouche et lui montrai l'intérieur de mes mâchoires, sous l'œil horrifié de Cooper et d'O'Kelly.

— Non, je n'ai pas de plombages. Tu vois ? De toute façon, quelle importance ?

— Bonne petite, dit Frank, comme s'il s'adressait à une gamine. Continue à bien te brosser les dents.

O'Kelly ne maîtrisait plus son agacement.

— Merci pour le spectacle, Maddox. Donc, à l'automne 2002, Alexandra Madison s'inscrit à Trinity et, en avril 2005, on la retrouve assassinée aux environs de Glenskehy. Savons-nous ce qu'elle a fait entre-temps ?

Sam leva la tête, posa son stylo à bille.

— Sa thèse, dit-il. Sur des femmes écrivains publiant sous des pseudonymes. Je n'ai pas tout compris. Même si elle avait pris un peu de retard, son directeur de thèse était très content d'elle. Jusqu'au mois de septembre, elle occupait une chambre meublée en banlieue. Elle survivait grâce à un emprunt réservé aux étudiants et à une bourse, tout en travaillant au département d'anglais et dans un café du centre-ville. Aucune activité criminelle connue, pas de dettes hormis son emprunt. Pas de mouvement suspect sur son compte en banque. Pas de penchant pour la drogue. Pas d'amant ni d'ex-amant, pas d'ennemis, aucun conflit récent.

— Donc, pas de mobile, murmura Frank d'un air songeur. Et pas de suspect.

— Elle fréquentait uniquement, poursuivit Sam d'une voix égale, quatre étudiants de troisième cycle, comme elle : Daniel March, Abigail Stone, Justin Mannering et Raphael Hyland.

— Hyland ! Quel nom grotesque ! grogna O'Kelly. C'est un pédé ou un connard d'angliche ?

Écœuré, Cooper ferma brièvement les yeux, comme un chat.

— Il est à moitié anglais, poursuivit Sam sans se soucier du gloussement de son patron. Daniel s'est fait prendre deux fois pour excès de vitesse, Justin une fois. Pour le reste, ils sont tous blancs comme neige. Ils ignorent que Lexie utilisait un faux nom. Ou, s'ils sont au courant, ils n'en ont rien dit. Selon eux, elle avait rompu avec sa famille et répugnait à évoquer son passé. Ils ne savent même pas d'où elle venait : peut-être de Galway, suppose Abby ; Justin pencherait pour Dublin. Quant à Daniel, il m'a répondu dédaigneusement que cela ne l'intéressait pas. Même chose à propos de sa famille. Justin pense que ses parents sont morts, Rafe dit qu'ils sont divorcés, Abby soutient qu'elle était une enfant illégitime…

— Peut-être rien de tout ça, trancha Frank. Elle n'était pas à un bobard près.

Sam enchaîna :

— En septembre, Daniel a hérité Whitethorn House, près de Glenskehy, de son grand-oncle Simon March. Le groupe y a emménagé. Au cours de la soirée de mercredi dernier, tous les cinq jouaient au poker. Plumée la première, Lexie est partie se promener vers 23 h 30. Elle était coutumière de ces marches nocturnes. La campagne est sûre, il ne pleuvait pas encore. Les autres ne se sont pas inquiétés. Ils sont allés se coucher vers minuit. Tous racontent la partie de la même façon : qui a gagné, et combien, avec quelques différences infimes, ce qui est normal. Nous les avons interrogés plusieurs fois. Leurs déclarations n'ont pas varié d'un iota. Ou ils sont innocents ou ils ont très bien accordé leurs violons…

— Et le lendemain matin, termina Frank en achevant sa liste par un joli trait de plume, on la trouve morte.

Sam retira une série de papiers de la pile entassée sur son bureau. Il marcha vers le tableau, y épingla une carte d'état-major où figuraient la maison la plus isolée, la moindre clôture, le tout parsemé de X et de traits au surligneur de couleur.

— Voici le village de Glenskehy. Whitethorn House se trouve juste en dessous, à environ un kilomètre au sud. Là, à peu près à mi-chemin entre les deux et un peu à l'est, la masure où nous avons découvert la victime. J'ai souligné tous les chemins qu'elle a pu emprunter pour s'y rendre. Les scientifiques et la police locale fouillent toujours : rien pour l'instant. Selon ses amis, Lexie sortait par la porte de derrière quand elle partait en promenade. Elle parcourait le labyrinthe de petits sentiers pendant environ une heure. Ensuite, elle rentrait, soit par la porte de devant, soit par celle de derrière, en fonction de l'itinéraire qu'elle avait emprunté.

— Au milieu de la nuit ? commenta O'Kelly. Elle était dingue ou quoi ?

— Elle emportait toujours la lampe torche que nous avons découverte sur elle, sauf si la nuit était assez claire. Elle sortait tous les soirs. Même s'il pleuvait à verse, elle s'habillait chaudement et partait. Moins par besoin d'exercice que pour s'isoler. C'était le seul moment de la journée où elle pouvait jouir d'un peu de solitude. Ses amis ignorent si elle poussait jusqu'à la masure mais affirment qu'elle l'appréciait beaucoup. Juste après leur emménagement, ils ont passé, tous les cinq, une journée entière à explorer la campagne environnante. Lorsqu'ils ont aperçu la maison, Lexie a insisté pour la visiter sans tenir compte des protestations des autres, qui redoutaient l'apparition du fermier armé d'un fusil de chasse. Le fait qu'on l'ait conservée, même si personne ne l'occupait plus, lui plaisait énormément. À en croire Daniel, elle « aimait l'inutile », quel que soit le sens de cette formule. Nous ne pouvons donc exclure qu'elle s'y arrêtait régulièrement au cours de ses promenades.

Donc, elle n'était pas irlandaise ou, du moins, n'avait pas été élevée chez nous. Les maisons qui datent de la grande famine parsèment toute la contrée, on ne les remarque même plus. Elles ne fascinent que les touristes, surtout ceux qui viennent de pays neufs comme les États-Unis, l'Australie ou le Canada.

Sam épingla au tableau un plan de la masure.

— Quelles que soient les circonstances qui l'y ont amenée, dit-il en fixant le dernier coin, c'est là que la victime est morte : contre ce mur, dans ce que nous avons appelé la pièce principale. Après son décès, et avant la rigidité cadavérique, elle a été déplacée dans l'autre pièce, où on l'a trouvée tôt jeudi matin.

Il passa la parole au médecin légiste.

Le regard condescendant, Cooper avait l'air de s'ennuyer. Il prit son temps. Il s'éclaircit la gorge, s'assura que tout le monde était suspendu à ses lèvres, puis déclara :

— La victime était une femme de race blanche, en parfaite santé, mesurant un mètre soixante-cinq et pesant soixante kilos. Pas de cicatrices, pas de tatouages ni autres signes distinctifs. Son taux d'alcoolémie correspondait à l'absorption, quelques heures plus tôt, de deux ou trois verres de vin. Analyses toxicologiques négatives. Elle n'avait consommé ni drogues ni médicaments. Ses organes étaient parfaitement sains. Je n'ai repéré nulle trace de malformation ni de pathologie. Son ossature nous permet de situer son âge un peu avant la trentaine. Nous pouvons affirmer, d'après la configuration de son bassin, qu'elle n'a pas eu d'enfant.

Il but lentement une gorgée d'eau. Il n'avait pas terminé. Cette pause n'avait d'autre but que de ménager son effet. Il avait une révélation à faire.

Après avoir soigneusement posé son verre sur le coin de la table, il annonça enfin :

— Cela étant, elle en était au premier stade de la grossesse.

Il se rassit et guetta les réactions de l'assistance.

— Mon Dieu, chuchota Sam.

Frank émit un long sifflement. O'Kelly écarquilla les yeux. Moi, je restai figée. C'était le bouquet.

— Un de ses amis en a-t-il fait mention ? demandai-je.

— Non, répondit Frank, approuvé par Sam. Il faut croire qu'elle ne leur confiait pas tout.

— Peut-être l'ignorait-elle elle-même, suggérai-je. Si son cycle n'était pas régulier…

— Maddox, pour l'amour du ciel, aboya O'Kelly, épargnez-nous ces vaticinations anatomiques ! Mettez ça dans le rapport.

— Une chance d'identifier le père grâce à l'ADN ? s'enquit Sam.

— Sans problème, si nous avons un prélèvement provenant du géniteur putatif, dit Cooper. L'embryon avait approximativement quatre semaines, mesurait moins d'un demi-centimètre et…

— Ça va ! beugla O'Kelly. Passez-nous les détails et poursuivez. Comment est-elle morte ?

Un sourire narquois aux lèvres, Cooper garda le silence un instant pour bien montrer qu'il n'avait pas d'ordre à recevoir de lui. Enfin, une fois certain d'avoir mis les points sur les i :

— Elle a reçu une seule blessure dans la partie droite de la poitrine. Il est probable, si l'on en croit l'angle et le point de pénétration, que l'agression a été menée de face. J'ai trouvé de légères écorchures sur les paumes et sur un genou, consécutives à une chute sur un sol dur, mais aucune blessure liée à une résistance de la victime. L'arme était une lame d'au moins sept centimètres de long, à un seul tranchant et à la pointe acérée, sans caractéristique particulière : il pourrait s'agir d'un grand couteau de poche ou même d'un couteau de cuisine très effilé. La lame a pénétré au milieu de la ligne claviculaire, au niveau de la huitième côte, de bas en haut. Elle a entaillé le poumon, entraînant un pneumothorax sous tension, ou « pneumothorax traumatique ouvert ». Pour simplifier, ajouta-t-il perfidement à l'adresse d'O'Kelly, la lame a créé, dans le poumon, une valve à sens unique. Chaque fois que la victime inhalait, l'air s'en échappait et s'épanchait dans la cavité pleurale. Quand elle expirait, la valve se refermait, emprisonnant l'air. Une prompte intervention médicale l'aurait presque certainement sauvée. Toutefois, en l'absence d'une telle intervention, l'air s'est peu à peu accumulé, comprimant les autres organes du thorax. Finalement, le cœur n'a plus été capable de se remplir de sang, ce qui a provoqué le décès.

Il y eut un bref silence, ponctué par le grésillement des néons. J'imaginai Lexie dans cette masure glaciale, les oiseaux de nuit chantant leur mélopée funèbre au-dessus d'elle, la pluie tombant inlassablement tandis qu'elle agonisait.

— Combien de temps cela a-t-il duré ? murmura Sam.

— La progression dépend de plusieurs facteurs. Si, par exemple, la victime a couru sur une longue distance après avoir été poignardée, sa respiration s'est accélérée, hâtant l'évolution du pneumothorax. La lame a également fait une entaille minuscule dans une des veines principales de la poitrine. L'effort physique a transformé cette entaille en déchirure. Peu à peu, la victime s'est mise à saigner. Ce flot de sang s'est accentué. Pour donner une estimation, je dirai qu'elle a perdu conscience environ vingt ou trente minutes après avoir été blessée et qu'elle peut être morte dix ou quinze minutes plus tard.

— Au cours de cette demi-heure, interrogea Sam, quelle distance a-t-elle pu parcourir ?

— Je ne suis pas médium, inspecteur, répondit onctueusement le médecin légiste. L'adrénaline peut avoir des effets stupéfiants sur le corps humain, et il est évident que la victime se trouvait dans un état de très grande émotion. On associe généralement la présence de spasmes cadavériques, attestée ici par la contraction des mains au moment de la mort et le maintien des poings serrés lors de la rigidité, à un stress émotionnel intense. Si elle était suffisamment motivée, ce qui, étant donné les circonstances, me paraît plus que probable, un kilomètre n'est pas à exclure. À l'inverse, bien sûr, elle a pu s'effondrer après quelques mètres.

— Parfait, dit Sam.

Il saisit un marqueur sur l'un des bureaux et traça sur la carte un large cercle autour de la masure, de Whitethorn House et d'une portion de campagne inhabitée.

— Le lieu initial du crime pourrait donc se situer quelque part dans cette zone.

— Ne souffrait-elle pas trop pour parcourir une longue distance ? suggérai-je.

Frank me toisa brièvement. Nous ne demandons jamais si les victimes ont souffert. À moins qu'elles n'aient été torturées, nous n'avons pas à le savoir : s'investir émotionnellement ne sert à rien, sinon à détruire notre objectivité et à nous donner des cauchemars. De toute façon, nous affirmons toujours à la famille que la mort a été instantanée.

— Refrénez votre imagination, inspecteur Maddox, me dit Cooper. Un pneumothorax sous tension est souvent indolore. Elle a pu avoir conscience d'une accélération progressive de son souffle et de son rythme cardiaque. Effet lié au choc, sa peau est devenue froide, moite, et elle a pu se sentir étourdie. Mais nous n'avons aucune raison de supposer qu'elle a connu une agonie atroce.

— Quelle a été la force du coup ? demanda Sam. A-t-il pu être porté par n'importe qui ou seulement par quelqu'un de robuste ?

Cooper soupira. Nous posons toujours les mêmes questions. Un avorton aurait-il pu le faire ? Ou une femme ? Un enfant ? Quel âge, l'enfant ?

— La forme de la blessure, combinée à l'absence de déchirures autour du point de pénétration, implique une lame très pointue. Elle n'a rencontré ni os ni cartilage. Partant du principe que le coup a été extrêmement rapide, je dirai que cette blessure a pu être infligée par un homme vigoureux, un homme frêle, une femme bien bâtie, une femme de petite taille ou un adolescent de forte carrure. Cela répond-il à votre question ?

Sam se tut. O'Kelly prit le relais.

— Heure de la mort ?

— Entre 23 heures et 1 heure du matin, lâcha Cooper en s'examinant un ongle. Si je ne m'abuse, c'est ce qui figure dans mon premier rapport.

— Nous pouvons resserrer cette fourchette, dit Sam, commençant à inscrire au marqueur l'horaire sur le tableau, sous les notes de Frank. La pluie, dans cette zone, est tombée vers minuit dix. Selon les scientifiques, qui se fondent sur le degré d'humidité du corps, la victime est restée dehors, sous cette pluie, au maximum dix minutes ou un quart d'heure. Elle a donc été mise à l'abri vers minuit et demi. Or, à ce moment-là, elle était morte. En se fiant aux conclusions du docteur Cooper, on peut en déduire que la blessure n'a pas été infligée après minuit. Elle l'a sans doute été plus tôt. Selon moi, la victime était déjà presque inconsciente lorsqu'il a commencé à pleuvoir. Sinon, elle se serait abritée. Si ses amis nous disent la vérité en affirmant qu'elle a quitté la maison en parfaite condition physique à 23 h 30, cela nous donne une marge d'une demi-heure pour le meurtre. Même s'ils mentent ou s'ils se trompent, nous pouvons placer cette demi-heure entre 23 heures et minuit.

— Et c'est tout ce que nous avons, enchaîna Frank, de nouveau à califourchon sur sa chaise. Ni traces de pas ni traînées de sang. La pluie a tout effacé. Pas d'empreintes digitales : quelqu'un lui a fait les poches et a essuyé tout ce qu'elles contenaient. Rien non plus sous ses ongles. Elle n'a donc pas griffé le tueur. Les scientifiques vont affiner leurs analyses, mais leurs premiers prélèvements n'ont rien donné. Les cheveux et les fibres correspondent à ceux de la victime, de ses amis ou à divers matériaux de la maison. Nous quadrillons toujours la zone mais jusqu'à présent nous n'avons aucune trace de l'arme du crime, du lieu d'une embuscade ou d'une lutte. Nous avons une morte, c'est tout.

— Magnifique ! clama O'Kelly. Qu'est-ce que vous cachez dans votre soutien-gorge, Maddox ? Un aimant pour attirer les affaires foireuses ?

— Celle-là n'est pas la mienne, lui rappelai-je.

— Et pourtant, vous êtes là. Dans quelles directions s'oriente l'enquête ?

Sam posa son marqueur, leva le pouce.

— Un : une agression fortuite.

À la brigade, on a pris l'habitude de compter sur les doigts. Ça plaît à O'Kelly.

— Quelqu'un l'a attaquée pour la voler, tenter de la violer, ou simplement sans mobile.

— S'il y avait le moindre signe d'agression sexuelle, dit Cooper d'un air las en examinant toujours ses ongles, je l'aurais mentionné. Or je n'ai trouvé aucun élément indiquant une relation sexuelle récente.

Sam hocha la tête.

— Pas de trace de vol non plus. Elle avait son portefeuille sur elle, avec de l'argent liquide. Elle ne possédait pas de carte de crédit et elle avait laissé son téléphone portable à Whitethorn House. Toutefois, ça ne prouve pas que le vol n'ait pas été le mobile. Elle résiste peut-être, il la poignarde, elle s'enfuit, il la poursuit, puis panique en réalisant ce qu'il a fait…

D'un bref regard, il me demanda d'enchaîner. O'Kelly a une opinion bien arrêtée sur la psychologie et affecte de mépriser les méthodes des profileurs. Je devrai y aller en douceur.

— Tu crois vraiment, Sam ? Quant à moi, je ne suis guère convaincue… Elle a été déplacée après sa mort, n'est-ce pas ? Si elle a mis une demi-heure à mourir, ou bien le type a passé tout ce temps à la chercher – et pourquoi un voleur armé ou un violeur aurait-il fait ça ? – ou quelqu'un d'autre l'a découverte par la suite, l'a tirée jusqu'à la masure et n'a pas cru bon de nous prévenir. Les deux cas de figure sont possibles, mais je ne penche ni pour l'un ni pour l'autre.

— Heureusement, Maddox, ironisa méchamment O'Kelly, votre opinion ne nous concerne plus. Comme vous l'avez souligné, vous n'êtes pas sur l'affaire.

— Pas encore, rectifia Frank.

— Le scénario de l'inconnu pose d'autres problèmes, reprit Sam. Cette zone est déserte dans la journée, à plus forte raison la nuit. Si quelqu'un cherchait à faire un coup, pourquoi aurait-il erré sur un chemin perdu au milieu de nulle part, au cas où, par miracle, une victime serait passée par là ? Pourquoi ne pas aller à Wicklow, à Rathowen ou au moins à Glenskehy ?

— Des faits similaires, dans la région ? demanda O'Kelly.

— Ni vol à main armée ni agression sexuelle. Glenskehy est un tout petit village. Les deux crimes principaux qu'on y commet sont le tapage nocturne après beuveries et la conduite en état d'ivresse. Le dernier coup de couteau remonte à l'année dernière. Une rixe entre jeunes pochards. À moins qu'un incident identique ne se produise sous peu, nous pouvons écarter la thèse de l'agression d'un inconnu.

— Tant mieux, conclut Frank en me souriant.

Une attaque fortuite aurait envoyé son plan aux oubliettes. Pas d'informations à chercher sur la vie de la victime, pas de preuves ni de mobile à découvrir, aucune raison de m'impliquer.

Sam leva un index.

— Deux : un ennemi de fraîche date qui l'aurait connue sous le nom de Lexie Madison. Elle évoluait dans un cercle restreint. Il ne serait donc pas difficile d'identifier la personne qui aurait eu un litige avec elle.

Nous avons commencé par ses amis et élargi le champ de nos investigations à Trinity, parmi les étudiants…

— Sans succès pour l'instant, précisa Frank sans s'adresser à personne en particulier.

— Nous n'en sommes qu'au début, rétorqua Sam. Et le fait qu'elle soit enceinte, ce que nous venons d'apprendre, nous ouvre un horizon plus large. Nous devons retrouver le père.

O'Kelly ricana.

— Bonne chance ! La vertu des filles, de nos jours… Il s'agit probablement d'un petit con rencontré dans une boîte de nuit et qui l'a baisée sous une porte cochère.

Sa grossièreté me choqua autant que s'il m'avait mise en cause. Sam, lui, ne broncha pas.

— Même si c'est le cas, ajouta-t-il, nous devons le retrouver. Cela peut prendre du temps, mais nous y arriverons.

Il regardait Frank, qui acquiesça.

— Pour commencer, poursuivit-il, je demanderai aux hommes de Whitethorn House de nous fournir des échantillons de leur ADN.

— Nous pourrions laisser ça de côté pour l'instant, objecta Frank. Au cas où nous devrions faire croire aux amis de Lexie qu'elle a survécu et qu'elle se rétablit, inutile de les alarmer. Il faut qu'ils se sentent détendus, sans méfiance, et s'imaginent que l'enquête tire à sa fin. Leur ADN existera toujours dans quelques semaines.

Sam haussa les épaules, de nouveau nerveux.

— Nous en déciderons suivant l'évolution de cette réunion. Trois : un ennemi qu'elle s'est fait au cours de sa vie précédente, et qui lui en voulait au point de la traquer.

— Voilà qui me plaît, décréta Frank en se redressant. Nous n'avons aucun écho du moindre conflit au cours de son existence sous le masque de Lexie Madison. Exact ? Mais, quoi qu'elle ait vécu auparavant, quelque chose, de toute évidence, a mal tourné. Elle n'a pas usurpé une identité pour le plaisir. Soit elle fuyait la police, soit elle cherchait à se protéger de quelqu'un. Je parie sur la seconde solution.

— Je ne te suis pas vraiment, dis-je.

Les opinions d'O'Kelly, je m'en foutais. Je discernais très bien les intentions de Frank et je n'aime pas qu'on me mette sur des rails.

— Le meurtre est totalement anarchique. Un seul coup de couteau, pas même mortel. Ensuite, au lieu d'achever sa victime ou, du moins, de l'empêcher d'aller chercher du secours, l'agresseur la laisse s'enfuir, au point qu'il lui faudra une demi-heure pour la retrouver. À mes yeux, il n'y a pas eu préméditation. Ni même intention de tuer.

O'Kelly eut une moue méprisante.

— Un type a plongé une lame dans la poitrine de cette fille, Maddox. Il savait bien qu'elle avait une chance d'y rester.

Son dédain, que j'avais supporté pendant des années, ne me démonta pas.

— Une chance, oui. Mais si quelqu'un projetait depuis longtemps de la tuer, il aurait tout prévu, jusque dans les moindres détails. Il aurait établi un plan et s'y serait tenu.

Bien entendu, Frank me contredit.

— Peut-être. Toutefois, ce plan n'impliquait aucune violence. Admettons que l'assassin n'ait pas été poussé par la haine, mais par un amour non partagé. Il se persuade qu'il a trouvé l'âme sœur, il programme une rencontre au cours de laquelle sa dulcinée tombera, enfin séduite, dans ses bras. Au lieu de cela, elle le repousse. Il ne le supporte pas.

— Les amoureux déçus peuvent devenir vraiment fous. On aurait pu s'attendre à un déferlement de violence : des coups, un visage défiguré, un acharnement sur le cadavre. Ça ne correspond pas.

— Il n'en a peut-être pas eu le temps, dit Sam. Il la poignarde, elle court. Lorsqu'il la rejoint, elle est déjà morte.

— Tu parles d'un homme assez obsédé pour attendre des années et la traquer jusqu'au bout… Une telle passion, lorsqu'elle explose enfin, ne va pas s'évanouir simplement parce que son objet est mort. Le fait que sa victime lui échappe une nouvelle fois aurait dû au contraire décupler sa colère. Je me serais attendue au moins à plusieurs autres coups de couteau, à des coups de pied au visage…

Je me sentais bien, comme si j'étais soudain redevenue inspecteur à la criminelle, comme si Lexie n'avait été qu'une victime parmi d'autres. Cette illusion me revigorait. Elle avait sur moi le même effet qu'un whisky chaud après une longue journée sous la pluie et dans le vent. Discrètement, Frank m'observait. Je compris alors que je commençais à paraître un peu trop intéressée.

Frank poursuivit sa démonstration.

— Le point le plus important se situe ailleurs. Si Lexie était étrangère et que, pour une raison ou une autre, le coupable l'a suivie jusqu'en Irlande, il quittera le pays à la minute où il aura appris sa mort. Nous n'avons qu'un moyen de le retenir assez longtemps pour le coincer : lui faire croire qu'elle est toujours en vie.

Silence pesant. Ensuite, Sam suggéra :

— Nous pourrions boucler les ports, les aéroports, la frontière avec l'Irlande du Nord.

— Pour quoi faire ? Nous ne savons pas qui rechercher ni la direction que pourrait prendre l'individu en question. Avant d'entreprendre quoi que ce soit, nous devons impérativement l'identifier.

— Nous y travaillons, ainsi que je l'ai dit. Si cette femme a pu se faire passer pour une Irlandaise, il y a de fortes chances que sa langue maternelle ait été l'anglais. Nous commencerons par l'Angleterre, les États-Unis, le Canada…

— Ça prendra trop de temps. Il faut que nous bloquions l'assassin ici jusqu'à ce que nous sachions à qui nous avons affaire. Et je ne vois qu'un moyen.

Sam leva un autre doigt. Il me consulta brièvement, puis se détourna.

— Quatre ! Erreur sur la personne.

Nouveau silence. Cooper sortit de sa léthargie, visiblement intéressé. Soudain, le sang me monta aux joues.

— Vous avez eu récemment des mots avec quelqu'un ? me demanda O'Kelly. Des échanges plus violents que d'habitude ?

— Avec une centaine d'hommes furieux et une dizaine de femmes hystériques. Personne ne m'a sauté à la gorge, mais je vous ferai parvenir les dossiers les plus révélateurs.

— Et quand tu étais infiltrée ? s'enquit Sam. Quelqu'un aurait-il pu en vouloir à Lexie Madison ?

— En dehors du crétin qui m'a poignardée ? Pas à ma connaissance.

— Il est au trou pour un an, m'annonça Frank. Trafic de stupéfiants. Je voulais te le dire. De toute façon, son cerveau est tellement détruit qu'il ne te reconnaîtrait pas. Et j'ai épluché tous nos comptes-rendus de l'époque. Pas l'ombre d'un incident. L'inspecteur Maddox n'a eu aucune querelle avec qui que ce soit, personne ne l'a soupçonnée d'être flic. Lorsqu'elle a été blessée, nous l'avons retirée du circuit et remplacée par un autre agent. Son action n'a pas entraîné d'arrestation et elle n'a jamais eu à témoigner. Personne n'avait donc la moindre raison de vouloir sa mort.

— Le crétin n'avait pas d'amis ?

Cette question de Sam laissa Frank de marbre.

— Possible. Mais je ne vois pas pourquoi il les aurait lancés contre l'inspecteur Maddox. Ce n'est pas comme s'il avait été condamné pour son acte. Nous l'avons arrêté, il nous a raconté un bobard à propos de légitime défense, nous avons fait semblant de le croire et nous l'avons relâché. Il nous était bien plus utile dehors qu'entre quatre murs.

Sam sursauta, faillit crier quelque chose. Il se mordit la lèvre et frotta une tache sur le tableau. Ce qu'il pensait d'un homme qui avait laissé filer un tueur de flic importait peu. Frank et lui étaient liés l'un à l'autre. L'enquête serait longue.

— Et à la criminelle ? me dit Frank. Tu t'es fait des ennemis ?

O'Kelly eut un petit rire acerbe.

— Tous ceux que j'ai coffrés sont toujours derrière les barreaux. Toutefois, ils pourraient avoir des amis, de la famille, des complices. Et il y a des suspects que nous n'avons jamais réussi à confondre.

Le soleil n'éclairait plus mon ancien bureau. Traversée par des courants d'air, la salle commune parut soudain plus froide, plus vide.

— Je vérifierai tout ça, promit Sam,

Frank sauta sur l'occasion.

— Si quelqu'un en veut à Cassie, elle sera bien plus en sécurité à Whitethorn House que toute seule dans son appartement.

— Je pourrai veiller sur elle, affirma Sam.

Nous n'allions pas avouer que, de toute façon, il passait déjà la moitié de son temps chez moi. Frank eut une mimique amusée.

— Vingt-quatre heures sur vingt-quatre ? Si elle participe à l'opération, Cassie sera équipée d'un micro et écoutée jour et nuit.

— Pas sur mon budget, bougonna O'Kelly. Pas question.

— Aucun problème. Nous financerons tout. Nous serons basés au commissariat de Rathowen. Si on l'agresse, nos hommes seront sur les lieux en quelques minutes. Bénéficierait-elle d'une protection aussi efficace chez elle ?

Sam éleva le ton.

— Si nous pensons que quelqu'un projette de descendre un officier de police, ce sera effectivement le cas !

Frank se tourna alors vers O'Kelly.

— De quel budget disposez-vous pour une protection rapprochée permanente ?

— Des nèfles. Elle dépend des violences domestiques. C'est leur problème.

Frank ouvrit les mains et sourit à Sam. Cooper, lui, semblait s'amuser. Il fallait que j'intervienne.

— Je n'ai absolument pas besoin de protection ! Si ce type était obsédé par moi, il ne se serait pas contenté d'un seul coup de couteau, pas plus que s'il était obsédé par Lexie. On se calme.

— Parfait, murmura Sam au bout d'un moment. Je crois que nous avons tous les éléments en main.

Il ne cachait pas sa fureur. Il alla s'asseoir, tira brutalement sa chaise vers son bureau.

— En tout cas, nous savons qu'on ne l'a pas tuée pour son argent, résuma Frank. Les occupants de Whitethorn House participent à parts égales aux dépenses communes : ils mettent chacun cent livres par semaine dans une cagnotte pour la nourriture, l'essence, les factures, l'entretien de la maison. Cela ne lui laissait pas grand-chose. Il lui restait quatre-vingt-huit livres sur son compte en banque.

— Qu'en penses-tu ? me demanda Sam.

Il s'adressait à la profileuse. Je n'ai pas la prétention d'être infaillible. Pourtant, selon moi, tout laissait penser que Lexie avait été tuée par quelqu'un qu'elle connaissait, un être aux réactions imprévisibles plutôt que poussé par une rancœur soigneusement entretenue : le père de l'enfant ou l'un des occupants de Whitethorn House ; ou les deux.

Toutefois, si je disais cela, la réunion s'achèverait, du moins pour moi. Sam refuserait que je partage une maison avec des suspects avérés. Or je ne le voulais pas. J'essayai de me convaincre que c'était parce que je tenais à prendre la décision moi-même, sans m'en remettre à lui. Mais je savais que je me mentais. En fait, l'atmosphère qui régnait dans la pièce m'électrisait. Je retrouvais mon instinct d'enquêteur. Or rien ne stimule plus un officier de police qu'un meurtre. Il y avait des mois que je n'avais pas travaillé de cette façon, que je n'avais pas été aussi concentrée sur des schémas, des hypothèses, Et j'avais l'impression que cela faisait des années.

— J'opterais pour la deuxième solution, déclarai-je enfin. Quelqu'un qui la connaissait sous le nom de Lexie Madison.

— Dans ce cas, enchaîna Sam, ses amis sont les premiers concernés. Ils sont les derniers à l'avoir vue vivante et ils étaient plus proches d'elle que n'importe qui.

Frank secoua la tête.

— Je n'en suis pas si sûr. Elle portait son caban et on ne le lui a pas mis après sa mort : il a, sur le côté droit, une entaille qui correspond exactement à la blessure. Pour moi, cela signifie qu'elle était hors de la maison, loin de ses amis, quand on l'a poignardée.

— Je ne les élimine quand même pas, s'obstina Sam. J'ignore pourquoi l'un d'eux aurait voulu la poignarder, ni pourquoi il l'aurait fait dehors. Mais, à mes yeux, à moins que nous ne trouvions un témoin qui assure l'avoir vue vivante après son départ de Whitethorn House, ils restent suspects.

— Admettons que ce soit l'un d'eux, dit Frank. Ils sont soudés comme les doigts de la main, ils ont été interrogés pendant des heures sans se contredire une seule fois et nos chances de trouver une faille dans leur version des faits sont pratiquement nulles. Supposons maintenant qu'il s'agisse de quelqu'un d'autre. Nous ne savons pas qui il est, comment il a rencontré Lexie, ni par où commencer nos recherches. Certaines affaires ne peuvent être résolues de l'extérieur. Voilà pourquoi les opérations d'infiltration existent. Ce qui me ramène à ma tactique de substitution.

— Qui consiste à jeter un inspecteur au milieu d'un groupe de gens soupçonnés de meurtre.

— Pour ta gouverne, Sam, nous n'envoyons pas nos agents enquêter sur des innocents. Être entourés de criminels est l'essence même de notre vie.

— Et nous parlons de terroristes de l'IRA, de truands, de trafiquants de drogue, renchérit O'Kelly. Là, nous n'avons affaire qu'à de misérables étudiants. Même Maddox pourra s'en dépatouiller.

— Exactement, reprit Sam. Les infiltrés affrontent le crime organisé. Ils ne s'occupent pas d'assassinats aussi banals que celui-là. Alors, pourquoi tiens-tu à y investir ton équipe ?

— Venant d'un enquêteur de la criminelle, ton propos me sidère. Es-tu en train de dire que la vie de cette fille n'a pas plus de valeur qu'un kilo d'héroïne ?

— Non. Je prétends qu'il existe d'autres façons d'enquêter sur un meurtre.

— Lesquelles ? Pour celui-là, de quelle autre solution disposes-tu ? Tu ne sais pas qui est la victime. Tu n'as pas de suspect, pas de mobile, pas d'arme du crime, pas de lieu du crime non plus, pas de témoin, pas le plus petit indice et pas la moindre piste. Je me trompe ?

— L'enquête n'a commencé qu'il y a trois jours. Qui sait ce que nous… ?

Frank l'interrompit en levant l'index.

— À présent, voyons ce que tu as. Un agent infiltré de premier ordre, expérimenté et qui est le portrait craché de la victime. As-tu une bonne raison pour ne pas l'utiliser ?

Sam eut un rire amer, se balança sur sa chaise.

— Une bonne raison pour ne pas la jeter en pâture aux requins ?

— Elle est inspecteur de police, répondit Frank.

Il y eut un long silence. Sam s'immobilisa. Puis :

— C'est vrai.

Il se détourna de Frank, laissa son regard errer dans la salle : bureaux vides, notes, carte, plan… et Lexie sur le tableau, moi.

— Ne me regardez pas ! s'écria O'Kelly. C'est votre affaire. À vous de décider.

Si cette opération aboutissait à un fiasco, ce dont il avait l'air certain, il refusait d'en assumer la responsabilité.

Tous les trois commençaient à me taper sur les nerfs.

— Ohé, je suis là ! lançai-je. Tu devrais commencer par essayer de me convaincre, moi, Frank. Il me semble que je suis la première impliquée.

— Vous irez où on vous enverra, déclara sèchement O'Kelly.

— Bien sûr, la décision t'appartient en premier lieu, me dit Frank. J'y viens. Mais j'ai pensé qu'il serait plus poli d'en discuter d'abord avec l'inspecteur O'Neill, dans la mesure où il s'agit d'une opération combinée.

C'était tout le problème. Officiellement, Sam et Frank étaient censés prendre les décisions importantes en commun. Mais, en cas d'événement crucial, tout ce qui concernait l'infiltration elle-même dépendait d'abord de Frank. Il tenait à le faire savoir.

— Tu as raison, répondis-je. Souviens-toi quand même que tu dois en discuter aussi avec moi. Jusqu'à présent, je n'ai rien entendu de vraiment convaincant.

— Combien de temps ça prendra ? s'enquit soudain Sam.

Il s'adressait à Frank mais ses yeux étaient braqués sur moi. Leur expression me bouleversa : intenses, très graves, presque tristes. En cet instant, je compris qu'il allait dire oui.

Frank le devina lui aussi. Sa voix ne changea pas. Mais il se redressa, incapable de dissimuler sa joie, son excitation de prédateur.

— Pas longtemps. Au maximum un mois. Rien à voir avec une enquête sur le crime organisé qui pourrait nécessiter une infiltration de plusieurs années. Si nous n'obtenons pas de résultat au bout de quelques semaines, nous abandonnerons.

— Elle bénéficiera d'un appui ?

— Vingt-quatre heures sur vingt-quatre.

— Au moindre signe de danger…

— Nous l'évacuerons immédiatement. En cas de besoin, nous irons la récupérer sur place. Même chose si tu obtiens des informations rendant sa mission inutile à l'enquête. Cette mission cessera le jour même.

— Alors, je ferais mieux de m'y mettre tout de suite, soupira Sam. Entendu : si l'inspecteur Maddox le veut, nous le ferons. À une condition : qu'on me tienne informé de tout. Sans exception.

— Bravo ! s'exclama Frank en se levant pour ne pas laisser à Sam le temps de changer d'avis. Tu ne le regretteras pas. Un instant, Cassie. Avant que tu dises quoi que ce soit, je voudrais te montrer ceci. Je t'ai promis des vidéos et je suis un homme de parole.

O'Kelly gloussa, risqua une plaisanterie sur les films porno d'amateur. Je l'entendis à peine. Frank fouilla dans son grand sac à dos noir, agita dans ma direction un DVD nanti d'une inscription au marqueur, puis le glissa dans le lecteur bas de gamme de la brigade.

— Il est daté du 12 septembre dernier, dit-il en allumant l'écran. Daniel a eu les clés de la maison le 10. Justin et lui s'y sont rendus l'après-midi pour s'assurer que le toit ne s'était pas effondré et que la bâtisse n'avait pas subi d'autres dégâts. Les cinq copains ont passé la journée du 11 à faire leurs bagages. Le 12, ils ont tous rendu les clés de leurs appartements et sont partis pour Whitethorn House. Ils n'ont pas traîné.

Il se hissa sur le bureau de Costello, à côté de moi, et appuya sur la touche « Play » de la télécommande.

Noir. Raclement d'une vieille clé, martèlements de pas sur du bois.

— Mon Dieu, quelle odeur ! s'exclame quelqu'un.

Une voix harmonieuse, avec un léger accent de Belfast : Justin.

— De quoi te plains-tu ? réplique une voix plus profonde, calme et presque sans accent. Tu savais à quoi t'attendre.

« C'est Daniel », dit Frank.

— Ce truc marche ? demande une fille. Rafe, tu peux vérifier ?

« C'est elle », chuchota Frank.

Je le savais déjà. Elle a une voix très claire, plus aiguë que la mienne. Ses premières syllabes me font frissonner.

— Dieu du ciel ! plaisante un type à l'accent anglais : Rafe. Tu es en train d'enregistrer ça ?

— Bien sûr. Notre nouveau foyer. Cela dit, je ne filme que des ténèbres. L'électricité fonctionne ?

Nouveaux bruits de pas. Une porte couine.

— Ce doit être la cuisine, dit Daniel. Si ma mémoire est bonne.

— Où est l'interrupteur ?

— J'ai un briquet, lance une autre voix féminine.

Abigail ; Abby.

— Préparez-vous ! crie Justin.

Une flamme minuscule oscilla au centre de l'écran. Je ne distinguai qu'un côté du visage d'Abby, sa bouche entrouverte.

— Quelle horreur ! gémit Rafe.

— Je t'avais prévenu, répond Justin.

— C'est vrai ! opine Abby. Si je me souviens bien, il a dit que ça tenait à la fois du site archéologique et d'un décor à la Stephen King.

— Je sais, mais je croyais qu'il exagérait, comme d'habitude. Je ne pensais pas qu'il minimisait !

Quelqu'un – Daniel – s'empare, du briquet d'Abby et met sa main en coquille autour d'une cigarette pour la protéger d'un courant d'air venu de nulle part. Son visage est calme, imperturbable. Il regarde par-dessus la flamme, fixe Lexie d'un air solennel. Peut-être parce que j'avais passé tant de temps à contempler leur photographie, les voir tous en mouvement me déconcertait.

— Non, dit Justin en s'emparant du briquet. Si tu veux fumer, va dehors.

— Pourquoi ? Pour éviter de tacher le papier peint ou d'empuantir les rideaux ?

— Un point pour lui ! applaudit Abby.

— Arrêtez ! clame Lexie. Cet endroit est fantastique ! J'ai l'impression d'être un membre du club des Cinq.

— Le club des Cinq explore une ruine préhistorique ! psalmodie Daniel.

— Le club des Cinq découvre la planète moisie ! renchérit Rafe. C'est tout simplement épatant !

Justin se dirige vers l'évier, en approche le briquet et ouvre les robinets. L'un d'eux crachote, puis laisse couler un mince filet d'eau.

— Mmm… glousse Abby. Du thé à la typhoïde pour tout le monde ?

Ils se mettent à jacasser en même temps. Ils parlent très vite, comme s'ils étaient les seuls à pouvoir suivre le rythme de leur conversation. Je comprends pourquoi les autres étudiants les trouvent imbuvables. Pourtant, Lexie a réussi à s'intégrer à leur groupe, à en devenir un élément essentiel. Quel que fût son jeu, elle le jouait bien.

Miraculeusement, l'écran s'éclaire. Abby a trouvé l'interrupteur près d'une cuisinière graisseuse.

— Bravo, Abby ! s'exclame Lexie en filmant une vue panoramique de la pièce.

— Ne me félicite pas ! Maintenant que je peux voir, c'est encore pire.

Une moisissure verdâtre recouvre ce qui reste de papier peint. De gigantesques toiles d'araignées pendent du plafond. D'un gris pisseux, strié de sinistres traînées noires, le linoléum se gondole. Sur la table trône un vase en verre où s'affaissent les tiges brisées de fleurs mortes depuis longtemps. Tout est recouvert d'une épaisse poussière. Abby paraît sceptique. Rafe a une moue à la fois amusée et cruelle. Daniel a l'air intrigué. Justin semble sur le point de vomir.

— Et tu veux que j'aille vivre là-bas ? soufflai-je à Frank.

— L'aspect de la maison a changé. Ils l'ont bien réaménagée.

— Ils l'ont rasée au bulldozer avant de la reconstruire ?

— C'est ravissant. Tu adoreras. Chut…

De plus en plus gaie, Lexie se déplace dans la cuisine, écarte les toiles d'araignées, ouvre les placards. Elle se déplace à petits pas, en prenant appui sur la partie antérieure de ses plantes de pieds, de façon plus souple que moi, avec un balancement légèrement dansant qui fait tressauter ses boucles. Elle a les cheveux plus longs que les miens, coincés derrière les oreilles. Elle porte un jean et un chandail ajusté couleur crème, presque identique à un pull que j'avais autrefois. Elle rit en montrant aux autres la moisissure des placards, ravie des piaillements de dégoût qu'elle provoque.

Tout à coup, un coin de linoléum réapparaît sur l'écran.

— On change de pièce ! ordonne Rafe. Comment marche cet interrupteur ?

L'écran devint sombre.

— Nous avons quarante-deux clips comme celui-là, me dit Frank en manipulant des touches. Ils durent entre une et cinq minutes. Ajoutons-y une semaine d'entretiens intensifs avec ses amis, et tu auras tous les renseignements nécessaires pour composer ta Lexie Madison. En admettant que tu le veuilles, bien sûr.

Il immobilisa une image de Lexie. Tournant la tête par-dessus son épaule, les yeux brillants, la bouche entrouverte en un demi-sourire, elle s'apprêtait à dire quelque chose. Je la contemplai, tremblotant comme si elle pouvait disparaître de l'écran d'une seconde à l'autre. Et je pensai : *J'ai été comme elle, sûre de moi, invulnérable, prête à tout. Oui, il y a à peine quelques mois, j'étais ainsi.*

— Cassie, murmura Frank, à toi de décider.

Pendant un moment qui me parut interminable, je songeai à répondre non. Retour aux violences domestiques : la moisson habituelle du lundi, séquelle du week-end ; trop de bleus, cols roulés et lunettes noires, même à l'intérieur, plaintes déposées et retirées dès le mardi, Maher tassé près de moi comme un gros jambon et ricanant chaque fois que nous nous occupions d'un cas impliquant des noms étrangers.

Si je retournais là-bas le lendemain, je n'en partirais plus. Je le savais. Lexie représentait pour moi un défi ; une dernière chance.

O'Kelly étira les jambes et soupira ostensiblement. Cooper examina les fissures du plafond. Sam s'était figé. Frank m'observa sans ciller. Nimbée, sur l'écran, d'une faible lumière dorée, Lexie, immobile, silencieuse, attendait. Je pris une grande inspiration.

— J'espère que cette fille fumait, dis-je enfin.

— Nom de Dieu ! Vous en avez mis du temps, grommela O'Kelly.

Il se leva, remonta son pantalon sur sa bedaine.

— À mon avis, vous êtes bonne à enfermer, mais ce n'est pas nouveau. Quand vous vous serez fait descendre, ne venez pas pleurnicher dans mon bureau.

Sam passa une main sur sa bouche. Sa nuque s'affaissa.

— Des Marlboro light, répondit Frank, en appuyant sur la touche « Eject » avec un sourire radieux. Enfin, je te retrouve !

— Fascinant, souffla Cooper.

Il me dévisagea comme s'il s'interrogeait. À n'en pas douter, il soupesait mes chances de finir sur sa table d'autopsie. Presque négligemment, il ajouta :

— Tenez-moi au courant.

Je soutins son regard. O'Kelly et lui avaient raison. Peut-être venais-je d'accepter mon ultime mission. Il était fort possible, en effet, que je n'en sorte pas vivante.

4

Frank et moi avons passé la semaine suivante à mettre au point la troisième incarnation de Lexie Madison. Pendant la journée, il récoltait, auprès de ceux qu'elle avait côtoyés, le maximum d'informations sur elle, ses habitudes, ses manies, ses fréquentations. Ensuite, il venait chez moi et, toute la nuit, s'évertuait à me fourrer dans le crâne sa moisson de la journée. J'avais oublié à quel point il était doué pour ça. Méthodique, minutieux, il exigeait de moi les mêmes qualités, et une assimilation rapide.

Le dimanche soir, avant notre départ de la salle d'opérations, il me tendit l'emploi du temps hebdomadaire de Lexie et des photocopies de sa thèse. Le lundi, il arriva avec un épais dossier sur son entourage, complété par des photos, des enregistrements de voix. Le mardi, il m'apporta une carte d'état-major des environs de Glenskehy, m'obligea à en retenir les moindres détails jusqu'à ce que je sois capable de les dessiner les yeux fermés. Même chose pour les clichés et le plan de Whitethorn House. Rassembler tout ce matériau lui avait pris du temps. Ce salaud savait, bien avant le dimanche soir, que j'allais dire oui.

Nous avons visionné sans relâche les vidéos du portable de Lexie. Frank faisait un arrêt sur image toutes les dix secondes, me montrait un geste, une mimique.

« Tu vois, là ? Elle bouge légèrement la tête vers la droite quand elle rit. Fais-le... Tu vois comment elle regarde Rafe, et là, Justin ? Elle les aguiche. Avec Daniel et Abby, c'est différent. Elle les regarde bien en face. Pour les deux autres, c'est le contraire : elle leur glisse une œillade de côté ; ensuite, elle se détourne. Souviens-toi de ça. Tu a remarqué sa façon de fumer ? Elle ne coince pas sa cigarette dans le coin droit de sa bouche, comme toi, mais à gauche, la main couvrant ses lèvres. Essaie... Et ça, tu as vu ? Justin se plaint de l'humidité. Il y a alors ce petit coup d'œil entre Abby et Lexie, qui se mettent à vanter le joli carrelage pour lui changer les idées. Il existe une complicité entre elles... »

J'étudiai ces films avec une telle intensité que, lorsque j'allai me coucher, à 5 heures du matin, laissant Frank dormir tout habillé sur le canapé, ils se glissèrent dans mes rêves : la voix sèche de Daniel interrompant Justin, les motifs du papier peint, le rire en cascade d'Abby...

Les cinq amis menaient une existence réglée à la minute près qui me sidérait. Rien à voir avec les soirées improvisées, les longues nuits de bachotage et les sandwiches avalés à n'importe quelle heure qui avaient caractérisé ma vie d'étudiante. Le matin, à 7 h 30, les filles préparaient le petit déjeuner. Le groupe gagnait l'université aux alentours de 10 heures. Daniel et Justin possédant tous deux une voiture, ils y emmenaient les autres. Ils étaient de retour vers 18 h 30. Les garçons se chargeaient du dîner. Le week-end, tous effectuaient des travaux dans la maison. Parfois, si le temps s'y prêtait, ils partaient pique-niquer. Chacun occupait son temps libre selon ses aptitudes, en faisait profiter les autres. Rafe jouait du piano, Daniel lisait Dante à haute voix, Abby restaurait la tapisserie d'un tabouret du XVIIIe siècle. Ils n'avaient ni télévision ni ordinateur. Daniel et Justin partageaient une machine à écrire mécanique. Les trois autres, plus au fait de réalités du XXIe siècle, utilisaient les ordinateurs de l'université. Ils ressemblaient à des explorateurs venus d'une autre planète qui, s'étant trompés d'époque, se seraient retrouvés à lire Edith Wharton et à regarder des rediffusions de *La Petite Maison dans la prairie*. Frank dut chercher les règles du piquet sur Internet pour m'apprendre à y jouer.

Tout cela l'agaçait prodigieusement, excitait son goût du sarcasme.

« À mon avis, ils font partie d'une secte pour qui la technologie est l'œuvre de Satan et dont les membres, les nuits de pleine lune, psalmodient des mélopées en plantant leurs légumes. Ne t'inquiète pas. S'ils préparent une orgie, je te ferai évacuer… Comment diable peut-on ne pas avoir la télévision ? »

Je n'osai pas lui avouer qu'à mesure que je me familiarisais avec elle, leur vie, si éloignée de la cohue de Dublin, me paraissait de moins en moins bizarre, et j'en arrivais à l'aimer. Elle s'insinuait en moi, fraîche comme une fontaine, comme l'ombre d'un chêne par un brûlant après-midi d'été.

Pendant la journée, je m'entraînais : l'écriture de Lexie, sa démarche, son accent de Dublin légèrement affecté, proche du mien, heureusement, et qu'elle avait sans doute perfectionné en écoutant la radio. Ses inflexions. Son rire. La première fois que je réussis à l'imiter à la perfection, avec ses intonations délicieuses, graves tout d'abord, puis de plus en plus aiguës, telles celles d'un enfant chatouillé, j'en fus presque effrayée.

Cette Lexie Madison était un peu différente de celle à qui j'avais prêté mes traits. J'avais fait de la première un être gai, sociable. Rien d'imprévisible chez elle, aucune part d'ombre qui aurait pu susciter la méfiance des dealers ou des acheteurs. Frank et moi l'avions conçue comme un outil destiné à nous permettre d'atteindre un objectif bien précis. La deuxième Lexie était plus changeante, plus obstinée, plus capricieuse. En elle, deux personnes cohabitaient : l'une pleine de vie, enjouée, volubile, espiègle avec ses amis, l'autre distante et froide avec les inconnus. Il me manquait, et cela me perturbait, le fil conducteur qui m'aurait aidée, en remontant le temps, à découvrir ses intentions, l'objectif qu'elle poursuivait sous sa nouvelle identité.

Peut-être compliquais-je les choses. Peut-être n'avait-elle aucun dessein. Peut-être ne s'était-elle pas forgé une personnalité de façade, s'efforçant simplement de continuer à être elle-même. Après tout, il n'est guère facile de se glisser, pendant des mois, dans la peau de quelqu'un d'autre. J'étais bien placée pour le savoir. Pourtant, mon instinct me mettait en garde. En me fiant aux apparences, en sous-estimant cette fille, j'aurais commis une grosse, une très grosse erreur.

Le mardi soir, Frank et moi étions assis par terre, dégustant des plats chinois étalés sur le coffre qui me sert de table basse, au milieu d'un fouillis de photos et de cartes. La tempête qui se déchaînait au-dehors faisait vibrer la fenêtre et nous rendait nerveux. Harassée après avoir mémorisé, toute la journée, des informations sur l'entourage de Lexie, je m'efforçais d'écouter Frank avec attention.

D'une main, il pêcha avec sa fourchette ce qui restait de riz dans son assiette, tout en me montrant, de l'autre, une photographie.

— Voici la station-service, sur la route de Rathowen. Ouverte de 7 heures à 2 heures du matin. On y vend du tabac. Tu vas parfois y faire provision de cigarettes. Encore un peu de poulet au citron ?

— Surtout pas !

D'ordinaire, je dévore comme une ogresse. Jadis, Rob était fasciné par la quantité de nourriture que j'ingurgitais. Mais l'opération Vestale avait réduit mon appétit. Je proposai du café. Les poches sous les yeux de Frank se creusaient de façon inquiétante. Il aurait effrayé les enfants.

— Des litres, répondit-il. Nous avons beaucoup de travail. La soirée sera longue, mon ange.

— Quelle surprise ! Que pense Olivia de toutes ces nuits que tu passes chez moi ?

J'avais lancé la question au hasard. Frank, qui s'apprêtait à repousser son assiette, interrompit son geste. Je compris que j'avais deviné juste : lui aussi subissait le sort des infiltrés.

— Désolée. Je ne voulais pas…

— Oh si, tu voulais… Olivia m'a laissé tomber l'année dernière. J'ai Holly un week-end par mois et quinze jours chaque été. Et ton Sammy ? Que pense-t-il de mes séjours prolongés ici ?

Ni ses yeux ni sa voix n'exprimaient le moindre agacement. Toutefois, le message était clair : mêle-toi de tes affaires.

— Il le prend bien, dis-je en me levant pour aller préparer le café. Le travail avant tout.

— Vraiment ? Ça ne semblait pas être son souci principal, dimanche.

De toute évidence, mon indiscrétion à propos d'Olivia l'avait agacé. M'excuser n'aurait fait qu'empirer les choses. Avant que j'aie pu trouver une phrase appropriée, mon Interphone sonna. Je réussis à ne pas me précipiter vers la porte. Mon tibia heurta quand même un coin du canapé. Je me rétablis tant bien que mal, avec la grâce de l'inspecteur Clouseau.

C'était Sam.

— Voilà ta réponse ! s'exclama Frank avec un grand sourire, en se levant à son tour. Il a confiance en toi mais il garde un œil sur moi. Je m'occupe du café. Va faire tes mamours.

Sam était épuisé. Je le sentis au poids de son corps quand il m'embrassa, à son souffle qui ressemblait à un soupir de soulagement.

— Mon Dieu, que c'est bon de te voir…, murmura-t-il.

Puis, apercevant Frank, qui lui faisait signe depuis la cuisine.

— Oh…

— Bienvenue au laboratoire de Lexie ! s'écria gaiement Frank. Café ? Porc au caramel ? Beignets de crevettes ?

— Oui… enfin, non. Juste du café, merci. Si vous travaillez, je ne vais pas m'attarder. Je voulais simplement… Vous êtes charrette ?

— Tu es le bienvenu, lui dis-je. Nous étions en train de dîner. Qu'est-ce que tu as mangé, aujourd'hui ?

— C'était délicieux, lâcha-t-il distraitement, en laissant tomber son sac par terre et en se débarrassant de son imperméable. Pourrais-tu me consacrer quelques instants ? Si vous n'êtes pas débordés ?

Il s'adressait à moi. Frank répondit à ma place, avec chaleur, en lui désignant le futon.

— Pourquoi pas ? Assieds-toi, je t'en prie. Sucre ? Lait ?

— Pas de lait. Deux sucres, merci, gémit Sam en s'effondrant sur le futon.

J'étais persuadée qu'il mourait de faim, qu'il ne toucherait à rien de ce qu'avait acheté Frank, que son sac contenait tous les ingrédients nécessaires à la confection d'un plat bien plus raffiné que du poulet au citron et que, si j'avais posé les mains sur ses épaules, je l'aurais libéré en cinq minutes de la tension qui le crispait.

Je m'assis à côté de lui, aussi près que possible sans le toucher.

— Comment ça se passe ?

Il me pressa la main, se tourna vers son imperméable, plié non loin de lui sur le futon, pour prendre son carnet de notes.

— Pas mal. Nous procédons encore par élimination. Robert Doyle, qui a découvert le corps, a un alibi en béton. Nous avons épluché les dossiers des violences domestiques que tu nous as confiés. Nous travaillons également sur les homicides dont tu t'es occupée. Rien pour le moment.

La pensée des membres de la brigade criminelle passant mes dossiers au crible, avec toutes les rumeurs leur traversant l'esprit et mon visage en guise de victime, me donna froid dans le dos.

— Chou blanc aussi en ce qui concerne Internet, poursuivit Sam. Pas de site, pas de blog au nom de Lexie sur les ordinateurs de l'université. L'adresse de courriel que lui avait attribuée Trinity n'a jamais servi. Donc, aucune piste de ce côté-là. Pas le moindre conflit non plus au sein du département d'anglais. Si elle avait eu des problèmes avec qui que ce soit, nous l'aurions appris.

— Je te l'avais dit, coupa Frank, faussement désolé, en nous tendant nos tasses.

Sans relever, Sam poursuivit :

— Nous ne pouvons pas procéder par élimination jusqu'à la fin des temps. Je n'ai aucun point de départ. Si j'avais au moins une idée de ce que je cherche… Cassie, pourrais-tu, en tant que profileuse, éclairer ma lanterne ?

Il repoussa avec précaution papiers et autres objets qui encombraient la table, y posa sa tasse, près d'une photo de Lexie à demi dissimulée par une barquette de riz. On la voyait sur une échelle, dans la cuisine de Whitethorn House, vêtue d'une salopette et d'une chemise d'homme maculées de peinture blanche. Je ne pus m'empêcher de me souvenir de nos séances nocturnes lors de l'opération Vestale. Whisky, Rob affalé sur le canapé et jouant avec un élastique ; la musique, les papillons de nuit, le sourire timide de Sam. Nous étions si heureux, tous les trois… Si innocents…

Frank avait pris place sur le canapé. Le menton dans la main, il attendait.

— Bien sûr, dis-je. Mais tu sais qu'on ne peut pas déduire grand-chose d'un crime isolé.

Le travail de profileur se fonde sur des éléments récurrents. Un meurtre commis un mercredi ne révèle pas grand-chose. Trois meurtres commis le même jour nous indiquent que l'assassin a une ouverture ce jour-là, ce qui nous pousse à y regarder à deux fois si la femme d'un suspect joue au Loto le mercredi. Une phrase prononcée pendant un viol peut n'avoir aucune signification. Répétée lors de quatre agressions sexuelles, elle devient une signature qu'une compagnc, une épouse ou une ex-épouse reconnaîtront.

— On tente quand même le coup, insista Sam en ouvrant son carnet.

— D'accord.

Je n'avais même pas besoin du dossier. J'y avais réfléchi assez longuement, pendant que Frank ronflait comme un sonneur sur le canapé et que ma fenêtre virait du noir au gris, avant de laisser entrer les premières lueurs de l'aube.

— Premier point : il s'agit sans doute d'un homme. Nous ne pouvons écarter définitivement la possibilité que ce soit une femme. Si tu as une suspecte crédible, ne la néglige pas. Toutefois, selon les statistiques, un homicide à l'arme blanche signe généralement un crime masculin. Pour l'heure, tenons-nous en à cette hypothèse.

Sam acquiesça.

— Je suis arrivé à la même conclusion. Une idée sur son âge ?

— Ce n'est pas un adolescent. L'assassin est trop organisé, trop maître de lui. Ce n'est pas non plus un vieillard. Son acte n'exige pas des performances d'athlète mais une constitution robuste. Courir le long des chemins, escalader un mur, tirer un corps : cela correspond aux capacités d'un adulte âgé, disons, de vingt-cinq à quarante ans.

— Et un familier des lieux, ajouta Sam en prenant des notes.

— Oh oui ! Soit il est de la région, soit il a fait de nombreux séjours aux alentours de Glenskehy. Ils n'ont plus de secret pour lui. Il les a parcourus après le coup de couteau. Les tueurs qui se retrouvent hors de leur territoire ont tendance à se sentir perdus et à s'éclipser le plus rapidement possible. Si l'on en croit les cartes, l'endroit est un vrai labyrinthe. Or, après qu'elle lui a échappé, notre homme a réussi à retrouver la victime dans le noir, sans le moindre éclairage… Il connaît donc Glenskehy et, de façon presque certaine, il connaissait Lexie. La position du corps le prouve. La tête était tournée vers le mur. Toute concentration sur le visage de la victime, que l'assassin le recouvre, le défigure ou modifie sa position, implique une relation personnelle.

— Il peut s'agir d'une pure coïncidence, objecta Frank en allongeant les jambes sur le canapé et en calant sa tasse sur son estomac. Elle s'est effondrée dans cette posture quand il l'a couchée sur le sol.

— Peut-être. Mais nous avons aussi le fait qu'il l'ait retrouvée. La masure est assez éloignée du sentier. Dans l'obscurité, on ne la remarque même pas. Sauf si c'est elle qu'on cherche. Le temps qui s'est écoulé entre la blessure et la mort confirme que Lexie avait mis une certaine distance entre elle et son agresseur. Il est donc peu probable qu'il l'ait vue pénétrer dans la maison. Ensuite, sa position assise le long du mur l'empêchait d'être vue depuis le chemin. À moins qu'elle n'ait pas éteint sa torche. Mais pourquoi laisser une lampe allumée quand on tente d'échapper à un tueur ? Il n'avait donc, *a priori*, aucune raison de la chercher là-bas. À mon avis, il savait qu'elle aimait cette masure.

— Cela ne prouve pas qu'elle le connaissait, intervint Frank. Cela indique simplement qu'il était au courant de ses habitudes. Il l'a peut-être espionnée…

— Possible. Mais il faisait au moins partie de ses relations. Souviens-toi qu'elle a été poignardée par-devant. Elle ne s'enfuyait pas et elle n'a pas été attaquée par-derrière. Ils étaient face à face, elle savait qu'il était là. Peut-être même ont-ils parlé quelques instants. De plus, elle n'a aucune blessure défensive. J'en conclus qu'elle n'était pas sur ses gardes. L'homme était proche d'elle et, jusqu'au coup de couteau, elle se sentait en confiance. Je ne serais pas aussi détendue devant un inconnu qui, au milieu de la nuit, surgirait du néant.

— Tout cela serait bien plus utile si nous avions le moindre renseignement sur le passé de cette fille.

Sam s'efforça de ne pas relever cette remarque de Frank.

— D'autres ouvertures possibles ? me demanda-t-il. Dirais-tu que ce type a un casier ?

— En tout cas, il a des réflexes de criminel. Il a tout nettoyé derrière lui. Il y a de fortes chances pour qu'un homme aussi prudent n'ait jamais été pris. Cependant, il a peut-être fait ses classes avec des délits de moindre envergure. Tu pourrais éplucher les dossiers, étudier les vols de voiture, les cambriolages, les incendies volontaires ; tout ce qui dénoterait une habileté d'exécution, mais sans contact direct avec des victimes. Pas d'agression, y compris sexuelle. À en juger par sa manière maladroite de tuer, il n'a aucune expérience de la violence. Ou pratiquement aucune.

— Il n'est pas si maladroit. Il a eu sa peau.

— Par accident. À mon avis, ce n'était pas son but. Certains éléments du crime ne concordent pas. Ainsi que je l'ai souligné dimanche, ce coup de couteau semble spontané, improvisé. Mais tout ce qui entoure ce moment paraît planifié. Notre homme savait où trouver Lexie ; je ne retiens pas l'hypothèse de la rencontre fortuite en pleine nuit sur un chemin sombre. Ou il connaissait ses habitudes ou ils avaient rendez-vous. De plus, après l'agression, il a conservé son sang-froid. Il a pris son temps. Il l'a poursuivie, il l'a cherchée, il a effacé ses propres traces de pas. Et il a nettoyé les affaires de la victime, ce qui prouve qu'il ne portait pas de gants. Je répète qu'il n'avait pas l'intention de la tuer.

— Il avait un couteau, ironisa Frank. Pour quoi faire : tailler un morceau de bois ?

— La menacer, peut-être ; l'effrayer, l'impressionner… S'il avait prémédité le meurtre, il ne s'y serait pas pris aussi mal. L'attaque a été soudaine. Pendant un moment, la victime a été stupéfaite par ce qui venait de se produire. S'il avait voulu sa mort, il l'aurait achevée tout de suite. Or c'est elle qui a réagi la première. Elle s'enfuit et prend une bonne longueur d'avance avant qu'il puisse faire quoi que ce soit. Cela me laisse penser qu'il était aussi surpris qu'elle. Je crois que cette rencontre a été programmée pour autre chose et qu'elle a mal tourné.

— Pourquoi la suivre ? demanda Sam. Pourquoi ne pas déguerpir ?

— Quand il l'a rattrapée, il a constaté qu'elle était morte. Il l'a déplacée et a fouillé ses poches. Voilà pourquoi il l'a poursuivie. Il n'a pas dissimulé le corps, ne l'a pas non plus mis en évidence. Il l'a simplement déplacé pour camoufler la lumière d'une lampe torche ou se protéger de la pluie. Soit il tenait à s'assurer que Lexie était morte, soit il voulait la fouiller.

— S'il la connaissait et ne prévoyait pas de la tuer, hasarda Sam, ne l'a-t-il pas déplacée parce qu'il l'aimait ? Se sentant coupable, peut-être ne voulait-il pas la laisser sous la pluie.

— J'y ai pensé. Mais ce type est intelligent ; et il n'avait aucune envie de se faire repérer. La déplacer impliquait avoir du sang sur lui, y passer davantage de temps, laisser d'autres traces de pas, peut-être des cheveux ou des fibres sur elle… Je ne l'imagine pas prenant ces risques supplémentaires uniquement par sentimentalisme. Il devait avoir une très bonne raison. Vérifier qu'elle était morte n'aurait pas demandé beaucoup de temps ; moins, en tout cas, que de la déplacer. Donc, à mon sens, il l'a suivie et l'a déplacée pour la fouiller.

— Que cherchait-il ? Nous savons que ce n'était pas de l'argent.

— Je vois trois possibilités. La première : il cherchait quelque chose qui aurait permis de l'identifier, lui. Il tenait à s'assurer qu'elle n'avait pas noté leur rendez-vous dans un agenda ou bien il voulait supprimer son numéro de son portable…

— Elle n'avait pas d'agenda, dit Frank en levant les yeux au plafond. J'ai posé la question au club des Cinq.

— Et elle a laissé son téléphone à Whitethorn House, sur la table de la cuisine, précisa Sam. Selon ses amis, cela n'avait rien d'étonnant. Elle prévoyait toujours de l'emporter pendant ses promenades, mais, chaque fois, elle l'oubliait.

— Il l'ignorait peut-être. Ou alors ce n'était pas ce qu'il cherchait. Il est possible qu'elle ait prévu de lui remettre un objet et que ça ait mal tourné. Elle a changé d'avis… Soit il a pris l'objet sur le corps, soit elle ne l'avait pas sur elle lors de leur rencontre.

Frank eut un petit rire.

— La carte menant à la cachette du trésor ? Les joyaux de la Couronne ?

— Cette maison est remplie de babioles, dit Sam. Et si l'une d'elles avait eu de la valeur ? A-t-on procédé à un inventaire au moment de l'héritage ?

— Tu as vu la baraque, répliqua Frank. Comment dresser l'inventaire de ce fatras ? Le testament de Simon March contient la liste des objets de prix, principalement de vieux meubles et quelques tableaux. Mais tout a disparu. Les droits de succession étaient énormes. Tout ce qui valait plus de quelques livres a servi à les régler. D'après ce que j'ai pu constater, il ne reste plus que la camelote qui encombre tous les greniers du monde.

— Deuxième possibilité, repris-je. L'homme cherchait une identification. Dieu sait qu'il y a assez de confusion à propos de l'identité de cette fille. Admettons qu'il ait cru que c'était à moi qu'il parlait puis qu'il ait eu des doutes. Ou alors qu'elle ait insinué que Lexie Madison n'était pas son véritable nom. Peut-être a-t-il cherché à savoir qui il avait poignardé.

— Voilà le point où nos scénarios se rejoignent, jubila Frank en se renversant dans le canapé, les mains croisées sur la nuque. Notre homme avait planifié une rencontre avec elle. Il voudra donc recommencer si on lui en fournit l'occasion. Il n'avait pas l'intention de la tuer, ce qui exclut, *a priori*, tout risque d'homicide. Et il venait d'ailleurs que de Whitethorn House.

— Pas nécessairement, rectifia Sam. Si le coupable est un des occupants de la maison, il ou elle peut très bien avoir pris le portable sur le cadavre pour s'assurer que Lexie n'avait pas appelé la police ou enregistré quelque chose. Nous savons qu'elle ne cessait de se servir de la caméra vidéo. L'assassin redoutait peut-être qu'elle y ait inscrit son nom.

— Des empreintes sur le téléphone ? demandai-je.

— Nous les avons eues cet après-midi, répondit Frank. Lexie et Abby. Abby et Daniel affirment tous les deux qu'Abby, ce matin-là, a tendu son portable à Lexie juste avant leur départ pour l'université. Les empreintes le confirment. Celles de Lexie recouvrent celles d'Abby à deux endroits : elle a donc touché le téléphone après Abby. Personne ne l'a dérobé sur son corps. Au moment de sa mort, il était sur la table de la cuisine. N'importe quel occupant de la maison aurait pu le trouver sans avoir à courir après elle.

— Ou alors ils sont complices et ont subtilisé son agenda. Ils affirment qu'elle n'en avait pas. Mais nous n'avons que leur témoignage.

— Si tu veux jouer à ce petit jeu, intervint Frank, nous n'avons également que leur témoignage sur le fait qu'elle vivait réellement à Whitethorn House. Elle a très bien pu se brouiller avec eux il y a un mois et aller s'installer dans un palace avec un amant milliardaire. Les élucubrations ne mènent à rien. Les versions des quatre occupants de la maison coïncident parfaitement, nous n'avons pas décelé le plus petit mensonge chez l'un d'eux et Lexie a été poignardée à l'extérieur de la maison…

Sam l'interrompit en se tournant vers moi.

— À ton avis ? Ont-ils le profil ?

Frank fit mine de se radoucir.

— Oui, Cassie. Qu'en penses-tu ?

Sam souhaitait tellement que ce fût l'un des quatre… J'aurais aimé pouvoir l'affirmer, sans me soucier des conséquences que cela aurait eu sur l'enquête, uniquement pour que son air chagrin disparaisse de son visage, que ses yeux retrouvent leur vivacité.

— Statistiquement, dis-je, ils correspondent. Ils ont l'âge requis, ils sont de la région, ils sont intelligents, ils la connaissaient. Plus, même : ce sont eux qui la connaissaient le mieux ; et c'est parmi les intimes de la victime que, dans la plupart des cas, on trouve l'assassin. Aucun n'a de casier. Toutefois, comme je l'ai dit, l'un d'eux a pu commettre des actes que nous ignorons. Un autre point me chiffonne. En dehors de leurs déclarations, disposons-nous d'un témoignage extérieur confirmant qu'elle allait toujours, la nuit, se promener seule ? Qu'aucun des quatre ne l'accompagnait ?

— Oui, dit Frank en cherchant à tâtons ses cigarettes par terre. Il s'agit d'une étudiante de troisième cycle, une Anglaise nommée Brenda Grealey. La victime et elle avaient le même directeur de thèse.

Brenda Grealey… J'avais vu sa photo parmi celles de l'entourage de Lexie que j'avais examinées : ronde, yeux globuleux, grosses joues commençant déjà à s'affaisser, innombrables boucles rousses.

— Elle est du genre fouineur. Après l'installation du club des Cinq à Whitethorn House, elle a demandé à Lexie si sa cohabitation avec quatre personnes lui laissait un peu d'intimité. J'ai l'impression que sa question était à double sens, qu'elle espérait des ragots salaces. Lexie lui a rétorqué froidement qu'elle marchait seule dans la campagne tous les soirs, que cette intimité-là lui suffisait, merci, et qu'elle se mêlait uniquement aux gens dont elle appréciait la compagnie. Ensuite, elle a passé son chemin. Je ne suis pas certain que notre Brenda se soit rendu compte qu'elle venait de se faire envoyer sur les roses.

— Parfait. Dans ce cas, on ne peut qu'éliminer le club des Cinq. Si Lexie avait été étranglée, ou si on lui avait écrasé la tête contre un mur, on pourrait envisager un coup de folie de la part de l'un des quatre. Mais là, non. Imaginez un peu : l'un d'entre eux souhaite parler à Lexie, en privé, d'un sujet important. Or, au lieu d'agir de façon normale, de lui offrir par exemple un café à la fac, il part se promener avec elle ou la suit. Dans les deux cas, il brise une routine à laquelle les autres tiennent par-dessus tout, au vu et au su de tous, Lexie comprise. Et il emporte un couteau ! Ça ne tient pas. Ces gens-là sont des petits-bourgeois paisibles. Ils argumentent, discutent, tiennent des palabres sans fin. Mais menacer quelqu'un avec une arme blanche, jamais ! Cela ne leur ressemble pas... Admettons quand même que l'un d'eux la suive et se soit muni d'un couteau pour l'effrayer. Comment conçoit-il la suite ? S'attend-il vraiment à s'en tirer sans dommage ? Les cinq se côtoient sans cesse. Même si Lexie accepte toutes les exigences de celui qui la harcèle, qui l'empêchera de raconter ensuite aux autres ce qui s'est passé ? Choc, horreur et, sans aucun doute, sauf si le coupable est Daniel lui-même, expulsion de Whitethorn House. Ce sont des gens sensés. Jamais ils n'auraient fermé les yeux sur un comportement aussi extravagant. À moins d'avoir perdu la tête… sous l'effet de la drogue, peut-être…

— Peu probable, dit Sam. De ce côté-là, ils sont blanc-bleu. Bien sûr, ils picolent un peu, mais, d'après ce que je sais d'eux, je les vois mal tâter du hasch. Ne parlons pas des drogues dures. De toute façon, si vous vous en souvenez, les analyses toxicologiques effectuées lors de l'autopsie étaient négatives.

Le vent cogna à la fenêtre puis reflua.

— Donc, remarquai-je, à moins que nous n'ayons négligé un élément important, le club des Cinq semble hors de cause.

Frank avait allumé une autre cigarette et fumait en silence. Sam ferma son carnet, y agrafa son stylo à bille. Puis il soupira.

— Il ne me reste plus qu'à ferrer le poisson.

— Tu as l'air déçu, lui retourna Frank. Si je puis me permettre, pourquoi t'es-tu braqué sur ces quatre éthérés ?

Sam se frotta le visage, cligna des yeux.

— Parce qu'ils sont là. Et qu'il n'y a personne d'autre. Si aucun d'eux n'est coupable, nous n'avons rien.

— Sauf la remarquable analyse de Cassie, mon ami.

— Je sais, Frank. Et j'apprécie ton aide, Cassie. Mais pour l'heure je n'ai personne qui corresponde au profil que tu as tracé. Bien sûr, j'ai, dans la tranche d'âge, une foule de gens du coin, y compris des femmes. Certains ont un casier, d'autres sont futés et gardent la tête froide, mais rien n'indique que l'un d'eux ait eu le moindre rapport avec Lexie ou en ait même entendu parler. Parmi les nombreux étudiants qu'elle côtoyait, quelques-uns ont toutes les caractéristiques que tu as décrites. Sauf qu'ils n'ont jamais mis les pieds dans les environs de Glenskehy et seraient bien incapables d'y retrouver leur chemin au milieu de la nuit, Non, je n'ai personne. À part l'Homme invisible.

Frank sourit.

— Sans vouloir remuer le fer dans la plaie, c'est cet homme-là que l'inspecteur Maddox et moi allons rechercher.

— Oui, admit Sam sans un regard pour lui. Mais si je le coince assez vite, votre traque sera inutile.

— Raison de plus pour ne pas perdre de temps.

Toujours allongé sur le canapé, Frank observait Sam à travers ses paupières mi-closes, derrière sa fumée de cigarette. Lentement, il ajouta :

— Je prévois de commencer la mission dimanche.

Silence de mort. Même le vent parut retenir son souffle. Jamais auparavant Frank n'avait évoqué de date.

— Ce dimanche ? m'exclamai-je.

— Ne prends pas cet air ahuri. Tout ira bien, mon ange. En plus, tu n'auras plus à me supporter.

En cet instant, cette perspective me ravit.

— Bien, dit Sam en terminant son café. Je ferais mieux d'y aller.

Il se leva, tapota ses poches. Il habite loin, dans un de ces nouveaux lotissements perdus au milieu de nulle part. Il tombait de fatigue et le vent redoublait.

— Reste, lui dis-je. Nous allons travailler tard, mais…

En dépit des protestations hypocrites de Frank, il refusa. Je le raccompagnai jusqu'au rez-de-chaussée et le regardai courir jusqu'à sa voiture, courbé sous les rafales. Tristement, je remontai chez moi. Peut-être à cause des courants d'air qui s'étaient engouffrés dans le vestibule et la cage d'escalier, mon appartement me parut glacé. Frank m'accueillit en maître des lieux, avec une impudence et une gaieté insupportables.

— Ne pleure pas. Tu le reverras. Je fais la vaisselle si tu peux me dire, sans consulter la carte, comment se rendre de Whitethorn House à la masure !

Je l'aurais giflé.

Après cette soirée, Sam n'essaya plus de me préparer à dîner. Il arrivait et partait à des heures bizarres, couchait chez lui et ne faisait aucun commentaire quand il trouvait Frank sur mon canapé. Il ne restait que le temps de m'embrasser, de déposer un sac de provisions et de me fournir un bref compte-rendu. La moisson était maigre. Les scientifiques et les stagiaires avaient passé au peigne fin, en maudissant la pluie, les sentiers empruntés par Lexie lors de sa dernière promenade nocturne. Pas de traînées de sang, pas d'empreintes de pas identifiables, aucune trace de lutte ; et, surtout, pas d'arme du crime. Sam et Frank s'étaient arrangés pour que les médias ne s'emparent pas de l'affaire. Au cours d'une conférence de presse, ils avaient évoqué de façon vague une agression à Glenskehy, déclaré qu'on avait hospitalisé la victime à Wicklow et mis en place une surveillance discrète. Mais personne n'était venu prendre de ses nouvelles, pas même le club des Cinq. Rien de suspect, à en croire la compagnie de téléphone, sur son portable. Le porte-à-porte n'avait abouti qu'à des alibis impossibles à vérifier (« À la fin du feuilleton, ma femme et moi on s'est pieutés ») ; nous avions droit à des commentaires fielleux sur les gosses de riches installés à Whitethorn House et à d'innombrables railleries sur l'intérêt subit de Byrne et Doherty pour Glenskehy. Mais aucune information intéressante.

Leur enthousiasme congénital et leurs relations avec les gens du cru avaient valu à Doherty et Byrne une mission capitale : visionner des centaines d'heures d'enregistrement des caméras de surveillance, à la recherche de visages inconnus réapparaissant régulièrement à Glenskehy pour des raisons inexpliquées. Mais l'emplacement des caméras n'avait pas été choisi dans ce but. Seule certitude : tous deux affirmèrent que, la nuit du meurtre, personne n'était entré en voiture à Glenskehy ou n'en était sorti par une route directe entre 22 heures et 2 heures du matin. Dès lors, Sam envisagea à nouveau la culpabilité d'un membre du club des Cinq. Frank lui rétorqua qu'il existait mille moyens de pénétrer dans le village sans se faire repérer par les caméras. Cette remarque exaspéra Byrne, furieux contre les beaux messieurs de Dublin qui emmerdaient le monde en imposant aux pauvres flics locaux des corvées inutiles. L'atmosphère, dans la salle d'opérations, devait être lourde : sentiment d'impuissance, guerres intestines et, par-dessus tout, crainte de la défaite.

Frank avait annoncé aux membres du club des Cinq le prochain retour de Lexie. Ils lui avaient envoyé ses affaires, accompagnées d'une carte postale – des Caramilk, un pyjama bleu clair, des vêtements pour le jour de sa sortie de l'hôpital, de la crème hydratante (cadeau, sans doute, d'Abby), deux romans féminins d'avant-garde, un baladeur et un choix de musique enregistrée, où des crooners démodés voisinaient avec Édith Piaf et une chanteuse portugaise de fado à la sublime voix de gorge. Bien sûr, je dus tout écouter. Heureusement, les mélodies étaient bonnes. Quant à la carte, elle disait simplement : « Nous pensons à toi. » Suivaient les noms des quatre amis. Cette concision me fit subodorer un message secret, pour moi indéchiffrable. Frank mangea les Caramilk.

Selon la version officielle, le coma avait effacé la mémoire à court terme de Lexie. Elle ne gardait aucun souvenir de l'agression et n'avait conservé que quelques bribes des jours qui l'avaient précédée.

« Cela te servira, me dit Frank. Si tu te trompes sur un détail, tu pourras toujours prendre une mine consternée et mettre ta bévue sur le compte du coma. Ils seront trop gênés pour insister. »

De mon côté, j'avais prévenu mon oncle et ma tante, ainsi que mes amis. Je leur avais raconté que je partais suivre un stage d'entraînement. J'étais restée vague sur le sujet, précisant simplement que je serais absente quelques semaines. Pour rendre plausible ma disparition soudaine, Sam avait eu, sous le sceau du secret, une conversation avec Quigley, l'imbécile de la brigade criminelle. Il lui avait déclaré que je m'accordais une pause dans ma carrière pour terminer mes études. Ainsi, je serais couverte si un collègue m'apercevait en ville, déguisée en étudiante. Grande gueule à la langue de vipère, Quigley ne m'aimait guère. En moins de vingt-quatre heures, tous les flics de Dublin sauraient que j'avais pris un congé impromptu. Quigley ne manquerait pas d'alimenter la rumeur en ajoutant des fioritures de son cru : grossesse, crise de folie, dépendance au crack, cure de désintoxication…

Jusqu'au jeudi, Frank ne cessa de me bombarder de questions. Où t'assieds-tu pour le petit déjeuner ? Dans quel placard range-t-on le sel ? Qui t'emmène en voiture à l'université le mercredi matin ? Où se trouve le bureau de ton directeur de thèse ? Si je commettais une erreur, il reprenait depuis le début en s'aidant de tout ce qu'il avait à sa disposition, photographies, anecdotes, vidéos, enregistrements d'interrogatoires, jusqu'à ce que la réponse jaillisse spontanément de ma bouche, comme s'il s'agissait de mes propres souvenirs. Ensuite, il reprenait le feu des questions. Où as-tu passé Noël il y a deux ans ? Quel jour de la semaine tombe ton tour de faire les courses ? J'avais l'impression de me trouver non pas face à un être humain affalé sur mon canapé, mais devant une machine m'envoyant des balles de tennis.

Cette semaine m'enchanta. Me sentant un peu coupable, je ne l'avouai pas à Sam : ce défi m'électrisait. D'autant que, peu à peu, Lexie s'insinuait entre Frank et moi, prenait possession de nous. Ce n'était plus à moi qu'il s'adressait, mais à elle. Et c'était elle qui, à travers moi, lui parlait.

La sœur de Frank était coiffeuse. Le vendredi après-midi, il l'amena chez moi pour qu'elle me coupe les cheveux. C'était une blonde décolorée et mince, totalement insensible au charisme de son grand frère. Elle me plut.

— Pour sûr, tu as besoin d'une coupe, me dit-elle en ébouriffant prestement ma frange de ses longs doigts aux ongles violets. Comment tu la veux ?

Frank s'empara de l'un des clichés des lieux du crime, sur la table basse, et le lui tendit.

— Comme ça. Tu pourrais nous faire quelque chose dans ce genre ?

Elle prit la photo entre le pouce et l'index, lui jeta un coup d'œil soupçonneux.

— Hé, cette fille est morte ?

— C'est confidentiel.

— Confidentiel, mon cul ! C'est ta frangine, ma jolie ?

— Non, répondis-je. Frank monte une comédie musicale. Elle, c'est la vedette. Moi, je ne suis que sa doublure.

— Je te plains.

Elle gloussa. Puis, changeant d'expression, elle examina encore la photo, la rendit à son frère avec une moue de dégoût.

— C'est écœurant ! Tu pourrais pas essayer d'avoir un boulot normal, faire quelque chose d'utile ? Régler la circulation, par exemple ? J'ai mis deux heures pour venir de…

— La ferme, Jackie ! Pour une fois, arrête de me gonfler !

Elle se tourna vers moi. Nous échangeâmes un sourire complice, de femme à femme.

— Souviens-toi, assena-t-il, excédé. Tu la boucles. Pas un mot là-dessus, d'accord ? C'est capital.

— Ouais, maugréa-t-elle en sortant un peigne et des ciseaux de son sac. Capital… Va donc me préparer une tasse de thé. Si ça ne te dérange pas, ma colombe, ajouta-t-elle à mon intention.

Frank soupira et se dirigea vers l'évier. En trois brefs coups de peigne, Jackie rabattit mes cheveux sur mes paupières et me fit un clin d'œil.

Quand elle eut terminé, je n'étais plus la même. Je n'avais jamais eu la frange aussi courte. Cette modification subtile rendait mon visage plus jeune, plus nu. Elle agrandissait mes yeux, me donnait la trompeuse innocence des mannequins. Ce soir-là, je me contemplai longuement dans le miroir de la salle de bains. Plus je me regardais, moins je me reconnaissais. Lorsque je ne fus même plus capable de me rappeler à quoi je ressemblais quelques heures plus tôt, je renonçai. Je fis un bras d'honneur au miroir et allai me coucher.

Le samedi après-midi, Frank me dit :

— Je crois que nous sommes presque parés.

Allongée sur le canapé, je parcourais une dernière fois, faussement blasée, les photographies des camarades étudiants de Lexie. Frank faisait les cent pas. Plus le déclenchement d'une opération approche, moins il reste en place.

— Demain, murmurai-je en réprimant mon anxiété.

— Demain après-midi. Tu auras une demi-journée pour te préparer. Je préviendrai le club des Cinq ce soir. Je veux qu'ils soient tous là pour t'accueillir avec chaleur. Tu te sens prête ?

J'avais du mal à concevoir, pour une opération comme celle-là, ce que l'adjectif « prête » pouvait signifier.

— Comme je ne l'ai jamais été, rétorquai-je.

— Répétons une dernière fois : quel sera ton objectif au cours de la première semaine ?

— D'abord, ne pas être démasquée. Et ne pas me faire buter.

— Non. Pas « d'abord ». « Uniquement ».

Il fit claquer ses doigts devant mes yeux en passant devant moi.

— Hé, concentre-toi ! C'est important.

J'étalai les photos sur mon ventre.

— Je suis concentrée. Je t'écoute.

— Si l'un des quatre te soupçonne, ça se produira les premiers jours, alors que tu chercheras encore tes marques et que tous t'observeront. Donc, cette première semaine, tu devras te contenter de te couler dans ton rôle. C'est difficile. Et épuisant. Si tu en fais trop, tu trébucheras. Or un seul faux pas suffit. Donc, détends-toi le plus possible. Isole-toi chaque fois que tu en auras l'occasion. Couche-toi tôt, lis un livre pendant que les autres joueront aux cartes. Si tu franchis le cap du prochain week-end, tu seras dans le bain. Les quatre se seront habitués à ton retour. Ils feront de moins en moins attention à toi et tu auras une liberté d'action beaucoup plus grande. Jusque-là, profil bas : tu ne prends aucun risque, tu ne fouines pas. Rien qui puisse susciter le moindre froncement de sourcils. Ne pense même pas à l'affaire. Peu m'importe si, d'ici une semaine, tu n'as aucune information à me transmettre. L'essentiel, c'est que tu sois toujours là-bas. Si c'est le cas, nous aviserons.

— Mais tu ne penses pas que j'y serai encore, n'est-ce pas ?

Il cessa de marcher et me regarda.

— T'aurais-je envoyée là-bas si je ne croyais pas au succès de ta mission ?

— Évidemment. Si tu avais quand même escompté des résultats, tu n'aurais pas hésité une seconde.

Il s'adossa contre l'appui de la fenêtre, réfléchit un instant.

— Possible, murmura-t-il. Mais c'est hors sujet. Bien sûr, les risques sont énormes. Tu le sais depuis le premier jour. Toutefois, tu peux réussir si tu prends des précautions, si tu ne cèdes ni à la frayeur ni à l'impatience. Tu te souviens de ce que je t'ai dit lors de notre dernière opération, à propos des questions ?

— Oui. « Joue l'innocente et poses-en le plus possible. »

— Cette fois, c'est différent. Tu dois faire le contraire : n'en pose aucune, à moins d'être absolument sûre que tu n'es pas censée connaître déjà la réponse. Ce qui veut dire, en clair : ne demande rien à personne.

— Alors, que dois-je faire ?

Il traversa la pièce, s'assit devant moi et plongea ses yeux bleus dans les miens.

— Ouvre grands les yeux et les oreilles. Le problème principal de cette enquête, c'est l'absence de suspect. Ton travail consiste à en identifier un. Et souviens-toi : rien de ce que tu découvriras ne sera recevable, puisque tu ne pourras pas informer ce suspect de ses droits. Donc, nous ne recherchons pas d'aveux. Laisse ça à notre Sammy et à moi. Nous résoudrons l'affaire si tu nous orientes dans la bonne direction. Essaie de savoir si quelqu'un, surgi du passé de Lexie, ou avec qui elle se serait liée récemment, a pu échapper à notre vigilance. Si un individu étranger à son entourage t'approche, par téléphone, en personne ou de toute autre manière, laisse-le venir, trouve ce qu'il cherche et quels liens il entretenait avec la victime. Si tu le peux, obtiens son nom et un numéro de téléphone. En même temps, garde un œil sur les quatre, pousse-les à parler. En dépit de ce que pense notre Sammy, je suis d'accord avec toi. Je ne les considère pas comme des suspects. Mais je suis sûr qu'ils ne nous ont pas tout dit. Tu t'en rendras compte quand tu feras leur connaissance. Cela peut n'avoir aucun intérêt. Ils ont peut-être triché à leurs examens ; ou ils distillent clandestinement de l'alcool au fond de leur jardin ; ou encore ils savent qui est le papa. Mais décider de ce qui présente de l'intérêt ou non reste de mon ressort. Et il y a de fortes chances pour qu'ils t'avouent ce qu'ils ne révéleront jamais aux flics. Ne te préoccupe pas trop des personnes extérieures que connaissait Lexie. Nous n'avons rien contre elles pour l'instant. De toute manière, nous continuerons, Sam et moi, à les surveiller. Mais si quelqu'un te semble avoir un comportement bizarre, ou même légèrement décalé, signale-le-moi. Pigé ?

— Cinq sur cinq.

— Dernière chose, plus personnelle. Tu as conscience d'être, depuis quelque temps… comment dire ? Un peu nerveuse ?

Cette insinuation, je la sentais venir depuis des jours. Je continuai à battre lentement les photos comme des cartes à jouer, mettant un nom sur chaque portrait : Cillian Wall, Chloe Nelligan, Martina Lawlor…

— Oui, dis-je, j'en suis consciente.

Isabelle Smythe, Brian Ryan… Mary O'Leary…

— J'ignore si cette nervosité a un rapport avec l'affaire, poursuivit-il, ou si elle existait avant ; et je ne veux pas le savoir. Si elle n'est provoquée que par le trac, elle disparaîtra dès que tu auras franchi le seuil de Whitethorn House. Mais si elle est plus ancienne, surtout, ne panique pas. Et ne cherche pas à la dissimuler. Utilise-la. Il n'y a aucune raison pour que Lexie, après ce qui lui est arrivé, ne soit pas un peu tendue. Utilise ce que tu as entre les mains, même si tu ne l'as pas choisi. Tout est une arme, Cass. Tout.

— Je m'en souviendrai.

Je brûlais d'envie de lui demander de se mêler de ses oignons, de lui crier que j'étais assez grande pour régler mes problèmes. Je me retins. *Lexie*, pensais-je, *ne le ferait jamais*. Elle se contenterait de bâiller sous son nez, puis de railler sa sollicitude soudaine. Elle lui lancerait en riant : « Tu me rappelles ma grand-mère. » Ou elle réclamerait une glace.

Je me redressai, laissant les photos glisser et se répandre sur le sol. Enfin, j'ajoutai :

— Nous sommes à court de biscuits. Va en acheter. À la crème de citron, s'il te plaît.

Il eut l'air tellement ahuri que j'éclatai de rire.

Il m'accorda généreusement la soirée de samedi pour que Sam et moi puissions nous dire au revoir. Un cœur d'or, ce Frankie. Sam prépara le dîner à sa façon : poulet tikka et tiramisu. Pendant le repas, nous parlâmes de tout et de rien, exhumant ces souvenirs d'enfance ou d'adolescence que les amoureux évoquent en riant et préservent comme des trésors, des étoiles de mer ou des coquillages ramassés sur la plage. Suspendus à la porte du placard, les vêtements de Lexie scintillaient, tel le soleil sur le sable. Pas une seule fois nous n'y fîmes allusion.

Après le dîner, nous nous blottîmes sur le canapé. J'avais allumé un feu, Sam avait mis de la musique sur lecteur de CD. il aurait pu s'agir d'un soir ordinaire, tout à nous, sans la présence de ces vêtements, et sans mon pouls, qui battait trop vite.

— Comment te sens-tu ? murmura Sam.

J'avais espéré que nous passerions la nuit sans évoquer le lendemain. C'était trop demander. Et guère réaliste.

— Bien.

— Nerveuse ?

— Non, répondis-je, alors que j'aurais dû être pétrifiée.

Il hocha la tête, et j'en sentis le mouvement contre la mienne. Sa main me caressait doucement les cheveux d'un geste régulier et lent. Mais son torse restait rigide, comme s'il retenait son souffle.

— Tu détestes cette mission, n'est-ce pas ? chuchotai-je,

— Oui, dit-il calmement.

— Pourquoi ne l'as-tu pas empêchée ? C'est ton enquête. Tu aurais pu freiner des quatre fers, à n'importe quel moment.

Sa main s'immobilisa.

— Tu veux que je le fasse ?

— Non. Pas question.

Au moins, j'étais sûre de cela.

— À ce stade, reprit-il, ce ne serait pas facile. Maintenant que l'opération d'infiltration est engagée, c'est le bébé de Mackey. Je n'ai aucune autorité là-dessus. Mais si tu as changé d'avis, je trouverai un moyen de…

— Je suis décidée, Sam. Je me demande simplement pourquoi tu as donné ton accord.

— Mackey a les cartes en main. Nous n'avons rien. C'est le seul moyen d'élucider ce meurtre.

Comme tout enquêteur, Sam s'est retrouvé avec plusieurs affaires non résolues sur les bras. Si l'on devait classer celle-là, il survivrait sans problème à la condition d'avoir la certitude que je n'étais pas la cible de l'assassin.

— Tu n'avais rien non plus samedi dernier. Pourtant, tu n'as pas caché ta désapprobation.

Il continuait à me caresser les cheveux distraitement. Après un instant de silence, il répondit :

— Ce premier jour, tu n'as pas cessé de te chamailler avec ton copain Mackey. Tu t'en souviens ? Vous n'avez pas arrêté de vous engueuler, comme tu le faisais autrefois avec… Quand tu étais à la criminelle.

Il pensait à Rob. Celui-ci avait été mon ami le plus proche. Ensuite, nos relations, devenues compliquées, s'étaient détériorées ; et notre belle amitié était morte. Je me retournai, me lovai contre la poitrine de Sam pour pouvoir le regarder. Il fixait le plafond des yeux.

— Il y avait longtemps que je ne t'avais pas vue aussi agressive, dit-il.

— Je n'ai pas dû être très facile ces derniers mois…

Il eut un pauvre sourire.

— Je ne me plains pas.

Je tentai de me souvenir d'un jour où il s'était plaint de quoi que ce soit.

— Non. Je sais.

Il me serra un peu plus contre lui, posa un baiser sur mon front.

— Ce samedi-là, j'ai eu envie d'envoyer Mackey se faire cuire un œuf. J'étais furieux contre lui. Il me volait mon affaire, me réduisait à un rôle de lampiste. Mais tu paraissais tellement passionnée par cette histoire… J'ai pensé : *Pourquoi me mettrais-je en travers de sa route ?*

Cet aveu me stupéfia. Je levai les yeux vers son visage de campagnard aux joues colorées, avec ses yeux gris clair, si honnêtes, si francs. Il ne pouvait qu'être sincère.

— Merci, Sam…

Je sentis sa poitrine s'affaisser contre moi, s'alléger. Il soupira.

— Il est possible que cette affaire se termine bien pour tout le monde. On ne sait jamais.

— Toutefois, tu regrettes toujours que cette fille n'ait pas eu le bon goût d'aller se faire tuer ailleurs…

Silence. Il enroula l'une de mes boucles autour de son index.

— Oui, bien sûr. Mais les regrets ne servent à rien. Une fois impliqué dans une enquête, on ne peut que s'y consacrer à fond.

Il baissa la tête vers moi. Il souriait toujours. Pourtant, son regard était presque triste.

— Tu semblais gaie, cette semaine. C'est bon de te voir de nouveau heureuse…

Je me demandai comment cet homme arrivait à me supporter.

— En plus, je t'aurais arraché les yeux si tu avais essayé de décider à ma place…

Son sourire s'élargit. Il me donna une chiquenaude sur le bout du nez.

— Cela a joué aussi, ma petite mégère…

Mais il y avait toujours cette ombre dans ses yeux.

Contrairement aux dix longues journées qui l'avaient précédé, le dimanche passa vite. Frank devait arriver à 15 heures pour m'équiper d'un micro avant de m'emmener à Whitethorn House vers 16 h 30. Je paressai une partie de la matinée en compagnie de Sam, sans modifier nos habitudes dominicales : thé et lecture des journaux au lit, douche, puis toasts et œufs au bacon. Là-bas, le club des Cinq se préparait à accueillir Lexie.

Après le brunch, j'enfilai ses vêtements. Je m'habillai dans la salle de bains. Sam était toujours là, et je tenais à me changer sans témoin, comme si j'allais procéder à une cérémonie secrète, revêtir une fine cotte de mailles taillée spécialement pour moi. Lorsque je les touchai, les tissus électrisèrent ma paume.

Sous-vêtements de coton, jean passé et lissé par l'usage, aux bas effrangés. Chaussures et bottines marron. Tee-shirt blanc à manches longues. Veste de faux cuir bleu, usée mais propre. Son col sentait le muguet et dégageait un parfum tiède, presque trop ténu : la peau de Lexie. Dans une des poches traînait une facture de grand magasin remontant à plusieurs semaines : escalopes de poulet, shampoing, beurre, une bouteille de *ginger ale*.

Une fois habillée, je sortis de la salle de bains pour me regarder dans le miroir en pied contre la porte. L'ironie de la situation me donna envie de rire. Pendant des mois, je m'étais déguisée en fonctionnaire modèle ; et, maintenant que j'allais prendre la place de quelqu'un d'autre, je partais travailler dans une tenue qui me correspondait. Sam eut un sourire.

— Ça te va bien. Tu sembles à l'aise.

Mon bagage m'attendait près de l'entrée, comme si je m'apprêtais à partir en voyage après avoir vérifié mon passeport et mon billet.

Frank m'avait apporté une jolie petite valise aux bords renforcés dotée d'une solide serrure à combinaison. Elle contenait les objets personnels de Lexie, portefeuille, clés, téléphone, répliques parfaites des vrais, plus ceux que lui avait fait parvenir le club des Cinq, et un tube de vitamine C avec la mention : « Amoxicilline, trois comprimés par jour », destiné à être placé bien en évidence. Mon équipement se trouvait dans un compartiment dissimulé : gants en latex, mon portable, piles de rechange pour le micro, une provision de pansements artistiquement souillés à jeter matin et soir dans la corbeille de la salle de bains, mon carnet de notes, mes pièces d'identité et le nouveau pistolet que m'avait procuré Frank, un 38 bien adapté à ma main et beaucoup plus facile à dissimuler que mon Smith & Wesson réglementaire. Il y avait aussi une gaine élastique, du genre de celles qui font aux femmes mûres une silhouette de rêve sous une robe du soir. En fait, bon nombre d'infiltrées s'en servent comme holster. C'est inconfortable : au bout d'une heure ou deux, on a l'impression d'avoir le canon planté dans le foie, mais cela cache bien la forme de l'arme. La seule pensée de Frank allant l'acheter au rayon lingerie de Marks & Spencer me réjouissait.

— Tu es affreuse, me lança-t-il d'un air approbateur en entrant dans l'appartement.

Il avait les bras chargés d'un matériel électronique noir, câbles et haut-parleurs, digne de James Bond. Il ajouta :

— Tes poches sous les yeux te vont à ravir.

— Elle n'a dormi que trois heures par nuit, répliqua Sam d'une voix tendue. Comme toi et moi. Nous n'avons pas très bonne mine non plus.

Frank laissa tomber son matériel sur la table basse.

— Je ne la charrie pas. Au contraire. Je suis très content d'elle. Elle a l'air d'avoir subi des soins intensifs pendant dix jours. Salut, mon ange.

Le micro n'était pas plus gros qu'un bouton de manchette. Il s'accrochait au soutien-gorge, entre les seins.

— Heureusement que Lexie ne portait pas de hauts trop décolletés, ironisa Frank en consultant sa montre. Va te pencher devant la glace et vérifie si on le voit.

Les piles furent placées à l'emplacement présumé de la blessure à l'arme blanche, tapissé d'une épaisse couche de gaze immaculée, quelques centimètres sous la cicatrice laissée par le dealer fou sur la peau de la première Lexie Madison. La qualité du son, une fois que Frank eut fait quelques petites manipulations compliquées avec son matériel, se révéla d'une pureté cristalline.

— Tu as droit au meilleur, Cass. Dix kilomètres de portée, selon les conditions. Nous avons installé des récepteurs au poste de police de Rathowen et à la brigade criminelle. Tu seras donc couverte à Whitethorn House et à Trinity. Tu ne seras hors de portée que pendant les trajets en auto pour te rendre à Dublin et en revenir. Je n'imagine personne te jetant d'une voiture en marche. Tu ne bénéficieras d'aucune surveillance rapprochée. Donc, s'il y a des éléments visuels que nous devons connaître, fais-le-nous savoir. En cas de pépin, déclare simplement : « J'ai mal à la gorge. » Tu seras secourue en quelques minutes. Arrange-toi pour ne pas avoir de vrai mal de gorge. Si c'est le cas, ne t'en plains pas. Tu devras prendre contact avec moi le plus souvent possible : une fois par jour serait l'idéal.

— Et avec moi, renchérit Sam sans se retourner.

Tandis que Frank vérifiait une dernière fois son récepteur, il avait fini la vaisselle, qu'il essuyait avec une minutie exagérée. J'empilai les photos et les documents relatifs à Lexie. Je fourrai les liasses dans des sacs de plastique que nous laisserions dans la voiture de Frank.

— Et voilà ! clama Frank en débranchant les haut-parleurs. On y va ?

— Quand tu veux, répondis-je en prenant les sacs.

Il cala son matériel sous un bras, s'empara de ma valise et se dirigea vers la porte.

— Je prends ça, dit Sam d'un ton brusque. Tu as assez de bazar à porter.

Il arracha la valise des mains de Frank et nous précéda dans l'escalier, les roulettes heurtant chaque marche avec un bruit sonore.

Une fois sur le palier, Frank se retourna pour me laisser passer. La main sur la poignée de la porte, je me sentis soudain envahie par une terreur incontrôlable, semblable à celle qui m'avait submergée lorsque j'avais quitté la maison de ma tante, perdu ma virginité, prêté mon serment d'officier de police : ces instants où l'irrévocable, tant souhaité, devient tout à coup réel, palpable ; quand les larmes surgissent et que l'on crie, tel un enfant pétrifié par la peur : « Je ne veux pas ! »

Il n'y a qu'une chose à faire : se mordre la lèvre et attendre que ça passe. Ce qu'aurait dit Frank si j'avais craqué m'aida à me ressaisir. Je contemplai une dernière fois mon appartement : lumières et chauffe-eau électrique éteints, fenêtres verrouillées. Le studio se recroquevillait déjà sur lui-même, s'enfonçait dans le silence qui se déposait là où nous nous étions tenus, comme la poussière dans les coins.

Je fermai la porte.

5

Le trajet jusqu'à Glenskehy prit presque une heure, en dépit de l'absence de circulation. Frank conduisait. Sam, muet, était tassé à l'arrière, à côté du matériel électronique. Frank tenta de détendre l'atmosphère en allumant la radio. Il trouva une station musicale, monta le son et battit la mesure sur le volant. Je fis à peine attention à eux. J'avais baissé ma vitre pour respirer les senteurs de ce bel après-midi. C'était la première fois, depuis une semaine, que je quittais mon appartement. Dès que Frank avait démarré, mon anxiété s'était estompée au profit d'une gaieté inattendue.

— Bon, déclara-t-il juste avant Glenskehy, voyons si tu as bien appris ta leçon de géographie. Indique-moi la direction.

— Tu traverses le village, répondis-je en imitant son accent. Ensuite, quatrième route à droite. La plus étroite. Pas étonnant que les voitures de Daniel et de Justin ressemblent à des bagnoles de rallye. À la maison, James.

Ma bonne humeur ne m'abandonna pas, même lorsque la voiture dépassa le chemin menant à la masure, là où j'avais, le premier jour, retrouvé Frank et Sam.

L'auto s'engagea sur une route non goudronnée jalonnée de nids-de-poule. Non taillé depuis des années, le lierre boursouflait les arbres. Les haies griffaient les flancs de la voiture et le rebord de ma portière. Soudain apparut un énorme portail de fer forgé, écaillé par la rouille, affaissé sur ses gonds et aux piliers de pierre noyés sous un flot d'aubépines.

— C'est là, annonçai-je.

Frank vira dans une superbe allée bordée de cerisiers en fleur.

— Ça, alors ! m'écriai-je. Pourquoi ai-je hésité avant d'accepter cette mission ? Je peux glisser Sam dans ma valise, pour vivre ici jusqu'à la fin de nos jours ?

— Ne t'emballe pas, rétorqua Frank. Souviens-toi que tu dois paraître blasée. De toute façon, la maison est toujours dans un état lamentable.

— Tu m'as affirmé qu'ils l'avaient retapée. Je veux des rideaux de cachemire et des roses blanches dans ma chambre. Sinon, j'appelle mon agent.

— Je t'ai dit qu'ils effectuaient des travaux. Je n'ai jamais prétendu qu'ils étaient magiciens.

L'allée bifurqua légèrement pour aboutir, devant le perron, à une esplanade semi-circulaire aux pavés parsemés de mauvaises herbes et de pâquerettes. À ce moment-là, je vis Whitethorn House pour la première fois. Les photos ne lui rendaient pas justice. Les maisons du XVIIIe siècle pullulent à Dublin. Elles sont, pour la plupart, transformées en bureaux et défigurées par le clignotement des néons qu'on aperçoit à travers les fenêtres. Celle-là était unique. Elle avait des proportions si parfaites, si équilibrées qu'elle donnait l'illusion d'avoir poussé là comme une plante, de s'y être nichée peu à peu, le dos à la montagne et la façade dominant la lande, tel un joyau au creux d'une paume.

Sam respira bruyamment. Frank éteignit la radio et railla :

— *Home, sweet home*...

Ils m'attendaient tous les quatre devant l'entrée, au sommet des marches. Je les revois encore dans la lumière dorée du crépuscule, comme une apparition, une gravure d'autrefois. Rafe appuyé contre la rampe, les mains dans les poches de son jean ; Abby au centre, oscillant sur ses orteils, le bras en visière pour se protéger du soleil couchant ; Justin, pieds joints, les mains derrière le dos. Et, en arrière-plan, la silhouette de Daniel se détachant entre les colonnes, la tête bien droite, la lumière scintillant sur ses lunettes.

Aucun d'eux ne bougea lorsque Frank freina brusquement. Ils ressemblaient aux personnages d'une fresque médiévale, hiératiques, mystérieux, porteurs d'un message indéchiffrable.

Frank me jeta un coup d'œil.

— Prête ?

— Prête.

— Bonne chance. Allons-y.

Il descendit, contourna la voiture jusqu'au coffre pour prendre ma valise.

— Fais attention à toi, me dit Sam, sans me regarder. Je t'aime.

— Je serai bientôt de retour, murmurai-je.

Impossible de toucher ne fût-ce que son bras sous tous ces yeux attentifs. J'ajoutai :

— J'essaierai de te téléphoner demain.

Il acquiesça. Frank referma le coffre avec un claquement qui fouetta la façade et chassa les corneilles agglutinées dans les arbres. Puis il ouvrit ma portière.

Je sortis, me redressai et me tournai vers lui.

— Merci, inspecteur. Merci pour tout.

Nous nous serrâmes la main.

— Ce fut un plaisir, mademoiselle Madison. Et ne vous inquiétez pas. Nous retrouverons votre agresseur.

Il tira la poignée de ma valise avec un bruit sec et me la tendit. Je la traînai derrière moi en traversant l'esplanade, en direction du perron.

Personne ne fit le moindre geste. En m'approchant, je perçus chez eux une tension contenue, comme un murmure troublant le silence. Les roues de ma valise tressautaient sur les pavés, aussi assourdissantes qu'un tir de mitrailleuse.

— Salut, dis-je au bas des marches, en levant les yeux.

Un instant, je crus qu'ils ne réagiraient pas, qu'ils m'avaient déjà démasquée. Que faire, dans ce cas ? Alors Daniel avança d'un pas. Et la fresque s'anima. Un sourire éclaira le visage de Justin, Rafe agita lentement la main en signe de bienvenue. Abby dévala l'escalier et me serra contre elle, de toutes ses forces.

— Bonjour, toi s'exclama-t-elle en riant. Bienvenue chez nous !

Ses cheveux sentaient la camomille. Je posai ma valise, lui rendis son étreinte. J'eus l'étrange sensation d'embrasser un être sorti d'un vieux tableau. Je fus stupéfaite de ressentir la chaleur, la solidité de ses omoplates. Les autres descendirent à sa suite. Daniel ébouriffa mes cheveux. Rafe s'empara de ma valise, la hissa jusqu'au sommet des marches. Justin ne cessait de me tapoter le dos. Moi, je riais aussi. J'entendis à peine l'auto, qui démarra et disparut.

Je suis déjà venue ici.

Telle fut ma première pensée lorsque je pénétrai dans la maison. Bien sûr, après des heures passées à étudier des photos et des vidéos, cette demeure m'était familière. Pourtant, elle avait une présence supplémentaire : ce parfum de vieux bois et de feuilles de thé mêlé à un faible relent de lavande séchée ; la lumière rasant le plancher balafré, l'écho de nos pas dans la cage d'escalier et le long des couloirs du premier étage. J'avais l'impression de rentrer chez moi. Contrairement à ce qu'on pourrait croire, ce ne fut pas agréable mais inquiétant, telle une menace diffuse.

Dès lors, mes souvenirs se brouillent, se confondent en un enchevêtrement d'images et de voix, aussi vives qu'un feu d'artifice. Une rosace au plafond, un vase de Chine ébréché, le tabouret du piano, une coupe pleine d'oranges, des pas précipités dans les escaliers, un éclat de rire. Les doigts courts et fermes d'Abby sur mon poignet m'entraînant vers le patio dallé, derrière la maison, les fioritures des chaises métalliques, l'osier des vieux fauteuils à bascule ; la brise légère, la grande pelouse descendant vers le mur de pierre à demi caché par les arbres et le lierre, l'ombre d'un oiseau. Daniel allumant ma cigarette, sa main en coquille autour de l'allumette, sa tête proche de la mienne. Les voix claires, bien plus réelles que celles des vidéos. Justin m'appelant : « Viens voir. Viens dehors. Le crépuscule est si beau ! », ou Abby me disant : « Nous n'avons pas encore décidé pour les fines herbes… Nous t'attendions. »

Ce que je leur ai répondu, je l'ai oublié. Je me souviens surtout de mes efforts pour marcher légèrement penchée en avant, comme Lexie, imiter sa voix, son regard et sa façon de fumer, ne pas observer ce qui m'entourait avec trop d'insistance, grimacer de douleur à chaque mouvement brusque, ne pas dire de bêtises et ne pas me cogner aux meubles.

Au cours de cette première soirée, je ne cessai de me surveiller. Tout devait me sembler aller de soi. Je croyais vivre un de ces rêves où l'on se retrouve dans un roman ou un film qu'on a aimé, parmi des personnages imaginaires qui, tout à coup, prennent corps et s'adressent à vous. Je n'étais pas une intruse, mais l'enfant prodigue rentré au bercail. Il fallait que je m'en persuade et que je me comporte le plus naturellement du monde. Abby et moi avons bavardé sur les rocking-chairs pendant que les garçons, qui préparaient le dîner, allaient et venaient entre le patio et la cuisine, séparés par des portes-fenêtres à petits carreaux. Le fumet des pommes de terre sautées, le grésillement de la viande… Je mourais de faim. Rafe se pencha derrière Abby, tira une bouffée de sa cigarette. Au-dessus de l'horizon encore rougeoyant, les nuages s'assombrissaient. L'air fraîchissait, accentuant les parfums d'herbe et de terre.

— À table ! cria Justin, dominant un vacarme d'assiettes.

À partir de là, mes souvenirs se font plus précis. Chaque scène, chaque dialogue, chaque objet se met en place. La longue table surchargée, sa lourde nappe de soie damassée rouge, les serviettes d'un blanc immaculé. Les chandeliers aux décorations en forme de lierre, le reflet de leur flamme déformé et rapetissé par le renflement des verres, renvoyé par l'argenterie et les vitres, les fenêtres s'enfonçant dans l'ombre. Et eux quatre s'installant sur des sièges au dossier droit, nimbés de cette lumière dorée qui adoucissait leurs traits et obscurcissait leurs yeux. Daniel en tête de table, Abby au bout, Rafe à mon côté, Justin face à moi. Ce cérémonial, je le connaissais par cœur grâce aux vidéos et aux notes de Frank. Pourtant, tout me paraissait nouveau, irréel, hors du monde…

Ils étaient séduisants. Seul Rafe aurait pu être qualifié de beau. Pourtant, aujourd'hui encore, quand je pense à eux, c'est ce charme qui s'impose.

Justin déposa dans les assiettes les steaks Diane flambés au cognac.

— Spécialement pour toi, insista-t-il avec un sourire.

Rafe remplit les assiettes de pommes de terre sautées à mesure qu'on les lui passait. Daniel versa le vin dans les verres dépareillés.

Cette soirée exigeait de moi une lucidité sans faille. Surtout ne pas m'enivrer.

— Je n'ai pas le droit de boire, objectai-je. Les antibiotiques…

Même indirecte, c'était la première allusion à l'agression. Un bref instant, à moins que je ne l'aie imaginé, la scène sembla se figer, les gestes se pétrifier. Ensuite, d'une torsion du poignet, Daniel tourna la bouteille, ne laissant qu'un fond dans mon verre.

— Voilà, dit-il, imperturbable, me le tendant avant de remplir le sien. Une goutte ne te fera pas de mal. Juste pour trinquer. À ton retour.

Ils m'observaient. Si gentils, si placides… De vieilles légendes me revinrent en mémoire : princesses empoisonnées agonisant sous l'œil impassible de leurs assassins qui continuaient à ripailler. Le verre levé, ils m'observaient toujours, comme s'ils attendaient leur moment. Maîtrisant ma terreur, je leur rendis leur sourire.

— À mon retour, répondis-je en me penchant entre les bougies pour choquer mon verre contre le leur.

Justin… Rafe… Abby… Daniel…

Je bus une gorgée de vin : gouleyant, riche, au parfum de groseille et de mûre. Puis, saisissant mon couteau et ma fourchette, je coupai ma viande.

J'en avais l'eau à la bouche. Le steak était délicieux et Je n'avais qu'une envie : l'engloutir. Malheureusement, personne ne m'avait assuré que Lexie dévorait comme une ogresse. Je fus donc obligée de manger calmement, en maîtrisant ma fringale.

— Abby a une idole, déclara Rafe. Nous allions la brûler pour sorcellerie, mais nous avons décidé d'attendre ton retour pour mettre le verdict aux voix de façon démocratique.

— Brûler Abby ou l'idole ? demandai-je.

— Les deux.

— Ce n'est pas une idole, protesta Abby en tapotant le bras de Rafe. C'est une poupée de la fin de l'époque victorienne. Lexie l'appréciera parce qu'elle n'est pas une béotienne.

— Si j'étais toi me conseilla Justin, je l'admirerais de loin. Je crois qu'elle est possédée. Elle n'arrête pas de me suivre des yeux.

— Alors, couche-la. Ils se fermeront.

— Je refuse de la toucher. Et si elle me mordait ? Il me faudrait errer dans les ténèbres extérieures pour l'éternité, à la recherche de mon âme…

— Mon Dieu, comme tu m'as manqué s'exclama Abby. J'ai été tellement malheureuse de n'avoir personne à qui parler, hormis cette bande d'iconoclastes… Ce n'est qu'une poupée ordinaire, Justin.

— Une idole, répéta Rafe en mangeant une pomme de terre. Je suis sérieux. Elle a été confectionnée avec une chèvre sacrifiée.

— On ne parle pas la bouche pleine répliqua Abby.

Puis, à moi :

— Elle est en peau de chevreau. Avec une tête de porcelaine. Je l'ai trouvée au fond d'un carton à chapeau dans la chambre qui jouxte la mienne. Ses vêtements sont en lambeaux. Comme je viens de terminer le tabouret, j'envisage de la doter d'une nouvelle garde-robe. Ce ne sont pas les vieux morceaux de tissu qui manquent, ici…

— Et puis il y a ses cheveux ! ajouta Justin. Horribles !

— Ce sont ceux d'une morte, précisa Rafe. Si on lui enfonce une aiguille dans le corps, on entend un cri venu du cimetière. Essaie.

Abby me prit à témoin.

— Tu vois ? Des barbares. Elle a de vrais cheveux. Il croit qu'ils appartenaient à une morte parce que…

— Parce que ta créature a été fabriquée vers 1890, à l'époque de Jack l'Éventreur

— Et puis quel cimetière ? Il n'existe aucun cimetière dans les parages.

— Il y en a un quelque part. Non loin de chez nous, chaque fois qu'on touche cette poupée, un cadavre tressaille dans sa tombe.

— Tant que vous ne vous serez pas débarrassés de la Tête, martela Abby avec dignité, je vous interdis de traiter ma poupée de monstre.

— Ça n'a aucun rapport. La Tête est un outil scientifique de valeur.

— J'aime la Tête, affirma Daniel d'un air surpris. Qu'est-ce que tu lui reproches ?

— D'être une abomination ! Lexie, viens à mon secours !

De quoi s'agissait-il ? Personne ne m'avait parlé de cette histoire de Tête. Je pris soudain conscience d'un fait essentiel. Frank et Sam ne m'avaient pas révélé, peut-être parce que cela leur avait échappé, le plus important à propos de ces quatre-là : leur intimité, dont, pas plus que l'âme de la maison, les vidéos n'avaient capté la profondeur. Leurs voix se répondaient à la seconde près, rebondissaient aussitôt de l'un à l'autre, sans temps mort. Même chose pour les gestes, les attentions. Rafe passant ses cigarettes à Abby avant même qu'elle les cherche des yeux, Daniel se retournant pour saisir le plat de viande au moment précis où Justin, qui l'apportait depuis la cuisine, apparaissait dans l'encadrement de la porte ; les phrases, les formules à l'emporte-pièce se succédant à toute allure, comme les cartes d'un jeu de bataille, chacun se renvoyant la balle sans un instant d'hésitation, comme Rob et moi, jadis…

Il faudrait bien que je m'intègre à ce groupe, aussi soudé qu'un ensemble de chanteurs *a capella* ou qu'un quartette de jazz. Je devrais moi aussi jouer ma partition, sans fausse note. Pour l'heure, ma faiblesse simulée, les médicaments que j'étais censée prendre et mon traumatisme supposé me laissaient une certaine marge de manœuvre face à ces quatre êtres simplement heureux de me revoir, de m'entendre. Je pouvais encore bafouiller, répondre à côté. Mais cela ne durerait pas.

— J'aimerais avoir des nouvelles, dis-je. Que s'est-il passé ? Quelqu'un s'est-il inquiété à mon sujet ? Ai-je reçu des cartes me souhaitant un prompt rétablissement ?

— Le département d'anglais t'a envoyé des fleurs hideuses, répondit Rafe. D'énormes marguerites aux couleurs criardes. Grâce à Dieu, elles sont fanées.

— Brenda Doubles-Nénés a tenté de réconforter Rafe, persifla Abby.

Justin hennit.

— L'horreur, gémit Rafe, posant ses couverts et se cachant le visage entre ses mains. Elle et ses nibards m'ont coincé dans la salle de photocopie et m'ont demandé comment je me sentais !

Il s'agissait certainement de Brenda Grealey. Je l'imaginais mal séduisant Rafe. Je ris à mon tour. Tous faisaient de gros efforts pour égayer l'atmosphère, et Brenda était visiblement un de leurs sujets de plaisanterie favoris.

— Je crois que ça lui a plu, gloussa Justin. Quand il est rentré, il puait la cocotte.

— Elle a failli m'asphyxier, poursuivit Rafe. Elle m'a poussé contre la photocopieuse…

— Y avait-il de la musique sirupeuse en arrière-fond ? demandai-je.

C'était faible, mais je faisais de mon mieux. Je notai l'œil amusé d'Abby, l'air soulagé de Justin.

— Et cette haleine moite ! reprit Rafe. J'avais l'impression d'être léché par un morse.

— Tu es dégoûtant ! couina Justin.

— Elle a proposé de m'offrir un verre pour que nous puissions parler ! Selon elle, il fallait que je m'ouvre ! Qu'est-ce que ça peut bien vouloir dire ?

— C'est elle qui voulait s'ouvrir, commenta Abby. Au propre comme au figuré.

— Toi aussi, tu es écœurante ! s'exclama Justin.

— Tant mieux pour moi, dis-je. La délicate, c'est moi.

Même si je m'efforçais de paraître détendue, j'avais toujours l'impression d'articuler mes mots avec des glaçons dans la bouche. Justin me décocha un sourire ironique.

— Si on veut… Mais nous t'aimons quand même. Reprends du steak. Tu picores comme un oiseau. Tu n'aimes plus la viande ?

Alléluia ! Lexie et moi partagions le même métabolisme, comme tout le reste.

— J'en raffole, tu sais bien. Mais je n'ai pas encore retrouvé mon appétit.

Il se pencha sur la table pour déposer un steak dans mon assiette.

— Pas de chichis. Il faut que tu reprennes des forces.

— Justin, tu as toujours été mon préféré.

Il rougit jusqu'aux oreilles. Et, avant qu'il ait eu le temps de se cacher derrière son verre, je remarquai l'expression douloureuse qui, furtivement, assombrit ses traits.

— Ne sois pas ridicule, bredouilla-t-il. Tu nous as manqué à tous.

— Vous aussi, vous m'avez manqué, lui lançai-je gaiement. Surtout à cause de la nourriture.

— C'est bien toi, constata Rafe.

Je m'attendais que Justin ajoute quelque chose. Mais Daniel allongea le bras pour remplir à nouveau son verre. Justin cligna des yeux, toujours rougissant, reprit son couteau et sa fourchette. Suivit un de ces silences prolongés que provoque toujours la bonne chère. Comme aurait dit mon grand-père français : « Un ange passe. » Je perçus, à l'étage, le bruit ténu, presque féerique, d'une pendule.

Daniel regarda Abby à la dérobée, se détourna aussitôt. C'était lui qui, de toute la soirée, avait le moins parlé. Il se montrait également peu loquace sur les vidéos. Cette fois, pourtant, son mutisme semblait plus lourd, plus appuyé.

Enfin, Abby rompit le silence.

— Bon. Comment te sens-tu, Lex ?

Tous cessèrent de manger.

— Bien. On m'a interdit de porter des objets lourds pendant quelques semaines.

— Est-ce que tu souffres ? s'enquit Daniel.

Je haussai les épaules.

— On m'a donné des analgésiques très puissants. Mais, la plupart du temps, je n'en ai pas besoin. Je ne vais même pas avoir une grosse cicatrice. On m'a entièrement recousue à l'intérieur, mais je n'ai que six points de suture à l'extérieur.

— Montre-les-nous, dit Rafe.

Justin posa violemment sa fourchette, comme s'il s'apprêtait à quitter la table.

— Tu n'es qu'un nécrophage ! Je n'ai aucune envie de voir ça, merci !

— Moi non plus, renchérit Abby. Pas pendant le dîner. Ne te vexe pas, Lex.

Je plissai les yeux en direction de Rafe. J'étais préparée à celle-là.

— Personne ne verra rien. On m'a tâtée, palpée pendant une semaine. Si quelqu'un s'approche de mes points de suture, je lui tranche le doigt d'un coup de dents.

Daniel m'observait toujours avec attention. Justin grimaça, comme s'il souffrait lui-même.

— Ça ne te fait vraiment pas mal ? La douleur a dû être terrible, au début… Ç'a été pénible ?

— Elle va bien, coupa Abby. Elle vient de le dire.

— Je m'interroge, c'est tout ! La police n'a pas arrêté de…

— N'en rajoute pas !

Je réagis vivement.

— Quoi ? Qu'est-ce que la police n'a pas arrêté de faire ?

Daniel se tourna vers Justin. Calmement, mais fermement, il déclara :

— Je crois que nous devrions en rester là.

Nouveau silence, cette fois moins détendu. Le couteau de Rafe gratta son assiette. Justin battit des paupières. Abby s'empara du moulin à poivre, le cogna contre la table avant de le secouer avec vigueur. Soudain, me regardant par-dessus son verre, Daniel reprit la parole.

— La police a demandé si tu tenais un journal ou un agenda. J'ai pensé qu'il valait mieux, pour nous, répondre par la négative.

Un journal ?

— Tu as eu raison, approuvai-je. Je ne veux pas qu'ils fouinent dans mes affaires.

— Ils l'ont déjà fait, intervint Abby. Désolée. Ils ont fouillé ta chambre.

— Bon Dieu ! Pourquoi ne les en avez-vous pas empêchés ?

— Cela ne nous a pas paru opportun, rétorqua sèchement Rafe.

— Et si j'avais gardé des lettres d'amour ? Des documents privés ?

— À mon avis, c'est précisément ce qu'ils cherchaient.

— Les policiers étaient fascinants, précisa Daniel. Pour la plupart, totalement indifférents. La routine… J'aurais adoré assister à la fouille, mais je crois que le demander n'aurait pas été une bonne idée.

— De toute façon, ils n'ont pas trouvé ce qu'ils cherchaient ! clamai-je, satisfaite. Où est-il, Daniel ?

Il parut à peine surpris.

— Je n'en ai aucune idée. Là où tu l'as mis, je présume.

Et il retourna à son steak.

Les garçons débarrassèrent la table. Je restai assise avec Abby pour fumer tranquillement en sa compagnie, dans un silence enfin apaisé, du moins en apparence. Je perçus une agitation dans le salon, dissimulé derrière une grande double porte coulissante. Aussitôt, une odeur de feu de bois nous enveloppa.

— Une soirée tranquille ? murmura Abby en me scrutant à travers la fumée de sa cigarette. Un bon livre et c'est tout ?

Après le dîner venait, pour les quatre, le moment de la détente : cartes, musique, lecture, conversations, aménagement de la maison. La lecture me parut l'option la plus facile.

— Merveilleux, dis-je. J'ai de la documentation en retard pour ma thèse.

— Repose-toi. Tu viens juste de rentrer. Tu as tout le temps.

Elle écrasa sa cigarette et fit coulisser la porte.

Le salon était immense et, en dépit des apparences, magnifique. Les photos n'en avaient montré que le délabrement, sans en capter l'atmosphère. Haut plafond aux moulures tarabiscotées, immense parquet bosselé et pas ciré. Affreux papier peint à fleurs, dont les échancrures dévoilaient les couches précédentes aux rayures jadis dorées et roses, diluées à présent dans une teinte crème. Mobilier d'un autre âge, sans style : une antique table de jeu en bois de rose marqueté, des fauteuils au brocart fané, un long canapé inconfortable, une bibliothèque bourrée de volumes à la reliure de cuir et de livres de poche aux couleurs vives. Pas de lustre, mais des lampes à pied et un feu de bois qui, craquant dans une massive cheminée de pierre, projetait des ombres menaçantes sur les toiles d'araignées lovées dans les coins. Un désastre… dont je tombai immédiatement amoureuse.

Les fauteuils avaient l'air confortables, presque douillets. Je m'apprêtai à me diriger vers l'un d'eux. Tout à coup, je me figeai, le cœur battant. Je n'avais aucune idée de l'endroit où je devais m'asseoir. Le trou. Le repas délicieux, les plaisanteries, le silence rassurant partagé avec Abby… J'avais baissé la garde.

— Je reviens.

Je courus me réfugier dans les toilettes pour laisser aux autres le temps de s'installer à leur place habituelle et maîtriser le tremblement de mes genoux. Quand ma respiration eut retrouvé son rythme normal, la mémoire me revint : mon siège était un fauteuil victorien situé à une extrémité de la cheminée. Frank m'en avait montré des dizaines de photos.

Lorsque je regagnai le salon, Justin me jeta un regard légèrement inquiet. Mais personne ne souffla mot. Mes livres s'étalaient sur le tapis vert d'une table de bridge, à côté de mon fauteuil : épais ouvrages d'histoire, un exemplaire de *Jane Eyre* aux pages cornées ouvert à l'envers sur un bloc-notes, un roman de gare jauni : *Larmes fatales*, de Rip Corelli, sans rapport avec ma thèse, quoique… Sur la couverture s'exhibait une femme de rêve en jupe fendue, un revolver glissé dans sa jarretière. « Elle attire les hommes comme le miel les mouches, puis elle les exécute ! » Mon stylo à bille bleu, au capuchon déformé par des marques de dents, se trouvait toujours à l'endroit où je l'avais laissé au milieu d'une phrase, ce fameux mercredi soir.

Une fois assise, j'observai les autres, guettant un signe d'étonnement, de malaise. Mais tous s'étaient aussitôt plongés dans leur lecture, avec une concentration presque intimidante. Alanguie dans un fauteuil, les pieds sur un petit tabouret tapissé, sans doute celui qu'elle avait restauré, Abby tournait les pages de son livre en tortillant une de ses mèches autour de son index. En face de moi, de l'autre côté de la cheminée, Rafe posait de temps en temps son livre pour entretenir le feu ou rajouter une bûche. Étendu sur le canapé, son bloc-notes sur la poitrine, Justin griffonnait, hochait parfois la tête en grommelant ou en faisant claquer sa langue en signe de mécontentement. Derrière lui, le mur s'ornait d'une tapisserie élimée représentant une chasse à courre. Il aurait dû paraître incongru sous une telle scène, avec son pantalon de velours côtelé et ses petites lunettes sans monture. Pourtant, il ne dénotait en rien. Penché sur la table de jeu, Daniel, à la lueur d'une grande lampe, feuilletait son livre sans hâte, économisant ses gestes. Les lourds rideaux de velours vert étaient ouverts. J'imaginais le spectacle que nous aurions offert, depuis le jardin plongé dans l'ombre, à un observateur extérieur : si unis, tous les cinq, si paisibles ; comme dans un rêve. Un instant, je me surpris à envier Lexie Madison.

Daniel sentit mon regard. Il se redressa et me sourit. Ce sourire, c'était la première fois que j'en découvrais la gravité, la douceur.

Il se pencha de nouveau sur son livre,

Je montai me coucher tôt, vers 22 heures. Frank ne s'était pas trompé : j'étais harassée. Une fois dans la chambre de Lexie, où subsistait encore un léger parfum de muguet, je m'appuyai contre la porte. Je crus un instant que je n'aurais pas la force de gagner le lit, que j'allais m'écrouler et m'endormir avant d'avoir touché le tapis.

La chambre se situait au dernier étage, au fond de la maison, en face de celle de Daniel et juste au-dessus de celle de Justin. De dimensions réduites, basse de plafond, avec des rideaux unis blancs, un lit de fer forgé branlant qui crissa comme une vieille essoreuse lorsque je m'y assis. Si Lexie avait réussi à s'y faire engrosser, chapeau. La housse de couette était bleue, fraîchement repassée. On avait changé mes draps. Peu de meubles : une bibliothèque, une armoire étroite aux étagères flanquées de petites plaques d'étain indiquant où placer les affaires (« chapeaux », « bas »), une misérable lampe de plastique sur une lugubre table de chevet, une coiffeuse dotée d'un miroir à trois faces.

J'ouvris ma valise. Attentive au moindre bruit qui aurait pu provenir de l'escalier, je sortis mon nouveau pistolet et le rouleau de sparadrap destiné à mes pansements. Même chez moi, je ne dors jamais sans avoir mon arme à portée de main : vieille habitude à laquelle je n'avais aucune intention de renoncer ce soir-là. Avec le sparadrap, je collai le pistolet derrière la table de nuit, hors de vue, mais facile à atteindre. Pas une toile d'araignée, pas le moindre grain de poussière sur la paroi de bois : la police scientifique l'avait explorée avant moi.

Avant d'enfiler le pyjama bleu de Lexie, j'arrachai mon faux pansement, décrochai le micro et fourrai le tout au fond de ma valise. S'il m'avait vue faire, Frank serait entré dans une colère noire. Cela m'était égal. J'avais mes raisons.

On n'oublie jamais la première nuit d'une mission d'infiltration. On sait que l'irrévocable est en marche, que, le matin, on se réveillera pour de bon dans la peau de quelqu'un d'autre. Je devais plonger dans ce vide, laisser ma personnalité derrière moi, comme les enfants des contes de fées qui abandonnent leur talisman avant de s'aventurer dans le château enchanté ou les adeptes des anciennes religions qui se dénudaient avant d'accomplir leurs rites d'initiation.

Je trouvai, dans la bibliothèque, une vieille édition illustrée des contes de Grimm, l'emportai au lit avec moi. Ses amis du club des Cinq l'avaient offerte à Lexie l'année précédente pour son anniversaire. Une main, celle de Justin, j'en étais presque certaine, avait tracé au stylo à plume, d'une écriture penchée et fleurie : « 3/1/04. Bon anniversaire, PETITE fille ! (Quand te décideras-tu à grandir ?) Mille baisers. » Suivaient les quatre noms.

Je m'assis dans mon lit, le livre sur les genoux. Mais je fus incapable de lire. Venues du salon, des bribes de voix montaient jusqu'à moi. De l'autre côté de la fenêtre, le jardin était vivant : feuilles secouées par le vent, jappement d'un renard, cri d'une chouette en chasse ; partout des froissements, des plaintes, des combats. Calée contre mes oreillers, détaillant l'étrange petite chambre de Lexie, j'écoutais.

Un peu avant minuit, les marches craquèrent. On frappa discrètement à ma porte. Je sursautai violemment et j'agrippai ma valise pour m'assurer qu'elle était bien fermée et répondis :

— Entrez.

— C'est moi, chuchota Daniel, ou Rafe, ou Justin, si bas que je ne pus savoir qui parlait. Je voulais simplement te dire bonsoir. Nous allons nous coucher.

Mon cœur battait à se rompre.

— Bonne nuit, soufflai-je.

D'autres voix s'élevèrent dans l'escalier, mêlées, entrecroisées, plus douces que des doigts caressant mes cheveux.

— Bonne nuit à toi, Lexie… Dors bien… Bienvenue… Oui, bienvenue… Fais de beaux rêves…

J'ai le sommeil léger et l'oreille fine. Au milieu de la nuit, je m'éveillai en sursaut. De l'autre côté du palier, dans la chambre de Daniel, quelqu'un murmurait.

Je retins ma respiration. Mais les portes étaient épaisses et je ne distinguai rien d'autre : pas de mots, pas de voix. Je glissai prudemment un bras hors des couvertures, trouvai le téléphone portable de Lexie sur la table de chevet : 3 h 17. Le murmure se prolongea longtemps, ponctué par l'appel strident des chauves-souris et les rafales de vent. À 3 h 58, j'entendis grincer la poignée de la porte de Daniel qui s'entrebâillait, puis un claquement bref lorsqu'elle se referma. Un halètement sur le palier, à peine perceptible, telle une ombre traversant les ténèbres. Ensuite, plus rien.

6

Des pas, au rez-de-chaussée, me tirèrent d'un mauvais rêve. D'instinct, je tendis le bras à la recherche de mon arme. Elle n'était pas près de mon lit, à son emplacement habituel. Après un instant de panique, je pris conscience de l'endroit où je me trouvais.

Je me redressai. Apparemment, je n'avais pas été empoisonnée. Je me sentais en pleine forme. Une odeur de friture se faufilait sous la porte. D'en bas, me parvenaient des voix vives, affairées. J'avais raté la préparation du petit déjeuner ! Il y avait tellement longtemps que je n'avais pas dormi tout mon soûl que j'avais oublié de régler le réveil de Lexie. Je remis mon bandage et le micro en place, enfilai un jean, un tee-shirt, un immense chandail qui aurait pu appartenir à l'un des garçons (la chambre était glaciale) et descendis.

Située à l'arrière de la maison, la cuisine avait beaucoup changé par rapport à celle que j'avais découverte sur les vidéos. Les quatre l'avaient débarrassée de son moisi et de ses toiles d'araignées. Un sol dallé remplaçait le vieux linoléum. Une table de bois en occupait le centre, égayée par un pot de géranium posé sur le rebord de la fenêtre, derrière l'évier. Abby, en robe de chambre de flanelle rouge, le capuchon relevé, secouait dans une poêle, au-dessus d'un brûleur, des saucisses et des tranches de lard. Installé à la table, déjà habillé, Daniel lisait un livre coincé contre le rebord de son assiette, tout en dégustant méthodiquement ses œufs au plat. Justin coupait ses toasts en triangle et se plaignait.

— Honnêtement, je n'ai jamais rien vu de pareil ! La semaine dernière, seuls deux d'entre eux avaient lu ce que je leur avais demandé. Les autres bayaient aux corneilles en mâchant leur chewing-gum comme des vaches regardant passer un train. Tu ne voudrais pas échanger ? Peut-être pourrais-tu en tirer quelque chose…

— Non, répondit Daniel sans lever les yeux.

— Mais tu fais des sonnets. Or je connais les sonnets. Je suis très fort en sonnets.

— Non.

— Bonjour, lançai-je depuis la porte.

Daniel me salua d'un signe de tête et retourna à son livre. Abby agita sa spatule.

— Bonjour, toi !

— Chérie, dit Justin. Viens là. Laisse-moi te regarder. Comment te sens-tu ?

— Très bien. Désolée, Abby. J'ai laissé passer l'heure. Donne-moi ça…

Je tentai de m'emparer de sa spatule, mais elle m'en empêcha.

— Non ! Ce matin, la blessée n'a rien à faire. Demain, je viendrai te tirer du lit. Assieds-toi.

« Blessée »… Le mot vibra un instant entre nous. Daniel et Justin s'arrêtèrent une seconde de manger. Je m'assis à la table. Alors Justin beurra un autre toast. Daniel tourna une page de son livre, puis fit glisser vers moi une théière rouge.

Sans me demander mon avis, Abby transvasa trois tranches de lard et deux œufs dans une assiette qu'elle vint déposer devant moi.

— On gèle, grommela-t-elle en retournant devant la cuisinière. Daniel, je sais ce que tu penses du double vitrage, mais tu devrais y songer…

— Le double vitrage est une invention du diable. C'est hideux.

— Peut-être, mais ça garde la chaleur ! Si nous ne mettons pas de tapis…

Une main sous le menton, Justin grignotait son toast, me dévisageant avec une insistance qui me mettait mal à l'aise. Je me concentrai sur ma nourriture.

— Tu es sûre d'aller bien ? me demanda-t-il anxieusement. Tu es pâle. Tu n'iras pas à Dublin, aujourd'hui, n'est-ce pas ?

— Je ne crois pas.

Je n'étais pas encore d'attaque pour une journée entière à l'université. D'un autre côté, j'avais envie de rester seule pour explorer la maison à ma guise. Je voulais voir ce journal, cet agenda…

— On m'a ordonné de lever le pied quelques jours. À propos, où en sont mes travaux dirigés ?

Officiellement, les travaux dirigés s'arrêtent juste avant les vacances de Pâques. Certains, toutefois, se prolongent pendant le dernier trimestre. J'étais responsable de deux groupes, le premier le mardi, le second le mercredi. Je n'étais pas pressée de faire leur connaissance.

— Nous nous en sommes chargés, répondit Abby en remplissant son assiette et en nous rejoignant à table. Daniel a fait lire *Beowulf* à tes étudiants du mardi. Dans le texte saxon original.

— Merveilleux ! Comment ont-ils réagi ?

— Pas trop mal, admit Daniel. Au début, ils étaient ahuris. Mais, finalement, quelques-uns ont fait des commentaires intelligents. C'était très intéressant.

Rafe entra en traînant les pieds, hirsute, en tee-shirt et pantalon de pyjama rayé, marchant au radar. Il salua vaguement l'assistance, chercha un bol à tâtons, le remplit à ras bord de café noir, chipa un des toasts de Justin et se dirigea vers la porte.

— Vingt minutes ! aboya Justin à son intention. Je ne t'attendrai pas !

Rafe agita la main sans se retourner et sortit.

— Je ne comprends pas pourquoi tu t'inquiètes, Justin, dit Abby en coupant de la saucisse. Dans cinq minutes, il ne se rappellera plus t'avoir vu. Il n'émerge qu'après avoir bu son café.

— Oui, mais à ce moment-là il me reproche de ne pas lui avoir laissé assez de temps pour se préparer. Cette fois, je suis sérieux. S'il est en retard, je pars sans lui. Il n'a qu'à s'acheter une voiture. Il peut même aller à Dublin à pied si ça lui chante. Je m'en fiche.

— Tous les matins, me souffla Abby tandis que Justin faisait des gestes furieux avec son couteau à beurre.

J'écarquillai les yeux. Derrière la porte-fenêtre, un lapin sautillait sur la pelouse, laissant des traces de pattes sur la gelée blanche.

Une demi-heure plus tard, Rafe et Justin s'en allèrent. Après avoir garé sa voiture devant le perron, Justin attendit en klaxonnant et en beuglant des menaces inaudibles jusqu'à ce que Rafe surgisse enfin dans la cuisine, la moitié de son manteau sur le dos, son sac dans une main, s'empare d'un autre toast, le cale entre ses dents et se précipite dehors, claquant la grande porte assez fort pour que la maison en tremble. Abby fit la vaisselle en chantant d'une voix de contralto : « Le fleuve est immense / Comment le franchirais-je... » Daniel alluma une cigarette sans filtre dont les volutes s'élevèrent dans les rayons de soleil. Ils paraissaient détendus : j'étais de retour pour de bon.

J'aurais dû, moi aussi, être à l'aise. Pourtant, quelque chose me gênait : je ne m'étais pas attendue à éprouver de l'affection pour le club des Cinq. En ce qui concernait Daniel et Rafe, je n'en étais pas encore très sûre, mais Justin, en dépit, ou peut-être à cause de son esprit tatillon et de ses jérémiades perpétuelles, suscitait une sympathie immédiate. Quant à Abby, Frank avait raison à son sujet : en d'autres circonstances, j'aurais aimé l'avoir pour amie.

Ils venaient de perdre l'une des leurs, ils ne le savaient même pas, et c'était peut-être à cause de moi. Pourtant, j'étais là, dans leur cuisine, partageant leur petit déjeuner, en toute intimité. Mes soupçons de la veille – ce steak à la ciguë, mon Dieu ! – me semblaient tellement grotesques que j'avais envie de me faire toute petite.

— Daniel, nous devrions nous agiter, déclara enfin Abby en jetant un coup d'œil à la pendule, tout en s'essuyant les mains avec le torchon. Tu veux qu'on te rapporte quelque chose, Lex ?

— Oui, des clopes. Je n'en ai presque plus.

Elle extirpa un paquet de Marlboro light de la poche de sa robe de chambre et me le lança.

— Prends ça. J'en achèterai d'autres en route. Qu'est-ce que tu vas faire toute la journée ?

— Buller sur le canapé, lire et grignoter. Il y a de quoi ?

— Tu trouveras dans la boîte les biscuits à la crème à la vanille que tu aimes et du chocolat dans le garde-manger.

Elle plia le torchon avec soin, le suspendit à la barre de la cuisinière.

— Tu es sûre que tu ne souhaites pas que quelqu'un reste avec toi ?

Justin me l'avait déjà demandé six fois.

— Sûre et certaine.

Je surpris le regard d'Abby en direction de Daniel, mais il tournait une page et ne nous prêtait pas attention.

— Très bien, dit-elle. Ne t'évanouis pas dans les escaliers. Pas de catastrophe. Cinq minutes, Daniel ?

Il opina sans lever la tête. Abby monta l'escalier, légère dans ses chaussettes. Je l'entendis ouvrir puis refermer des tiroirs, chantant à nouveau sa ballade : « Je me suis adossée à un chêne / Que je croyais mon ami… »

Lexie fumait plus que moi, un paquet par jour, et commençait après le petit déjeuner. Je pris la boîte d'allumettes de Daniel, allumai une cigarette.

Il marqua sa page, ferma son livre, le poussa de côté.

— Crois-tu que tu devrais fumer aussi tôt après ce qui t'est arrivé ?

— Non, rétorquai-je d'une voix effrontée. Et toi ?

Ma réplique le fit sourire.

— Tu as l'air d'aller bien mieux, ce matin. Hier soir, tu semblais très fatiguée. Et un peu perdue. C'est normal. Je suis ravi de constater que ton énergie revient.

Je pris note de la récupérer progressivement au cours des prochains jours.

— À l'hôpital, ils n'arrêtaient pas de m'affirmer que ça prendrait du temps et qu'il fallait que je me ménage. Qu'ils aillent se faire voir. J'en ai marre d'être convalescente.

Le sourire de Daniel s'accentua.

— Je te crois volontiers. Je suis sûr que tu as été une patiente modèle.

Il vérifia s'il restait du café dans la cafetière.

— Quels souvenirs gardes-tu de l'incident ?

Il se versa le fond de café, me dévisagea avec un intérêt serein, sans le moindre trouble.

— Aucun, répondis-je. La journée entière n'est qu'un trou noir. Quant à ce qui l'a précédée, il n'en subsiste que des fragments. Je croyais que les flics vous avaient mis au courant.

— Oui. Mais ça ne signifie pas que ce soit vrai. Tu aurais pu avoir tes raisons de leur raconter ça.

Je tressaillis.

— Lesquelles ?

— Je l'ignore. Toutefois, si tu te souviens de quelque chose que tu ne tiens pas à révéler à la police, j'espère que tu ne te croiras pas obligée de le garder pour toi, que tu te confieras à quelqu'un : à moi, ou à Abby. Tu le feras ?

Il sirota son café, ses yeux calmes toujours braqués sur moi. Je commençais à comprendre l'une des affirmations de Frank : ces quatre-là se trahissaient peu. L'expression de Daniel aurait été la même s'il m'avait parlé d'une chorale ou de l'assassinat de douze orphelins à coups de hache.

— Bien sûr, murmurai-je. Mais ce dont je me souviens, c'est d'être rentrée de l'université le mardi soir et, ensuite, d'avoir été affreusement malade au-dessus d'un bassin hygiénique. Mais j'ai déjà tout dit à la police.

Daniel fit glisser le cendrier vers moi.

— La mémoire est étrange, conclut-il. Permets-moi de te demander ceci : si jamais tu devais…

À ce moment-là, les pas d'Abby, qui chantait toujours, retentirent au bas des escaliers. Daniel se leva brusquement et tapota ses poches.

J'agitai le bras depuis le perron tandis qu'Abby et lui s'engageaient dans l'allée et que la voiture disparaissait parmi les cerisiers. Une fois sûre qu'ils étaient partis, je refermai la porte et restai un instant immobile dans le vestibule, écoutant la maison déserte. Je la sentais respirer, attentive à ce que j'allais faire.

Je m'assis au bas de l'escalier. Le tapis avait été enlevé. On ne l'avait pas remplacé. Une large bande non cirée traversait chaque marche, poussiéreuse, usée en son centre par des générations de pieds. Je m'adossai au pilier de la rampe, me tortillai jusqu'à ce que mon dos ait trouvé une position confortable, puis réfléchis à ce journal.

Si Lexie l'avait caché dans sa chambre, la police scientifique l'aurait découvert. Cela me laissait le reste de la maison, le jardin entier. Et cette question : quel secret Lexie avait-elle tenu à dissimuler, même à ses meilleurs amis ?

Il existait une autre possibilité : elle lavait gardé sur elle, il était dans sa poche au moment de sa mort et l'assassin l'avait dérobé. Cela aurait expliqué qu'il eût pris le temps et le risque de la poursuivre : c'était ce journal qu'il cherchait.

Cela correspondait à ce que je savais de Lexie. « Elle ne se sépare pas de ses secrets », m'avait dit Frank. Mais il aurait fallu qu'il soit de taille très réduite et cela l'aurait obligée à le manipuler chaque fois qu'elle changeait de vêtements. Trouver une cachette était plus simple, plus sûr : un endroit où il aurait été à l'abri de la pluie ou d'une découverte accidentelle, et où elle aurait pu accéder sans se faire remarquer, même en vivant avec quatre personnes.

Il y avait des toilettes au rez-de-chaussée et une salle de bains au premier étage. Je fouillai d'abord les toilettes. Elles étaient minuscules. Une seule cachette possible : le réservoir de la chasse d'eau. Rien à l'intérieur ni derrière.

La salle de bains, elle, était vaste : carrelage noir et blanc des années trente, baignoire écaillée, fenêtres aux vitres en verre dépoli, rideaux de tulle blanc. La porte fermait avec un verrou.

Assise par terre, je tirai le panneau de bois plaqué contre le flanc de la baignoire. Il se détacha facilement, avec un craquement qu'aurait couvert sans mal le fracas de l'eau coulant d'un des robinets, révélant des toiles d'araignées, des moisissures, des traces de doigts dans la poussière. Et, dans un coin, un petit carnet rouge.

Ma respiration s'accéléra. Je n'aimais pas ça. Alors que j'avais des hectares à explorer, j'étais tombée du premier coup sur la cachette de Lexie, comme par un fait exprès. Autour de moi, la maison semblait retenir son souffle, m'observer, m'épier.

Je montai dans ma chambre : la chambre de Lexie. Je pris mes gants et une lime à ongles. De retour dans la salle de bains, je m'assis de nouveau par terre.

Soigneusement, le prenant par les coins, je sortis le carnet. Je me servis de la lime pour tourner les pages. Tôt ou tard, la police scientifique aurait besoin d'y relever des empreintes.

J'avais espéré tomber sur un vrai journal intime où Lexie se serait épanchée. En fait, il ne s'agissait que d'un agenda à la couverture de faux cuir avec une page pour chaque jour. Les premiers mois ne contenaient que des rendez-vous et des pense-bêtes, tracés d'une écriture nerveuse et ronde : *Salade, fromage, sel d'ail ; 11 h trav. dir. salle 3017 ; note d'électricité ; demander* à *D livre d'Ovide ??* Ces pauvres détails domestiques, inoffensifs, me mirent mal à l'aise. Quand on mène une enquête, on viole sans état d'âme l'intimité des gens. J'avais dormi dans le lit de Lexie, je portais ses vêtements. Cela ne me gênait pas outre mesure. Mais, là, c'était différent : je m'immisçais dans les débris de sa vie quotidienne qui ne concernaient qu'elle ; et je n'en avais pas le droit.

Fin mars, un changement brusque se produisait. Les listes de courses et les horaires de travaux dirigés disparaissaient, laissant des pages vierges. Seules subsistaient trois notes, écrites à la hâte. Dernier jour de mars : *10 h 30 N.* Le 5 avril : *11 h 30 N.* Et le 11, deux jours avant sa mort : *11 h N.*

Pas de N en janvier et février. Aucune mention avant ce rendez-vous de la fin mars. Les relations répertoriées de Lexie n'étaient pas très nombreuses et, si j'avais bonne mémoire, aucune ne portait un nom commençant par N. Un sobriquet ? Un lieu ? Un café ? Quelqu'un issu de sa vie antérieure, ainsi que l'avait suggéré Frank, surgissant du néant et réduisant son univers en cendres ?

Les deux derniers jours d'avril, la même écriture pressée, furieuse, avait dressé une colonne de lettres et de chiffres. *AMS 79, LHR 34, EDI 49, CDG 59, ALC 104.* Les résultats d'un jeu, des sommes d'argent prêtées ou empruntées ? Les initiales d'Abby étaient AMS, pour Abigail Marie Stone, mais les autres ne correspondaient à aucun membre de l'entourage de Lexie. Je les regardai longtemps. Elles n'évoquaient pour moi que des plaques minéralogiques. Je ne voyais pas pourquoi Lexie aurait noté des numéros d'immatriculation et, si tel était le cas, en quoi ils constituaient un secret d'État.

Personne n'avait fait allusion à une nervosité particulière ou à un comportement bizarre de sa part au cours de ces dernières semaines. Tous ceux que Sam et Frank avaient interrogés l'avaient trouvée en forme. Et elle semblait heureuse ; égale à elle-même. La dernière vidéo, qui datait de trois jours avant sa mort, la montrait descendant une échelle depuis le grenier, les cheveux pris dans un foulard rouge, grise de poussière de la tête aux pieds, riant, brandissant un objet de sa main libre et criant, après un éternuement sonore : « Regarde, Rafe ! Des jumelles de théâtre ! Je crois qu'elles sont en nacre. Ne sont-elles pas sublimes ? »

La suite du carnet était vide, hormis le 22 août : *an. papa*.

On n'avait donc affaire ni à une opération du Saint-Esprit ni à une hallucination collective. L'enfant avait bien un père, dont elle n'avait pas oublié l'anniversaire. Elle avait gardé un lien, même ténu, avec lui,

Je feuilletai à nouveau les pages, cette fois plus lentement, cherchant un détail qui m'aurait échappé. Au début du carnet, quelques dates, ici et là, étaient entourées :

2 janvier, 29 janvier, 25 février. Sur la première page figurait un calendrier minuscule pour le mois de décembre 2004 ; et, en toute logique, un cercle entourait le 6.

Vingt-sept jours d'intervalle. Lexie était méticuleuse. À la fin mars, n'ayant pas entouré le chiffre 24, elle avait dû apprendre qu'elle était enceinte. Quelque part, pas à Whitethorn House mais à l'université ou dans un pub quelconque, où personne ne prêterait attention à la boîte jetée dans la poubelle, elle avait fait un test de grossesse. Et tout avait changé. Son agenda s'était mué en un secret inavouable, N était apparu et tout le reste avait été balayé.

N. Un obstétricien ? Une clinique ? Le père du bébé ?

— Mais qu'est-ce que tu fabriquais, ma fille ? murmurai-je dans la pièce déserte.

Un soupir, derrière moi, me fit bondir. Ce n'était que la brise qui, mollement, soulevait les rideaux de tulle.

Je songeai d'abord à emporter le carnet dans ma chambre. Je me dis ensuite que Lexie avait sans doute eu ses raisons pour ne pas le faire et qu'elle l'avait caché au bon endroit. Je recopiai les éléments importants dans mon propre carnet de notes, remis le sien sous la baignoire et replaçai le panneau. Ensuite, je parcourus la maison de bas en haut pour en découvrir les recoins et effectuer une fouille sommaire au passage. Frank ne manquerait pas de me demander si j'avais occupé utilement ma journée, et je savais déjà que je ne lui parlerais pas de l'agenda ; du moins, pas encore.

Si je trouvais quelque chose d'intéressant, nous nous retrouverions devant une belle bataille juridique en perspective. J'habitais la maison, ce qui m'autorisait à explorer les parties communes à ma guise. Mais les chambres des autres occupants de Whitethorn House relevaient du domaine privé. De plus, j'étais là sous de faux prétextes. C'est ce genre d'embrouille qui permet aux avocats de s'acheter de nouvelles Porsche. Toutefois, une fois qu'on sait ce qu'on cherche, on trouve presque toujours un moyen légal pour l'obtenir.

Je travaillai vite, hantée par le peu de temps dont je disposais. Je commençai par le rez-de-chaussée, où se trouvaient le salon, la cuisine, les toilettes et la chambre de Rafe. Cette chambre était un véritable chantier : vêtements entassés dans des cartons, verres sales, amoncellements de papiers dans tous les coins. Pourtant, cette pagaille avait sa logique propre : Rafe devait se retrouver sans mal dans ce capharnaüm où n'importe qui se serait perdu. Il avait décoré un des murs au crayon gras, dessinant d'un trait nerveux ce qui semblait être un projet de fresque : un hêtre, un setter irlandais, un homme en gibus. Sur la cheminée trônait la fameuse Tête : un buste phrénologique de porcelaine, au regard dédaigneux et au cou affublé du foulard rouge de Lexie. Rafe me parut tout à coup sympathique.

Le premier étage regroupait la chambre d'Abby et la salle de bains devant le palier, la chambre de Justin et une pièce non utilisée au fond. Soit on avait trouvé trop compliqué de l'aménager, soit Rafe préférait dormir seul au rez-de-chaussée. Gênée à l'idée de pénétrer dans l'intimité d'Abby et de Justin, je commençai par la chambre inoccupée.

De toute évidence, le grand-oncle Simon ne jetait jamais rien. La pièce avait tout d'un débarras : trois bouilloires trouées, un haut-de-forme moisi, un cheval de bois cassé à l'œil glauque, la moitié d'un accordéon. Je ne suis pas experte en antiquités, mais aucun de ces vestiges ne présentait la moindre valeur. Rien, à plus forte raison, qui eût justifié un meurtre. Ils semblaient plutôt voués à la collecte de monstres.

À l'inverse, Abby et Justin étaient soigneux. Abby collectionnait les bibelots, d'une propreté impeccable : un minuscule vase d'albâtre où fleurissait un bouquet de violettes, un bougeoir en cristal de plomb, une vieille bonbonnière au couvercle orné d'une Égyptienne de carnaval aux lèvres rouges. Elle aimait également les mélanges de couleurs. Elle avait cousu, pour confectionner ses rideaux, de vieux morceaux de soie pourpre, de coton bleu ciel et de dentelle blanche. Elle avait aussi, avec ces mêmes étoffes, recouvert les larges échancrures du papier peint délavé. À la fois douillette et bizarre, sa chambre me rappela ces illustrations de contes pour enfants où un lutin au bonnet à clochettes concocte des tartes à la confiture.

Justin, contrairement aux apparences, privilégiait une certaine austérité. Un petit monticule de livres, de photocopies et de pages griffonnées s'appuyait contre sa table de chevet. Il avait tapissé le dos de sa porte de photos plastifiées du club des Cinq, disposées de façon symétrique, apparemment dans un ordre chronologique. Le reste de sa chambre était net, propre, fonctionnel : blancheur de la literie et des rideaux, meubles au bois sombre et poli, chaussettes roulées dans les tiroirs, chaussures luisantes au bas de l'armoire. Il y régnait une odeur de cyprès, un discret parfum masculin.

Dernier étage : ma chambre, celle de Daniel, deux autres pièces vacantes. Celle qui jouxtait la chambre de Daniel était bourrée de vieilleries entassées en déséquilibre les unes sur les autres, comme après un tremblement de terre. Des traces dans la poussière, des rectangles nus sur le parquet prouvaient qu'on s'était servi de ce bric-à-brac pour meubler les chambres des membres du club des Cinq lors de leur installation dans la maison. La pièce proche de ma chambre ressemblait davantage à un second débarras : bottes de caoutchouc maculées de boue, coussins tapissés souillés de fientes de souris, cartons entrouverts, antiques valises de cuir. Récemment, quelqu'un avait entrepris d'explorer ce fatras. Des traces de doigts striaient le couvercle des valises, dont l'une avait été essuyée avant d'être fouillée de fond en comble, tout comme certains cartons. Des empreintes de pas sur le plancher.

C'était un endroit idéal pour cacher l'arme d'un crime, un indice ou une petite antiquité d'une valeur inestimable. J'explorai toutes les valises qu'on avait ouvertes, évitant les traces de doigts, au cas où… Elles étaient bourrées d'innombrables feuillets couverts de pattes de mouche. Quelqu'un, sans doute le grand-oncle Simon, avait écrit l'histoire de la famille March depuis les origines. La lignée remontait à 1734, date de la construction de la maison. Ensuite, ses héritiers s'étaient contentés de se reproduire, de miser sur les mauvais chevaux et de perdre peu à peu l'essentiel de leurs biens.

La chambre de Daniel était fermée à clé. Forte de l'enseignement de Frank, je n'aurais eu aucun mal à forcer la serrure. Pourtant, je me retins. Comment savoir si Daniel la verrouillait toujours ou s'il l'avait fait spécialement pour moi ? J'eus soudain la certitude qu'il avait laissé un piège, un cheveu dans l'encadrement de la porte, un verre d'eau que j'aurais renversé et qui m'aurait trahie. Je passai mon chemin.

Je terminai par la chambre de Lexie. On l'avait déjà passée au peigne fin, mais je voulais le faire moi-même. Elle témoignait d'un désordre qu'on aurait pu qualifier de raisonnable. Les livres n'étaient pas alignés sur les étagères mais empilés, les vêtements s'entassaient au bas de l'armoire. Je trouvai, sous le lit, trois paquets de cigarettes vides, une moitié de Caramilk, une page de notes. Sans plus. La chambre ne me révéla rien : aucun vieux ticket de bus, pas de carte de vœux ; ni fleurs fanées ni photographies. Lexie ne se fiait, pour ses souvenirs, qu'aux vidéos de son portable. J'ouvris les livres un par un, retournai toutes les poches. Rien.

Je m'assis par terre, extirpai mon téléphone de ma valise et appelai Frank. Il ne répondit qu'après la deuxième sonnerie.

— Salut, mon ange. Déjà grillée ?

J'étais de bonne humeur. Je répondis :

— Tout juste. Désolée. Viens me chercher.

Il éclata de rire.

— Comment ça se passe ?

J'actionnai l'amplificateur, posai l'appareil par terre, fourrai mes gants et mon carnet dans ma valise.

— On ne peut mieux. À mon avis, aucun des quatre ne soupçonne quoi que ce soit.

— Pourquoi se méfieraient-ils ? Comment pourraient-ils imaginer une seconde ce que nous avons mis en place ? Tu as quelque chose d'intéressant pour moi ?

— Ils sont tous à l'université. J'ai donc pu inspecter rapidement la maison. Ni couteau souillé ni vêtements tachés de sang. Pas de Renoir, pas d'aveux signés. Que dalle aussi en ce qui concerne la drogue ou le porno. Pour des étudiants, ils sont sages comme des images.

Tout en parlant, j'arrachai mon pansement numéro un, pour le remplacer par le numéro deux, moins sanguinolent. J'en avais plusieurs paquets. Ils devenaient de plus en plus pâles à mesure que ma blessure était supposée se cicatriser, au cas où un individu à l'esprit mal tourné aurait eu l'idée saugrenue de farfouiller dans ma poubelle. Règle d'or de l'agent infiltré : toujours anticiper un comportement imprévu.

— Pas de trace du journal ? s'enquit Frank. Ce fameux journal que Daniel a mentionné devant toi alors qu'il ne nous en a pas parlé ?

— S'il est dans la maison, répondis-je en m'adossant à la bibliothèque et en plaquant le second pansement sur ma poitrine, quelqu'un l'a bien caché.

— Ou alors tu avais raison, et l'assassin l'a volé sur le corps. Toutefois, il est intéressant que Daniel et consort se soient crus obligés de mentir à son sujet. Aucun comportement bizarre ?

— Non. Ils étaient un peu gênés vis-à-vis de moi au début, mais c'est normal. Pour l'essentiel, tout ce que j'ai pu constater, c'est qu'ils se réjouissaient du retour de Lexie.

— Je m'en suis rendu compte à l'écoute. À ce propos, que s'est-il passé hier soir, quand tu es montée te coucher ? Je t'ai entendue parler, mais j'ai eu du mal à saisir les mots exacts.

Sa voix avait un ton différent, de mauvais augure. Je cessai de lisser mon nouveau pansement.

— Rien. Tout le monde m'a souhaité une bonne nuit.

— Comme c'est touchant ! Je suis navré d'avoir raté ça. Où était ton micro ?

— Dans ma valise. Les piles me gênent pour dormir.

— Alors, dors sur le dos. Ta porte n'a pas de verrou.

— Je l'ai coincée avec une chaise.

— Oh, très bien. Alors, tu n'as pas besoin d'autre soutien. Pour l'amour du ciel, Cassie !

Je le voyais presque passer sa main libre dans ses cheveux tout en faisant les cent pas.

— Quel est le problème, Frank ? La dernière fois, je n'utilisais même pas le micro, sauf si j'étais en train de faire quelque chose de vraiment intéressant. Que je parle ou non dans mon sommeil ne fera pas avancer notre affaire.

— La dernière fois, tu ne vivais pas avec des suspects ! Ces quatre-là ne figurent peut-être pas en tête de liste, mais nous ne les avons pas encore éliminés. Sauf si tu es sous la douche, tu dois conserver ton micro sur toi. Tu veux reparler de la dernière fois ? Si ton micro avait été dans ton sac, où je ne pouvais t'entendre, tu serais morte. Tu te serais vidée de ton sang avant que nous ayons pu intervenir.

— Oui, Je sais. Un point pour toi.

— Pigé ? Sur toi, tout le temps. Pas d'entourloupe.

— Pigé.

— Bien, dit-il en se calmant. J'ai une petite surprise pour toi.

Il était presque enjoué. Il avait gardé le meilleur pour après la leçon.

— J'ai recherché toutes les relations de la première Lexie Madison. Tu te souviens d'une fille nommée Vicky Harding ?

D'un coup de dents, je coupai un morceau de sparadrap.

— Je devrais ?

— Grande, mince, blonde, bavarde comme une pie. Ça ne te rappelle rien ?

— Mon Dieu ! m'écriai-je en collant le pansement. Vicky Pot-de-Colle. Ça fait un bail !

Vicky Pot-de-Colle était avec moi à l'université, où elle poursuivait de vagues études. Elle arborait des tenues et un maquillage assortis au bleu vitreux de ses yeux, et avait un don extraordinaire pour s'agripper à tous ceux qui pouvaient lui être utiles, surtout les fils de famille et les filles fréquentant du beau monde. Pour une raison mystérieuse, elle avait décidé que je faisais partie du lot ; ou alors elle espérait que je lui fournirais gratuitement de la drogue.

— Celle-là même, dit Frank. Quand l'as-tu vue pour la dernière fois ?

Je fermai ma valise et la poussai sous le lit, tout en essayant de me rafraîchir la mémoire. Vicky Pot-de-Colle n'était pas du genre à laisser une impression durable.

— Peut-être quelques jours avant mon retrait ? Je l'ai aperçue une ou deux fois en ville, depuis, mais j'ai toujours changé de trottoir.

— C'est drôle, poursuivit Frank, de plus en plus joyeux, parce qu'elle t'a croisée beaucoup plus récemment. En fait, vous avez eu toutes les deux une longue conversation au début de janvier 2002. Elle se souvient de la date, parce qu'elle venait de faire les soldes d'hiver et avait acheté un superbe manteau de daim qu'elle t'a montré. Ça te rappelle quelque chose ?

— Non.

Mon cœur battait au ralenti. Et lourdement. J'ajoutai :

— Ce n'était pas moi.

— C'est ce que j'ai pensé. Vicky a gardé un souvenir très précis de votre entretien, presque mot pour mot. Cette fille a une mémoire d'éléphant. Elle ferait un témoin en or. Tu veux savoir de quoi vous avez papoté ?

— Vas-y.

— Vous êtes tombées nez à nez dans Grafton Street. Selon elle, tu étais « complètement à l'ouest ». Tout d'abord, tu ne l'as pas reconnue ; et tu ne te rappelais pas le jour de votre dernière rencontre. Tu as prétexté une gueule de bois carabinée, mais elle a mis ton attitude sur le compte de l'horrible dépression nerveuse dont on lui avait parlé.

Le débit de Frank s'accélérait. Il y avait dans sa voix une excitation semblable à celle d'un prédateur sur le point de bondir. Moi, je m'amusais beaucoup moins. Ce qu'il me racontait, je le savais déjà. Seuls les détails manquaient. Et ne pas m'être trompée ne me satisfaisait en rien.

— Cependant, dès que la mémoire t'est revenue, tu t'es montrée très amicale. Tu lui as même proposé de prendre un café. Cette fille avait un sacré sang-froid…

— Je n'en doute pas une seconde, murmurai-je.

— Vous vous êtes attablées au café de Brown Thomas. Elle t'a montré sa merveille et vous avez bavardé un certain temps. Toi, tu étais étonnamment calme. Mais voilà où ça se corse. À un moment, Vicky t'a demandé si tu étais, à l'époque, à Trinity College. Apparemment, peu de temps avant ta dépression, tu lui avais juré que tu en avais assez de l'université de Dublin. Tu songeais à faire un transfert vers une autre université, peut-être Trinity, ou alors un établissement à l'étranger. Ça te dit quelque chose ?

— Oui, répondis-je en m'asseyant sur le lit de Lexie.

La fin de l'année universitaire approchait, et Frank ne m'avait pas encore dit si l'opération se poursuivrait après l'été. Je me ménageais une porte de sortie en cas de besoin. Autre qualité de Vicky : on pouvait lui faire confiance pour colporter en un rien de temps le moindre ragot parmi tous les étudiants.

Mon cœur battait la chamade. La coïncidence de Trinity, Lexie se dirigeant droit sur mon ancienne université et reprenant tout naturellement mon cursus là où je l'avais abandonné, m'avait donné des sueurs froides. Mais, là, c'était presque pire. La seule coïncidence avait été ces deux filles tombant l'une sur l'autre. Lexie n'avait pas atterri à Trinity par hasard. Je le lui avais suggéré. Nous avions travaillé de concert, elle et moi. Je l'avais entraînée vers cette maison, cette existence, aussi sûrement qu'elle m'y avait introduite.

— Lexie a répondu par la négative, poursuivit Frank. Elle n'était pas à l'université pour le moment. Elle avait voyagé. Elle est restée très vague sur le sujet. Vicky Pot-de-Colle en a conclu qu'elle avait fait un séjour dans une maison de fous. Mais voici le meilleur : elle pense que cet hôpital psychiatrique devait se trouver aux États-Unis. Ou au Canada. En partie parce qu'elle se rappelle que ta famille imaginaire vivait là-bas, mais surtout parce que, entre ton passage à l'université de Dublin et votre rencontre sur Grafton Street, tu avais acquis une pointe d'accent américain très reconnaissable. Donc, non seulement nous savons comment la victime a usurpé l'identité de Lexie Madison, et quand, mais nous avons une idée de l'endroit où commencer à la rechercher. Je crois que nous devons à Vicky Pot-de-Colle un cocktail ou deux.

— Je te laisse ce plaisir.

Ma voix devait paraître bizarre, mais Frank était trop excité pour le remarquer.

— J'ai contacté les gars du FBI et je m'apprête à leur envoyer par courrier électronique des photos et des empreintes. Il y a de fortes chances pour que notre amie ait été en cavale. Ils risquent donc de dégoter quelque chose.

Depuis le miroir de la coiffeuse, le triple visage de Lexie me scrutait avec inquiétude.

— Tiens-moi au courant, Frank. De tout ce que tu obtiendras.

— Entendu. Tu veux dire un mot à ton homme ? Il est là.

Sam et Frank partageant la salle d'opérations. Doux Jésus !

— Je l'appellerai plus tard, répondis-je.

La voix profonde de Sam en arrière-fond. Pendant une seconde, j'eus une telle envie de lui parler que cela me cassa presque en deux.

— Il dit qu'il a passé au crible tes six derniers mois à la brigade et que tous ceux que tu aurais pu te mettre à dos au cours de cette période sont hors de cause. Il va remonter plus haut dans le temps. Ne t'inquiète pas. Il veille.

En d'autres termes, le meurtre n'avait aucun lien avec l'opération Vestale. Cher Sam... À distance, et réduit à un rôle secondaire, il essayait quand même de me rassurer. Calmement, avec obstination, il traquait la seule menace qu'il envisageait. Je me demandai s'il avait beaucoup dormi la nuit précédente.

— Remercie-le pour moi, Frank. Dis-lui que je l'appellerai bientôt.

Il me restait à explorer l'extérieur de la demeure. Je me préparai, dans la cuisine, un sandwich à la dinde, un autre au jambon. Je remplis une Thermos de café et partis pour une longue marche. Très bientôt, il me faudrait arpenter les environs dans l'obscurité, avec, peut-être, la présence d'un tueur qui connaissait l'endroit comme sa poche. Une reconnaissance préliminaire me semblait appropriée.

La campagne était un vrai labyrinthe. Des dizaines de sentiers serpentaient au milieu des haies, des prés et des bois. Pourtant, je trouvai mon chemin beaucoup plus facilement que je ne l'aurais cru. Je ne me perdis que deux fois. Je commençais à apprécier l'acharnement de Frank à me faire apprendre par cœur la topographie des lieux. Quand j'eus faim, je m'assis sur un muret. Je bus mon café en savourant mes sandwiches, jouissant de la vue imprenable sur les collines. Le temps était radieux. Quelques nuages flottaient dans un ciel d'un bleu très pur. Dans le lointain, un chien aboya. Quelqu'un le siffla. Hormis cet inconnu, pas l'ombre d'une présence humaine.

En rentrant, je pus me faire une idée de l'étendue du terrain entourant la maison. Les March avaient perdu la plus grande partie de leurs biens, mais les vestiges de leur splendeur passée conservaient une certaine allure. Immenses murs de pierre bordés d'aubépines, chênes, frênes, pommiers en fleur. Une ancienne écurie, construite assez loin de l'habitation pour en écarter l'odeur, semblait assez vaste pour loger six chevaux. Daniel et Justin y garaient leurs voitures au milieu d'un amoncellement d'outils rouillés et de bâches que personne ne semblait avoir touchés depuis longtemps. Je ne m'y attardai pas.

À l'arrière de la maison, sur une centaine de mètres, deux autres murs, recouverts de lierre et protégés par un écran d'arbres, cernaient un grand pré délimité par un portail de fer rouillé : celui qu'avait franchi Lexie la nuit de sa mort. Dans un coin s'étirait une rangée d'arbustes. Je reconnus du romarin et du laurier : le jardin de plantes aromatiques auquel Abby avait fait allusion la veille au soir.

Vue de là, la maison, délicate et lointaine, ressemblait à une aquarelle. Je m'immobilisai un instant pour la contempler. Soudain, un coup de vent coucha l'herbe à mes pieds, soulevant les longues vrilles de lierre qui masquaient un des murs. Derrière elles, à une cinquantaine de mètres de moi, il y avait quelqu'un : une silhouette fragile et sombre, telle une ombre, assise sur un trône. J'en eus la chair de poule.

Mon arme était restée collée à la paroi de la table de nuit dans la chambre de Lexie. Je me mordis la lèvre, me baissai et saisis un gros bout de bois qui traînait au milieu des plantes aromatiques, sans quitter le mur des yeux. Le vent était retombé. Doucement, le lierre s'était remis en place. Le jardin était calme, aussi ensoleillé qu'un rêve. Je longeai le mur d'une démarche faussement négligente mais rapide, me plaquai contre lui, serrai fermement mon bâton et, brutalement, écartai le lierre.

Il n'y avait personne. Les troncs d'arbres, les branches et le lierre formaient une alcôve contre le mur, une bulle subitement éclaboussée de soleil. Deux bancs de pierre entouraient un filet d'eau qui, sortant d'un trou creusé dans le mur, descendait deux petites marches à peine enfoncées dans le sol, jusqu'à une mare minuscule et boueuse. Rien d'autre. Un instant, les ombres s'enchevêtrèrent. Et l'illusion revint. Je crus de nouveau distinguer la fine silhouette, très droite contre un des dossiers. Je laissai retomber le lierre. Alors elle s'évanouit.

Je repris mon souffle, examinai l'alcôve. De la mousse subsistait dans les fissures des bancs, mais on en avait nettoyé l'essentiel : quelqu'un connaissait cet endroit. Un lieu de rendez-vous ? Trop près de la maison. En plus, les feuilles et les brindilles agglutinées autour de la mare n'avaient pas été foulées depuis longtemps. Je les repoussai du bout de ma chaussure, dénudant des dalles usées où scintillait un objet de métal. Mon cœur bondit. Le couteau ! Trop petit. Ce n'était qu'un vieux bouton tout cabossé : le lion et la licorne, symboles de la couronne britannique. Un homme, autrefois, avait servi dans l'armée anglaise.

Je fourrai le bouton au fond de ma poche. Le trou dans le mur était plein de saletés. Agenouillée sur les dalles, je me servis de mon bâton et de mes doigts pour les enlever. Cela me prit beaucoup de temps : le mur était épais. Peu à peu, je libérai une cascade miniature au murmure joyeux.

Mes mains sentaient la terre et les feuilles pourries. Je les rinçai. Ensuite, installée sur l'un des bancs, je fumai une cigarette en écoutant le bruit de l'eau. Je me sentais à l'abri, comme dans le terrier d'une bête sauvage ou la cabane secrète d'un enfant. La mare se remplissait, survolée par de minuscules insectes. Du bout de mon bâton, j'écartai les feuilles flottant à sa surface. Encore ridée, elle me renvoya mon reflet, qui tremblotait.

La montre de Lexie indiquait 16 h 30. J'avais tenu vingt-quatre heures : de nombreux membres de la brigade criminelle avaient déjà perdu leur pari. Je glissai mon mégot éteint dans mon paquet et regagnai la maison. La porte d'entrée n'opposa aucune résistance à ma clé. Lorsque je pénétrai dans le vestibule, l'air frémit autour de moi, comme si l'on m'accueillait avec un léger sourire, une caresse sur la joue. Je n'étais plus une intruse.

7

Cette nuit-là, je partis pour ma promenade. J'avais promis de téléphoner à Sam et, de toute façon, Frank et moi avions décidé qu'il fallait rendre à Lexie ses anciennes habitudes le plus tôt possible, sans insister sur son pseudo-traumatisme ; du moins, pas encore. Bien sûr, il y aurait de légères différences entre son comportement et le mien. Mais, avec un peu de chance, les quatre autres les mettraient sur le compte de l'agression. À l'inverse, si je forçais trop la note, l'un d'eux en viendrait à penser : *On dirait que Lexie a changé.*

Nous étions dans le salon, après le dîner. Daniel, Justin et moi lisions. Rafe interprétait au piano une fantaisie, languissante de Mozart, s'interrompant parfois pour reprendre une phrase qu'il affectionnait ou qu'il avait mal jouée. Concentrée sur des points minuscules, presque invisibles, Abby confectionnait, à partir d'une vieille broderie anglaise, un jupon pour son idole. Je compris ce qu'avaient voulu dire les garçons en plaisantant à son sujet. Avec son visage mélancolique, son nez à peine busqué et ses abondantes boucles sombres, la poupée avait quelque chose d'inquiétant. Affalée sur les genoux d'Abby, dans une position à la limite de l'indécence, elle me scrutait de ses grands yeux tristes avec un air de reproche, m'inspirant un curieux malaise.

Vers 23 heures, j'allai chercher mes chaussures de randonnée dans la penderie. J'avais déjà enfilé, en me tortillant, ma gaine ultrasexy, avant d'y dissimuler mon téléphone. Ainsi, je n'aurais pas à briser la routine en montant dans ma chambre : Frank serait fier de moi.

En m'asseyant devant le foyer, je grimaçai, poussai un petit gémissement. Justin redressa la tête.

— Tout va bien ? Tu as besoin d'un antidouleur ?

— Non, répondis-je en démêlant mes lacets. Je me suis assise de travers.

— La balade ? s'enquit Abby, levant les yeux de sa poupée.

— Oui.

Je mis une chaussure. La forme du pied de Lexie, légèrement plus étroit que le mien, s'imprimait sur la semelle intérieure. Tout parut se figer dans la pièce, comme la veille, chacun semblant suspendre son souffle. Daniel posa un doigt sur son livre pour marquer la page et objecta :

— Est-ce bien raisonnable ?

— Je me sens très bien. Les points de suture ne me font pas mal, sauf quand je me retourne trop brutalement.

— Ce n'est pas ce que j'avais en tête. Tu ne ressens aucune appréhension ?

Tous m'observaient : ce quadruple regard pesant, indéchiffrable… Je haussai les épaules, tirai sur un lacet.

— Non.

— Et pourquoi, si je puis me permettre ?

Rafe s'étira vers l'extrémité droite du clavier, exécuta un trille aux notes aiguës. Justin sursauta.

— Parce que, répliquai-je. Je ne m'inquiète pas.

— Tu devrais, pourtant. Après tout, si tu ignores qui…

— Daniel, murmura Rafe, fiche-lui la paix.

— Je préférerais que tu ne sortes pas, dit Justin, les traits crispés, comme s'il avait mal au ventre.

— Nous, nous sommes inquiets, énonça calmement Abby. Même si tu ne l'es pas.

Le trille continuait, inlassable, plus exaspérant que la sonnerie d'un réveil.

— Rafe, hurla Justin en se bouchant une oreille, arrête !

Rafe l'ignora et grommela :

— On en a déjà fait une reine de tragédie. N'en rajoutez pas.

Daniel fit mine de ne pas avoir entendu.

— Oui, me dit-il, nous nous faisons du souci. Tu nous le reproches ?

— Alors, continuez, maugréai-je en glissant mon pied dans l'autre chaussure. Je m'en moque. Si je commence à trembler de peur maintenant, je claquerai des dents jusqu'à la fin de mes jours. Il n'en est pas question.

— Eh bien, bravo ! lâcha Rafe en concluant son trille par un accord parfait. Prends ta lampe. À tout à l'heure.

Il se tourna de nouveau vers son piano, feuilleta sa partition.

— Et ton portable, ajouta Justin, Au cas où tu aurais un malaise, ou bien…

Sa voix se brisa.

— Il ne pleut plus, constata Daniel en regardant par la fenêtre. Mais il risque de faire frisquet. Tu vas mettre le ciré ?

J'ignorais totalement de quoi il parlait. Décidément, cette promenade prenait les proportions d'une expédition militaire.

— Tout ira bien, assurai-je.

Daniel me regarda d'un air dubitatif.

— Je devrais peut-être t'accompagner.

— Non, coupa Rafe. J'y vais. Tu travailles.

Il referma bruyamment le clavier et se leva.

— Bon Dieu ! criai-je en leur jetant un regard furibond. Ce n'est qu'une marche, comme j'en fais tout le temps ! Je n'endosserai pas de gilet pare-balles, je ne m'encombrerai pas de fusées de détresse et je n'ai nul besoin d'un garde du corps ! Ça vous va ?

La perspective d'un entretien en tête à tête avec Rafe ou Daniel était intéressante, mais cela pouvait avoir lieu à un autre moment. Si un inconnu m'attendait au milieu d'un sentier, je ne voulais surtout pas l'effrayer.

— Je te reconnais bien là, bredouilla Justin avec un pauvre sourire. Fais attention à toi.

— Au moins, me conseilla Daniel sans la moindre trace d'émotion, choisis un itinéraire différent de celui que tu as emprunté la dernière fois. D'accord ?

— Volontiers, si je m'en souvenais. Comme je n'en ai aucune idée, j'irai à l'aventure.

— Ah, bien sûr… Désolé. Téléphone si tu souhaites que l'un d'entre nous vienne à ta rencontre.

Il retourna à son livre. Rafe se tassa sur le tabouret du piano et attaqua le *Rondo alla Turca*.

La nuit était limpide. La lune, haut dans le ciel froid, projetait des taches blanches sur les feuilles d'aubépines. Je boutonnai jusqu'au cou la veste de daim de

Lexie. Ma lampe éclaira une étroite parcelle du sentier, décuplant l'immensité des prés qui m'entouraient. Sa lueur me rendait vulnérable ; je la laissai quand même allumée. Si un inconnu rôdait dans les parages, il fallait qu'il sache où me trouver.

Personne ne vint. Une créature remua près de moi ; une forme pesante, pataude. Je brandis ma torche. C'était une vache, intriguée et mélancolique. Je repris ma marche, cible parfaite au milieu des ténèbres. Je songeai à l'échange verbal qui venait d'avoir lieu dans le salon. Je me demandai comment Frank l'avait interprété. Daniel avait peut-être cherché à stimuler ma mémoire. À moins qu'il n'ait eu de bonnes raisons de vérifier si mon amnésie était réelle…

D'instinct, je m'étais dirigée vers la maison en ruine. Je m'en rendis compte lorsqu'elle surgit en face de moi, masse sombre contre le ciel, les étoiles scintillant comme des braises dans l'encadrement des fenêtres. J'éteignis ma torche : je n'en avais pas besoin pour traverser le pré. D'un autre côté, une lumière dans la masure risquait d'alerter les gens du voisinage, de les inciter à venir voir ce qui se passait. L'herbe haute bruissait doucement autour de mes chevilles. Allongeant le bras, je touchai le linteau de pierre, comme pour un salut, avant de franchir le seuil.

Le silence, à l'intérieur, me parut différent : plus profond, presque palpable. Dans la grande pièce, un rayon de lune effleura la pierre craquelée de la cheminée. Je m'appuyai contre le mur, dans le coin où Lexie s'était recroquevillée pour mourir. Curieusement, le fait de me sentir si proche de son agonie ne m'effraya pas : en un siècle et demi d'existence, la masure avait connu tant de drames qu'elle avait déjà absorbé celui-là. Tout était paisible. La lune poursuivait lentement sa course. J'imaginai le bleu grisâtre du visage de Lexie, *mon* visage, sur l'acier de la morgue. J'entendis le claquement du tiroir qu'on refermait, la plongeant, seule, dans le noir. Je l'imaginai contre ce mur, dans l'obscurité, seule encore, au cours de longues nuits semblables à celle que je savourais. Je crus sentir son haleine, sa chaleur. Cela me brisa presque le cœur. J'eus envie de lui raconter ce que j'aurais aimé lui révéler et que j'avais gardé pour elle : comment les étudiants de son groupe de travail s'étaient débrouillés avec *Beowulf*, le plat que les garçons avaient cuisiné pour le dîner, la beauté de la nuit en cet instant.

Je restai là longtemps, rêvant dans le silence, comparant ma vie à la sienne. Même dans les pires moments de ma carrière, comme lors des épisodes les plus traumatisants de l'opération Vestale, je ne m'étais jamais résolue à fuir. Mon instinct m'avait toujours poussée à combattre. Sam aurait sans doute appelé cela du courage. Rob, lui, n'y voyait que de l'entêtement. À mon sens, ce n'était ni l'un ni l'autre. Simplement, fuir me semblait incongru, et trop compliqué. Le plus facile, c'était de se camper sur le sol et d'affronter le danger.

Lexie, elle, avait fui. Lorsque l'adversité l'avait frappée, ruinant son univers, elle avait choisi l'exil : une nouvelle identité, une nouvelle existence. Il lui avait fallu, pour se jeter à l'eau, beaucoup de détermination et, paradoxalement, un grand courage. Cette seconde vie si chèrement acquise, quelqu'un l'avait détruite sans le moindre remords, comme on écrase une pâquerette.

Tout à coup, une bouffée de colère me submergea. Non contre elle mais, pour la première fois, pour elle.

— Quoi que tu veuilles, chuchotai-je dans le noir, je suis là. Tu m'as, moi.

L'air frissonna, m'enveloppa : un mouvement insaisissable, aussi frêle qu'un souffle ; complice, heureux.

Je connaissais suffisamment le trajet pour regagner Whitethorn House sans rallumer ma lampe. Ma main trouva sans tâtonner le loquet du portail de derrière. Pour un agent infiltré, le temps s'étire différemment. J'avais du mal à admettre que je n'étais là que depuis un jour et demi.

Les nuages avaient grossi, cachant la lune. Plus noire que le ciel, la maison paraissait massive, presque menaçante. Les fenêtres brillamment éclairées avaient un aspect irréel, pétrifié, comme des diapositives : poêles et casseroles au cuivre étincelant pendues dans la cuisine, Daniel et Abby côte à côte sur le canapé, penchés sur un vieil album.

Soudain, la lune émergea des nuages et j'aperçus Rafe. Assis à l'extrémité du patio, un bras autour des genoux, il tenait un grand verre à la main. Il ne pouvait pas m'avoir suivie sans que je m'en rende compte. Pourtant, sa présence, sa posture, tête droite et aux aguets face à la vaste pelouse, me mirent mal à l'aise : il m'attendait.

Je m'immobilisai un instant sous le massif d'aubépines, près du portail, pour l'observer. Son commentaire sur la « reine de tragédie » me revint en mémoire. Je me souvins aussi de son attitude à mon égard, de son ton insidieux, de son regard excédé. Il m'avait à peine adressé la parole depuis mon arrivée, hormis :

« Passe-moi la sauce », ou « Bonne nuit ». Il parlait aux autres, ou à moi par leur intermédiaire, mais jamais à moi directement. La veille, il avait été le seul à ne pas m'étreindre pour m'accueillir. Il s'était contenté de prendre ma valise et de disparaître. Son comportement, très subtil, n'avait rien d'ouvertement hostile. Toutefois, l'évidence s'imposait : Rafe m'en voulait.

Quittant l'abri du massif, je m'engageai sur la pelouse. Aussitôt, il me fit signe. Prise dans la lumière des fenêtres, l'ombre de son bras s'étira vers moi. Sans bouger, il me regarda approcher en foulant l'herbe folle, puis m'asseoir près de lui. D'emblée, je murmurai :

— Tu es fâché contre moi ?

Il se détourna d'un air exaspéré.

— « Fâché contre moi... » Pour l'amour du ciel, Lexie, tu n'es plus une gamine.

— D'accord. Alors, tu es en colère contre moi ?

Il allongea les jambes, fixa l'extrémité de ses souliers.

— As-tu pris la peine de te demander ce que nous avons enduré la semaine dernière ?

Je réfléchis un moment. J'avais l'impression qu'il reprochait à Lexie d'avoir été agressée. Cela semblait très suspect, ou très étrange. Avec ces quatre-là, il était difficile de faire la différence.

— Tu sais, ça n'a pas été non plus une partie de plaisir pour moi.

Il s'esclaffa.

— Ça ne t'est même pas venu à l'esprit ! Je me trompe ?

Je le regardai droit dans les yeux.

— C'est pour cette raison que tu m'en veux ? Parce que j'ai été blessée ? Ou parce que je ne t'ai pas interrogé sur l'effet que ça t'avait fait, à toi ?

Il me jeta un coup d'œil de côté qui pouvait signifier n'importe quoi.

— Bon Dieu, Rafe ! Je n'ai demandé à personne de me poignarder ! Ta réaction est ridicule !

Il porta nerveusement son verre à ses lèvres, but une longue gorgée. Je reconnus l'odeur du gin tonic.

— Laisse tomber, dit-il. On s'en fout. Rentre.

— Rafe, dis-je d'un ton peiné, arrête.

Je jouais à peine la comédie. Sa voix glacée m'avait réellement heurtée.

Il ne réagit pas. Je posai une main sur son bras, beaucoup plus musclé que je ne m'y attendais, chaud sous sa chemise, presque brûlant de fièvre. Sa bouche se raidit, mais il ne bougea pas.

— Raconte-moi, chuchotai-je. Je t'en prie. Je veux savoir. Vraiment. Je ne savais pas comment te le demander.

Il dégagea son bras.

— Bien. C'était horrible, au-delà de toute expression. Ça répond à ta question ?

J'attendis.

— Nous étions tous hystériques, ajouta-t-il fébrilement. Des épaves. Sauf Daniel, bien sûr. Laisser transparaître ses sentiments lui aurait paru indécent. Il se contentait de rester le nez fourré dans un livre. Il n'en émergeait que pour nous citer une phrase en vieux norrois tirée d'une légende scandinave à la con, du genre : « Mon glaive ne faillira pas à l'heure du jugement. » Mais je suis persuadé qu'il n'a pas dormi de toute la semaine. Sa lampe restait allumée jusqu'à l'aube. Nous non plus, nous n'avons pas fermé l'œil. Nous faisions des cauchemars. Quand nous parvenions enfin à nous assoupir, l'un de nous hurlait, ce qui, bien sûr, réveillait tout le monde… Nous avons perdu la notion du temps. Je ne savais plus quel jour on était. Impossible de manger. Même l'odeur de la nourriture me donnait envie de vomir. Et Abby qui n'arrêtait pas de faire cuire n'importe quoi au four… Elle disait qu'il fallait qu'elle s'occupe, mais, bon Dieu, ces piles de biscuits gluants au chocolat et ces putains de pâtés en croûte dans toute la maison ! Nous avons eu une sacrée prise de bec à ce sujet, elle et moi. Elle m'a balancé une fourchette en pleine poire. Je picolais sans arrêt pour que l'odeur ne me rende pas malade. Bien sûr, Daniel me faisait des réflexions là-dessus. Nous avons fini par distribuer les biscuits aux étudiants des travaux dirigés. Les pâtés en croûte sont dans le congélateur, si ça t'intéresse. Aucun d'entre nous n'y touchera jamais.

« Ils sont secoués », m'avait dit Frank. Mais personne n'avait mentionné ce degré d'hystérie. Maintenant que Rafe avait commencé à parler, il ne savait plus comment s'arrêter. Les mots se bousculaient dans sa bouche comme s'ils avaient eu leur vie propre.

— Et Justin, Seigneur ! Il tremblait du matin au soir. Il tremblait réellement, physiquement. Un petit connard de première année lui a demandé s'il avait la maladie de Parkinson. C'était insupportable. En plus, il faisait tomber tout ce qu'il touchait, ce qui, chaque fois, nous mettait au bord de la crise de nerfs. Abby et moi hurlions après lui. Alors il fondait en larmes, comme si ça avait pu servir à quelque chose. Abby a voulu l'envoyer au dispensaire pour lui faire prescrire du Valium ou un tranquillisant quelconque. Daniel a dit que c'était ridicule, qu'il devait apprendre à se maîtriser, comme nous. C'était grotesque, dans la mesure où nous ne maîtrisions rien du tout. Abby est devenue somnambule. Une nuit, elle s'est fait couler un bain à 4 heures du matin et s'est glissée dans l'eau en pyjama, dormant comme une souche. Si Daniel ne l'avait pas trouvée, elle se serait noyée.

— Je suis navrée, dis-je.

Ma voix me parut bizarre, tremblante, haut perchée. Chaque mot prononcé par Rafe me frappait au creux de l'estomac comme un coup de poing. J'en avais discuté avec Frank et Sam. Mais c'était la première fois que je prenais conscience avec une telle acuité du tort que je causais à ces gens.

— Oh, Rafe, je suis désolée !

Il me jeta un regard noir, indéchiffrable. Il but une autre gorgée de gin, grimaça comme s'il le trouvait amer.

— Et la police ! Tu as déjà eu affaire aux flics ?

— Pas de cette façon.

Ma voix, hachée, sonnait toujours faux. Il sembla ne pas le remarquer.

— Ils sont terrifiants. Il ne s'agissait pas de bons vieux ploucs en uniforme mais d'inspecteurs. Les plus belles tronches de joueurs de poker qu'il m'ait été donné de voir. Pas moyen de deviner ce qu'ils pensaient ou ce qu'ils cherchaient à obtenir de nous. Ils nous sont tombés dessus. Ils nous ont interrogés pendant des heures, presque chaque jour. Leurs questions les plus anodines, du genre : « À quelle heure montez-vous vous coucher ? », ressemblaient à des pièges, comme s'ils allaient nous passer illico les menottes si nous donnions la mauvaise réponse. Nous devions, à chaque seconde, nous tenir sur nos gardes. C'était épuisant ; et nous étions déjà lessivés. Le pire salopard, c'est le type qui t'a déposée : Mackey. Tout sourire, plein de commisération… En fait, il nous avait dans le nez dès le début.

— Il a été gentil avec moi. Il m'a apporté des biscuits au chocolat.

— Quelle délicate attention ! Je suis sûr que ça t'est allé droit au cœur… Il se pointait à n'importe quelle heure du jour et de la nuit, nous harcelait pour nous extorquer le moindre détail de ton existence depuis ta naissance, tout en dégoisant méchamment sur le train de vie des fils à papa. Des conneries : uniquement parce que nous avons cette maison et que nous fréquentons l'université. Ce type est un aigri. Il en veut au monde entier. Il aurait été ravi d'avoir une raison de nous coffrer. Bien sûr, ça rendait Justin encore plus hystérique. Il était persuadé qu'on allait nous arrêter d'une minute à l'autre. Daniel ne cessait de lui demander d'arrêter son cirque et de se ressaisir. En fait, Daniel ne nous était pas d'un grand secours. Vu ce qu'il pensait…

Il s'interrompit, contempla le jardin.

— Si tu ne t'en étais pas sortie, je crois que nous nous serions entre-tués.

D'un doigt, je lui frôlai le dos de la main.

— Je suis vraiment désolée, répétai-je. Je ne sais pas quoi dire d'autre.

— Bien sûr…

Sa voix n'exprimait plus la colère mais une immense lassitude. D'un coup sec, il termina son gin.

— Que pensait Daniel ? hasardai-je après un silence.

— Ne me le demande pas. J'en suis arrivé à la conclusion qu'il vaut mieux ne pas le savoir.

— Non… Tu m'as raconté qu'il houspillait Justin pour qu'il se ressaisisse mais n'était pas d'un grand secours parce qu'il pensait quelque chose. Que pensait-il ?

Rafe agita son verre, regarda les glaçons tournoyer sur les parois. Visiblement, il n'avait aucune envie de répondre. Mais, pour un flic, le silence est la plus vieille tactique. On nous l'apprend dans tous les manuels, et je l'utilise à merveille. Je posai le menton sur mes bras, regardai Rafe et attendis. À la fenêtre du salon, juste au-dessus de sa tête, Abby désigna une page de l'album. Elle et Daniel éclatèrent d'un rire clair et joyeux qui traversa les vitres.

Enfin, Rafe murmura, contemplant toujours le jardin :

— Un soir, environ deux jours après le… dimanche, peut-être, je n'en suis pas sûr… je me suis assis ici, sur la balancelle, pour écouter la pluie. J'espérais que ça m'aiderait à dormir, mais ça n'a servi à rien. J'ai entendu une chouette tuer un animal, sans doute un mulot. La bête criait. C'était affreux.

Il se tut. Je me demandai si c'était la fin de l'histoire.

— Les chouettes, elles aussi, doivent se nourrir, dis-je.

Il se tourna brièvement vers moi, puis reprit :

— Alors… J'ignore quelle heure il était. La nuit commençait à pâlir… J'ai entendu ta voix sous l'averse ; toute proche, comme si tu te penchais par la fenêtre de ta chambre. Tu m'as dit : « Rafe, je rentre à la maison. Attends-moi. » Tu ne t'exprimais pas comme un spectre. Ta voix était ferme, normale. Un peu agitée, peut-être, comme le jour où tu m'as téléphoné parce que tu avais oublié tes clés. Tu te souviens ?

— Oui.

Une brise froide s'insinua dans mes cheveux. Je ne sais si je crois aux fantômes, mais cette scène me frigorifia. Tout le tort que je causais à ces gens me parut soudain irréversible. Il était trop tard ; bien trop tard. J'aurais dû m'en préoccuper une semaine plus tôt.

— « Je rentre à la maison, répéta Rafe. Attends-moi. »

Il lorgna le fond de son verre. Il était sans doute passablement ivre.

— Qu'as-tu fait ? lui demandai-je.

Il secoua la tête.

— « Écho, je ne te répondrai pas, car tu es une chose morte. »

La brise s'était faufilée au fond du jardin. Elle faisait trembler les feuilles, soulevait doucement le lierre. L'herbe, sous la lune, était pâle comme de la brume.

— Pourquoi ? chuchotai-je. Ça ne te prouvait pas que j'allais bien ?

— Non. J'étais persuadé que tu venais de mourir, en cet instant précis. Ris si tu veux : je t'ai raconté dans quel état nous étions. J'ai passé la journée du lendemain à attendre que Mackey se présente à l'entrée, l'air grave et compatissant, pour nous annoncer que les médecins avaient fait tout leur possible, mais que… et patati et patata. Quand il est arrivé le lundi et nous a appris que tu étais sortie du coma, tout d'abord, je ne l'ai pas cru.

— C'était l'opinion de Daniel, n'est-ce pas ? Il pensait que j'étais morte ?

Je ne savais pas pourquoi, mais j'en étais sûre. Rafe soupira.

— Oui. Et il le pensait depuis le début. Il était certain que tu ne sortirais jamais vivante de l'hôpital.

« Méfie-toi de celui-là », m'avait dit Frank. Ou Daniel était très intuitif, ce qui rendait notre petit échange verbal de tout à l'heure plus qu'inquiétant, ou il avait des raisons personnelles de penser que Lexie ne reviendrait pas.

— Pourquoi ? m'insurgeai-je, faussement vexée. Je ne suis pas une mauviette. Il faudrait autre chose qu'un misérable coup de couteau pour se débarrasser de moi.

Rafe tressaillit, puis se reprit.

— Va savoir… Il avait une théorie complètement tordue. Selon lui, les flics prétendaient que tu avais survécu pour embrouiller les gens… Je ne me souviens pas des détails. De toute façon, ses divagations ne m'intéressaient pas. Ce Daniel…

Il eut un haussement d'épaules presque dédaigneux. Il était temps de changer de ton.

— Je vois le genre : la théorie du complot. Fabriquons-lui un entonnoir qui protégera son cerveau, au cas où les flics chercheraient à capter ses pensées pour s'approprier ses idées géniales…

J'avais pris Rafe par surprise. Il ne put s'empêcher de rire.

— Il devient vraiment parano, admit-il. Tu te rappelles le jour où il a trouvé le masque à gaz, son air pénétré lorsqu'il a déclaré : « Je me demande si cet objet ne serait pas utile contre la grippe aviaire » ?

Son rire s'accentua.

— Il aurait fière allure avec cet entonnoir sur la tête. Il pourrait le mettre pour aller à l'université, avec le masque à gaz…

— Et nous lui confectionnerions une armure.

— Qu'Abby décorerait avec une jolie tapisserie.

Ce n'était pas drôle. Pourtant, cela nous fit rire aux larmes, comme deux adolescents concoctant une bonne blague. Enfin, Rafe s'essuya les joues. Sans me regarder, il m'ébouriffa les cheveux.

— Tu nous as manqué, pauvre idiote, hoqueta-t-il en ravalant ses larmes. Nous ne voulons pas te perdre.

— Je suis là. Je ne m'en vais nulle part.

Il se tourna vers moi. Ses yeux scintillaient sous la lune.

— Juré ?

— Parole de scout. Je me sens bien, ici.

— Alors tout est parfait.

À ma grande surprise, il me caressa la joue. Une des fenêtres du salon s'ouvrit, et la tête de Justin se profila à contre-jour.

— Qu'est-ce qui vous fait tellement rire, tous les deux ?

Nous répondîmes à l'unisson :

— Rien du tout !

— Si vous restez dehors, vous allez attraper la mort. Venez plutôt voir ça !

Ils avaient trouvé un vieil album de photos de la famille March : les ancêtres de Daniel. Il commençait vers 1860, avec des dames en crinoline à la mine sévère et de mornes messieurs en gibus. Je me faufilai sur le canapé, contre Daniel. J'eus un bref moment de panique, avant de réaliser que le micro et mon portable se trouvaient de l'autre côté. Rafe s'installa sur le bras du sofa, près de moi. Justin disparut dans la cuisine et revint avec de grands verres de porto chaud enveloppés dans de grosses serviettes pour nous éviter de nous brûler les paumes.

— Comme ça, tu ne t'enrhumeras pas, me dit-il. Il faut que tu te ménages. Quelle idée d'aller traîner dans le froid...

— Regardez-moi ces frusques ! s'écria Abby.

L'album, à la couverture de cuir marron craquelé, était assez large pour recouvrir ses genoux et ceux de Daniel. Coincés dans de petits coins de papier, les clichés étaient tachés.

— Je veux ce chapeau ! J'en suis raide dingue ! continua Abby en désignant un couvre-chef à franges sur la tête d'une matrone à la poitrine opulente et au regard bovin.

— Ne serait-ce pas l'abat-jour de la salle à manger ? lui dis-je. Je le décrocherai pour toi si tu me promets de le porter demain à la fac.

— Mon Dieu, commenta Justin, perché sur l'autre bras du canapé et regardant par-dessus l'épaule d'Abby, ils ont l'air terriblement déprimés. Tu ne ressembles à aucun d'eux, Daniel.

— Grâce à Dieu, répliqua Rafe.

Il soufflait sur son porto, son bras libre contre mon dos. Apparemment, il nous avait pardonné, à Lexie ou à moi.

— Je n'ai jamais vu des yeux aussi globuleux. Peut-être avaient-ils des problèmes de thyroïde, ce qui expliquerait leur dépression.

— En fait, précisa Daniel, les yeux protubérants et la mine lugubre caractérisent les photos de cette époque.

Peut-être est-ce dû à une pose trop longue. Les appareils photo de l'ère victorienne…

Rafe fit mine d'avoir un infarctus contre mon épaule, Justin bâilla à fendre l'âme. Quant à Abby, que j'imitai aussitôt, elle se boucha les oreilles et se mit à chanter.

— Très bien, très bien, admit Daniel en souriant.

Je n'avais jamais été aussi près de lui. Il sentait bon la lavande et la laine propre. Il ajouta :

— Je défends simplement mes ancêtres. En tout cas, je crois avoir un air de famille avec l'un d'eux. Où est-il ? Là, celui-là.

À en croire les vêtements, le cliché avait été pris au début du XXe siècle. L'homme était plus jeune que Daniel : vingt ans tout au plus. Il se tenait sur le perron de Whitethorn House, à la façade bien plus éclatante qu'aujourd'hui. Pas de lierre le long des murs, peinture luisante sur la porte et la balustrade, marches presque intactes. Il existait effectivement entre ce jeune homme et Daniel une certaine ressemblance : les mâchoires carrées, le large front agrandi par les cheveux noirs rabattus en arrière, les lèvres fines. Mais l'aïeul s'appuyait à la balustrade avec une nonchalance sans rapport avec le maintien un peu compassé de son descendant. Et il y avait, dans ses yeux tourmentés, une angoisse profonde.

— C'est vrai que tu lui ressembles, dis-je.

— En moins torturé, insista Abby. Cet homme n'était pas heureux.

— Et la maison, murmura Justin. N'est-elle pas superbe ?

— Si, répondit Daniel, souriant toujours. Elle est magnifique. Mais nous parviendrons à lui redonner son lustre d'autrefois.

Abby glissa un ongle sous la photo, la retira et la retourna. Au dos, quelqu'un avait écrit avec un stylo à plume dont l'encre bavait : « William, mai 1914 ».

— La Première Guerre mondiale s'annonçait, dis-je. Il a peut-être été tué dans les tranchées.

— Je ne crois pas, répondit Daniel en prenant le cliché et en l'examinant plus attentivement. S'il s'agit du William auquel je pense, ce qui n'est pas certain dans la mesure où ma famille n'avait aucune imagination en matière de prénoms, j'ai entendu parler de lui. Mon père et mes tantes y faisaient parfois allusion quand j'étais enfant. À mon avis, mais je me trompe peut-être, c'était l'oncle de mon grand-père. On ne le considérait pas comme un mouton noir mais plutôt comme un cadavre dans le placard.

— Alors, tu tiens de lui, persifla Rafe. Ouille !

Abby venait de lui taper le bras.

— Il a combattu en France, reprit Daniel. Il en est revenu avec une infirmité quelconque. Personne ne l'évoquait jamais, ce qui m'amène à penser qu'il souffrait d'un traumatisme non pas physique, mais psychique. Il y a eu un scandale. Je n'en connais pas les détails, tout le monde se montrait très discret là-dessus… Toutefois, il a passé un certain temps dans une sorte de sanatorium, euphémisme délicat qu'on employait, à l'époque, pour désigner un asile d'aliénés. Il est possible qu'il ait fait une tentative de suicide. Quand il en est sorti, il me semble qu'il a émigré. Il a vécu jusqu'à un âge avancé. J'étais déjà né au moment de sa mort. Quoi qu'il en soit, il ne représente pas le genre d'ancêtre à qui j'aimerais ressembler. Tu as raison, Abby : ce n'était pas un homme heureux.

Il remit la photo en place, la tapota d'un long doigt au bout carré avant de tourner la page.

Le porto brûlant était riche et sucré, avec des rondelles de citron piquées de clous de girofle. Je sentais contre le mien le bras de Daniel, ferme et chaud. Il feuilleta lentement l'album. Aux messieurs moustachus et à aux maîtresses de maison corsetées succédèrent des hommes en complet blanc, des jeunes femmes des Années folles aux épaules étroites. Quelques personnages avaient la même silhouette que Daniel et William : grands, solides, avec cette mâchoire qui allait mieux aux hommes qu'aux femmes. Toutefois, la plupart étaient petits et noueux ; très droits, le menton en saillie.

— Cet album est une merveille ! m'exclamai-je. Où l'avez-vous déniché ?

Silence pesant, stupéfait.

Mon Dieu, non ! pensai-je. *Pas maintenant, juste au moment où je commençais à me sentir intégrée...*

— Mais c'est toi qui l'as trouvé ! lança Justin, posant son verre sur son genou. Dans la pièce inoccupée du dernier étage. Tu ne t'en...

Il laissa sa phrase en suspens. Personne ne la compléta.

« Quoi qu'il arrive, m'avait conjuré Frank, ne reviens jamais en arrière. Si tu fais une bourde, incrimine le coma, une indisposition, la pleine lune, n'importe quoi... Reste impassible. »

— Non, répondis-je. Si je l'avais déjà vu, je m'en souviendrais.

Tous m'observaient. À quelques centimètres des miens, énormes derrière ses lunettes, les yeux de Daniel étaient intenses, captivés. Je savais que j'avais blêmi. Il était impossible qu'il ne l'ait pas remarqué. « Il affirmait que tu ne sortirais jamais vivante de l'hôpital. Il avait une théorie tordue à ce sujet. »

— C'est vrai, Lexie, souffla Abby, se penchant pour me voir. Après le dîner, vous avez exploré la pièce, Justin et toi... Et vous êtes revenus avec l'album. C'était la nuit de...

Elle eut un geste bref, jeta un coup d'œil à Daniel, qui compléta :

— C'était quelques heures avant l'incident.

Il frissonna. Ce fut du moins ce que je crus percevoir. Mais j'étais tellement occupée à réprimer mon soulagement que je n'en fus pas certaine.

— Pas étonnant que tu l'aies oublié, conclut-il.

— Un trou de mémoire de plus ! clama Rafe, un peu trop gaiement.

— Mais c'est affreux ! protestai-je. J'ai l'impression d'être devenue gâteuse ! Je veux bien ne garder aucun souvenir des moments pénibles, mais je ne tiens pas à errer dans la maison en me demandant ce qui manque. Et si j'avais caché quelque part le billet gagnant du Loto ?

— Chut, murmura Daniel avec son merveilleux sourire. Ne t'inquiète pas. Nous avions tous oublié cet album. Nous ne l'avions même pas regardé.

Il me prit la main, en ouvrit doucement les doigts, puis la cala au creux de son coude. Je n'avais même pas réalisé que je serrais les poings.

— Je suis heureux que tu l'aies découvert. L'histoire de cette maison est plus riche que celle de tout un village. Elle ne doit pas disparaître. Regarde cette photo : les cerisiers à peine plantés...

— Et vise un peu celui-là, renchérit Abby en désignant un homme en tenue de chasse à courre juché sur un pur-sang à la robe claire près du portail. Il aurait une attaque s'il apprenait que ses écuries nous servent de garage.

Elle était gaie, volubile. Pourtant, elle me scrutait avec inquiétude.

— Si je ne m'emmêle pas les pinceaux, intervint Daniel, il s'agit de notre bienfaiteur.

Il détacha la photo, en examina le dos.

— Oui. Simon sur Highboy, novembre 1949. Il devait avoir vingt et un ans.

Issu de la branche aînée de la famille, l'oncle Simon était petit, nerveux, avec un nez arrogant et un regard farouche.

— Un autre malheureux, expliqua Daniel. Sa femme est morte jeune. Apparemment, il ne s'en est jamais remis. C'est à cette époque qu'il a commencé à boire. Comme dit Justin, « ce n'étaient pas de joyeux drilles ».

Il voulut remettre la photo en place,

— Non ! cria Abby.

Elle interrompit son geste, s'empara du cliché. Elle tendit son verre à Daniel, marcha jusqu'à l'âtre et posa le portrait au centre du manteau de la cheminée.

— Voilà.

— Pourquoi ? s'enquit Rafe.

— Parce que nous le lui devons. Il aurait pu léguer sa demeure à la Société équine ; et je vivrais toujours dans un meublé sans fenêtre, en priant tous les soirs pour que le plafond ne s'écroule pas sur ma tête. En ce qui me concerne, cet homme mérite la place d'honneur.

Justin ouvrit les bras.

— Oh, Abby chérie, viens là !

Elle cala la photo avec un bougeoir.

— Voilà, dit-elle.

Ensuite, elle recula jusqu'à Justin. Il la plaqua contre lui, le dos contre sa poitrine. Elle reprit son porto des mains de Daniel et lança :

— À oncle Simon !

L'oncle nous toisait d'un œil torve, indifférent. Daniel leva son verre.

— Pourquoi pas ? À oncle Simon.

Le porto rougeoyant, plus sombre que du sang, mon corps blotti entre Rafe et Daniel, un coup de vent secouant violemment les fenêtres, nos voix mêlées :

— À oncle Simon !

À ce moment-là, au milieu des rires et des toasts, je redevins Cassie Maddox. Alors une bouffée de honte me monta aux joues : j'avais complètement oublié de téléphoner à Sam.

8

Mon Dieu, cette première semaine ! Le seul fait d'y repenser me donne encore envie d'y mordre à pleines dents comme dans une pomme bien rouge. Alors que l'enquête criminelle se poursuivait, que Sam essayait toujours de dénicher des gibiers de potence qui auraient pu me honnir au point de vouloir m'assassiner et que Frank tentait d'expliquer notre situation au FBI sans passer pour un malade mental, je n'avais rien d'autre à faire qu'à vivre la vie de Lexie. Ce privilège m'apportait un sentiment de liberté, d'allégresse tel qu'en éprouverait un écolier séchant la classe par un beau jour de printemps pendant que ses camarades dissèquent des grenouilles.

Le mardi, je retournai à la fac. J'aurais pu invoquer tous les prétextes pour ne pas y aller. Mais j'avais hâte de retrouver Trinity, l'élégance de son architecture, sa pierre grise, ses briques rouges, ses étudiants indolents traversant Fellow's Square. Si quelqu'un n'avait pas décidé de me pousser à quitter l'université, je serais sans doute devenue une éternelle étudiante, comme les membres du club des Cinq. Au lieu de cela, et sans doute à cause de cette même personne, j'étais entrée dans la police. J'aimais l'idée de me retrouver à la case départ, de retrouver la place que j'avais perdue. J'avais l'impression de savourer une revanche trop longtemps attendue, une victoire qui tenait du miracle.

— Il faut que tu saches, me dit Abby dans la voiture, que les bavards s'en sont donné à cœur joie. Tout y est passé : une sombre histoire de drogue, un immigrant clandestin qui t'aurait payée pour l'épouser et que tu aurais fait chanter, un ancien amant jaloux tout juste sorti de prison après une condamnation pour coups et blessures sur ta personne. Prépare-toi.

— Sans compter, ajouta Daniel en doublant un 4 x 4 qui encombrait le milieu de la chaussée, des insinuations sur nous tous, en groupe ou pris séparément, et pour les motifs les plus divers. Bien sûr, nul ne nous l'a dit en face, mais nous sommes tous des assassins en puissance.

Il pénétra dans l'aire de stationnement de Trinity, montra son passe au gardien.

— Si on t'interroge, que comptes-tu répondre ?

— Je n'en sais encore rien. Je comptais raconter que j'étais l'héritière d'une couronne impériale et qu'une faction rivale avait essayé de m'éliminer, mais je n'ai pas trouvé le trône en question. Est-ce que je ressemble à une Romanov ?

— Trait pour trait, répondit Rafe. Ils sont tous dégénérés. Tu fais une Anastasia parfaite.

— Sois gentil avec moi. Sinon, je clamerai partout que tu m'as poursuivie avec une machette après avoir été rendue cinglée par une overdose.

— Ce n'est pas drôle, geignit Justin.

Il n'avait pas pris sa voiture : j'avais l'impression qu'ils voulaient tous, ce matin-là, être ensemble. Assis à l'arrière, avec Rafe et moi, il enleva la crasse qui souillait sa vitre puis s'essuya les doigts avec son mouchoir.

— Enfin…, dit Abby, ça n'a pas été drôle la semaine dernière. Mais maintenant que tu es là…

Elle se retourna, me gratifia d'un sourire radieux.

— Brenda Doubles-Nénés m'a demandé, sur l'horrible ton de concierge dont elle a le secret, s'il ne s'agissait pas « d'un de ces jeux qui aurait mal tourné ». Je l'ai rembarrée aussi sec. Mais, en y repensant, je me demande si je n'aurais pas dû la laisser gamberger.

— Ce qui me sidère, chez elle, dit Daniel en ouvrant sa portière, c'est son obstination à nous trouver passionnants. Si elle savait…

Nous descendîmes de voiture. Je compris alors le sens de la remarque de Frank sur les réticences des autres étudiants vis-à-vis d'eux. Alors que nous remontions l'allée longeant Fellow's Square, chacun modifia son attitude. Ils se rapprochèrent les uns des autres, épaule contre épaule, accordèrent leurs pas. Et ils avancèrent, le dos droit, la tête levée, le visage indifférent. Au moment où nous atteignions l'entrée de la bibliothèque, la phalange était en place. Ils formaient, tous les quatre, une barrière plus infranchissable que les boucliers d'une légion romaine.

Ce mur me protégea toute la semaine. Chaque fois que des étudiants, à la bibliothèque ou à la cafétéria, tentaient insidieusement de s'approcher de moi, ils se heurtaient à quatre paires d'yeux déterminés, implacables, qui les forçaient à reculer. Collecter des ragots allait devenir difficile. Même Brenda Doubles-Nénés, qui virevoltait autour de ma table, fit marche arrière en demandant, l'air contrit, si elle pouvait m'emprunter un crayon.

La thèse de Lexie se révéla beaucoup moins rébarbative que je ne le redoutais. Je m'étais attendue à de longs développements sur les sœurs Brontë, ou d'autres écrivains féminins du même acabit. Or la romancière sur laquelle elle travaillait au moment de sa mort était bien plus surprenante. Il s'agissait de Rip Corelli, l'auteur de *Larmes fatales*. Elle s'appelait en réalité Bernice Matlock. Bibliothécaire dans l'Ohio, elle avait égayé sa morne existence en rédigeant, à temps perdu, de torrides romans de gare. Je commençais à apprécier la forme d'esprit de Lexie.

J'appréhendais plus que tout mes rapports avec son directeur de thèse. Lexie n'était pas stupide ; son sujet était ardu, original, et je n'y connaissais rien. J'avais peur que son mentor ne me démasque. En revanche, je n'avais rien à craindre des étudiants de son groupe de travaux dirigés. Eux n'y verraient que du feu. Pour des gamins de dix-huit ans, les gens de plus de vingt-cinq ans ne sont que des adultes interchangeables et assommants. Mais un homme qui avait vu Lexie de multiples fois en tête à tête représentait un risque majeur. Notre premier entretien me rassura. C'était un homme décharné, distrait et doux. Il était tellement paralysé par le « malheureux incident » qu'il n'osait même pas me regarder en face. Il me conjura de prendre tout le temps nécessaire à ma convalescence et de ne pas m'inquiéter des délais. Un souci de moins.

Le soir, Whitethorn House redevenait notre centre d'intérêt. Chaque jour, nous consacrions une heure ou deux à la remettre en état. Astiquer les escaliers, améliorer l'installation électrique, nettoyer les toilettes : nous y mettions la même ardeur. Je ne me lassais pas de les regarder, tous les quatre, briquer la maison comme s'il s'agissait d'un merveilleux instrument de musique qu'ils restauraient avec amour.

Nous vivions en symbiose. À la fac, chacun gardait ses distances. Mais, une fois chez nous, nous laissions libre cours à des contacts physiques sans la moindre ambiguïté : la main de Daniel dans les cheveux d'Abby quand il passait derrière son fauteuil, le bras de Rafe sur l'épaule de Justin pendant qu'ils examinaient un objet trouvé dans le grenier, Abby posant la tête sur mes genoux, les chevilles de Justin et de Rafe croisées sur les miennes tandis que nous lisions devant le feu. Même si Frank avait fait des commentaires douteux sur leur homosexualité ou leur goût supposé pour les orgies, même si je guettais entre eux la moindre vibration sexuelle, j'en fus pour mes frais. Leur intimité allait bien au-delà. Ils partageaient tout. Pas de territoire réservé, pas de disputes, aucun sens de la propriété. Les garçons se servaient de la même penderie, y prenaient au hasard tout ce qui leur allait. Idem pour les filles. Impossible de distinguer les chemisiers d'Abby de ceux de Lexie. Tous arrachaient sans vergogne des pages des carnets de notes des autres, mordaient dans les toasts posés sur l'assiette la plus proche, buvaient dans n'importe quel verre s'il était plein. Et chacun utilisait, pour sortir sous la pluie, le ciré vert qui, pendu dans l'armoire personnelle de l'oncle Simon, appartenait à tout le monde. Le soir où je l'inaugurai pour une de mes promenades nocturnes, je ressentis une émotion presque juvénile, comme lorsque j'avais emmêlé pour la première fois mes doigts à ceux d'un garçon.

Cette communauté créée par le club des Cinq avait des racines profondes. Tous avaient, d'une façon ou d'une autre, souffert d'abandon. Et ils avaient, pour compenser ce manque, tissé des liens presque familiaux. Au sein de ce foyer de substitution, chacun occupait une place bien définie. Daniel se posait en père distant mais affectueux. Justin et Abby jouaient alternativement le rôle de la mère protectrice ou de l'aîné attentionné, supportant les sautes d'humeur de Rafe, le cadet lunatique, ou les caprices de Lexie, la dernière arrivée, petite sœur que les autres gâtaient et taquinaient. Daniel l'orphelin, Abby placée à dix ans dans une famille d'accueil, Justin et Rafe exilés, Lexie sans doute en conflit avec ses parents, tous rattrapaient ainsi le temps perdu, cherchaient à oublier les blessures de leurs premières années. Pas plus que moi, les quatre qui, le soir, me faisaient face dans le salon, sirotant une bouteille de vin en dégustant le gâteau mousseline dont je m'étais fait une spécialité, n'avaient connu une enfance traditionnelle. Et ils n'avaient pas plus de dix-huit ans quand ils s'étaient rencontrés. D'où leur solidarité, la force de leur attachement. D'où, aussi, les questions que je me posais à leur sujet, au milieu des rires, et auxquelles je réfléchissais au cours de mes promenades.

— Tu es ivre ? me demanda Frank le jeudi soir, lorsque je lui téléphonai. Tu avais l'air un peu trop gaie, tout à l'heure.

— Du calme, Frankie. J'ai bu deux verres de vin après le dîner. Il en faut plus pour me saouler.

— J'aime mieux ça. Ta mission a peut-être un parfum de vacances, mais je tiens à ce que tu gardes la tête froide.

Le sentier sur lequel je marchais dominait la masure. Je m'étais beaucoup interrogée sur les raisons qui avaient poussé Lexie vers cette ruine. Nous avions, à la brigade, tenu pour acquis qu'elle fuyait pour se mettre à l'abri et qu'elle ne pouvait pas atteindre Whitethorn ou le village, soit parce que l'assassin lui barrait le chemin, soit parce qu'elle s'affaiblissait rapidement, ce qui l'avait incitée à gagner le refuge le plus proche qu'elle connaissait. Mais N avait tout changé. S'il s'agissait d'une personne, il fallait bien que Lexie et lui se rencontrent quelque part ; et le fait que l'agenda ne mentionne aucun lieu de rendez-vous indiquait qu'ils se retrouvaient chaque fois au même endroit. Si leurs rendez-vous avaient lieu la nuit plutôt que le matin, la masure s'imposait : commodité, abri contre le vent et la pluie, isolement. Lexie avait très bien pu décider de s'y rendre cette nuit-là, longtemps avant d'être attaquée, et s'y précipiter après l'agression : peut-être d'instinct, après avoir été surprise par N sur le chemin ; ou peut-être parce qu'elle espérait qu'il l'attendrait là-bas et lui porterait secours.

Ce n'était pas le genre de piste dont rêve un enquêteur, mais je n'en connaissais pas de meilleure. Je passais donc la plus grande partie de mes promenades à errer aux environs de la masure, dans l'espoir que N finirait par se montrer. Je faisais les cent pas sur une parcelle de sentier très bien située. On y avait une vue dégagée qui me permettait de surveiller le cottage tout en parlant à Frank ou à Sam, la masure était bordée d'arbres assez nombreux pour que je puisse me cacher en cas de besoin et assez isolée pour qu'un fermier, qui m'aurait entendue parler au téléphone, ne surgisse pas avec un fusil de chasse.

— J'ai la tête froide, répondis-je à Frank. Et j'ai quelque chose à te demander. Rafraîchis ma mémoire : le grand-oncle de Daniel est mort en septembre ?

Je l'entendis déplacer des objets, tourner des pages. Soit il avait emporté le dossier chez lui, soit il était encore à son poste.

— Le 3 février. Daniel a reçu les clés de la maison le 10 septembre. L'homologation du testament a dû prendre du temps. Pourquoi ?

— Pourrais-tu découvrir de quoi le grand-oncle est mort et où se trouvaient les cinq ce jour-là ? Et aussi pourquoi l'homologation a été si longue ? Quand ma grand-mère m'a laissé un petit pécule, je l'ai eu six semaines plus tard.

Frank siffla.

— Tu penses qu'ils ont buté le grand-oncle Simon pour avoir la baraque ? Et que Lexie a craqué ?

Je soupirai et me passai une main dans les cheveux, cherchant les mots pour m'expliquer.

— Pas exactement. En fait, pas du tout. Mais ils ont une attitude bizarre à propos de cette maison. Tous les quatre. Ils en parlent comme si elle leur appartenait, et pas seulement à Daniel. « Nous devrions installer des doubles vitrages, il faudrait que nous décidions, pour les fines herbes… » « Nous », toujours « nous ». Et ils se comportent comme s'il s'agissait d'un arrangement permanent, comme s'ils pouvaient passer des années à la retaper, parce qu'ils y vivront tous jusqu'à la fin de leurs jours.

— Ils sont jeunes. À cet âge, tout le monde croit que la bohème et les amitiés de jeunesse dureront éternellement. Dans quelques années, ils se morfondront dans des pavillons de banlieue et passeront leurs week-ends à écumer les magasins de bricolage.

— Ils ne sont pas si jeunes. Et tu les as écoutés. Ils sont trop soudés à cette demeure et à ce qui les unit. Il n'y a rien d'autre dans leur existence. Je ne les soupçonne pas vraiment d'avoir liquidé le grand-oncle, mais leur façon d'être me déconcerte. Nous avons toujours pensé qu'ils cachaient quelque chose. Tout élément bizarre mérite d'être approfondi.

— D'accord. Je m'en occupe. Veux-tu savoir ce que j'ai fait de ma journée ?

Je perçus dans sa voix, d'ordinaire si maîtrisée, une excitation inhabituelle.

— Sur-le-champ, dis-je.

Son excitation se transforma en cri de joie.

— Le FBI a identifié les empreintes de Lexie !

— Déjà ?

Les gars du FBI acceptent volontiers de nous aider, mais ils sont toujours submergés de travail.

— J'ai de bons amis parmi les subalternes.

— Bénis soient-ils. Alors, qui est-ce ?

Mes genoux tremblaient. Je m'adossai à un arbre.

— May-Ruth Thibodeaux. Née en Caroline du Nord en 1975, portée disparue en octobre 2000 et recherchée pour vol de voiture. Les empreintes et la photo correspondent.

Ma respiration s'accéléra. J'entendis Frank tirer sur une cigarette.

— Cassie ? Tu es là ?

— Oui. May-Ruth Thibodeaux, répétai-je, frissonnant en prononçant ces cinq syllabes. Que savons-nous d'elle ?

— Pas grand-chose. Aucune information avant 1997, quand elle a quitté Raleigh pour un trou perdu. Elle a loué un appartement miteux dans un quartier sordide et est devenue serveuse dans une gargote de cinquième ordre. Elle devait quand même avoir de l'instruction, pour avoir pu entamer directement un troisième cycle à Trinity. Je pencherais pour une formation d'autodidacte ou des études par correspondance : elle ne figure dans aucun registre scolaire ou universitaire local. Dans la soirée du 10 octobre 2000, elle a emprunté la voiture de son fiancé pour se rendre à son boulot, puis n'a plus reparu. Le fiancé a signalé sa disparition deux jours plus tard. Les flics ne se sont pas trop affolés. Ils se sont dit qu'elle s'était fait la malle. Ils ont un peu asticoté le type, au cas où il l'aurait tuée puis balancée quelque part, mais il avait un alibi solide. On a retrouvé la bagnole en décembre 2000 dans le parking longue durée de l'aéroport Kennedy.

Il semblait très content de lui.

— Joli coup, Frank. Bien joué.

— Merci pour les fleurs.

Elle n'avait qu'un an de moins que moi, après tout. Je jouais aux billes sous une petite pluie fine dans un jardin de Wicklow pendant qu'elle courait pieds nus dans une bourgade torride ou sillonnait des routes poussiéreuses à l'arrière d'un pick-up déglingué.

— Cassie ?

— Oui.

— Mon contact va enquêter sur elle, voir si elle s'est fait des ennemis là-bas, quelqu'un qui aurait pu la traquer jusqu'ici.

— Je salue cette initiative, approuvai-je en essayant de retrouver mes esprits. Comment s'appelle le fiancé ?

— Brad, Chad, ou Chet, un de ces prénoms américains à la noix… Mon informateur a passé quelques coups de fil. Le gus n'a pas manqué un seul jour de bureau depuis des mois. Impossible qu'il ait traversé l'Atlantique pour zigouiller son ex.

Froissement de papiers.

— Ah, voilà… Chad Andrew Mitchell. Pourquoi ?

Pas de N.

— Pour rien.

— Bien. L'identification de cette fille peut ne nous mener nulle part, mais elle te sera utile pour cerner de plus près sa personnalité, non ?

— Certainement.

Ce n'était pas vrai. Après que Frank eut raccroché, je passai un long moment adossé à mon arbre, regardant les contours dentelés de la masure s'estomper quand les nuages passaient devant la lune, puis réapparaître. Je pensais à May-Ruth Thibodeaux. Connaître son nom, celui de son lieu de naissance, son histoire, me la rendait plus proche encore. Elle n'avait pas été uniquement une ombre surgie de mon imagination et de celle de Frank. Elle avait été vivante, bien réelle. Il y avait eu trente ans au cours desquels nous aurions pu nous retrouver face à face.

J'aurais dû le savoir. Un océan nous séparait. Pourtant, j'aurais dû deviner son existence, lever parfois le nez de mes billes, de mes cahiers d'écolière ou de mes rapports d'enquête, comme si quelqu'un m'appelait. Elle avait parcouru des milliers de kilomètres, elle était venue à ma rencontre, s'était approchée assez de moi pour endosser mon ancienne identité comme des vêtements que je lui aurais prêtés, aimantée aussi sûrement que l'aiguille d'une boussole. Elle avait presque réussi. Elle avait arpenté la même ville, les mêmes quartiers que moi, et j'aurais dû le savoir. J'aurais dû le savoir à temps pour faire le dernier pas, la trouver.

La seule ombre, cette semaine, nous vint de l'extérieur, le vendredi, alors que nous faisions un poker. Le club des Cinq jouait beaucoup aux cartes, prolongeant les parties de piquet ou de poker tard dans la nuit. Les jetons n'étaient que de vieilles pièces de dix pence puisées dans un grand bocal que nous avions découvert dans le grenier, mais nous prenions le jeu très au sérieux. Chacun commençait avec la même somme ; une fois ratissé, impossible d'emprunter une nouvelle provision dans la réserve. Le gagnant choisissait le menu du lendemain soir.

Comme moi, Lexie avait été une bonne joueuse. Je pouvais donc m'en donner à cœur joie Ce soir-là, nous avions mis des airs de Louis Armstrong sur le tourne-disque. Daniel avait acheté un énorme sac de chips Doritos et, pour contenter tout le monde, trois variétés de *dips*, ces légumes crus miniatures et ces amuse-gueule qu'on trempe dans de la sauce. Chacun triturait ou déplaçait les bols ébréchés, cherchant à distraire ses adversaires. Cette tactique fonctionnait à merveille avec Justin, qui perdait toute sa concentration dès que l'un de nous menaçait de renverser de la salsa sur la table d'acajou. Je venais juste de plumer Rafe alors que nous étions restés seuls en lice. Quand il n'avait pas de jeu, il piochait dans les *dips* ; quand il en avait, il engloutissait des chips par poignées : ne jouez jamais au poker avec un flic. Je savourais ma victoire lorsque son portable sonna. Il fit basculer sa chaise en arrière et saisit l'appareil sur une étagère de la bibliothèque.

— Bonsoir, dit-il en me faisant un bras d'honneur.

Sa chaise retomba. Ses traits se figèrent, retrouvèrent ce masque hautain, indéchiffrable, qu'il arborait à la fac ou avec les étrangers.

— Papa, énonça-t-il.

Aussitôt, d'un mouvement unanime, les autres se rapprochèrent. Assise près de lui, je profitai pleinement du beuglement qui jaillit du téléphone.

— … un job en or… le pied à l'étrier… changé d'avis… ?

Rafe fronça le nez, comme incommodé par une mauvaise odeur.

— Ça ne m'intéresse pas, répondit-il.

L'éructation qui suivit lui fit fermer les yeux. J'en entendis assez pour comprendre que lire des pièces de théâtre à longueur de journée était une activité de tapette, que le fils d'un dénommé Bradbury venait de gagner son premier million et que Rafe n'était qu'un boulet. Il tenait le téléphone entre le pouce et l'index, à quelques centimètres de son oreille.

— Pour l'amour du ciel, raccroche, murmura Justin avec une grimace de martyr. Raccroche-lui au nez.

— Il ne peut pas, chuchota Daniel. Il pourrait, mais… Un jour, peut-être.

Abby eut un geste fataliste, puis, avec dextérité, distribua leurs cartes aux cinq joueurs. Daniel lui sourit et redressa sa chaise, prêt pour la partie.

Dans le téléphone, la voix beuglait toujours. Le mot « jean-foutre » revenait régulièrement. Le menton sur la poitrine, Rafe semblait affronter un violent coup de vent. Justin lui toucha le bras. Ses yeux s'ouvrirent et il nous regarda, rouge jusqu'aux oreilles.

La partie reprit. La seconde distribution des cartes ne m'apporta qu'un jeu consternant : une misérable paire de neuf. Peu importait. Le tout, c'était de ramener Rafe vers nous, ainsi que le faisaient les autres. Participer à cette entreprise me ravissait. Je pensai à Rob me donnant un coup de pied sous notre bureau chaque fois qu'O'Kelly sortait une ânerie. Agitant mes cartes en direction de Rafe, je susurrai, avec le sourire insolent de Lexie :

— Première mise. Si tu as peur, tu te couches. Sinon, je t'écrabouille comme tout à l'heure.

Son visage se détendit à peine. Il examina ses cartes. Puis il posa son portable à côté de lui, jeta dix pence au centre de la table.

— Parce que je suis heureux comme je suis, dit-il au téléphone.

Sa voix paraissait normale. Mais la colère qui enflammait ses joues ne se dissipait pas.

— Lexie a un jeu en béton, clama Justin en plissant les yeux vers moi. Je connais ce regard.

— Des clous, répondit Rafe. Dix de mieux.

La voix, au téléphone, dégoisait toujours. Il était question d'un vrai travail.

— En d'autres termes, un emploi de bureau, nous informa Rafe. Peut-être même, si je donne satisfaction à mes patrons, un bureau avec une fenêtre. Mais je vise peut-être trop haut ? cria-t-il au téléphone.

L'échange à distance se poursuivait sur ce ton. Rafe s'adressait tantôt à son portable, tantôt à nous. Son père hurlait de plus en plus, nous traitait tous les cinq de hippies dégénérés. Les phalanges dans la bouche, Abby avait du mal à refréner son fou rire. Justin couinait. Même Daniel gardait difficilement son sérieux. Quant à moi, je riais tellement que je dus me pencher sous la table. Lorsque je me redressai, hors d'haleine, je constatai que Rafe avait repoussé son portable. Toute à mon hilarité, je ne m'étais même pas rendu compte que le père de Rafe avait raccroché.

La partie continua comme si de rien n'était. Rafe jeta trente pence dans le pot… Je demandai à voir. Debussy avait succédé à Louis Armstrong. Justin, Abby et Daniel s'étaient couchés. Tous trois commentaient les propos du père de Rafe.

— En fait, lança Abby, pour lui, nous sommes des ingrats. Nous nous contentons de ce que nous avons. Nous transgressons toutes les règles, nous ne nous intéressons pas aux cours de la Bourse, nous n'avons aucune ambition, nous ne respectons pas les normes édictées par la société. Il voit en nous des subversifs. Des traîtres.

— Des révolutionnaires, ajouta joyeusement Justin en trempant une Dorito dans le bol de salsa avec la mine d'un petit-bourgeois gourmand. Je ne pensais pas que c'était si facile.

— Des guérilleros, précisai-je, tout aussi gaiement.

— Perdu, me dit Rafe en abattant deux valets qui ridiculisaient ma paire de neuf. Révolutionnaire ou pas, tu es vaincue.

— Mais de bonne humeur, me dit Daniel avec un grand sourire.

— Je le serais encore plus si Rafe cessait de monopoliser la sauce à l'ail.

— Parfait, conclut Daniel avec un hochement complice du menton. Voilà ce que j'aime entendre.

Sam ne m'interrogeait jamais. « Comment va ? » demandait-il simplement au début de nos conversations téléphoniques, et quand je répondais : « Bien », il passait à autre chose. D'abord, il me détaillait sa propre enquête : étude attentive de mes anciennes affaires, liste des délinquants établis par la police locale, professeurs et étudiants côtoyés par Lexie. Rien ne le menant nulle part, il finit par en parler de moins en moins, se rabattit sur des sujets banals. Il était monté deux fois jusqu'à mon appartement pour l'aérer et faire en sorte qu'il ne paraisse pas définitivement inoccupé. La chatte de ma voisine de palier avait mis bas au fond du jardin et l'horrible Mme Moloney, qui vivait à l'étage en dessous, avait laissé un mot peu aimable sur son pare-brise l'informant que le parking était réservé aux résidents. Je ne le lui avouai pas, mais tout cela me paraissait si loin que le seul fait d'y penser me fatiguait et qu'il me fallait souvent un moment pour me souvenir de ce qu'il évoquait.

Un seul soir, le samedi, il me questionna sur les autres. J'étais, cette fois, assise contre une haie d'aubépines, sur mon sentier habituel, gardant un œil sur la masure. J'avais enroulé une grande chaussette de Lexie autour de mon micro, ce qui me faisait un troisième sein du plus bel effet et ne permettrait à Frank et ses sbires que de capter dix pour cent de la conversation.

De toute façon, je m'exprimais à voix basse. À peine franchi le portail du fond, j'avais eu l'impression qu'on me suivait. Rien de vraiment caractéristique et que n'auraient pu expliquer le vent, les ombres projetées par la lune ou les bruits nocturnes de la campagne ; uniquement ce léger frisson dans la nuque que provoque un regard étranger. Je dus faire un énorme effort de volonté pour ne pas me retourner. Si, par hasard, il y avait vraiment quelqu'un, je ne voulais pas lui faire savoir que je l'avais repéré, du moins avant d'avoir pris une décision à son sujet.

— Est-ce que vous allez parfois au pub ? s'enquit Sam.

Sa question me surprit. Il savait exactement ce que je faisais de mon temps. Selon Frank, il était à son poste dès 6 heures du matin pour prendre connaissance des enregistrements, ce qui, curieusement, me mettait mal à l'aise. Y faire allusion me gênait davantage encore. Je répondis quand même :

— Je suis allée au Buttery avec Rafe et Justin mardi, après les travaux dirigés. Tu t'en souviens ?

— Je parle du pub du village. Comment s'appelle-t-il, déjà ? Reagan's. Vous ne le fréquentez pas ?

Nous passions devant en voiture, à l'aller et au retour. Un petit pub de campagne délabré, coincé entre la boucherie et la boutique du marchand de journaux, avec des bicyclettes non cadenassées posées, le soir, contre le mur. Il n'avait jamais été question de s'y arrêter.

— Il est plus simple de boire quelques verres à la maison que d'aller jusqu'au village, dis-je. D'autant qu'ici tout le monde fume, sauf Justin.

Les pubs ont toujours été au cœur de la vie sociale irlandaise. Puis, dès que l'interdiction de fumer est entrée en vigueur, nombre de gens ont décidé de boire chez eux. Cette interdiction ne me gêne pas outre mesure. Toutefois, l'idée qu'on ne doive plus, dans les pubs, s'adonner à un vice dangereux pour la santé me semble étrange. Et ce qui me perturbe le plus, en l'occurrence, c'est l'obéissance des Irlandais. Pour eux, les lois ont toujours été faites pour être bravées. C'est un principe, un défi permanent. Du moins, ça l'était. Car cette nouvelle attitude moutonnière m'amène à me demander si nous ne sommes pas en train de devenir un autre peuple, une copie conforme de la Suisse.

Sam s'esclaffa.

— Tu as vécu trop longtemps à Dublin. Je te garantis que le patron du Reagan's n'empêche personne de cloper. Et son établissement est à peine à un kilomètre de Whitethorn House, par les petites routes. Tu ne trouves pas curieux qu'aucun des quatre ne s'y rende jamais ?

— Ils sont spéciaux. Au cas où tu ne l'aurais pas remarqué, ils ne sont pas très sociables. Et puis le pub est peut-être minable.

— Peut-être…

Il n'avait pas l'air convaincu. Il ajouta :

— Quand ç'a été ton tour de faire les courses, tu es allée chez Dunnes, au supermarché de Stephen's Green. Je me trompe ? Où vont les autres ?

— Comment le saurais-je ? Justin est allé chez Marks & Spencer hier. Pour les autres, je n'en ai aucune idée. Frank m'a dit que Lexie s'approvisionnait chez Dunnes. Je fais donc les courses chez Dunnes.

— Et le marchand de journaux du village. Quelqu'un y va ?

Je réfléchis un instant. Rafe avait fait, un soir, provision de cigarettes, mais il était passé par le portail du fond, en direction de la station d'essence ouverte toute la nuit, sur la route de Rathowen, et non vers Glenskehy.

— Pas depuis mon arrivée, répondis-je. Qu'est-ce que tu as en tête ?

— Je me posais simplement des questions. À propos du village… Vous occupez la demeure des anciens maîtres. Daniel est l'héritier de la famille. Dans la plupart des régions, de nos jours, tout le monde s'en moque. Mais, çà et là, selon l'histoire locale… Je me demandais si, là-bas, ne survivaient pas des vieilles rancœurs.

Les Irlandais gardent un souvenir cuisant du système féodal que les Britanniques leur ont imposé pendant des siècles. Des familles anglo-irlandaises se sont vu attribuer des villages entiers, comme des cadeaux, avec toute latitude d'exploiter les terres et le peuple à leur guise. Après l'indépendance, le système s'est effondré de lui-même. Quelques descendants de ces lignées subsistent encore, excentriques d'un autre âge vivotant dans quatre pièces et ouvrant le reste de leur demeure au public pour payer la réfection de leur toiture. Mais la plupart des grandes propriétés ont été rachetées par des entreprises, transformées en hôtels ou en établissements de cure, et personne n'a plus la moindre idée de ce qu'elles étaient jadis. Pourtant, dans certaines parties du pays, là où l'histoire a laissé des blessures plus profondes, la mémoire reste vivace.

C'était le cas à Wicklow. Pendant des centaines d'années, des révoltes avaient éclaté à un jour de marche de l'endroit où j'étais assise. Les habitants de ces collines avaient participé aux rébellions, caché les insurgés. Le sang des fusillés avait giclé sur les murs des masures semblables à celle que j'avais sous les yeux. Chaque famille avait sa légende.

Sam avait raison. J'avais vécu trop longtemps à Dublin, où l'on ne jure que par la « modernité ». Lui était de la campagne, des environs de Galway. Il connaissait l'Irlande profonde, le poids de son histoire.

— C'est possible, lui dis-je. Toutefois, je ne vois pas le rapport avec notre affaire. Entre regarder de travers les héritiers des anciens maîtres chez le marchand de journaux et en poignarder un parce que le hobereau du coin a été méchant avec une mémé en 1846, il y a une différence.

— Sans doute. Je vais quand même regarder ça de plus près, au cas où. Toute hypothèse doit être vérifiée.

Je m'appuyai contre la haie et sentis, dans mon dos, une vibration rapide provoquée par une créature qui détalait.

— Allons… Tu prends vraiment ces gens pour des cinglés.

— Je ne les traite pas de fous.

— Tu envisages que l'un d'eux ait pu tuer Lexie à cause d'un méfait qu'une famille avec laquelle elle n'avait aucun lien aurait commis il y a un siècle ? J'ai une autre suggestion : pourquoi pas un berger las d'honorer ses brebis ?

— Très drôle.

— Je plaisantais. Tu as raison. L'idée vaut la peine d'être creusée. Après tout, nous sommes arrivés à la conclusion que l'assassin était probablement originaire de la région.

— Tu me manques, murmura Sam.

— Toi aussi, tu me manques.

C'était vrai. J'essayais de ne pas trop penser à lui, de ne pas me laisser submerger par le manque. Rien de plus dangereux, en mission, qu'une frustration affective. Elle émousse l'attention. Dès lors, on risque d'échouer ou, pis encore, de se faire tuer. Pourtant, quand je me retrouvais seule, fatiguée, essayant de lire dans mon lit après une longue journée, c'était dur.

— Plus que quelques semaines, chuchotai-je.

Il soupira.

— Moins, si je trouve quelque chose. J'interrogerai Doherty et Byrne, au cas où ils auraient des renseignements intéressants à me fournir. En attendant, sois prudente. On ne sait jamais…

— Ne t'inquiète pas. Mets-moi au courant demain. Dors bien.

— Bonne nuit à toi aussi. Je t'aime.

L'impression d'être observée me taraudait toujours. Elle se précisait, s'accentuait. Peut-être était-ce le résultat de la conversation de Rafe avec son père, de celle que je venais d'avoir avec Sam, de ses allusions aux vieilles haines, aux vengeances inassouvies. Je voulus en avoir le cœur net. Je déroulai la chaussette qui recouvrait mon micro, la glissai dans ma gaine avec mon téléphone. Ensuite, j'allumai ma lampe et marchai, d'un pas faussement détendu, vers Whitethorn House. Parvenue à une intersection où mon suiveur n'aurait pu continuer à me filer sans se mettre à découvert ou faire un chahut de tous les diables dans les buissons, je me jetai dans un sentier de traverse, éteignis ma torche et progressai le plus silencieusement possible à travers une haie donnant sur un pré qui me permettrait de m'enfuir à toutes jambes. Et j'attendis, accroupie.

Vingt minutes passèrent. Aucun froissement, pas le moindre roulement de caillou. Si une personne, homme ou femme, me suivait, elle était habile et patiente, ce qui n'augurait rien de bon. Finalement, je traversai la haie en sens inverse. Le chemin était désert. Après avoir épousseté mes vêtements pour les débarrasser des brindilles et des feuilles, je me dirigeai à la hâte vers la maison. Les promenades de Lexie ne duraient jamais plus d'une heure. Il me restait peu de temps avant que les autres s'inquiètent. Enfin, la demeure se profila à l'horizon, ses lumières flottant au-dessus des haies, la fumée de sa cheminée montant entre les étoiles comme une brume.

Cette nuit-là, alors que je lisais dans mon lit, Abby frappa à ma porte. Le visage luisant sous le lait démaquillant, en pyjama de flanelle blanche aux rayures roses et les cheveux tombant sur les épaules, elle ressemblait à une gamine de douze ans. Elle ferma la porte derrière elle et s'assit en tailleur au bout de mon lit, calant ses plantes de pieds à la saignée des genoux afin de les tenir au chaud.

— Pourrais-je te poser une question ?

— Bien sûr, dis-je en priant Dieu pour connaître la réponse.

Elle rabattit ses cheveux derrière ses oreilles, fixa les yeux sur le mur.

— Je ne sais par où commencer. Je vais donc aller directement au fait. Si je me mêle de ce qui ne me regarde pas, dis-le sans crainte. Est-ce que le bébé va bien ?

J'eus sans doute l'air ahurie. Abby eut un sourire gêné.

— Pardon. Je ne voulais pas te prendre par surprise. J'ai tout deviné. Le mois dernier, tu n'as pas acheté de chocolats… Et quand tu as vomi, ce jour-là, j'ai compris.

Mon esprit fonctionnait à toute allure.

— Les garçons le savent ?

— Ça m'étonnerait. En tout cas, ils n'en ont pas parlé.

Cela ne signifiait pas que l'un d'eux n'était pas au courant, que Lexie n'avait pas avoué au père qu'elle était enceinte ou qu'elle voulait avorter. Mais, pour Abby, c'était clair : un des garçons était impliqué dans l'histoire. Elle attendit, les yeux braqués sur moi.

— L'enfant n'a pas survécu, répondis-je, ce qui, après tout, était vrai.

— Je suis navrée. Vraiment navrée, Lexie.

Elle hésita un instant. Puis :

— Ou bien… ?

— Pas de problème. De toute façon, je n'avais pas encore pris de décision. Ce qui m'est arrivé a tout simplifié.

Elle hocha la tête. J'avais deviné juste : elle n'était pas surprise.

— Tu vas le dire aux garçons ? Je peux m'en charger, si tu le souhaites.

— Non. Je ne tiens pas à ce qu'ils sachent.

Selon Frank, toute information est une arme. Cette grossesse pourrait m'être utile un jour et je n'allais pas m'en priver maintenant. Cet enfant mort était une grenade dégoupillée dans ma main. Je me rendis compte, en cet instant, de l'abîme dans lequel j'avais plongé. Abby se leva, tritura les boutons de sa veste de pyjama.

— Entendu. Si tu souhaites en parler, je suis là.

— Tu ne veux pas connaître le nom du père ?

Si tous savaient avec qui Lexie partageait son lit, j'étais dans de beaux draps. Mais j'avais l'intuition que ce n'était pas le cas : Lexie ne devait pas crier ses secrets sur les toits. Et si quelqu'un avait dû tout deviner, ç'aurait été Abby.

Parvenue sur le seuil, elle se retourna. Très calmement, elle déclara :

— Si tu as envie de me le dire, tu le feras.

Après son départ, une fois dissipé le tapotement ténu de ses pieds nus dans l'escalier, j'abandonnai mon livre et écoutai les autres se préparer pour la nuit : l'eau coulant dans une salle de bains, Justin fredonnant au-dessous de moi le thème de *Goldfinger*, le craquement du plancher dans la chambre de Daniel, qui marchait de long en large. Les bruits s'atténuèrent peu à peu, s'évanouirent. J'éteignis ma lampe de chevet. Si je l'avais laissée allumée, Daniel aurait aperçu de la lumière sous ma porte. Or j'avais eu pour ce soir mon lot de tête-à-tête. Même lorsque mes yeux se furent habitués à l'obscurité, je ne distinguai que la masse de l'armoire, la vague silhouette de la coiffeuse et, lorsque je remuais, des mouvements furtifs dans le miroir.

Je m'étais efforcée de ne pas penser au bébé ; l'enfant de Lexie. Quatre semaines, avait affirmé Cooper. Moins d'un centimètre. Un joyau, minuscule, doté pourtant d'un cœur qui vibrait comme un oiseau-mouche, une promesse qui ne se réaliserait jamais. Je ne pouvais m'empêcher de l'imaginer arrivé à terme, puis grandissant, plein de vigueur, dans de vastes éclats de rire. Quinze jours plus tôt, Lexie l'avait peut-être imaginé, elle aussi, dans ce lit…

Ou peut-être pas. Je brûlais d'envie de connaître l'histoire, de savoir si elle avait eu l'intention de le garder.

L'interdiction de l'avortement, en Irlande, ne change rien. Chaque année, des milliers de femmes prennent le bateau ou l'avion pour l'Angleterre et reviennent sans que l'on ait remarqué leur absence. Personne ne pourrait me dire ce qu'avait projeté Lexie. Elle-même n'en était peut-être pas sûre. Je faillis me lever et me faufiler au rez-de-chaussée pour consulter à nouveau l'agenda, au cas où un détail m'aurait échappé, par exemple un trait discret au crayon soulignant, en décembre, la date de l'intervention. Stupide. Quelqu'un aurait pu me surprendre. De toute façon, je savais déjà que je ne trouverais rien. Appuyée contre mes oreillers, dans le noir, sentant la pression des piles là où aurait dû se trouver la blessure qui avait tué Lexie, j'écoutai la pluie très longtemps.

Ensuite, il y eut cette soirée à marquer d'une croix blanche. Celle du dimanche, je crois. Après avoir repoussé les meubles du salon, les garçons s'étaient attaqués au plancher avec une ponceuse et une cireuse. Un travail d'homme, selon eux. Nous nous étions donc, Abby et moi, réfugiées dans la pièce vacante du dernier étage, proche de ma chambre, pour explorer les trésors de l'oncle Simon. Assise par terre, à demi enfouie sous de vieilles nippes, je retirais du tas celles que les mites n'avaient pas rongées. Abby triait une pile de rideaux puant le moisi en murmurant :

— Poubelle, poubelle, poubelle… Ça vaudrait peut-être la peine de laver ceux-là… Poubelle, poubelle… Mais qui a pu acheter cette horreur ?

En bas, la ponceuse mugissait. Toute cette agitation me rappelait l'ambiance de la salle commune de la brigade criminelle lors d'une journée ordinaire.

— Oh ! s'écria soudain Abby en s'asseyant sur les talons. Regarde un peu ça !

Elle brandissait une robe bleue à pois blancs, au col et à la ceinture de la même couleur, aux manches bouffantes et à la jupe en corolle, conçue pour se soulever quand on tournoyait.

— Superbe, lançai-je en écartant les oripeaux qui m'encombraient et en m'approchant pour l'admirer. Elle n'appartenait quand même pas à l'oncle Simon…

— À mon avis, il ne se déguisait pas en femme. Nous regarderons dans l'album. Tu veux l'essayer ? Je crois que les mites l'ont épargnée.

— Enfile-la, toi. C'est toi qui l'as trouvée.

— Elle ne m'irait pas. Regarde.

Elle se mit sur ses pieds, plaqua la robe contre elle.

— Elle est faite pour quelqu'un de plus grand. La taille m'arriverait au ras des fesses.

Abby mesurait un peu moins d'un mètre soixante, mais je ne cessais de l'oublier. Il était difficile de la considérer comme petite.

— Oui, mais elle devait être portée par une personne plus mince que moi, ou comprimée dans un corset très ajusté. Je risque de la déchirer.

— Pas forcément. Tu as perdu du poids, à l'hôpital. Essaie-la.

Elle me regarda avec stupeur lorsque j'allai me changer dans ma chambre. C'était, de toute évidence, un comportement bizarre, mais j'y étais forcée. Il me restait à espérer qu'elle le mettrait sur le compte de la pudeur, à cause du pansement. Effectivement, la robe m'allait plus ou moins. Elle me serrait assez pour laisser transparaître le renflement du pansement, mais il n'y avait rien d'anormal à cela. Je vérifiai rapidement que le micro et les piles n'apparaissaient pas. Le miroir me renvoya l'image d'une femme espiègle, enhardie, prête à tout.

— Je te l'avais dit, déclara Abby lorsque je revins.

Elle me fit tourner, resserra le nœud de la ceinture, fit une boucle plus grande.

— Viens te montrer aux garçons. Ils vont en rester baba.

Nous dévalâmes les escaliers en criant :

— Regardez ce que nous avons déniché !

La ponceuse se tut avant même que je pénètre dans le salon. Les garçons s'immobilisèrent, hébétés.

— Inouï ! s'exclama Justin. Notre chanteuse de cabaret !

— Parfait, renchérit Daniel, tout sourire. C'est parfait.

Rafe enjamba le tabouret du piano. D'un doigt agile, il balaya le clavier avant d'entamer un air langoureux, sensuel. Abby éclata de rire. Elle serra à nouveau le nœud de ma ceinture, se rapprocha du piano et se mit à chanter :

« De tous les hommes qui m'ont aimée,
Et il y en eut beaucoup,
Toi seul m'as fait chavirer
En me suspendant à ton cou. »

Je l'avais déjà entendue chanter, mais juste pour elle-même, alors qu'elle se croyait seule ; jamais de cette façon. Elle avait une de ces voix qui n'existent plus de nos jours, grave, profonde, qui évoquait les vieux films d'avant-guerre, les boîtes enfumées, les cheveux platine, les lèvres rouges et la plainte déchirante d'un saxo.

Justin éteignit la cireuse, claqua des talons. Il s'inclina, me tendit la main.

— Me ferez-vous l'honneur de m'accorder cette danse ?

J'eus un mouvement de recul. Et si Lexie avait été un vrai pachyderme ? Et si je me laissais aller, oubliant ma gaucherie obligée ? S'il me serrait trop, s'il sentait les piles sous mon pansement ? Mais j'ai toujours adoré danser, ce que je n'avais pas fait depuis une éternité. Abby me cligna de l'œil sans rater une note de *Bei mir, bist du schön*, Rafe improvisa une nouvelle mélodie. Je pris la main de Justin, le laissai me guider vers le centre du salon.

Il savait ce qu'il faisait. Ses doigts serraient fermement les miens. Ses pas étaient souples, le parquet caressait doucement mes pieds. Je n'avais pas perdu la main, après tout. Je ne trébuchai pas, je ne piétinai pas les orteils de Justin. Accordé au sien, mon corps évoluait avec la même aisance que la sienne, comme si je ne m'étais jamais cogné à une chaise. Je n'aurais pas pu faire un faux pas, même si je l'avais voulu. Appuyé contre le mur, un morceau de papier de verre froissé oublié dans sa main, Daniel souriait. Ma robe se balançait comme une cloche, les derniers rayons du couchant m'éblouissaient. Odeur de cire, grains de poussière flottant paresseusement dans les longues colonnes de lumière. Tête renversée, gorge offerte, Abby chantait toujours. Sa voix résonnait dans la maison vide, semblait monter vers le ciel. Tout à coup, je me souvins de ma dernière danse… Avec Rob, sur le toit plat qui surplombait mon appartement, au milieu de la nuit, juste avant que nos relations tournent au désastre. Je ne ressentais plus rien. Tout cela était si loin… Un triste épisode qu'avait vécu quelqu'un d'autre, et non cette jeune femme en bleu qui tournoyait de plus en plus vite tandis que Rafe accélérait le tempo de la mélodie et qu'Abby enchaînait, en faisant claquer ses doigts :

« Je pourrais dire *bella, bella,*
Wunderbar ou merveilleux,
Mais aucune langue n'exprimera
L'amour que je vois dans tes yeux. »

Justin me prit par la taille, me souleva et, hilare, son visage cramoisi et couvert de sueur tout proche du mien, me fit tourbillonner, m'entraînant dans un dernier tour de piste. La pièce vide nous renvoyait en écho la voix d'Abby. Son rythme s'harmonisait avec celui de nos pas qui retentissaient aux quatre coins du salon, comme s'il s'était soudain rempli de danseurs, comme si la maison appelait tous ceux qui, jadis, avaient valsé ici, fières jeunes filles enlaçant de farouches jeunes gens s'apprêtant à partir pour la guerre sous le regard nostalgique de vieillards dont l'univers se désintégrait tandis que le monde nouveau tambourinait à leur porte. En dépit de leur souffrance, ils riaient. Et tous nous ouvraient les bras, nous accueillaient dans leur longue lignée.

9

— Eh bien, me lança Frank cette nuit-là, tu sais quel jour nous sommes ?

Je n'en avais aucune idée. Mon esprit était resté là-bas, à Whitethorn House. Après le dîner, exhumant un recueil de chansons jauni et en lambeaux caché dans le tabouret du piano, Rafe avait recommencé à jouer des airs des années trente. Abby fredonnait dans le débarras tout en continuant à trier les vieilleries pendant que Daniel et Justin faisaient la vaisselle. La gaieté de ce chahut m'avait poursuivie tandis que je descendais la pelouse jusqu'au portail du fond. J'avais même songé à rester à la maison, abandonnant à leur sort, pour un soir, Frank, Sam et mon mystérieux suiveur. De toute façon, ma promenade ne m'apporterait rien d'intéressant. Le ciel s'était couvert. Une pluie fine tambourinait sur la veste que je m'étais appropriée et je n'aimais pas garder ma lampe allumée en téléphonant. Je n'y voyais pas à un mètre. Une bande de tueurs aurait pu investir la masure sans que je m'en aperçoive.

— Si c'est ton anniversaire, dis-je à Frank, tu devras attendre ton cadeau.

— Très drôle. On est dimanche, ma belle. Et, sauf erreur de ma part, tu vis toujours, bien peinarde, à

Whitethorn House. Tu as donc gagné ta première bataille. Tu as passé une semaine entière sans être démasquée. Félicitations, inspecteur. Tu fais partie du club.

— Je crois, oui.

J'avais cessé depuis peu de compter les jours, ce qui me paraissait plutôt bon signe.

— Bien, lâcha Frank.

Je l'entendis s'installer plus confortablement, faire taire l'auditeur outré qui, derrière lui, s'égosillait à la radio : il était chez lui, quel que fût l'endroit où il habitait depuis qu'Olivia l'avait mis à la porte.

— Dressons le bilan de la première semaine.

Je me calai contre un mur, prenant mon temps pour clarifier mes idées avant de répondre. En dépit de ses blagues et de son humour acerbe, Frank est un vrai patron. Il exige des rapports clairs, directs, succincts.

— Première semaine, donc. J'ai pris la place d'Alexandra Madison, chez elle et à l'université, apparemment avec succès. Personne ne semble avoir le moindre soupçon. J'ai exploré Whitethorn House sans dénicher un début de piste qui aurait pu nous orienter vers une direction quelconque.

Pour l'essentiel, c'était vrai. L'agenda menait sans doute quelque part, mais, pour l'heure, je ne savais pas où.

— Je me suis montrée aussi accessible que possible aux occupants de la maison en m'efforçant de me retrouver seule aussi bien pendant la journée que le soir, et aux inconnus en m'arrangeant pour être visible lors de mes promenades. Je n'ai été contactée par personne que nous n'ayons déjà eu dans le collimateur, ce qui n'exclut pas, à ce stade, un agresseur inconnu ; il peut très bien attendre son heure. J'ai été approchée plusieurs fois par tous les habitants de la maison et par nombre d'étudiants ou de professeurs, mais tous semblaient simplement s'inquiéter de mon état… Brenda Grealey s'est montrée un peu plus indiscrète que prévu, mais cela tient uniquement, à mon avis, à son vampirisme congénital. Aucune réaction à l'agression dont Lexie a été la victime, ou à son retour, ne m'a mis la puce à l'oreille. Il apparaît que ses quatre amis ont caché aux enquêteurs l'étendue de leur désarroi. Toutefois, venant d'eux, je ne considère pas cette attitude comme suspecte. Ils sont très réservés avec les étrangers.

— À qui le dis-tu… ! Que te suggère ton instinct ?

Je bougeai, cherchant une place plus confortable contre les pierres. La suite allait être un peu compliquée dans la mesure où je n'avais pas l'intention de parler à Frank ni à Sam du journal et de ma sensation d'être suivie.

— Je crois qu'un élément nous échappe, répondis-je enfin. Un élément important. Peut-être ton type mystérieux, peut-être un mobile, peut-être… Je ne sais pas. J'ai, en tout cas, le sentiment très fort que quelque chose, ici, n'a pas encore fait surface. J'ai toujours l'impression que je vais mettre le doigt dessus, mais…

— Un élément en rapport avec les quatre ? L'université ? Le bébé ? L'affaire May-Ruth ?

— Je l'ignore. Honnêtement, je l'ignore.

Les ressorts du sofa grincèrent. Frank venait d'attraper un verre. Je l'entendis déglutir.

— En tout cas, reprit-il, je peux te déclarer ceci : il ne s'agit pas du grand-oncle. Là-dessus, tu faisais fausse route. Il est mort d'une cirrhose. Il a passé trente ou quarante ans à picoler dans sa baraque, avant d'agoniser six mois dans un hospice. Aucun des cinq ne lui a rendu visite. En fait, selon mes renseignements, Daniel et lui ne s'étaient pas vus depuis que Daniel était enfant.

J'avais rarement été aussi heureuse de me tromper. Pourtant, cette révélation me laissa le sentiment de courir après des mirages.

— Alors, pourquoi lui a-t-il légué la demeure ?

— Il n'avait guère le choix. On meurt jeune dans cette famille. Il ne lui restait, pour seuls parents survivants, que Daniel et Edward Hanrahan, le fils de sa sœur. Eddie, le cousin, donc, de Daniel, est un gentil yuppie. Il travaille dans une agence immobilière. De deux maux, Simon a choisi le moindre. Peut-être préférait-il les universitaires aux cadres aux dents longues. Ou alors il souhaitait que le nouveau propriétaire porte le nom de sa lignée.

Un bon point pour Simon.

— Eddie n'a pas dû apprécier.

— Oh, que non ! Il n'était pas plus lié avec le vieux que Daniel. Il a pourtant essayé de faire casser le testament, clamant que l'alcool avait rendu Simon gâteux. Voilà pourquoi l'homologation a été si longue. C'était une démarche stupide, mais notre Eddie n'a pas inventé la poudre. Le médecin de Simon a confirmé l'alcoolisme et la méchanceté foncière du vieillard tout en jurant qu'il était aussi sain d'esprit que toi et moi. L'affaire s'est arrêtée là. Rien de bizarre là-dedans.

Je m'appuyai contre le mur. Je n'aurais pas dû être déçue. Je n'avais jamais réellement pensé que le club des Cinq avait glissé de la belladone dans la pâte adhésive du dentier de l'oncle Simon. Cependant, je ne pouvais chasser l'intuition qu'il se passait quelque chose de crucial à Whitethorn House, quelque chose qu'il me faudrait découvrir.

— Tant pis, dis-je. Ce n'était qu'une hypothèse. Pardon de t'avoir fait perdre ton temps.

Frank soupira.

— Ne t'excuse pas. Tout mérite d'être vérifié.

Si j'entendais encore une fois cette phrase, je tuerais quelqu'un.

— Si tu les trouves douteux, c'est qu'ils le sont.

— Je n'ai jamais dit ça.

— Il y a quelques jours, tu étais persuadée qu'ils avaient étouffé le vieux avec un oreiller.

Je rabattis mon capuchon sur mon visage. La pluie me piquait les joues comme des aiguilles et j'avais envie de rentrer. Cette conversation commençait à me peser.

— Je n'étais persuadée de rien du tout. Je t'ai simplement demandé de vérifier, au cas où. Je ne les imagine pas en tueurs.

— Parce que tu les trouves tellement merveilleux ?

Impossible de deviner, à son ton, s'il me charriait ou me testait. Frank étant Frank, sans doute les deux…

— Allons, Frankie, tu me connais. Tu m'as demandé ce que me soufflait mon instinct. Je t'ai répondu franchement. Depuis une semaine, je les côtoie du matin au soir. Je n'ai pas discerné chez eux l'ombre d'un mobile, d'un sentiment de culpabilité. Et, ainsi que nous l'avons dit plus tôt, si l'un d'eux a fait le coup, les trois autres le savent obligatoirement. Un des quatre aurait déjà craqué, ne fût-ce qu'une seconde. Je pense que tu as raison : ils cachent quelque chose. Mais, à mon avis, pas ça.

— D'accord, conclut Frank d'une voix neutre. Tu as donc deux missions pour la deuxième semaine. D'abord, relever tout ce qui te semblera bizarre. Ensuite, commencer à pousser nos amis dans leurs retranchements, essayer de découvrir ce qu'ils dissimulent. Jusqu'à présent, tu les as mis en confiance. C'est ce que nous avions programmé. Maintenant, il est temps de resserrer les boulons. Garde aussi un œil sur Abby. Tu te souviens de votre petit entretien de l'autre nuit ?

— Oui.

Que Frank nous ait écoutées me remplit d'une colère inattendue, comme s'il avait violé ma propre intimité. J'eus envie de lui crier : « C'était une conversation privée ! » Il ajouta :

— Elle ne doit rien ignorer des coucheries. Je t'ai dit qu'elle était futée. À ton avis, connaît-elle le nom du père ?

Je ne m'étais pas encore fait une opinion là-dessus.

— Elle l'a peut-être deviné, mais je doute qu'elle en soit certaine. Et elle n'a pas l'intention de m'en parler.

Frank but une autre gorgée.

— Surveille-la. Elle est un peu trop observatrice à mon goût. Tu crois qu'elle en parlera aux trois garçons ?

— Non. Elle a l'art de se mêler de ses oignons et de laisser les autres se débrouiller avec leurs problèmes. Elle a mis la question du bébé sur le tapis pour que je ne l'affronte pas toute seule si je ne le souhaitais pas. Après cette offre de soutien, elle s'est retirée du jeu. Pas d'insinuations, pas de curiosité mal placée. Elle se taira. À propos, Frank… comptes-tu interroger de nouveau les garçons ?

— Je n'en sais encore rien, répondit-il prudemment. Pourquoi ?

— Si tu le fais, ne mentionne pas le bébé. D'accord ? Je tiens à aborder moi-même le sujet avec eux. Devant toi, ils resteront sur leurs gardes. Ils ne seront pas francs. Avec moi, ils se laisseront aller.

— Très bien, admit-il au bout d'un moment.

Il s'efforçait d'avoir l'air de m'accorder une faveur, mais je perçus sa satisfaction : il appréciait ma façon de penser. C'était rassurant.

— Agis au moment opportun, reprit-il. Quand ils seront ivres, par exemple…

— Ils ne le sont jamais. Juste un peu gais de temps en temps… Ne t'inquiète pas. Quand l'occasion se présentera, je ne la manquerai pas.

— Tu as carte blanche. Un dernier avis : ce qu'Abby a gardé pour elle, elle l'a également tu devant Lexie. Et elle le cache aussi aux garçons. Nous les considérions comme une seule entité, dépositaire d'une vérité inavouable. Or ce n'est pas si simple. Il y a des fêlures. Même s'ils partagent le même secret, ils en ont peut-être les uns vis-à-vis des autres. Ou les deux. Guette les failles. Et tiens-moi au courant.

Sur le point de raccrocher, je hasardai :

— Rien de neuf sur May-Ruth ?

J'avais presque chuchoté son nom, comme s'il m'était impossible de l'énoncer à haute voix. Le simple fait de rappeler son existence me troublait. Mais, si Frank avait appris quelque chose, je tenais à le savoir.

Il ricana.

— Tu as déjà tenté de brusquer les gars du FBI ? Ils ont leur lot de mères infanticides et de pères violeurs.

Les petits meurtres des autres passent au second plan. Oublie-les. Ils nous répondront quand ça leur chantera. En attendant, jette-toi à l'eau et essaie de me fournir quelques réponses.

Frank avait raison. J'avais d'abord considéré les quatre comme un tout : soudés, épaule contre épaule, inséparables et pleins de grâce, tel un groupe dans un tableau, nimbés d'une lumière aussi pure que l'éclat d'un bois ciré. Ce fut seulement à l'issue de cette première semaine qu'ils devinrent réels à mes yeux, qu'ils se muèrent en individus distincts dotés chacun de leurs manies, de leurs faiblesses. Je savais que les failles devaient se trouver là. Une amitié de ce genre ne se matérialise pas d'un coup, comme un arc-en-ciel contre un ciel d'orage. Pour qu'elle soit si solide et dure si longtemps, il faut y mettre du sien. Demandez à n'importe quel patineur ou danseur de ballet : rien n'exige autant de travail qu'une figure qui semble accomplie sans effort.

Des failles minuscules, tout d'abord, aussi impalpables que la brume… Nous étions dans la cuisine, le lundi matin, prenant le petit déjeuner. À moitié endormi, Rafe venait, comme d'habitude, de remplir son bol de café avant de disparaître. Justin, toujours aussi maniaque, coupait ses œufs frits en fines lamelles, Daniel mangeait des saucisses en griffonnant des notes sur la photocopie d'un texte en vieux saxon, Abby parcourait un journal, datant d'une semaine, qu'elle avait ramassé à la fac. Quant à moi, je papotais de tout et de rien sans m'adresser à personne en particulier. J'avais feint de retrouver, petit à petit, mon énergie. C'était plus compliqué qu'il n'y paraissait. Plus je parlais, plus je devais me méfier de ce que je racontais. Pourtant, je n'avais qu'un seul moyen de tirer quelque chose d'intéressant des quatre personnes qui me faisaient face : les mettre en confiance. Cela ne se produirait que lorsque tout serait revenu à la normale, ce qui, en ce qui concernait Lexie, impliquait qu'il n'y ait pas de longs silences. J'étais en train de dégoiser, devant les autres, sur les horribles filles de mon groupe de travail du mardi, sujet assez anodin pour que je ne commette pas d'impair.

— Autant que je puisse en juger, ces quatre nanas sont interchangeables. Elles s'appellent toutes Orla, Fiona, Aoife ou autre. Elles s'expriment avec le même accent, comme si on leur avait enlevé leurs sinus, ce sont toutes de fausses blondes et elles ne lisent rien. Je me demande ce qu'elles font à l'université.

— Elles traquent les beaux gosses pleins aux as, dit Abby sans lever les yeux.

— L'une d'elles en a trouvé un. Genre joueur de rugby. La semaine dernière, il l'a attendue à la sortie et, je le jure, quand elles ont surgi toutes les quatre en même temps, il a eu l'air terrorisé. Il a tendu la main vers une fille qu'il ne connaissait pas, avant que sa dulcinée lui saute au cou. Lui non plus ne parvient pas à les distinguer.

Daniel me sourit.

— Je te retrouve enfin. Tu vas de mieux en mieux.

— Un vrai moulin à paroles, ajouta Justin en posant un autre toast dans mon assiette. Simple curiosité : t'est-il déjà arrivé de garder le silence plus de cinq minutes ?

— Une fois. À neuf ans, une laryngite m'a empêchée de parler pendant cinq jours. On m'a forcée à rester au lit, alors que je me sentais en pleine forme et que je mourais d'envie d'aller courir dehors. C'était affreux. Quand tu étais petit, est-ce que… ?

— Les cerises ! s'écria Abby en levant le nez de son journal. Elles étaient consommables jusqu'à hier. Quelqu'un a encore faim ? On pourrait les mettre dans des crêpes…

— Je n'ai jamais entendu parler de crêpes aux cerises, coupa Justin. Ça doit être dégueulasse.

— Je ne vois pas pourquoi. On fait bien des crêpes aux myrtilles…

— Et des scones aux cerises, fis-je remarquer entre deux bouchées.

— Ce n'est pas du tout le même principe, pontifia Daniel. Cerises confites. L'acidité et le degré d'humidité…

— On pourrait essayer, s'obstina Abby. Elles coûtent une fortune. Je ne vais pas les laisser pourrir.

— Je suis prête à tout, affirmai-je. J'adorerais essayer les crêpes aux cerises.

— Pour l'amour du ciel, non ! gémit Justin avec une moue de dégoût. Emportons-les à la fac et mangeons-les au déjeuner.

— Rafe n'en aura pas, trancha Abby en repliant son journal et en se dirigeant vers le frigo. Vous vous souvenez de l'odeur bizarre qui sortait de son sac ? Il avait fourré la moitié d'une banane dans la poche intérieure et l'avait oubliée. À partir de maintenant, nous ne lui donnerons que ce qu'il sera obligé d'avaler sous nos yeux. Lexie, tu m'aides à les emballer ?

Ce fut si lisse, si léger que je ne remarquai même pas qu'il venait de se passer quelque chose. Abby et moi avons divisé les cerises en quatre parts que nous avons empaquetées avec les sandwiches de la journée. Rafe finit par en manger la plus grande partie et j'oubliai cette scène ; jusqu'au lendemain soir.

Après avoir lavé les vieux rideaux les moins moisis, nous avions entrepris de les accrocher dans les pièces inoccupées, plus pour garder la chaleur que par souci esthétique. Nous ne disposions que d'un radiateur électrique et de la cheminée pour chauffer l'ensemble de la maison. En hiver, ce devait être glacial. Justin et Daniel s'affairaient dans la pièce du rez-de-chaussée tandis que les autres, dont moi, s'occupaient de celles du haut. Alors qu'Abby et moi enfilions des crochets que Rafe allait suspendre, la chute d'un objet lourd, suivie d'un cri de Justin, nous fit sursauter. Daniel beugla :

— Tout va bien. Je n'ai rien !

— Quoi encore ? grommela Rafe, en équilibre précaire sur l'appui de la fenêtre, soutenant la tringle d'une main.

— Un truc est tombé sur quelqu'un ou sur quelque chose, répondit Abby, des crochets plein la bouche. Je pense qu'ils survivront.

Une exclamation de surprise traversa le plancher. Ensuite, Justin clama :

— Lexie, Abby, Rafe, venez voir !

Nous dévalâmes les escaliers. Daniel et Justin étaient à genoux au milieu d'un éparpillement d'objets hétéroclites. Je crus d'abord que l'un d'eux s'était blessé. Enfin, j'aperçus ce qui les fascinait. Un sac de cuir raide et moisi était posé par terre, entre eux. Et Daniel brandissait un revolver.

— Il a glissé de l'escabeau, haleta Justin. Et il a renversé tout ce bazar. Le sac est tombé à ses pieds. Dieu sait ce qu'il y a encore là-dedans !

C'était un Webley, une beauté, dont la patine scintillait entre des croûtes de crasse.

— Mon Dieu, s'écria Rafe en s'accroupissant près de Daniel et de Justin. C'est un Webley Mark 6. Il ne date pas d'hier. Il était très répandu pendant la Grande Guerre. Daniel, il appartenait peut-être à ton arrière-grand-oncle cinglé, celui à qui tu ressembles. J'ai oublié son nom.

Daniel opina. Il examina le revolver un moment, puis l'ouvrit : l'arme n'était pas chargée.

— William. Oui, ç'aurait pu être le sien.

Il referma le barillet, caressa lentement la crosse.

— Il est en piteux état, constata Rafe. Mais on pourrait le nettoyer. Il suffit de le laisser tremper deux jours dans un bon dissolvant, puis de le fignoler à la brosse ou au pinceau. Bien sûr, vous n'avez pas trouvé de munitions. Ce serait trop demander…

Avec un sourire triomphant, Daniel retourna le sac. Une boîte en carton tomba sur le sol.

— Merveilleux ! siffla Rafe en la secouant.

D'après le bruit, je pouvais dire qu'elle était presque pleine. Elle devait contenir neuf ou dix cartouches. Rafe ajouta :

— Nous allons le remettre en état et le faire fonctionner en moins de deux. J'achèterai le dissolvant.

— Ne te balade pas avec cet engin à moins de savoir t'en servir, intervint Abby.

Elle seule ne s'était pas accroupie pour jeter un coup d'œil. Visiblement, cette découverte ne lui plaisait guère. Quant à moi, j'étais partagée. Ce Webley était un bijou et j'aurais adoré l'essayer. Mais le travail d'infiltration prend une tout autre tournure quand un flingue surgit sans crier gare. Sam n'allait pas aimer ça du tout.

Rafe leva des yeux offusqués.

— Qu'est-ce qui te fait croire que je ne sais pas m'en servir ? Mon père m'emmenait tirer chaque année. Il a commencé quand j'avais sept ans. Je suis capable de descendre un faisan en plein vol. Une année, nous sommes allés en Écosse et…

— Ce machin est-il légal ? s'enquit Abby. Ne faut-il pas un permis ?

— C'est un objet de famille, répliqua Justin. Nous ne l'avons pas acheté. Nous en avons hérité.

Encore ce « nous ».

— Idiot, ironisai-je, un permis ne concerne pas l'achat d'une arme, mais sa possession.

J'avais déjà décidé de laisser Frank expliquer à Sam pourquoi, même si le revolver n'avait jamais été déclaré, nous n'allions pas le confisquer.

Rafe fronça les sourcils.

— Vous ne voulez pas entendre la suite ? Je vous raconte la touchante histoire d'un amour entre un père et son fils et vous ne vous intéressez qu'à de la paperasserie ! Après s'être rendu compte que je savais tirer, mon père m'a fait manquer la classe une semaine chaque fois que la saison de la chasse revenait. Ce furent les seuls moments de ma vie où il m'a considéré comme autre chose qu'une réclame pour la contraception. Pour mon seizième anniversaire, il m'a…

— Officiellement, il nous faudrait un permis, le coupa Daniel. Mais je pense que nous devrions nous en passer, du moins pour l'instant. J'ai eu ma dose de flics. Quand crois-tu pouvoir avoir le dissolvant, Rafe ?

Ses yeux s'étaient braqués sur lui : gris, glacés. Rafe soutint son regard. Puis il haussa les épaules, lui prit le revolver.

— Cette semaine, sans doute. Dès que j'aurai trouvé un magasin qui en vend.

Il ouvrit le barillet, inspecta le canon.

Ce fut à ce moment-là que je me souvins des cerises, de mon bavardage interrompu par Abby. Ce fut le ton de Daniel qui me les rappela : le même calme, la même fermeté, comme une porte qui se ferme. Il me fallut une seconde pour me remémorer de quoi nous parlions, avant que les autres détournent habilement la conversation : d'une laryngite qui m'avait forcée à garder le lit quand j'étais enfant.

J'expérimentai ma nouvelle théorie plus tard dans la soirée, alors que Daniel avait rangé le revolver, que nous avions accroché les rideaux et que nous étions assis dans le salon. Abby avait terminé le jupon de sa poupée et commençait une robe. Ses genoux étaient recouverts des vieilles étoffes que j'avais exhumées le dimanche.

— J'avais des poupées quand j'étais petite, dis-je.

Si ma théorie était exacte, je ne prenais pas de risques. Les autres ne devaient pas avoir appris grand-chose sur l'enfance de Lexie.

— J'en avais une collection.

— Toi ? ricana Justin. Tu ne collectionnes que le chocolat.

— À propos, il t'en reste ? me demanda Abby. Aux noisettes ?

Diversion immédiate.

— Une vraie collection, insistai-je. J'avais les quatre filles du docteur March. Il y avait aussi la mère, mais elle était tellement revêche que je n'en voulais pas. En fait, je ne voulais pas des autres non plus, mais ma tante…

— Pourquoi n'as-tu pas, toi aussi, ces poupées de collection ? couina Justin à l'intention d'Abby. Tu pourrais te débarrasser de cette horreur.

— Si tu continues à l'insulter, je te jure qu'un matin tu la trouveras au réveil sur ton oreiller, te fixant d'un air avide.

Rafe m'observait de ses yeux dorés aux paupières tombantes. Dominant les gloussements horrifiés de Justin, je poursuivis :

— Je n'arrêtais pas de lui répéter que je détestais les poupées. Mais elle n'a jamais pigé. Elle…

Daniel leva les yeux de son livre.

— Pas de passé, assena-t-il.

Son ton tranchant, définitif, me fit comprendre qu'il en avait marre de se répéter.

Suivit un long silence. Le feu projetait des escarbilles dans le conduit de la cheminée. Abby, assemblant des bouts de tissu, était retournée à la confection de sa robe de poupée. Rafe me scrutait toujours. La tête penchée sur mon livre (Rip Corelli, *Son époux sera le mien*), je sentais son regard sur moi.

Pour une raison quelconque, le passé n'avait pas droit de cité. Nos souvenirs à tous étaient proscrits. Autre chose : Rafe le savait, comme les autres. Il avait transgressé la règle intentionnellement. J'ignorais qui il avait cherché à provoquer. Tout le monde, peut-être. J'ignorais aussi pourquoi. Mais je venais de mettre le doigt sur une fêlure minuscule sur cette surface parfaite.

Le copain du FBI se manifesta le mercredi. Je devinai, à la seconde même où Frank décrocha, qu'un événement venait de se produire : quelque chose d'énorme.

— Où es-tu ? me demanda-t-il d'une voix âpre.

— Sur un sentier. Pourquoi ?

Une chouette hulula tout près de moi. Je me retournai à temps pour la voir planer entre les arbres, les ailes déployées, plus légère que de la cendre.

— Qu'est-ce que c'était ? s'inquiéta Frank.

— Une chouette, c'est tout… Détends-toi.

— Tu as ton arme ?

Je ne l'avais pas. Je m'étais tellement imprégnée du personnage de Lexie et de l'atmosphère de Whitethorn House que j'avais oublié l'essentiel : celui ou celle que je traquais n'était pas dans la maison, mais à l'extérieur et, selon toute vraisemblance, me guettait aussi. Cette évidence, bien plus que le ton de Frank, me fit retrouver le sens du danger.

Frank enfonça le clou.

— Rentre. Tout de suite.

— Je ne suis là que depuis dix minutes. Les autres vont se demander si…

— Qu'ils se posent toutes les questions qu'ils veulent. Tu ne dois pas te promener sans arme.

Je me mis aussitôt en marche, passai sous la chouette qui s'était posée sur une branche et immobilisée, attentive aux bruits de la nuit. Je fis un détour en direction de la façade de la maison. Là, les chemins étaient plus larges, moins propices à une embuscade.

— Que s'est-il passé ?

— Tu marches vers Whitethorn House ?

— Oui. Qu'est-il arrivé ?

Frank reprit son souffle.

— Prépare-toi à en entendre une belle, mon ange. Mon pote américain a retrouvé les parents de May-Ruth Thibodeaux. Ils vivent en pleine montagne, dans un bled paumé de Caroline du Nord. Ils n'ont même pas le téléphone. Mon copain a envoyé un type là-bas pour leur annoncer la nouvelle et voir ce qu'il pourrait dégoter d'autre. Et devine ce qu'il a découvert…

Avant même de lui dire d'arrêter son petit jeu et d'en venir au fait, j'avais compris.

— Ce n'est pas elle.

— Bingo ! May-Ruth Thibodeaux est morte d'une méningite à l'âge de quatre ans. Notre homme a montré à ses parents la photo d'identité de Lexie. Ils ne l'ont jamais vue.

J'eus envie d'éclater de rire. Cette fille m'avait possédée. La bourgade poussiéreuse, les balades en camionnette… Mon œil. Tout ce que j'avais imaginé, rêvé à son sujet, son audace, sa liberté, me parut ridicule, puéril. Personne, ni mes amis, ni ma famille, ni Sam, ni aucun homme, ne m'avait vexée à ce point.

— Nom de Dieu ! Elle a fait ça combien de fois ?

— Ce que je voudrais savoir, c'est pourquoi. Tout cela confirme mon hypothèse : elle avait quelqu'un à ses trousses, et ce quelqu'un n'a pas lâché prise. Elle usurpe l'identité de May-Ruth, dont elle a piqué le nom quelque part, dans un cimetière ou d'après la notice nécrologique d'un vieux canard, et repart de zéro. Il la piste, la retrouve et elle dégage de nouveau. Cette fois, elle file à l'étranger. On n'agit pas comme ça, à moins de crever de trouille. Mais, au bout du compte, il l'a eue.

J'avais atteint le grand portail. Je m'adossai à l'un des piliers, respirai profondément. La lune éclairait les cerisiers en fleur qui semblaient flotter au-dessus de l'allée, formant une tonnelle jusqu'au perron.

— Oui, murmurai-je. Il a fini par l'avoir.

— Et je ne veux pas qu'il t'ait, toi aussi.

Frank soupira.

— J'ai du mal à l'admettre, mais notre Sammy a peut-être raison à propos de ce gus, Cass. Si tu souhaites te retirer du jeu, tu peux commencer à te sentir patraque ce soir, et je te fais évacuer demain.

La nuit était calme. Pas la moindre brise dans les cerisiers. Venue de la maison, une voix féminine, étouffée et très douce, chantonnait. Je frissonnai. Je me demandai, et je me le demande encore, si Frank bluffait ; s'il était vraiment prêt à m'exfiltrer, ou si, avant même de me l'avoir proposé, il connaissait ma réponse.

— Non. Ça ira. Je reste.

La voix fredonnait toujours. Frank ne parut pas surpris.

— À ton aise. Garde ton arme sur toi et ouvre l'œil. S'il y a du nouveau, je te tiens au courant.

— Merci. Je te rappelle demain. Même endroit, même heure.

C'était Abby qui chantait. Dans sa chambre dont la lampe faisait scintiller la fenêtre, elle se brossait les cheveux d'un geste distrait et lent. Dans la cuisine, les garçons terminaient la vaisselle. Daniel avait retroussé ses manches jusqu'aux coudes. Rafe agitait un torchon pour souligner un argument quelconque, Justin hochait la tête. Je m'appuyai contre le tronc d'un cerisier et écoutai la voix d'Abby qui, traversant les vitres, montait vers le ciel noir.

Lexie… Dieu seul savait combien de vies cette fille avait laissées derrière elle avant de découvrir son havre ici. *Je peux entrer,* songeai-je. *N'importe quand, selon mon bon plaisir… Je peux escalader ces marches, ouvrir la porte et, moi aussi, me retrouver chez moi.*

D'infimes fêlures. Le jeudi soir, après un dîner aussi copieux que d'habitude, au cours duquel nous n'avions pas lésiné sur le rôti de porc, les pommes de terre sautées et la tourte aux pommes, ce qui, entre parenthèses, expliquait pourquoi Lexie était plus enveloppée que moi, tout le monde gagna le jardin pour finir le vin. Le bracelet de ma montre s'était défait. Assise dans l'herbe, je tentai de le réparer avec la lime à ongles de Lexie, celle qui m'avait servi à tourner les pages de son agenda. Le rivet n'arrêtait pas de sauter.

— Le pédé ! m'écriai-je.

Vautré sur la balancelle, Justin marmonna mollement :

— Voilà un juron déplacé… Tu as une dent contre les pédés ?

Sa remarque me mit la puce à l'oreille. Je m'étais demandé s'il était homosexuel, mais les recherches de Frank ne m'avaient pas permis de répondre. Pas de petit ami, pas de copine non plus. Peut-être n'était-il qu'un garçon sans histoires, juste un peu maniaque, comme une bonne ménagère. Toutefois, s'il avait été gay, j'aurais pu le rayer de la liste des pères putatifs de l'enfant.

— Je t'en prie, Justin, lança Rafe, couché dans l'herbe, les yeux fermés et les bras derrière la tête. Arrête de t'afficher.

— Tu es homophobe, rétorqua Justin. Si j'avais crié : « La pute ! » et que Lexie m'ait répondu : « Qu'est-ce que tu as contre la baise ? », tu ne l'aurais pas accusée de s'afficher.

— Moi, si, maugréa Abby, à plat ventre à côté de Rafe. Je lui aurais reproché de mettre en avant sa vie amoureuse alors que, nous quatre, nous n'en avons pas.

— Parle pour toi, la coupa Rafe.

— Toi, s'enflamma Abby, tu ne comptes pas. Tu ne nous dis jamais rien. Si tu te tapais toute l'équipe féminine de hockey de Trinity, nous n'en saurions strictement rien.

— Je n'ai jamais couché avec une des joueuses de hockey de Trinity, murmura-t-il d'un ton pincé.

— Il existe vraiment une équipe féminine de hockey ? s'enquit Daniel.

— Ne t'excite pas, ironisa Abby.

— C'est tout le secret de Rafe, dis-je. Son silence mystérieux nous suggère qu'il a une activité sexuelle débridée. En fait, s'il ne nous dévoile rien, c'est parce qu'il n'a rien à raconter. Sa vie amoureuse est aussi inexistante que la nôtre.

Il me jeta un regard en coin, accompagné d'un sourire énigmatique.

— Personne ne va donc m'interroger sur mes relations torrides avec l'équipe masculine de hockey ? intervint Justin,

— Non, railla Rafe. Personne ne te posera de questions sur tes conquêtes, parce que, d'abord, nous savons que tu ne nous épargneras aucun détail, ensuite parce que c'est toujours emmerdant comme la pluie.

— Bien, admit Justin au bout d'un moment. Ça me remet à ma place. Quoique, venant de toi…

Rafe se dressa sur un coude, le fusilla du regard.

— Quoi, venant de moi… Qu'est-ce que ça veut dire ?

Personne ne réagit. Justin ôta ses lunettes et entreprit de les nettoyer, trop soigneusement, avec un pan de sa chemise. Rafe alluma une cigarette.

Abby se tourna vers moi et cligna des paupières, comme si elle m'envoyait un signal. Les propos de Frank me revinrent en mémoire : « Il y a des tas de sous-entendus entre eux. » C'était la fonction de Lexie : briser la tension, détendre l'atmosphère avec une blague.

— Sale hermaphrodite ! criai-je lorsque le rivet roula de nouveau dans l'herbe. Ça vous va ?

— Qu'est-ce que tu as contre les hermaphrodites ? s'exclama Abby. Je déteste être cataloguée !

Même Justin éclata de rire. Rafe retrouva sa bonne humeur. Il jeta son mégot sur la pelouse et m'aida à chercher le rivet. Un frisson de bonheur me parcourut : j'avais bien joué mon rôle.

— Un inspecteur s'est pointé à la sortie de ma séance de travail dirigé, annonça Abby le vendredi soir dans la voiture.

Justin était rentré plus tôt. Il s'était plaint d'une migraine toute la journée, mais je le soupçonnais de bouder à cause de Rafe. Nous étions donc quatre dans la voiture de Daniel, qui cherchait à se frayer un chemin au milieu des embouteillages.

— Lequel ? demanda-t-il.

— O'Neill.

— Ah… Qu'est-ce qu'il voulait, cette fois ?

Abby chipa sa cigarette coincée entre ses doigts et s'en servit pour allumer la sienne.

— Il m'a demandé pourquoi nous n'allions jamais au village.

— Parce qu'il est peuplé de dégénérés, bougonna Rafe.

Assis à l'arrière, à côté de moi, il remuait un genou contre le dos d'Abby. La circulation le rendait toujours dingue. Toutefois, son excessive mauvaise humeur renforça mes soupçons sur un conflit entre Justin et lui.

— Et que lui as-tu répondu ? dit Rafe en tendant le cou.

Abby haussa les épaules.

— La vérité. Nous nous sommes rendus une fois au pub, on nous a battu froid au point de nous forcer à partir et nous n'avons plus renouvelé l'expérience.

— Intéressant. Nous avons peut-être sous-estimé l'inspecteur. Lex, as-tu parlé du village avec lui, à un moment ou à un autre ?

— Ça ne m'est jamais venu à l'idée.

— En tout cas, je dois admettre que j'avais une piètre opinion de lui. Mais s'il a découvert ça sans l'aide de quiconque, il est plus perspicace qu'il n'en a l'air.

— Tu veux dire : « collant », répliqua Rafe. Mackey, au moins, ne nous harcèle plus. Vont-ils nous foutre la paix un jour ?

Vexée, je criai :

— J'ai été poignardée, merde ! J'aurais pu être tuée ! Ils veulent savoir qui a fait ça ! Et moi aussi, par la même occasion. Pas vous ?

Rafe émit un grognement et se remit à pester contre la circulation. Daniel se tourna vers Abby.

— Lui as-tu parlé des graffiti ? Ou des effractions ?

— Il ne m'a pas interrogée là-dessus. Je n'ai donc pas abordé le sujet. Tu penses que j'ai eu tort ? Je pourrais l'appeler et tout lui raconter.

Personne n'avait mentionné devant moi cette histoire de graffiti et d'effractions. Je me penchai entre les sièges avant.

— Vous croyez que j'ai été poignardée par quelqu'un du village ? Sérieusement ?

— Je n'en suis pas sûr, déclara Daniel, sans que je puisse tout d'abord déterminer s'il répondait à Abby ou à moi. Il faut que j'examine les possibilités. Pour l'instant, mieux vaut s'abstenir. Si l'inspecteur a découvert cette tension entre le village et nous, il trouvera le reste tout seul. Inutile de lui donner un coup de main.

— Oh, Rafe ! s'exclama Abby en passant un bras par-dessus le dossier de son fauteuil et en tapotant le genou de Rafe. Arrête de gigoter !

Il soupira bruyamment et cala ses jambes contre la portière. Le bouchon s'était résorbé. Daniel appuya sur l'accélérateur.

Lorsque je téléphonai à Sam depuis le sentier, cette nuit-là, il était déjà au courant des graffiti et des effractions. Il avait passé les jours précédents au poste de police de Rathowen, épluchant les dossiers à la recherche d'éléments sur Whitethorn House.

— Il se passe quelque chose là-bas, c'est sûr. Les dossiers regorgent de faits relatifs à cette maison.

Il avait ce ton affairé, absorbé, qu'il adopte chaque fois qu'il est sur une piste intéressante. Rob s'en amusait toujours, disant qu'il ressemblait, dans ces cas-là, à un chien à l'arrêt devant un lapin de garenne. Pour la première fois depuis que Lexie était entrée brutalement dans nos vies, il paraissait de bonne humeur.

— Au cours des trois dernières années, il y a eu quatre effractions à Whitethorn House : la première en 2002, une autre en 2003, plus deux alors que le vieux Simon était à l'hospice.

— A-t-on dérobé quelque chose ? Fouillé l'endroit ?

Après avoir vu les vieilleries laissées par l'oncle Simon, j'avais abandonné l'hypothèse de Lexie se faisant tuer pour une somptueuse pièce d'antiquité. Mais si la maison renfermait des objets justifiant quatre cambriolages…

— Rien du tout, répondit Sam. Pas une babiole n'a été dérobée, du moins si on en croit les déclarations du vieux Simon. Cela étant, la baraque étant, selon Byrne, un véritable dépotoir, il aurait très bien pu ne pas remarquer la disparition d'un objet… En tout cas, les intrus ne semblaient pas chercher quelque chose en particulier. Ils ont juste brisé deux vitres de la porte de derrière et pénétré à l'intérieur, qu'ils ont saccagé. Ils ont déchiré des rideaux, pissé sur le canapé la première fois, brisé de la vaisselle lors de l'intrusion suivante, ce genre de chose. Ce n'est pas un braquage. C'est de la vengeance.

— Charmant. Tu es sûr qu'il ne s'agit pas de jeunes en mal d'exploit ? Ils n'ont pas grand-chose à faire à Glenskehy le samedi soir.

— Il y a plus. Au cours des quatre ans qui ont précédé l'emménagement de Lexie, cette demeure a été vandalisée presque chaque mois. Fenêtres brisées à coups de brique, bouteilles fracassées contre les murs, un rat crevé dans la boîte aux lettres, et des graffiti. Attends…

Bruit de pages qu'on tourne.

— Voilà… « Les Anglais dehors ! Les propriétaires terriens au poteau ! Vive l'IRA ! »

— Tu penses que l'IRA a poignardé Lexie Madison ?

Cette affaire était si étrange que tout était possible. Cette hypothèse me paraissait quand même abracadabrante.

Sam éclata d'un rire joyeux, détendu.

— Mon Dieu, non ! Ce n'est pas son style. Mais un habitant des environs de Glenskehy considérait encore les membres de la famille March comme des Anglais, des exploiteurs, et ne les portait pas dans son cœur. Et écoute ça : deux graffiti, l'un datant de 2001 et l'autre de 2004, disaient : « Les tueurs d'enfant au gibet ! »

— Tueurs d'enfant ? m'écriai-je, abasourdie, pensant, une seconde, au bébé caché de Lexie.

— Je ne sais rien pour l'instant, mais je trouverai. Quelqu'un éprouve une rancœur particulière, mais pas contre la bande de Lexie, elle remonte à trop loin pour ça, et pas non plus contre le vieux Simon. « Les Anglais », « tueurs d'enfant »... Au pluriel... L'auteur de ces imprécations n'en veut pas à une vieille ganache. Sa haine englobe la famille dans son ensemble : Whitethorn House et tous ceux qui y ont vécu.

Le chemin, tout à coup, me parut menaçant, hostile. Je me réfugiai dans l'ombre d'un arbre, m'appuyai contre le tronc.

— Pourquoi n'avons-nous rien su de tout cela ?

— Nous n'avons pas posé de questions. Nous nous sommes focalisés sur Lexie. Pour nous, elle était la cible. Jamais nous n'avons envisagé qu'elle aurait pu être... comment dit-on déjà ? Un dommage collatéral. Ce n'est pas la faute de Byrne ni de Doherty. Ils n'ont jamais été confrontés à un meurtre. Ils ignorent comment on traite ce genre d'affaire. Il ne leur est jamais venu à l'idée de nous mettre au courant.

— Qu'en disent-ils ?

— Pas grand-chose. Ils n'ont aucun suspect, aucune piste à propos d'un bébé mort ; et ils m'ont souhaité bien du plaisir si je cherchais à exhumer ces vieilles histoires. Ils affirment qu'ils n'en savent pas plus sur Glenskehy que lorsqu'ils y ont été mutés. Les villageois vivent repliés sur eux-mêmes, détestent les flics et les étrangers. Quand il y a un crime, personne n'a rien vu, rien entendu. Et ils règlent le problème à leur manière, entre eux. Selon Byrne et Doherty, même les habitants des villages voisins prennent ceux de Glenskehy pour des tarés.

— Ils ont donc tout simplement ignoré ces actes de vandalisme ? Enregistré les dépositions et classé le dossier en laissant toute liberté au coupable de continuer ?

— Ils ont fait ce qu'ils ont pu, rétorqua Sam, pour qui tous les flics, même des bras cassés comme Byrne et Doherty, font partie de sa famille. Après la première effraction, ils ont conseillé au vieux Simon de se procurer un chien ou d'installer un système d'alarme. Il leur a beuglé qu'il détestait les clébards, que les alarmes ne rassuraient que les poules mouillées et qu'il était capable, merci bien, de veiller à sa propre sécurité. Byrne et Doherty le soupçonnaient d'avoir un flingue : celui que vous avez découvert. Ils ne trouvaient pas ça génial, surtout entre les mains de cette épave bourrée du matin au soir, mais ils n'y pouvaient pas grand-chose. Quand ils l'ont questionné là-dessus, il a nié en bloc. Et ils pouvaient difficilement le forcer à installer une alarme s'il n'en avait pas envie.

— Et après son transfert à l'hospice ? La maison était déserte. Tout le monde devait le savoir. Et eux savaient qu'elle deviendrait une cible…

— Ils l'ont surveillée tous les soirs au cours de leurs rondes. Que pouvaient-ils faire d'autre ?

Il semblait surpris. Je me rendis compte que ma voix était montée d'un cran. Je me radoucis.

— Tu as dit : « Jusqu'à ce que Lexie et ses amis s'installent. » Et ensuite ?

— Sans cesser complètement, le vandalisme s'est beaucoup calmé. Byrne s'est présenté à Whitethorn House. Il a eu un entretien avec Daniel, lui a appris ce qui s'était passé. Daniel n'a pas eu l'air de s'inquiéter. Depuis, il n'y a eu que deux incidents : une pierre à travers une fenêtre en octobre, un graffiti en décembre : « Merde aux étrangers ! » C'est une des raisons pour lesquelles Byrne et Doherty ne nous ont pas informés. Pour eux, c'était terminé ; de l'histoire ancienne.

— Après tout, il ne s'agissait peut-être que d'une vendetta contre l'oncle Simon.

— Possible, mais je ne crois pas. Je parierais que ces agressions obéissent à un timing bien précis.

Sam était de plus en plus gai. Pour lui, tenir une piste changeait tout.

— Seize des rapports, poursuivit-il, mentionnent le moment de l'incident : toujours entre 23 heures et 1 heure du matin. Ce n'est pas une coïncidence. Quel que soit l'individu qui en veut à Whitethorn House, c'est sa fenêtre de tir.

— La fermeture du pub, dis-je.

Il partit d'un grand rire

— Bien vu ! J'imagine deux ou trois types, dont l'alcool réveille la hargne et l'audace, s'en prenant, quand le patron du pub les met dehors, à Whitethorn House. L'emploi du temps du vieux leur convient à merveille.

Vers 23 h 30, il était dans la plupart des cas – du moins selon les rapports qui n'indiquent pas l'heure de l'incident, car il n'a prévenu la police que le lendemain matin, une fois dessaoulé – soit inconscient, soit trop ivre pour leur courir après. Lors des deux premières effractions, il était dans sa chambre et ne s'est même pas réveillé. Heureusement que sa porte avait une serrure solide ; sinon, Dieu sait ce qui aurait pu se passer.

— Mais quand nous avons emménagé…

Une seconde trop tard, je m'entendis dire « nous », au lieu de « ils », mais Sam sembla ne pas le remarquer.

— À ce moment-là, entre 23 h 30 et 1 heure du matin, il y a, dans la maison, cinq personnes tout à fait éveillées. Briser une vitre ne paraît guère prudent quand trois types costauds peuvent vous surprendre et vous flanquer une raclée.

— Et deux filles solides, ajouta Sam, riant encore. Je suis certain que vous auriez, Abby et toi, joué des poings. C'est ce qui a failli se produire le jour où le caillou a traversé la fenêtre. Ils étaient tous dans le salon, juste avant minuit, quand le caillou a atterri dans la cuisine. Dès qu'ils ont réalisé ce qui se passait, les cinq se sont précipités vers la porte de derrière. Mais l'agresseur avait eu le temps de fuir. Selon Byrne, il a eu de la chance. Les cinq n'ont appelé la police que trois quarts d'heure plus tard, après avoir fouillé les sentiers alentour. Pourtant, au moment de leur coup de fil, ils étaient toujours dans un état de rage inouï. Rafe a affirmé à Byrne que, s'il attrapait le gus, sa mère ne le reconnaîtrait pas. Lexie a déclaré qu'elle lui balancerait un tel coup de pied dans les parties qu'il lui faudrait, ensuite, plonger une main dans la gorge pour se masturber.

— Bien dit.

— Je savais que celle-là te plairait. Les trois autres se sont montrés plus dignes devant les flics, mais, toujours selon Byrne, ils n'en pensaient pas moins. Byrne les a sermonnés, leur enjoignant de ne pas se faire justice eux-mêmes. Mais il n'est pas sûr que l'admonestation ait porté.

— Je ne les blâme pas. La police n'a pas servi à grand-chose. Et le graffiti ?

— Les cinq n'étaient pas là. C'était un dimanche soir et ils avaient dîné à Dublin avant d'aller au cinéma. C'était la première fois qu'ils s'absentaient aussi tard depuis leur installation. Il pourrait s'agir d'une coïncidence, mais j'en doute. L'épisode du caillou avait tenu en respect le vandale… et ses acolytes, s'il en avait. Toutefois, soit il gardait un œil sur la maison, soit il a vu la voiture traverser le village et ne pas revenir. Et il a sauté sur l'occasion.

— Donc, tu crois que nous n'avons pas affaire à une vendetta collective, mais à un individu poussé par un ressentiment personnel ?

— Pas exactement. As-tu entendu parler de ce qui s'est passé quand le club des Cinq a essayé d'aller boire un verre au pub ?

— Oui. Tu as, paraît-il, abordé le sujet avec Abby. Elle a mentionné un accueil glacial. Mais elle n'est pas entrée dans les détails.

— Ça s'est produit deux jours après leur emménagement. Toute la bande est allée au pub ce soir-là. Ils trouvent une table, Daniel va jusqu'au bar, et le barman ne le voit pas. Pendant dix minutes, alors qu'il y a peu de clients dans le pub et que Daniel, à un mètre de lui, lui demande : « Excusez-moi, pourrais-je avoir deux pintes de Guinness et… », il fait celui qui n'entend pas et continue à essuyer ses verres. Finalement, Daniel renonce, rejoint les autres. Ils discutent calmement, concluent que le vieux Simon a dû se faire trop souvent virer de l'établissement et que les March ne sont guère populaires. Ils envoient alors Abby, s'imaginant qu'on lui réservera un meilleur accueil qu'à l'Angliche ou à l'Irlandais du Nord. Peine perdue. Pendant ce temps, Lexie entreprend les vieux de la table voisine, essayant d'avoir le fin mot de l'histoire. Pas un seul ne lui répond, personne ne la regarde. Ils lui tournent le dos et poursuivent leur conversation.

Il n'est guère facile de feindre d'ignorer cinq personnes qui, assises à côté de vous, cherchent à capter votre attention. On doit se faire violence. Et, pour se comporter de la sorte, il faut une bonne raison, une rancune tenace. Je commençai à surveiller le sentier, aussi bien à ma droite qu'à ma gauche. Sam poursuivit :

— Justin se sent mal et voudrait s'en aller ; Rafe, furieux, tient à rester, Lexie insiste auprès des vieux, leur offre du chocolat, risque quelques plaisanteries. Dans un coin, un groupe de clients plus jeunes leur jettent des regards noirs. Abby n'a pas trop envie, elle non plus, de battre en retraite, mais, avec Daniel, elle redoute que la situation ne s'envenime. Ils rameutent les autres et tout le monde s'en va. Ils ne sont jamais revenus.

Un coup de vent, remontant le sentier, fit trembler les feuilles.

— Donc, dis-je, tout Glenskehy partage la même rancœur, mais seuls deux ou trois individus ont sauté le pas.

— C'est ce que je pense. Les identifier ne va pas être facile. Le village compte quatre cents habitants, les fermes avoisinantes incluses, et pas un ne me donnera un coup de pouce.

— Je pourrais t'aider, profiler le ou les individus en question. Je sais qu'on ne rassemble pas d'éléments psychologiques sur un vandale comme on le fait sur un tueur en série. Ce sera donc plutôt une devinette, mais ça pourra au moins te guider.

— Va pour la devinette, répliqua Sam.

J'entendis un froissement de pages, un frottement. Il avait déplacé le téléphone et s'apprêtait à écrire.

— Tout sera utile. Vas-y.

— Bien. Tu cherches quelqu'un du coin, de toute évidence né et élevé à Glenskehy. Sans aucun doute de sexe masculin. Je pencherais pour un individu seul, de préférence à un groupe. Le vandalisme spontané se fait toujours à plusieurs, mais une campagne de haine planifiée comme celle-ci implique plutôt un auteur isolé.

— Pourrais-tu me dire quelque chose à son sujet ?

La voix de Sam s'était brouillée. Il avait coincé son téléphone sous sa mâchoire et écrivait.

— Si tout a commencé il y a environ quatre ans, l'homme a probablement entre vingt-cinq et trente ans, ou un peu plus. Le vandalisme est généralement un délit perpétré par un homme jeune, mais ce type est trop méthodique pour être un adolescent. Pas très instruit : études primaires, peut-être secondaires ; pas au-delà. Il vit avec quelqu'un, ses parents, une épouse ou une compagne. Pas d'attaque tard dans la nuit : quelqu'un l'attend à la maison à partir d'une certaine heure. Il travaille. Son emploi l'accapare tous les jours ouvrables.

Sinon, nous aurions eu des incidents pendant la journée, quand nous étions tous partis et que la voie était libre. Il travaille dans les environs. Aucune relation avec Dublin ou une autre ville. Son degré d'obsession indique que son univers se limite à Glenskehy. Son emploi ne le satisfait pas. Il travaille bien en deçà de ses capacités intellectuelles et de son niveau de formation. C'est du moins ce qu'il croit. Il a sans doute eu des problèmes relationnels avec d'autres gens : voisins, ex-petites amies, peut-être ses employeurs. Il n'aime pas l'autorité. Renseigne-toi auprès de Byrne et de Doherty à propos de quelqu'un contre qui on aurait porté plainte pour harcèlement.

— S'il a harcelé des gens de Glenskehy, ils ne se sont certainement pas confiés aux flics. Ils se sont fait aider par leurs potes pour lui casser la gueule une nuit. Et lui n'est pas non plus aller pleurnicher au poste de police.

— Non, tu as raison.

Un mouvement brusque dans le pré, puis sur le chemin. Une ombre brève. Trop petite pour un humain ; mais aussi furtive.

— Autre chose. Cette campagne contre Whitethorn pourrait avoir été la conséquence d'une prise de bec avec le vieux Simon, dont on connaît le caractère. Pourtant, à mon avis, ça va plus loin que ça. Cela concerne un bébé mort. Et ni Byrne ni Doherty n'ont la moindre lumière là-dessus… Depuis quand sont-ils ici ?

— Doherty n'est arrivé qu'il y a deux ans, mais Byrne est en poste depuis 1997. Il dit qu'on a déploré une mort subite de nourrisson au printemps dernier dans le village et qu'une fillette est tombée dans la fosse à purin d'une ferme il y a quelques années. Dieu ait leur âme. Rien d'autre. Et rien de suspect à propos de ces décès, aucun lien avec Whitethorn House. Quant aux fichiers informatiques, ils ne mentionnent aucun drame de cet ordre dans la région.

— Alors, comme tu l'as suggéré, il faut remonter plus loin. Dieu sait jusqu'où.

— Dans ce cas, nous ne trouverons jamais. Il ne reste plus beaucoup d'archives.

La plupart des archives publiques irlandaises ont brûlé en 1921, pendant la guerre civile.

— Tu n'en as pas besoin. Je te garantis que les gens du coin sont au courant. Quelle que soit la date de la mort du bébé, notre homme ne l'a pas apprise en lisant un vieux journal. Elle le hante trop. Pour lui, ce n'est pas de l'histoire ancienne. C'est une tragédie bien réelle, encore vivace, qu'il doit venger.

— Tu insinues qu'il est fou ?

— Non. Pas de la façon dont tu l'entends. Il est trop prudent. Il attend le moment propice, n'insiste pas si on le poursuit. S'il était schizophrène ou s'il souffrait de troubles de la personnalité, il ne serait pas aussi maître de lui. Ce n'est pas un malade mental. Mais il est obsédé au point que, oui, on pourrait le qualifier de déséquilibré.

— Pourrait-il se montrer violent ? Contre des personnes et pas seulement contre des biens ?

La voix de Sam s'était tendue. Il s'était redressé.

— Je n'en suis pas sûre, répondis-je prudemment. Ça ne lui ressemble pas. Il aurait pu fracasser la porte de la chambre du vieux Simon et lui briser le crâne avec un tisonnier… Mais le fait qu'il ne commette ses agressions que lorsqu'il est ivre me laisse penser qu'il a une relation malsaine avec l'alcool. C'est le genre de type qui change de personnalité après quatre ou cinq verres. Et celle qui s'impose dans ces moments-là n'est pas très jolie. Si on met la picole dans la balance, tout devient moins prévisible. Et il y a cette obsession. S'il a eu l'impression que l'ennemi se livre à une escalade, par exemple en le pourchassant après le jet de cette brique contre la fenêtre, il peut très bien, lui aussi, passer à un stade supérieur.

— Tu sais à quoi tout ça correspond, dit Sam après un silence. Même âge, originaire de la région, intelligent, maître de lui, expérience criminelle mais sans violence…

Le profil que je lui avais donné dans mon appartement. Celui du tueur.

— Oui, je sais.

De nouveau cette ombre sous la lune, dans l'herbe, rapide, silencieuse : un renard, peut-être, courant après un mulot. J'ajoutai :

— Ce pourrait être lui, en effet. Nous ne pouvons pas l'exclure.

— S'il s'agit d'une querelle de famille, supputa Sam, Lexie n'était pas réellement la cible. Sa vie n'a rien à voir là-dedans et tu n'as plus besoin de rester là-bas. Tu peux rentrer.

L'espoir que reflétait sa voix me fit tressaillir.

— Peut-être, répondis-je. Mais je ne crois pas que nous en soyons à ce stade. Nous n'avons aucun lien concret entre ces actes de vandalisme et le meurtre. Il n'y en a peut-être aucun. Si nous poussons le bouchon dans cette direction, nous ne pourrons plus revenir en arrière.

Nouveau silence. Puis :

— D'accord. Je vais donc chercher ce lien. Et, Cassie…

Sa voix devint grave. Je le pris de court.

— Je ferai attention, Sam. Je fais attention.

— Entre 23 h 30 et 1 heure du matin. Ça correspond à l'heure du meurtre.

— Je sais. Je n'ai vu personne de suspect errer dans les parages.

— Tu as ton arme ?

— Chaque fois que je sors. Frank m'a déjà fait la leçon à ce sujet.

— Parfait.

Une fois qu'il eut raccroché, j'attendis longtemps dans l'ombre de l'arbre. J'entendis un fracas dans l'herbe haute, suivi d'un petit cri : le prédateur avait capturé sa proie. Quand le chahut se fut estompé, je me faufilai dans le sentier et rentrai.

Je m'arrêtai un instant en entrouvrant le portail du fond, l'écoutai grincer sur ses gonds tout en contemplant le jardin, puis l'arrière de la maison. Cette nuit, elle semblait différente. Sa pierre grise évoquait la muraille d'un château. La lueur dorée des fenêtres n'avait plus rien de rassurant. Elle était hostile, menaçante, comme un petit feu de camp dans une forêt primitive. La lune transformait la pelouse en une vaste mer agitée et blanche avec, au milieu, la demeure massive, silencieuse, exposée de tous côtés ; assiégée.

10

Quand on met le doigt sur une faille, on appuie dessus pour voir si elle s'agrandit.

Si je devais obtenir des révélations d'un des membres du club des Cinq, mon favori était Justin. Daniel et Abby étaient intouchables : trop maîtres d'eux-mêmes, trop fermés ; presque impossibles à distraire ou à pousser à la faute. J'avais tenté deux fois d'amener Abby à me livrer son sentiment sur le père de l'enfant. Je n'avais eu droit qu'à un regard inexpressif. Quoique plus influençable, Rafe, lui, était trop imprévisible, capable aussi bien de m'envoyer bouler que de me débiter ce que je voulais entendre. Justin, doux, imaginatif, facilement inquiet, désireux de faire plaisir à tout le monde, constituait la cible idéale.

Problème : je ne me retrouvais jamais seule avec lui. Au cours de la première semaine, je n'y avais guère prêté attention. Maintenant que je cherchais une occasion, cela me sautait aux yeux. Daniel et moi nous rendions ensemble à la fac deux fois par semaine et je voyais beaucoup Abby, au petit déjeuner ou après le dîner, lorsque les garçons faisaient la vaisselle. Certaines nuits, elle frappait à ma porte avec un paquet de biscuits. Assises sur le lit, nous bavardions jusqu'à ce que le sommeil nous gagne. Mais je ne restais jamais seule plus de cinq minutes avec Rafe ou Justin. Daniel ou Abby s'immisçait aussitôt entre nous ou nous appelait ; et nous nous retrouvions insensiblement enrobés par le groupe. Cette situation aurait pu être tout à fait naturelle. Chaque groupe obéit à des lois subtiles. Certains de ses membres ne se rencontrent jamais en face à face, car ils n'existent que comme partie du tout. Toutefois, j'en étais arrivée à me demander si quelqu'un, probablement Daniel, ne nous considérait pas, tous les quatre, avec l'œil acéré d'un enquêteur et s'il n'était pas parvenu à la même conclusion que moi.

Je ne pus tenter ma chance que le lundi matin, à l'université. Daniel supervisait des travaux dirigés et Abby s'entretenait avec son directeur de thèse. Ne restaient que Rafe, Justin et moi dans notre coin de la bibliothèque. Lorsque Rafe se leva pour aller aux toilettes, je comptai jusqu'à vingt, puis passai la tête au-dessus de la paroi qui séparait mon pupitre de celui de Justin.

— Salut, toi, dit-il en levant les yeux d'une page couverte de pattes de mouche.

Sa table était jonchée de livres, de feuilles volantes et de photocopies soulignées au marqueur. Il ne pouvait travailler que niché au centre de l'attirail dont il avait besoin.

— Je m'ennuie et il fait beau, dis-je. Viens déjeuner.

Il consulta sa montre.

— Il n'est que 12 h 40.

— Vis dangereusement.

Il hésita.

— Et Rafe ?

— Il est assez grand pour se débrouiller seul. Et puis il peut attendre Abby et Daniel.

Justin répugnait encore à prendre une décision aussi audacieuse. Il me restait une minute pour le convaincre avant le retour de Rafe.

— Allez, Justin ! Je ferai ça jusqu'à ce que tu cèdes.

Je me mis à tambouriner des doigts *Glory, Glory, Alleluia* sur la paroi.

— D'accord, grommela-t-il en posant son stylo. Supplice chinois. Tu as gagné.

Pour que personne ne puisse nous voir depuis les fenêtres de la bibliothèque, je l'entraînai jusqu'au terrain de cricket, où Rafe mettrait un certain temps à nous rejoindre. Le soleil brillait, il faisait froid. Des joueurs à l'entraînement effectuaient des figures très stylisées devant trois filles au maquillage impeccable qui, serrées sur un banc, feignaient de ne pas les regarder. Jeu classique de la séduction : c'était le printemps.

— Eh bien, commença Justin une fois que nous fûmes installés sur la pelouse, où en est ton chapitre ?

— En panne, maugréai-je en fouillant dans mon sac à la recherche de mon sandwich. Je n'ai écrit que des âneries depuis mon retour. Pas moyen de me concentrer.

— Rien de plus normal. Du moins pour le moment.

Je me détournai.

— Ça s'arrangera, ajouta-t-il. Maintenant que tu es rentrée chez nous et que tout est redevenu normal…

— Peut-être…

Je dégotai mon sandwich, grimaçai et le jetai dans l'herbe : rien ne perturbe plus Justin que le manque d'appétit.

— Ne pas savoir ce qui s'est passé, c'est horrible. Je n'arrête pas de me poser des questions… Les flics prétendent avoir des pistes, mais ils ne me disent rien. Merde, c'est moi qu'on a voulu tuer ! Si quelqu'un a le droit de savoir, c'est bien moi !

— Je croyais que tu te sentais mieux, que tu n'y pensais plus. Ressasser, ça ne te ressemble pas.

Je le dévisageai. Il n'avait pas l'air soupçonneux ; simplement inquiet.

— Possible, répliquai-je. Mais c'est la première fois qu'on me poignarde. Il y a de quoi s'interroger.

— Bien sûr…

Il étala son déjeuner devant lui : une bouteille de jus d'orange d'un côté, une banane de l'autre, son sandwich au milieu. Il se mordait la lèvre.

— Tu sais à qui je ne cesse de penser ? lui dis-je. À mes parents.

Il se redressa, me regarda avec stupeur. Je repris :

— J'aurais peut-être dû entrer en contact avec eux. Leur raconter ce qui m'est arrivé.

— Pas de passé, coupa-t-il fébrilement, comme s'il croisait les doigts contre le mauvais sort. Nous avons conclu un pacte.

— Facile à dire. Pour toi, en tout cas.

— Ne crois pas ça.

Puis, comme je ne répondais pas :

— Lexie ? Tu parles sérieusement ?

— Je ne suis pas encore fixée.

— Je croyais que tu les détestais. Tu jurais que tu ne voulais plus leur adresser la parole.

— La question n'est pas là.

J'enroulai autour d'un doigt la lanière de mon sac, la rejetai en un long serpentin.

— Je ne cesse de réfléchir…. J'aurais pu mourir ici. Mourir pour de bon. Et mes parents n'en auraient jamais rien su.

— S'il m'arrive quelque chose, murmura Justin, je refuse qu'on prévienne les miens. Je ne veux pas d'eux ici. Surtout, qu'ils ne sachent rien.

— Pourquoi ?

Tête basse, il dévissa la capsule de son jus d'orange.

— Justin ?

— Laisse tomber. Pardon de t'avoir interrompue.

— Dis-moi, Justin. Pourquoi ?

Au bout d'un moment, il ânonna :

— La première année de notre doctorat, je suis rentré à Belfast pour Noël. Peu de temps après ton arrivée. Tu t'en souviens ?

— Oui.

Il ne me regardait pas. Il clignait des paupières en direction des joueurs de cricket, aussi blancs que des fantômes contre le vert du terrain. Le claquement de leurs maillets nous parvenait, assourdi, avec un temps de retard.

— J'ai avoué à mon père et à ma belle-mère que j'étais gay. Le soir de Noël.

Petit rire amer, sans humour.

— Pauvre innocent… J'escomptais, en ce jour spécial, un peu de charité chrétienne… D'autant que vous l'aviez tous accepté sans broncher. Tu sais ce que Daniel m'a répondu lorsque je le lui ai révélé ? Il a réfléchi un instant, avant de déclarer que la différence entre homos et hétéros n'était qu'un préjugé moderne, que la conception de la sexualité était beaucoup plus souple à l'époque de la Renaissance. Quant à Abby, elle a écarquillé les yeux et m'a demandé si je souhaitais qu'elle feigne la surprise. Rafe m'inquiétait bien davantage. Pourtant, il s'est contenté de clamer avec un grand sourire : « Un rival de moins pour moi ! »... C'était très gentil de sa part ; d'autant que je ne crois pas lui avoir fait beaucoup d'ombre dans ce domaine... Vos réactions m'ont rassuré, au point que me confier à ma famille ne me paraissait plus insurmontable.

— Je n'avais pas réalisé que tu leur avais parlé. Tu ne l'as jamais dit.

Il déplia délicatement la Cellophane de son sandwich, évitant de se salir les doigts.

— Ma belle-mère est une femme épouvantable. Son père est charpentier, mais elle raconte à tout le monde qu'il est ébéniste, ce qui ne l'empêche pas de ne jamais l'inviter quand elle reçoit du monde. Tout, chez elle, est une caricature de la bourgeoisie : l'accent, la façon de s'habiller, la coiffure, les assiettes de porcelaine, comme si elle s'était choisie elle-même dans un catalogue. Mais, à chaque seconde, on sent l'effort, le faux-semblant. Épouser son patron a dû représenter pour elle un exploit digne de la conquête du Graal. Je ne prétends pas que mon père aurait eu un comportement normal à mon égard si elle n'avait pas existé, mais elle l'a rendu pire encore. Elle est devenue complètement hystérique. Elle a exigé que je quitte tout de suite la maison. Pour toujours. Elle criait : « Pense à nos fils ! » Mes deux demi-frères... Je ne sais si elle croyait que j'allais les pervertir, les agresser ou Dieu sait quoi. Je lui ai répondu, ce qui était méchant de ma part, mais tu admettras que j'avais mes raisons, qu'elle n'avait aucun souci à se faire, qu'aucun homo digne de ce nom ne toucherait à ses sales petits morveux, pas même avec des pincettes. À partir de là, les choses ont empiré. Elle a brisé des objets, j'ai hurlé plus fort qu'elle, les deux moutards ont abandonné leurs jeux vidéo pour venir voir ce qui se passait, elle a essayé de les tirer hors de la pièce, sans doute pour que je ne les viole pas sur place, ils ont glapi à leur tour... Finalement, mon père a décrété qu'il valait mieux que je m'en aille. « Provisoirement », a-t-il ajouté, mais nous savions tous les deux ce que ça signifiait. Il m'a raccompagné à la gare et m'a donné cent livres. Pour Noël.

Il défroissa la Cellophane et l'étala sur l'herbe, le sandwich bien au centre.

— Qu'as-tu fait ? chuchotai-je.

— Le jour de Noël ? Je suis resté dans mon appartement après avoir acheté une bouteille de whisky hors de prix... Je me suis apitoyé sur moi-même.

Il eut un sourire misérable.

— J'aurais dû te dire que j'étais rentré à Dublin. Enfin... La fierté, je suppose. Ce fut une des expériences les plus humiliantes de ma vie. Je sais qu'aucun d'entre nous ne m'aurait posé de questions, mais vous n'auriez pas pu vous empêcher de vous interroger. Vous êtes tous trop intelligents. Vous auriez deviné.

Sa position assise, genoux relevés, les pieds joints, révélait des chaussettes grises, usées jusqu'à la corde par des lessives trop nombreuses. Ses chevilles étaient aussi frêles, aussi osseuses que celle d'un enfant. Je posai la main sur l'une d'elles. Elle était chaude, ferme. Mes doigts en faisaient presque le tour.

— Ça va, bougonna-t-il en me gratifiant cette fois d'un vrai sourire. Sincèrement. Au début, ça m'a bouleversé. Je me suis senti orphelin, abandonné… Tu n'imagines pas quel cinéma je me suis fait… Mais je n'y pense plus. Pas depuis que nous vivons à Whitethorn House. Je ne comprends même pas pourquoi ça m'est revenu.

— C'est ma faute.

— Ne t'excuse pas, dit-il en me tapotant la main. Si tu tiens à entrer en contact avec tes parents, eh bien… De toute façon, cela ne me regarde pas, non ? Cependant, n'oublie pas : nous avons tous des raisons de ne plus mentionner le passé. Pas seulement moi. Rafe… Tu as entendu son père.

— Oui. C'est un con.

— Rafe reçoit le même coup de téléphone depuis que je le connais : « Tu es pathétique, inutile, j'ai honte de prononcer ton nom devant mes amis. » Je suis certain qu'il a supporté ces injures toute son enfance. Son père l'a détesté dès sa naissance. Ça arrive, parfois, tu sais… Il rêvait d'un bon gros crétin qui aurait joué au rugby, aurait sauté sa secrétaire et dégueulé à la sortie des boîtes de nuit. À la place, il a eu Rafe. Il a transformé sa vie en enfer. Tu n'as pas connu Rafe quand il est entré à l'université : efflanqué, agressif, prêt à casser la gueule de tout le monde à la première réflexion un peu ironique. Au début, il ne me plaisait pas. Je ne l'ai fréquenté que par amitié pour Abby et Daniel, qui l'appréciaient.

— Il est toujours maigre. Et teigneux.

— Mille fois moins qu'autrefois. Il a changé, en bien, parce qu'il n'est plus obligé de penser à ses horribles parents, du moins pas aussi souvent. Et Daniel… A-t-il une seule fois évoqué son enfance devant toi ?

Je secouai la tête. Il enchaîna :

— Il ne m'en a jamais parlé non plus. Je sais que ses parents sont morts, mais j'ignore où et comment. J'ignore aussi ce qu'il est advenu de lui ensuite, où il a vécu, avec qui… Un soir, alors que nous étions fin saouls, Abby et moi, nous nous sommes amusés à lui inventer une enfance : il avait été recueilli par une louve, il avait grandi dans un bordel d'Istanbul, ses parents étaient des taupes de la CIA liquidées par le KGB, il avait échappé au massacre en se cachant dans la machine à laver… C'était drôle sur le moment, mais ses premières années n'ont pas dû être si drôles que ça pour qu'il garde un silence de plomb. Toi, au moins, je sais que tu as eu la varicelle, que tu as appris à monter à cheval. Sur lui, rien.

Je fis une courte prière, demandant à ne jamais être mise en situation de prouver mes talents de cavalière.

— Et il y a Abby, reprit Justin. T'a-t-elle déjà parlé de sa mère ?

— Un peu. De quoi me faire une idée.

— C'est pire que tout ce qu'elle a pu te raconter. Cette femme, je l'ai rencontrée avant ton arrivée, il y a à peu près trois ans. Nous étions tous réunis, un soir, dans l'appartement d'Abby. Sa mère a frappé à la porte. Mon Dieu, sa tenue ! Une vraie putain. Elle s'est mise à hurler après Abby, mais je n'ai pas compris un mot de ce qu'elle beuglait. Abby lui a fourré quelque chose dans la main : de l'argent, j'en suis sûr… Elle est fauchée, tu le sais comme nous… Ensuite, elle l'a littéralement foutue dehors. Elle était blanche comme un linge. J'ai cru qu'elle allait s'évanouir.

Il me jeta un regard anxieux, rajusta ses lunettes sur son nez.

— Ne lui dis pas que je t'ai raconté ça.

— Promis.

— Elle n'y a jamais fait allusion depuis. Je pense qu'elle n'a plus l'intention d'en parler, comme moi de la scène que j'ai vécue. Je suis sûr que, toi aussi, tu avais des raisons d'approuver l'interdit à propos du passé. Ce qui t'est arrivé a peut-être tout changé. Souviens-toi quand même que tu es encore fragile. Accorde-toi un peu de temps avant de commettre l'irréparable. Si tu décides, malgré tout, de renouer avec tes parents, le mieux serait que tu n'en avertisses pas les autres. Ça… les blesserait.

Je le regardai d'un air incrédule.

— Tu crois ?

— Bien sûr. Nous…

Il lissait toujours la Cellophane. Le rose lui était monté aux joues.

— Nous t'aimons, tu sais. Nous nous considérons comme ta famille, à présent. Quant à nos parents respectifs… Enfin, tu vois ce que je veux dire.

Je m'inclinai vers lui, posai un baiser furtif sur sa joue.

— Je vois très bien.

Le bip de son téléphone tinta. Il extirpa le portable de sa poche.

— Ce doit être Rafe… Oui… Il veut savoir où nous sommes.

Le nez sur l'écran, il répondit à son texto. Puis il serra mon épaule.

— Réfléchis-y, conclut-il. Et mange ton sandwich.

— Je constate que tu joues au jeu de « Qui est le papa ? », me dit Frank cette nuit-là.

Il mâchait quelque chose, peut-être un hamburger. J'entendais un froissement de papier.

— Justin est éliminé, deux fois plutôt qu'une. Fais tes paris : le Pompeux, le Beau Gosse ?

— Ou ni l'un ni l'autre, répondis-je.

J'étais en route pour mon poste d'observation. Depuis deux ou trois jours, j'appelais Frank dès que j'avais franchi le portail du fond. J'étais trop impatiente d'apprendre du nouveau sur Lexie, s'il en avait, pour attendre ne fût-ce que quelques minutes de plus.

— Souviens-toi que l'assassin la connaissait. Mais nous ignorons leur degré d'intimité. De toute manière, ce n'est pas ce que je cherchais. Je me suis concentrée sur cette interdiction d'évoquer le passé en essayant de découvrir ce que les quatre gardent pour eux.

— Et tu n'as eu droit qu'à une belle série de romans à l'eau de rose. Je te garantis que cette histoire de passé prohibé n'est qu'une foutaise. Nous savions déjà que nous avions affaire à une bande d'illuminés. Rien d'intéressant de ce côté-là.

— Pas si sûr… Ma journée n'a peut-être pas été totalement inutile. En tout cas, je continue à fouiller.

— Tu auras peut-être plus de chance que moi, dit-il, la bouche pleine. J'ai enquêté sur notre amie Lexie. Des nèfles. Tu as sans doute noté que nous avons un trou d'un an et demi dans son histoire. Elle usurpe l'identité de May-Ruth fin 2000, mais n'apparaît en tant que Lexie qu'au début 2002. J'essaie de déterminer qui et où elle était entre-temps. Je doute qu'elle soit retournée chez elle, mais ça reste une possibilité. Même dans le cas contraire, elle a dû laisser un indice ou deux sur son chemin.

— À ta place, j'orienterais les recherches vers les pays européens. Après le 11 septembre 2001, on a considérablement renforcé la sécurité des aéroports. Elle n'aurait jamais réussi à quitter les États-Unis et à entrer en Irlande avec un faux passeport. Elle était forcément de ce côté-ci de l'océan avant cette date.

— Oui, mais sous quel nom la pister ? Aucune May-Ruth Thibodeaux n'a établi de demande de passeport. À mon avis, elle a repris sa propre identité ou en a dégoté une autre à New York, s'est envolée depuis JFK, puis en a encore changé une fois parvenue à destination, quel qu'ait été le pays…

JKF… Frank parlait toujours, mais je m'étais arrêtée net au milieu du sentier. La mystérieuse page de l'agenda m'était revenue brusquement en mémoire. *CDG 59*… J'avais atterri à Charles de Gaulle une dizaine de fois, à l'occasion de vacances d'été chez mes cousins français, et cinquante-neuf livres correspondaient au prix d'un aller simple. *AMS* : non pas Abigail Marie Stone, mais Amsterdam. *LHR* : London Heathrow. Je ne me souvenais pas des autres, mais j'avais la certitude qu'il s'agissait de noms d'aéroports. Lexie avait relevé les prix des vols.

Si elle avait simplement voulu se faire avorter, elle aurait gagné directement l'Angleterre, sans s'embarrasser d'Amsterdam ou de Paris. De plus, ces billets étaient des allers simples, non des allers-retours.

Elle s'apprêtait à s'enfuir une nouvelle fois.

Pourquoi ?

Il s'était produit trois changements au cours des trois dernières semaines. Elle avait découvert qu'elle était enceinte ; N s'était matérialisé ; et elle avait commencé à prévoir sa fuite. Je ne crois pas aux coïncidences. Il m'était impossible de préciser l'ordre de ces trois événements. En tout cas, l'un d'eux avait abouti aux autres.

Jusqu'à cette nuit, je n'avais pas accordé beaucoup de temps au mystérieux traqueur. Peu d'hommes sont prêts à tout laisser tomber pour consacrer des années de leur vie à poursuivre autour du monde une fille qui les a plaqués. Frank a tendance à privilégier l'hypothèse la plus intéressante au détriment de la plus plausible, et j'avais classé celle-là quelque part entre l'éventualité la plus improbable et le pur mélodrame hollywoodien. Pourtant, trois fois, au moins, l'inattendu avait frappé Lexie de plein fouet et chamboulé son existence.

— Allô ? Tour de contrôle à Cassie…

— Je suis là. Frank, peux-tu faire quelque chose pour moi ? Je voudrais tout savoir sur ce qui est arrivé à May-Ruth au cours des deux mois précédant sa disparition.

Fuir N ? S'enfuir avec lui pour commencer une nouvelle vie, lui, elle et leur bébé ?

— Tu me sous-estimes, mon ange. C'est déjà fait. Pas de visiteur bizarre ni de coup de téléphone inquiétant, aucune dispute avec qui que ce soit, pas de comportement étrange. *Nada*.

— Je ne parlais pas d'épisodes dramatiques mais de détails ordinaires. A-t-elle changé de travail, de petit ami, a-t-elle déménagé, est-elle tombée malade, a-t-elle suivi une formation quelconque ?

Il réfléchit un instant en mâchonnant.

— Pourquoi ? Si je dois demander un autre service à mon copain du FBI, il faut que je lui donne une raison.

— Invente quelque chose. Je n'ai pas de raison précise. L'intuition, tu te souviens ?

— D'accord. À condition que tu fasses quelque chose pour moi en échange.

J'avais repris ma marche vers la masure.

— Vas-y.

— Ne te relâche pas. Tu sembles te plaire un peu trop à Whitethorn House.

Je soupirai.

— Je suis une femme, Frank. J'ai plusieurs facettes. Je peux faire mon travail et rire de temps à autre.

— Tant mieux pour toi. Mais je sais ceci : un agent infiltré qui se relâche est un agent en danger. Un tueur rôde dans les parages, sans doute à moins d'un kilomètre de l'endroit où tu te trouves. Tu es censée le débusquer, et non jouer à la famille heureuse avec tes quatre merveilles.

Famille heureuse… J'avais tenu pour acquis que Lexie avait caché son agenda pour s'assurer que personne ne découvrirait l'existence de ses rendez-vous avec N. Mais elle dissimulait un autre secret, bien plus lourd. Si les autres avaient appris qu'elle était sur le point de quitter brutalement leur univers, telle une libellule s'extirpant de sa vieille enveloppe pour ne laisser derrière que la forme parfaite de son absence, ils auraient été anéantis. Je me sentis soudain heureuse, presque ravie de ne pas avoir parlé à Frank de l'agenda.

— Je m'y emploie, lui dis-je.

— Parfait. Continue.

Papier roulé en boule : il avait terminé son hamburger. Il raccrocha.

J'avais presque atteint mon point d'observation. Des parcelles de haies, d'herbe et de terre surgissaient dans le faisceau de ma lampe, s'évanouissaient aussitôt. Je pensais à Lexie courant à perdre haleine sur le même sentier, vers la masure, sa seule issue possible, tandis que le cercle lumineux de sa torche ricochait violemment.

La lourde porte de la demeure, qui l'aurait protégée, était derrière elle, happée par la nuit, pour toujours. Elle avait rêvé d'un avenir là-bas, dans la maison, avec ces gens, jusqu'à ce que la bombe lui explose au visage. « Nous nous considérons comme ta famille », avait dit Justin. J'avais passé assez de temps à Whitethorn House pour comprendre à quel point il le pensait, combien cela comptait pour lui, pour eux. *Mon Dieu,* songeai-je, *qu'est-ce qui a pu être assez fort pour tout pulvériser ?*

Maintenant que je les cherchais, les failles se multipliaient. Je n'aurais pu dire si elles avaient toujours été là ou si elles s'élargissaient sous mes yeux.

Cette nuit-là, je lisais au lit lorsque des voix retentirent au-dehors, sous ma fenêtre. Rafe était monté se coucher avant moi. Justin avait entamé, en fredonnant, son rituel nocturne. Cela laissait Daniel et Abby. Je m'approchai de la fenêtre, retins mon souffle et tendis l'oreille. Trois étages me séparaient d'eux et je ne perçus, entrecoupé par le chant joyeux de Justin, qu'un murmure confus.

— Non ! explosa soudain Abby. Daniel, la question n'est pas là…

Sa voix retomba. « *Moooon River* », psalmodiait Justin en battant gaiement la mesure.

J'adoptai la ruse qu'emploient, depuis la nuit des temps, les enfants indiscrets. Je décidai que j'avais, de toute urgence, besoin d'un verre d'eau. Justin n'interrompit même pas son concert lorsque je traversai le palier. Au rez-de-chaussée, aucune lumière ne filtrait sous la porte de Rafe. Me guidant d'une main en tâtonnant contre le mur, je me faufilai dans la cuisine. La porte-fenêtre était à peine entrouverte. Lentement, sans même faire crisser mon pyjama, je marchai jusqu'à l'évier et plaçai un verre sous le robinet, prête à ouvrir l'eau si quelqu'un me surprenait.

Ils étaient sur la balancelle. La lune inondait le patio. Impossible pour eux de me voir à travers la vitre, dans la cuisine obscure. Assise de côté, le dos contre le bras de la balancelle, Abby avait les pieds sur les genoux de Daniel, qui tenait un verre d'une main et, de l'autre, entourait sa cheville. La lune éclaboussait ses cheveux, blanchissait sa joue et la chemise de Daniel. Une douleur aussi brusque qu'un coup d'aiguille me transperça : Rob et moi avions coutume de nous asseoir ainsi au long de nuits interminables. Le sol glacé contractait mes pieds nus. Dans la cuisine, le silence était si profond que j'en avais mal aux oreilles.

— Pour toujours ? lança Abby d'une voix incrédule. Continuer comme ça, indéfiniment ? Comme si rien ne s'était passé ?

— Je ne vois pas d'autre solution. Et toi ?

Elle renversa la tête, lissa ses cheveux.

— Bon Dieu, Daniel ! Tu appelles ça une solution ? C'est ce que tu veux ? Jusqu'à la fin de tes jours ?

Il se tourna vers elle. Je ne voyais que l'arrière de sa tête.

— Dans un monde idéal, murmura-t-il, non. J'aimerais que les choses soient différentes. Plusieurs choses… Mais on ne peut pas tout avoir. Nous savions, quand nous avons décidé de vivre ici, que cela impliquerait des sacrifices. Nous nous y attendions.

— Des sacrifices, oui. Mais pas ça. Je ne l'ai pas vu venir, Daniel. Pas du tout.

— Vraiment ? répliqua-t-il, surpris. Moi, si.

Elle se redressa, le regarda.

— Ça ? Allons… Tu as vu ça venir ? Lexie et…

— En fait, pas Lexie. Quoique, peut-être…

Il bougea et soupira.

— Mais le reste, oui. La nature humaine étant ce qu'elle est, ça m'a paru possible. J'ai cru que toi aussi tu l'avais envisagé.

Personne ne m'avait parlé de ce « reste », encore moins de sacrifices. Je retenais ma respiration depuis si longtemps que le sang battait à mes tempes. J'expirai avec précaution.

— Pas une seconde, rétorqua Abby d'un air las. Traite-moi d'idiote.

— Je ne me le permettrais jamais, rétorqua Daniel avec un sourire un peu triste. Je suis la dernière personne à avoir le droit de te reprocher de ne pas avoir saisi l'évidence.

Il ferma les yeux, but une gorgée. Ses épaules s'affaissèrent. Il eut l'air, tout à coup, profondément malheureux.

— Comment trouves-tu Lexie ? s'enquit-il enfin.

Elle prit une de ses cigarettes, fit claquer violemment le briquet.

— En forme. Un peu trop calme… Et elle a perdu du poids, ce qui est normal.

— Elle va bien, à ton avis ?

— Elle a retrouvé son appétit. Elle prend ses antibiotiques.

— Je ne parlais pas de ça.

— Ne t'inquiète pas pour elle. Elle s'est bien rétablie. Et, d'après ce que je peux en juger, elle a tout oublié.

— C'est ce qui me trouble. Je redoute que la mémoire ne lui revienne sans crier gare et qu'elle n'explose. Alors, que se passera-t-il ?

Abby le dévisagea. La fumée de sa cigarette traversait en spirale un rayon de lune.

— Ce ne sera pas la fin du monde, énonça-t-elle prudemment.

D'un air pensif, il fit tourner son verre dans sa main et contempla la pelouse.

— Tout dépendra de la forme que prendra cette explosion. Autant nous y préparer.

— Lexie, martela-t-elle, ne constitue pas notre problème principal. Celui qui me préoccupe, c'est Justin. Je savais qu'il le prendrait mal, mais pas à ce point. Il n'a rien vu venir, pas plus que moi. Quant à Rafe, il ne nous aide en rien. S'il ne cesse pas de se comporter comme un enfoiré, je ne sais pas ce qui…

Elle avala la fumée puis reprit :

— Il y a autre chose. Pour moi non plus, ce n'est pas facile. Et que tu sembles t'en foutre ne me rassure guère.

— Je ne m'en fous pas. En fait, je me fais beaucoup de souci. Je croyais que tu le savais. Simplement, je ne vois pas ce que nous pourrions faire, toi et moi.

— Je pourrais m'en aller.

Elle le regardait intensément, avec gravité. Elle rectifia :

— Nous pourrions partir.

Je résistai à l'impulsion de plaquer ma main sur le micro. Je n'avais aucune idée de ce qui se jouait dans le patio, mais, si Frank entendait cette conversation, il aurait la certitude que tous les quatre projetaient une fuite spectaculaire et que je me retrouverais ficelée et bâillonnée dans la penderie tandis qu'ils sauteraient dans un avion pour Mexico. Je regrettai de ne pas avoir eu la présence d'esprit de vérifier la portée exacte du micro.

Daniel ne regarda pas Abby. Toutefois, sa main se crispa autour de sa cheville.

— Oui, tu pourrais. Je n'aurais aucun moyen de t'en empêcher. Mais cette maison est mon foyer. Tout comme j'espère…

Il respira un grand coup.

— Tout comme j'espère qu'elle est le tien. Je ne peux pas la quitter.

Abby laissa sa tête retomber contre le bras de la balancelle.

— Oui, dit-elle. Je sais. Moi non plus. Simplement… Mon Dieu, Daniel, que faire ?

— Attendre, répondit-il posément. Espérer que tout finira par s'arranger et en temps voulu. Nous faire confiance, à l'un et à l'autre. Agir de notre mieux.

Un courant d'air rafraîchit mes épaules. Je me retournai, prête à débiter mon histoire de soif subite. Mon verre heurta le robinet et je le laissai tomber dans l'évier. Le chahut aurait réveillé tout Glenskehy.

Daniel et Abby sursautèrent, tournèrent vivement la tête vers la cuisine.

— Salut, dis-je, le cœur battant, en poussant la porte et en pénétrant dans le patio. J'ai changé d'avis. Je n'ai pas sommeil. Vous comptez veiller longtemps ?

— Non, lâcha Abby. Je vais me coucher.

Elle ôta ses pieds des genoux de Daniel, me frôla en se précipitant dans la maison. Quelques instants plus tard, je l'entendis monter l'escalier en courant, sans prendre la peine d'enjamber la marche qui craquait.

Je rejoignis Daniel et m'installai à ses pieds, sur les dalles. Je ne tenais pas à créer entre nous une intimité trop grande, à lui donner l'impression que je sollicitais des confidences. Au bout d'un moment, il posa doucement la main au sommet de ma tête. Elle était si grande qu'elle l'enrobait tout entière, comme un crâne d'enfant.

— Eh bien, murmura-t-il posément, presque pour lui-même.

Son verre était par terre, entre nous. J'en bus une gorgée : whisky tiède ; les glaçons avaient fondu.

— Vous vous disputiez, Abby et toi ?

— Non.

Son pouce remua à peine dans mes cheveux.

— Tout va bien.

Je respirai l'odeur de sa cigarette sans filtre, m'appuyai contre la balancelle, lui imprimant un léger mouvement.

— Tu sens ? dit-il.

Poussé par la brise, un infime parfum de romarin montait du carré de fines herbes. Daniel reprit :

— Le romarin stimule la mémoire. Bientôt, nous aurons du thym, de la citronnelle, de la menthe, de la barbotine, sans doute de l'hysope... il est difficile de préciser d'après le livre... pendant l'hiver. Bien sûr, cette année, ce ne sera pas brillant, mais nous remettrons tout en état, nous replanterons là où il faudra. Les vieilles photos nous seront d'un grand secours. Elles nous donneront une idée du projet d'origine, de l'emplacement des herbes. Ce sont des plantes robustes, choisies aussi bien pour leur endurance que pour leurs vertus. L'année prochaine...

Il continua à me parler de leurs propriétés, de leur résistance. L'hysope soulageait la bronchite et le mal de dents, la camomille soignait les infections et, en infusion, empêchait les cauchemars… Sa voix me berçait, me plongeait dans une léthargie bienheureuse.

— Ces herbes miraculeuses, rien ne peut les détruire ; ni les intempéries ni le gel. Pas même le temps…

Silence. Je perçus enfin, dans mon demi-sommeil, ces mots venus de très loin :

— Le temps… Si nous parvenons à le laisser faire, il travaille pour nous. Il est notre allié le plus précieux.

11

Sam poursuivait son enquête de son côté. Il avait fait du porte-à-porte dans presque tout Glenskehy, posant des questions sur Whitethorn House. Il avait eu droit à du thé, à des biscuits, à des réponses toutes faites et à des regards placides. « Ces jeunes gens sont charmants. Ils vivent entre eux, ne provoquent aucun trouble dans le village. Pourquoi les jugerions-nous mal, inspecteur ? C'est terrible, ce qui est arrivé à cette pauvre jeune fille. J'ai récité un chapelet pour elle. Celui qui a fait ça doit être quelqu'un qu'elle a rencontré à Dublin… »

Je connais ce silence des petites villes : aussi impalpable que la fumée, pesant comme la pierre. Il a imprégné toute mon enfance. Nous l'avons opposé aux Britanniques pendant des siècles. Il protège encore des ossements ensevelis dans les collines, des arsenaux cachés au fond des porcheries. Les Anglais l'ont sous-estimé, se sont laissé berner par ce qu'ils prenaient pour de la stupidité. Mais il est dangereux. Je le savais. Et Sam le savait aussi.

Le mardi soir, lorsque je l'appelai, il me dit :

— J'aurais dû m'en douter. S'ils ne parlent pas à la police locale, pourquoi me parleraient-ils à moi ?

Il avait renoncé, réfléchi, puis pris un taxi jusqu'à Rathowen pour passer la soirée au pub.

— Selon Byrne, les gens, là-bas, sont moins cinglés que ceux de Glenskehy. Je me suis dit qu'ils ne seraient pas mécontents de dégoiser sur leurs voisins...

Il ne se trompait pas. Les habitants de Rathowen ne sont pas aussi obtus que ceux de Glenskehy. Ils devinèrent en trente secondes qu'il était flic. « Venez là, jeune homme... Vous enquêtez sur la fille qu'on a poignardée ? » Aussitôt, il avait été entouré par des fermiers fascinés, ravis de lui offrir des pintes et d'essayer de lui extorquer des renseignements sur son enquête.

— Byrne a raison. Ils prennent Glenskehy pour un asile de fous. Cela tient, pour une part, à la rivalité qui existe entre bourgades. Rathowen est plus importante, il y a une école, un poste de police, quelques boutiques. Pour ses citoyens, Glenskehy n'est qu'un trou. Pourtant, ça va plus loin. Ils pensent que les gens de Glenskehy ne tournent pas rond. L'un d'eux m'a juré qu'il n'irait pas au Reagan's pour tout l'or du monde.

Je m'étais réfugiée dans un arbre, mon micro enveloppé, comme d'habitude, dans une chaussette, et fumant une cigarette. Depuis que j'avais appris l'histoire des graffiti, je ne me sentais guère rassurée. Je n'aimais pas me retrouver sur le sentier, distraite par le téléphone. J'avais découvert un recoin dans un grand hêtre, juste sous les branches, là où le tronc se divisait en deux. Mes reins s'adaptaient à merveille à la fourche, j'avais une vue parfaite sur les deux côtés du sentier et sur la masure en contrebas ; et je pouvais, en levant les jambes, disparaître derrière le feuillage.

— Ils t'ont parlé de Whitethorn House ?

— Oui. La maison n'a pas très bonne réputation, à Rathowen comme à Glenskehy. En partie à cause de Simon March, que tout le monde qualifie de salopard et de vieux toqué. Deux des clients du pub se rappellent qu'il leur a tiré dessus quand ils étaient enfants et qu'ils traînaient autour de la demeure. Mais ça remonte à plus loin.

— Le bébé mort…. Savent-ils quelque chose là-dessus ?

— Un peu. Je ne suis pas sûr qu'ils connaissent tous les détails… Tu comprendras ce que je veux dire dans une minute… Mais s'il y a une once de vérité dans ce qu'ils racontent, ce n'est pas joli. Si j'en crois leur version de l'histoire, un jeune gandin de Whitethorn House a eu une liaison avec une fille de Glenskehy et l'a engrossée. Ça devait arriver assez souvent. Le problème, c'est que la fille en question n'avait aucune intention de s'enfermer dans un couvent ni d'épouser un pauvre naïf du coin avant que quelqu'un s'aperçoive qu'elle était enceinte.

— Une femme selon mon cœur.

— Malheureusement, le papa ne partageait pas ton avis. Il était furieux. Il devait épouser une héritière et cette grossesse risquait de réduire ses projets à néant. Il a dit à la fille qu'il ne voulait plus entendre parler d'elle ni de l'enfant. Au village, on la montrait déjà du doigt : non seulement engrossée hors mariage, ce qui, à l'époque, était déjà scandaleux, mais attendant le rejeton d'un March… Peu de temps après, on l'a retrouvée morte. Elle s'était pendue.

De telles tragédies émaillent toute notre histoire. La plupart d'entre elles sont enterrées, oubliées ou changées en ballades, en contes ânonnés à la veillée. Mais celle-là avait resurgi après un siècle ou plus, intacte, aussi violente qu'au premier jour. Un frisson me parcourut l'échine. J'écrasai ma cigarette contre mon talon, fourrai le mégot dans le paquet.

— Tu as la preuve que ça s'est vraiment passé ? En dehors du récit qu'on fait aux enfants pour les tenir éloignés de Whitethorn House ?

— Rien. J'ai mis deux stagiaires sur les archives, mais ils n'ont rien trouvé. Et personne, à Glenskehy, ne me confirmera cette histoire. Pour eux, elle n'a jamais existé.

— Quelqu'un n'a pas oublié, dis-je.

— Je devrais avoir une idée plus précise de son identité dans les prochains jours. Je rassemble toutes les informations que je peux obtenir sur les habitants de Glenskehy pour les confronter à ton profil. J'aimerais en savoir un peu plus sur les problèmes de mon gus avant de l'interroger. L'ennui, c'est que je ne sais par où commencer. Un des types de Rathowen m'a assuré que ça s'était passé du vivant de son arrière-grand-mère, morte à quatre-vingts ans. Un autre jure que ça date du XIXe siècle, peu après la grande famine. À mon avis, il a envie de remonter le plus loin possible dans le temps. S'il était persuadé que je le croirais, il me dirait que cela a eu lieu sous le roi Brian Boru, qui a battu les Vikings en 1014… J'ai donc une fourchette qui va de 1857 aux débuts des années cinquante, et personne pour m'aider à l'affiner.

— Moi, je le pourrais peut-être.

Je me sentis moite, tout à coup, et déloyale.

— Donne-moi deux jours. J'essaierai d'obtenir des renseignements plus précis.

Une courte pause, comme une question, jusqu'à ce que Sam comprenne que je n'entrerais pas dans les détails.

— Superbe. Tout ce que tu pourras trouver sera le bienvenu.

Puis, sur un ton différent, presque timide, il me fit une proposition incongrue.

— Tu accepterais de partir en vacances avec moi quand tout sera fini ? Pourquoi pas en Italie ? Je sais que tu aimes les vieilles pierres…

— Ce serait merveilleux. Tu es adorable d'y avoir pensé. Pourrions-nous en décider quand je serai rentrée ? J'ignore combien de temps durera cette mission.

Le silence qui suivit me fit mal. Je déteste blesser Sam. Il ressemble à un chien trop gentil pour mordre quand on le frappe.

— Elle dure depuis quinze jours. Je croyais que Mackey t'avait donné un mois au maximum.

Frank affirme ce qui lui est utile sur le moment. Une mission d'infiltration peut se prolonger des années. Même si j'imaginais mal celle-là durer aussi longtemps, puisqu'elle ne concernait pas, comme les autres, des activités criminelles en cours mais un seul crime, j'étais certaine que Frank avait parlé d'un mois pour se débarrasser de Sam. Un instant, je l'espérai presque. L'idée de quitter l'univers où je m'étais plongée, de retrouver les violences domestiques, la foule de Dublin et ma tenue de fonctionnaire me déprimait au-delà de toute expression.

— En théorie, oui, répondis-je, mais on ne peut rien prévoir. Ça pourrait durer moins d'un mois. Je pourrais rentrer à tout moment si l'un de nous trouvait quelque chose de solide. Mais si je tombe sur une piste intéressante et que j'ai besoin de la suivre, il est possible que je passe ici une ou deux semaines de plus.

Sam émit un grognement excédé.

— Si je te parle encore une fois d'une enquête conjointe, enferme-moi dans un placard jusqu'à ce que je recouvre la raison ! Je suis ligoté ! J'ai dû suspendre plusieurs procédures, comme prélever l'ADN de tous les garçons pour le comparer à celui du fœtus ! Tant que tu es là-bas, il m'est même interdit de dire à qui que ce soit que j'enquête sur un meurtre !

Je ne l'écoutais plus. Venu du bas du chemin, ou du plus profond des arbres, un craquement m'avait fait tressaillir. Il ne s'agissait pas d'un des bruits nocturnes habituels, oiseau de nuit, coup de vent dans les feuilles ou petits prédateurs ; ceux-là, à présent, je les connaissais. C'était autre chose.

— Ne quitte pas, chuchotai-je.

J'écartai le téléphone de mon oreille et retins mon souffle. Parti de la route, le bruit, ténu tout d'abord, s'amplifiait : lent, régulier. Des pas.

— Il faut que j'y aille, murmurai-je à Sam. Je te rappelle plus tard.

Je raccrochai, glissai l'appareil dans ma poche, repliai les jambes au milieu du feuillage ; et attendis.

Les pas, pesants, se rapprochaient. Sans doute un homme de haute taille ou solidement bâti. Le sentier ne menait qu'à Whitethorn House. Lentement, je relevai le haut de mon chandail pour couvrir la moitié de mon visage. Dans l'obscurité, c'est cette tache claire qui trahit.

La nuit modifie la perception des distances, rend les sons plus proches. Une éternité sembla s'écouler avant qu'une silhouette se dessine : un mouvement rapide, tout d'abord, une ombre pommelée passant lentement sous les feuilles ; ensuite, des cheveux clairs, argentés sous la lune, tels ceux d'un spectre. Enfin, l'homme apparut en pleine lumière : grand, solide. Sa veste de cuir, très élégante, semblait issue d'un magazine de mode. Il se déplaçait d'un pas hésitant, scrutant à droite et à gauche le fouillis des arbres. Parvenu à quelques mètres de moi, il tourna la tête et observa mon hêtre. Juste avant de fermer les yeux, car on nous apprend aussi à l'école de police que rien n'est plus traître que l'éclat d'une pupille, je distinguai son visage. Du même âge que le mien, peut-être un peu plus jeune, les traits harmonieux quoique convenus. Il ne figurait pas sur la liste des relations de Lexie. Je ne l'avais jamais vu.

Il passa si près que j'aurais pu déposer une feuille sur sa tête, puis s'évanouit. Je restai immobile. Si c'était un ami rendant visite à l'un des quatre, je risquais de rester là longtemps. Je n'y croyais pas. Cette progression hésitante, ces regards alentour… Il ne cherchait pas la maison. Il cherchait autre chose. Ou quelqu'un d'autre.

Trois fois, au cours de ses dernières semaines de vie, Lexie avait retrouvé N. Du moins avait-elle prévu de le rejoindre. Et, la nuit de sa mort, si les quatre disaient la vérité, elle était allée a ce rendez-vous et était tombée sur son assassin.

Je dus résister à la tentation de courir après l'homme ou de l'intercepter lorsqu'il repasserait devant moi. C'était une mauvaise idée. Je n'avais pas peur. Après tout, j'étais armée et, en dépit de sa carrure, il ne me paraissait pas invincible. Toutefois, l'affronter ne m'aurait menée à rien. Si j'avais été obligée de tirer sur lui, je n'aurais jamais su s'il était lié à Lexie ni de quelle façon. Or c'était la question essentielle et il valait mieux que je connaisse au moins son nom avant de l'aborder.

Je descendis du hêtre, me dissimulai derrière le tronc pour l'attendre. Après un temps qui me parut interminable, l'homme revint sur ses pas, toujours aussi dérouté. Visiblement, il n'avait pas trouvé ce qu'il cherchait. Quand il m'eut dépassé, je comptai jusqu'à trente avant de lui emboîter le pas, marchant prudemment, d'arbre en arbre, sur le bas-côté herbeux du sentier.

Sa voiture de snobinard, énorme SUV aux vitres teintées, était garée sur la route, face à un pré bordé d'orties, devant une vieille borne à demi affaissée. Je me plaquai derrière le dernier arbre du chemin. Impossible de m'approcher pour lire la plaque minéralogique sans me mettre à découvert. L'homme tapota affectueusement le capot du véhicule. Il se glissa à l'intérieur, claqua la portière. Il resta un instant immobile, contemplant, dans le rétroviseur, ce que ce genre d'individu adore admirer : sans doute sa coupe de cheveux. Puis il fit ronfler le moteur et démarra en trombe en direction de Dublin.

Après son départ, je remontai dans mon hêtre pour réfléchir. Il y avait une chance pour que l'inconnu m'ait pistée depuis un certain temps, mais j'en doutais. Il se serait montré plus discret. Et il ne semblait guère doué pour la traque en pleine campagne. Si quelqu'un me suivait vraiment, il ne se serait pas exposé avec aussi peu de précaution.

En tout cas, j'étais sûre de moi : ni Sam ni Frank n'avaient besoin d'être au courant de l'existence du gandin au SUV avant que j'obtienne des informations tangibles à son sujet. Sam accourrait en quatrième vitesse s'il apprenait que je croisais d'étranges individus lors de mes promenades nocturnes, là où Lexie n'avait pas su se protéger de son assassin. Frank, qui me jugeait tout à fait capable de me défendre, ne s'inquiéterait pas outre mesure. Mais il retrouverait le godelureau et le cuisinerait jusqu'à ce qu'il crache le morceau. Or je ne le voulais pas. Mon intuition me disait que ce genre de méthode ne permettrait pas de résoudre cette affaire.

Je lui téléphonai quand même. Nous avions déjà eu une conversation cette nuit et il était tard. Pourtant, il répondit rapidement.

— Oui ? Tu vas bien ?

— Très bien. Désolée. Je ne voulais pas t'effrayer. Je désirais simplement te demander quelque chose, avant d'oublier encore une fois. A-t-on croisé, au cours de l'enquête, un type d'environ un mètre quatre-vingt-cinq, bien bâti, la trentaine, beau blond et portant une veste de cuir marron dernier cri ?

Il bâilla, ce qui me fit me sentir coupable, tout en me rassurant : il lui arrivait donc de dormir de temps à autre.

— Pourquoi ?

— Je l'ai aperçu il y a deux jours à Trinity. Il m'a saluée et m'a souri, comme s'il me connaissait. Il ne figure pas sur la liste des relations de Lexie. Ce n'est pas très important. Il ne s'est pas comporté comme si nous avions été amants, ou même amis, mais j'aimerais savoir de qui il s'agit. Je ne voudrais pas avoir l'air stupide si je le rencontrais à nouveau.

Je ne mentais qu'à moitié. Un homme m'avait effectivement souri. Mais il était petit, maigrichon et roux.

Il m'avait fallu dix bonnes minutes pour le reconnaître. Il travaillait, à la bibliothèque, à quelques pupitres du mien.

— Ça ne me dit rien, répondit Frank, que j'entendis remuer entre ses draps. Le seul individu à qui cela me ferait penser est Eddie le Benêt, le cousin de Daniel. Il a vingt-neuf ans. Il est blond, porte une veste de cuir marron. Et il pourrait passer pour un beau gosse aux yeux de celles qui aiment les malabars. Je ne vois pas ce qu'il ferait en pleine nuit aux alentours de Whitethorn House… Il affirme n'avoir jamais rencontré Lexie. Daniel et lui sont en froid. Il habite Bray et travaille à Killiney. Je ne l'imagine pas non plus à Trinity.

— Laisse tomber. Ce n'est sans doute qu'une vague relation de fac. Rendors-toi. Pardon de t'avoir réveillé.

— Pas de problème. Fais-moi un rapport sur bande, avec une description détaillée. Et si tu le revois, fais-le-moi savoir.

— Entendu. Bonne nuit.

Quelques instants plus tard, je rappelai Sam. Il ne dormait pas encore.

— Qu'est-ce qui s'est passé ? Tu n'as pas d'ennuis ?

— Non. Désolée. J'ai cru entendre quelqu'un. Je me suis imaginé que c'était le mystérieux traqueur, avec une cagoule et une tronçonneuse. Pas de chance…

C'était presque vrai, là encore. Toutefois, alors que je n'éprouvais aucun remords vis-à-vis de Frank, travestir la vérité devant Sam me tordait l'estomac.

— Je m'inquiète pour toi, dit-il posément.

— Je sais. Mais tout va bien. Je serai bientôt rentrée.

— Alors, nous parlerons de ces vacances.

Je repris le chemin de la maison, pensant au vandale, à mon sentiment d'être épiée en permanence et à Eddie le Benêt. De lui, je ne savais pas grand-chose : il travaillait dans une agence immobilière, Daniel et lui ne s'entendaient pas, Frank le prenait pour un crétin et il avait désiré Whitethorn House au point de vouloir faire passer le vieux March pour fou. Je concoctai divers scénarios à son sujet. Eddie tueur compulsif éliminant un à un les occupants de la demeure, Eddie don Juan ayant une liaison secrète avec Lexie, puis prenant la fuite après avoir appris l'existence du bébé… Ils me parurent peu crédibles. D'autant que Lexie n'aurait pas eu, me semblait-il, le mauvais goût de s'allonger sous un bellâtre à l'arrière d'un 4 x 4.

S'il avait erré une fois autour de la maison sans trouver ce qu'il cherchait, il reviendrait. À moins qu'il n'ait simplement souhaité jeter un dernier regard à un endroit qu'il avait aimé et perdu. Là encore, peu crédible. Il n'avait rien d'un sentimental. Je décidai de le mettre de côté, de m'en occuper plus tard.

Restait le plus important. Quelqu'un en voulait à mort à Whitethorn House. Quelqu'un avait plusieurs fois retrouvé Lexie sur ses sentiers ; un être sans visage, dont le nom commençait par N. Un homme l'avait mise enceinte. Et si ces trois ne faisaient qu'un ? Le vandale ne correspondait pas vraiment au profil. Et pourtant… Il était peut-être séduisant, charmant… J'imaginai une rencontre fortuite sur les chemins, de longues marches côte à côte sous la lune, en plein hiver, entre les arbres couverts de givre ; le sourire conquis de Lexie ; la masure en ruine, la grande pièce cachée par le rideau de ronces.

Si cet homme avait eu l'occasion d'engrosser une fille de Whitethorn House, il y aurait vu un signe du ciel, une répétition miraculeuse du passé : un plat d'argent, déposé entre ses mains par les anges, impossible à refuser. Et il l'aurait tuée.

Le lendemain matin, on cracha sur notre voiture. Nous étions en route pour la fac, Justin et Abby devant, Rafe et moi sur la banquette arrière. Daniel était parti plus tôt, sans explication, alors que nous prenions le petit déjeuner. C'était un matin gris et froid, encore imprégné du silence de l'aube. La bruine se déposait doucement sur les vitres. Abby relisait ses notes et fredonnait le morceau de Mahler diffusé par le lecteur de CD. Rafe essayait de démêler le lacet entortillé de sa chaussure droite. Au centre de Glenskehy, Justin freina devant le marchand de journaux pour laisser traverser un vieil homme sec et voûté, en costume de tweed élimé et casquette plate de campagnard. En passant devant l'auto, l'agriculteur leva aimablement sa canne. Justin lui rendit son salut.

Alors, l'homme croisa son regard. Il s'arrêta au milieu de la rue, nous fixa des yeux à travers le pare-brise. Soudain, une expression de fureur déforma ses traits. Sa canne s'abattit avec fracas sur le capot. Il cracha sur le pare-brise, droit vers le visage de Justin, puis reprit sa marche clopinante jusqu'au trottoir d'en face.

Justin resta sans voix. Sa chaussure à la main, Rafe insulta le vieillard. Abby, plus calme, déclara :

— Ils ne nous aiment pas. Mais ils ne sont pas mauvais pour autant.

Puis, à l'intention de Rafe, qui faisait un bras d'honneur au vieil homme en le traitant de « taré » :

— Tes préjugés coloniaux me débectent ! Ce n'est pas parce que ce vieux n'a pas fréquenté un collège anglais à la con qu'il est ton inférieur ! Si Glenskehy n'est pas assez bien à tes yeux, libre à toi d'aller voir ailleurs !

Sidéré par cette diatribe, Rafe se tut. Quant à moi, je compris. Au cours des derniers jours, les habitants de Glenskehy avaient beaucoup vu Sam : un flic de Dublin en costard fouinant dans le village, posant des questions, exhumant patiemment des drames enfouis, tout cela à cause d'une étrangère logeant dans l'ancienne maison de maître et qu'on avait poignardée… En dépit du tact que je lui connaissais, il avait à son insu réveillé de vieilles haines.

Appuyé sur sa canne, devant la boutique du marchand de journaux, le vieillard nous observait. Sur la façade d'une des maisons serrées les unes contre les autres, sous le ciel sombre, un rideau de dentelle se souleva discrètement.

Les ennuis commencent, me dis-je.

— Bien, m'annonça Frank cette nuit-là. Mon copain du FBI a mis ses collaborateurs sur l'affaire. Je lui ai raconté que nous avions des raisons de croire que notre amie s'était envolée à la suite d'une dépression nerveuse, que nous en cherchions les signes et les causes possibles. Ça te va ?

J'étais lovée dans mon hêtre, le dos contre une moitié du tronc, les pieds appuyés contre l'autre, pour pouvoir ouvrir mon carnet de notes sur ma cuisse. Un rayon de lune, filtrant à travers les branches, éclairait la page. Je calai le téléphone sous ma mâchoire pour prendre mon crayon.

— Je t'écoute.

— Nous n'avons pas grand-chose. Tu m'as demandé des détails ordinaires, je te les livre. Ne me blâme pas s'ils n'ont aucun intérêt. Le 16 août 2000, Lexie-May-Ruth a changé d'opérateur de téléphonie mobile pour payer moins cher ses minutes de communications locales. Le 22, le patron de sa gargote l'a augmentée de soixante-quinze cents de l'heure. Le 28, Chad lui a demandé sa main, et elle a dit oui. Le premier week-end de septembre, il l'a emmenée en Virginie pour la présenter à ses parents. Ils l'ont trouvée charmante et ont apprécié la plante en pot qu'elle leur a offerte.

— A-t-elle emporté sa bague de fiançailles quand elle s'est fait la malle ?

Je m'étais efforcée d'adopter un ton anodin. Des idées se bousculaient dans ma tête et je ne tenais pas à ce que Frank s'en aperçoive.

— Non. Les flics ont posé la question à Chad. Elle l'a abandonnée sur sa table de nuit, mais c'était normal. Elle la laissait toujours là en partant travailler, pour éviter de la perdre, de la faire tomber dans le papier d'emballage de la viande hachée ou autre catastrophe. Ce n'était pas un diamant de reine. Chad est contrebassiste dans un orchestre et gagne sa vie comme charpentier. Il n'a pas le sou.

Je prenais des notes, écrivant de travers à cause de la lueur de la lune.

— Ensuite ?

— Le 12 septembre, Chad et elle ont acheté une PlayStation à crédit, ce qui, je suppose, équivaut de nos jours à un engagement. Le 18, elle a vendu sa voiture, une Ford de 1986, pour six cents dollars. Elle a raconté à

Chad qu'elle voulait une caisse moins pourrie, ce que lui permettait son augmentation. Le 27, elle est allée chez son médecin pour une infection de l'oreille qu'elle avait sans doute contractée en se baignant. Il lui a prescrit des antibiotiques qui l'ont guérie. Et, le 10 octobre, elle disparaît. Est-ce le genre de tuyaux que tu cherchais ?

— Tout à fait. Merci, Frank. Tu es une perle.

— À mon sens, quelque chose s'est produit entre le 12 et le 18 septembre. Jusqu'au 12, tout indique qu'elle, a l'intention de se fixer : elle se fiance, rencontre les parents, Chad et elle font des achats, comme un gentil petit couple. Mais, le 18, elle vend sa bagnole. À mon avis, elle comptait sur le fric pour dégager. Tu es d'accord ?

— Ça se tient, dis-je.

Pourtant, il se trompait. Il ne s'était rien produit de spécial. Je venais de comprendre pourquoi Lexie avait fui la Caroline du Nord. C'était aussi lumineux que si elle me l'avait murmuré à l'oreille, assise près de moi sur une branche. Je savais aussi pourquoi elle avait décidé de déserter Whitethorn House.

Quelqu'un avait tenté de la retenir.

Frank me promit d'essayer d'obtenir d'autres informations sur cette semaine-là, peut-être en faisant subir un nouvel interrogatoire au pauvre Chad. Puis, après les recommandations d'usage, il raccrocha.

Je dirigeai l'écran de mon portable vers mes notes. La PlayStation ne signifiait rien. Il est facile d'acheter à crédit en n'ayant aucune intention de payer. Le seul élément probant qui impliquait un désir de s'installer était le changement d'opérateur de téléphonie mobile au mois d'août. On ne se soucie pas du prix des minutes de communications locales si on ne souhaite pas les utiliser sur place. Le 16 août, elle était douillettement nichée dans son existence de May-Ruth et ne comptait s'en aller nulle part. Et puis, moins de quinze jours plus tard, le malheureux Chad la demande en mariage. Dès lors, plus rien ne trahit une envie de rester. Elle accepte, sourit, attend d'avoir l'argent nécessaire et s'enfuit à toutes jambes, sans jamais se retourner. Contrairement à ce que pensait Frank, personne ne la traquait avec un couteau. C'était aussi simple qu'une bague bon marché.

De plus, cette fois, il y avait eu le bébé : un lien à vie avec un homme. Elle aurait pu s'en débarrasser, tout comme elle aurait pu repousser la demande de Chad. Mais cela ne lui aurait pas suffi. La seule perspective de ce lien l'avait rendue folle, tel un oiseau piégé.

La période manquante, les tarifs des vols… Et N qui était soit le piège qui cherchait à l'emprisonner, soit, d'une façon qu'il me faudrait découvrir, sa porte de sortie…

Assis sur le plancher du salon, devant le feu, les quatre exploraient une vieille malle que Justin venait de découvrir. Rafe étalait familièrement ses jambes en travers de celles d'Abby : leur dispute du matin était donc oubliée. Sur le tapis se côtoyaient des chopes, une assiette pleine de biscuits au gingembre et diverses babioles en piteux état : billes grêlées, soldats de plomb, une demi-pipe en terre.

— Super ! lançai-je en jetant ma veste sur le canapé avant de me glisser entre Daniel et Justin. Qu'avez-vous déniché ?

— Des pièces de musée, répondit Rafe. Tiens, pour toi.

Il remonta une souris mécanique mangée aux mites, l'orienta vers moi. Elle tressauta sur une dizaine de centimètres, puis s'immobilisa avec un sinistre bruit de ferraille.

— Prends plutôt un biscuit, dit Justin en me tendant l'assiette. Ils ont meilleur goût.

J'en saisis un, plongeai mon autre main au fond de la malle. Mes doigts heurtèrent un objet dur, lourd. J'extirpai une boîte en bois, au couvercle orné de perles formant jadis les initiales « EM », mais dont la moitié avaient disparu. C'était une boîte à musique. Dès que j'eus soulevé le couvercle, les notes grêles et rouillées de *Green Leaves* s'égrenèrent dans le salon. Rafe plaqua une main sur la souris mécanique, qui gigotait encore. Il y eut un long silence, ponctué par les craquements du feu, tandis que nous écoutions.

— Merveilleux, murmura Daniel, en refermant le couvercle à la fin du morceau. Noël prochain....

— Puis-je la garder dans ma chambre pour m'aider à m'endormir ? demandai je. Jusqu'à Noël...

— Tu as besoin d'une berceuse, maintenant ? ironisa Abby avec un grand sourire. Bien sûr que tu peux...

— Je suis heureux que nous ne l'ayons pas découverte plus tôt, dit Justin. Elle doit avoir de la valeur. Nous l'aurions vendue pour payer les droits de succession.

— Elle ne nous aurait pas rapporté grand-chose, objecta Rafe en me prenant la boîte des mains pour l'examiner. Cent livres, moins même, dans l'état où elle est.

— Tôt ou tard, pourtant, nous dégoterons un objet de prix dans tout ce fatras, affirma Abby.

— Que ferais-tu avec l'argent ? Disons... mille dollars ?

Elle opta pour une cuisinière neuve et un appareil de chauffage efficace, Daniel pour une réfection de la toiture. Justin et Rafe se moquèrent de leurs désirs « petits-bourgeois ».

— J'assume ! clama Abby. Je ne veux plus me geler les orteils. Et toi, Lexie, que ferais-tu ?

Prise au dépourvu, j'hésitai un instant. Sa question en rejoignait une autre, qui me taraudait. Sam et Frank avaient abandonné l'hypothèse d'une vente qui aurait mal tourné, parce que rien ne la justifiait. Les droits de succession avaient englouti les objets de prix que contenait la maison, Lexie n'avait jamais été en contact avec un antiquaire ou un receleur et rien ne laissait supposer qu'elle avait besoin d'argent. Jusqu'à présent…

Il lui restait quatre-vingt-huit livres sur son compte en banque, à peine de quoi quitter l'Irlande… Deux mois seulement avant que sa grossesse devienne visible, le père l'avait remarquée, et il était trop tard… La fois précédente, elle avait vendu sa voiture. Cette fois, elle n'avait rien à monnayer.

Pour entamer une nouvelle vie, inutile d'avoir une liasse de billets. On peut louer, dans n'importe quelle ville, une chambre d'hôtel miteuse à peu de frais ; et il suffit de posséder de quoi tenir quelque semaines avant de trouver un emploi de serveuse ou de guide touristique. On peut très bien recommencer sa vie avec le prix d'une voiture d'occasion.

Lexie le savait. Elle l'avait déjà fait. Elle n'avait nul besoin de trouver un Rembrandt oublié dans sa penderie. Il lui fallait simplement dénicher le bon bibelot, un bijou, une porcelaine rare ; ensuite, le bon acheteur. Et, surtout, la force de brader une parcelle de cette maison, qui avait été son foyer. C'était autrement plus difficile que de fourguer une vieille bagnole.

— Je nous achèterais des sommiers neufs, déclarai-je enfin. Les ressorts du mien traversent mon matelas, comme le petit pois de la princesse, et j'entends grincer celui de Justin chaque fois qu'il se retourne dans son lit.

Je soulevai une nouvelle fois le couvercle de la boîte pour mettre un terme à la conversation. Abby chanta les paroles de la mélodie en tournant la pipe cassée entre ses doigts. Rafe retourna la souris et en examina le mécanisme. Justin envoya rouler, d'un geste sûr, une bille contre une autre. Elle rebondit et alla frapper la chope de Daniel, qui admirait un soldat de plomb. Il se redressa et sourit, les cheveux sur le front. Je les regardai, tous, puis caressai la soie bleue qui tapissait l'intérieur de la boîte.

12

Le lendemain soir, après le dîner, je fouinai dans les documents laissés par l'oncle Simon, à la recherche de renseignements sur une fille morte à Glenskehy. Il aurait été beaucoup plus simple de le faire sans témoins pendant la journée, mais j'aurais dû simuler un coup de fatigue pour ne pas me rendre à l'université. Or je ne voulais pas inquiéter les autres inutilement. J'avais donc mis Rafe et Daniel à contribution. Nous étions assis sur le plancher de la pièce inoccupée, l'arbre généalogique de la famille March étalé entre nous. Abby et Justin jouaient au piquet au rez-de-chaussée.

L'arbre généalogique était une énorme feuille de papier épais et en lambeaux, couverte de toute une série d'écritures manuscrites, allant d'une délicate calligraphie à l'encre dont la couleur virait au brun pour les premiers noms, James March, né en 1598, marié en 1619 à Elizabeth Kempe, aux pattes de mouche de l'oncle Simon lui-même pour les ultimes représentants de la lignée : Edward Thomas Hanrahan, né en 1975, et, dernier en date, Daniel James March, né en 1979.

— C'est le seul document intelligible, expliqua Daniel en ôtant une toile d'araignée du coin de la feuille, sans doute parce que Simon n'en a écrit que la fin. Le reste… Nous pouvons toujours y jeter un coup d'œil, Lexie, si ça t'intéresse vraiment, mais, d'après ce que j'ai pu constater, l'oncle en a rédigé la plus grande partie dans un état d'ébriété avancé.

— Hé ! m'écriai-je, le doigt tendu. Voilà ton William. Le mouton noir.

— William Edward March. Né en 1894, mort en 1983. Oui, c'est lui.

William était un des rares à avoir dépassé la quarantaine. Sam ne s'était pas trompé : les March mouraient jeunes.

— Voyons si nous le retrouverons là-dedans, dis-je en tirant une boîte vers moi. Ce type m'intrigue. Je veux connaître la cause du scandale.

— Les femmes…, murmura Rafe. Toujours friandes de ragots.

Daniel avait raison. La saga était presque illisible. L'oncle Simon n'avait laissé aucun espace entre les lignes, soulignées pour la plupart. Peu importait. Je n'avais aucune intention de la lire. Je cherchais simplement deux lettres majuscules : W et M. J'ignorais ce que j'espérais trouver. Rien, peut-être. Ou une mention qui démentirait l'histoire racontée à Rathowen, prouverait que la fille était partie pour Londres avec son bébé, avait monté avec succès un atelier de modiste et mené une existence heureuse.

En bas, Justin faisait rire Abby. Nous, nous ne parlions pas. Seul le froissement du papier ponctuait le silence dans la pièce froide et mal éclairée. Une lune brumeuse se dessinait de l'autre côté de la fenêtre, les pages laissaient une fine poussière entre mes doigts.

— Voilà ! s'exclama soudain Rafe. « William March a été victime de la plus injuste et… abominable… qui finit par ruiner à la fois sa santé et… » Bon Dieu, Daniel, combien de litres avait-il engloutis ?

— Laisse-moi voir, répondit Daniel en se penchant. « À la fois sa santé et son rang dans la société… » Je crois que c'est ça.

Il prit la liasse des mains de Rafe, chaussa ses lunettes.

— « Les faits, lit-il lentement, suivant les lignes avec son index, déformés ensuite par une rumeur malveillante, seraient les suivants : de 1914 à 1915, William March a servi sur le front, où il se… brillamment, ce qui lui valut la Military Cross pour actes de bravoure, conduite qui aurait dû suffire à… taire les ragots. En 1915, William March fut réformé à la suite d'une blessure à l'épaule provoquée par un éclat d'obus, suivie d'un choc traumatique sévère… »

— Stress post-traumatique, précisa Rafe, confortablement installé contre le mur, les mains derrière la tête, pour écouter. Pauvre bougre…

— Je n'arrive pas à lire ce passage, reprit Daniel. « Ce qu'il avait vu… » dans les tranchées, je suppose, et puis ce mot : « cruel ». Cela dit ensuite : « Il rompit ses fiançailles avec Mlle Alice West et ne se mêla plus à la vie mondaine de son milieu, préférant fréquenter les gens ordinaires de Glenskehy, ce qui déplaisait fortement à… estimant que ces relations pourraient avoir des conséquences néfastes. »

— Les snobs, lâcha Rafe.

— Parle pour toi, dis-je, posant mon menton sur l'épaule de Daniel pour tenter de déchiffrer les mots.

« Conséquences néfastes »… Nous y étions.

— « À peu près à cette époque, poursuivit Daniel, inclinant la page pour que je puisse lire, une jeune fille du village se retrouva dans une situation compromettante et désigna William March comme le père de l'enfant qu'elle attendait. Quelle qu'ait été la vérité, les habitants de Glenskehy, qui respectaient la morale, à l'inverse de ce qui se passe aujourd'hui ["morale" était souligné deux fois], se montrèrent choqués par sa conduite. Selon… l'opinion ?… unanime des villageois, la jeune fille devait racheter sa honte en entrant dans un couvent réservé aux filles perdues et être bannie de la communauté. »

Pas de fin heureuse, pas de petit atelier à Londres. Certaines filles ne quittaient jamais les couvents de la Madeleine, lugubres établissements qui, propres à l'Irlande victorienne, subsistèrent jusqu'au milieu du XXe siècle. Des religieuses impitoyables les réduisaient en esclavage pour les punir d'avoir été engrossées, violées, orphelines ou trop jolies, jusqu'à ce qu'elles finissent enfouies dans des tombes anonymes.

— « Toutefois, continua Daniel, d'une voix égale que je sentais vibrer contre mon épaule, la jeune fille, désespérant de son âme ou refusant de se plier à la pénitence qu'on lui imposait, mit fin à ses jours. William March, soit qu'il ait été complice de son péché, soit qu'il ait vu trop de sang versé, en fut grandement affecté. Il tomba malade. Une fois rétabli, il abandonna maison, famille et amis pour entamer ailleurs une nouvelle vie, sur laquelle on sait peu de chose. Ces événements peuvent être considérés comme une leçon sur les dangers de la luxure, le risque couru lorsqu'on franchit les barrières sociales, ou encore… »

Daniel s'interrompit.

— Je n'arrive plus à lire. De toute façon, c'est tout ce que nous avons sur William. Le paragraphe suivant raconte une course de chevaux.

— Mon Dieu, murmurai-je.

La pièce parut soudain glaciale, venteuse, comme si la fenêtre venait de claquer derrière nous.

— Ils l'ont traitée comme une pestiférée jusqu'à ce qu'elle craque, dit Rafe. Et jusqu'à ce que William sombre dans la dépression et quitte la région. La démence des habitants de Glenskehy ne date pas d'hier.

— Une vilaine histoire, murmura Daniel. Parfois, je me demande si nous ne devrions pas appliquer aussi la consigne « pas de passé » à la maison. Quoique…

Il jeta un regard circulaire à la pièce encombrée de vestiges poussiéreux, aux papiers peints, en loques, à la porte ouverte, au miroir tacheté de noir du couloir qui nous reflétait tous les trois.

— Je ne suis pas sûr, ajouta-t-il presque pour lui-même, que ce soit souhaitable.

Il remit le tas de feuilles en ordre, le replaça dans la boîte, abaissa le couvercle.

— J'ignore si vous serez d'accord avec moi, mais je crois que nous en avons eu assez pour ce soir. Allons rejoindre les autres.

— J'ai consulté tous les documents du pays qui mentionnent Glenskehy, m'annonça Sam au téléphone, plus tard dans la soirée.

Il semblait épuisé mais satisfait.

— J'en sais plus sur ce village que n'importe qui, et j'ai trois individus qui correspondent à ton profil.

J'étais tassée dans mon arbre, mes pieds levés disparaissaient dans le fouillis des branches. Ma sensation d'être observée s'était intensifiée au point que j'en étais parvenue à souhaiter que mon suiveur, quel qu'il fût, se manifeste enfin. Je n'en avais parlé ni à Frank ni, Dieu m'en garde, à Sam. Il y avait trois possibilités : un effet de mon imagination, le fantôme de Lexie ou un tueur remettant toujours son forfait au lendemain. Aucune des trois ne me plaisait. Pendant la journée, j'incriminais mon imagination, aidée peut-être par les activités des animaux sauvages des alentours. Mais, la nuit, il m'était plus difficile de m'en persuader.

— Seulement trois ? m'étonnai-je. Sur quatre cents personnes ?

— Glenskehy agonise. Presque la moitié de la population a plus de soixante-cinq ans. Dès qu'ils sont en âge de plier bagage, les jeunes émigrent à Dublin, à Cork ou à Wicklow, à la recherche d'un peu d'animation. Seuls restent ceux qui ont une ferme familiale ou un commerce à reprendre. Le village compte moins de trente gars âgés de vingt-cinq à trente-cinq ans. J'ai opéré le tri entre ceux qui travaillent à l'extérieur et font le trajet tous les jours, les chômeurs, ceux qui vivent seuls et ceux qui pourraient se libérer pendant la journée, employés de nuit, travailleurs indépendants. Ça m'en laisse trois.

— Mon Dieu, chuchotai-je.

Je songeai au vieil homme traversant une rue déserte en clopinant, à la maison triste où seul un rideau de dentelle avait remué.

— Je te les cite, enchaîna Sam. Declan Bannon, trente et un ans ; exploite une petite ferme à la sortie de Glenskehy avec sa femme et ses deux jeunes enfants.

John Naylor, vingt-neuf ans ; vit dans le village avec ses parents et travaille dans une ferme appartenant à quelqu'un d'autre. Enfin, Michael McArdle, vingt-six ans ; habite le village avec ses parents et travaille de jour à la station-service sur la route de Rathowen. Aucun n'entretient de lien connu avec Whitethorn House. Un de ces noms te dit quelque chose ?

— Non, désolée.

Je tombai presque de mon arbre.

— C'eût été trop beau, commenta Sam avec philosophie.

Je l'entendis à peine. John Naylor : enfin, après un temps interminable, j'avais quelqu'un dont le nom commençait par N.

— Lequel est ton favori ? m'enquis-je le plus naturellement du monde.

De tous les policiers que je connais, Sam est celui qui feint le mieux de ne pas avoir saisi quelque chose. Cette comédie se révèle souvent utile.

— Je n'en suis qu'au début. Toutefois, pour l'heure, Bannon me paraît bien placé. Il a un caractère bien trempé. Voilà cinq ans, un couple de touristes américains est parti en balade sur les sentiers, après avoir garé sa voiture devant une de ses barrières. Furieux de ne pas pouvoir rentrer ses moutons, il a enfoncé une portière du véhicule à coups de pied. Dégradations, attitude peu amène envers les étrangers. Le vandalisme serait tout à fait dans ses cordes.

— Les autres sont nets ?

— Byrne ne les prend pas pour des enfants de chœur, mais il ne les a jamais coffrés pour ivresse sur la voie publique ou autre broutille du même genre. Ils pourraient très bien avoir des activités criminelles que nous ignorons, comme tout le monde à Glenskehy, mais, jusqu'à plus ample informé, oui, ils sont clairs.

— Leur as-tu déjà parlé ?

Il fallait que je m'arrange pour apercevoir ce John Naylor. Aller au pub était exclu, tout comme me promener innocemment du côté de la ferme où il était employé. Mais si je trouvais le moyen d'assister à un interrogatoire…

Sam eut un petit rire.

— Donne-moi du temps. Je ne les ai sélectionnés que cet après-midi. Je compte bavarder un peu avec eux demain matin. Pourrais-tu venir ? Juste pour jeter un coup d'œil ? Voir si un détail te frappe ?

Je l'aurais embrassé.

— Bien sûr ! Où ? Quand ?

Il était ravi.

— J'en aurais mis ma main au feu. J'ai pensé au poste de police de Rathowen. Je préférerais leur domicile, pour ne pas les effrayer, mais ta présence risquerait de te compromettre.

— Ça me va à merveille.

— À moi aussi, répliqua-t-il. Parviendras-tu à te libérer ?

— Je leur dirai que j'ai rendez-vous à l'hôpital pour faire examiner ma blessure. De toute façon, c'était prévu.

Penser à eux provoqua en moi un pincement au cœur. Si Sam obtenait quelque chose de tangible d'un de ces types, même sans justifier une arrestation, tout serait fini. Ma mission terminée, je regagnerais Dublin. Et les violences domestiques.

— Ne vont-ils pas te proposer de t'accompagner ?

— Sans doute, mais je ne le leur permettrai pas. Je me ferai déposer devant l'hôpital de Wicklow par Justin ou Daniel. Peux-tu me cueillir là-bas ou devrai-je prendre un taxi pour Rathowen ?

Il s'esclaffa.

— Tu crois que je raterais l'occasion ? Disons à 10 h 30 ?

— Parfait. À propos, Sam… Je ne sais pas jusqu'où tu comptes aller avec ces trois-là, mais, avant que tu commences à les asticoter, j'ai un supplément d'information pour toi. Sur la fille enceinte.

Le sentiment de trahir me saisit à nouveau. Je me consolai en me disant que Sam n'était pas Frank. Il ne se présenterait pas avec un mandat de perquisition et toute une série de questions aussi odieuses les unes que les autres.

— L'histoire s'est déroulée en 1915. Pas de nom pour la fille, mais son amant était William March, né en 1894.

Silence stupéfait. Puis :

— Ah, tu es un as ! Comment as-tu fait ?

Ainsi, il n'écoutait pas les conversations, du moins pas en permanence. J'en fus tellement soulagée que ce sentiment m'inquiéta.

— L'oncle Simon a écrit une histoire de la famille. La fille a droit à un paragraphe. Les détails ne coïncident pas exactement, mais les faits sont les mêmes…

— Minute, coupa Sam.

Je l'entendis chercher une page blanche dans son carnet de notes.

— Vas-y.

— Selon Simon, William est parti faire la guerre en 1914. Il en est revenu un an plus tard, en piteux état. Il a rompu ses fiançailles avec une jeune fille bien sous tous rapports, a cessé de voir ses vieux amis et a commencé à se mêler aux gens du village. Si on lit entre les lignes, cela ne les a pas ravis.

— Pas étonnant. Un membre de la famille des maîtres…

— Et puis, cette fille est tombée enceinte. Elle a affirmé que William était le père. Simon est un peu sceptique à ce sujet, mais tout Glenskehy a été horrifié. Les villageois l'ont traitée comme une chienne. Selon l'opinion générale, elle était bonne pour le couvent. Avant qu'on ait pu l'expédier dans l'un d'eux, elle s'est pendue.

Coup de vent dans les branches, petites gouttes s'écrasant sur les feuilles.

— Donc, conclut Sam, la version de Simon en attribue la responsabilité non aux March, mais aux bouseux cinglés du village.

Une bouffée de colère me submergea. Malgré moi, j'élevai la voix.

— William March ne s'en est pas tiré indemne non plus ! Il a eu une dépression. Je n'ai pas les détails, mais il a fini dans un établissement spécialisé. Et, pour commencer, l'enfant n'était peut-être même pas le sien !

Nouveau silence, plus long.

— D'accord. Je ne me sens pas d'humeur à te contredire ce soir. Je suis trop heureux de te revoir.

Je jure qu'il me fallut un moment pour comprendre. J'étais tellement excitée à l'idée de me retrouver face au mystérieux N qu'il ne m'était même pas venu à l'esprit que j'allais revoir Sam.

— Dans moins de douze heures, lui dis-je. J'aurai la tête de Lexie Madison et je ne porterai que des sous-vêtements de dentelle.

— Surtout, ne me fais pas ça ! Nous serons en service, Cass.

Sa joie résonna longtemps à mes oreilles après qu'il eut raccroché.

J'eus le plus grand mal, une fois rentrée, à convaincre les autres de me laisser aller seule à ma pseudo-consultation. Je leur racontai que mes médecins tenaient à m'examiner pour confirmer mon rétablissement. Daniel, qui lisait T. S. Eliot devant la cheminée tandis qu'Abby, Justin et Rafe jouaient au piquet, accepta volontiers de m'emmener à l'hôpital. Justin protesta aussitôt. Il insista pour que ce soit lui qui me dépose et offrit de m'attendre, alors que j'avais martelé que je me débrouillerais très bien par mes propres moyens et que je prendrais le train pour rejoindre l'université. Daniel admit que j'étais libre de mon choix. Il en profita toutefois, alors que j'allumais une cigarette, pour s'inquiéter de ma santé et de ce qu'il appelait ma « tension nerveuse ».

— Jadis, tu fumais moins. À présent, tu prends ton paquet même pour aller te promener. Avant ton agression, tu le laissais toujours dans le salon.

Je répondis négligemment :

— C'est parce que je l'oubliais. À présent, j'y pense.

— Si tu as besoin de te confier, tu sais que nous sommes là.

Justin revint à la charge, proposant une nouvelle fois de m'accompagner. Rafe, qui avait beaucoup bu, le prit violemment à partie, lui demandant de me ficher la paix. Dès lors, la conversation dégénéra, sous l'œil impavide d'Abby. Daniel, toujours posé, reprocha à Rafe son ivresse. Rafe répondit vertement :

— Oui, je suis saoul ! Et j'ai l'intention de m'enivrer plus encore ! Tu veux que nous en parlions ? C'est ça que tu veux ? Que nous ayons tous une petite discussion ?

Justin s'en mêla, se fit rabrouer sans ménagement. Je choisis ce moment pour exploser.

— Je suis adulte ! Je n'ai besoin de personne et je mène ma vie comme je l'entends ! Je veux aller seule à cette consultation ! Point final ! Pour le reste, arrêtez de vous comporter comme des gamins !

Cette tirade mit fin à la controverse. Rafe quitta le salon en claquant la porte. Abby monta paisiblement se coucher. Justin, toujours furieux, jurait dans sa barbe tandis que Daniel faisait mine de retourner à son livre.

Le lendemain, lors du petit déjeuner, la tension était encore palpable. Mais tout le monde s'efforça de garder son calme. Au moment du départ pour Dublin, Justin prit Abby et Rafe dans sa voiture. Daniel, au volant de la sienne, me déposa devant l'hôpital, puis redémarra en m'adressant un grand signe de la main. Nous étions restés silencieux pendant tout le trajet.

Je me servis un café insipide à la cafétéria de l'hôpital. Ensuite, je m'appuyai contre la façade, devant le parking, pour attendre Sam.

Il arriva pile à l'heure. Il sortit de sa voiture, se précipita vers moi et me serra dans ses bras. Son bonheur faisait plaisir à voir. Il s'était passé tant de choses, depuis notre séparation, que je me sentais un peu intimidée, comme si j'avais du mal à le reconnaître.

— Tu es éblouissante ! s'extasia-t-il en reculant pour me contempler. Reposée, fraîche comme la rose ! On jurerait même que tu as pris du poids. Cette mission semble te faire du bien.

— L'air de la campagne, murmurai-je. En plus, Justin cuisine toujours pour au moins dix personnes. Quel est le programme ?

Il soupira, m'entraîna vers sa voiture.

— Mes trois lascars sont attendus au poste de police de Rathowen, à un quart d'heure d'intervalle chacun. Je pense que ça suffira. Je veux simplement les jauger, sans les affoler. Depuis la réception, tu pourras entendre tout ce qui se dira dans la salle d'interrogatoire.

— J'aimerais quand même les voir. Tu pourrais les faire passer par la réception. Nous ne risquons rien à les amener à me croiser par hasard. Si l'un d'eux est notre homme pour le meurtre ou simplement pour les actes de vandalisme, il réagira fortement en m'apercevant.

Sam secoua la tête.

— C'est ce qui m'inquiète. Tu te souviens de l'autre nuit, quand tu étais au téléphone ? Tu as cru entendre quelqu'un. Si mon gaillard te file en permanence et croit que tu te confies à nous… Nous savons déjà qu'il a un tempérament violent.

— Sam, dis-je en mêlant mes doigts aux siens, c'est pour cette raison que je suis là. Pour nous rapprocher de notre homme. Si tu m'empêches de le voir, je ne sers à rien.

Il eut un rire contrit.

— D'accord. Jette un œil à nos trublions lorsque je les ferai sortir.

Il me serra tendrement les doigts puis les libéra.

— Avant que j'oublie, ajouta-t-il en plongeant la main dans sa veste, Mackey t'envoie ceci.

C'était un tube d'antibiotiques, identique à celui que j'avais apporté avec moi à Whitethorn House, orné de la même étiquette : « Amoxicilline ».

— Il m'a chargé de t'apprendre que ta blessure n'est pas complètement cicatrisée et que les médecins redoutent encore une infection. Tu dois donc continuer le traitement.

— Au moins, j'aurai ma dose de vitamine C, plaisantai-je en fourrant le tube dans ma poche.

« Les médecins redoutent… » Frank commençait à envisager mon retrait.

Le poste de police de Rathowen était pitoyable. J'en avais vu des dizaines de semblables à travers l'Irlande. La réception comprenait une chaise bancale, un poster représentant des casques de moto et un guichet pour que Byrne puisse regarder dehors d'un air absent en mâchant son chewing-gum. La salle d'interrogatoire, qui, visiblement, servait également de salle commune, était meublée de deux chaises, d'une armoire à dossiers sans serrure, d'une pile de formulaires de déposition et, relégué dans un coin pour une raison mystérieuse, d'un bouclier antiémeute défoncé datant des années quatre-vingt. Du linoléum jaune recouvrait le sol ; il y avait une mouche écrasée sur un mur. La mine accablée de Byrne ne m'étonnait plus.

Je restai hors de vue derrière le bureau, avec lui, tandis que Sam essayait de mettre un peu d'ordre dans la salle principale. Byrne planqua son chewing-gum à l'intérieur de sa joue et me décocha un long regard déprimé.

— Ça ne marchera jamais, bougonna-t-il.

Cette constatation énigmatique n'appelait pas de réponse. Il recommença à mâcher son chewing-gum et se remit à observer ce qui se passait de l'autre côté du guichet.

— Voilà l'affreux Bannon. Le balourd de service.

Sam est capable, lors des interrogatoires, de se montrer d'une amabilité exquise, ce qu'il avait l'intention de faire ce jour-là. Il y alla en douceur, sans l'ombre d'une menace. « Avez-vous la moindre idée de la personne qui aurait pu poignarder Mlle Madison ? De quoi ont-ils l'air, ces cinq occupants de Whitethorn House ? Avez-vous remarqué un individu que vous ne connaissiez pas errant aux alentours de Glenskehy ? » Il suggérait de façon subtile, mais très claire, que l'enquête tirait à sa fin.

Bannon répondit par des grognements irrités. Moins néandertalien, McArdle s'ennuya ferme.

Tous deux affirmèrent ne rien savoir sur rien. Je n'écoutai qu'à moitié. S'il existait un élément à retenir de ces entretiens, Sam le relèverait. Tout ce que je voulais, c'était voir John Naylor, son expression lorsqu'il tomberait nez à nez avec moi. Je m'installai sur la chaise bancale, comme si on m'avait convoquée pour répondre à d'ultimes questions de détail ; et j'attendis.

Bannon était réellement laid : une vaste bedaine de buveur de bière surmontée d'une tête énorme. Lorsque Sam le fit sortir de la salle d'interrogatoire et qu'il m'aperçut, il recula d'un pas et me gratifia d'un ricanement méchant, méprisant. Il savait donc qui était Lexie Madison et ne l'appréciait guère. McArdle, grand échalas à la barbe irrégulière et peu fournie, me salua vaguement avant de disparaître en traînant les pieds. Je retournai derrière le bureau et guettai Naylor.

Son témoignage différait à peine de celui des autres : rien entendu, rien appris. Il avait une belle voix de baryton, avec l'accent de Glenskehy, que je commençais à connaître. Sam mit fin à l'entretien et ouvrit la porte de la salle d'interrogatoire.

De taille moyenne, nerveux, très mince, Naylor portait un jean et un large chandail de couleur indéterminée. Il avait une tignasse d'un roux foncé, un visage osseux et rude : pommettes hautes, grande bouche, étroits yeux verts sous des sourcils lourds. J'ignorais quels avaient été les goûts de Lexie en matière d'hommes, mais celui-là était indubitablement attirant.

Soudain, il me vit. Il écarquilla les yeux et me fixa avec une véhémence qui me fit presque reculer jusqu'à la chaise. Cette intensité… Elle aurait pu refléter la haine, l'amour, la colère, la terreur ou les quatre à la fois. En tout cas, elle n'avait rien de commun avec le petit ricanement narquois de Bannon. Il y avait de la passion dans ce regard.

— Qu'en penses-tu ? me demanda Sam, en le suivant des yeux tandis qu'il traversait la rue en direction d'une vieille Ford boueuse près de rendre l'âme.

Pour l'essentiel, je savais, à présent, d'où venait ce frisson dans la nuque que provoquait mon impression d'être épiée en permanence.

— À moins que McArdle ne soit un excellent comédien, répondis-je, tu peux le mettre tout en bas de la liste. Je suis persuadée qu'il n'avait pas la moindre idée de qui j'étais. Or, même si ton vandale n'est pas notre homme, il a surveillé la maison avec attention. Il connaîtrait mon visage.

— Comme Bannon et Naylor. Et ils ne semblaient pas ravis de tomber sur toi.

— Ils sont de Glenskehy, déclara Byrne derrière nous d'un ton lugubre. Ils ne sont jamais contents de voir qui que ce soit. Et personne n'est heureux de les croiser.

— Je meurs de faim, lança Sam. Tu viens déjeuner ?

— Je ne peux pas, répondis-je. Rafe m'a déjà envoyé un texto, pour demander si tout allait bien. Je lui ai répondu que je me trouvais encore dans la salle d'attente. Mais, si je ne regagne pas l'université le plus rapidement possible, ils viendront tous me chercher à l'hôpital.

— À ton aise. En tout cas, nous en avons déjà éliminé un. Il ne nous en reste que deux. Je te reconduis à Dublin.

Lorsque j'entrai dans la bibliothèque, ils ne me posèrent aucune question. Ils me saluèrent distraitement, comme si je venais de sortir fumer une cigarette. Ma diatribe de la veille avait porté. Justin me faisait toujours la tête. Je l'ignorai tout l'après-midi. Je ne décidai de briser la glace que pendant le dîner, alors que nous dégustions un ragoût dont le fumet délectable se répandait dans toute la maison.

— Il en reste assez pour que j'en reprenne un peu ? lui demandai-je.

Il haussa les épaules sans me regarder.

— Reine de théâtre, chuchota Rafe.

— Justin, es-tu furieux contre moi à cause de ma sortie d'hier soir ?

Nouveau haussement d'épaules. Abby, qui allongeait le bras pour me passer le plat, suspendit son geste.

— J'étais angoissée, Justin. J'avais peur que les médecins ne découvrent une complication qui aurait nécessité une seconde opération.

Il leva brièvement les yeux puis se remit à faire des boulettes avec son pain.

— Je ne me suis pas rendu compte que tu étais angoissé, toi aussi. Je suis désolée. Tu me pardonnes ?

Il eut un pâle sourire, se pencha, plaça le plat à côté de mon assiette.

— Je crois que oui. Maintenant, finis ça.

— Qu'ont déclaré les médecins ? s'enquit Daniel. J'espère que tu ne passeras pas une nouvelle fois sur le billard.

— Non, clamai-je en me servant de ragoût à la louche. J'ai besoin uniquement d'une cure d'antibiotiques. Ma blessure n'est pas totalement cicatrisée. Ils redoutent une infection.

Ce mensonge proféré avec aplomb me mit mal à l'aise.

— T'ont-ils fait passer des examens, un scanner ?

Je n'avais pas la moindre idée de ce qu'auraient fait les médecins.

— Tout va bien, répondis-je. On peut parler d'autre chose ?

— Tu dévores, constata Justin en désignant mon assiette. Dois-je en conclure que nous aurons le droit, dorénavant, d'utiliser des oignons dans nos recettes plus d'une fois par an ?

Mon cœur cessa de battre. Je jetai à Justin un regard hébété.

— Ressers-toi, insista-t-il joyeusement. J'ai l'impression qu'ils ne te donnent plus la nausée. Je me trompe ?

Je mangerais n'importe quoi. Il ne m'était jamais venu à l'esprit que Lexie avait peut-être des aversions culinaires. Et on ne les évoquait pas dans les vidéos que m'avait projetées Frank.

Daniel avait reposé sa cuillère et me dévisageait.

— Je ne les ai même pas sentis, assurai-je. Je pense que les antibiotiques émoussent mon sens gustatif. Tout, pour moi, a la même saveur.

— Je croyais que c'était leur aspect qui te révulsait, rectifia Justin.

— Non, c'est la simple idée de leur présence. Maintenant que je sais qu'ils sont là…

— C'est arrivé à ma grand-mère, intervint Abby. Elle était sous antibiotiques et a perdu l'odorat. Elle ne l'a jamais retrouvé. Tu devrais en toucher un mot aux médecins.

— Grands dieux, non ! s'écria Rafe. Si nous avons trouvé le moyen de l'empêcher de cracher sur les oignons, je vote pour que nous laissions la nature suivre son cours. Tu termines le plat ou tu me le laisses ?

— Je refuse de perdre le goût et de manger des oignons, répliquai-je. Je préfère mourir d'une septicémie.

— Parfait. Alors, passe-moi le plat.

Daniel se concentra de nouveau sur le contenu de son assiette. Je l'imitai. Mon cœur battait à se rompre. *Tôt ou tard,* me dis-je, *je commettrai une erreur que je serai incapable de rattraper.*

— Tu t'en es bien sortie avec les oignons, me dit Frank cette nuit-là. Et quand viendra le moment de t'exfiltrer, nous aurons un prétexte tout trouvé : les antibiotiques te faisaient perdre le goût, tu as cessé de les prendre et, hop, tu as eu une infection. J'aurais aimé trouver ça moi-même.

Blottie dans mon arbre, sous une petite bruine qui menaçait de se transformer en averse, je tendais l'oreille, appréhendant l'apparition de John Naylor.

— Tu as tout entendu, Frankie ? Tu ne rentres jamais chez toi ?

— Pas beaucoup, ces temps-ci. J'aurai tout le loisir de dormir quand nous aurons coffré notre homme. À propos, mon week-end avec Holly approche. Donc, si nous pouvions clore cette affaire, je serais heureux de prendre des vacances.

— Moi aussi, crois-moi.

— Ah bon ? J'avais l'impression que tu commençais à te plaire, là-bas.

— Bien sûr, ce pourrait être pire. Mais l'incident du dîner a tiré la sonnette d'alarme. Je ne pourrai pas continuer jusqu'à la fin des temps. Des éléments intéressants, de ton côté ?

— Rien sur les raisons qui ont poussé May-Ruth à s'enfuir. Chad et ses copains ne se souviennent d'aucun événement inhabituel cette semaine-là. Au bout de quatre ans, ce n'est pas étonnant. Un petit détail, toutefois ; sans doute sans rapport avec notre affaire, mais bizarre. Et, à ce stade, tout ce qui paraît bizarre mérite qu'on s'y attarde… Comment les gens percevaient-ils Lexie, d'après toi ?

Cette question me sembla embarrassante, trop intime, comme si on me demandait de me décrire moi-même.

— Dynamique, répondis-je à contrecœur. Gaie. Pleine de confiance en soi. Beaucoup d'énergie. Peut-être un peu puérile.

— C'est ce qui transparaît des vidéos et des témoignages de ceux qui l'ont fréquentée. Mais les amis de May-Ruth ne l'ont pas décrite de cette manière à mes potes du FBI. Ils ont gardé l'image d'une personne timide, très calme. Selon Chad, ça tenait à ses origines, à sa jeunesse passée dans un bled paumé des Appalaches. Il a déclaré que son installation à Raleigh avait été pour elle une aventure. Elle se sentait très heureuse mais un peu dépassée. Elle se montrait douce, rêveuse, adorait les animaux, songeait à devenir assistante d'un vétérinaire. À ton avis, ça correspond à notre Lexie ?

Je faillis éclater de rire.

— Qu'est-ce que tu insinues ? Que nous avons affaire à deux filles différentes qui seraient mes sosies ? Je te préviens, Frank : j'ai eu ma dose de coïncidences.

— Tu sais que je t'adore, mais deux Cassie me suffisent amplement. De plus, les empreintes digitales de Lexie sont les mêmes que celles de May-Ruth. Simplement, je trouve ça curieux. Je connais des gens qui ont eu à traiter des changements d'identité : témoins protégés, adultes en fuite, comme Lexie… Tous affirment la même chose : ces transfuges restent les mêmes. Il est facile de changer de nom et d'existence. Changer de personnalité, c'est une autre histoire. Tu en as su quelque chose, toi qui as dû être Lexie Madison vingt-quatre heures sur vingt-quatre. Et tu en sais quelque chose en ce moment. Ce n'est pas facile.

— Je me débrouille.

— Je n'en doute pas une seconde, répondit aimablement Frank. Mais Lexie, elle aussi, était experte en la matière, et ça vaudrait la peine de creuser un peu plus la question. Peut-être avait-elle simplement un don. Mais peut-être avait-elle suivi une formation quelconque : d'agent infiltré, par exemple, ou d'actrice... Essaie de trouver des indications qui iraient dans ce sens. Ça te paraît jouable ?

— Je ferai de mon mieux. Chad sait-il que May-Ruth n'était pas May-Ruth ?

— Oui. Je lui ai laissé ses illusions le plus longtemps possible. Cette semaine, j'ai quand même demandé à mes contacts de lui révéler la vérité. Je voulais être sûr qu'il ne cachait pas quelque chose, par loyauté ou pour toute autre raison. Apparemment, non.

Pauvre innocent...

— Comment l'a-t-il pris ?

— Il survivra. Rappelle-moi demain.

Il raccrocha. Je restai longtemps dans mon arbre, traçant avec un ongle des dessins sur l'écorce. Je commençais à me demander si je n'avais pas sous-estimé non l'assassin, mais la victime. Je me remémorai le rire de Lexie sur les vidéos, son insouciance alors qu'elle était déjà en train d'organiser sa fuite de Whitethorn House. Dès leur première rencontre, elle avait jaugé les quatre. Comprenant qu'ils cherchaient à recréer une famille, elle avait deviné ce qui leur manquait. Et elle était devenue, avec une aisance confondante, la petite sœur légère, un peu écervelée, qu'ils attendaient.

Un être capable de tromper à ce point son monde, comme elle avait berné Chad, aurait très bien pu susciter, chez quelqu'un qu'elle aurait mystifié, une haine inextinguible.

13

Dès que Sam m'avait annoncé qu'il prévoyait d'avoir une conversation avec les trois casseurs potentiels, j'avais su qu'il y aurait des conséquences. Si le harceleur était du nombre, il se manifesterait.

Il ne lui fallut qu'une journée. Nous étions dans le salon, ce samedi soir, peu avant minuit. Abby et moi venions de nous manucurer les ongles. Assises près de la cheminée, nous agitions les doigts devant le feu. Installés à la table encombrée de chiffons et d'outils, Rafe et Daniel nettoyaient avec de vieilles brosses à dents le Webley de l'oncle Simon qui avait trempé deux jours dans une casserole pleine de dissolvant. Daniel grattait la crasse de la crosse, tandis que Rafe s'attaquait à l'arme elle-même. Allongé sur le canapé, piochant dans un bol de pop-corn, Justin marmonnait en relisant ses notes. Le lecteur de CD diffusait une exquise ouverture de Purcell. L'odeur rassurante du dissolvant et de la rouille imprégnait la pièce.

Rafe posa sa brosse à dents, examina le revolver.

— Il semble en parfait état, constata-t-il. Il y a de fortes chances pour qu'il fonctionne.

Il tendit le bras vers la boîte de munitions, glissa deux balles dans le barillet, qu'il referma d'un coup sec.

— Des amateurs de roulette russe ?

— Arrête ! dit Justin en frissonnant. C'est affreux !

— Ne joue pas avec ça, insista Daniel. Donne-le-moi.

— Je plaisantais ! rétorqua Rafe en lui tendant le revolver. Je vérifie simplement que tout marche. Demain matin, j'irai tirer un lapin pour le dîner.

Je m'indignai avec véhémence, prenant la défense des pauvres petites bêtes qui, à l'aube, gambadaient sur la pelouse. Les quatre mêlèrent leurs voix à la mienne. Même Daniel, tout en reconnaissant qu'il était légitime de tuer des animaux pour se nourrir, protesta de son affection pour les lapins de garenne.

— Ils font partie de la maison, ajouta-t-il.

— Tu vois ? dis-je à Rafe.

— Je vois quoi ? Arrête de te comporter comme un bébé. Combien de fois t'ai-je vue te gaver de steaks, ou… ?

Portant d'instinct la main à ma hanche, là où aurait dû se trouver mon arme, je me levai d'un bond avant même de prendre conscience du fracas. Un gros caillou pointu me séparait d'Abby, comme s'il avait été là depuis longtemps, entouré d'éclats de verre. Abby s'était figée, bouche bée. Un vent froid traversait la vitre brisée et gonflait les rideaux.

Rafe s'arracha de sa chaise et se précipita vers la cuisine. Je courus sur ses talons, sans me soucier de la plainte affolée de Justin (« Lexie, tes points de suture ! ») ni de l'appel de Daniel. Je franchis la porte-fenêtre derrière Rafe. Au moment où, échevelé, il sortait du patio en courant, le portail claqua au fond du jardin. Il bringuebalait encore lorsque j'arrivai à sa hauteur. Sur le sentier, Rafe s'immobilisa, serra mon poignet.

— Chut…

Nous écoutâmes sans respirer. Sentant une présence derrière moi, je me retournai. C'était Daniel, aussi vif et silencieux qu'un chat.

Le vent dans les feuilles… Sur notre droite, en direction de Glenskehy et pas très loin de nous, une brindille se brisa.

Nous nous mîmes à courir, abandonnant derrière nous les lumières de la maison. Une main en avant pour me guider entre les haies, je m'efforçai d'adapter ma vitesse à celle de Daniel et de Rafe. Ils couraient beaucoup plus vite que je ne l'aurais cru. Tout à coup, Rafe poussa une exclamation de triomphe. Le vent chassa le nuage qui masquait la lune. Hors d'haleine, le cœur battant, j'aperçus une silhouette sombre, à une trentaine de mètres devant nous. Une seconde, j'imaginai Frank penché sur son bureau et ajustant ses écouteurs. Intérieurement, je lui criai : « Ne t'en mêle pas ! Surtout, n'envoie pas tes guignols ! C'est notre affaire ! »

Galopant toujours, nous accrochant aux haies pour conserver notre équilibre, nous débouchâmes à un croisement. Les petits sentiers, déserts, filaient dans toutes les directions. Des pierres se dressaient en piles dans les prés, telles des sentinelles fantomatiques.

— Où est passé ce salaud ? haleta Rafe en observant les alentours.

— Il ne peut pas avoir disparu aussi vite, murmura Daniel. Il est tout près. Il se planque.

Un léger déclic me fit tressaillir. La lune s'assombrit de nouveau. Mes deux compagnons n'étaient plus que des ombres à côté de moi.

— Tu as une lampe ? chuchotai-je à l'oreille de Rafe.

Je perçus confusément, contre le ciel, son geste de dénégation.

L'homme connaissait les collines comme sa poche. Il pouvait s'y dissimuler toute la nuit s'il le voulait ou disparaître en se mettant à couvert d'arbre en arbre et d'un buisson à l'autre, comme ses ancêtres rebelles pendant des siècles. Pourtant, il craquait. Ce caillou jeté contre la fenêtre, alors qu'il savait très bien que nous le pourchasserions, prouvait que l'interrogatoire de Sam avait ravivé sa colère et lui avait fait perdre son sang-froid. Il en avait assez de se cacher sur son propre territoire, de rôder avec une bombe de peinture et des pierres dans les poches, comme un adolescent morveux en mal de reconnaissance. Il cherchait la confrontation, la bagarre.

— Oh, mais il a la trouille ! lâchai-je d'une voix moqueuse, prenant mon accent le plus snob.

Rafe et Daniel me saisirent aux épaules. Je leur serrai le bras, puis les pinçai avant de railler :

— C'est pitoyable ! Un costaud qui se débine et qui, dès qu'on le rattrape, se réfugie derrière une haie en tremblant comme un lapereau…

Daniel relâcha sa pression et eut un petit rire, à peine essoufflé.

— Pourquoi pas ? Il est trop lâche pour se montrer et se battre. Mais il est assez malin pour se rendre compte qu'il n'a aucune chance.

Rafe enchaîna, accentuant son intonation britannique :

— Je doute qu'il y ait chez lui la moindre intelligence. Il a trop de moutons parmi ses aïeux. Il nous a déjà oubliés et il a rejoint son troupeau.

Un froissement bref. Puis plus rien.

— Petit, petit, petit, psalmodiai-je, viens là…

— À l'époque de mon arrière-grand-père, énonça froidement Daniel, nous savions comment traiter les serfs qui se haussaient du col. Un frôlement de cravache, et ils rentraient dans le rang.

— Ton arrière-grand-père a quand même eu tort de les laisser se reproduire, persifla Rafe. Il aurait dû leur appliquer le contrôle des naissances, comme aux autres animaux domestiques.

Nouveau froissement, plus appuyé. Ensuite, un roulement de caillou, tout proche.

— Nous avions besoin d'esclaves, serina Daniel du ton abstrait qu'il employait quand on lui posait une question alors qu'il était plongé dans un livre.

— Bien sûr, ricana Rafe. Mais regarde le résultat. L'évolution à rebours : consanguinité, débilité mentale, animalité…

Une masse surgit d'une haie, à quelques mètres de nous, passa tout près de moi et le percuta comme un boulet de canon. Les deux hommes roulèrent à terre avec un bruit sourd. J'entendis des grognements, des coups. Je plongeai à mon tour.

Tout devint confus, étouffant. Rafe suffoquant, des cheveux dans ma bouche, un bras me tordant le poignet avec la puissance d'un câble d'acier. L'homme exhalait un relent de feuilles mouillées. Il était fort et se battait avec acharnement. Ses doigts cherchaient mes yeux, ses pieds labouraient mon estomac. Je cognai au hasard, avec la même rage que lui. Ses mains s'éloignèrent de mon visage. Alors, une autre masse s'abattit sur nous avec une violence inouïe : c'était Daniel.

Son poids nous entraîna vers les buissons. La mêlée devint plus confuse encore. Nous nous battions à trois contre un, nous étions aussi enragés que notre agresseur ; pourtant, l'obscurité lui donnait l'avantage. Il cherchait toujours mes yeux, ses talons s'enfonçaient dans mes côtes.,Rafe et Daniel frappaient sans relâche. La colère me rendait insensible à la douleur, aux poings qui m'écrasaient les mains. Soudain, Rafe cria. Je voulus frapper une nouvelle fois. L'homme se libéra avec une agilité de félin. Mon poing heurta la pierre. Je saisis une chemise, qui se déchira. Des cailloux piétinés, un rugissement. Un dernier coup de pied, un bruit de course ; des pas rapides, irréguliers, qui s'éloignèrent.

— Où… ?

Quelqu'un m'agrippait les cheveux. Je repoussai la main, me dégageai. Et, en gémissant, je me relevai.

Silence. La lune émergea des nuages et nous nous regardâmes : les yeux exorbités, sales, haletants. J'eus du mal à reconnaître mes deux compagnons. Rafe se remit péniblement sur ses pieds. Il saignait du nez. De la boue et du sang striaient les joues de Daniel comme des peintures de guerre. Tous deux ressemblaient à des sauvages hébétés par la défaite.

— Où est-il ? murmura Rafe.

Pas un mouvement, hormis la petite brise froide qui secouait doucement les haies. Hors d'haleine, cassée en deux, je faillis vomir. Tout à coup, des pas résonnèrent au milieu du sentier, derrière nous. C'était Justin.

— Oh, mon Dieu ! Que s'est-il passé ? Vous l'avez eu ?

— On l'a rattrapé, hoqueta Daniel. Mais on n'y voyait rien. Dans la confusion, il s'est échappé. À l'heure qu'il est, il doit être à mi-chemin de Glenskehy.

— Vous n'êtes pas blessés ? Lexie ! Est-ce que tes points de suture… ?

Justin était dans un état de panique totale.

— Je vais très bien ! articulai-je en forçant ma voix à l'intention du micro.

Mes côtes commençaient à me faire mal. Toutefois, je ne pouvais pas prendre le risque de permettre à quelqu'un de les examiner.

— J'ai simplement les mains en charpie. Elles ont reçu plusieurs coups.

— Je crois que l'une d'elles m'a cogné, petite boxeuse, dit Rafe. Je souhaite qu'elles gonflent et bleuissent.

— Je remettrai ça, si tu ne te tiens pas à carreau.

Je me tâtai les côtes. Mes doigts tremblaient tellement qu'il m'était difficile d'en être certaine, mais, apparemment, je n'avais rien de cassé.

— Justin, quel dommage que tu n'aies pas entendu Daniel ! Il a été prodigieux.

— On ne peut pas le nier, approuva Rafe en riant. « Un frôlement de cravache. » Où as-tu été pêcher ça ?

— Quelle cravache ? bredouilla Justin. Qui avait une cravache ?

— On te racontera, dit Daniel. Où est Abby ?

— Elle est restée devant le portail, au cas où l'agresseur reviendrait et… Seigneur, tu crois qu'il l'a fait ?

— Ça m'étonnerait, affirma Daniel, lui aussi sur le point d'éclater de rire pour évacuer, comme nous, sa tension nerveuse. Je crois qu'il a eu son compte pour cette nuit. Nous pouvons rentrer.

Abby nous attendait dissimulée dans l'obscurité, près du portail, serrant le tisonnier à deux mains.

— Vous l'avez eu ? siffla-t-elle avec furie. Vous l'avez eu ?

— Mon Dieu, je suis entouré d'amazones, dit Rafe d'une voix étouffée. Rappelez-moi de ne plus jamais vous charrier.

En souriant, Daniel posa une main sur mon épaule et, de l'autre, effleura les cheveux d'Abby.

— Nos deux héroïnes luttant pour défendre leur foyer, en dignes émules de Jeanne d'Arc… Nous avons failli l'avoir. Et, à mon avis, il a compris la leçon.

— Je voulais le traîner jusqu'ici et le suspendre au-dessus du feu, grommelai-je en essayant d'enlever la boue de mon jean avec les poignets. Hélas, il a filé.

— Le fumier ! gronda Abby en abaissant le tisonnier. J'espérais qu'il reviendrait.

— Entrons dans la maison, insista Justin en jetant un coup d'œil par-dessus son épaule.

— Qu'a-t-il lancé ? s'enquit Rafe. Je n'ai même pas regardé.

— Un caillou, répondit Abby. Il a collé quelque chose dessus avec du Scotch.

Une fois dans la cuisine, nous pûmes constater les dégâts provoqués par la lutte. Rafe, Daniel et moi étions couverts de terre, de sang, d'égratignures. La chemise en loques, Daniel s'appuyait lourdement sur une jambe. Le pantalon déchiré, Rafe avait une plaie à un genou ; et il arborerait, le lendemain matin, un superbe œil au beurre noir. Justin poussa de hauts cris.

— Ces écorchures ! Il faut les désinfecter ! Dieu sait ce que vous avez ramassé sur ces sentiers : bouses de vache, crottes de mouton et toutes sortes de…

— Minute, intervint Daniel en ôtant une brindille de ses cheveux. Avant tout, nous devons voir ce qu'il y a sur ce caillou.

C'était une feuille de papier arrachée à un cahier d'écolier. Rafe et moi avions déjà gagné le salon. Daniel nous rattrapa, nous arrêta d'un geste. Justin apparut à son tour avec un bol d'eau chaude et un torchon. Daniel prit deux crayons sur la table, se dirigea vers le caillou en se frayant un chemin au milieu des bris de verre et se servit des crayons pour libérer le papier. Il le déposa sur la table et le déplia soigneusement, utilisant toujours les mines des crayons. Nous nous étions tous rassemblés autour de lui, épaule contre épaule. Son visage saignait, conséquence d'un coup de poing ou d'une coupure provoquée par la monture de ses lunettes ; il ne semblait pas s'en être aperçu.

La feuille était couverte de lettres majuscules, tracées avec une telle hargne que certaines avaient percé le papier : « ON VOUS GRILLERA. »

Silence de mort.

Rafe s'effondra sur le canapé et s'esclaffa.

— Des villageois brandissant des torches ! Il ne manquait plus que ça !

— Foutaises, dit Justin.

Bien à l'abri dans la maison, avec nous quatre autour de lui, il avait retrouvé sa superbe.

— Lexie, tes mains.

Je les lui tendis. Elles étaient en piteux état, sales, sanguinolentes, les phalanges tailladées, la moitié de mes ongles cassés net. Il émit un sifflement.

— Dieu du ciel, qu'as-tu fait à ce pauvre homme ? Non qu'il ne l'ait pas mérité. Viens là.

Il m'installa dans le fauteuil d'Abby, sous la lampe à pied, s'agenouilla près de moi. Du bol montait un nuage de vapeur à la bonne senteur de désinfectant.

— On appelle les flics ? demanda Abby à Daniel.

— Surtout pas ! cria Rafe en se tapotant le nez et en contemplant le sang qui imbibait ses doigts. Ils nous chanteront la même rengaine : « Merci de nous avoir signalé l'incident, il n'y a aucune chance d'attraper l'auteur du délit, achetez un chien, au revoir. » Cette fois-ci, ils pourraient même nous arrêter, nous. Ils verront au premier coup d'œil que nous nous sommes battus. Tu crois que Laurel et Hardy se soucieront de savoir qui a commencé ? Justin, je peux avoir ton torchon un instant ?

— Une seconde.

Il pressait le tissu humide contre mes phalanges si doucement que je le sentais à peine.

— Ça pique ?

— Pas du tout.

— Je vais saigner sur le canapé, menaça Rafe.

— Bien sûr que non. Renverse la tête et attends.

— En fait, reprit Daniel, examinant toujours le message d'un air soucieux, je crois, à ce stade, qu'appeler la police ne serait pas une mauvaise idée.

Rafe se redressa, oubliant son nez.

— Tu n'es pas sérieux ? Elle pète de trouille devant ces macaques de Glenskehy. Elle ferait n'importe quoi pour s'attirer leurs bonnes grâces, quitte à nous coffrer pour coups et blessures.

— Je ne parlais pas de la police locale. Je pensais aux inspecteurs. À ton avis, Abby, lequel serait le plus indiqué ?

— Daniel, balbutia Justin en cessant de soigner mes phalanges et en retrouvant ses inflexions affolées, ne fais pas ça. Je ne veux pas… Depuis le retour de Lexie, ils nous ont laissés tranquilles…

Daniel le regarda longuement par-dessus ses lunettes.

— C'est vrai. Mais cela ne signifie pas qu'ils ont abandonné l'enquête. Je suis persuadé qu'ils se démènent pour trouver un suspect. Je crois que celui-là les intéresserait et que nous avons le devoir de les prévenir, que ça nous plaise ou non.

— Je souhaite simplement que la situation redevienne normale, gémit Justin.

— Nous le désirons tous, dit Daniel en se massant la cuisse avec une grimace. Mais ça ne pourra se faire que lorsque cette histoire sera terminée et que l'on aura inculpé un suspect. Je suis sûr, par exemple, que Lexie se sentira beaucoup mieux le jour où il se retrouvera derrière les barreaux. N'est-ce pas, Lexie ?

— Au diable les barreaux ! J'aurais été comblée si ce petit salaud n'avait pas détalé aussi vite. Je m'amusais bien.

Rafe eut un sourire radieux et se pencha pour plaquer sa paume contre celle de ma main libre.

— Au-delà du cas de Lexie, intervint Abby, il s'agit d'une menace. J'ignore comment tu l'envisages, Justin, mais, en ce qui me concerne, je n'ai guère envie de brûler vive.

— Allons, plaisanta Rafe, ce plouc ne passera jamais aux actes ! Provoquer un incendie requiert une certaine capacité d'organisation. Cet imbécile se fera sauter bien avant de s'être approché de nous.

— Tu veux parier la maison là-dessus ?

L'atmosphère de la pièce avait changé. La joyeuse excitation s'était brusquement évaporée, comme de l'eau grésillant sur un poêle brûlant. Personne ne s'amusait plus.

— Je parierais plutôt sur la stupidité de ce type que sur le lumineux cerveau des flics. Nous n'avons pas besoin d'eux. Si jamais ce taré revient, et il ne le fera pas après ce qui s'est passé cette nuit, nous lui réglerons son compte nous-mêmes.

— Parce que jusqu'à présent, éructa Abby, nous avons remarquablement résolu nos propres problèmes !

Elle saisit rageusement le bol de pop-corn sur le parquet, s'accroupit pour ramasser les bris de verre. Daniel l'en empêcha.

— Non, laisse. La police voudra tout examiner en l'état.

Il se laissa lourdement tomber dans un fauteuil.

— Aïe !

Il grimaça encore, extirpa le revolver de l'oncle Simon de sa poche arrière et le posa sur la table basse.

Justin se figea. Abby se redressa brutalement et faillit tomber à la renverse.

Si cela avait été quelqu'un d'autre, je n'aurais même pas bronché. Mais Daniel… Une sueur froide coula le long de mon dos, comme si j'avais vu mon père ivre ou ma mère hystérique. Justin, Rafe, Abby et moi, nous pensions tous la même chose. Rafe avait glissé deux balles dans le barillet : l'arme était donc chargée. Je me souvins du déclic qui m'avait surprise dans le noir, au milieu du sentier : Daniel avait armé le revolver. Au cours de la lutte, il aurait pu, par mégarde, blesser n'importe qui… La situation commençait à échapper à tout contrôle. Le Webley n'était plus un objet de collection légué par l'oncle Simon. Il était devenu un danger, une bombe à retardement qui risquait de provoquer l'irruption d'agents d'intervention équipés de gilets pare-balles, ce qui aurait tout fait échouer. Daniel leva les yeux, affronta nos regards braqués sur lui.

— Tout va bien, dit-il.

— Non ! cria Abby. Non seulement tu risquais de tuer Rafe ou Lexie, mais notre agresseur aurait pu te subtiliser le revolver pendant la lutte !

Il était temps pour moi de donner mon avis. Je m'agrippai aux bras de mon fauteuil et déclarai fermement :

— Nous devons prévenir la police. Cette fois, elle sera en mesure d'identifier le vandale. Jusqu'à maintenant, elle n'avait aucune piste. À présent, il lui suffira de rechercher un villageois à la gueule défoncée.

— Excellent argument, opina Daniel. Je n'y avais pas pensé. D'autant que ça pourrait nous disculper s'il nous accusait de l'avoir agressé. Donc, nous sommes d'accord ? Il est un peu tard pour téléphoner maintenant. Nous appelons demain matin ?

Justin, les traits crispés, nettoyait de nouveau mes mains.

— Tout ce qui nous libérera de cette histoire sera le bienvenu.

— C'est de la démence, argua Rafe. Toutefois, il y a longtemps que mon opinion ne compte plus. Faites ce que vous voudrez.

Daniel ignora sa remarque.

— Mackey ou O'Neill ?

— Mackey, murmura Abby sans lever les yeux du plancher.

— Intéressant. J'aurais, d'instinct, opté pour O'Neill, surtout depuis quil enquête sur nos rapports avec les habitants de Glenskehy. Mais tu as peut-être raison. Quelqu'un a du feu ?

— Puis-je me permettre une suggestion ? dit Rafe en désignant le revolver. Avant notre petit entretien avec nos copains flics, mieux vaudrait planquer ce bijou.

— Bien sûr, approuva Daniel, impavide.

Il cherchait un briquet. Je repérai celui d'Abby sur le guéridon placé à côté de moi et le lui lançai.

— De toute façon, il n'a joué aucun rôle dans cette histoire, précisa-t-il. Nous n'avons aucune raison de le mentionner. Je le mettrai ailleurs.

— Excellente idée, maugréa Abby, comme si elle s'adressait au parquet. Il n'a jamais existé.

Tout le monde se tut. Daniel écrasa sa cigarette, quitta le salon et monta à l'étage. Il revint avec un vieux morceau de bois, vestige d'une ancienne rampe d'escalier déniché sans doute dans le débarras. Abby le souleva à bout de bras tandis qu'il le clouait contre la fenêtre, à l'emplacement de la vitre brisée ; ses coups de marteau se répercutèrent dans la maison et déchirèrent, audehors, le silence de la nuit.

14

Le lendemain, Frank, arriva à la première heure, flanqué de Doherty, cantonné dans la cuisine pour s'assurer que personne ne chercherait à écouter les entretiens qu'il aurait avec chacun de nous, l'un après l'autre, dans le salon. Doherty ne cacha pas son ébahissement. Il ne cessa de lorgner les hauts plafonds, les vieux papiers peints, les quatre étudiants dans leurs vêtements démodés, moi-même. Il n'aurait même pas dû se trouver là. Cette partie de l'enquête aurait dû revenir à Sam, qui aurait déboulé à Whitethorn House s'il avait eu vent de l'affrontement. Mais Frank ne l'avait pas informé.

Les quatre eurent un comportement parfait, à mi-chemin entre l'émotion de victimes sous le choc et la sollicitude d'hôtes accueillants. Abby servit du thé et des biscuits, Daniel apporta dans la cuisine un siège supplémentaire pour Doherty ; Rafe plaisanta sur son œil au beurre noir. Je comprenais pourquoi les premiers interrogatoires, après la mort de Lexie, avaient exaspéré Frank.

Il commença par moi. Il prit place sur le canapé, me désigna un fauteuil. Nos retrouvailles furent détendues, du moins en apparence. Il s'inquiéta de mon état, plaisanta sur le fait que j'avais enfin connu un peu d'action au cours de ma mission. Je lui tendis le rapport sur l'incident que j'avais rédigé, la veille, dans mon lit. Il le lut en sirotant son thé. Depuis la cuisine, les voix des autres nous parvenaient, assourdies, comme un murmure.

— Excellent, dit-il enfin en fourrant les papiers dans sa poche. C'est clair, précis.

Il posa sa tasse, sortit son stylo et son carnet de notes.

— Pourrais-tu identifier l'agresseur ?

— Je n'ai pas vu son visage. La nuit était trop sombre.

— Tu aurais pu penser à emporter une lampe.

— Je n'en ai pas eu le temps. Si j'en avais cherché une, nous ne l'aurions jamais rattrapé. De toute façon, tu n'as pas besoin d'identification. Tu n'as qu'à rechercher un type aux yeux pochés.

— Ah oui, la bagarre… Bien sûr. Nous y reviendrons tout à l'heure. Cependant, au cas où notre homme affirmerait être tombé dans l'escalier, il serait quand même utile d'avoir quelques détails concordants.

— Je ne peux me fier qu'à mes impressions. En admettant qu'il s'agit d'un des trois types interrogés par Sam, Bannon est hors de cause : il est trop trapu. Notre agresseur était maigre et nerveux. Pas très grand mais costaud. À mon avis, ce n'est pas non plus McArdle : ma main a été en contact avec le visage de l'homme. Pas de barbe. Des joues mal rasées. Or McArdle est barbu.

— Parfait, dit Frank en prenant des notes. Donc, tu votes pour Naylor ?

— Il correspond. Taille, carrure et pilosité identiques.

— Ça devrait faire l'affaire. On prend ce qu'on a.

Il se tapota les dents avec son stylo.

— À ce propos… Quand vous vous êtes précipités, tous les trois, afin de combattre pour la bonne cause, qu'est-ce que Daniel avait pris avec lui ?

Je m'étais préparée à celle-là.

— Un tournevis. Je ne l'ai pas vu s'en emparer : j'avais quitté le salon avant lui. La boîte à outils était ouverte sur la table.

— Parce que Rafe et lui nettoyaient l'arme de l'oncle Simon. Quel type d'arme, à propos ?

— Un Webley, très répandu au début de la Grande Guerre. Crasseux, rouillé, mais toujours magnifique. Tu l'adorerais.

— Je n'en doute pas, répondit-il, toujours d'aussi bonne humeur. J'aurai peut-être, un jour, l'occasion de l'admirer. Donc, dans la précipitation, Daniel cherche une arme. Il a un revolver devant lui et il saisit un tournevis… ?

— L'arme était vide, le barillet ouvert. Je ne crois pas qu'il y connaisse grand-chose. Il lui aurait fallu une bonne minute pour charger et refermer l'engin.

Le bruit d'un revolver qu'on charge est très reconnaissable mais ténu. Et je me tenais à l'autre bout du salon lorsque Rafe l'avait fait. La musique aidant, il y avait une chance raisonnable pour que le micro ne l'ait pas capté.

— Donc, il prend le tournevis à la place, dit Frank. Ça se tient. Pourtant, une fois l'intrus rattrapé, il ne lui vient même pas à l'idée de s'en servir.

— Il n'en a jamais eu l'occasion. C'était un vrai pugilat, Frank. Quatre corps roulant sur le sol, bras et jambes emmêlés. Impossible de savoir qui était qui. Je suis quasi certaine d'être responsable de l'œil au beurre noir de Rafe. Si Daniel avait sorti son tournevis et frappé au hasard, il aurait blessé l'un de nous.

Frank prenait des notes, très calme en apparence. Mais son regard narquois ne me plaisait pas.

— Quoi ? ajoutai-je. Tu aurais préféré qu'il poignarde ce type ?

— Ça m'aurait simplifié la vie, lâcha-t-il. Où était ce fameux tournevis pendant la lutte ?

— Dans la poche arrière de Daniel. C'est du moins de là qu'il l'a extirpé quand nous avons regagné la maison.

Frank prit un air inquiet.

— Il a eu de la chance de ne pas se poignarder lui-même. Après un tel baroud, je me serais attendu à une ou deux éraflures…

Il avait raison. J'aurais dû parler d'une clé à mollette.

— Demande-lui de te montrer ses fesses, si tu y tiens.

— Je passerai là-dessus pour le moment.

Il ferma son stylo, le remit dans sa poche et se cala sur le canapé, toujours aussi décontracté. Puis, sur le ton de la plaisanterie :

— Qu'est-ce qui t'a pris ?

Je me sentis blêmir. Il fallait que je me justifie sur-le-champ.

— Ce type avait franchi une étape. Auparavant, il évitait d'agresser les personnes. Il n'a jamais fait aucun mal à Simon March. La dernière fois qu'il a jeté un caillou dans la maison, il a choisi une pièce déserte… Hier soir, pourtant, la pierre nous a ratées de peu, Abby et moi. Peut-être visait-il l'un de nous. À présent, il s'attaque non seulement aux biens, mais aux gens. Il se comporte de plus en plus comme un suspect.

Frank croisa les jambes.

— Bien sûr, un suspect… Réfléchissons un instant. Admettons que Sam et moi nous rendions aujourd'hui à Glenskehy et convoquions ces trois brillants sujets. Admettons ensuite que nous réussissions à obtenir de l'un d'eux quelque chose d'intéressant, justifiant une interpellation, peut-être même une mise en examen. Que me conseilles-tu de répondre lorsque son avocat, le procureur et les médias me demanderont, ce qui ne manquera pas de se produire, pourquoi il a une tête de hamburger ? Je n'aurai pas le choix. Je serai obligé de déclarer que ces dommages lui ont été infligés par deux autres suspects et un de mes agents infiltrés. À ton avis, que se passera-t-il ensuite ?

Je n'avais pas une seule seconde pensé aussi loin.

— Tu trouveras bien un moyen.

Il ne se départit pas de son humeur égale.

— C'est fort possible. Mais la question n'est pas là. Ce que je te demande, c'est pourquoi tu t'es mêlée à cette bagarre. Il me semble qu'en tant qu'enquêteur ton but consistait à localiser le suspect, à l'identifier et, dans la mesure du possible, à le retenir et à le surveiller jusqu'à l'arrivée des renforts que nous t'aurions envoyés. Je me trompe ?

— Ce n'était pas aussi simple…

— Or, poursuivit-il, ton action laisse entendre que tu ne cherchais qu'à démolir ce type. Pas très professionnel de ta part.

Dans la cuisine, une blague de Doherty venait de faire rire tout le monde. Cette hilarité unanime, spontanée, amicale, me mit mal à l'aise.

— Je t'en prie, Frank ! J'avais pour objectif de circonvenir mon suspect, mais aussi de ne pas être démasquée ! Qu'aurais-tu voulu que je fasse ? Que j'interrompe la bagarre et que je lise leurs droits à Rafe et à Daniel avant de te téléphoner ?

— Tu n'avais pas à faire le coup de poing.

— Sam m'a raconté que, la dernière fois que Lexie a couru après ce type, elle voulait le démolir. Elle était comme ça. Si j'étais restée en retrait, laissant les deux braves chevaliers corriger le méchant vandale, ça leur aurait paru plus qu'étrange. Je n'ai pas eu le temps de réfléchir aux conséquences éventuelles. Je devais réagir vite, et en accord avec mon personnage.

— Tu l'as provoqué de façon délibérée. Tu crois que je n'ai pas entendu tes « petit, petit… » ?

— Nous l'avions perdu, Frank. Si je ne l'avais pas forcé à se découvrir, il aurait filé sans demander son reste.

Son ton changea. Il me regarda froidement. Puis, d'une voix glaciale :

— Nom de Dieu, tu n'es pas ici pour arrêter qui que ce soit. Qu'est-ce que je t'ai dit depuis le début ? Tu dois uniquement nous orienter, O'Neill et moi, dans la bonne direction et nous laisser nous charger du reste. N'ai-je pas été assez clair ? Aurais-je dû te donner des instructions écrites ?

Si les autres ne s'étaient pas trouvés dans la pièce voisine, il aurait hurlé. Il se contint, ce qui me permit de me défendre.

— Je suis désolée, Frank. Je sais que je suis allée trop loin, et ça ne se reproduira plus. Mais je ne supportais pas l'idée d'être démasquée. De plus, la pensée que tu saurais que j'avais laissé filer l'agresseur m'était intolérable ! Bon Dieu, j'étais si près de lui que j'avais le goût de sa peau dans la bouche…

Il me dévisagea un long moment. Enfin, il soupira.

— Écoute… Tu as mélangé deux affaires. C'est arrivé à tout le monde. Mais aucun flic doté d'un peu de jugeote ne le fait deux fois. Je suis navré que tu te sois cassé les dents sur l'opération Vestale. Je sais qu'elle t'a remplie d'amertume, que le fait que l'inspiratrice du crime soit toujours en liberté alors qu'elle aurait dû prendre perpète t'a profondément affectée. Mais si tu tiens à prouver quelque chose, à moi ou à quelqu'un d'autre, laisse tes vieilles enquêtes derrière toi et travaille correctement sur celle-là. Tu aurais pu tout faire capoter. Tu t'en rends compte ?

— Oui, murmurai-je en regardant mes mains nouées sur mes genoux. J'espère que nous n'en sommes pas là… Allez-vous quand même, Sam et toi, interpeller notre homme ?

— Sans doute. Au point où nous en sommes, nous n'avons guère le choix. Je souhaiterais que tu assistes à l'interrogatoire. Ta présence pourrait avoir un effet psychologique. Je crois qu'il serait utile de mettre l'agresseur face à face avec Lexie et de voir ses réactions. Penses-tu pouvoir te maîtriser, ne pas bondir par-dessus la table pour lui briser les dents ?

— Je ferai de mon mieux, répondis-je en m'efforçant de ne pas laisser transparaître mon soulagement. Mets une grande table, au cas où…

— Tu as de l'énergie et de l'agressivité à revendre, conclut-il en saisissant son carnet puis en ressortant son stylo de sa poche. Disparais de ma vue avant de m'excéder et envoie-moi quelqu'un qui ne me tapera pas sur les nerfs. Fais venir Abby.

Je regagnai la cuisine et annonçai à Rafe qu'il était le suivant, par provocation, pour montrer à Frank que je n'avais pas peur de lui ; même s'il me terrorisait.

— Bon, ça s'est bien passé, se réjouit Daniel lorsque Frank eut terminé les entretiens et libéré Doherty.

Nous étions dans la cuisine, rangeant les tasses de thé et grignotant le reste des biscuits.

— Ce n'était pas mal du tout, renchérit Justin. Je m'attendais à ce qu'ils se montrent odieux. Or Mackey a été agréable, cette fois-ci.

— Mais l'autre, quel demeuré ! se gaussa Abby en me proposant un autre biscuit. Il a passé son temps à reluquer Lexie. Tu as vu ça ? Le con !

— Ce n'est pas un con, affirmai-je.

Doherty m'avait sidérée en réussissant à passer deux heures sans m'appeler « inspecteur » ; je me sentais donc charitable. J'ajoutai :

— Il a bon goût.

— Je maintiens qu'ils ne feront rien, dit Rafe.

Frank leur avait-il appris quelque chose ? Ou bien, simplement, étaient-ils ravis que les entretiens soient terminés ? En tout cas, ils paraissaient soulagés. La tension de la veille s'était dissipée.

— Attendons de voir, dit Daniel en allumant une cigarette. Au moins, tu auras une histoire passionnante à raconter à Doubles-Nénés la prochaine fois qu'elle te coincera contre la photocopieuse.

Même Rafe éclata de rire.

Nous buvions du vin et jouions aux cartes, ce soir-là, lorsque mon portable sonna. Je sursautai et ratai presque l'appel en cherchant mon téléphone : je le dénichai au fond de la penderie, dans la poche de la veste commune où je l'avais laissé après ma dernière promenade nocturne.

— Bonsoir…

— Mademoiselle Madison ? demanda Sam d'un ton guindé. Inspecteur O'Neill à l'appareil.

— Oh…

J'étais en train de revenir vers le salon. Je rebroussai chemin et m'appuyai contre la porte d'entrée, là où les autres n'entendraient pas sa voix.

— Salut, toi.

— Tu peux parler ?

— À peu près.

— Tu vas bien ?

— À merveille.

— Vraiment ?

— Ne t'inquiète pas.

— Dieu soit loué ! Ce salopard de Mackey a tout entendu. Tu le savais ? Il ne m'a pas téléphoné, ne m'a pas dit un mot jusqu'à ce matin. Il m'a abandonné dans la salle d'opérations, comme un demeuré. Si cette affaire ne se termine pas bientôt, je finirai par lui faire la peau, à cet enculé.

Sam ne jure presque jamais, sauf s'il est hors de lui.

— Ne te gêne pas, dis-je.

— Les autres sont là ?

— Plus ou moins.

— Je serai donc bref. Nous avons envoyé Byrne surveiller le domicile de Naylor et lui jeter un coup d'œil lorsqu'il rentrerait de son travail. Il a la tête en lambeaux.

Vous avez fait du bon travail, tous les trois. C'est mon homme, aucun doute là-dessus. Je l'embarquerai demain matin, cette fois à la brigade. Je ne prendrai plus de gants. S'il s'éclipse, je le coffre pour atteinte à la propriété privée et violation de domicile. Tu veux venir ?

— Bien sûr.

Une part de moi avait envie de tout envoyer promener, de passer la journée du lendemain à la bibliothèque, avec les autres, de déjeuner à la cafétéria en regardant tomber la pluie, d'oublier ce qui risquait d'arriver bientôt tant que je le pouvais encore. Pourtant, il fallait que j'assiste à cet interrogatoire.

— À quelle heure ?

— Je le coincerai avant qu'il parte travailler et je le ramènerai ici sur le coup de 8 heures. Viens quand tu veux. Est-ce que… Ça ne te dérange pas de retourner à la brigade ?

Je n'avais même pas songé à cela.

— Aucun problème.

— Il correspond au profil, non ? On a tapé dans le mille.

— J'en suis sûre.

Dans le salon, les autres riaient.

Sam est un excellent meneur d'interrogatoire. S'il y avait quelque chose à tirer de Naylor, il y arriverait.

— Si j'abats bien mes cartes, ce pourrait être la fin, murmura-t-il avec, dans la voix, une note d'espoir qui me fit frissonner. Dès lors, tu pourrais rentrer.

— Oui. Ça se présente bien. À demain.

— Je t'aime, chuchota-t-il, juste avant de raccrocher.

Je restai un long moment dans le vestibule glacé, mordillant l'ongle de mon pouce et écoutant les bruits du salon : les voix, les cartes qu'on abattait, le tintement des verres, les craquements du feu… Enfin, je pénétrai dans la pièce. Daniel leva les yeux de son jeu.

— Qui était-ce ?

— L'inspecteur. Il veut que j'aille là-bas.

— Lequel ?

— Le beau blond. O'Neill.

— Pourquoi ?

Tous me scrutaient, figés comme des animaux surpris. Abby, qui venait de prendre une carte et s'apprêtait à la regarder, suspendit son geste.

— Ils ont trouvé un type, annonçai-je en reprenant ma place. Pour la nuit dernière. Ils l'interrogent demain.

— Tu plaisantes ? s'exclama Abby. Déjà ?

— Vas-y ! assena Rafe à l'intention de Daniel. Claironne : « Je vous l'avais bien dit. » Tu en meurs d'envie.

Daniel l'ignora.

— Mais pourquoi toi ? s'étonna-t-il. Qu'est-ce qu'ils veulent ?

Je haussai les épaules.

— Que je le voie, tout simplement. O'Neill m'a demandé si certains détails de cette nuit-là m'étaient revenus. À mon avis, il espère que, dès que j'apercevrai ce type, je le désignerai d'un doigt tremblant, en criant : « C'est lui ! C'est l'homme qui m'a poignardée ! »

— Tu as vu trop de séries télévisées, dit Rafe.

— C'est le cas ? reprit Daniel. Des détails te sont revenus ?

— Pas un seul.

Fut-ce un effet de mon imagination ? Ou une tension à peine perceptible s'installa-t-elle entre nous ? Abby changea d'avis au sujet de sa carte, la reposa, en prit une autre. Justin s'empara de la bouteille de vin.

— Peut-être va-t-il convoquer quelqu'un pour m'hypnotiser… Ils le font dans la vraie vie ?

— Demande-lui de te programmer pour que tu travailles de temps en temps, ironisa Rafe.

— Vraiment ? Il pourrait me pousser à écrire ma thèse plus rapidement ?

— Ce serait possible, mais j'en doute, répliqua Daniel. Je ne suis pas sûr qu'un témoignage obtenu sous hypnose soit recevable devant un tribunal. Où retrouves-tu O'Neill ?

— Dans son bureau. Je lui aurais volontiers proposé d'aller boire une bière au Brogan's, mais il n'aurait pas accepté.

— Je croyais que tu détestais ce pub, coupa Daniel.

Son regard impavide braqué sur moi. Mais aussi le regard étonné de Justin, la surprise d'Abby. Ils n'avaient aucune idée de ce dont il parlait. Quelque chose n'allait pas.

— Moi ? Je n'ai rien contre le Brogan's. Je ne l'ai mentionné que parce qu'il se trouve juste en face du lieu de travail d'O'Neill.

Daniel prit un air indifférent.

— J'ai dû confondre avec un autre endroit.

Il me gratifia de son extraordinaire sourire, presque tendre. Je perçus de nouveau ce relâchement, cette délivrance. Je répondis par une mimique insolente. Aussitôt, la conversation reprit.

— À part ça, qu'est-ce qu'il te prend de flirter avec les flics ? demanda Rafe. Ça ne se fait pas.

— Pourquoi ? Il est mignon…

Mes mains tremblaient. Je n'osais pas ramasser mes cartes. Je venais de comprendre : Daniel avait essayé de me piéger. J'avais été à deux doigts de tomber dans le panneau.

— Tu es incorrigible, grommela Justin en remplissant de nouveau mon verre. Quoi qu'il en soit, l'autre, Mackey, est beaucoup plus attirant, dans le genre voyou.

— Bof…

Ces foutus oignons… Cette fois, si je me fiais au sourire de Daniel, je m'en étais bien sortie. L'avais-je convaincu pour autant ? Avec lui, on ne savait jamais.

— Je te parie qu'il a le dos poilu, raillai-je. Tu n'es pas d'accord, Abby ?

— Chacun ses goûts, répliqua-t-elle. Et vous êtes tous les deux incorrigibles.

— Mackey est une fripouille et O'Neill est un plouc, s'exclama gaiement Rafe. Ce jugement vaut de l'or et c'est celui d'Abby.

Réussissant à rassembler mes cartes, je m'efforçai de me concentrer sur la partie. J'observai Daniel toute la soirée, aussi furtivement que possible pour qu'il ne le remarque pas. Il resta identique à lui-même : calme, poli, distant, ne me prêtant pas plus attention qu'à n'importe qui d'autre. Lorsque je posai la main sur son épaule en allant chercher une autre bouteille de vin, il la recouvrit de la sienne et la serra très fort.

15

Le lendemain, je n'arrivai à Dublin Castle qu'un peu avant 11 heures. Je ne voulais pas troubler notre routine matinale, petit déjeuner, trajet en voiture, installation dans la bibliothèque pour une journée de travail. Je pensais que cela les apaiserait, leur donnerait moins envie de venir avec moi. Ça fonctionna. Au moment où je me levais pour enfiler ma veste, Daniel me demanda quand même :

— Veux-tu que je t'accompagne pour te soutenir moralement ?

Lorsque je refusai d'un signe de tête, il n'insista pas, et retourna à son livre.

Devant l'entrée des locaux de la brigade, je reculai. Je ne me sentais pas le courage de me présenter à l'accueil telle une simple visiteuse, de supporter les commentaires grincheux de Bernadette, l'administratrice, puis d'attendre, sous des regards intrigués, que quelqu'un me guide le long des couloirs, comme si je n'étais jamais venue. Je téléphonai à Frank et lui demandai de descendre me chercher.

— Tu tombes à pic, me lança-t-il en passant la tête dans l'entrebâillement de la porte. Nous faisons justement une petite pose pour réexaminer la situation.

— Réexaminer quoi ?

Il poussa le battant, s'effaça pour me laisser entrer.

— Tu verras. La matinée a été fructueuse. En tout cas, notre client a une tête au carré. Tu l'as joliment défoncé.

C'était vrai. Assis à une table de la salle d'interrogatoire, les bras croisés, vêtu de son chandail sans couleur et de son jean élimé, Naylor n'avait plus rien d'un beau gosse : les yeux au beurre noir, une joue gonflée et violette, la lèvre inférieure fendue, le nez écrasé. Il se balançait d'avant en arrière sur sa chaise et chantonnait *The Rising of the Moon*.

Dans la salle de tapissage, le front contre le miroir sans tain, les mains dans les poches de sa veste, Sam le surveillait, l'air épuisé.

— Bonjour, Cassie…

— Quelle bouillie ! répondis-je en désignant Naylor.

— C'est le mot. Il prétend qu'il s'est cogné contre un mur en tombant de vélo. Pour le reste, il est muet.

— J'étais justement en train de dire à Cassie que nous avions du biscuit, intervint Frank.

Sam se frotta le coin des yeux comme s'il essayait de se réveiller.

— Tu parles… Nous l'avons cueilli à 8 heures et amené directement ici. Depuis, nous le cuisinons. Sans résultat. Il se contente de fixer le mur et de fredonner. Des chants rebelles, pour l'essentiel…

— Il a fait une exception pour moi, le coupa Frank. Il a interrompu son concert pour me traiter de lèche-cul. Selon lui, je devrais avoir honte de m'aplatir devant ces salauds d'Angliches. Je crois qu'il m'apprécie. Cela étant, voici la moisson. Nous avons réussi à obtenir un mandat pour perquisitionner sa turne. La police scientifique vient de nous apporter ce qu'elle a déniché. Nous espérions un couteau, des vêtements imbibés de sang… Nous n'avons pas eu cette chance. Mais… surprise !

Il s'empara de plusieurs sachets d'indices étalés sur une table isolée dans un coin, les agita dans ma direction.

— Regarde ça.

Il y avait un assortiment de dés en ivoire, un miroir de poche au dos en écaille de tortue, une petite aquarelle assez laide représentant un paysage de campagne, un sucrier d'argent. Avant même de le retourner et de voir le monogramme, un M délicat et fleuri, j'avais deviné d'où provenaient ces objets : des vestiges de l'oncle Simon.

— Ils étaient sous le lit de Naylor, soigneusement emballés dans une boîte à chaussures, précisa Frank. Question : comment sont-ils arrivés là ?

— Il a pénétré dans Whitethorn House par effraction, rappela Sam, observant toujours Naylor, qui contemplait le plafond. Quatre fois.

— Sans rien dérober.

— Nous l'ignorons. Nous n'avons que les déclarations de Simon March, qui vivait comme un porc et était saoul du matin au soir. Naylor aurait pu remplir une valise de ces babioles sans que le vieil ivrogne s'aperçoive de leur disparition.

— Ou alors, enchaîna Frank, il les a achetées à Lexie.

— Sûr. Ou à Daniel, à Abby, aux deux autres dont j'ai oublié le nom, ou encore, tant qu'on y est, au vieux Simon lui-même. Sauf que nous n'avons pas l'ombre d'une preuve.

— Aucun d'eux n'a fini poignardé à moins d'un kilomètre du domicile de Naylor.

De toute évidence, ils en avaient déjà discuté, chacun restant sur ses positions. Je reposai les sachets sur la table et m'adossai au mur, décidée à ne pas me mêler de leur échange.

— Naylor ne gagne qu'un salaire de misère, fit valoir Sam. Et il entretient ses parents malades. Où aurait-il trouvé de quoi acheter des antiquités ? Et dans quel but ?

— Parce qu'il hait la famille March et sauterait sur la première occasion de la gruger. Et, ainsi que tu viens de le souligner, parce qu'il est fauché. Il ne possédait peut-être pas l'argent lui-même, mais d'autres ont très bien pu le lui fournir.

Tout à coup, je compris où il voulait en venir. La brigade « Art et Antiquités », ou A&A, évoque peut-être de vieux érudits en veste de tweed, mais son travail n'a rien d'une plaisanterie. Le crime organisé, à travers le monde, s'intéresse à tout ce qui se monnaie. Toiles de maître, drogue, kalachnikovs, les truands ne font pas la différence : ils tuent.

Sam rétorqua avec irritation :

— Tout ce que je veux, c'est découvrir si ce type est un assassin et le coffrer si c'est le cas ! Ce qu'il fait de son temps libre, je m'en fous ! S'il planquait la *Joconde* dans son grenier, ça ne m'empêcherait pas de dormir. Si tu crois sérieusement qu'il trafique des antiquités, nous pourrons le confier à l'A&A une fois que nous en aurons fini avec lui. Pour l'heure, il est soupçonné de meurtre. Rien d'autre.

— Tu pars du principe qu'il n'y a aucun rapport. Réfléchis. Dès l'installation du club des Cinq, les actes de vandalisme deviennent moins fréquents puis s'interrompent. Pourquoi ? Parce qu'il s'est entiché des nouveaux venus ? Qu'il les voit faire des travaux et refuse d'abîmer le nouveau décor ?

— Ils lui ont couru après, répliqua Sam, de plus en plus irrité. Il n'avait aucune envie de se faire casser la gueule.

Frank s'esclaffa.

— Tu crois que ce genre de rancœur s'apaise du jour au lendemain ? Impossible. En fait, Naylor a trouvé un autre moyen de s'en prendre à Whitethorn House. Sinon, il n'aurait jamais renoncé à ses actes de vandalisme. Et que se passe-t-il lorsque Lexie ne lui fourgue plus d'antiquités ? Il attend quelques semaines, au cas où elle reprendrait contact avec lui, puis, comme elle ne se manifeste pas, il fracasse encore une fois une vitre en balançant un caillou. L'autre nuit, il n'avait pas peur de se faire casser la gueule. Je me trompe ?

— Tu veux passer en revue les scénarios possibles ? En voici un. Lorsque les cinq lui donnent la chasse, en décembre dernier, sa rancœur ne fait que s'accroître. Il ne va pas les affronter tous en même temps. Mais il les espionne. Il découvre qu'une des filles a l'habitude de se promener la nuit. Il la file un certain temps, puis la tue. C'est du moins ce qu'il croit. Quand il se rend compte qu'il a raté son coup, sa rage décuple. Il perd tout contrôle de lui-même et menace le club des Cinq d'incendier la baraque. À ton avis, si la promeneuse continue à se balader toute seule sur les sentiers, comment va-t-il réagir ?

Frank ignora la question.

— Le problème, m'expliqua-t-il, est le suivant : que faire de lui ? Nous pouvons l'arrêter pour cambriolage, effraction, vol, n'importe quoi, et croiser les doigts pour que cela le déstabilise au point de l'amener a nous révéler quelque chose sur le meurtre. Ou alors nous pouvons remettre la camelote sous son lit, le remercier aimablement de nous avoir aidés dans notre enquête, le renvoyer chez lui et voir où ça nous mènera.

— Et ensuite ? objecta Sam. Supposons un instant que tu aies raison, que Lexie lui confiait des antiquités pour qu'il les vende et que Cassie reprenne leur petit trafic. Alors quoi ?

— Alors, dit Frank, avec un sourire que démentait la froideur de son regard, j'ai une petite conversation avec nos amis de l'A&A, je fonce dans une boutique de Francis Street, j'achète pour Cassie un lot de breloques et on file Naylor.

— Combien de temps ?

— Le temps qu'il faudra.

L'A&A utilise en permanence des agents infiltrés, qui jouent le rôle de vendeurs, d'acheteurs, de receleurs, et remontent le réseau jusqu'à la source. Leurs opérations durent des mois, voire des années.

— Pour l'heure, j'enquête sur un meurtre ! assena Sam. Tu l'as oublié ? Et je ne peux arrêter personne pour ce crime tant que la victime est vivante, se porte comme un charme et chaparde des sucriers en argent !

— Où est le problème ? Coffre-le une fois que la filature sur le trafic d'antiquités aura abouti à un résultat. Scénario optimiste : nous établissons un lien entre Naylor et Lexie, sans compter le mobile, et nous nous en servons pour le forcer à avouer. Scénario pessimiste : nous perdons un peu de temps. Et nous ne sommes pas pressés.

Il était impensable que Lexie ait passé les trois mois précédents à fourguer à John Naylor le contenu de Whitethorn House uniquement pour le plaisir ou par appât du gain. Mais, une fois sa grossesse devenue une certitude, elle aurait vendu n'importe quoi pour s'enfuir. Quant à Naylor, il était prêt à tout pour nuire à la famille March. Or il n'avait, pour s'attaquer à leur demeure qui symbolisait à ses yeux des siècles d'oppression, que des pierres et des bombes de peinture. Son impuissance le rendait fou. Si quelqu'un était venu à lui avec une part de butin dérobée dans la maison, de brillantes idées sur la façon de l'écouler et la promesse de lui en fournir davantage, jamais il n'aurait refusé.

— Je te propose un marché, dit Frank. Fais une dernière tentative avec Naylor. Seul, cette fois. Entre lui et moi, le courant ne passe pas. Prends tout ton temps. Si tu obtiens quelque chose sur le meurtre, n'importe quoi, ne serait-ce qu'une allusion, on le boucle, on oublie cette histoire d'antiquités, on évacue Cassie et on clôt l'enquête. Si tu n'obtiens rien…

— Alors ?

— Alors, tu reviens ici et nous peaufinons mon plan.

Sam le dévisagea un long moment.

— Pas de coups fourrés.

— Quels coups fourrés ?

— Entrer à l'improviste. Frapper à la porte au moment où je serai sur le point de faire craquer Naylor. Ce genre de chose…

Les mâchoires de Frank se contractèrent. Mais il se contenta de répondre d'une voix neutre :

— Pas d'entourloupe.

— Bien.

Sam respira profondément, s'adressa à moi :

— Peux-tu rester encore un peu ?

— Bien sûr.

— Je pourrais avoir besoin de toi… Te faire venir, peut-être…

Il se tourna vers Naylor, qui s'était remis à chantonner.

— Souhaitez-moi bonne chance, dit-il en rajustant sa cravate.

Puis il sortit.

— Ton homme douterait-il de mon sens de l'honneur ? persifla Frank après son départ.

— Tu peux le provoquer en duel, si tu veux…

— Je joue franc jeu. Tu le sais.

— Personne n'en doute. Nous avons simplement une conception différente du fair-play. Sam n'est pas certain que la tienne corresponde à la sienne.

— Nous ne passerons donc jamais nos vacances ensemble. Je tiens à la vie. Que penses-tu de ma théorie ?

J'observais Naylor à travers le miroir, mais le regard de Frank pesait sur ma nuque.

— Je n'en sais encore rien, répondis-je. Je ne connais pas assez ce type pour me faire une opinion.

— Mais tu connais bien Lexie. Penses-tu qu'elle ait été capable de telles combines ?

— Qui peut le dire ? Nous ignorons tous de quoi cette fille était capable.

— Tu n'as pas beaucoup dévoilé ton jeu tout à l'heure. Te taire aussi longtemps ne te ressemble pas. J'aimerais savoir de quel côté tu seras si ton amoureux ressort de là les mains vides et si nous sommes obligés de reprendre notre discussion.

Sam entra dans la salle d'interrogatoire. Tenant deux chopes de thé, il referma la porte d'un coup d'épaule. Il semblait alerte, presque enjoué : dès qu'on se retrouve devant un suspect, la fatigue se dissipe.

— Chut, dis-je à Frank. Je veux assister à ça.

Sam s'assit à la table avec un soupir d'aise, poussa une chope en direction de Naylor.

— Bien.

Il avait accentué son accent campagnard, comme pour dire : « Nous sommes du même bord ; bouseux contre citadins. » Il ajouta :

— J'ai renvoyé l'inspecteur Mackey à sa paperasse. Il nous gonfle.

Naylor cessa de fredonner et déclara :

— Je n'aime pas son ton supérieur.

— Moi non plus, croyez-le. Mais nous devons le supporter.

Près de moi, Frank eut un petit rire, se rapprocha du miroir.

— Vous, peut-être, reprit Naylor. Moi, non. Tant qu'il sera là, je n'aurai rien à dire.

— Merveilleux ! s'exclama Sam. Il est parti et je ne vous demande pas de parler. Uniquement d'écouter. On m'a raconté une histoire qui s'est passée à Glenskehy il y a un certain temps. Elle pourrait expliquer beaucoup de choses. J'aimerais que vous me la confirmiez.

Naylor lui jeta un coup d'œil soupçonneux mais ne reprit pas son récital. Sam but une gorgée de thé.

— Bon. Il était une fois, à Glenskehy, à l'époque de la Grande Guerre…

Le conte qu'il débita était un mélange subtil de ce qu'il avait entendu à Rathowen, de ce que j'avais appris dans l'historique de l'oncle Simon et d'un mélodrame de série B. Rien ne manquait. Le père de la fille l'avait chassée de chez lui, elle mendiait dans les rues du village, les habitants lui crachaient au visage, les enfants lui jetaient des pierres… Il en rajouta dans le violon en suggérant que la malheureuse avait été lynchée par une foule déchaînée.

Quand il eut fini de faire pleurer Margot, Naylor, qui avait recommencé à balancer sa chaise d'avant en arrière, eut une moue écœurée.

— Putain ! C'est le plus incroyable tissu de conneries qu'on m'ait jamais sorti. Où avez-vous dégoté ça ?

Sam eut un geste fataliste.

— C'est l'histoire qu'on m'a rapportée. À moins que quelqu'un ne la modifie pour moi, je suis obligé de l'accepter comme telle.

La chaise remuait avec un craquement monotone, exaspérant.

— Dites-moi, inspecteur, ricana Naylor, pourquoi vous vous intéressez à nous et à nos vieilles histoires ? Nous sommes des gens ordinaires, vous savez. Nous n'avons pas l'habitude d'attirer l'attention de personnages de votre importance.

— C'est ce qu'il n'a cessé de nous seriner dans la voiture, murmura Frank en calant une épaule contre le rebord de la fenêtre. Il a un léger complexe de persécution.

— Chut…

— Il y a eu du grabuge à Whitethorn House, continua Sam. Bien sûr, je n'ai pas besoin de vous l'apprendre. Selon nos informations, les occupants de la maison et les habitants de Glenskehy éprouveraient les uns envers les autres des sentiments mitigés. Je dois établir les faits pour déterminer s'il existe une corrélation entre cette animosité et les incidents qu'on nous a rapportés.

Naylor eut un rire dur, sans joie.

— « Sentiments mitigés »... J'aime assez l'expression. C'est celle qu'ils ont employée, là-bas ?

— Ils m'ont simplement dit qu'ils n'étaient pas les bienvenus au pub... Rien de plus normal, hein ? Après tout, ils ne sont pas d'ici.

— Ils ont bien de la chance. Dès qu'ils ont un petit bobo, les poulets arrêtent de picoler et déboulent chez eux. Mais quand c'est les gens de chez nous qui ont des problèmes, où sont-ils ? Où étaient vos collègues de jadis quand cette fille a été pendue ? Ils ont conclu au suicide et sont retournés au pub.

Sam parut surpris.

— Ce n'était pas un suicide ?

Naylor le scruta de ses yeux gonflés, à demi fermés.

— Vous voulez la véritable histoire ?

Sam l'encouragea d'un geste. Naylor laissa retomber sa chaise, se pencha, plaqua ses mains aux ongles cassés et aux phalanges striées d'écorchures autour de sa chope.

— Cette fille était boniche à Whitethorn House. Un jeune March s'est entiché d'elle. Peut-être était-elle assez bête pour s'imaginer qu'il allait l'épouser ; peut-être pas. En tout cas, elle s'est mise dans une situation délicate.

Il jeta à Sam un long regard d'oiseau de proie, pour bien se faire comprendre.

— On ne l'a pas renvoyée. Son père est devenu enragé, a menacé d'aller attendre le jeune March sur un sentier, en pleine nuit. Ç'aurait été de la démence.

Une pure folie. Ça se passait avant l'indépendance, vous comprenez ? Les March possédaient tous les environs de Glenskehy, y compris la maison. Un mot de lui, et sa famille se serait retrouvée à la rue. Il n'a donc rien fait.

— Il a dû en baver.

— Il s'est résigné. À l'époque, les gens ne fréquentaient les March que s'ils y étaient obligés. Leur demeure avait un nom de mauvais augure : Whitethorn House ; la maison des aubépines : l'arbre des fées. Vous voyez ce que je veux dire…

Il eut un sourire sardonique, ambigu.

— Aujourd'hui encore, il y a des gens qui s'abstiennent de passer la nuit sous une aubépine, même s'ils sont incapables de vous expliquer pourquoi. Ce n'est plus que du folklore, maintenant. Mais, à l'époque, il y avait de la superstition partout. La faute à l'obscurité : pas d'électricité, les longues nuits d'hiver… On voyait dans les ombres ce qu'on voulait. Des tas de gens croyaient que les habitants de Whitethorn House fricotaient avec les fées, ou le diable, selon les points de vue…

De nouveau ce sourire.

— Vous croyez quoi, inspecteur ? Qu'on était tous des primitifs ?

Sam secoua la tête.

— Il y a un cercle de fées dans la ferme de mon oncle. Il ne croit pas aux fées, il n'y a jamais cru, mais il laboure autour.

Naylor apprécia.

— Donc, c'est ce quon a raconté à Glenskehy, quand la fille s'est trouvée enceinte. On a dit qu'elle avait fauté avec un lutin, ou un démon, et qu'elle portait son enfant. Ne me lorgnez pas comme ça, inspecteur. Nous parlons de nos arrière-grands-parents, des miens et des vôtres. Vous pouvez me jurer que vous n'auriez pas cru la même chose, si vous étiez né en ce temps-là ?

— Sans doute. C'était un autre monde.

— Pour les vieux, ce monde est toujours là. En tout cas, cette histoire est revenue aux oreilles du gandin, le père du gosse. Ou il voulait déjà s'en débarrasser et ne cherchait qu'un prétexte, ou lui-même ne tournait pas rond. Ils étaient un peu bizarres, là-haut. Toujours est-il qu'il y a cru. Du moins, il a pensé qu'il y avait quelque chose de pourri chez lui, dans son sang, et qu'il engendrait un monstre. Donc, il a donné rendez-vous à la fille, de nuit, avant la naissance du bébé. Elle s'y est rendue en toute confiance. C'était son amant, pas vrai ? Elle pensait qu'il voulait prendre des dispositions pour elle et son mouflet, assurer leur avenir. Au lieu de ça, il a saisi une corde et l'a pendue à un arbre. Voilà la véritable histoire. Tout le monde, à Glenskehy, la connaît. La fille ne s'est pas suicidée et aucun villageois ne l'a assassinée. C'est le père du bébé qui l'a tuée, parce qu'il avait peur de son propre enfant.

— Je rêve, marmonna Frank. On nage en plein délire.

J'eus envie de lui donner un coup de pied pour le faire taire. Sam eut une réaction beaucoup plus digne.

— Dieu ait son âme, murmura-t-il.

— Ouais, rétorqua Naylor. Qu'Il ait pitié d'elle. Vos collègues de l'époque ont préféré conclure au suicide plutôt que d'aller arrêter un membre de la haute. Elle a été ensevelie en terre non consacrée, avec son fœtus.

L'histoire aurait pu être vraie, comme toutes les versions que nous avions recueillies. Comment savoir, après un siècle ? L'important, c'était que Naylor croyait à chaque mot qu'il prononçait. Il ne se comportait pas comme un coupable. Toutefois, cela ne prouvait rien. Sa rancœur le dévorait avec une telle intensité qu'il estimait peut-être que, quoi qu'il ait fait, il n'avait rien à se reprocher. Mon cœur battait à se rompre. Je pensai aux autres, la tête penchée sur leurs livres, dans la bibliothèque, attendant mon retour.

— Pourquoi est-ce que personne, au village, ne m'en a parlé ? demanda Sam.

— Parce que c'est pas vos oignons. Nous ne voulons pas être connus comme le village de toqués où un malade mental a tué son bâtard car il le prenait pour le fils d'un lutin ou d'un démon. Nous sommes des citoyens respectables, à Glenskehy. Des gens ordinaires, mais pas des barbares ; ni des dégénérés qu'on montre dans les foires. Vous pigez ? Tout ce que nous voulons, c'est qu'on nous foute la paix.

— Pourtant, l'un de vous n'a pas oublié, releva Sam. Un quidam a peint à la bombe : « TUEURS D'ENFANT » sur les murs de Whitethorn House. Deux fois. Ce même individu a jeté une pierre à travers une fenêtre, il y a quarante-huit heures, et s'est battu comme un forcené contre les occupants de la maison quand ils se sont lancés à sa poursuite. Quelqu'un refuse de laisser cet enfant reposer en paix.

Long silence. Naylor remua sur sa chaise, toucha d'un doigt sa lèvre fendue, regarda si elle saignait.

— Il n'y a pas que l'enfant, dit-il enfin. Il y a tout le reste. Et, surtout, Glenskehy. Vous qui avez fouiné partout, vous avez découvert son origine ?

Sam s'excusa en souriant.

— Mon gaélique est un peu rouillé. Le vallon des Aubépines, c'est ça ?

— Non, non ! s'impatienta Naylor, pas le nom ! Le village. Glenskehy. Qui l'a fondé, d'après vous ?

D'un geste, Sam avoua son ignorance.

— Les March. Ils l'ont créé pour leur propre agrément. Lorsqu'ils ont reçu cette terre et ont construit la demeure, ils ont fait venir des domestiques : femmes de chambre, jardiniers, palefreniers, gardes-chasse… Ils tenaient à avoir leurs serviteurs à portée de main, à leur botte, mais pas trop près. L'odeur des paysans les indisposait. Ils ont donc édifié un village pour leurs larbins. Comme d'autres ont une piscine, une serre ou une écurie remplie de poneys. Un petit luxe supplémentaire, pour rendre leur existence plus confortable.

— Ce n'était pas une façon de considérer des êtres humains, reconnut Sam. Mais c'était il y a longtemps.

— Oui, il y a longtemps. À l'époque où les March tiraient profit de Glenskehy. Maintenant qu'il ne sert plus leur bon plaisir, ils le regardent mourir. Il tombe en ruine, ce village. Dans quelques années, il n'en subsistera rien. Seuls y vivent encore ceux qui ne peuvent pas en sortir, comme moi, et qu'il entraîne dans son agonie. Savez-vous pourquoi je ne suis pas allé à l'université ?

— Non.

— Je ne suis pas idiot. J'étais doué pour les études. Mais j'ai dû rester à Glenskehy pour m'occuper de mes parents ; et il n'existe aucun emploi, chez nous, qui exige la moindre instruction : pas le moindre travail, sinon celui d'ouvrier agricole. Qu'aurais-je fait d'un diplôme pour trimer dans la ferme de quelqu'un d'autre ? J'ai commencé le jour où j'ai quitté l'école. Je n'avais pas le choix. Des dizaines de jeunes ont connu le même destin.

— Les March n'y sont pour rien, répondit Sam.

De nouveau ce rire amer.

— Ils auraient pu tout faire. Tout ! Il y a quatre ou cinq ans, un type de Galway, comme vous, a visité le village. Un promoteur. Il voulait acheter Whitethorn House, la transformer en hôtel de luxe. Il projetait de l'agrandir, d'y ajouter une nouvelle aile, un lotissement, un terrain de golf, tout le bazar. Il voyait loin, ce gars. Vous rendez-vous compte de ce que cela aurait apporté à Glenskehy ?

— De nouveaux emplois.

— Plus que ça. Un afflux de touristes, des aménagements créés spécialement pour eux, des employés venus de partout. Les jeunes du cru ne seraient plus allés tenter leur chance à Dublin. Des maisons neuves, de bonnes routes. Nous aurions à nouveau eu notre école, ce qui nous aurait évité d'envoyer nos enfants à Rathowen. Du travail pour des enseignants, un médecin, peut-être même des agents immobiliers : des gens chics. Ça ne se serait pas fait en un jour. Il aurait fallu des années. Mais une fois la machine lancée… Voilà ce dont nous avions besoin : d'une impulsion, d'une chance. Glenskehy serait revenu à la vie.

Quatre ou cinq ans plus tôt : juste avant le début des agressions contre Whitethorn House. Naylor correspondait en tous points à mon profil. À la pensée de la demeure transformée en hôtel, je ne regrettai plus de lui avoir démoli le portrait. Et pourtant… Je ne pouvais m'empêcher de me sentir remuée par la passion qu'exprimait sa voix, l'avenir radieux qu'il avait rêvé pour son village.

— Mais Simon March a refusé de vendre ? questionna Sam.

Naylor acquiesça, palpa sa joue tuméfiée.

— Un homme seul dans une crèche où auraient pu loger des dizaines de personnes… Qu'est-ce que ça lui apportait ? Pourtant, il n'a pas voulu. Il a préféré continuer y à vivre en égoïste plutôt que de faire un peu de bien. Idem quand il est mort : son héritier n'avait pas mis les pieds à Glenskehy depuis son enfance, il était sans famille et n'avait aucun besoin d'une cambuse aussi vaste. Il s'y est quand même accroché. Ils sont comme ça, les March. Ils ont toujours été comme ça. Ce qu'ils veulent, ils le gardent, et le monde entier peut crever.

— C'est leur maison de famille, objecta Sam. Ils y sont peut-être attachés…

Naylor se redressa, darda sur lui ses yeux pâles et furieux, étincelants au milieu des plaies et des bleus.

— Quand un homme construit quelque chose, il doit s'en occuper ! C'est son devoir. Si vous faites un enfant, vous devez prendre soin de lui jusqu'au cercueil. Vous n'avez pas le droit de le tuer pour vous faciliter la vie. Si vous bâtissez un village, vous devez le faire prospérer. Vous tourner les pouces en le regardant mourir, c'est un crime !

— Je l'approuve sur ce point, dit Frank. Peut-être avons-nous plus de choses en commun que je ne l'imaginais.

Je l'entendis à peine. Une partie du récit de Naylor contredisait le profil que j'avais tracé de lui : jamais il n'aurait poignardé Lexie pour la punir de porter son enfant ou même de vivre à Whitethorn House. Je l'avais pris pour un vengeur hanté par le passé, mais il était beaucoup plus complexe et plus féroce que cela. C'était le futur qui l'obsédait ; l'avenir de sa contrée natale qui s'enfonçait dans le néant comme l'eau dans la terre. Le passé n'était que la sombre préfiguration de cet avenir, son jumeau dans le malheur.

— C'est donc tout ce que vous demandiez aux March ? s'enquit Sam. D'avoir un comportement honorable, de vendre, de donner sa chance à Glenskehy ?

Au bout d'un long moment, Naylor opina, comme à contrecœur.

— Et la seule façon d'y parvenir, selon vous, consistait à leur flanquer la trouille ?

Nouvel acquiescement. Frank siffla entre ses dents. Je retins mon souffle.

— Quel meilleur moyen de les effrayer, poursuivit Sam d'un ton impavide, que de zébrer le torse d'une des jeunes femmes, en pleine nuit, d'une petite estafilade ? Rien de bien sérieux ; une blessure légère, sans conséquence, uniquement pour leur signifier : « Vous n'êtes pas les bienvenus. »

Naylor reposa violemment sa chope sur la table.

— Je n'ai jamais fait de mal à personne. Jamais !

— Pourtant, quelqu'un a copieusement cogné trois d'entre eux, le soir où vous avez récolté vos deux cocards.

— C'était une bagarre ! Un combat à la loyale, du moins de ma part. Car eux y sont allés à trois contre un ! Vous ne saisissez pas la différence ? J'aurais pu tuer

Simon March des dizaines de fois ! Je n'ai jamais touché à un seul de ses cheveux !

— Il était vieux. Vous saviez qu'il n'en avait plus que pour quelques années et qu'il existait une chance raisonnable pour que ses héritiers vendent la maison plutôt que de s'enterrer à Glenskehy. Vous pouviez vous permettre d'attendre.

Naylor voulut réagir, mais Sam ne lui en laissa pas le temps et enchaîna, implacable :

— Mais, une fois le jeune Daniel et ses amis installés, tout a changé. Ils ne partaient pas, et vos graffiti à la bombe ne les effrayaient pas. Alors, vous avez dû passer au stade supérieur…

— Non ! Je n'ai jamais…

— Il fallait que vous leur disiez, de façon claire et définitive : si vous ne voulez pas d'ennuis, cassez-vous. Vous aviez vu Lexie Madison se promener tard la nuit… Peut-être l'aviez-vous suivie…

— Je n'ai pas…

— Vous sortiez du pub. Vous étiez ivre. Vous aviez un couteau sur vous. Vous avez pensé aux March laissant crever Glenskehy, et vous avez décidé d'y mettre un terme, une bonne fois pour toutes. Peut-être aviez-vous seulement l'intention de la menacer…

— Non…

— Alors, comment ça s'est passé, John ? Racontez-moi. Comment ?

Naylor s'affala sur la table, les poings serrés, prêt à frapper Sam.

— Vous me faites gerber ! Ils vous sifflent et vous accourez là-haut comme un caniche. Ils pleurnichent, se plaignent de l'affreux cul-terreux qui ne sait pas rester à sa place. Alors vous m'embarquez et vous m'accusez d'avoir poignardé une des gonzesses. Foutaises ! Je veux qu'ils dégagent de Glenskehy et, croyez-moi, ils se débineront. Mais je n'ai jamais envisagé d'agresser physiquement l'un d'eux. Jamais. Je ne leur ferai pas ce plaisir. Quand ils boucleront leurs valises et foutront le camp, je veux être là pour leur souhaiter bon vent. Ces enfoirés ont voulu me renvoyer dans ma niche, comme le faisaient leurs ancêtres avec les miens, il y a trois cents ans. Qu'ils disparaissent. C'est tout. Pour le reste, vos suppositions ne tiennent pas debout, pas plus que vos salades sur une foule déchaînée lynchant la fille enceinte. Vous pourrez enquêter tant que vous voudrez à Glenskehy, vous ne découvrirez rien. Ce n'est pas un habitant du village qui a poignardé votre mijaurée. Je sais qu'il vous sera moins facile de vous en prendre aux riches plutôt qu'aux pauvres, mais si c'est un criminel que vous recherchez et pas un bouc émissaire, que vous ne trouverez pas chez nous parce que nous n'élevons pas ce genre d'animal, allez fouiner du côté de Whitethorn House !

Il croisa les bras, se cala sur sa chaise et entama *The Wind That Shakes the Barley.* S'éloignant du miroir, Frank se mit à rire silencieusement.

Sam essaya encore pendant une heure. Il passa en revue chaque acte de vandalisme, remontant quatre ans et demi en arrière, énuméra les preuves impliquant Naylor dans le jet de pierre et la rixe, certaines solides, comme ses hématomes, mes descriptions, d'autres inventées : empreintes digitales, analyses graphologiques imaginaires. Il surgit dans la salle de tapissage, s'empara des sachets d'indices sans nous regarder, Frank et moi, les empila sur la table, en face de Naylor. Il le menaça de l'arrêter pour cambriolage, violence aggravée ayant pu entraîner la mort, pour tout, sauf pour meurtre. Il eut droit, en retour, à une succession de chants patriotiques puis, pour changer, à une ballade sentimentale.

Il finit par baisser les bras. Un long moment s'écoula entre l'instant où il laissa Naylor dans la salle d'interrogatoire et son retour dans la salle d'observation, les sachets d'indices à la main, les traits ravagés par la fatigue.

— C'était très bien, lui lança Frank. Tu aurais même pu obtenir des aveux sur les actes de vandalisme si tu n'avais pas voulu décrocher la timbale.

Sam l'ignora, se tourna vers moi.

— Qu'en penses-tu ?

À mon avis, il existait un dernier espoir : que Naylor se soit énervé au point de poignarder Lexie parce qu'il était le père de son enfant et qu'elle lui avait annoncé son intention d'avorter.

— Je ne sais pas, répondis-je. Franchement, je ne sais pas.

— Je ne crois pas qu'il soit notre homme, affirma Sam, en s'appuyant lourdement sur la table où il venait de déposer les sachets.

Frank parut stupéfait.

— Tu abandonnes parce qu'il a tenu une matinée ? Pourtant, il a tout pour plaire : le mobile, l'occasion, la mentalité… Parce qu'il t'a raconté une belle histoire, tu vas l'inculper pour un acte de vandalisme à la noix et renoncer à tes chances de le coincer pour meurtre ?

Sam pressa les paumes contre ses yeux.

— Je n'en sais rien.

— Alors, conclut Frank, essayons ma méthode. La tienne ne nous mène nulle part. Libérons Naylor et voyons ce que Cassie pourra tirer de lui à propos du trafic d'antiquités.

— Ce type se fiche complètement de l'argent, répliqua Sam sans le regarder. Ce qui importe, pour lui, c'est son village, et les dégâts que lui ont fait subir les maîtres de Whitethorn House.

— Il a donc une cause. Et rien n'est plus dangereux qu'un homme qui a la foi.

Sam commençait à avoir l'air sonné, comme un boxeur qui a reçu trop de coups.

— Je ne pense pas qu'il soit un tueur, martela-t-il avec obstination. Et je ne vois pas pourquoi tu le soupçonnes de recel. Rien ne confirme cette hypothèse.

— Demandons à Cassie. Quel est ton avis, mon ange ? Est-il possible que j'aie raison à propos de l'escroquerie aux antiquités ?

Très vite, je détaillai la salle de tapissage, où j'étais désormais une simple visiteuse, le miroir sans tain, la tache sur la moquette, vestige du café que j'y avais renversé deux ans plus tôt. Des images, des souvenirs se bousculèrent dans ma tête : ma panoplie de fonctionnaire pendue dans mon placard, les propos imbéciles de Maher que je supportais tous les matins aux violences domestiques, les autres m'attendant dans la bibliothèque, le parfum de muguet qui, dans ma chambre de Whitethorn House, m'enveloppait comme un châle.

— Oui, dis-je, c'est possible. Ça ne me surprendrait pas.

Tout à coup, Sam explosa.

— Bon Dieu, Cassie ! Qu'est-ce qui te prend ? Tu ne peux pas croire sérieusement à cette ânerie ! De quel côté es-tu ?

— Ne commençons pas à penser de cette façon, intervint Frank, qui, appuyé contre le mur, les mains dans les poches, semblait compter les points. Nous sommes tous les trois du même côté.

— Ne te mêle pas de ça, Frank ! répliquai-je. Et toi, Sam, sache-le. Je suis du côté de Lexie. Ni de celui de Frank ni du tien. Uniquement du côté de Lexie. D'accord ?

La colère de Sam monta d'un cran.

— C'est exactement ce que je redoutais ! Tu croyais que c'était lui qui m'inquiétait ? cria-t-il en désignant Frank, qui fit mine d'être blessé en pleine poitrine. Dieu sait que je m'en méfie, mais, au moins, je peux garder un œil sur lui. Mais cette fille ! Être de son côté ! Les occupants de Whitethorn House sont à ses côtés depuis le début et, si Mackey a raison, elle les a dépouillés sans le moindre scrupule. Son compagnon américain était lui aussi de son côté, il l'aimait, et regarde ce qu'elle lui a fait. Le malheureux est complètement détruit. As-tu vu sa lettre ?

— Sa lettre ? demandai-je à Frank. Quelle lettre ?

Il haussa les épaules.

— Chad lui a envoyé une lettre aux bons soins de mon pote du FBI. Très émouvante, bien sûr, mais je l'ai passée au peigne fin et elle ne contient rien d'intéressant. Tu n'as pas besoin de distractions.

— Bon Dieu, Frank ! Si tu disposes d'éléments qui en apprennent un peu plus sur elle, quoi que ce soit…

— Nous en parlerons plus tard.

— Lis-la, insista Sam, plus blême encore que le jour de la découverte du corps. Je t'en donnerai une copie, si Mackey ne le fait pas. Ce Chad est au fond du puits. Depuis quatre ans et demi, il n'a pas fréquenté une seule fille. Il ne fera sans doute plus jamais confiance à une femme. Comment le pourrait-il ? Il s'est réveillé un matin avec les débris de sa vie autour de lui. Tous ses rêves partis en fumée.

— À moins que tu ne souhaites que ton patron se pointe, lui conseilla Frank d'un ton doucereux, tu devrais baisser la voix.

Il ne l'entendit même pas.

— Et n'oublie pas qu'en Caroline du Nord elle n'est pas tombée du ciel. Elle était ailleurs avant cela et, d'après ce que nous savons, ailleurs encore auparavant. Là-bas, il y a d'autres gens, Dieu seul sait combien, qui ne cesseront jamais de se demander où elle se trouve, à six pieds sous terre ou sur le trottoir après avoir mal tourné, si elle se souciait d'eux comme d'une guigne et pourquoi elle a brisé leur vie. Tous étaient de son côté, et regarde comment elle les a remerciés. Tous ceux qui étaient de son côté se sont fait avoir, Cassie, tous, et c'est ce qui va t'arriver. De toute manière, c'est ce qui arrive aux agents infiltrés. Leur existence vole en éclats. Cette enquête a débuté voilà à peine trois semaines. Et regarde, déjà, où nous en sommes. C'est ça que tu veux ? À ton avis, que se passera-t-il entre nous si tu consacres une année à cette opération à la con ?

— Coupons la poire en deux, suggéra Frank. Tu prends les choses en main s'il y a un problème de ton côté de l'enquête, et, s'il y a un problème de mon côté, c'est moi qui décide. Ça te va ?

Ce qu'exprimait son regard avait pétrifié des huiles de la police et des caïds de la drogue. Sam ne parut même pas le remarquer.

— Non, ça ne me va pas. Ta part de l'enquête mène tout droit à un désastre. Si tu ne t'en rends pas compte, moi, grâce à Dieu, je le vois. J'ai un suspect dans la salle d'interrogatoire, qu'il soit notre homme ou pas, et je l'ai trouvé en faisant mon travail de policier ! Et toi, qu'est-ce que tu as ? Trois semaines d'une mission démentielle pour rien ! Et, au lieu d'essayer de sauver les meubles, tu essaies de nous forcer à augmenter la mise et à faire quelque chose d'encore plus tordu !

— Je ne te force en rien. Je demande simplement à Cassie, qui, je te le rappelle, est mon agent infiltré et non ta subordonnée, si elle accepte de prolonger sa mission.

De longs après-midi d'été dans l'herbe, le bourdonnement des guêpes, le grincement paresseux de la balancelle. Nous cinq à genoux dans le carré des fines herbes et récoltant notre moisson, la douceur de la pluie, le parfum des feuilles mortes flottant dans la fumée du feu de jardin, la senteur du romarin et de la lavande écrasés entre mes paumes. Envelopper, le 24 décembre, les cadeaux au pied du lit de Lexie, la neige blanchissant ma fenêtre tandis que Rafe jouerait au piano des chants de Noël fredonnés par Abby depuis sa chambre, l'odeur du pain d'épice se faufilant sous ma porte…

Le regard de Sam et de Frank braqué sur moi. Tous deux s'étaient tus. Le silence subit qui régnait dans la pièce était profond, paisible.

— Bien sûr, dis-je enfin. Pourquoi pas ?

Les yeux de Sam s'agrandirent comme si je venais de le frapper. Frank me regarda d'une façon qui insinuait que si j'avais eu une once de bon sens j'aurais dû être submergée par la peur. Mais la sensation de délivrance et de liberté qui me grisa, telle une petite fille faisant la roue sur une pente dangereuse ou nageant au fond d'un lac à l'eau fraîche et bleue sans avoir besoin de reprendre son souffle, balaya tout le reste.

16

Je regagnai Trinity à l'heure du déjeuner. Les autres étaient encore à la bibliothèque et m'accueillirent avec soulagement.

— Te voilà enfin ! s'exclama Justin.

— Pourquoi ça a duré aussi longtemps ? s'enquit Rafe. Justin pensait que tu avais été arrêtée, mais je lui ai dit que tu t'étais sans doute enfuie avec O'Neill.

Des mèches de cheveux lui tombaient sur le front. La marque de son stylo striait la joue d'Abby. Ils ne s'imaginaient pas à quel point je les trouvais beaux ni que j'avais été aussi près de les perdre. J'eus envie de les enlacer, tous les quatre, de les serrer contre moi.

— Ils m'ont fait attendre une éternité, répondis-je. On va déjeuner ? Je meurs de faim.

— Que s'est-il passé ? intervint Daniel. Tu as pu identifier cet homme ?

— Non, dis-je, en me penchant devant Abby pour prendre mon cartable. Toutefois, c'est bien le type de l'autre nuit. Tu aurais dû voir sa tronche. On jurerait qu'il a fait dix rounds contre Muhammad Ali.

Rafe s'esclaffa, frappa sa paume contre la mienne.

— Pourquoi riez-vous ? s'insurgea Abby. Il aurait pu porter plainte contre vous pour coups et blessures. C'est ce que craignait Justin, Lex.

— Il ne se plaindra de rien. Il a raconté aux flics qu'il était tombé de vélo. Tout va bien.

— Aucun souvenir ne t'est revenu ? demanda Daniel.

— Pas le moindre.

Je saisis la veste de Justin sur sa chaise, l'agitai dans sa direction.

— Allez ! On va au Buttery ? J'ai envie d'un bon repas. Les flics m'ont donné faim.

— Pensent-ils qu'il s'agit de l'individu qui t'a agressée ? Ils l'ont arrêté ?

— Non. Ils n'ont pas assez de preuves, ou quelque chose comme ça. De toute façon, ils ne le croient pas coupable.

J'étais si heureuse de ce qui, pour moi était une bonne nouvelle ! J'en avais oublié qu'ils pouvaient la considérer, eux, sous un angle tout à fait différent. Il y eut un silence pesant, chacun évitant de regarder l'autre. Rafe ferma les yeux une seconde.

— Pourquoi ? questionna enfin Daniel. Tout fait de lui un suspect.

J'eus un geste fataliste.

— Comment savoir ce qui leur passe par la tête ? En tout cas, c'est tout ce qu'ils m'ont dit.

— Merde ! siffla Abby, soudain livide sous les néons.

— Donc, affirma Rafe, tout ça n'a servi à rien. Nous voilà revenus au point de départ.

— Nous n'en savons encore rien, objecta Daniel.

— Pour moi, c'est très clair. Traite-moi de pessimiste.

— Mon Dieu, murmura Justin. J'espérais tellement que tout serait fini…

Personne ne lui répondit.

Daniel et Abby parlant de nouveau dans le patio, tard le soir… Cette fois, je n'eus pas à tâtonner le long des murs jusqu'à la cuisine. J'aurais pu me déplacer dans toute la maison les yeux bandés sans trébucher ni faire craquer une planche.

— Je ne sais pas pourquoi, dit Daniel.

Ils fumaient, assis sur la balancelle, sans se toucher.

— Je n'arrive pas à mettre le doigt dessus. Il est possible que les autres tensions obscurcissent mon jugement… Mais je suis inquiet.

— Elle a traversé une période pénible, déclara prudemment Abby. À mon avis, elle n'a qu'un souhait : se reconstruire ; oublier, même, que c'est arrivé.

Daniel l'observa. La lune se reflétait sur ses lunettes, masquant ses yeux.

— Qu'est-ce que tu me caches ?

Le bébé. Je me mordis la lèvre et priai pour qu'Abby croie à la loyauté entre femmes.

Elle secoua la tête.

— Tu dois me faire confiance là-dessus.

Il se détourna. Une expression d'exaspération, ou de colère, déforma brièvement ses traits.

— Il n'y a pas si longtemps, nous nous disions tout. Est-ce vrai, ou est-ce que j'enjolive mes souvenirs ? Nous cinq contre le reste du monde, et aucun secret. Jamais.

— Vraiment ? Je n'ai pas l'impression que chacun confie tout aux autres. Toi, par exemple.

— J'aimerais croire, répondit-il au bout d'un moment, que je fais de mon mieux ; qu'à moins d'une raison impérieuse de m'abstenir je te dis, à toi et aux autres, tout ce qui est réellement important.

— Mais il existe toujours une raison impérieuse, n'est-ce pas ? Pour toi…

Elle était pâle, butée. Il soupira.

— Il est possible qu'il y en ait. Jadis, il n'y en avait pas.

— Toi et Lexie, chuchota-t-elle. Avez-vous… ?

Silence. Tous deux se jaugeaient aussi intensément que des ennemis.

— Parce que ce serait important.

— Vraiment ? Pourquoi ?

Nouveau silence. La lune disparut, fondant leurs visages dans la nuit.

— Non, répondit enfin Daniel. Nous ne l'avons jamais fait. Cela étant, je ne vois pas quelles conséquences cela pourrait avoir et je ne m'attends pas à ce que tu me croies. Mais nous ne l'avons pas fait.

Silence encore. La lueur rougeoyante d'une cigarette striant brusquement les ténèbres, tel un météore. Immobile dans la cuisine glacée, les observant à travers la vitre, j'aurais voulu leur dire : « Tout ira bien, maintenant. Avec le temps, tout va s'apaiser, redevenir normal. Car nous avons tout le temps. Je reste. »

Une porte qui claque au milieu de la nuit ; des pas précipités, sans précaution, résonnant sur le bois du parquet ; un autre claquement, plus fort cette fois : la porte d'entrée.

J'écoutai, assise dans mon lit, le cœur battant. Il y eut un mouvement dans la maison, si ténu que je le sentis plus que je ne l'entendis, traversant les parquets et les murs. Cela aurait pu venir de n'importe quelle partie de la maison. Quelqu'un se déplaçait. La nuit était calme. Pas de vent dans les arbres. Uniquement l'appel d'une chouette en chasse, très loin au-dessus des sentiers. J'appuyai mon oreiller contre la tête de lit, m'installai confortablement et attendis. J'eus envie d'allumer une cigarette ; mais j'avais la certitude de ne pas être la seule à rester éveillée dans mon lit, tendant l'oreille, guettant le moindre signe : un briquet qu'on allume, l'odeur de la fumée.

Au bout d'une demi-heure, la porte d'entrée s'ouvrit et se referma à nouveau, cette fois très doucement. Silence. Ensuite, des pas prudents montant l'escalier jusqu'à la chambre de Justin puis, juste au-dessous de moi, le grincement d'un sommier.

Je m'accordai cinq minutes. Rien ne se produisit. Je me glissai hors de mon lit et dévalai les marches. Je n'avais aucune raison de me montrer discrète.

— Oh, dit Justin lorsque je passai la tête dans l'encadrement de sa porte, c'est toi.

Il étais assis au bord de son lit, à moitié habillé : pantalon, chaussures, pas de chaussettes, la chemise à demi boutonnée, une mine épouvantable.

— Tu vas bien ? demandai-je.

Il passa les mains sur son visage. Elles tremblaient.

— Non. Pas vraiment.

— Que s'est-il passé ?

Ses mains retombèrent. Il me regarda fixement, les yeux rouges.

— Va te coucher, Lexie. Retourne dans ta chambre.

— Tu es en colère contre moi ?

— Le monde ne tourne pas autour de toi, répliqua-t-il froidement.

— Justin, je voulais simplement…

— Si tu tiens à me rendre service, laisse-moi seul.

Il se leva et, me tournant le dos, se mit à lisser ses draps avec de petits gestes brusques. Lorsqu'il devint évident qu'il ne m'adresserait plus la parole, je refermai la porte derrière moi et remontai l'escalier. Aucune lumière ne provenait de la chambre de Daniel. Pourtant, je percevais sa présence dans l'ombre. Il écoutait, méditait.

Le lendemain, en sortant à 17 heures de ma séance de travaux dirigés, je tombai sur Abby et Justin qui m'attendaient.

— As-tu vu Rafe ? me demanda Abby.

— Pas depuis le déjeuner.

Ils portaient leurs vêtements pour aller dehors : long imperméable gris pour Abby, veste de tweed boutonnée pour Justin. Des gouttes de pluie parsemaient leurs épaules et leurs cheveux.

— N'avait-il pas une réunion de thèse ?

— C'est ce qu'il nous a dit, répondit Abby en se réfugiant contre le mur pour laisser passer une bande d'étudiants chahuteurs. Mais les réunions de thèse ne durent pas quatre heures. De toute façon, nous nous sommes rendus jusqu'au bureau d'Amstrong. Il est fermé. Rafe n'y est pas.

— Il sirote peut-être une bière au Buttery.

Justin grimaça. Nous savions tous que Rafe buvait un peu trop, mais personne n'en parlait jamais.

— Nous avons également vérifié là-bas, précisa Abby. Inutile d'aller voir au Pav. Il déteste ce bistrot. Selon lui, il est rempli de branleurs et il lui rappelle ses années de pensionnat. Je ne vois pas d'autre endroit où le chercher.

— Quel est le problème ? nous lança Daniel, qui, sortant à son tour de sa séance de travaux dirigés, s'avançait dans le couloir, les bras chargés de papiers et de livres.

— Nous ne savons pas où est Rafe.

— Ah… Vous avez essayé de lui téléphoner ?

— Trois fois, répondit Abby. La première, il a appuyé sur « Appel rejeté ». Ensuite, il a éteint son portable.

— Ses affaires sont toujours à la bibliothèque ?

— Non, bredouilla Justin en mordillant la peau de son pouce. Tout le monde est parti.

— Parfait, déclara Daniel. Il ne lui est donc rien arrivé de grave. Il n'a pas été heurté par une voiture, il n'a pas été victime d'un brutal ennui de santé, on ne l'a pas emmené à l'hôpital. Il est tout bonnement parti se balader quelque part.

— Oui, mais où ? gémit Justin. Et que faire ? Nous ne pouvons pas rentrer sans lui. Allons-nous le laisser en plan ?

Daniel scruta le couloir bondé. L'air sentait la moquette mouillée. Dans la foule, une fille poussa un hurlement strident qui nous fit sursauter, Abby, Justin et moi, avant que nous réalisions qu'elle mimait simplement la terreur. Son cri se mua en protestations faussement outrées à l'encontre d'un garçon un peu trop entreprenant. Daniel, qui se mordait pensivement la lèvre, n'y prêta aucune attention.

Au bout d'un moment, il dit, excédé :

— Ce Rafe… Vraiment… Bien sûr que nous allons le laisser ici. Il n'y a rien d'autre à faire. S'il veut rentrer ce soir, il n'aura qu'à nous téléphoner ou prendre un taxi.

— Jusqu'à Glenskehy ? Je ne vais pas retourner à Dublin en voiture à cause de lui, uniquement parce qu'il lui a pris la fantaisie d'aller traîner Dieu sait où !

— Bon, conclut Daniel. Je suis sûr qu'il trouvera un moyen. On rentre.

À la fin du dîner, misérable pour une fois, composé d'escalopes de poulet extraites du congélateur, de riz et d'une coupe de fruits posée au milieu de la table, Rafe n'avait pas téléphoné. Il avait rallumé son portable mais transférait toujours nos appels sur sa boîte vocale.

— Ça ne lui ressemble pas, dit Justin, grattant avec l'ongle du pouce, de façon compulsive, le motif ornant le bord de son assiette.

— Oh, que si, grommela Abby. Il a levé une fille, exactement comme l'autre fois. Tu te souviens ? Il a disparu pendant deux jours.

— C'était différent. Et pourquoi hoches-tu la tête ? ajouta-t-il à mon intention. Tu n'étais même pas là !

Mon sang ne fit qu'un tour. Toutefois, personne ne parut soupçonneux. Tous étaient trop occupés par Rafe pour relever un impair aussi anodin.

— Je hoche la tête parce que j'en ai entendu parler. La communication, tu connais ? Tu devrais essayer, de temps en temps…

Tout le monde était d'une humeur massacrante, moi comprise. Je ne me faisais guère de souci pour Rafe.

Mais son absence me mettait mal à l'aise, tout comme mon incapacité à déterminer si c'était pour des raisons liées à l'enquête et à la sacro-sainte intuition de Frank, ou parce que sa place vide rompait l'équilibre de la pièce, le rendant précaire et bancal.

— En quoi était-ce différent ? s'enquit Abby.

Justin haussa les épaules.

— Nous ne vivions pas ensemble, à l'époque.

— Et alors ? Raison de plus. Qu'est-il censé faire, s'il a envie de s'envoyer en l'air ? Ramener sa conquête ici ?

— Il est censé nous téléphoner. Ou, au moins, nous laisser un mot.

— Nous disant quoi ? intervins-je, en coupant une pêche en petits morceaux. « Chers tous, je suis sur un coup. Vous contacterai demain, ou plus tard dans la soirée si je ne bande pas, ou à 3 heures du matin si elle baise comme une savate… »

— Ne sois pas vulgaire ! aboya Justin. Et, pour l'amour du ciel, mange cette putain de pêche au lieu d'en foutre partout !

— Je ne suis pas vulgaire. Je suis réaliste. Et je mangerai ma pêche quand bon me semblera. Est-ce que je te reproche tes manières à table ?

— Nous devrions appeler la police, maugréa-t-il.

— Sûrement pas, trancha Daniel en tapotant une cigarette sur le dos du poignet. Cela ne servirait à rien pour l'instant. En cas de disparition, la police attend vingt-quatre heures ou plus avant d'entamer les recherches. Rafe est majeur…

— En théorie, railla Abby.

— … et il a le droit de découcher.

— Et s'il fait une bêtise ? interrogea Justin d'une voix plaintive.

— Si je déteste les euphémismes, pontifia Daniel en secouant son allumette avant de la déposer dans le cendrier, c'est en partie parce qu'ils empêchent tout échange véritable. Nous pouvons parier, effectivement, que Rafe a commis une bêtise, mais cela couvre un champ infini de possibles. Ce qui t'inquiète, j'imagine, c'est qu'il soit en train de se suicider, ce qui, franchement, me paraît hautement improbable.

Justin garda un instant le silence. Puis, levant les yeux :

— Vous a-t-il parlé de l'événement qui s'est déroulé au cours de sa seizième année ? Lorsque ses parents l'ont changé d'école pour la dixième fois ?

— Pas de passé, assena Daniel.

— Il n'a pas tenté de se tuer, rectifia Abby. Il cherchait à attirer l'attention de son cinglé de père, et ça n'a pas marché.

— J'ai dit : « Pas de passé. »

— Je n'y fais pas allusion. Je t'explique simplement que ce n'est pas la même chose, Justin. Rafe n'a-t-il pas complètement changé, ces derniers mois ? Ne semble-t-il pas bien plus heureux ?

— Ces derniers mois, oui. Ces dernières semaines, non.

— D'accord, concéda-t-elle en coupant une pomme en deux avec un crissement sec. Nous ne sommes pas au mieux de notre forme. Mais ça ne change rien. Rafe sait qu'il a un foyer, que des gens se soucient de lui. Il n'a aucune intention de s'en prendre à lui-même. Il vit un moment difficile, il est parti prendre une cuite et courir la gueuse. Rien de plus. Il reviendra quand il sera de nouveau d'aplomb.

— Et s'il…

La voix de Justin se brisa.

— Je déteste tout ça, tu sais, murmura-t-il à son assiette.

— Tu n'es pas le seul, répliqua Daniel. Ç'a été une période d'essai pour nous tous. Il nous faut l'accepter, nous montrer patients avec nous-mêmes et avec chacun de nous, jusqu'à ce que nous guérissions.

— Tu affirmais que le temps aplanirait tout. Rien ne s'aplanit, Daniel. Tout empire.

— Je pensais à une durée de trois semaines, ou un peu plus. Si vous trouvez ça déraisonnable, je vous conjure de me le dire.

— Comment peux-tu être aussi calme ? s'écria Justin, au bord des larmes. Nous parlons de Rafe !

— Quoi qu'il fasse, énonça Daniel en se détournant poliment pour ne pas nous envoyer sa fumée dans la figure, je ne vois pas ce que ça changerait si je piquais une crise de nerfs.

— Je ne pique pas une crise de nerfs ! Je réagis comme toute personne normale lorsqu'un de ses amis disparaît !

— Justin, murmura Abby, tout va s'arranger.

Il ne l'entendit pas.

— Tu n'es qu'un robot… Mon Dieu, Daniel, une fois, une fois seulement, j'aimerais te voir agir comme si tu te souciais de nous…

— À mon avis, vous avez toutes les raisons de reconnaître que je me soucie énormément de vous quatre.

— Je ne m'en suis pas aperçu. Quelles raisons ? J'ai toutes les raisons de croire que tu t'en tapes…

Abby eut un petit geste, la paume tournée vers le plafond, la pièce autour de nous, le jardin. Ensuite, sa main retomba lentement, comme résignée.

— Tu as raison, dit Justin en s'affaissant sur sa chaise.

La lumière brisa ses traits de façon cruelle, creusant ses joues, barrant son front d'une ligne sombre. J'eus l'impression de faire un bond dans le temps, de le découvrir tel qu'il serait dans cinquante ans.

— Bien sûr. La maison. Voyez où ça nous a menés…

Silence tendu. Daniel reprit la parole, avec une émotion mal maîtrisée, inquiétante, que je ne lui avais jamais connue.

— Je ne prétends pas être infaillible. J'affirme simplement que j'essaie, sans ménager mes forces, de faire tout mon possible pour notre bien à tous. Si vous estimez que j'ai échoué, décidez par vous-mêmes. Si vous concluez que nous ne devons plus vivre ensemble, allez-vous-en. Si vous pensez que nous devons avertir la police de la disparition de Rafe, décrochez le téléphone.

Justin haussa piteusement les épaules et picora de nouveau dans son assiette. Daniel continua à fumer, le regard lointain. Abby croqua sa pomme. Je réduisis ma pêche à l'état de purée. Pendant un long moment, personne ne parla.

— Je constate que vous avez perdu le vilain petit canard, me dit Frank lorsque je l'appelai depuis mon arbre.

Apparemment, nous lui avions donné l'idée de faire une pause-repas. Il mangeait quelque chose garni de pépins que je l'entendais recracher, son exquis, dans sa main ou ailleurs.

— Si on le retrouve mort, peut-être commencera-t-on à prendre au sérieux mon hypothèse du mystérieux inconnu. On devrait me verser une prime pour ça.

— Arrête de jouer au con, Frank.

Il s'esclaffa.

— Tu n'as pas peur pour ton copain, on dirait…

— Je préférerais savoir où il est, c'est tout.

— Tu peux dormir sur tes deux oreilles, mon ange. Une ravissante jeune femme de ma connaissance a essayé de savoir où se trouvait son ami Martin cette nuit. Et elle a composé par erreur le numéro du petit Rafe. Malheureusement, il n'a pas indiqué l'endroit d'où il répondait avant que le malentendu se dissipe. Mais le bruit de fond nous a renseignés. Abby a visé juste : votre fugueur se saoule dans un pub et drague les minettes. Il vous reviendra sain et sauf, avec une gueule de bois carabinée.

Frank s'était donc inquiété, lui aussi, au point de faire appeler Rafe par une stagiaire à la voix enjôleuse. Naylor n'avait peut-être pas été seulement pour lui un moyen de neutraliser Sam. Peut-être l'avait-il considéré comme un suspect depuis le début. Je calai mes pieds un peu plus haut au milieu des branches.

— Magnifique. Je suis ravie de l'apprendre.

— Si j'ai bien entendu votre conversation, tu semblais aussi consternée que si ton chat venait de se faire écraser.

J'eus du mal à réprimer mon exaspération.

— Ils traversent une mauvaise passe. Pour une raison quelconque, parce qu'ils n'assument pas le fait que j'aie été poignardée, ou parce qu'ils affrontent une situation qu'ils nous dissimulent, ils commencent à craquer.

— Je sais que tu t'entends bien avec eux, ma belle. C'est ton droit. Ils ne sont pas ma tasse de thé, mais je n'émets aucune objection à ce que tu éprouves à leur égard des sentiments différents des miens. Toutefois, ce ne sont pas tes amis. Leurs problèmes ne sont pas les tiens.

— Je sais. Pourtant, il m'est difficile de me comporter en simple observatrice.

— Un peu de compassion n'a jamais fait de mal à personne, répliqua-t-il en mâchant une autre portion de fruit. À condition qu'elle ne détourne pas de l'essentiel. J'ai une nouvelle qui t'aidera peut-être à t'intéresser un peu moins à leurs problèmes. Ton Rafe n'est pas le seul à avoir disparu.

— Qu'est-ce que tu racontes ?

Il cracha d'autres pépins.

— J'avais programmé une surveillance de Naylor, discrète et à distance : sa routine, ses relations et tout le toutime, pour te fournir des renseignements plus consistants. Mais ça ne s'est pas passé comme prévu. Il ne s'est pas rendu à son travail aujourd'hui. Ses parents ne l'ont pas vu depuis la nuit dernière et ils affirment que cela ne lui ressemble pas. Son père est dans un fauteuil roulant. Jamais le petit Johnny ne laisserait sa mère le soulever toute seule. Ton Sam et deux stagiaires planquent à tour de rôle devant chez lui, et nous avons demandé à Byrne et à Doherty de surveiller les environs, au cas où…

— Il n'ira pas loin. Ce type ne quitterait Glenskehy que pieds et poings liés et dans une camisole. Il réapparaîtra.

— Je partage ton point de vue. Je crois que ça ne nous avance en rien en ce qui concerne le meurtre. L'idée que seuls les coupables prennent la fuite n'est qu'un mythe. Mais je suis sûr d'une chose : ce n'est pas la peur qui a poussé Naylor à se barrer. Il t'a paru effrayé ?

— Pas le moins du monde. Mais furieux, oui.

— À moi aussi. L'interrogatoire ne lui a pas plu du tout. Je l'ai regardé partir. Après deux pas hors de la salle d'interrogatoire, il s'est retourné et a craché sur la porte. Or nous savons qu'il est plus que colérique. Ainsi que tu le dis, il rôde sans doute toujours dans les parages. J'ignore s'il a pris la tangente parce qu'il ne veut pas que nous le filions ou parce qu'il a un projet en tête. En tout cas, sois prudente.

Je le fus. Sur le chemin du retour, je restai au milieu des sentiers, mon arme à la main. Je ne la remis dans la gaine qu'après avoir franchi le portail du fond pour me retrouver en sécurité sur la pelouse, devant les rais de lumière que projetaient les fenêtres.

Je n'avais pas appelé Sam. Non, cette fois, parce que j'avais oublié. Mais parce que je n'avais aucune idée de ce qu'il m'aurait répondu ni de ce que nous aurions eu à nous dire s'il avait décroché.

17

Rafe réapparut à la bibliothèque le lendemain vers 11 heures, l'imperméable boutonné de travers et tenant mollement son sac à dos à la main. Il titubait encore, empestait le cigare et la Guinness.

Il fut accueilli plus que fraîchement. Il dut essuyer les reproches d'Abby, de Justin et de Daniel, à qui il répliqua de se mêler de leurs affaires. Le ton monta très vite. Après avoir vainement tenté de les faire taire, des étudiants appelèrent l'appariteur, une grande gueule surnommée Attila. Il eut droit, lui aussi, aux propos hargneux et pâteux de Rafe. On faillit en venir aux mains. Daniel sonna la retraite et nous entraîna hors de la bibliothèque. Une fois dans le vestibule, il annonça que notre journée à Trinity était terminée.

— On rentre.

— À cette heure-ci ? Pour quoi faire ? protesta Justin, pour qui toute modification de notre sacro-sainte routine ressemblait à un sacrilège.

— Nous allons peindre le salon. Ça nous calmera.

Suggestion lumineuse. De vieux draps étalés sur les meubles, l'air vif entrant par les fenêtres ouvertes, des nippes crasseuses, une dépense physique, l'odeur de peinture et des airs de ragtime en arrière-fond, voilà ce dont nous avions besoin.

À la fin de notre travail, Rafe était tout miel, Abby et Justin assez détendus pour entamer un débat sur Henry James, et nous étions tous de meilleure humeur. Définitivement dessaoulé, Rafe, charmant comme il pouvait l'être quand il le voulait, déclara, les cheveux et les joues maculés de peinture fraîche, comme nous tous :

— Je vous demande pardon. Je n'aurais pas dû disparaître de cette manière, surtout sans vous avertir. Ma seule excuse, si j'en ai une, c'est la colère. J'étais furieux qu'on ait relâché ce type. Je suis désolé.

Daniel hocha gravement la tête. Quant à moi, je lui dis :

— Tu es un imbécile, mais nous t'aimons quand même.

— On oublie tout, renchérit Abby. Moi non plus, je ne suis pas folle de joie à l'idée que cet individu se retrouve libre d'errer où bon lui semble.

Rafe saisit la balle au bond.

— Tu sais quoi ? Je me demande si Ned ne l'a pas payé pour nous effrayer.

Silence de plomb. Abby, qui tendait la main vers son paquet de cigarettes, et Justin, affalé dans un fauteuil, se figèrent. Daniel ricana.

— Je doute fort que Ned ait les capacités intellectuelles de concevoir un plan aussi complexe.

Je faillis demander : « Qui est ce Ned ? » Je me retins à temps. Non seulement parce que j'étais, bien entendu, censée le savoir, mais aussi parce que je le savais. Je me serais giflée pour ne pas avoir fait le rapprochement plus tôt. Ils parlaient de l'homme que Frank, toujours prompt à affubler de sobriquets ceux qu'il n'appréciait pas, appelait « Eddie le Benêt » ; Eddie le Lambin, qui traînait en pleine nuit sur les sentiers en cherchant quelqu'un ; Eddie, qui avait affirmé n'avoir jamais rencontré Lexie.

Eddie, qui était N.

J'étais sûre que Frank entendait mon cœur cogner dans le micro.

— Probablement pas, admit Rafe, allongé par terre, appuyé sur les coudes et contemplant les murs nus. Quand le salon sera flambant neuf et décoré par nos soins, pourquoi ne l'inviterions-nous pas à dîner ?

— Il faudra me passer sur le corps, protesta Abby. Tu n'as jamais eu affaire à lui. Nous, si.

— Moi aussi, je préfère crever, assena Justin. Ce type est un plouc. La dernière fois, il a passé la soirée à picoler de la Heineken et à roter en trouvant ça hilarant. Sans compter ses élucubrations sur les cuisines modernes, l'évasion fiscale et autres conneries… Une fois m'a suffi, merci beaucoup.

— Vous n'avez pas de cœur, leur reprocha Rafe. Ned adore cette maison. Il l'a dit au juge. Nous devrions lui offrir une chance de constater que ce vénérable bien de famille est entre de bonnes mains. Passez-moi une clope.

— Ce qu'il adore surtout, rétorqua Daniel, c'est la perspective de six apparthôtels entièrement équipés et la possibilité d'aménagements ultérieurs. Pour voir ça, il devra marcher sur mon cadavre.

Nouveau silence, troublé seulement par le vol d'un bourdon précoce qui, venu du jardin, heurta le piano avant de ressortir. J'eus envie, jouant mon rôle habituel, d'intervenir pour détendre l'atmosphère. J'y renonçai. Je n'aurais réussi qu'à envenimer les choses. Même si j'ignorais le sens du mot « apparthôtels », je devinais de quoi il retournait. Je sentais aussi que ce qui opposait Ned aux autres était beaucoup plus profond, beaucoup plus sombre.

Le silence qui s'était abattu entre nous me convenait. Les questions se bousculaient dans ma tête non seulement parce que Lexie avait eu des rapports étroits avec l'ennemi numéro un, mais parce que Ned était, visiblement, un sujet tabou. Alors qu'en trois semaines personne ne l'avait jamais prononcé, son nom venait de mettre le feu aux poudres pour une raison qui m'échappait. Après tout, il avait perdu. La maison appartenait à Daniel ; ainsi en avaient décidé l'oncle Simon et le juge. Toute allusion à son existence n'aurait dû provoquer qu'un éclat de rire et quelques sarcasmes. J'aurais payé cher pour savoir ce qui se tramait. Mais il valait mieux que je ne le demande pas.

Je n'eus pas à le faire. L'esprit de Frank avait fonctionné parallèlement au mien, et rapidement.

Je partis pour ma promenade dès que je le pus. La tension ne s'était pas dissipée. Le dîner avait été pesant. Justin et Abby s'étaient, sans succès, efforcés d'entretenir la conversation. Rafe faisait de nouveau la tête et Daniel s'était enfermé en lui-même, répondant aux questions par monosyllabes. J'avais besoin de sortir de la maison pour réfléchir.

Lexie avait rencontré Ned au moins trois fois, en prenant de gros risques. Comme dans tout crime, il y avait quatre mobiles possibles : le sexe, l'argent, la haine, l'amour. Après tout ce que j'avais entendu sur Ned, le sexe me semblait peu probable. Mais l'argent… Lexie en avait un besoin urgent, et un richard comme lui aurait fait un acheteur bien plus fiable que John Naylor, pauvre ouvrier agricole. Si elle l'avait retrouvé pour discuter avec lui des objets qu'il convoitait et du prix qu'il était prêt à payer, et si quelque chose avait mal tourné…

La nuit était sombre, secouée par des rafales de vent. Je remis mon arme dans ma gaine, grimpai dans mon arbre et restai là longtemps, guettant le moindre bruit suspect, songeant à téléphoner à Sam.

Enfin, j'appelai Frank.

— Naylor n'a pas encore réapparu, m'annonça-t-il sans même me dire bonsoir. Tu ouvres l'œil ?

— Oui. Aucun signe de lui.

— Parfait. J'ai déniché quelque chose qui pourrait t'intéresser. En rapport avec les railleries de tes nouveaux amis, cet après-midi, sur le cousin Eddie et ses apparthôtels.

Je sursautai, avant de me rappeler que Frank ignorait tout de N.

— Il m'a l'air d'une vraie perle.

— C'est le mot. Une pomme de terre à la place du cerveau. Il n'a jamais eu, de sa vie, une pensée sans rapport avec sa queue ou son portefeuille.

— Tu crois que Rafe avait raison lorsqu'il suggérait qu'il avait pu payer Naylor ?

— Des clous. Eddie ne fraie pas avec les prolos. Tu aurais dû voir sa tronche quand il a entendu mon accent… En tout cas, les commentaires de cet après-midi m'ont rappelé ce que tu m'as confié un jour sur l'amour excessif que les quatre merveilles portent à la maison. Aujourd'hui, je m'ennuyais à mourir : Naylor court toujours et je n'arrive à rien en ce qui concerne Lexie-May-Ruth-princesse Anastasia ou Dieu sait qui ; j'envisage même qu'elle ait pu être fabriquée dans une éprouvette, en 1997, par des savants fous. Donc, uniquement pour prouver à ma copine Cassie que je me fie à ses intuitions, j'ai téléphoné à un de mes potes du cadastre. J'ai des potes partout, tu le sais. Donnant, donnant, renvois d'ascenseur, ça crée des liens. Bref, je lui ai demandé de me préciser le statut actuel de Whitethorn House.

— Alors ?

— Tu te souviens de m'avoir affirmé qu'ils se comportaient, tous les quatre, comme s'ils étaient propriétaires de la baraque ?

— Oui.

— Tu voyais juste. Ils le sont. Et toi aussi par la même occasion.

Les battements de mon cœur m'oppressaient. Un frisson parcourut les haies. Il se passait quelque chose.

— Accouche, Frank.

— Le testament du vieux Simon a été validé et Daniel est entré en possession de la maison le 10 septembre. Le 15 décembre, il y a eu un transfert de propriété sur cinq noms : Raphael Hyland, Alexandra Madison, Justin Mannering, Daniel March et Abigail Stone. Joyeux Noël.

Tout d'abord, ce fut cette extraordinaire marque de confiance de la part de Daniel partageant son bien avec ceux qu'il aimait le plus, confiance qu'ils lui rendaient et qu'ils éprouvaient les uns vis-à-vis des autres, qui me frappa. Je les revis, unis comme les doigts de la main, lisant paisiblement dans le salon, au coin du feu. Au début, je les avais enviés. À présent, je les admirais.

Et puis je compris. N, les billets d'avion, Daniel déclarant : « Il devra marcher sur mon cadavre. » Et si Lexie avait passé un marché avec Ned ? Si les autres l'avaient découvert ? Pas étonnant que son nom ait pétrifié tout le monde, cet après-midi-là. J'avais du mal à respirer.

Frank parlait toujours. Je l'entendais faire les cent pas.

— La paperasserie prend des mois. Daniel a dû enclencher la procédure le jour où il a reçu les clés. Je sais que tu aimes ces gens, Cassie. Mais tu ne m'ôteras pas de la tête que c'est de la démence. Cette tôle vaut, au bas mot, deux millions. Qu'est-ce qu'il s'imagine, ce Danny Boy ? Qu'ils vont y vivre jusqu'à la fin de leurs jours, comme une joyeuse communauté hippie ? Il a fumé la moquette, ou quoi ?

Il paraissait vexé, parce que cela lui avait échappé : ses préjugés sur les étudiants bobos l'avaient aveuglé.

— En effet, répondis-je, c'est bizarre. Mais ils sont bizarres, Frank. Bien sûr, la suite risque d'être compliquée : si l'un d'eux souhaite se marier, par exemple. Toutefois, ainsi que tu l'as dit toi-même, ils sont jeunes. Ils ne pensent pas encore aussi loin.

— En tout cas, le petit Justin ne se mariera pas de sitôt, à moins d'un changement majeur dans la législation.

— Épargne-moi tes clichés. Qu'est-ce que tu en déduis ?

Cela ne signifiait pas nécessairement que le coupable se trouvait parmi eux. Les indices indiquaient toujours que Lexie avait été poignardée par quelqu'un d'extérieur à la maison. Cela ne signifiait même pas qu'elle s'apprêtait à vendre des objets volés. Si elle avait conclu un marché avec Ned, puis changé d'avis… La haine… Ou si elle s'était jouée de lui, le menant en bateau pour lui faire payer sa tentative de s'approprier Whitethorn House… Cette demeure, il l'avait désirée au point de cracher sur la mémoire de son grand-père. Comment aurait-il réagi s'il avait entrevu, toute proche, la possibilité d'un partage, et si Lexie lui avait brutalement ôté ses illusions ? J'essayai de ne pas penser à l'agenda : ces dates, le premier N, quelques jours à peine après ce cercle manquant… Cette écriture hachée, le crayon perçant presque le papier, preuve d'une agitation extrême…

— Eh bien, répondit Frank d'une voix paresseuse qui n'augurait rien de bon, ça pourrait nous fournir le mobile que nous recherchons.

— Non ! répliquai-je, peut-être trop vivement. Pas l'ombre d'une chance. Où est le mobile, là-dedans ? S'ils avaient tous voulu vendre et qu'elle s'y soit opposée, alors oui, peut-être, mais ces quatre-là s'arracheraient les dents avec des tenailles plutôt que d'abandonner la maison. Qu'auraient-ils gagné en tuant Lexie ?

— L'un d'eux meurt, et sa part revient aux quatre autres. L'un d'eux s'est peut-être dit qu'un quart de cette superbe bâtisse valait mieux qu'un cinquième. Cela exclut Danny Boy. S'il avait voulu la baraque pour lui tout seul, il l'aurait gardée. Mais cela nous laisse les Trois Petits Cochons.

J'eus du mal à refréner mon exaspération. Décidément, Frank ne comprenait rien.

— Pour quoi faire ? Comme je l'ai dit, ils n'ont aucune intention de s'en séparer. Ils souhaitent y vivre ! Peu importe, à leurs yeux, la part qui leur revient. Tu crois que l'un d'eux est devenu un assassin parce qu'il préférait la chambre de Lexie à la sienne ?

— L'un ou l'« une ». Abby est une gentille fille mais je ne l'exclus pas. Cependant, ce n'était peut-être pas une question d'argent, pour une fois. Lexie a peut-être fait tourner un garçon en bourrique. Quand on partage une maison, on vit dans une promiscuité affriolante. Et souviens-toi qu'il est plus que probable qu'elle ait couché avec l'un d'eux. Nous savons tous que cela peut entraîner de gros dégâts. Si on loue, pas de problème : des hurlements, quelques larmes ; on se réunit, un des locataires dégage. Mais quand on est copropriétaire ? Ils ne pouvaient pas la virer, et je doute que quelqu'un, parmi eux, ait eu les moyens de la payer pour qu'elle s'en aille…

— Sûr. Sauf que je n'ai perçu aucune rancœur particulière à mon égard. Rafe m'en a voulu, au début, de ne pas avoir senti à quel point tous avaient été choqués par mon agression, mais rien de plus. Si Lexie avait suscité une animosité pouvant aller jusqu'au meurtre, je m'en serais rendu compte. Ces gens s'aiment, Frank. Ils sont peut-être bizarres, mais cette bizarrerie partagée, ils la cultivent. Et ils l'assument.

— Alors, pourquoi ne nous ont-ils pas révélé qu'ils étaient propriétaires de Whitethorn House ? Pourquoi se montrent-ils si cachottiers, s'ils sont blancs comme neige ?

— Ils ne t'ont rien dit parce que tu ne le leur as pas demandé. Si tu étais à leur place, et même si tu étais aussi innocent que l'enfant qui vient de naître, irais-tu raconter aux flics ce qu'ils n'ont pas à savoir ? Passerais-tu, même, des heures à répondre à leurs questions comme ils l'ont fait ?

— J'ai l'impression d'entendre un avocat de la défense.

— Allons, Frank. Je parle comme un enquêteur. Quant à toi, tu fais une fixation sur eux. Libre à toi de ne pas les porter dans ton cœur. Cela ne fait pas d'eux des tueurs de sang-froid.

— Tu es mal placée pour mettre en cause mon objectivité, mon ange.

— Qu'est-ce que tu insinues ?

— Je reste en retrait, alors que tu es dans le bain. Garde ça à l'esprit. Il y a une nuance entre la sympathie et l'attitude de l'autruche.

— Je ne saisis pas, Frank. Tu les as écartés dès le début et, il y a deux jours, tu étais braqué sur Naylor…

— Je le suis toujours. Du moins, je le serai dès que nous aurons remis la main sur lui. Mais je ne néglige aucune piste. Je ne laisse tomber aucun suspect, je dis bien aucun, jusqu'à ce qu'il soit hors de cause. Et ces quatre ne le sont pas encore. Ne l'oublie pas.

— Entendu. Jusqu'à la réapparition de Naylor, je me concentrerai sur eux.

— Moi aussi. Et continue à faire attention à toi, Cassie. Pas seulement à l'extérieur de la maison ; à l'intérieur aussi. À demain.

Il raccrocha.

Dernier mobile : l'amour. Tout à coup, je me souvins des vidéos : un pique-nique à Bray Head, sur la côte, l'été précédent, tous les cinq allongés dans l'herbe, buvant du vin dans des tasses de plastique, mangeant des fraises et discutant pour savoir si on ne surestimait pas Elvis Presley. Daniel, pontifiant comme toujours, cette fois sur le contexte socioculturel de l'époque, jusqu'à ce que les autres le fassent taire en lui jetant des fraises. Lexie alanguie, la tête sur les genoux de Rafe, qui glissait une marguerite derrière son oreille. Lexie et Abby assises dos à dos et regardant la mer, les cheveux au vent. Lexie riant en enlevant une coccinelle des cheveux de Daniel, qui souriait. Cette vidéo, je l'avais vue tant de fois qu'elle faisait partie, me semblait-il, de ma propre mémoire. Tous les cinq étaient heureux, ce jour-là.

Il y avait de l'amour entre eux, un amour vrai, aussi simple, aussi chaud que du pain. Et pourtant... Cet amour, Lexie s'apprêtait à le briser. Elle cherchait à le détruire, de toutes ses forces. Le jour même où l'une des vidéos la montrait descendant d'une échelle, radieuse et couverte de poussière, elle avait tracé ce gribouillis rageur dans son agenda. Si elle avait vécu deux semaines de plus, un matin, au réveil, les autres auraient trouvé sa chambre vide. Pas un mot, pas un au revoir. Aucun regret.

Sous ses dehors charmeurs, Lexie Madison était une femme dangereuse. Peut-être l'était-elle encore.

Je descendis de mon arbre et marchai au milieu du sentier, le vent dans le dos. Les bourrasques me poussaient, gonflaient ma veste. Il fallait que je parle à Ned, très vite. Mais comment le joindre ? Lexie ne m'avait laissé aucune indication sur leur façon de communiquer. Pas par portable, en tout cas : Sam avait épluché ses appels ; aucun numéro non identifié. Alors ? Pigeon voyageur ? Billets glissés au creux d'un arbre ? Signaux de fumée ?

Je n'avais pas beaucoup de temps. Sam ignorait que Lexie connaissait Ned et qu'elle avait décidé de disparaître. J'avais bien fait de ne pas lui parler de l'agenda.

Il s'en serait aussitôt emparé et aurait fini par découvrir le pot aux roses. J'en savais assez sur Ned pour être certaine que, dans une salle d'interrogatoire, Frank obtiendrait de lui ce qu'il voudrait. Je devais absolument le prendre de vitesse. Mais comment donner rendez-vous à Ned sans attirer l'attention des autres ?

Sûrement pas par téléphone. Les appels des portables sont répertoriés et leurs utilisateurs reçoivent des factures détaillées. Lexie, en l'occurrence, ne se serait jamais servie du sien. Whitethorn ne possédait pas de ligne fixe. Il n'existait pas de cabine où elle aurait pu se rendre à pied. Elle aurait pu, prétextant un besoin urgent, utiliser celle du département de littérature, à Trinity. Mais si les autres étaient passés par là au mauvais moment, ils l'auraient démasquée. L'enjeu était trop important pour qu'elle prenne un tel risque. Impossible aussi d'aller voir Ned chez lui, à Bray, ou à Killiney, sur son lieu de travail, sans que les autres remarquent son absence. Les lettres ou le courrier électronique étaient également exclus. Pas question de laisser une trace.

Les cinq ne se quittaient pas d'une semelle. Ils allaient à l'université ensemble, travaillaient ensemble à la bibliothèque, prenaient leurs repas ensemble. Leur emploi du temps, le nôtre, était réglé comme du papier à musique. Tout comme Lexie, je n'avais pas une minute à moi. Sauf…

Sauf la nuit, pendant une heure, lors de mes promenades, dont je profitais pour téléphoner à Frank et à Sam.

Elle aussi en avait profité ! C'était pendant ses marches nocturnes qu'elle rencontrait Ned ! Il n'y avait pas d'autre solution.

J'avais l'impression qu'elle cheminait près de moi, me soufflait à l'oreille : « Tu brûles. »

Des billets au creux d'un arbre… « Plus l'enjeu est important, m'avait dit un jour Frank, plus les moyens employés sont rudimentaires. Si tu souhaites prendre un café avec un ami, avait-il ajouté, tu peux te permettre de lui envoyer un SMS ou un courriel. Mais si tu te crois surveillée par les flics, ou un ennemi, tu le préviendras en étendant une serviette bleue sur une corde à linge. » Or, pour Lexie, à mesure que le temps passait et que les nausées provoquées par sa grossesse devenaient plus fréquentes, l'enjeu devait représenter une question de vie ou de mort.

Ned habitait à seulement un quart d'heure de voiture, en dehors des heures de pointe. Sans doute l'avait-elle appelé, la première fois, depuis l'université. Après tout, il lui suffisait de convenir avec lui d'un endroit où déposer les messages, que chacun viendrait chercher tous les deux jours. J'avais dû passer devant des dizaines de fois.

De nouveau cette sensation d'avoir Lexie à mes côtés. Son sourire complice… Et son chuchotement : « Cherche encore. »

Dans la masure, où ils se retrouvaient certainement une fois les rendez-vous pris ? La police scientifique l'avait fouillée de fond en comble, sans tomber sur le moindre indice. Et Ned n'avait pas laissé son véhicule à proximité des ruines la nuit où je l'avais suivi. Pourtant, même si son monstre tout-terrain avait été spécialement conçu pour rouler sur les chemins boueux, il devait s'arrêter le plus près possible du lieu servant de boîte aux lettres. Cette nuit-là, il s'était garé sur la grand-route de Rathowen, dans une ligne droite, sur le bas-côté ; et devant une borne usée, penchée, telle une minuscule pierre tombale.

Je me mis à courir. Les autres guettaient mon retour d'une minute à l'autre. Je ne voulais surtout pas qu'ils s'inquiètent et partent à ma recherche. Mais cela ne pouvait pas attendre le lendemain soir. Je n'avais qu'une hantise : que Frank me dame le pion.

Comparé aux sentiers étroits, le bas-côté me parut large, nu et exposé. Toutefois, la route était déserte, sans le moindre phare à l'horizon. Lorsque j'allumai ma torche, les lettres et les chiffres de la borne me sautèrent aux yeux, rongés par les intempéries : *Glenskehy, 1828.* Autour, secouée par le vent, l'herbe haute oscillait en chuintant.

Je calai ma lampe sous un bras, écartai l'herbe. Elle était mouillée, tranchante. Au pied de la borne, une tache rouge vif jaillit des ténèbres.

Pendant un moment, j'eus du mal à identifier ce que je voyais. Des couleurs scintillèrent comme des diamants, de tout petits motifs parurent s'animer dans le faisceau de la lampe : le flanc d'un cheval, le pan d'une veste écarlate, une chevelure poudrée, une tête de chien. Ensuite, ma main remua une surface métallique maculée d'eau de pluie et parsemée de gravillons. Les silhouettes, alors, se mirent en place. C'était une boîte à cigarettes, vieille, rouillée, sans doute subtilisée dans le débarras de l'oncle Simon. La scène de chasse du couvercle avait été peinte avec un pinceau plus fin qu'un cil. La police scientifique et les stagiaires avaient ratissé les alentours de la masure sur plus d'un kilomètre, mais la borne se trouvait hors de leur périmètre. Lexie les avait bernés, avait préservé cette preuve pour moi.

Le billet, une feuille de papier ligné arrachée à un Filofax, était plié à l'intérieur de la boîte. L'écriture ressemblait à celle d'un enfant de dix ans. Apparemment, Ned avait hésité entre une lettre d'affaires et un texto : « Chère Lexie, essayé 2 fois 2 te joindre en raport avec ce que nous avons diskuté, suis toujours très interresser. Te prie 2 me mettre au couran quand tu en aura l'ocazion. Merci, Ned. » J'étais prête à parier qu'il avait fréquenté une école privée hors de prix. L'argent de papa n'avait pas servi à grand-chose.

« Chère Lexie ; Merci, Ned… » Elle avait certainement eu envie de lui donner des coups de pied pour avoir laissé traîner un message aussi explicite, même très bien dissimulé. J'éteignis ma lampe, marchai jusqu'à la route et mis le feu au billet. Quand il s'enflamma, je le laissai tomber, attendis qu'il se soit consumé avant de piétiner les braises. Ensuite, je sortis mon stylo à bille et déchirai une page de mon carnet de notes.

L'écriture de Lexie m'était devenue plus naturelle que la mienne. « 23 h jeudi. Nous parlerons. » Nul besoin d'ajouter une formule aguicheuse pour l'appâter. Mon double l'avait fait avant moi et il avait déjà mordu à l'hameçon. La boîte se referma avec un petit bruit sec. Je l'enfonçai entre les longues herbes, sentant mes empreintes digitales recouvrir celles de Lexie, posant mes pieds là où les traces des siens avaient disparu depuis longtemps.

18

Le lendemain dura une éternité. Les locaux du département de littérature étaient surchauffés, étouffants. Mes étudiants en travaux dirigés se montrèrent inattentifs, dissipés. C'était leur dernière séance. Ils n'avaient pas ouvert les livres que je leur avais demandé de lire et ne prirent même pas la peine de prétendre le contraire. Quant à moi, je m'en moquais. Je ne pensais qu'à Ned. Allait-il se montrer ? Que lui dirais-je s'il le faisait, comment réagirais-je s'il ne le faisait pas ? De combien de temps disposerais-je avant que Frank s'interpose entre nous ?

Je savais que je jouais mon va-tout. Même si j'avais vu juste à propos de la masure, même si c'était là que Lexie et lui se retrouvaient, il était très possible qu'il ait renoncé après un mois de silence de ma part. Son billet, non daté, remontait peut-être à des semaines. Et, même s'il était du genre obstiné, il y avait une chance infime pour qu'il ait trouvé mon message à temps. Seulement une part de moi espérait qu'il ne viendrait pas : je brûlais de savoir ce qu'il avait à me dire ; mais Frank, lui aussi, l'entendrait.

Partie tôt, j'arrivai à la masure vers 22 h 30. À Whitethorn House, Rafe massacrait du Beethoven à grands coups de pédale. Justin essayait de lire en se bouchant les oreilles, Daniel et Abby devenaient de plus en plus nerveux. La dispute ne tarderait pas.

C'était seulement la troisième fois que j'entrais dans la ruine. Je redoutais encore l'irruption d'un fermier hargneux. Après tout, le terrain devait bien appartenir à quelqu'un. Heureusement, personne ne me barra le chemin. La nuit était calme. Faiblement éclairés par la lune, les prés blanchâtres rendaient plus sombre la masse des collines dressée sous les étoiles. Je m'adossai dans un coin d'où il me serait facile de surveiller la route, mais où les ombres me dissimuleraient aux yeux de quelqu'un qui m'aurait observée, et attendue.

Si Ned venait au rendez-vous, je ne pourrais me permettre aucun impair. Je devais le laisser mener le jeu et me comporter en conséquence. Quoi que Lexie ait représenté pour lui, il fallait que je m'y conforme. Vamp, Cendrillon, Mata Hari, à moi d'improviser en fonction de son attitude. En dépit des quolibets de Frank sur sa stupidité, il repérerait le moindre faux pas. Il ne me restait qu'à jouer calmement mon rôle en espérant qu'il me fournirait une clé.

Blanche, mystérieuse, la route serpentait au pied des collines. Un peu avant 23 heures, une vibration à peine perceptible troubla le silence. Un moteur. Silence encore. Ensuite, des pas le long du sentier. Je me recroquevillai dans mon coin, une main sur ma torche, l'autre sous mon chandail, serrant la crosse de mon arme.

Un éclair de cheveux blonds contre les haies. Ned était là.

Il enjamba maladroitement le muret, examina son pantalon, s'essuya les mains et traversa le pré avec précaution. J'attendis qu'il fût dans la masure, à quelques mètres de moi, pour allumer ma lampe.

— Merde ! maugréa-t-il, levant un bras pour se protéger les yeux. Tu veux me rendre aveugle ?

Il correspondait en tout point à l'image que je m'étais faite de lui : banal, veule, dédaigneux, identique à n'importe quel snobinard de son espèce. Coupe de cheveux impeccable, vêtements dernier cri. Il devait aimer les filles dans son genre, interchangeables elles aussi, sexy parce qu'il le faut, sans humour, pas trop futées, un peu garces. Je regrettai de ne pas avoir de bronzage artificiel.

— X'cuse ! répondis-je en baissant ma torche et en imitant son ton maussade, avec l'accent qui avait fait sortir Naylor de ses gonds. Va pas nous faire un infarct'. C'est rien qu'une lampe.

Ce début de conversation ne volait pas bien haut, mais il me convenait. Dans certains milieux, les bonnes manières sont prises pour un signe de faiblesse.

— Où t'étais ? tempêta-t-il. Je t'ai laissé des messages à peu près tous les jours. J'ai autre chose à foutre que de me salir le cul dans la gadoue !

Si Lexie avait vraiment couché avec ce type, j'irais droit à la morgue pour la poignarder moi-même. J'écarquillai les yeux.

— Coucou ! On a voulu me tuer. Je sors du coma.

— Ah oui, c'est vrai…

Il me jeta un regard bleu pâle, vaguement contrarié, comme si j'avais fait quelque chose d'inconvenant.

— Quand même… T'aurais pu rester en contact. On est en affaires, merde !

Au moins une bonne nouvelle…

— Sûr. Maintenant, on y est, en contact, pas vrai ?

— Un inspecteur à la con est venu m'interroger ! beugla-t-il. Comme si j'étais un suspect. Je lui ai dit que c'était pas mon problème. Je suis pas cinglé, moi. Je dessoude pas les gens.

— Tant mieux. Tu lui as raconté, pour nous ?

— Que dalle ! Pourquoi ?

— Il aurait pu faire le lien avec ce qui m'est arrivé, tu crois pas ?

— J'ai pas cafté. Bon. On peut poursuivre ?

Je lui décochai une œillade navrée en battant des cils.

— Depuis le coma, je me rappelle rien. Faudrait que tu me mettes au parfum, que tu me dises où on en était, tout ça…

Il me dévisagea. Visage lisse, impassible. Pour la première fois, je discernai dans ses traits une ressemblance avec Daniel, mais un Daniel qui aurait subi une lobotomie.

— Nous en étions à cent, annonça-t-il. Cash.

Cent livres pour un bijou de famille, ou cent mille dollars pour une part de la maison ? Je n'avais pas à m'interroger pour savoir qu'il mentait. Je le gratifiai de mon plus beau sourire.

— Ça m'étonnerait. Le coma a bousillé ma mémoire, pas mon cerveau.

Il s'esclaffa sans la moindre gêne, fourrant les mains dans ses poches et se balançant sur ses talons.

— Y a pas de mal à tenter le coup…

J'accentuai mon sourire.

— Essaie encore.

— OK, dit-il, retrouvant son sérieux. J'ai proposé cent quatre-vingts, non ? Tu m'as répondu : « C'est pas assez. » Je t'ai donc laissé un mot, disant qu'on pourrait monter jusqu'à deux cent mille. Mais, à ce moment-là, tu...

Haussement d'épaules embarrassé.

— Tu sais quoi...

Deux cent mille ! Tout à coup, un sentiment de triomphe me submergea, celui qui comble n'importe quel enquêteur lorsqu'il réalise que son intuition ne l'a pas trompé, que les cartes qu'il vient de retourner sont les bonnes. Et je compris tout.

Jusque-là, Lexie n'avait dérobé, pour s'enfuir, que des sommes modestes. Elle avait gagné la Caroline du Nord grâce à la caution d'un appartement minable, l'avait quittée en empochant le prix de la vente d'une voiture bonne pour la casse. J'avais cru que, cette fois, elle cherchait de l'argent pour se faire avorter. Or un avortement ne coûte que quelques centaines de livres. Elle aurait pu les économiser sur ses émoluments, les voler dans la caisse commune de Whitethorn House ou les emprunter à une banque qu'elle n'aurait jamais remboursée. Pourquoi aurait-elle impliqué Ned dans cette histoire ?

Mais élever un enfant coûte beaucoup plus cher...

La princesse de nulle part, la reine de châteaux dispersés aux quatre coins du monde avait enfin trouvé sa raison de vivre. Renonçant à sa perpétuelle fuite en avant, elle avait pris l'engagement le plus important qui soit. Je fixai Ned d'un air hébété.

— Allons, grommela-t-il, se méprenant sur mon ébahissement, je ne cherche pas à t'entuber. Deux cent mille dollars. Je ne peux pas t'offrir plus. Je prends déjà de gros risques. Une fois qu'on aura conclu notre affaire, il me faudra convaincre au moins deux de tes potes. Bien sûr, j'y arriverai. Mais ça demandera des mois, et des engueulades à n'en plus finir.

Je pressai de toutes mes forces ma main libre contre le mur, jusqu'à sentir la pierre rugueuse s'enfoncer dans ma paume ; jusqu'à ce que je retrouve mes esprits.

— Tu crois ?

Ses yeux s'agrandirent.

— Putain, oui ! Ils sont nazes ! C'est tes copains, d'accord, Daniel est mon cousin et tout le merdier. Mais ils sont bouchés ou quoi ? Qu'on puisse faire quelque chose de cette maison, ça les fait hurler comme des bonnes sœurs devant un exhibitionniste !

— Ils l'aiment, cette demeure.

— Pourquoi ? C'est un bouge ! Y a même pas le chauffage central ! Et ils la considèrent comme un palais ! Est-ce qu'ils se rendent compte de ce qu'ils pourraient en tirer s'ils se remuaient les miches ? Cette maison a un potentiel !

« Apparthôtels entièrement équipés et possibilités d'aménagements ultérieurs… » Une seconde, je nous méprisai, Lexie et moi, pour nous être acoquinées avec ce type dans le seul but de servir nos intérêts.

— La futée, c'est moi, dis-je. Quand tu auras la baraque, tu feras quoi avec tout ce potentiel ?

Il ne cacha pas sa surprise : Lexie et lui en avaient sans doute déjà parlé. Je le scrutai d'un œil morne qui sembla le rassurer.

— Tout dépend du permis de construire. Dans l'idéal, je pense à un golf ou à un établissement de cure. C'est ce qui rapporte le maximum de blé, surtout si on peut construire une plate-forme pour hélicoptères. Sinon, je me rabattrai sur des appartements de luxe.

Je faillis lui rentrer dedans et m'enfuir. Il ne convoitait pas Whitethorn House. Quoi qu'il ait dit au juge, il s'en foutait. Ce qu'il voulait, c'était l'anéantir, la raser de fond en comble. Le visage de Naylor, illuminé par son rêve, me revint en mémoire. « Imaginez-vous ce que cet hôtel aurait apporté à Glenskehy ? » Ned et lui représentaient les deux faces d'une même médaille. Toutefois, Naylor était prêt à prendre des risques réels, physiques, et non pas seulement financiers, pour parvenir à ses fins.

— Super ! m'exclamai-je. Ce serait dommage de laisser cette turne en l'état pour que des gens y vivent.

Il ne perçut pas le sarcasme.

— Va falloir investir un max d'oseille, s'empressa-t-il de répondre, au cas où j'aurais augmenté les enchères. Donc, impossible d'aller au-delà de deux cents. C'est bon ? Je peux entamer la procédure ?

Je fis la moue, feignis de reconsidérer la question.

— Faut que j'y pense.

— Bordel ! lâcha-t-il d'un ton rageur en passant une main dans ses cheveux. Ça commence à bien faire !

— Navrée, vraiment… Si t'étais si pressé, tu aurais pu me faire une offre décente tout de suite.

— Je te la fais maintenant, non ? J'ai des investisseurs prêts à démarrer le projet, mais ils vont pas poireauter jusqu'à perpète. C'est des gars sérieux. Il leur faut des garanties.

Je lui décochai un sourire narquois en fronçant le nez.

— Moi aussi, je suis sérieuse. Je te donnerai ma réponse dès que j'aurai décidé. D'accord ?

J'agitai la main en guise d'au revoir.

Il ne s'en alla pas tout de suite. Il oscilla quelques instants d'un pied sur l'autre, avec une moue excédée. J'accentuai mon sourire.

— Entendu, conclut-il. Tiens-moi au courant.

À la porte, il se retourna, bomba le torse.

— Je vais devenir un gros bonnet, tu comprends ! Jouer dans la cour des grands ! Alors, on va pas tout foutre en l'air, OK ?

Il avait prévu une sortie théâtrale. Raté. Il trébucha en se retournant pour se précipiter dehors, se rétablit tant bien que mal et traversa le pré d'un petit trot maladroit, sans regarder en arrière.

J'éteignis ma torche, avant de m'asseoir contre le mur de la pièce principale. L'air était doux. De minuscules papillons de nuit voletaient autour de moi comme des pétales. Là où Lexie s'était vidée de son sang, des plantes, nourries d'elle-même, avaient poussé : des jacinthes des bois, un petit arbuste qui ressemblait à de l'aubépine.

Si Frank n'avait pas écouté la conversation en direct, il en prendrait connaissance d'ici à quelques heures. J'aurais dû lui téléphoner, ainsi qu'à Sam, décidant avec eux de la meilleure façon d'utiliser ce qui venait de se passer. Je n'en eus pas le courage.

Je m'étais trompée sur toute la ligne. J'avais vu en Lexie un animal sauvage préférant se ronger la patte plutôt que de se sentir piégé. Je m'étais persuadée que jamais elle n'aurait prononcé le mot « toujours ». Je tentai d'imaginer qu'elle avait prévu d'abandonner son bébé pour qu'il fût adopté, de quitter l'hôpital dès qu'elle aurait été capable de marcher et de s'enfuir vers une nouvelle terre promise. Peine perdue. Car je savais. Les sommes qu'elle avait négociées avec Ned n'étaient pas destinées à payer un séjour dans une clinique, même hors de prix. Elles étaient la rançon de toute une vie ; de deux vies.

Tout comme elle avait laissé les quatre façonner peu à peu son image de petite sœur espiègle et capricieuse, tout comme elle avait encouragé Ned à plaquer sur elle des stéréotypes féminins éculés car il était incapable de concevoir autre chose, elle m'avait poussée à la recréer telle que je la rêvais : une clé pour ouvrir toutes les portes, le symbole d'une vie libre, sans entrave. Tout cela n'existait pas. Cette fille qui avait abandonné derrière elle des existences brisées avait, au bout du compte, trouvé sa sortie. Et elle avait été sur le point de l'atteindre.

J'ignore combien de temps je restai immobile, mes doigts serrant l'arbuste, si jeune, en prenant soin de ne pas l'écraser. Je me souviens à peine de mon retour à Whitethorn House. J'espérais presque que Naylor allait surgir de derrière une haie, m'insulter ou chercher à me frapper. Je lui aurais rendu cri pour cri, coup pour coup, sans le moindre remords.

Remplie de rires, la maison scintillait comme un sapin de Noël. Alors que je traversais la pelouse, la porte-fenêtre s'ouvrit à deux battants et Abby cria :

— Lexie !

Elle courut à ma rencontre, sa longue robe blanche flottant autour d'elle.

— Je te guettais, ajouta-t-elle, essoufflée.

Elle avait les pommettes rouges, les yeux brillants, les cheveux dénoués. Visiblement, elle avait bu.

— Ce soir, s'exclama-t-elle, c'est la fête ! Rafe et Justin ont préparé du punch avec du cognac, du rhum et je ne sais quoi d'autre. L'effet est magique ! Personne n'a de travaux dirigés demain. On n'ira pas à Trinity. On va passer la soirée à se saouler jusqu'à rouler par terre. Ça te va ? On en a tous besoin. Après ces derniers jours… ces dernières semaines… je me suis dit qu'une pause bien arrosée nous aiderait à nous ressaisir, à reprendre le cours normal des choses. Qu'en penses-tu ?

— Quelle merveilleuse idée !

— Nous avons commencé sans toi. J'espère que tu ne nous en veux pas.

— Pas du tout. À condition qu'il reste du punch.

Loin derrière elle, des ombres se croisaient devant le mur du salon. La silhouette de Rafe, un verre au creux de la paume, les cheveux dorés comme un mirage, se profilait contre les rideaux sombres. D'une voix chevrotante et sensuelle, Joséphine Baker susurrait : « Mon rêve, c'était vous… »

Jamais je n'avais éprouvé un désir aussi intense que celui qui me submergea en cet instant : me débarrasser de mon arme, de mon téléphone, boire et danser jusqu'à ce que rien ne me semble important, hormis la musique, l'explosion des lumières et les quatre autour de moi, rieurs, éblouissants, invincibles.

Je ne garde de la suite qu'un souvenir flou. Concocté dans la cuisine par Justin et Rafe, le punch tint ses promesses. Effet magique garanti. Tout le monde se laissa aller. Même Daniel, si réservé d'habitude, en perdit son flegme. Alors que j'avais été, jusque-là, plutôt sensible au charme de Rafe, je ne pus m'empêcher, fascinée, de le couver des yeux. L'ivresse lui allait bien. Elle transfigurait ses traits, illuminait ses prunelles et, le libérant de sa raideur, donnait à ses gestes une souplesse animale.

Les cheveux sur le front, son verre rougeoyant à la main, il ressemblait, très droit dans un grand fauteuil du salon tandis que nous étions affalés autour de lui, à un roi mythique présidant un banquet, à un chef de guerre célébrant sa victoire.

D'autres bribes… Beaucoup plus tard, enivré autant par le punch que par les parfums de la nuit, Justin criant : « C'est l'été ! », jetant vers les étoiles des pétales d'aubépine qui retombaient autour de lui tels des flocons de neige. Rafe et moi, les mains nouées, tournoyant sur la pelouse, Daniel et Abby dansant une valse lente sous les arbres comme des amants fantomatiques surgis d'un bal aux feux éteints depuis des siècles. Moi, encore, allongée dans l'herbe, broyant de la menthe sauvage entre mes paumes, Rafe m'appelant faiblement depuis le patio…

Je me levai avec peine pour aller le rejoindre. En équilibre instable, je longeai le mur du jardin, une main agrippant le lierre. Des brindilles craquaient sous mes pieds nus, mais je ne sentais rien.

La pelouse était blanche sous la lune. De la musique s'échappait du salon. Abby dansait seule sur l'herbe, tournant lentement, les bras ouverts, la tête renversée vers le ciel immense. Près de l'alcôve que j'avais découverte le lendemain de mon arrivée, m'accrochant toujours au lierre, je la contemplai.

— N'est-elle pas sublime ? chuchota une voix derrière moi.

J'étais tellement ivre que je ne sursautai même pas. C'était Daniel, assis sur un des bancs de pierre, un verre près de lui, une bouteille à ses pieds, sur les dalles. Les ombres de la lune le transformaient en statue de marbre.

— Quand nous serons vieux, dit-il, et que notre mémoire nous trahira, je crois que cette image d'elle me hantera encore.

Mon cœur se serra. Je ne me demandai pas pourquoi. C'était trop compliqué, trop lointain…

— Moi aussi, je me souviendrai de cette nuit. Je veux la tatouer au fond de moi, pour ne jamais l'effacer.

— Viens ici.

Il posa son verre, me fit une place sur le banc et me tendit la main.

— Viens. Nous vivrons des milliers de nuits identiques à celle-ci. Si tu les oublies, peu importe. Nous en créerons d'autres. Nous avons tout le temps.

Sa main autour de la mienne était ferme, chaude. Il m'attira vers lui. Je m'alanguis contre son épaule, respirant son odeur de lavande et de laine propre. Tout était noir et argent, l'eau murmurait à nos pieds.

— Quand je pense que nous aurions pu te perdre…

Il secoua la tête, respira profondément.

— Tu m'as manqué. Tu n'imagines pas à quel point. Mais tout va bien, maintenant.

Ses mains se soulevèrent. Ses doigts, rudes et tendres, s'incrustèrent dans mes cheveux, descendirent le long de mes joues, suivirent le dessin de ma bouche.

La sienne avait un goût de glaçons et de whisky. Alors que je l'aurais imaginé embrassant mal, avec une méticulosité de notaire, l'impétuosité de son baiser me coupa le souffle. Lorsque nous nous séparâmes, au bout d'un temps infini, mon cœur battait la chamade.

Et maintenant ? me dis-je dans un ultime éclair de lucidité. *Que va-t-il se passer ?*

Sa bouche toute proche de la mienne, ses lèvres esquissant un sourire, ses mains sur mes épaules, ses pouces caressant tendrement mon cou… Frank n'aurait pas bronché : les agents infiltrés n'ont ni morale ni pudeur ; la mission avant tout. Mais Sam ! Un instant, il se matérialisa face à moi, telle la statue du Commandeur. En une seconde, l'existence qu'il me proposait défila devant mes yeux, m'enserrant comme un duvet protecteur, presque tyrannique. J'eus envie de la rejeter violemment, de respirer une grande goulée d'air frais, libérateur. De m'abandonner.

Le micro me sauva. Non à cause de ce qu'il pourrait transmettre, car j'étais trop confuse pour m'en soucier, mais à cause des mains de Daniel. Ses doigts, à présent, étaient à quelques centimètres de l'appareil accroché à mon soutien-gorge, entre mes seins. En un clin d'œil, je devins plus sobre que je ne l'avais jamais été.

— Eh bien, dis-je, il faut se méfier de l'eau qui dort !

Je me dégageai avec un grand sourire. Daniel ne réagit pas. À ce moment-là, un fracas retentit à l'intérieur de la maison. La porte-fenêtre s'ouvrit avec violence et quelqu'un apparut dans le patio. Rafe hurla :

— Tu fais toujours un drame de tout !

— Ça te va bien de dire ça ! beugla Justin. C'est toi qui voulais…

Il était dans une telle fureur que sa voix tremblait. Je regardai Daniel avec stupeur, me levai d'un bond et écartai le lierre. Rafe faisait les cent pas dans le patio en se frottant le crâne. Tassé contre le mur, Justin se mordillait un ongle. Ils se disputaient toujours, mais leurs voix avaient baissé d'un cran et je n'en percevais que le rythme saccadé, hargneux. La tête baissée, le menton sur la poitrine, Justin paraissait au bord des larmes.

Daniel n'avait pas bougé. L'ombre des feuilles cachait son visage.

— Je crois qu'ils ont cassé quelque chose dans la maison, lui dis-je. Et Rafe semble sur le point de frapper Justin. Nous pourrions peut-être.... ?

Il se leva lentement. Sa silhouette emplit toute l'alcôve, grande, mince, anguleuse, inquiétante.

— Oui. Nous devrions.

De nouveau impavide, il m'écarta avec douceur et s'engagea sur la pelouse. Couchée sur le dos, dans un enchevêtrement de coton blanc, un bras étendu, Abby dormait profondément. Daniel mit un genou en terre, se pencha sur elle, écarta avec délicatesse une mèche qui lui barrait la joue. Il se releva, chassa les brins d'herbe collés à son pantalon et pénétra dans le patio. Rafe hurla une nouvelle fois et s'enfuit dans la maison, claquant la porte derrière lui. Justin pleurait pour de bon.

Je n'y comprenais rien. M'étais-je vraiment crue sobre ? En fait, j'étais malade comme un chien. Je m'assis sur le banc et appuyait mon front entre mes genoux, attendant que les choses se tassent.

Je dus m'endormir ou perdre connaissance. J'entendis d'autres cris. Comme ils n'avaient rien à voir avec moi, je ne m'en préoccupai pas.

Je repris conscience, une crampe me bloquant le cou. Il me fallut de longues minutes pour réaliser où je me trouvais : toujours dans l'alcôve, recroquevillée sur le banc, la tempe contre le mur. Mes vêtements étaient humides et froids ; je grelottais.

Je me redressai peu à peu, puis me levai. J'avais une migraine abominable. Je dus me retenir au lierre pour me maintenir debout. Le jardin avait pris la teinte grise, hostile, fantomatique qui précède l'aube. Pas une feuille ne bougeait.

Abby avait quitté la pelouse. Lourde de rosée, l'herbe me trempait les pieds et le bas de mon jean. Des chaussettes, probablement les miennes, traînaient dans le patio. Je n'eus pas la force de les ramasser. La porte-fenêtre était grande ouverte. Rafe ronflait sur le canapé, au milieu d'un amoncellement de coussins et de cendriers pleins. L'air empestait l'alcool. Des éclats de verre parsemaient le bois luisant et les touches jaunies du piano. Juste au-dessus, une éraflure déchirait le mur. Sous le coup de la colère, quelqu'un y avait projeté un verre ou un cendrier.

Je montai l'escalier sur la pointe des pieds, me glissai dans mon lit sans prendre la peine de me déshabiller. Je grelottai longtemps avant de sombrer enfin dans le sommeil.

19

Comme il fallait s'y attendre, tout le monde se leva tard, avec une gueule de bois carabinée et une haleine épouvantable. Ma tête menaçait d'exploser, j'avais mal à la racine des cheveux. J'enfilai un gilet de laine sur mes vêtements de la veille et, après un arrêt rapide devant mon miroir pour vérifier si la barbe naissante de Daniel n'avait pas laissé de marques rouges autour de ma bouche, je descendis au rez-de-chaussée.

Dans la cuisine, soignant le mal par le mal, Abby, d'une humeur de dogue, sirotait un bloody mary. Elle gagna le salon en décrétant que, si je tenais à prendre un petit déjeuner, je n'avais qu'à le préparer moi-même. Rafe dormait toujours sur le canapé, un coussin sur la figure. Un bol de café à la main, Daniel fumait en contemplant le jardin. Il ne se retourna pas en nous entendant.

L'après-midi fut morne. Apparu le dernier, en robe de chambre, Justin se mit à geindre, comme d'habitude. Il jura qu'il avait la grippe ou une hémorragie cérébrale. Ses jérémiades réveillèrent Rafe, qui menaça de le faire taire. Justin l'ignora, voulut boire dans le verre d'Abby. Elle le repoussa sans ménagement, lui enjoignit vertement d'aller se concocter sa propre vodka-tomate. Puis elle se plongea dans une patience.

Je n'avais qu'un souhait : que la nuit arrive. J'avais hâte de partir marcher, comme tous les soirs, de me retrouver seule et de réfléchir en paix aux événements de la nuit. Les maladies imaginaires de Justin et le claquement des cartes qu'abattait Abby m'exaspéraient. Je tirai mon chandail sur ma tête, me lovai dans le fauteuil et m'endormis.

Lorsque je me réveillai, le salon était vide. On l'aurait cru déserté sous le coup de l'affolement : lampes allumées, chaises repoussées, chopes à moitié pleines, cercles poisseux sur la table.

— Holà !

Ma voix se perdit au milieu des ombres.

La maison paraissait immense ; hostile, étrangère. Mais, après tout, les autres étaient peut-être partis prendre l'air pour soigner leur gueule de bois.

Je me servis du café froid que je bus, appuyée contre l'évier, en regardant par la fenêtre. Des hirondelles piaillaient, rasaient la pelouse éclairée par le soleil doré du crépuscule. Je laissai mon bol sur l'évier et montai vers ma chambre en évitant, ce qui était absurde, de faire craquer les marches.

En posant la main sur la poignée de la porte, je sursautai. Avant même d'avoir poussé le battant, d'avoir respiré l'odeur de tabac et d'avoir aperçu sa silhouette immobile assise sur le lit, je sus que Daniel était là.

Il se tourna vers moi. La lumière filtrant à travers les rideaux teinta de bleu les verres de ses lunettes. Il murmura :

— Qui êtes-vous ?

Je notai sa façon de s'adresser à moi comme à une inconnue. Je réfléchis plus vite encore que ne l'aurait souhaité Frank. Un doigt sur la bouche, j'appuyai sur l'interrupteur.

— C'est moi.

Il me regarda sans un mot. Ma valise était juste derrière lui, sous le lit. J'ajoutai :

— Où sont les autres ?

Écartant les pans de mon gilet, je déboutonnai mon chemisier, dévoilant le micro miniature accroché à mon soutien-gorge, le fil enfoui dans mon pansement.

Il tressaillit à peine.

— Ils sont allés au cinéma à Dublin. J'avais deux ou trois choses à faire ici. Nous avons préféré ne pas vous réveiller.

Levant les pouces, je lui fis signe d'attendre. Je m'agenouillai lentement pour tirer ma valise de dessous le lit, sans cesser de le surveiller. S'il tentait quoi que ce soit, je l'assommerais avec la boîte à musique trônant sur la table de nuit, à portée de main, ce qui me donnerait le temps de fuir. Il ne bougea pas. Je composai le code, ouvris la valise, trouvai ma carte de police et la lui jetai.

Il l'examina avec soin. Puis, de façon très formelle :

— Avez-vous bien dormi ?

Tête baissée, il étudiait toujours ma pièce d'identité. Il m'aurait suffi de tendre le bras pour saisir mon arme collée avec du sparadrap contre la paroi de la table de nuit, la glisser dans ma ceinture. Mais s'il avait levé les yeux… Je renonçai. Je bouclai la valise avec la fermeture Éclair, la verrouillai.

— Assez mal, répondis-je. J'ai une migraine de tous les diables. Je vais aller lire un peu, en espérant que ça passera. À tout à l'heure ?

Je marchai vers la porte. Il consulta une dernière fois ma carte, la déposa sur la table de nuit.

— Oui, dit-il. À tout de suite.

Il se leva et m'emboîta le pas dans l'escalier.

Pour un homme aussi imposant, il se déplaçait silencieusement. Sa présence pesait dans mon dos. J'aurais dû trembler d'effroi : une poussée au creux des reins et c'était fini. Pourtant, je n'avais jamais eu moins peur de ma vie. « L'extase des profondeurs », m'avait dit un jour Frank, en me conjurant de ne pas m'y abandonner. Il avait ajouté : « Les infiltrés qui y succombent sont perdus. » Je m'en moquais.

À la porte du salon, Daniel m'observa avec intérêt tandis que, fredonnant *Oh, Johnny, How You Can Love !* j'explorais la pile de disques. J'en extirpai le *Requiem* de Fauré : au moins une fois dans sa vie, Frank aurait l'occasion d'apprécier de la vraie musique. Après avoir augmenté le son, je m'installai dans mon fauteuil, soupirai d'aise et feuilletai quelques pages de mon carnet de notes. Ensuite, sans hâte, j'enlevai mon pansement, décrochai le micro de mon soutien-gorge et posai le tout dans le fauteuil.

Daniel me suivit dans la cuisine, jusqu'à la porte-fenêtre. Traverser la pelouse à ciel ouvert ne me plaisait guère. « Tu ne bénéficieras d'aucune protection visuelle », m'avait assuré Frank. Comment savoir s'il ne m'avait pas menti ? De toute façon, je n'avais pas le choix. Au fond du jardin, je bifurquai vers les arbres, entraînant Daniel. Une fois hors de vue, je me détendis assez pour me souvenir de mon chemisier, que je reboutonnai. Si un sbire de Frank m'avait surprise le corsage ouvert, il aurait de quoi gamberger.

L'alcôve était beaucoup plus lumineuse que je ne l'avais escompté. Le soleil se faufilait entre les plantes grimpantes et s'étalait par flaques sur les dalles. Le banc était froid, même à travers mon jean. Le lierre se remit en place, nous dissimulant aux regards.

— Bien, commençai-je. Nous pouvons parler. Mais faites-le à voix basse, au cas où…

Daniel acquiesça, s'assit à côté de moi.

— Donc, Lexie est morte…

— Oui. Je suis désolée.

Formule stupide, qui me fit honte.

— Quand ?

— La nuit où elle a été poignardée. Elle a peu souffert, si cela peut vous consoler…

Il pianota sur ses genoux, contempla le rideau de lierre. Le filet d'eau chantonnait à nos pieds.

— Cassandra Maddox, énonça-t-il enfin, en séparant bien les syllabes. Je me suis souvent interrogé sur votre véritable nom. Il vous va bien.

— On m'appelle Cassie.

Ce détail le laissa de glace.

— Pourquoi avez-vous enlevé votre micro ?

Avec quelqu'un d'autre, j'aurais noyé le poisson, lançant, pour faire diversion : « À votre avis ? » Pas avec lui.

— Je veux savoir ce qui est arrivé à Lexie. Que quelqu'un d'autre l'entende ou non m'importe peu. J'ai pensé que vous me le diriez plus volontiers si je vous donnais une raison de me faire confiance.

Par politesse, ou par indifférence, il ne releva pas mon ironie.

— Vous croyez donc que je sais comment elle est morte ?

— J'en suis persuadée.

— Dans ce cas, ne devriez-vous pas avoir peur de moi ?

— Peut-être. Mais je ne vous crains pas.

Il m'observa un moment.

— Vous ressemblez beaucoup à Lexie, vous savez… Non seulement physiquement, mais moralement. Au début, je me suis demandé si je ne m'en étais pas convaincu pour excuser le fait d'avoir été dupé si longtemps, mais c'est la vérité. Elle n'avait peur de rien. Elle me faisait penser à une patineuse grisée par sa propre vitesse. C'est ce que j'ai toujours envié chez elle : ce goût du risque, ce défi perpétuel… Est-ce ce qui vous a motivée, vous aussi ?

— Non. Je ne voulais même pas entendre parler de cette mission. L'idée vient de l'inspecteur Mackey. À son avis, cela pouvait faire avancer l'enquête.

Daniel ne manifesta aucune surprise.

— Il nous a soupçonnés dès le début.

Il avait raison. Bien sûr qu'il avait raison ! Toutes les élucubrations de Frank sur cet inconnu mystérieux pourchassant Lexie aux quatre coins du monde n'avaient été qu'une invention destinée à endormir Sam, qui n'aurait jamais accepté que je vive sous le toit du tueur présumé. Sa fameuse intuition ne l'avait pas trompé. Avant même que nous nous retrouvions dans la salle d'opérations de la brigade, son intime conviction était faite : la réponse se trouvait à Whitethorn House.

— L'inspecteur Mackey est un homme intéressant, continua Daniel. Il me fait penser à ces traîtres de comédie, si charmeurs, si ensorcelants… Quel dommage que vous ne puissiez rien me dire ! J'aurais été fasciné d'apprendre ce qu'il a deviné…

— Moi aussi, croyez-le.

Courtoisement, il m'offrit une cigarette, me tendit son briquet. Je mis mes mains en cornet autour de la flamme.

— Bien, dit-il, après avoir allumé la sienne. Vous désirez certainement me poser quelques questions.

— Si je ressemble tellement à Lexie, répondis-je, qu'est-ce qui m'a trahie ?

Je n'avais pas pu m'en empêcher. Il ne s'agissait nullement de fierté professionnelle. Mais il fallait absolument que je sache quelle erreur impardonnable j'avais commise.

Il me regarda, à ma grande surprise, avec sympathie, presque avec affection.

— Vous avez été magnifique… Même maintenant, je doute que les autres aient soupçonné quoi que ce soit. Nous allons devoir décider de la suite, vous et moi.

— Je n'ai pas été si brillante que ça. Sinon, nous ne serions pas là.

— Ne nous sous-estimez pas l'un et l'autre. Vous avez joué votre rôle de façon quasi parfaite. Quant à moi, j'ai su, dès le début ou presque, même si je vous prenais vraiment pour Lexie, que quelque chose clochait. Les autres aussi, d'ailleurs… Mais ce malaise pouvait avoir tant de causes… Je me suis d'abord demandé si votre amnésie était feinte. Peu à peu, pourtant, j'ai vraiment cru à vos troubles de mémoire. Je ne voyais pas pourquoi, par exemple, vous auriez prétendu ne pas vous souvenir d'avoir trouvé l'album de photos, d'autant que vous paraissiez sincèrement perturbée par cet oubli. Une fois cette question réglée, j'ai pensé que vous aviez décidé de partir, ce qui, dans ces circonstances, aurait été compréhensible. Mais Abby était persuadée du contraire, et je me fie à son jugement. De plus, vous sembliez... vous sembliez réellement heureuse. Ravie, même. Installée, nichée au milieu de nous comme vous ne l'aviez jamais été auparavant. Peut-être était-ce délibéré. Dans ce cas, vous êtes une comédienne de génie. Toutefois, j'ai du mal à croire que notre intuition, à Abby et à moi, ait pu être fausse à ce point.

Oh non, il ne se trompait pas... Mais il n'en saurait rien. Je tirai sur ma cigarette, laissai tomber les cendres sur les dalles. L'air grave, Daniel attendit avec patience. Lorsqu'il comprit que je ne répondrais pas, il poursuivit :

— J'ai décidé que vous, ou plutôt Lexie, étiez tout simplement traumatisée. Souvent, un traumatisme profond modifie une personnalité de fond en comble. Un être fort se montre craintif, une nature heureuse sombre dans la mélancolie, une personne aimable devient méchante. Par comparaison, les changements que j'ai décelés en vous étaient infimes, à peine perceptibles. J'imagine que l'inspecteur Mackey vous avait fourni toutes les informations dont vous aviez besoin.

— Lui et Lexie ; les vidéos du téléphone portable...

Il contempla les fleurs blanches des aubépines frissonnant dans la brise. Je crus qu'il avait oublié ma question.

— Les oignons ? hasardai-je enfin.

Il eut un léger sourire.

— Ces fameux oignons… Lexie les avait en horreur, tout comme le chou. Heureusement, nous n'aimions pas le chou non plus. À propos des oignons, nous avions dû faire un compromis : une fois par semaine. Elle pestait quand même, les enlevait de son assiette, surtout, je crois, pour taquiner Rafe et Justin. Donc, lorsque vous les avez mangés sans un murmure avant d'en redemander, j'ai compris que quelque chose n'allait pas. Quoi, exactement, je n'en savais rien, parce que vous vous en êtes très bien tirée… Mais cela m'a poursuivi. Et je n'ai trouvé qu'une explication, même si elle me semblait invraisemblable : vous n'étiez pas Lexie.

— Alors, vous m'avez tendu un piège. À propos du Brogan's.

— Le mot est un peu excessif. Il s'agissait plutôt d'un test, que j'ai improvisé sur le moment. Lexie n'éprouvait aucun sentiment particulier à propos de ce pub. J'ignore même si elle y a mis les pieds un jour. Or, cela, une simulatrice ne pouvait pas le savoir. Vous pouviez connaître ses préférences, ses répugnances, mais pas ses indifférences. Là encore, pourtant, vous vous en êtes bien sortie, ce qui m'a rassuré. Mais il y a eu la nuit dernière. Ce baiser…

Je frissonnai, avant de me souvenir que je n'avais plus le micro sur moi.

— Lexie n'aurait pas fait ça ? demandai-je posément en me penchant pour écraser mon mégot.

De nouveau ce lent sourire qui, soudain, le rendait beau.

— Bien sûr que si. Cela lui correspondait tout à fait. D'ailleurs, ce fut très agréable, si je puis me permettre…

Je restai de marbre.

— Non, reprit-il. Ce qui m'a frappé, c'est votre réaction. Vous avez paru sidérée, choquée par votre propre comportement. Ensuite, vous vous êtes ressaisie. Vous avez lâché un commentaire désinvolte et trouvé un prétexte pour vous en aller. Lexie, elle, n'aurait jamais été outrée par ce baiser. Au contraire. Elle aurait été… comment dire ? Comblée.

— Pourquoi ? Vous avait-elle suggéré, par son attitude, qu'elle en avait envie ?

Les images de la vidéo me revinrent en mémoire. Lexie aguichait Rafe et Justin. Jamais Daniel. Mais c'était peut-être une ruse, un moyen d'endormir les autres…

— Voilà, enchaîna-t-il, ce qui vous a trahie. Lexie était à la fois incapable de penser au passé et d'anticiper l'avenir. Cela faisait sans doute partie des rares éléments de sa personnalité qui vous ont échappé. Ce n'est pas votre faute. Une candeur aussi ahurissante est difficile à concevoir… et à décrire. Je n'imagine pas une seconde Lexie planifiant une entreprise de séduction. Mais si cela s'était produit, elle n'aurait vu aucune raison de s'en offusquer, encore moins de l'interrompre. Vous, au contraire, vous en avez tout de suite mesuré les conséquences possibles. J'en déduis que vous avez quelqu'un dans votre vie.

Silence de ma part.

— Donc, poursuivit-il, cet après-midi, après le départ des autres, j'ai téléphoné au quartier général de la police. J'ai demandé où je pourrais trouver l'inspecteur Sam O'Neill. La femme que j'ai eue au bout du fil a d'abord eu du mal à le localiser. Ensuite, après avoir consulté un bureau quelconque, elle m'a donné un numéro et m'a dit : « Il est à la brigade criminelle, c'est lui qui enquête sur les meurtres. »

Il soupira, comme épuisé.

— Meurtres… Alors, je n'ai plus eu aucun doute.

Je répétai :

— Je suis désolée.

— Moins que moi.

Voilà pourquoi il avait envoyé les autres au cinéma : pour régler cette affaire seul. Il y eut un très long silence. Enfin, je déclarai :

— Vous savez que je dois vous demander ce qui s'est passé.

Il ôta ses lunettes, les essuya avec son mouchoir. Sans elles, ses yeux semblaient vides, aveugles. Les remettant en place, il murmura :

— Un proverbe espagnol affirme : « Prends ce que tu veux et paies-en le prix, dit Dieu. » Je ne crois pas en Dieu. Toutefois, ce prix, j'ai toujours accepté de le payer.

— Pourquoi ? Que voulez-vous ?

— Parlons plutôt de ce que je ne voulais pas. Je hais la société moderne. Sa vulgarité, son inculture, son obsession de l'argent et sa frénésie de consommation me révulsent. Les peuples élisent les dirigeants qu'ils méritent, et qui leur ressemblent. Mais ces hommes les maintiennent dans l'abrutissement, la servitude et la peur : abrutissement de la culture de masse, peur du lendemain, angoisse de perdre son emploi, de ne pas pouvoir payer les traites à la fin du mois. Cet esclavage, je le refusais, de toutes mes forces. Je n'avais qu'un rêve : vivre libre, loin du monde.

Il repéra dans l'ombre, non loin du banc, la bouteille de Jameson et le verre qu'il avait abandonnés la veille. Il se pencha, saisit le goulot d'une main et, de l'autre, me tendit le verre.

— Vous en voulez ?

Je déclinai son offre. Je tenais à garder la tête froide. Je restais sur mes gardes. Il aurait très bien pu me briser la bouteille sur le crâne. J'étais prête, au moindre geste, à lui projeter du lierre en pleine figure, ce qui m'aurait permis de courir jusqu'au salon, de m'emparer du micro et d'appeler au secours.

Rien de tel ne se produisit. Daniel remplit tranquillement le verre, en but une gorgée.

— J'en avais besoin.

Il ferma les yeux, savoura l'alcool. Enfin, il reprit :

— À l'université, je m'étais fait des amis, que vous connaissez. Ils partageaient mes idées, mes aspirations. Mais comment les réaliser ? Le capital que m'avaient laissé mes parents me rapportait une petite rente. Idem pour Rafe. Justin, lui, cesserait de toucher sa pension dès qu'il aurait terminé son doctorat. Quant à Abby et à Lexie, ce que leur rapportaient leurs bourses ou leurs travaux d'appoint était plus que modeste. Prises séparément, nos ressources nous auraient à peine permis de mener une existence étriquée dans des logements de fortune, des studios loués ou des chambres d'étudiant. Pour les mettre en commun, élargir notre horizon, nous retrouver ensemble, il aurait fallu un miracle. Or je crois aux miracles, à la possibilité de l'impossible

« Et ce miracle a eu lieu. Il s'appelle Whitethorn House. Quand mon oncle m'a légué cette maison, j'y ai vu un signe de la providence. Dès que son notaire m'a téléphoné pour m'annoncer la nouvelle, j'ai tout de suite compris ce que cela signifierait pour nous. Nous allions enfin avoir un toit, un univers bien à nous, l'occasion de tout mettre en commun. Les autres ont eu des doutes, éprouvé d'innombrables réticences. Nous avons discuté pendant des mois. Seule Lexie, et l'on peut y voir une ironie tragique, se montrait enthousiaste. Abby a été la plus difficile à convaincre, en dépit du fait qu'elle était, de nous tous, celle qui avait le plus désespérément besoin d'un foyer ; ou à cause de cela, peut-être… Finalement, elle a capitulé. Ma détermination a sans doute pesé lourd dans la balance. Quand on a une certitude absolue, on parvient, au bout du compte, à balayer les doutes de ceux qui hésitent. Et j'étais sûr de moi comme je ne l'avais jamais été.

— Est-ce pour cette raison que vous avez transformé la maison en copropriété ?

Il me jeta un coup d'œil acéré. Mon expression resta la même, intéressée, comme si je tenais à lui dire : « Je ne vous juge pas. » Il se remit à contempler le jardin à travers le lierre.

— Contrairement à ce que vous semblez penser, précisa-t-il, il ne s'agissait pas de les appâter. Loin de là. Cette donation était absolument essentielle à la réalisation de mon projet. Ce n'était pas la maison en elle-même que je convoitais. C'était la sécurité pour nous tous : un havre. Si j'avais été le seul possesseur de Whitethorn House, les autres m'auraient considéré comme leur propriétaire et se seraient sentis aussi peu en sécurité qu'auparavant. Leur existence aurait dépendu de mon bon vouloir. Ils auraient redouté mes foucades, une décision subite de partir, de me marier, de vendre…

Alors que, partagée équitablement entre nous cinq, cette demeure devenait notre foyer commun, pour toujours.

Il écarta le rideau de lierre. Le soleil couchant rosissait la façade de la maison, incendiait les fenêtres.

— C'était une idée merveilleuse… presque inimaginable. Le jour où nous avons emménagé, nous avons nettoyé la cheminée. Nous nous sommes débarbouillés dans une bassine d'eau glacée avant d'allumer un feu. Ensuite, assis devant l'âtre, nous avons bu du cacao grumeleux et essayé de griller des toasts. La cuisinière ne marchait pas, le chauffe-eau était hors d'usage, seules deux ampoules électriques fonctionnaient dans toute la maison. Justin portait trois chandails superposés, affirmait en gémissant que nous allions mourir d'une pneumonie. Rafe et Lexie l'affolaient en lui jurant qu'ils avaient entendu des rats courir dans le grenier. Jouant la grande sœur outragée, Abby menaçait de les envoyer au lit s'ils continuaient à chahuter. Je n'arrêtais pas de brûler les toasts ou de les laisser tomber dans le feu. Tout cela nous paraissait d'une drôlerie irrésistible. Nous avons ri à en perdre le souffle. Je n'ai jamais été aussi heureux de ma vie.

Ses yeux gris étaient paisibles. Pourtant, sa voix me toucha. J'avais deviné, dès mon installation, qu'il était malheureux. Mais, en cet instant, je compris que ce qui s'était passé avec Lexie lui avait brisé le cœur. Il avait tout misé sur son rêve lumineux, et il avait perdu. Je persiste à croire que ce jour-là, dans cette alcôve protégée par le lierre, j'aurais dû deviner ce qui allait suivre et savoir comment l'empêcher.

— Qu'est-ce qui n'a pas marché ?

— Bien sûr, l'idée était viciée au départ, rétorqua-t-il avec irritation. Elle reposait sur deux mythes : la possibilité de la permanence et la simplicité de la nature humaine. Or ces mythes n'existent que dans les livres. Dans la vraie vie, ce ne sont que des fantasmes. Notre histoire aurait dû s'arrêter ce soir-là, avec le cacao froid. « Et ils vécurent heureux. » Fin. Malheureusement, la vraie vie exige que l'on continue à vivre.

Il termina son verre et grimaça.

— Ce whisky est infect. Des glaçons ne seraient pas de trop.

Il s'en servit quand même un autre, l'examina avec répugnance et le posa sur le banc. J'en profitai pour prendre la parole.

— Puis-je vous poser une question ? Vous avez parlé d'un prix à payer pour ce que vous vouliez. Qu'avez-vous dû payer pour cette maison ? Il me semble que vous avez obtenu tout ce que vous désiriez gratuitement.

— Vraiment ? Vous vivez ici depuis plusieurs semaines. Vous avez sûrement une idée du coût que ça implique.

Bien sûr, je le savais, mais je voulais l'entendre de sa bouche.

— Pas de passé, dis-je. Pour commencer…

— Pas de passé, oui. C'était une partie du prix. Mais la moins pénible. Comme vous l'avez sans doute appris, aucun d'entre nous n'a connu une jeunesse propre à susciter la nostalgie. Nous avons dû affronter, à cet égard, des difficultés d'ordre pratique : empêcher le père de Rafe de le harceler au téléphone, celui de Justin de l'accuser d'être devenu membre d'une secte et de le menacer de prévenir la police, faire en sorte que la mère d'Abby ne surgisse plus dans la bibliothèque, aussi avide qu'un rapace. Mais il ne s'agissait que d'inconvénients mineurs, qui se seraient estompés avec le temps. Le prix véritable…

D'un doigt, il caressa distraitement le bord de son verre.

— On pourrait employer le mot « sacrifice ». Par exemple, nous renoncions à nous marier, à avoir des enfants. Les chances, pour nous, de rencontrer quelqu'un susceptible de s'adapter à notre situation, admettons-le, inhabituelle, étaient infimes. Et, bien que je ne nie pas qu'il y ait eu, entre nous, une certaine intimité, une idylle extérieure aurait détruit l'harmonie que nous nous efforcions de préserver.

— Une certaine intimité ?

Le bébé de Lexie…

— Entre qui ?

Il eut un geste d'impatience.

— Le problème n'est pas là. L'essentiel est que, pour faire de cette maison notre foyer commun, nous devions renoncer à ce que la plupart des gens considèrent comme des aspirations primordiales. Nous devions tourner le dos à ce que le père de Rafe appelait le monde réel. Ce n'est pas aussi lugubre que ça en a l'air, vous savez.

— Ce sacrifice, vous l'avez donc accepté…

— Oui. Et je pensais que les autres aussi l'avaient assumé.

Il porta son verre à ses lèvres, but encore une gorgée. Puis :

— Ce fut ma première erreur.

Il semblait si calme ! Je remarquai qu'il parlait au passé depuis le début de notre tête-à-tête, comme si tout était déjà fini.

— Ils n'y avaient pas réfléchi ? Ou ont-ils changé d'avis ?

— En y repensant, continua-t-il, perdu dans ses pensées, j'ai commis un nombre incalculable d'erreurs. Cette histoire d'hypothermie, par exemple… Je n'aurais jamais dû tomber dans le panneau. En fait, au début, j'étais plus que sceptique. Je m'y connais peu en médecine, mais lorsque votre collègue, l'inspecteur Mackey, m'a débité ce bobard, je n'en ai pas cru un mot. J'étais certain qu'il bluffait. Pendant cette première semaine, son mensonge n'a fait pour moi aucun doute. Et puis… et puis vous êtes arrivée.

Sans hâte, il me dévisagea.

— La ressemblance est hallucinante. Êtes-vous… étiez-vous… apparentée à Lexie ?

— Non. Pas à ma connaissance.

— Non, répéta-t-il en sortant de sa poche son paquet de cigarettes et son briquet. Elle nous avait dit qu'elle n'avait pas de famille. Voilà pourquoi une imposture me paraissait invraisemblable. Que vous ne soyez pas Lexie impliquait l'existence d'un sosie, c'est-à-dire vous. Hypothèse absurde à première vue. J'aurais dû me souvenir de Conan Doyle : « Lorsque vous avez éliminé l'impossible, ce qui reste, si improbable soit-il, est nécessairement la vérité. »

Il actionna son briquet, se pencha vers la flamme.

— Parce que, voyez-vous, il était impossible que Lexie ne soit pas morte. J'avais moi-même vérifié son pouls.

Silence encore, troublé seulement par le chant des oiseaux. J'eus l'impression que l'ombre de Lexie flottait sur la pelouse, se glissait derrière moi, se penchait, m'entourait de ses bras et plaquait doucement sa tempe contre la mienne.

— Que s'est-il passé ? soufflai-je.

— Vous savez que je ne peux pas vous le dire. Ainsi que vous l'avez probablement subodoré, elle a été poignardée à Whitethorn House ; dans la cuisine, pour être précis. Vous ne trouverez pas de sang. Il n'y en a pas eu sur le moment, même si je sais qu'elle a saigné par la suite. Et vous ne trouverez pas non plus le couteau. Il n'y a eu ni préméditation ni intention de tuer. Nous lui avons couru après. Mais quand nous l'avons découverte, il était trop tard. Je ne peux rien dire d'autre.

— Très bien.

Je tentai de me ressaisir. Je rêvais de plonger une main dans la mare, de m'asperger la nuque. Mais il était hors de question que Daniel s'aperçoive de mon trouble ; de toute façon, cela ne m'aurait aidée en rien.

— Puis-je vous dire ce qui, selon moi, s'est passé ?

Il eut un mouvement poli de la main.

— Je vous en prie…

— Lexie avait l'intention de vendre sa part de la maison.

Il ne tressaillit même pas. Il jeta la cendre de sa cigarette, visant le filet d'eau.

— Je suis sûre d'avoir compris pourquoi.

— Je ne veux pas le savoir, répondit-il. Au point où nous en sommes, cela n'a aucune importance. Lexie était certainement capable de se montrer insensible, impitoyable, même. Mais elle n'était pas cruelle. Jamais.

— Elle s'apprêtait à vendre sa part à votre cousin Ned. Pour moi, cela ressemble à de la cruauté.

Il répliqua par un rire sec, sans humour, qui me sidéra.

— Ned, lâcha-t-il avec une moue de dédain. Mon Dieu… Il m'inquiétait beaucoup plus que Lexie. Lexie, comme vous, avait du caractère. Si elle avait voulu raconter à la police ce qui s'était passé, elle l'aurait fait. Mais si elle avait refusé de parler, aucun interrogatoire n'aurait pu venir à bout de son mutisme. Ned, lui…

Il ricana, recrachant la fumée par le nez.

— Je ne dirai pas qu'il est faible. Il n'a pas de caractère du tout. Il est creux comme une huître. Transparent. Et vide. Une éponge imprégnée de l'idéologie ambiante, du conformisme dans lequel il baigne. Par exemple, il était tout excité à l'idée de gagner une fortune en transformant Whitethorn House en appartements de luxe ou en club de golf, mais il n'avait pas la moindre idée des raisons qui le poussaient à échafauder des projets aussi mirobolants. Quand je lui ai demandé ce qu'il comptait faire de tout cet argent, il m'a regardé comme si nous ne parlions pas la même langue. Ma question était, pour lui, totalement incompréhensible. Il voulait cet argent uniquement parce que tout ce qui l'entourait lui disait que c'était ce qu'il devait désirer. Et il était viscéralement incapable de concevoir que nous puissions avoir d'autres priorités, définies par nous-mêmes. Voilà pourquoi il m'inquiétait. Il avait toutes les raisons de se taire à propos de son marché avec Lexie. Un aveu de sa part aurait anéanti toute possibilité de vente. D'un autre côté, il vit seul et, autant que je sache, il n'a pas d'alibi. Même lui était capable de comprendre que tout aurait fait de lui le suspect numéro un. Mais je savais que si Mackey et O'Neill l'avaient soumis à un interrogatoire un peu poussé, il se serait déballonné. Il serait devenu ce qu'ils auraient attendu de lui : le témoin coopératif, le citoyen modèle accomplissant son devoir. Bien sûr, ça n'aurait pas été la fin du monde, puisqu'il n'a rien à offrir qui puisse constituer une preuve tangible. Mais il aurait provoqué une tension insupportable entre nous, ce que je ne voulais à aucun prix. Toutefois, je n'avais pas prise sur lui. Je pouvais garder un œil sur Lexie, sur vous, mais lui… Entrer en contact avec lui aurait été la pire des choses. Dieu sait que je me suis retenu pour ne pas le faire.

Ned était un sujet dangereux. Je ne tenais pas à ce que Daniel pense trop à lui ou à mes marches nocturnes…

— Cela a dû vous énerver, dis-je. Tous, contre eux deux. Que quelqu'un ait poignardé Lexie ne me surprend pas.

Je ne mentais pas. Ce qui me stupéfiait, c'était qu'elle ait réussi à aller aussi loin.

Daniel se figea dans l'attitude qu'il avait le soir, dans le salon, quand il se plongeait dans son livre, coupé du monde.

— Au début, oui, murmura-t-il, nous étions en colère ; furieux, consternés d'avoir été bafoués par l'une des nôtres. Pourtant, dans un sens, ce qui vous a trahie à la fin a joué en votre faveur au début : cette différence fondamentale entre elle et vous. Seule une femme comme Lexie, incapable de mesurer les conséquences de ses actes, aurait été capable de revenir à Whitethorn House et de s'y installer à nouveau comme si rien ne s'était passé. Si elle avait été quelqu'un de différent, aucun d'entre nous ne lui aurait pardonné et vous n'auriez jamais franchi le seuil. Mais Lexie… Nous savions tous qu'elle n'avait eu à aucun moment l'intention de nous blesser, qu'il ne lui était donc jamais venu à l'idée que nous puissions l'être. Le désastre qu'elle avait failli provoquer n'avait pour elle aucune réalité. Et, donc… donc, conclut-il avec un soupir las, elle pouvait revenir.

— Comme si rien ne s'était passé.

— J'étais sincère. Elle n'avait jamais voulu nous faire de mal. Et aucun de nous n'avait eu l'intention de lui en faire, encore moins de la tuer. Je crois encore que cela devrait compter pour quelque chose.

— C'est ce que j'ai pensé. Simplement, c'est arrivé. Elle négociait avec Ned depuis un certain temps, mais avant qu'ils aient pu conclure, vous l'avez découvert, tous les quatre, d'une manière ou d'une autre.

J'avais mon idée là-dessus, mais je n'avais aucune raison de lui en faire part. Je gardais cette carte en réserve, pour ne l'abattre qu'au moment décisif

— Il y a eu une violente dispute, et l'un de vous l'a poignardée. Il est probable que ni son agresseur ni elle n'ont pris la mesure de ce qui venait d'arriver. Elle a très bien pu croire qu'elle avait reçu un coup de poing.

Je voyais la scène dans ses moindres détails, comme si j'y avais assisté.

— Elle s'est précipitée dehors, a couru vers la masure. Peut-être avait-elle, cette nuit-là, rendez-vous avec Ned, peut-être a-t-elle agi d'instinct. En tout cas, Ned ne s'est pas montré. C'est vous quatre qui l'avez découverte.

Nouveau soupir.

— En gros, oui. C'est à peu près ce qui s'est passé. Ne pourriez-vous pas en rester là ? Vous connaissez l'essentiel. D'autres détails ne vous apporteraient rien et feraient un mal infini à plusieurs personnes. Elle était adorable, elle était imprévisible et elle est morte. Quel autre élément pourrait avoir la moindre importance ?

— Le nom de son meurtrier…

— Vous est-il venu à l'esprit, dit-il d'une voix soudain chargée d'émotion, de vous demander si Lexie elle-même aurait souhaité que vous alliez jusqu'au bout ? En dépit de ce qu'elle s'apprêtait à faire, elle nous aimait. Pensez-vous qu'elle aurait désiré vous voir nous détruire ?

— Elle m'a trouvée, chuchotai-je. Je ne l'ai pas cherchée. Elle est venue à moi.

— Peut-être. Mais avez-vous la certitude qu'elle criait vengeance ? Après tout, elle aurait pu si facilement gagner le village, frapper à une porte, supplier quelqu'un d'appeler une ambulance et de prévenir la police. Les villageois ne nous aiment guère, mais ils n'auraient jamais refusé d'aider une femme blessée. Au lieu de cela, elle est allée droit vers la masure et elle est simplement restée là, à attendre. Vous êtes-vous jamais demandé si elle n'avait pas participé volontairement à sa propre mort, si elle ne souhaitait pas que son assassin reste inconnu, si elle n'était pas consentante, pour demeurer jusqu'au bout l'une des nôtres ?

— Oui, répondis-je à contrecœur, comme si les mots avaient du mal à sortir de ma bouche. Je n'ai cessé de me poser la question. Mais je ne fais pas cela pour Lexie. Je le fais parce que c'est mon travail.

J'eus presque honte de ce cliché. Il y avait dans l'air une odeur étrange et douce, mélange de miel et de sel. Daniel me regarda d'un œil neuf, comme s'il ne m'avait jamais vue. Il venait de comprendre de quel côté j'étais, que ça l'avait peut-être été depuis le début.

— Dans ce cas…

Lentement, il s'appuya contre le mur.

— Où est-elle, maintenant ?

— À la morgue. Il nous a été impossible de joindre sa famille la plus proche.

— Nous ferons tout ce qu'il faut. Je crois que c'est ce qu'elle aurait souhaité.

— Le corps constitue l'élément clé d'une affaire d'homicide en cours. Je doute qu'on vous le restitue. Jusqu'à la conclusion de l'enquête, Lexie restera où elle est.

Je savais ce qu'il imaginait. Un spasme presque imperceptible agita ses lèvres.

— Dès que nous connaîtrons le nom du coupable, ajoutai-je, je pourrai proposer qu'elle vous soit rendue, en faisant valoir qu'elle n'avait pas d'autre famille que vous.

Il battit des paupières puis retrouva son impassibilité, son pragmatisme glacé, semblable à celui d'un officier qui, sur le champ de bataille, cerné par l'ennemi, abandonne sans regret le cadavre de son frère pour sauver l'ensemble de ses hommes.

— J'aimerais que vous quittiez cette maison. Les autres ne rentreront pas avant une heure. Cela vous laisse amplement le temps de faire vos bagages et de prendre les dispositions nécessaires.

Cette conclusion n'aurait pas dû me surprendre. Pourtant, elle me gifla en pleine face. Il éteignit soigneusement sa cigarette sur une des dalles.

— Je préférerais que les autres n'apprennent pas qui vous êtes. Une révélation aussi brutale les anéantirait. Je ne sais trop comment leur annoncer votre départ, mais vous avez dû mettre au point, avec l'inspecteur Mackey, un prétexte justifiant la fin subite de votre mission, non ? Une histoire plausible permettant de vous exfiltrer sans éveiller les soupçons ?

De toute évidence, c'était la seule chose à faire. On est grillé, on dégage. Et vite. J'avais tout ce dont une enquêtrice pouvait rêver. J'avais réduit le nombre des suspects à quatre personnes ; Sam et Frank n'auraient qu'à prendre le relais. Je m'arrangerais pour justifier l'absence, sur les bandes, de mon entretien avec Daniel. Il me suffirait d'invoquer une cause accidentelle. Frank ne me croirait qu'à moitié, mais cela lui serait égal. Je retranscrirais de cette conversation les passages qui me convenaient. Ensuite, je rentrerais chez moi blanche comme neige, triomphante ; et je tirerais ma révérence.

Je ne l'envisageai même pas une seconde.

— C'est vrai, dis-je. Il me serait possible de m'en aller deux heures après avoir prévenu mes supérieurs, sans compromettre ma couverture. Toutefois, je ne le ferai pas. Pas avant d'avoir découvert qui a tué Lexie, et pourquoi.

Je sentis tout d'un coup une menace froide, un danger mortel. Je m'étais immiscée dans sa maison, dans sa famille, qu'il essayait de sauver du naufrage. Lui, ou l'un de ses proches, avait déjà tué une femme pour le même forfait. Il était assez robuste pour recommencer, assez intelligent pour se tirer d'affaire, et j'avais laissé mon arme dans ma chambre. Le filet d'eau chantait toujours à nos pieds. Un frisson me parcourut l'échine et descendit le long de mes bras, jusque dans mes paumes. J'affrontai son regard, incapable de bouger.

Ses épaules se détendirent. Il ferma les yeux une seconde comme s'il plongeait en lui-même. Il avait rejeté cette idée, réfléchissait à un autre plan.

— Vous ne le ferez pas, assena-t-il enfin. Vous partez du principe que mon désir de ne pas blesser les autres vous donne un avantage, que, s'ils continuent à vous prendre pour Lexie, vous réussirez à les pousser aux aveux. Mais, croyez-moi, ils sont très conscients de ce qui est en jeu. Je ne parle pas de la possibilité que l'un de nous aille en prison. Vous n'avez de preuve contre personne, vous n'avez engagé aucune poursuite contre nous, individuelle ou collective. Sinon, vous auriez procédé à vos arrestations depuis longtemps et cette comédie n'aurait jamais eu lieu. En fait, je suis prêt à parier qu'il y a encore quelques minutes vous n'étiez pas certaine que la clé de l'affaire se trouvait à Whitethorn House.

— Nous n'avons abandonné aucune piste.

— Admettons. Sachez quand même que la prison est le cadet de nos soucis. D'un autre côté, envisagez un instant la situation du point de vue des autres. Supposez que Lexie soit vivante, rétablie et vive de nouveau avec nous. Si elle avait fini par découvrir ce qui s'est passé, cela aurait entraîné la ruine de tout ce que nous avons construit. Supposez qu'elle ait appris le nom du coupable : Rafe, pour prendre l'un de nous au hasard. Croyez-vous qu'elle aurait continué à le côtoyer sans être terrifiée par lui, sans le haïr, sans le dénoncer ? Et lui ? Aurait-il supporté cette menace ? Aurait-il attendu patiemment qu'elle téléphone à Mackey ou à O'Neill ?

Quant à nous, vous nous imaginez épiant le moindre de leurs regards, guettant l'infime faux pas qui aurait fait tout exploser ?

« Nous pouvons survivre à l'acte lui-même. Mais la connaissance partagée de cet acte nous détruirait. Chaque fois que nous nous trouverions dans la même pièce, elle serait là, au milieu de nous, comme un couteau sanglant ; et elle finirait par nous anéantir. Aucun d'entre nous ne le permettra. Depuis le jour où vous êtes entrée dans cette maison, nous avons tout fait pour l'empêcher, pour que notre existence retrouve son cours "normal", si je puis m'exprimer ainsi. Révéler à Lexie qui l'a poignardée réduirait tous ces efforts à néant. Croyez-moi, les autres ne le feront pas.

Quand on est trop proche des gens, quand on passe trop de temps avec eux, quand on les aime trop, il arrive qu'on ne les voie plus. Sauf s'il bluffait, Daniel avait commis une ultime erreur. Il avait vu les autres non tels qu'ils étaient, mais tels qu'il les avait rêvés. Il ne s'était pas rendu compte que Rafe et Justin se désintégraient déjà, ce qui aurait dû lui sauter aux yeux chaque jour, dans le salon, en voiture, à table… Il n'avait pas imaginé que Lexie ait pu avoir des armes secrètes, et que j'aie pu moi aussi m'en servir. Il savait que son univers s'écroulait, mais il se représentait ses amis et lui-même intacts au milieu du naufrage, purs, lumineux, invaincus. Pour la première fois, après toutes ces semaines, je réalisai qu'il était bien plus jeune que moi.

— Ils ne le feront peut-être pas. Mais je dois essayer.

Il appuya la tête contre le mur de pierre, épuisé.

— Je comprends, murmura-t-il.

— À vous de choisir. Vous pouvez me raconter maintenant ce qui s'est passé, alors que mon micro est débranché. Vous aurez terminé lorsque les autres rentreront. Si cela aboutit à des arrestations, ce sera votre parole contre la mienne. Ou bien je reste ici, et vous prenez le risque que j'obtienne des aveux qui seront enregistrés.

Il se redressa avec effort.

— Je sais très bien qu'au point où nous en sommes un retour à la normale paraît presque impossible. En fait, notre projet était sans doute irréalisable dès le départ. Mais, comme vous, je n'ai pas le choix : il faut que j'essaie.

Il y avait dans sa voix un ton définitif. Son visage arborait de nouveau ce masque froid, détaché, qu'il opposait aux étrangers. J'étais en train de le perdre. Tant que nous continuions à parler, il me restait une chance, même infime. Mais s'il se levait et regagnait la maison, tout était perdu. Il me fallait, pour le convaincre, me montrer aussi logique, aussi raisonneuse que lui.

— Écoutez… Si je parviens à enregistrer une déclaration ou un aveu, vous passerez sans doute, tous les quatre, un certain temps derrière les barreaux : l'un pour meurtre, les trois autres pour non-assistance à personne en danger ou même pour complicité. Dès lors, que vous restera-t-il ? Que trouverez-vous en rentrant ? Vu les sentiments que vous portent les habitants de Glenskehy, croyez-vous que la maison sera encore debout quand vous sortirez ?

— Nous devons prendre le risque.

— Si vous me dites ce qui s'est passé, je vous soutiendrai. Vous avez ma parole.

Il avait le droit de ricaner, mais il ne le fit pas. Il m'écouta sans m'interrompre, avec un intérêt poli.

— Trois d'entre vous pourront être mis hors de cause. Le quatrième sera accusé d'homicide par imprudence et non de meurtre. Il n'y a pas eu préméditation. Le coup a été porté lors d'une dispute. Personne ne souhaitait la mort de Lexie. Je me porterai garante de l'affection que vous éprouviez tous pour elle et j'affirmerai que la personne qui l'a poignardée a agi sous l'emprise d'une émotion incontrôlable. L'homicide par imprudence n'est puni que de cinq ans de réclusion, parfois moins. Sa peine accomplie, le coupable, quel qu'il soit, aura payé sa dette. Vous pourrez oublier ce drame et retrouver votre ancienne existence.

— Mes connaissances juridiques sont sommaires, répondit-il en se penchant pour saisir son verre, et corrigez-moi si je me trompe, mais dans la législation irlandaise, autant que je sache, aucune déclaration faite par un suspect n'est recevable si on ne lui a pas lu ses droits. À titre de curiosité, comment comptez-vous lire les leurs à trois personnes ignorant que vous êtes inspecteur de police ?

Il rinça son verre dans le filet d'eau, le leva vers la lumière pour vérifier sa propreté.

— Je ne leur lirai rien du tout, objectai-je. Ce ne sera pas nécessaire. Bien sûr, nous ne pourrons pas produire devant un tribunal ce que j'aurai enregistré. Mais cela justifiera un mandat d'arrêt et pourra être utilisé lors d'un interrogatoire officiel. À votre avis, combien de temps tiendra Justin, par exemple, si on le cueille à 2 heures du matin et si Frank Mackey le cuisine pendant vingt-quatre heures avec, en arrière-fond, l'enregistrement de sa description du meurtre de Lexie ?

— Question intéressante.

Il revissa le bouchon de la bouteille, la plaça sur le banc, à côté du verre.

— Ne misez pas tout sur une mauvaise donne, à moins d'avoir la certitude d'être meilleur joueur que votre adversaire. Êtes-vous si sûr de vous ?

Il me jeta un regard qui pouvait signifier n'importe quoi.

— Nous devrions rentrer, conclut-il. Je propose que nous racontions aux autres que nous avons passé l'après-midi à lire et à nous remettre de notre gueule de bois. Vous êtes d'accord ?

— Daniel…

Je pouvais à peine respirer. Jusqu'à ce qu'il baisse les yeux, je ne me rendis même pas compte que j'avais posé la main sur sa manche.

— Inspecteur, ajouta-t-il avec une tristesse infinie, souvenez-vous de ce que je vous ai dit sur ce qu'exige le sacrifice. Vous ne pouvez à la fois être l'une des nôtres et enquêter sur nous. Si vous aviez vraiment voulu faire partie de notre cénacle, vous n'auriez commis aucune erreur ; et vous ne seriez pas assise là.

Il repoussa ma main, la plaqua sur mes genoux, avec douceur.

— Dans un sens, aussi étrange et invraisemblable que cela puisse paraître, j'aurais préféré que vous nous choisissiez.

— Je ne cherche pas à vous détruire. Il m'est impossible d'affirmer que je suis de vôtre côté mais, comparée à l'inspecteur Mackey, ou même à l'inspecteur O'Neill…

S'ils prennent les choses en main, ce qui se produira si nous ne collaborons pas, vous serez condamnés tous les quatre à la peine maximale : réclusion criminelle à perpétuité. Je sais que je n'en donne pas l'impression, mais j'agis de mon mieux, Daniel ; je fais tout ce qui est en mon pouvoir pour que cela n'arrive pas.

Il ramassa une feuille de lierre que le filet d'eau entraînait vers la mare, la tourna entre ses doigts. Puis :

— J'ai rencontré Abby quand j'ai intégré Trinity College : le jour de l'inscription. Des centaines d'étudiants faisaient la queue depuis des heures dans le grand hall, sous des tableaux lugubres. Abby était au bout de la file. Surprenant mon regard, elle a désigné l'un des portraits et s'est écriée : « J'espère que nous ne ressemblerons pas, un jour, à cette vieille ganache ! »

« Déjà, à l'époque, les gens me trouvaient inabordable. Je m'en accommodais. Mais Abby ne semblait pas le penser. Ça m'a intrigué. Elle m'a raconté plus tard qu'elle était presque paralysée par la timidité, non vis-à-vis de moi en particulier, mais à l'égard de tout, et de tout le monde… Elle, fille d'un milieu modeste élevée dans une famille d'accueil, perdue au milieu de jeunes bourgeois dont le statut privilégié allait de soi… Elle avait décidé que si elle trouvait le courage de parler à quelqu'un elle s'adresserait à la personne la plus rébarbative sur qui elle tomberait. Nous étions très jeunes, vous savez…

« Une fois inscrits, nous sommes allés boire un café. Depuis, nous ne nous sommes plus quittés. Je l'ai tout de suite admirée. Elle était si déterminée, si vivante… À côté d'elle, tous ceux à qui j'avais eu affaire me paraissaient insipides. Elle m'a pris la main, m'a forcé à sortir de ma carapace. Pour moi, ce fut un choc. Je me souviens de nos retrouvailles, le lendemain, sur Fellow's Square. En la regardant s'avancer vers moi dans une affreuse robe trop longue pour elle dans laquelle elle nageait, je me suis rendu compte que je souriais…

« Ce jour-là, nous avons croisé Justin à la bibliothèque. Sans son rhume carabiné, je ne l'aurais même pas remarqué. Il éternuait sans arrêt, faisait sursauter tout le monde. Rouge de confusion, d'une timidité maladive, il se cachait derrière son mouchoir. Abby l'a abordé comme si nous nous connaissions tous les trois depuis toujours. Elle lui a dit : "On va déjeuner. Tu viens ?" Abasourdi, il a bafouillé quelques mots incompréhensibles. Mais il nous a suivis au Buttery. Là, sa timidité a disparu. Métamorphosé, il s'exprimait avec volubilité, analysait avec une finesse étonnante les œuvres des auteurs que j'adulais. À la fin du déjeuner, nous étions devenus inséparables, lui, Abby et moi. Je les aimais autant l'un que l'autre. Pour la première fois, j'appréciais la compagnie de mes semblables. Vous n'imaginez pas quelle révélation cela a représenté pour moi.

« Nous n'avons découvert Rafe que la semaine suivante, après le début des cours. Nous étions assis tous les trois au fond d'un amphi, attendant le prof. Soudain, la porte s'est ouverte avec fracas. Et Rafe a surgi : trempé par la pluie, les cheveux collés sur le front, les poings serrés, visiblement d'une humeur de chien. Abby m'a dit : "Regarde, c'est le roi Lear." Rafe lui a répliqué vertement : "Tu es venue comment ? Dans la Rolls de papa, ou sur ton balai de sorcière ?" Justin et moi étions sidérés. Abby a ri et répondu : "En montgolfière." Et elle lui a fait une place à côté de nous. Il a hésité, puis s'est assis en murmurant : "Excuse-moi." Voilà…

Il sourit en regardant la feuille, avec une tendresse presque amoureuse.

— Et Lexie ? murmurai-je. Comment l'avez-vous trouvée ?

Son sourire s'accentua, devint radieux.

— Lexie… Je ne me souviens même plus du jour où nous l'avons connue. Abby vous le dira. Tout ce que je sais, c'est que quelques semaines après que nous avons obtenu notre licence elle semblait faire partie de notre groupe depuis toujours.

Il déposa la feuille sur le banc, s'essuya les mains avec son mouchoir.

— Je ne cesserai de m'émerveiller sur les hasards qui nous ont réunis. Bien sûr, Abby a joué un grand rôle en prenant chaque fois l'initiative, avec un instinct infaillible dont elle n'a sans doute pas conscience, mais qui explique pourquoi je me suis toujours fié, depuis, à son jugement. Il n'empêche : à quelques minutes près, nous aurions pu, tous les cinq, nous croiser sans nous voir, nous fondre dans la foule anonyme des étudiants qui nous entouraient. Comprenez-vous maintenant pourquoi je crois aux miracles ?

Il se pencha, ramassa un à un nos mégots.

— De toute ma vie, ce sont les seuls êtres que j'aie jamais aimés.

Il se leva, quitta l'alcôve et traversa la pelouse en direction de la maison, la bouteille et le verre pendant à une main, les mégots entassés dans la paume de l'autre.

20

Les autres revinrent, les yeux encore lourds et avec une migraine persistante, furieux d'avoir vu un mauvais film dans une salle remplie d'adolescents dissipés. Rafe et Justin se regardaient toujours en chiens de faïence, l'humeur d'Abby ne valait guère mieux. Composé d'un reste de lasagnes trop cuites, le dîner se déroula dans un silence pesant. Personne n'avait pris la peine de préparer une salade ni d'allumer le feu.

Au moment où, excédée, je m'apprêtais à taper du poing sur la table, Daniel déclara calmement :

— Lexie, j'aurais un service à te demander. J'envisage de parler d'Anne Finch aux étudiants de mon groupe du lundi, mais je suis un peu rouillé. Pourrais-tu m'aider, après le dîner, à rafraîchir mes connaissances ?

Le nom d'Anne Finch, qui avait écrit un poème sur le point de vue d'un oiseau, apparaissait çà et là dans les notes de thèse de Lexie. Pour le reste, j'ignorais tout d'elle. Daniel le savait. Notre étrange et brève alliance de l'après-midi était terminée. Il tenait à me montrer, en commençant par de petits détails, que si j'insistais pour rester il me rendrait la vie impossible.

— Je ne me sens pas d'attaque, répondis-je en touillant mes lasagnes avec ma fourchette.

Aussitôt, Justin s'affola.

— Tu ne vas pas bien ?

Il y eut de brefs regards échangés de part et d'autre de la table. Je compris tout à coup que Rafe, Abby et Justin s'inquiétaient pour moi. Alors que j'avais tout fait, depuis mon arrivée, pour les rassurer, les amener à baisser la garde, cette anxiété nouvelle me parut providentielle. Si je l'utilisais à bon escient, elle pourrait m'être très utile.

— Je t'ai aidée à propos d'Ovide quand tu en as eu besoin, me rappela Daniel. Tu ne t'en souviens pas ? J'ai passé un temps fou à retrouver cette citation… C'était quoi, déjà ?

Il ne m'aurait pas cette fois-ci.

— Je n'ai pas les idées bien claires, aujourd'hui. Je n'arrête pas de… Enfin, c'est sans importance.

Personne ne mangeait plus.

— Tu n'arrêtes pas de quoi ? demanda Abby.

— Laisse tomber, la coupa Rafe en s'adressant à Daniel. Dieu sait qu'Anne Finch me casse les pieds. Si elle barbe aussi Lexie…

— Quelque chose te tracasse ? s'enquit poliment Daniel.

— Fiche-lui la paix !

— Bien sûr. Va te reposer, Lexie. Nous ferons cela un autre soir, quand tu te sentiras mieux.

Je levai prudemment les yeux. Il mangeait d'un air concentré, impavide. Son essai avait fait long feu. Posément, il élaborait le suivant.

Je lui rendis la monnaie de sa pièce à 11 heures du soir, alors que nous lisions tous dans le salon, devant les cendres froides de la veille. Je me levai, allai enfiler ma veste de marche, puis me plantai dans l'encadrement de la porte. Daniel me sourit.

— Tu vas te promener ?

— Oui. Ça m'aidera peut-être à me détendre. Justin, tu viens avec moi ?

Il sursauta, aussi hébété qu'un lapin ébloui par des phares.

— Moi ? Pourquoi moi ?

— Je ne sais pas… Je me sens bizarre. Je n'arrête pas de penser…

Je triturai mon écharpe, me mordis la lèvre.

— J'ai peut-être fait de mauvais rêves la nuit dernière.

— Quel genre de rêves ? insista Abby.

— Je ne m'en souviens plus. Simplement… Je n'ai pas envie de me retrouver dehors toute seule.

— Moi non plus ! protesta Justin. Je déteste ces sentiers. Quelqu'un d'autre ne pourrait pas t'accompagner ?

Daniel s'interposa avec sollicitude.

— Si sortir te met à ce point mal à l'aise, pourquoi ne passes-tu pas la soirée ici, avec nous ?

— Parce que. Si je reste assise ici plus longtemps, je vais devenir folle.

— Je viens avec toi, décréta Abby. On papotera entre filles.

— Sans vouloir t'offenser, objecta Daniel avec affection, un tueur maniaque risque d'être moins intimidé par vous deux qu'il ne le devrait. Si tu te sens nerveuse, Lexie, il te faudrait plutôt quelqu'un de solide à tes côtés. Pourquoi pas moi ?

— Si tu y vas, je viens aussi, intervint Rafe en le regardant froidement.

— Je ne veux pas de vous ! m'écriai-je.

Je m'étais préparée à la réaction de Daniel. Mais je n'avais pas prévu la phobie de Justin, sa terreur à l'idée de courir la campagne dans le noir.

— Je ne tiens pas à vous entendre vous chamailler. Je veux Justin. Je ne le vois plus.

Rafe ricana.

— Tu le vois tous les jours, à longueur de journée. Ça ne te suffit pas ?

— Ce n'est pas pareil. Nous n'avons pas vraiment parlé depuis longtemps, lui et moi.

— Je ne peux pas sortir au milieu de la nuit, gémit Justin. Je le ferais volontiers, mais j'en suis incapable

— Bien, conclut Daniel, à l'intention de Rafe et de moi, en posant son livre. On y va ?

Une discrète lueur de triomphe animait ses yeux : un partout.

— N'en parlons plus, répondis-je avec une mine écœurée. Restez où vous êtes. Continuez à vous faire la gueule. J'irai me promener seule. Si on me poignarde une seconde fois, j'espère que vous serez contents.

Juste avant de claquer la porte de la cuisine, faisant trembler les vitres, j'entendis Rafe marmonner quelques mots à Abby, qui l'interrompit à voix basse, d'un ton furieux :

— La ferme…

Une fois au fond du jardin, je me retournai. Chacun avait la tête baissée sur son livre, baignant dans le faisceau de sa lampe : réfugié en lui-même, intouchable.

Le ciel était couvert. Incapable de rester immobile, je renonçai à grimper dans mon arbre et appelai Frank depuis un des sentiers.

— Te voilà, dit-il. Qu'est-ce que tu fabriquais ? Tu courais un marathon ?

Je m'appuyai contre un tronc, tentai de retrouver une respiration normale.

— J'essayais de me débarrasser de ma gueule de bois. D'éclaircir mes idées.

— Excellente initiative. D'abord, mon ange, bravo pour la nuit dernière. Dès que tu seras rentrée, je t'offrirai un cocktail d'enfer pour te remercier. Je crois que tu as levé le lièvre qui nous manquait.

— Peut-être. Toutefois, il est possible que Ned me mène en bateau. Il propose à Lexie de lui acheter sa part de la maison, elle l'envoie balader, il revient une dernière fois à la charge, je mentionne alors ma perte de mémoire, il saute sur l'occasion et cherche à me faire croire que nous avons déjà passé un marché… Même s'il n'est pas Einstein, il n'est pas totalement demeuré.

— Peut-être pas. Comment as-tu réussi à entrer en contact avec lui ?

J'avais une réponse toute prête.

— J'ai gardé toutes les nuits un œil sur la masure. Je me suis dit qu'il y avait sans doute une bonne raison pour que Lexie s'y soit réfugiée après son agression, et que si elle retrouvait quelqu'un c'était le lieu de rendez-vous idéal. J'ai donc pensé qu'il y avait une chance pour que ce quelqu'un s'y rende un jour ou l'autre.

— Et Eddie le Benêt s'est pointé, répliqua-t-il d'une voix neutre, juste après que je t'ai parlé de la maison, en vous donnant à tous les deux un sujet de conversation. Ça tombait bien. Pourquoi ne m'as-tu pas téléphoné après son départ ?

— J'étais complètement obnubilée, Frankie ; obsédée par les conséquences que cet entretien aurait sur l'enquête, par la façon de l'utiliser, l'action à mener ensuite… Je comptais te téléphoner, mais ça m'est sorti de la tête.

— Mieux vaut tard que jamais. Bien. Comment s'est déroulée ta journée ?

— Je sais, je sais, je suis une grosse paresseuse. J'aurais dû tenter de tirer quelque chose de Daniel alors que je l'avais, tout seul, sous la main. Mais j'avais un mal de crâne abominable, et tu connais Daniel. On ne l'amadoue pas avec un sourire. Désolée.

— Ouais… Et ta sortie de tout à l'heure ? Je suppose qu'elle était voulue ?

— Je cherche à les déstabiliser, répondis-je, ce qui était vrai. Nous avons essayé de les mettre en confiance pour les amener à se confier, mais ça n'a pas marché. Avec la nouvelle information dont nous disposons, je crois qu'il est temps de donner un coup de pied dans la fourmilière.

— Il ne t'est pas venu à l'idée de m'en parler avant d'agir ?

— J'ai cru que tu devinerais ce que j'avais en tête.

— D'accord, admit-il avec une jovialité qui me glaça. Tu as fait un travail fabuleux, Cass. Tu es un flic de premier ordre. J'ai une bonne nouvelle pour toi. Il est temps de décrocher, ma belle. Je veux que tu regagnes Whitethorn House et que tu te plaignes d'un début de grippe : frissons, fièvre, douleurs. Ne mentionne pas de complications liées à ta blessure : ils demanderaient à la voir. Annonce que tu es complètement patraque. Réveille peut-être l'un d'eux à l'aube, Justin, par exemple ;

c'est celui qui panique le plus, non ? Dis-lui que ton état empire. S'ils ne t'ont pas emmenée aux urgences dès demain matin, force-les. À partir de là, je prendrai tout en main.

Mes ongles s'enfoncèrent dans mes paumes.

— Pourquoi ?

— Je pensais que tu serais ravie. Au départ, cette mission ne t'enchantait guère…

— C'est vrai. Mais j'y suis plongée jusqu'au cou et la solution est proche. Pourquoi tiens-tu à m'exfiltrer maintenant ? Parce que je ne t'ai pas demandé la permission de prendre des initiatives ?

— Bien sûr que non ! s'exclama-t-il. Cela n'a rien à voir. Tu étais chargée de nous aider à orienter l'enquête et tu l'as fait de façon magnifique. Félicitations, mon ange. Ton rôle s'arrête là.

— Non ! Tu m'as infiltrée pour trouver un suspect. Ce sont tes propres mots. Pour l'instant, j'ai découvert un mobile possible, avec quatre suspects éventuels, cinq si on admet que Ned puisse être un menteur. En quoi cela fait-il progresser l'enquête ? Les quatre s'accrocheront à leur histoire, comme tu l'as dit dès le début, ce qui te ramènera à la case départ. Laisse-moi faire mon travail.

— Je veille sur toi. Mon travail à moi, c'est ça. Ce que tu as découvert pourrait te mettre en danger et je ne peux pas…

— Des clous, Frank. Si l'un des quatre a tué Lexie, je suis en danger depuis le premier jour, et cela n'a pas eu l'air de te perturber outre mesure…

— Baisse le ton. Tu es furieuse parce que je n'ai pas été assez protecteur ? C'est ça ?

Je le voyais comme si j'y étais : ses mimiques outrées, ses yeux bleus scandalisés.

— Je suis une grande fille, Frank. Je me défends très bien toute seule. Cela ne t'a posé aucun problème jusqu'à présent. Alors, pourquoi veux-tu m'exfiltrer ?

Silence.

— Très bien. Tu veux le savoir ? À ta guise. J'estime que tu ne fais plus preuve de l'objectivité nécessaire à la poursuite de l'enquête.

— Qu'est-ce que tu racontes ?

Mon cœur cognait. Si, malgré tout, il avait fait surveiller la maison, ou s'il avait deviné que j'avais enlevé mon micro…

— Je veux finir le travail.

— Désolé. Pas cette fois. Tu as perdu tes marques. Émotionnellement, tu t'es trop investie. Je ne suis pas un imbécile, Cassie. J'ai ma petite idée sur ce qui s'est passé hier soir, et je sais que tu me caches des choses. C'est un signal d'alarme ; je ne vais pas l'ignorer.

Donc, le coup de Fauré avait marché ; Frank ne savait pas que j'avais été démasquée. Mon cœur s'apaisa.

Je revis, en cet instant, les abréviations désignant les aéroports dans l'agenda de Lexie, ses griffonnages rageurs.

— Je reste, assenai-je.

— Non. Ne me fatigue pas, Cassie. Ma décision est prise. Inutile de la contester. Retourne à Whitethorn House, fais ta valise et commence à jouer les malades. Je te vois demain.

— Tu m'as chargée d'un travail. Je ne partirai pas avant de l'avoir mené à bien. Je ne conteste pas ta décision. Je te fais part de la mienne.

Cette fois, il comprit. Il ne changea pas de ton, ce qui le rendait plus menaçant encore.

— Tu veux que je t'interpelle en pleine rue, que je trouve de la drogue sur toi et que je te boucle jusqu'à ce que tu redeviennes sensée ?

— Non. Les autres savent que Lexie ne se drogue pas. Si on la coffre pour un motif bidon et qu'elle meurt dans les locaux de la police, ils feront un tel raffut que toute l'opération s'écroulera. Tu porteras le poids de ce désastre pendant des années.

Silence. Il réfléchissait.

— Ça pourrait mettre un terme à ta carrière, déclara-t-il enfin. Tu désobéis à un ordre de ton supérieur direct. Je serai en droit de confisquer ton insigne, ton arme, et de te virer sur-le-champ.

— Je sais.

Il n'irait pas jusque-là. Pas lui. Cette certitude me mettait en position de force. Et j'avais flairé, à l'absence d'émotion avec laquelle il venait de me répondre, ce qu'il se serait bien gardé de reconnaître : au cours de sa carrière, lui aussi s'était rebellé, comme moi.

— En plus, tu m'obliges à renoncer à mon week-end avec Holly. On fête son anniversaire demain. Tu veux que je lui explique pourquoi papa ne sera pas là ?

Je le retrouvais bien là. L'anniversaire de sa fille n'aurait sans doute pas lieu avant des mois. Je rétorquai quand même :

— Eh bien, vas-y. Mets quelqu'un d'autre aux écoutes.

— Impossible. Même si je le voulais, je n'ai personne. Plus de budget. Les gros bonnets sont fatigués de payer des gens pour t'écouter vider des bouteilles de pinard et coller du papier peint.

— Je ne les blâme pas. Alors, arrange-toi, quitte à laisser tourner les bandes toutes seules. C'est ton boulot. Moi, j'assume le mien.

— Entendu, lâcha-t-il. Voici ce que je te propose. Tu as quarante-huit heures.

— Soixante-douze.

— Soixante-douze, à trois conditions : tu ne fais pas n'importe quoi, tu continues à appeler et tu gardes le micro sur toi en permanence. J'exige ta parole.

Je tressaillis. Peut-être savait-il, après tout…

— Tope là. Je le jure.

— Trois jours à partir de maintenant. Même si tu es à deux doigts de conclure l'affaire, tu rentres. Il est, à ma montre, 23 h 45. Lundi, à la même heure, tu auras quitté la maison pour les urgences. D'ici là, je garde l'enregistrement de notre coup de fil. Si tu respectes mes trois conditions et si tu rentres à temps, je l'effacerai et personne ne saura rien de cette conversation. À la moindre entourloupe, je t'évacue de force, quelles qu'en soient les conséquences ; et je te radie. C'est clair ?

— Tout à fait. Je ne cherche pas à te doubler, Frank. Je n'y ai jamais songé.

— Ce serait une très, très mauvaise idée, Cassie.

Il y eut un bip, et plus rien. Mes mains tremblaient tellement que je laissai tomber deux fois le téléphone avant de réussir à couper.

La nuit était si calme… Le désir de parler à Sam me torturait. J'avais envie de lui dire, avant de tout gâcher, que je rentrerais bientôt, que rien ne comptait davantage, que j'étais terrifiée comme une enfant dans le noir, que je rêvais de l'entendre.

Son téléphone était éteint. Une femme aux intonations mécaniques, impersonnelles, me demanda de laisser un message. Sam travaillait. Il surveillait la maison de Naylor ou relisait des dépositions pour la millième fois, au cas où un détail lui aurait échappé…

Sans même me rendre compte de ce que je faisais, je composai le numéro de Rob, mon ancien partenaire, mon ami perdu. Je plaquai ma main libre sur le micro.

— Ryan, dit Rob, bien réveillé, après la deuxième sonnerie.

Il avait toujours eu des problèmes de sommeil. Je gardai le silence, incapable de prononcer une parole. Sa voix se fit plus vive.

— Allô ?

Je raccrochai. Une seconde avant que mon pouce appuie sur la touche, j'avais cru l'entendre murmurer : « Cassie ? »

Il était trop tard pour réagir. Je me laissai glisser le long du tronc et restai assise, longtemps, les bras autour du corps.

Ensuite, je repris le chemin de Whitethorn House, pour la détruire.

Je me sentais si seule que j'en aurais pleuré.

21

Il ne fallut que deux heures à Daniel pour effectuer sa deuxième tentative. J'étais assise dans mon lit avec les contes de Grimm, relisant dix fois la même phrase sans en saisir un mot, quand on gratta discrètement à ma porte.

— Entrez.

Daniel ouvrit la porte. Il était toujours habillé, impeccable dans sa chemise blanche, ses chaussures étincelantes aux pieds.

— Tu as une minute ? s'enquit-il poliment.

— Bien sûr, répondis-je sur le même ton, en abaissant mon livre.

— Je voulais m'entretenir un instant avec toi. En tête à tête.

Je compris aussitôt qu'il faisait mine de s'adresser non à l'inspecteur Maddox, mais à Lexie. D'instinct, sans presque en avoir conscience, je plongeai mes doigts dans ma veste de pyjama, débranchai le micro d'un coup sec. Lorsque Daniel me fit face, mes mains reposaient innocemment sur le livre.

— À quel sujet ?

Il lissa la couette avant de s'asseoir.

— Certains détails me perturbent encore.

— Ah ?

— Oui. Presque depuis… Enfin, depuis ton arrivée. De petites incohérences, devenues plus troublantes à mesure qu'elles s'accumulaient. Le soir où tu as redemandé des oignons, j'ai commencé à m'interroger sérieusement.

Il se tut, comme pour me laisser répondre. Je le fixai droit dans les yeux. Comment avais-je pu ne pas prévoir ce coup-là ?

— Et puis, bien sûr, poursuivit-il, il y a eu la nuit dernière. Vous savez qu'il nous est arrivé, à Lexie et à moi, de…

Toujours ce ton affable, presque formaliste. Mais il ne parlait plus à la même personne.

— Un baiser est aussi personnel, aussi reconnaissable qu'un rire. Lorsque nous nous sommes embrassés, hier soir, j'ai eu plus ou moins la révélation que vous n'étiez pas Lexie.

Il me dévisagea paisiblement. Il me grillait aux yeux de tout le monde : de mon supérieur direct, de mon compagnon dont il avait deviné l'existence, des gros bonnets qui n'apprécieraient pas qu'un agent infiltré flirte avec un suspect. Si je n'avais pas débranché le micro, j'aurais été bonne pour une exfiltration en catastrophe et une affectation immédiate dans un commissariat de province.

— Aussi extravagant que cela puisse paraître, continua-t-il toujours aussi posément, j'aimerais voir votre fameuse blessure. Uniquement pour m'assurer que vous êtes bien celle que vous prétendez être.

— Pourquoi pas ? répliquai-je gaiement.

Savourant son air stupéfait, je soulevai ma veste de pyjama et tirai sur mon pansement, lui montrant la fiche femelle du pack de piles séparée du micro.

— Bien joué, Daniel. Mais raté. De toute façon, en admettant que vous réussissiez à me chasser, croyez-vous que je m'en irais sans réagir ? Je n'ai rien à perdre. Même si je ne dispose que de cinq minutes, je les utiliserai pour révéler aux autres ma véritable identité et leur affirmer que vous étiez au courant depuis des semaines. À votre avis, comment prendront-ils la chose ? Rafe, en particulier ?

Il se pencha pour examiner le micro.

— Ça valait quand même la peine d'essayer.

— Quoi qu'il en soit, le temps qui m'est imparti pour cette affaire arrive à son terme.

Je parlais vite : Frank avait dû devenir soupçonneux dès que le micro s'était tu, et je ne lui donnais pas une minute pour perdre son sang-froid.

— On ne m'a accordé que quelques jours. Mais, ces jours-là, j'y tiens. À la moindre tentative de votre part, je tire dans le tas. Si vous restez tranquille, vous avez encore une chance pour que je ne trouve rien de probant, et nous pourrons faire en sorte que les autres ne sachent jamais qui j'étais.

— Mes amis sont sous ma responsabilité. Je ne vais pas rester les bras ballants pendant que vous les attirerez dans les coins pour leur tirer les vers du nez.

— D'accord. Essayez de m'en empêcher, comme tout à l'heure. Mais ne tentez rien pour m'obliger à quitter la maison avant la fin de ces quelques jours. Marché conclu ?

Il ne broncha pas.

— Combien de jours, exactement ?

— Ça ne figure pas dans le contrat. Dans dix secondes, je rebrancherai le micro, faisant croire à une déconnexion accidentelle. Nous aurons alors une petite conversation anodine sur les raisons de ma mauvaise humeur de ce soir. OK ?

Il acquiesça sans un mot, observant toujours le micro.

— Super, dis-je. On y va. Je n'ai aucune envie…

Je rebranchai le micro au milieu de la phrase, par souci de vraisemblance.

— … d'en parler. J'ai un mal de crâne épouvantable et j'aimerais qu'on me laisse seule.

— Ce n'est sans doute qu'une gueule de bois, répondit-il avec sollicitude. Tu n'as jamais bien supporté le vin rouge, me semble-t-il…

Encore un piège.

— Non, c'est le punch, rétorquai-je d'une voix d'adolescente irritée, en remettant mon pansement en place. Rafe a dû l'inonder d'alcool à brûler. Il boit beaucoup trop ces temps-ci. Tu as remarqué ?

— Rafe va très bien. J'espère que, toi aussi, tu iras mieux après une bonne nuit de sommeil. Dors bien.

Il s'en alla. J'entendis ses pas décroître dans l'escalier. Je me levai et, pour la première fois depuis des semaines, je bloquai ma porte avec la chaise de la coiffeuse.

Le samedi s'écoula dans un brouillard. Il plut toute la journée. Daniel décréta que nous la passerions à poncer puis à cirer le parquet du salon, ce qui calmerait tout le monde. Rien à signaler, hormis la poussière qui nous faisait tousser, le rugissement assourdissant de la ponceuse, l'énervement de Justin et d'Abby que je crus voir essuyer des larmes, les sarcasmes de Rafe qui alla, par plaisanterie, chercher le masque à gaz dont nous avions tant ri, lui et moi, dans le patio. Et la voix sceptique de Frank, le soir, au téléphone.

— Tu as des ennuis avec le micro ? Simple curiosité…

— Ah, il recommence ? Je croyais l'avoir réparé.

— Qu'est-ce qui recommence ?

— Ce matin, quand j'ai changé mon pansement, il était déconnecté. J'ai cru que j'avais mal refait le pansement après ma douche, hier soir, et que j'avais débranché la prise en remuant dans mon lit. Il est resté muet longtemps ? Il marche, maintenant ?

Je tapotai mon estomac.

— Tu entends ?

— Cinq sur cinq, rétorqua-t-il. Il y a eu quelques interruptions au cours de la soirée, mais je n'ai pas dû manquer grand-chose. Je l'espère, en tout cas. Toutefois, j'ai perdu une ou deux minutes de ton entretien avec Daniel, au milieu de la nuit.

J'adoptai un ton joyeux.

— Oh, ça ? Il voulait connaître la raison de ma sortie, avant ma balade. Il m'a demandé ce qui n'allait pas et je l'ai envoyé promener. C'est tout. Quant aux autres, ils sont sur les nerfs. Ça marche, Frankie. Ils grimpent aux rideaux.

Silence. Puis :

— Parfait. Je n'ai donc rien raté d'important. J'aime mieux ça. Écoute-moi quand même. Si jamais ce micro déconne encore, ne serait-ce qu'une seconde, j'arrive et je te fais sortir de cette maison par la peau du cou. Je veux bien croire aux coïncidences, mais il y a des limites.

Il raccrocha.

Avant même d'entrer dans la maison, je sus qu'il se passait quelque chose. Les quatre étaient dans la cuisine. Les garçons faisaient la vaisselle. Rafe brandissait une spatule comme une arme, Justin aspergeait le sol de mousse. Tous parlaient en même temps.

— Ils font leur travail, dit Daniel en ouvrant la porte-fenêtre. Si nous n'acceptons pas…

— Mais pourquoi ? se lamenta Justin.

Alors, ils me virent. Il y eut un silence de plomb. Tous me regardèrent.

— Qu'est-ce qu'il y a ? demandai-je.

— Les flics nous ont convoqués, annonça Rafe en jetant sa spatule dans l'évier.

— Je ne le supporterai pas une seconde fois ! pleurnicha Justin, appuyé au plan de travail.

— Convoqués ? Mais pourquoi ?

— Mackey a appelé Daniel, dit Abby. Lui et ses collègues veulent avoir un entretien avec nous demain matin à la première heure. Nous tous…

Ce salopard de Frank… Il savait déjà, avant de m'avoir au téléphone, qu'il allait jeter ce pavé dans la mare. Il n'avait même pas pris la peine de me prévenir.

— Où nous convoquent-ils ?

— À Dublin Castle. Département du grand banditisme, brigade du crime organisé, ou Dieu sait quoi.

Cette brigade a ses locaux à l'étage qui précède celui de la brigade criminelle. Elle ne s'occupe pas d'homicides, à moins qu'un truand notoire n'y soit impliqué. Mais les autres l'ignoraient, et l'appellation les impressionnait. Il suffirait à Frank de nous faire monter une volée de marches supplémentaire. Ni vu ni connu.

— Tu étais au courant ? me lança Daniel, en me jetant un regard glacial.

— Toujours aussi parano, maugréa Rafe, les yeux au plafond.

— Non, répliquai-je. Pourquoi le serais-je ?

— Ton ami Mackey aurait pu te téléphoner pendant ta promenade.

— Il ne l'a pas fait. Et ce n'est pas mon ami !

Je ne dissimulai pas ma fureur. Il me restait deux jours, et Frank allait en dilapider un en nous questionnant sur nos goûts en matière de sandwiches ou sur ce que nous pensions de Brenda Doubles-Nénés. Il comptait faire durer cet interrogatoire le plus longtemps possible : huit heures, douze… S'il avait été devant moi, je l'aurais étranglé.

— Je savais que nous n'aurions pas dû les appeler à propos de ce caillou dans la vitre, gémit Justin. Je le savais ! Jusque-là, ils nous avaient laissés tranquilles !

— Alors, n'y allons pas, proposai-je.

Frank y verrait sans doute une rupture d'une de ses trois conditions, mais je m'en moquais. Je bouillais de colère.

— Ils ne peuvent pas nous obliger à venir.

Stupéfaction générale.

— C'est vrai ? demanda Abby.

— Oui, répondit Daniel en m'observant toujours. Nous ne sommes pas en état d'arrestation. Il s'agit d'une requête et non d'un ordre, même si Mackey a cherché à nous persuader du contraire. Toutefois, j'estime que nous devons y aller.

— Vraiment ? ricana Rafe. Et si j'ai envie, moi, d'envoyer Mackey se faire foutre ?

Daniel se tourna vers lui.

— Je souhaite continuer à collaborer pleinement à l'enquête. En partie parce que c'est la sagesse, mais surtout parce que j'aimerais savoir qui a commis cet acte épouvantable. Si l'un d'entre vous préfère éveiller les soupçons de Mackey en refusant de coopérer, libre à lui. Je ne pourrai pas m'y opposer. Mais souvenez-vous que l'agresseur de Lexie court toujours. Et nous devons tout faire pour aider la police à l'arrêter.

Petit fumier… Il se servait de mon micro pour débiter ce qu'il voulait que Frank entende : un tissu de clichés lénifiants. Ces deux-là étaient faits l'un pour l'autre.

Il consulta silencieusement les autres. Personne ne réagit. Seul Rafe chercha à formuler une objection, avant de se raviser d'un geste résigné.

— Bien, conclut Daniel. Dans ce cas, finissons la vaisselle et allons nous coucher. Demain, la journée sera longue.

Et il s'empara du torchon.

Les trois garçons achevèrent de ranger la cuisine dans un silence tendu. Je gagnai le salon en compagnie d'Abby et feignis de lire, tout en concoctant de nouveaux mensonges crédibles à l'intention de Frank.

Le dimanche matin, tous les rites furent respectés à la lettre. Abby frappa à ma porte avant que nous préparions le petit déjeuner ensemble, Justin découpa ses toasts en lamelles, selon son habitude. Rafe entra tel un somnambule et ressortit avec son bol de café, Daniel but le sien après avoir coincé un livre contre son assiette. Je m'efforçai de ne pas penser que, d'ici à trente-six heures, je serais partie. Même si je les revoyais encore tous, rien ne serait plus jamais comme avant.

Nous prîmes notre temps. Rafe revint, s'installa près de moi. La rosée humectait les fenêtres. Les lapins, qui s'aventuraient chaque jour un peu plus près de la maison, sautillaient sur la pelouse. L'humeur générale s'était radoucie. Tous étaient gentils les uns avec les autres, attentionnés, presque tendres. Je me demande parfois s'ils ne firent pas, ce matin-là, tous ces efforts parce que, au fond d'eux-mêmes, ils savaient.

— Il faut y aller, dit enfin Daniel en refermant son livre. Lexie, j'aimerais discuter avec toi. Pourquoi ne partagerions-nous pas la même voiture ?

— Discuter de quoi ? lâcha Rafe en me serrant le bras.

— Si ça te concernait, rétorqua Daniel en déposant son assiette dans l'évier, je t'aurais invité à te joindre à nous.

La tension était de nouveau là, tranchante comme du verre.

Daniel se gara devant le perron, attendit que je prenne place à côté de lui. Rafe dévalait les escaliers, le cou emmitouflé dans son écharpe, Justin frottait frénétiquement son pare-brise avec un vieux chiffon. Daniel semblait à la fois pensif et triste.

— Eh bien, nous y sommes, me dit-il.

Son calme ne présageait rien de bon. J'avais laissé mon arme dans ma chambre, derrière la table de nuit. Impossible de la prendre avec moi : la brigade criminelle possède un détecteur de métaux. Je me souvins de l'avertissement de Frank : « Le seul moment où tu ne seras pas couverte, ce sera entre Whitethorn House et Dublin, à l'aller et au retour. »

Daniel admira le ciel immaculé et murmura :

— La journée s'annonce magnifique.

Je faillis bondir hors de la voiture, courir vers celle de Justin, m'y engouffrer sous n'importe quel prétexte. Soudain, la portière arrière s'ouvrit et Abby se glissa sur la banquette, rouge, les cheveux emmêlés, enfouie dans son manteau, ses gants, son chapeau. Hors d'haleine, elle claqua la portière.

— Je peux venir avec vous ?

— Bien sûr, répondis-je.

Je n'avais jamais été aussi heureuse de voir quelqu'un. Daniel se tourna vers elle.

— Je croyais que tu voulais faire le trajet avec Rafe et Justin.

— Je plaisantais. Tu as vu dans quel état ils sont ? Autant partir en balade avec Staline et Pol Pot.

De façon totalement inattendue, il la gratifia d'un vrai sourire, lumineux, chaleureux.

— Tu as raison. Ils sont grotesques. Laissons-les. Une heure ou deux coincés ensemble dans une voiture, c'est ce qui peut leur arriver de mieux.

— Espérons qu'ils ne s'égorgeront pas.

Elle sortit une brosse de son sac et attaqua sa chevelure. Devant nous, Justin démarra sur les chapeaux de roues et s'engagea à toute allure dans l'allée. Daniel tendit sa paume ouverte, par-dessus son épaule, à Abby. Lâchant la brosse, elle y posa la sienne, lui serra les doigts. Elle resta ainsi jusqu'à ce qu'il retire sa main, tout doucement, avant de mettre le moteur en marche.

22

Ce salaud de Frank me fourra dans une salle d'interrogatoire (« Nous sommes à vous tout de suite, mademoiselle Madison ») et me fit poireauter deux heures. Il ne s'agissait même pas de la salle principale, dotée d'un distributeur d'eau et de sièges confortables. C'était la petite pièce miteuse, flanquée d'une vieille table délavée et située à deux pas d'une cellule, que nous utilisions pour rendre nos clients nerveux. Effet garanti. Mon malaise s'accentuait de minute en minute. Frank pouvait être en train de faire n'importe quoi : dévoiler ma couverture, révéler l'existence du bébé ou ce que nous savions sur Ned.

Je me levai, repoussai violemment ma chaise. Frank, bien sûr, m'avait allouée la plus bancale. J'avais envie de hurler, face à la caméra : « J'ai travaillé ici, connard, je connais la musique, n'essaie pas ce truc avec moi ! » Au lieu de quoi je dénichai un stylo à bille dans la poche de ma veste et me passai les nerfs en inscrivant plusieurs fois sur le mur, en lettres fleuries : « Lexie a séjourné ici. »

Je bouillais encore lorsque Frank fit son entrée.

— Bien, bien, dit-il en éteignant la caméra. C'est plutôt marrant de te voir là. Assieds-toi.

Je restai debout.

— Frank, tu joues à quoi ?

Il parut interloqué.

— J'interroge des suspects. Il me faut ta permission, maintenant ?

— Tu ferais mieux de m'avertir avant de me glisser une peau de banane sous les pieds ! Je ne m'amuse pas, là-bas, Frank ! Je travaille !

— Tu travailles ? C'est l'expression qu'emploient les gosses de la maternelle, aujourd'hui ?

— C'est la tienne ! Je fais exactement ce que tu m'as chargée de faire et je suis sur le point d'arriver à un résultat. Alors, pourquoi me mets-tu des bâtons dans les roues ?

Il s'appuya contre le mur, croisa les bras.

— Si tu le prends sur ce ton, tu trouveras à qui parler. C'est moins rigolo de jouer quand on prend la balle en pleine poire, non ?

À moins de sortir à la dernière minute un lapin miraculeux de mon chapeau, j'allais passer le lendemain, après mon exfiltration, un très mauvais quart d'heure. Mais je savais qu'il ne prendrait jamais le risque de nuire à l'enquête.

— D'accord, admis-je en me lissant les cheveux. C'est de bonne guerre. Je l'ai mérité.

— Prie pour que je ne te traite pas comme tu le mérites, ma belle. Crois-moi.

— Pigé, Frank. Quand nous aurons le temps, je te laisserai me rendre la vie impossible aussi longtemps que tu voudras. Mais pas maintenant. Comment ça se déroule, avec les autres ?

— Aussi bien que je l'avais prévu.

— En d'autres termes, tu n'arrives à rien.

— Tu crois ?

— Oui. Je connais ces quatre-là. Tu peux les cuisiner jusqu'à ta retraite, tu feras toujours chou blanc. Tu l'as dit toi-même : ils sont plus solidaires que des siamois. Si tu travailles seul, tu iras droit dans le mur. Tu veux les déstabiliser ? Alors, faisons-le ensemble. Je sais que tu rêves de me régler mon compte, mais cela peut attendre jusqu'à demain. Pour l'heure, nous sommes du même côté.

— Vraiment ?

— Oui, Frank. Et, à deux, nous pouvons faire de gros dégâts.

— Ça m'a l'air alléchant.

Son instinct de prédateur reprenait le dessus. Les mains dans les poches, il ferma à demi les yeux pour dissimuler l'éclat de ses yeux.

— Quel genre de dégâts ?

Je m'assis sur un coin de la table, m'inclinai vers lui jusqu'à le toucher.

— Interroge-moi et arrange-toi pour qu'ils écoutent. Pas Daniel : il ne se laissera pas balader ; si nous le poussons dans ses derniers retranchements, il s'en ira. Mais les trois autres. Branche les haut-parleurs ou installe-les devant les écrans de contrôle. Si ça peut paraître fortuit, tant mieux. Sinon, tant pis. Si tu souhaites surveiller leurs réactions, confie mon interrogatoire à Sam.

— Qu'est-ce que tu raconteras, exactement ?

— Je laisserai entendre que ma mémoire commence à revenir. Je resterai vague. Je donnerai des détails sur lesquels je ne peux pas me tromper : la course vers la masure, le sang… Si ça ne les déstabilise pas, rien ne le fera.

— Ah ! s'exclama-t-il, ravi. C'était donc ça que tu mijotais derrière tes bouderies, tes crises de nerfs et ton numéro de prima donna ! J'aurais dû le deviner. Quel imbécile !

— Oui, j'allais le faire, de toute façon. Mais cette mise en scène est bien meilleure. Je me montrerai hésitante, maladroite, suggérant que je ne te dis pas tout… Tu peux même, si tu y tiens, rédiger mes déclarations à l'avance. Je dirai ce que tu voudras. Alors, Frank, qu'est-ce que tu en penses ? Toi et moi ?

Il réfléchit un instant.

— Et qu'est-ce que tu demandes en échange ? À titre indicatif…

Je lui décochai mon sourire le plus hypocrite.

— Détends-toi, Frank. Rien qui puisse choquer ta conscience professionnelle. J'ai simplement besoin de savoir jusqu'où tu es allé avec eux pour ne pas me prendre les pieds dans le tapis. De toute façon, tu comptais me mettre au parfum, non ? Puisque nous sommes du même côté…

— Ouais. Naturellement Je ne leur ai balancé que des conneries, Cass. Tes munitions sont intactes. Je serais d'ailleurs très heureux que tu les utilises tôt ou tard.

— Je vais le faire, crois-moi. Autre chose : pourrais-tu tenir Daniel éloigné de moi un certain temps ? Quand tu en auras fini avec nous, renvoie-nous tous les quatre à Whitethorn House. Mais ne lui dis pas que nous sommes partis. Sinon, il se pointera là-bas plus vite qu'un boulet de canon. Accorde-moi une heure, deux si c'est possible, avant de le libérer. Ne le brusque pas. Contente-toi d'avoir avec lui un entretien de routine. D'accord ?

— Intéressant. Pourquoi ?

— Je veux bavarder avec les autres sans l'avoir dans les pattes.

— Ça, j'ai compris. Mais pourquoi ?

— Parce que je pense que ça marchera. Daniel, c'est le maître, le gourou. Il décide de ce que les trois autres doivent dire ou non. S'ils sont sous le choc et s'il n'est pas là pour leur clouer le bec, qui sait ce qu'ils déballeront ?

Il extirpa une miette coincée entre ses dents de devant et examina son pouce.

— Où veux-tu en venir ?

— Je ne le saurai que lorsqu'ils auront parlé. Nous avons toujours pensé qu'ils cachaient quelque chose, non ? Je refuse d'abandonner cette affaire sans leur faire cracher le morceau. J'emploierai toutes les armes dont je dispose : sentiment de culpabilité, larmes, Eddie le Benêt, le bébé. J'obtiendrai peut-être des aveux…

— Ce qui, ainsi que nous l'avons précisé depuis le début, n'est pas ton rôle. Que fais-tu de cette loi agaçante qui déclare de tels aveux irrecevables ?

— Tu insinues que tu les jetteras au panier si je te les sers sur un plateau ? Qu'ils soient irrecevables ne signifie pas qu'ils ne serviront à rien. Tu convoques les Trois Petits Cochons, tu leur passes la bande, tu les houspilles… Justin est déjà en train de craquer ; un bon enregistrement, et il s'effondrera. Des aveux ne représentent pas exactement ce que tu as commandé au Père Noël, mais, au point où nous en sommes, nous ne pouvons pas nous permettre de faire la fine bouche.

— J'admets que ce serait mieux que ce que nous avons pour l'instant. C'est-à-dire des nèfles.

— Tout juste. Et je pourrais même leur arracher quelque chose d'encore plus saignant : l'arme, la scène du crime, qui sait ?

— La vieille technique du ketchup, dit-il, inspectant toujours son pouce avec intérêt. Secouez bien le tube, puis pressez-le à fond en espérant qu'il en sortira quelque chose.

— Frank, c'est ma dernière cartouche. Je rentre demain. Laisse-moi essayer.

Il soupira, détailla la salle.

— Quelque chose m'intrigue, murmura-t-il enfin. Comment en es-tu arrivée à la certitude que l'un d'eux a fait le coup ?

Mon sang se figea. Il ne m'avait jamais demandé autre chose qu'une piste solide. S'il découvrait ce que j'avais déjà, j'étais grillée : déchargée de l'affaire et dans la mouise jusqu'au cou. Peut-être même ne retournerais-je jamais à Glenskehy.

— En fait, je n'en suis pas certaine. Mais, ainsi que tu l'as dit, ils ont un mobile.

— Si on veut. Mais, à ce compte-là, Naylor et Eddie, eux aussi, en ont un ; sans parler de toute une série d'individus dont certains nous sont inconnus. Cette fille avait l'art de se jouer des gens. Elle a toujours vécu dangereusement. Pourtant, tu es sûre que c'est son attitude à Whitethorn House qui lui a coûté la vie ; que l'un des quatre l'a tuée…

— Qu'est-ce qui te tracasse ? Tu les as toujours soupçonnés.

— Oh, tu t'en es rendu compte ? Je t'ai sous-estimée, mon ange. Oui, je les ai toujours eus dans le collimateur. Mais pas toi. Il y a quelques jours, tu jurais qu'ils étaient aussi inoffensifs que des ours en peluche, incapables de faire du mal à une mouche. Et, maintenant, tu cherches à les piéger.

— Ce n'est qu'une intuition, Frank. Une simple intuition.

Je m'efforçais de paraître sincère, convaincante. Il me jaugea encore. Enfin, il s'écarta du mur, alla rallumer la caméra.

— D'accord. Marché conclu. Devrais-je reconduire Danny Boy jusque là-bas ?

— Non. Nous sommes venus avec deux voitures.

Le soulagement et l'excitation me donnaient le tournis. J'avais envie de sauter au plafond.

— Merci, Frank. Tu ne le regretteras pas.

— On verra.

— Assieds-toi. Je reviens.

J'attendis encore deux heures. Frank mettait sans doute la pression sur les autres, espérant que l'un d'eux craquerait et lui éviterait, finalement, de m'utiliser. Je passai le temps en fumant, ce qui était interdit mais ne semblait perturber personne, et réfléchis aux détails de ma déposition à venir. Enfin, la porte s'ouvrit avec fracas.

— Je vais te relier à la salle d'interrogatoire. Prépare-toi. Tu as cinq minutes.

— Sépare Daniel des autres.

— Ne m'emmerde pas.

Il étala sur la table le dossier de l'affaire et disparut.

Il revint cinq minutes plus tard, tout sourire, avec deux gobelets de café.

— Du lait et deux sucres, si je ne m'abuse… Comment allez-vous, mademoiselle Madison ? Nous allons avoir un petit entretien. Asseyez-vous, je vous en prie.

Il m'indiqua une des chaises valides entourant la table, prit place en face de moi, poussa dans ma direction un des gobelets de plastique. Et commença. J'avais oublié à quel point il pouvait se montrer charmeur. « Vous avez l'air en pleine forme, mademoiselle Madison, j'espère que votre blessure est en voie de cicatrisation. Oui ? Quelle merveilleuse nouvelle… » Je lui répondis sur le même mode, lui décochant des œillades énamourées, uniquement pour faire enrager Rafe.

Il évoqua ensuite l'interrogatoire de John Naylor, m'en donna une version qui le transformait en suspect plus que crédible, histoire de tranquilliser les autres avant de miner le terrain.

— Vous me rassurez, inspecteur. Je pensais que vous aviez baissé les bras depuis longtemps.

— Nous ne renonçons jamais, mademoiselle Madison. Surtout dans des affaires aussi graves que celle-là. Peu importe le temps que nous y consacrons. Nous enquêtons discrètement, mais sans relâche. Nous avons travaillé avec obstination à rassembler les pièces du puzzle. Et nous arrivons enfin au bout de nos peines. Ou presque. Voilà pourquoi nous aurions besoin d'un coup de pouce de votre part.

Nouveau sourire, irrésistible.

— Bien sûr, inspecteur. Désirez-vous me mettre une nouvelle fois en présence de ce Naylor ?

— Pas du tout. Aujourd'hui, nous avons besoin de votre intellect, non de vos yeux. Vous vous rappelez les propos des médecins… Ne vous ont-ils pas affirmé que vous pourriez, au fur et à mesure de votre convalescence, retrouver peu à peu la mémoire ?

— Oui, murmurai-je d'une voix hésitante.

— Le moindre de vos souvenirs, le plus petit détail nous serait infiniment précieux. Je voudrais que vous vous concentriez. Dites-moi : quelque chose vous est-il revenu ?

J'hésitai un peu trop longtemps avant de répondre, de façon presque convaincante :

— Non. Rien de nouveau par rapport à ce que je vous ai déjà raconté.

Il plaqua ses paumes sur la table et se pencha vers moi. Ces yeux bleus scrutateurs, cette voix caressante, enjôleuse…

— Je n'en suis pas persuadé, mademoiselle Madison. J'ai le sentiment que certains éléments vous sont revenus, mais que l'idée de m'en faire part vous inquiète. Peut-être estimez-vous que je pourrais mal les interpréter et impliquer à tort une personne qui vous est chère. C'est ça ?

Je lui jetai un regard tourmenté.

— Peut-être bien…

Son sourire étira les rides autour de ses yeux.

— Faites-moi confiance, mademoiselle Madison. Nous ne prononçons jamais la moindre accusation sans preuves matérielles irréfutables. Votre témoignage n'entraînera l'arrestation de personne.

Je fis la moue, les yeux fixés sur mon gobelet.

— Ce n'est pas important. Et cela n'apporte pas grand-chose.

— Laissez-moi en juger, voulez-vous ?

Je crus qu'il allait me tapoter la main en m'appelant « mon chou ».

— Si vous saviez ce qui peut être capital ou non, vous seriez stupéfaite. Et si ce que vous allez me révéler ne nous est d'aucune utilité, nous ne vous en voudrons pas.

— Bien… C'est juste… D'accord. Je me souviens du sang sur mes mains. Partout…

— Nous y voilà ! applaudit-il sans se départir de son sourire presque paternel. Bravo ! Vous voyez que ce n'était pas si difficile… Vous rappelez-vous ce que vous faisiez ? Dans quelle position vous vous trouviez ? Assise, debout ?

— J'étais debout.

Je n'avais pas besoin de forcer le tremblement de ma voix. À quelques mètres de là, Daniel patientait dans une salle tandis que, dans une autre, Abby, Rafe et Justin retenaient leur souffle.

— Je m'appuyais contre une haie… Ça piquait… J'étais…

Je froissai mon haut, le pressai contre mes côtes.

— Comme ça. Pour arrêter le sang. Mais ça n'a servi à rien.

— Aviez-vous mal ?

— Oui. Très mal. J'ai cru… J'ai eu peur de mourir.

Nous étions parfaits, tous les deux. Nous opérions en symbiose, tels deux tortionnaires professionnels.

— Vous êtes sur la bonne voie, insista-t-il. Maintenant que ça commence à vous revenir, tout resurgira d'un coup. C'est ce que vous ont dit les médecins, n'est-ce pas ? Dès qu'on ouvre les vannes…

Il feuilleta le dossier, en sortit une des cartes que nous avions étudiées pendant notre semaine d'entraînement.

— Pourriez-vous me montrer où vous vous trouviez ?

Sans me dépêcher, je désignai un point à mi-chemin entre la maison et la masure.

— C'était par là. Enfin, je crois…

— Parfait, approuva-t-il en griffonnant trois mots sur son calepin. Poursuivons. Vous êtes adossée à cette haie, vous saignez, vous avez peur. Pourriez-vous essayer de revenir en arrière ? Juste avant, que faisiez-vous ?

Je gardai les yeux rivés sur la carte.

— J'étais hors d'haleine, comme… comme si je courais. Oui, je courais. Si vite que je suis tombée. Je me suis écorché le genou.

— D'où ? Réfléchissez bien. D'où vous échappiez-vous ?

Je secouai violemment la tête.

— Je… je ne peux pas le dire. Peut-être l'ai-je rêvé après coup. Un cauchemar… Même le sang…

— C'est possible. Nous garderons cela à l'esprit. Mais vous devez tout me raconter, même les scènes que vous avez rêvées. Nous ferons la part des choses.

Je laissai passer un long silence.

— C'est tout, haletai-je enfin. Je cours et je tombe. Et puis le sang. Voilà.

— Vous en êtes certaine ?

— Absolument. Il n'y a rien d'autre.

Frank soupira. Puis, d'une voix qui se durcissait peu à peu :

— Vous me posez un problème, mademoiselle Madison. Il y a quelques minutes, vous étiez perturbée à l'idée d'impliquer une personne innocente. Pourtant, rien, dans vos déclarations, ne met en cause qui que ce soit. J'en conclus que vous avez sauté un épisode.

Je le défiai d'un mouvement du menton.

— Sûrement pas.

— Oh, si ! Et j'aimerais bien savoir pourquoi.

Il repoussa sa chaise et arpenta la salle, les mains dans les poches, m'obligeant à changer plusieurs fois de position pour le suivre des yeux.

— Je vais être franc, mademoiselle Madison. Traitez-moi de naïf, mais je pensais que nous étions du même bord, vous et moi. Je croyais que nous tentions, tous les deux, d'identifier votre agresseur et de le mettre hors d'état de nuire. Cela vous paraît-il absurde ? À l'hôpital, vous avez répondu spontanément à toutes mes questions, sans la moindre réticence. Vous avez pleinement coopéré. Et, tout à coup, vous changez d'attitude. Je ne vois que deux explications : ou vous avez décidé de tendre l'autre joue à l'individu qui a failli vous tuer, et, pardonnez-moi si je me trompe, vous ne me donnez pas l'impression d'être une sainte, ou alors un autre élément, beaucoup plus important, vous empêche de parler.

Il se plaça derrière moi, me forçant à me retourner. Je grattai le vernis à ongles d'un pouce.

— Je dois donc me demander, mademoiselle Madison, ce qui pourrait être plus important à vos yeux que l'arrestation de votre agresseur. Je commence à vous connaître. À l'hôpital, de qui n'avez-vous cessé de me parler ? À propos de qui vous faisiez-vous un sang d'encre ? Vos amis, ceux dont vous partagez l'existence à Whitethorn House. Eux seuls comptaient, mademoiselle Madison. Et eux seuls comptent aujourd'hui, bien plus, peut-être, que l'identification de votre agresseur. Je me trompe ?

Je haussai les épaules et continuai à gratter mon vernis à ongles.

— Bien sûr qu'ils comptent pour moi. Et alors ?

— Si vous deviez choisir… Si… envisageons le pire… si vous vous souveniez que l'un d'eux vous a poignardée, comment réagiriez-vous ?

— La question ne se pose pas, parce qu'aucun d'entre eux ne me ferait le moindre mal. Jamais ! Ce sont mes amis !

— Je ne vous le fais pas dire. Vous protégez quelqu'un, et il ne peut s'agir de John Naylor. Qui d'autre protégeriez-vous, sinon vos amis ?

Il bondit vers moi et tapa sur la table, son visage à quelques centimètres du mien. Je sursautai bien plus violemment que je ne l'aurais dû.

— Vous me mentez, mademoiselle Madison ! Ça crève les yeux ! Vous savez quelque chose qui pourrait résoudre l'affaire et vous le taisez ! C'est de l'obstruction, une entrave au fonctionnement de la justice ! Un délit passible de prison !

Je renversai la tête, repoussai brutalement ma chaise.

— Vous allez m'arrêter ? Pour quel motif ? Je suis la victime ! Je veux juste oublier tout ça !

— Si vous tenez à être poignardée tous les jours ouvrables et deux fois le dimanche, je m'en fous comme de l'an quarante ! Mais que vous me fassiez perdre mon temps et celui de mes collaborateurs, ça, je ne l'admets pas ! Savez-vous combien de fonctionnaires de police planchent sur cette affaire depuis un mois, mademoiselle Madison ? Avez-vous la moindre idée du temps et de l'argent que nous y avons consacrés ? Ne comptez pas sur moi pour jeter l'éponge parce qu'une gamine capricieuse estime que le sort de ses amis est plus important que l'avenir du monde !

Il ne jouait plus la comédie. Il pesait chaque mot, sans plus savoir s'il s'adressait à Lexie ou à moi.

— Je vais résoudre cette affaire, martela-t-il. Le coupable ne perd rien pour attendre. Et vous non plus, si vous continuez ce petit jeu avec moi. Suis-je assez clair ?

— Arrêtez de postillonner !

Moi non plus, je ne jouais plus. Je me protégeais de mon avant-bras et serrai les poings, aussi furieuse que lui.

— Écartez-vous !

— Qui vous a poignardée, mademoiselle Madison ? Pouvez-vous me regarder droit dans les yeux et me répondre que vous l'ignorez ? Allez-y. Jurez-moi que vous ne le savez pas !

— Je n'ai pas à me justifier devant vous ! Je me rappelle avoir couru, je me souviens du sang sur mes mains. C'est tout ! Faites-en ce que vous voudrez ! Et fichez-moi la paix !

Je me tassai sur ma chaise, plongeai les mains dans mes poches, les yeux tournés vers le mur. Longtemps, je sentis ceux de Frank sur moi, son souffle saccadé.

— Parfait, conclut-il enfin, en s'éloignant lentement de la table. Restons-en là. Pour le moment…

Et il sortit.

Il ne revint qu'une heure plus tard.

— Tu as été parfaite, me lança-t-il. Je me suis bien amusé.

— De la poésie à l'état pur. Ça a eu de l'effet ?

Il eut un geste dubitatif.

— Ça les a secoués. Ils sont très nerveux. Pourtant, ils ne craquent toujours pas. Si je persistais deux heures, j'en viendrais peut-être à bout, mais Daniel s'impatiente. Oh, très poliment, bien sûr… Il m'a demandé si cette séance allait s'éterniser. Si tu veux passer un peu de temps avec les autres avant qu'il ne sorte, tu ferais mieux de les emmener maintenant.

— Merci, Frank. Merci du fond du cœur.

J'étais sincère. Il décrocha mon manteau pendu derrière la porte et m'aida à l'enfiler.

— Je vais le retenir le plus longtemps possible, mais je ne garantis rien. Je joue franc jeu avec toi, Cassie. Rends-moi la pareille.

Abby, Justin et Rafe attendaient dans l'entrée. Ils avaient le teint gris, des cernes sous les yeux. Debout devant la fenêtre, Rafe remuait le genou. Justin était effondré sur une chaise, aussi pitoyable qu'un oiseau mazouté. Seule Abby, assise très droite, les mains à plat, gardait une contenance.

— Merci à vous tous d'être venus, dit Frank avec chaleur. Vous nous avez été d'un grand secours. Votre ami Daniel achève de nous préciser certains détails. Il vous demande de rentrer de votre côté. Il vous rejoindra bientôt.

Justin se redressa comme si on venait de le réveiller en sursaut.

— Mais pourquoi… ?

Abby le fit taire en lui serrant le poignet.

— Merci, inspecteur. Appelez-nous si vous avez besoin de quoi que ce soit.

— Nous le ferons, promit Frank en nous ouvrant la porte.

Il s'inclina légèrement devant chacun de nous et déclara quatre fois, à mesure que nous passions devant lui :

— À bientôt.

— Pourquoi avez-vous accepté ? piailla Justin, une fois la porte refermée derrière nous. Je refuse de partir sans Daniel !

— Tais-toi et marche, chuchota Abby en lui prenant le bras. Ne te retourne pas. Mackey nous observe.

Dans la voiture, après un silence interminable, Rafe, installé à l'arrière, à côté de moi, prit la parole le premier.

— Eh bien, me dit-il, de quoi avez-vous parlé, cette fois ?

— Laisse tomber, répliqua Abby depuis le siège avant.

— Pourquoi Daniel ? s'enquit Justin.

Il conduisait comme une grand-mère distraite, frôlant l'accident à chaque tournant.

— Qu'est-ce qu'ils veulent ? Est-ce qu'ils l'ont arrêté ?

— Bien sûr que non, déclara Abby avec assurance alors qu'elle n'en savait strictement rien. Ne t'inquiète pas. Il s'en sortira très bien.

— Comme toujours, grommela Rafe, le nez contre la vitre.

— Il s'y attendait, poursuivit Abby. Il ignorait sur qui ils jetteraient leur dévolu, peut-être Justin ou Lexie, ou les deux, mais il avait compris qu'ils chercheraient à nous diviser.

— Moi ? Pourquoi moi ? beugla Justin, au bord de la crise de nerfs.

— Arrête de geindre ! aboya Rafe. Pour une fois, essaie de te comporter comme si tu en avais !

— Ne vous énervez pas, leur intima Abby. Ils essaient de nous déstabiliser, au cas où nous leur cacherions quelque chose. Ils veulent que nous nous interrogions sur leurs intentions, que nous nous sentions menacés. N'entrons pas dans leur jeu.

— Si nous laissons ces connards nous manipuler, s'exclama Rafe, nous méritons vraiment de finir en taule ! Nous sommes quand même plus futés que ces…

— Ça suffit ! hurlai-je, frappant à coups de poing le dos du siège d'Abby, sans me soucier du coup de volant de Justin qui faillit nous faire quitter la route. Arrêtez de vous chamailler ! Ce n'est pas un jeu ! Il s'agit de ma vie ! Je vous déteste tous ! Je vous hais !

Alors que je m'étais retenue si longtemps, je fondis en larmes, cette fois pour de bon. À cause de Lexie, de son destin, de son bébé dont je ne verrais jamais le visage, à cause d'Abby allongée dans l'herbe, sous la lune, de Daniel souriant en la regardant dormir, de Justin m'embrassant sur le front et de Rafe jouant si bien du piano, à cause de ma duplicité et du mal que je m'apprêtais à leur faire, de la vitesse avec laquelle Justin, maîtrisant à peine sa voiture, nous conduisait là où nous devions aller.

Abby ouvrit la boîte à gants, me tendit un paquet de mouchoirs en papier. Puis elle baissa sa vitre. Les parfums de la campagne me frappèrent de plein fouet, si paisibles, si innocents que mes pleurs redoublèrent.

23

Justin à peine garé devant les écuries, je sautai de voiture et courus vers la maison. Personne ne me retins. Je déverrouillai la porte d'entrée avec ma clé, la laissai grande ouverte et me précipitai dans ma chambre.

Les autres entrèrent bruyamment dans le vestibule deux minutes plus tard. Je leur en accordai dix de plus : un temps assez long pour qu'ils se calment et que leurs voix s'apaisent, mais trop bref pour permettre à Abby de reprendre de l'ascendant sur Rafe et Justin. J'en profitai pour me préparer, enfiler ma gaine qui commençait à être d'une propreté douteuse (je n'avais pas pu, bien sûr, la fourrer dans la machine à laver), mettre mon arme en place. La lumière du crépuscule éclaboussait la chambre. Avant de sortir, je respirai le parfum de muguet qui l'imprégnait comme si c'était la dernière fois. Je m'aspergeai la figure dans la salle de bains, l'essuyai soigneusement, étendis ma serviette entre celles d'Abby et de Daniel. Mon visage, dans le miroir, me parut étrange ; pâle, les yeux agrandis. Je tirai sur mon chandail pour vérifier que le renflement de mon arme n'apparaissait pas. Et je descendis.

Ils se tenaient tous les trois au salon. Sur le canapé, Rafe jonglait avec un jeu de cartes qu'il faisait prestement passer d'une main à l'autre, créant un arc sans cesse renouvelé. Voûtée dans son fauteuil, Abby avait la tête baissée sur sa poupée. La lèvre inférieure entre les dents, elle essayait de coudre mais devait, pour chaque point, s'y reprendre à trois fois. Tassé dans une des bergères, Justin faisait semblant de lire. Le voir ainsi, si enfantin, si fragile dans son chandail à la manche reprisée, me brisa presque le cœur. Des verres, des bouteilles de vodka, d'eau gazeuse et de jus d'orange encombraient la table basse. Les dernières lueurs du soir projetaient l'ombre du lierre sur le parquet.

Ils me virent sur le seuil, d'où je les observais en silence. Ils me fixèrent sans émotion, d'un air attentif.

— Comment va ? demanda Abby.

Je haussai les épaules.

— Verse-toi un verre, me proposa Rafe en désignant la table. Si tu veux autre chose que de la vodka, tu devras aller le chercher toi-même.

— Des bribes me reviennent, murmurai-je en regardant un rayon de soleil qui, juste à mes pieds, faisait reluire comme de l'eau le plancher fraîchement ciré. Des bribes de cette nuit. Les médecins m'ont affirmé que ça arriverait sans doute.

— Nous le savons, répliqua Rafe, jonglant toujours avec ses cartes.

— Ils nous ont laissés regarder, précisa doucement Abby. Quand tu parlais à Mackey.

Je redressai la tête, les toisai avec hargne.

— Nom de Dieu ! Et quand comptiez-vous me le dire ?

— Nous te le disons maintenant, Lexie.

— Bande de salauds ! Vous me prenez pour une demeurée ? Mackey m'a traitée comme une prévenue et pourtant je l'ai bouclée, parce que je ne voulais pas vous causer d'ennuis ! Mais vous, vous vous apprêtiez à me cantonner dans le rôle de l'idiote jusqu'à la fin de mes jours, alors que vous saviez…

— Tu ne lui as donc pas tout raconté…

— J'aurais dû ! J'aurais dû lui balancer tout ce dont je me souviens et vous laisser vous débrouiller avec ça !

— Quoi d'autre ? ajouta Abby. De quoi d'autre te souviens-tu ?

Mon cœur battait comme s'il allait jaillir de ma poitrine. Si je me plantais, j'étais finie. Et tout ce que j'avais fait au cours de ces trois semaines, piétiner ces quatre vies, mortifier Sam, mettre ma carrière en jeu, n'aurait servi à rien. Je m'apprêtais à miser d'un seul coup tout ce que j'avais sur la table, sans avoir la moindre idée de la valeur de mon jeu.

— La veste, lâchai-je enfin. Le billet, dans la poche de la veste…

Un instant, je crus que j'avais perdu. Ils me dévisageaient tous les trois d'un air hébété, comme si mes propos n'avaient aucun sens. J'imaginais déjà une marche arrière (un rêve en plein coma ? une hallucination ?) lorsque Justin murmura, consterné :

— Oh, mon Dieu…

« Autrefois, tu n'emportais pas tes cigarettes lors de tes promenades », m'avait, un soir, fait remarquer Daniel. Or j'avais brûlé le message de Ned. Si Lexie n'avait pas de briquet sur elle, à moins d'avaler le papier, ce qui semblait un peu exagéré, même de sa part, elle n'avait aucun moyen de se débarrasser rapidement des billets.

Peut-être les déchirait-elle en petits morceaux sur le chemin du retour, jetant les confettis au milieu des haies. Mais peut-être refusait-elle de laisser la moindre trace, même aussi infime que celles-là. Peut-être froissait-elle les bouts de papier dans la poche de son jean pour les jeter dans les toilettes ou les brûler plus tard, dans sa chambre…

Elle avait fait preuve d'une telle prévoyance, d'un tel acharnement à préserver ses secrets ! Je ne concevais qu'une erreur possible. Une fois, une fois seulement, alors qu'elle se hâtait de rentrer, dans le noir et sous une pluie battante, hantée par son bébé et sa fuite prochaine, elle avait glissé le message dans la poche de la veste qu'elle portait chaque soir, en oubliant que cette veste appartenait à tous. Elle avait été trahie par ce qu'elle-même bafouait : leur intimité, leur désir de tout partager.

— Bravo ! ironisa Rafe. Bien joué, mon cher Justin !

— Comment ça, bien joué ? Elle savait déjà !

— La ferme ! s'exclama Abby, soudain livide, ses taches de rousseur ressortant comme du maquillage.

Rafe l'ignora.

— Eh bien, ponctua-t-il, si elle ne le savait pas, maintenant, elle le sait.

— Ce n'est pas ma faute ! Pourquoi est-ce que tu me reproches toujours tout ?

Justin était encore près de s'effondrer. Rafe leva les yeux au plafond.

— Je ne te reproche rien. Au contraire. Si tu veux mon avis, il est grand temps de crever l'abcès.

— Nous ne discuterons de rien avant le retour de Daniel, martela Abby.

Rafe éclata de rire.

— Oh, Abby ! Dieu sait que je t'aime ! Pourtant, il m'arrive de me poser des questions sur toi. Tu sais bien qu'une fois Daniel rentré nous ne discuterons de rien du tout.

— Ça nous concerne tous les cinq. Nous n'en parlerons pas tant qu'il ne sera pas là.

— Foutaises ! tempêtai-je. Si ça nous concerne vraiment tous les cinq, alors pourquoi ne me l'avez-vous pas raconté il y a des semaines ? Si vous êtes capables de faire vos messes basses dans mon dos, nous pouvons très bien en parler en l'absence de Daniel !

— Mon Dieu…, répéta Justin, une main tremblante devant la bouche.

Le portable d'Abby se mit à sonner au fond de son sac. Cette sonnerie, je l'avais guettée tout au long du trajet, puis dans ma chambre. Frank venait de libérer Daniel.

— Ne réponds pas ! hurlai-je. C'est lui ! Et tu sais exactement ce qu'il va te dire ! Il va t'ordonner de ne rien me révéler ! J'en ai marre qu'il me prenne pour une morveuse de huit ans ! Si quelqu'un, ici, a le droit de savoir ce qui s'est passé, c'est moi ! Si tu essaies de décrocher ce putain de téléphone, je l'écrase à coups de pied !

Je ne plaisantais pas. Le dimanche après-midi, la circulation n'est bloquée qu'à l'entrée de Dublin. Pour ceux qui en sortent, la voie est libre. En conduisant vite, Daniel pouvait être là d'ici à une demi-heure. Pour moi, chaque seconde comptait.

Rafe rit de plus belle, pointa son verre dans ma direction. Abby se figea, la main proche de son sac.

— Si vous ne crachez pas le morceau, poursuivis-je, je téléphone tout de suite aux flics et je leur déballe tout ce qui m'est revenu !

— Abby…, gémit Justin.

La sonnerie cessa.

— Abby, repris-je en respirant profondément, les ongles enfoncés dans les paumes, c'est très important ! Je ne peux pas continuer comme ça ! Ou nous sommes tous ensemble, ou nous ne le sommes pas !

Le portable de Justin sonna à son tour.

— Vous n'avez même pas besoin de me dire qui l'a fait, si vous ne le voulez pas.

J'imaginais Frank se tapant la tête contre les murs, mais je m'en moquais. Un pas après l'autre.

— Je veux simplement apprendre ce qui est arrivé. Que tout le monde le sache, sauf moi, me rend malade. Je vous en supplie…

— Elle a le droit de savoir, approuva Rafe. Et, personnellement, j'en ai moi aussi ma claque de vivre selon les oukases de Daniel. Pour ce que cela nous a rapporté…

La sonnerie se tut.

— Nous devrions le rappeler, suggéra Justin. Et si on l'avait arrêté ? S'il devait payer une caution ?

— On ne l'a pas arrêté, soupira Abby. Je te répète que, pour inculper quelqu'un, il faut des preuves. Tout va bien pour lui. Lexie, assieds-toi.

Je restai où j'étais.

— Bon Dieu, assieds-toi ! me conjura Rafe. De toute façon, je vais te raconter cette saga, que les autres soient d'accord ou non, et tu me tapes sur les nerfs à rester plantée là. Quant à toi, Abby, calme-toi. Nous aurions dû le faire depuis longtemps.

Je gagnai mon fauteuil, près de l'âtre.

— C'est mieux comme ça, approuva Rafe avec un grand sourire, subitement très gai, presque heureux, tel que je ne l'avais pas vu depuis longtemps. Bois un coup.

— Je n'en ai pas envie.

Il déplia ses jambes, se pencha vers la table basse, me servit une vodka-orange et me l'offrit.

— Nous devrions tous les quatre nous en jeter un autre. Nous allons en avoir besoin.

Il remplit trois autres verres, leva le sien à la cantonade.

— Au grand déballage !

Abby, enfin, capitula.

— D'accord, concéda-t-elle. Si tu y tiens vraiment et puisque ta mémoire te revient de toute façon…

Justin ouvrit la bouche puis se mordit la lèvre. Abby se lissa fébrilement les cheveux.

— Par quoi désires-tu que nous commencions ? J'ignore encore ce qui t'est revenu et…

— Des fragments. Ils ne s'agencent pas encore très bien. Commence par le début.

Tout à coup, alors que je vivais sans doute mes dernières heures à Whitethorn House, je me sentis très calme, prête à écouter, comme si nous avions l'éternité devant nous.

— Tu étais sur le point de partir pour ta promenade, commença Rafe en se calant sur le canapé. Il devait être 23 h 15. À ce moment-là, nous nous sommes rendu compte, Abby et moi, que nous étions à court de clopes. C'est étonnant comme les petits détails font toute la différence, non ? Si nous avions été des non-fumeurs, rien, peut-être, ne serait arrivé. Ceux qui nous bassinent avec les dangers du tabac ne mentionnent jamais ça.

— Tu nous as proposé d'en acheter en chemin, enchaîna Abby, les mains sur les genoux. Comme tu t'absentais toujours au moins une heure, j'ai pensé que je ferais mieux d'aller en chercher moi-même à la station-service. La pluie menaçait. Puisque tu enfilais déjà ton imperméable, j'ai sorti la veste commune du placard. J'ai glissé mon portefeuille dans la poche et…

C'était parti. Inutile de continuer à mener le jeu. La suite de l'histoire devait venir d'eux.

— Elle a exhumé le bout de papier, dit Rafe en allumant une cigarette. Elle nous a rejoints en le brandissant. « Qu'est-ce que c'est que ça ? » Au début, personne n'y a prêté grande attention. Nous étions tous dans la cuisine. Justin, Daniel et moi faisions la vaisselle. Nous discutions de Dieu sait quoi…

— Stevenson, l'interrompit Justin d'un ton triste. *Docteur Jekyll et Mister Hyde.* La différence entre la raison et l'instinct. Toi, Lexie, tu te gaussais de nos élucubrations sur le puritanisme de la littérature victorienne. Tu clamais que Jekyll et Hyde devaient, de toute façon, être nuls au lit. On se marrait bien.

— Alors, continua Rafe, Abby a crié, un peu trop fort : « Lexie, c'est quoi, ce bordel ? » comme si elle venait de prendre une claque en pleine poire. Jamais je ne l'avais vue comme ça. Jamais.

— C'est une des scènes dont je me souviens, dis-je, serrant les bras de mon fauteuil. Ensuite, ça redevient flou.

— Heureusement pour toi, nous pouvons t'aider à la reconstituer. Parce que nous ne l'oublierons jamais. Tu as hurlé à Abby, en bondissant vers elle : « Rends-moi ça ! » Elle a été plus rapide et a passé le billet à Daniel.

— C'est là, enchaîna Justin à voix basse, que nous avons commencé à réaliser qu'il se passait quelque chose de grave. Je m'apprêtais à te charrier à propos d'une lettre d'amour, juste pour rire, mais tu étais si… Tu as bondi comme une furie sur Daniel, essayant de lui arracher le billet. Par réflexe, il l'a mis dans son autre main pour t'en empêcher. Alors, tu t'es battue contre lui. Tu l'as frappé au bras, tu as tenté de lui donner des coups de pied, d'agripper ce bout de papier. Sans un mot. C'est ce silence qui nous a le plus effrayés. Votre respiration saccadée ; et le robinet qui coulait toujours….

— Abby a retenu ton bras, précisa Rafe. Tu t'es retournée, les poings serrés. J'ai cru que tu allais la frapper. Daniel en a profité pour me passer le message. Il t'a ensuite prise par les poignets en me disant : « Lis ça. » Je l'ai lu à haute voix. « Chère Lexie, bien réfléchi, OK pour deux cent mille. Fais-moi signe le plus vite possible. »

— Je suis sûr, proféra Justin, que tu t'en souviens…

— Il y avait une faute d'orthographe par mot, releva Rafe à travers la fumée de sa cigarette. Quel débile… Soit dit sans t'offenser, je n'aurais jamais cru que tu aurais le mauvais goût de t'acoquiner avec un con pareil.

— Tu l'aurais fait ? questionna Abby, les yeux toujours rivés sur moi. Si rien de tout cela n'était arrivé, tu aurais vraiment vendu ta part à Ned ?

Quand je considère la cruauté dont j'ai fait preuve à leur égard, ce que je répondis atténue un peu mon remords. Au lieu de leur révéler le manque de scrupules de Lexie vis-à-vis d'eux et de tout ce qu'ils avaient construit ensemble, je choisis de mentir.

— Non, mon Dieu, non ! J'avais juste besoin de savoir que je pouvais le faire. J'ai perdu la tête, Abby.

Je me suis sentie piégée et j'ai paniqué. Mais je n'ai jamais envisagé de partir. Il me suffisait d'avoir la certitude que c'était possible, à tout moment.

— Piégée ? s'étonna Justin. Avec nous ?

Abby tressaillit. Elle avait compris : le bébé.

— Tu avais donc décidé de rester…

— Oh oui ! m'écriai-je sans savoir si je m'exprimais au nom de Lexie. Je le voulais tellement !

Elle hocha imperceptiblement la tête.

— Je te l'avais dit ! s'exclama Rafe. Connard de Daniel ! Jusqu'à la semaine dernière, il était complètement parano là-dessus. Je lui ai raconté que je t'avais parlé et que tu n'avais aucune intention d'aller nulle part. Mais il n'écoutait personne !

Abby restait de glace, immobile, comme si elle ne respirait plus.

— Et maintenant ? chuchota-t-elle.

Un instant, je crus qu'elle m'avait percée à jour, qu'elle me demandait si je souhaitais rester quand même.

— Que veux-tu dire ?

Rafe vint à sa rescousse.

— Elle voudrait savoir, prononça-t-il froidement, si, une fois cette conversation terminée, tu comptes téléphoner à Mackey, à O'Neill, ou nous jeter en pâture aux débiles du village.

— Je ne dirai rien à personne, répliquai-je, certaine que Frank, les écouteurs sur les oreilles, m'approuvait. Je refuse que vous alliez en prison. Quoi qu'il arrive…

— Bien, souffla Abby. Dans ce cas…

— Nous nous sommes inquiétés pour rien, compléta Rafe.

— Alors ? Après le billet ? Que s'est-il passé ?

Je les dévisageai l'un après l'autre, traquant une faille, une fêlure, un désaccord entre eux. Rien.

— Lex, dit Abby, j'ignore si tu t'es rendu compte de ce que la vente de ta part à Ned aurait signifié pour nous. Bien sûr, je sais que tu ne mesures pas toujours les conséquences de tes actes, mais…

— C'est un euphémisme ! s'écria Rafe. Bon Dieu, Lexie, qu'est-ce que tu t'imaginais ? Tu fourgues ta part, tu t'achètes un joli appartement et tout va pour le mieux dans le meilleur des mondes possibles ? Comment crois-tu que nous t'aurions accueillie tous les matins à Trinity ? Par des embrassades, en te tendant ton sandwich préparé par nos soins ? Nous ne t'aurions même plus adressé la parole ! Nous t'aurions craché à la figure !

Abby ajouta :

— Ned nous aurait harcelés nuit et jour pour que nous vendions Whitethorn House à un promoteur, qui en aurait fait un golf ou un hôtel de luxe. S'il l'avait voulu, il se serait installé ici, aurait vécu avec nous. Nous n'aurions pas pu nous y opposer. Tôt ou tard, nous aurions baissé les bras. Et nous aurions perdu la maison. Notre maison…

— Nous nous sommes mis à hurler, dit Justin. Tous ensemble. Je ne savais même pas ce que je criais. Tu t'es libérée de Daniel. Rafe t'a saisie à bras-le-corps. Nous nous sommes battus comme des chiffonniers. Trente secondes de plus, et nous aurions roulé par terre. Nous ne sommes pas allés jusque-là.

— Nous aurions pu, déclara posément Abby. Nous étions dans un état de rage épouvantable. Nous avions tous envie de te tuer, Lexie. Tu ne peux pas nous le reprocher.

— Vous aviez toutes les raisons de me haïr. Même après, vous auriez eu le droit de me chasser.

— Daniel et moi en avons parlé, révéla-t-elle, faisant sursauter Rafe. Nous nous sommes demandé si nous pouvions continuer à vivre tous ensemble, après… Toutefois, une rupture aurait été compliquée… Et puis c'était toi. En dépit de tout, c'était toujours toi.

— Ensuite, enchaîna Justin, je me souviens du claquement de la porte, au fond du jardin, et de ce couteau sur le carrelage, au milieu de la cuisine. Couvert de sang… Je n'arrivais pas à croire à la réalité de ce qui se passait.

— Et vous m'avez laissée partir ! Sans vous inquiéter de ce que…

— Non, Lex, rectifia Abby. Bien sûr, nous nous sommes inquiétés. Il nous a fallu une minute pour réaliser ce qui venait d'arriver ; mais dès que nous en avons pris conscience… Daniel a réagi le premier, alors que nous étions littéralement paralysés. Saisissant la lampe torche, il nous a ordonné, à Rafe et à moi, de rester dans la maison au cas où tu reviendrais, de brûler le message, de faire bouillir de l'eau, de préparer du désinfectant et des pansements…

— Qu'est-ce qu'il envisageait ? ricana Rafe en allumant une autre cigarette. Une opération chirurgicale à domicile, avec l'aiguille d'Abby ?

— … et Justin et lui sont partis à ta recherche. Immédiatement.

C'était bien combiné : séparer les deux plus faibles, placer Rafe sous le contrôle d'Abby en lui confiant une tâche à accomplir, garder un œil sur Justin. Daniel avait de bons réflexes.

— Quand nous avons atteint la porte du jardin, reprit Justin, tu avais disparu. Impossible de savoir si tu t'étais précipitée au village pour demander de l'aide, si tu t'étais évanouie quelque part, ou…

— J'ai couru, c'est tout. Je n'ai même pas réalisé que je saignais depuis longtemps.

Il parut surpris.

— Je crois que tu n'as pas saigné tout de suite, corrigea Abby. Il n'y avait pas de sang dans la cuisine ni dans le patio.

Ils avaient vérifié. Je me demandai quand ils l'avaient fait et si l'idée était venue de Daniel ou d'elle.

— Nous ignorions, poursuivit Justin, que ta blessure était si grave. Tu t'étais enfuie tellement vite ! Nous pensions qu'il s'agissait d'une simple égratignure. Nous avons commencé à te chercher. Selon Daniel, il valait mieux s'assurer d'abord que tu n'avais pas gagné le village. Mais, là-bas, tout était éteint, ou presque. Visiblement, il ne s'y passait rien. Nous avons donc rebroussé chemin et exploré les sentiers. Je suivais Daniel à l'aveuglette. Au milieu de ce dédale, j'ai perdu tout sens de l'orientation. Nous ne voulions ni allumer la lampe ni t'appeler. Je ne sais même plus pourquoi : nous craignions sans doute d'être remarqués par un fermier des environs ou que tu te sois cachée. Daniel n'allumait donc la torche que de brefs instants, en dissimulait l'éclat avec sa main et balayait rapidement les environs avant de l'éteindre à nouveau. Le reste du temps, nous nous guidions grâce aux haies. Il faisait aussi froid qu'en hiver et nous n'avions même pas pensé à nous couvrir. Daniel s'en moquait ; tu sais comment il est. Moi, je ne sentais même plus mes orteils. Nous avons erré pendant des heures…

— Non, le coupa Rafe. Nous étions prisonniers ici, avec une bouteille de désinfectant et ce foutu couteau, sans rien d'autre à faire qu'à consulter le pendule. Vous n'êtes restés dehors que trois quarts d'heure.

— Peut-être, admit Justin, excédé. En tout cas, ça m'a semblé durer des heures. Tout à coup, Daniel s'est arrêté net. Et il a dit : « C'est absurde. Nous ne la retrouverons jamais comme ça. » Je lui ai demandé ce qu'il proposait d'autre. Il est resté là, immobile, scrutant le ciel qui devenait nuageux, attendant, semblait-il, une inspiration divine. Au bout d'un moment, il a ajouté, le plus naturellement du monde : « Partons du principe qu'elle s'est réfugiée dans un endroit bien précis au lieu d'errer dans le noir. Elle devait bien retrouver Ned quelque part, dans un lieu abrité ; le temps, ici, est tellement changeant... Existe-t-il, dans les parages, un endroit où elle... ? » Subitement, il s'est mis à courir comme un fou. Je ne le savais pas capable de courir aussi vite...

— Il a donné la chasse au vandale, l'autre nuit, précisa Rafe. Il est rapide quand il le veut...

— Je ne savais pas où il allait. J'avais tellement peur de rester seul dans l'obscurité que je ne pensais qu'à le rattraper. Il a rallumé la lampe, l'a braquée dans toutes les directions. On aurait dit le faisceau d'un phare. J'étais persuadé que tous les habitants des environs allaient accourir. Alors, le faisceau s'est arrêté sur la masure. Je n'ai entrevu qu'un amas de pierres. Ensuite, la torche s'est de nouveau éteinte. Daniel a bondi par-dessus le muret et traversé le pré. J'ai couru sur ses talons, dans l'herbe mouillée. Et puis... et puis, nous sommes entrés dans la maison en ruine : dans la première pièce, à ciel ouvert. Tu étais assise dans un coin, contre le mur. J'ai crié ton nom. Et j'ai voulu me précipiter vers toi. Mais Daniel m'a serré le bras, si fort qu'il m'a fait mal. Il a plaqué sa bouche contre mon oreille et chuchoté : « Tais-toi. » Puis : « Ne bouge pas. Tu restes là. Tu te tiens tranquille. » Il a secoué mon bras. J'en ai eu des bleus ! Ensuite il s'est avancé vers toi. Il s'est penché. Il a mis les doigts sur ta gorge, a pris ton pouls. La lampe éclairait ton visage. Tu ressemblais à... à une fillette endormie...

Brisée par le chagrin, sa voix baissa d'un ton, devint monotone, lisse comme la pluie.

— Alors, Daniel a déclaré : « Elle est morte. » C'est ce que nous avons pensé, Lexie. Nous t'avons vraiment crue morte.

— Tu devais déjà être dans le coma, murmura Abby. Les flics nous ont affirmé que ça avait ralenti ton rythme cardiaque, ou ta respiration... S'il n'avait pas fait si froid...

— Daniel s'est redressé, poursuivit Justin. Il s'est essuyé la main sur sa poitrine. Je n'ai pas compris pourquoi, puisqu'elle n'était pas tachée de sang. Il l'a frottée longtemps, comme s'il ne savait plus ce qu'il faisait. Quant à moi, je ne pouvais pas te regarder. Je me suis appuyé contre le mur pour ne pas m'évanouir. Il m'a ordonné, très sèchement : « Ne touche à rien. Mets les mains dans tes poches. Retiens ta respiration et compte jusqu'à dix. » Ça n'avait aucun sens, mais j'ai obéi quand même.

— Nous lui obéissons toujours, maugréa Rafe.

Abby lui jeta un bref coup d'œil. Justin reprit :

— Au bout d'une minute, Daniel a dit : « Si elle était partie pour sa promenade habituelle, elle aurait emporté ses clés, son portefeuille et sa lampe. L'un de nous doit aller les chercher à Whitethorn House. L'autre restera ici. Il y a peu de chances que quelqu'un passe par là, mais nous ignorons quels arrangements liaient Lexie et Ned ; s'il vient jusqu'ici, il faut que nous le sachions. Qu'est-ce que tu préfères ? » Je lui ai répondu que je ne pouvais pas rester là. Je suis désolé, Lexie, vraiment désolé. C'était toi, c'était toujours toi, même si tu avais été… Mais je ne pouvais pas. Je tremblais de tous mes membres. Je devais bafouiller… Finalement, il a dit… Il n'avait pas l'air accablé, ni même affecté… Simplement excédé. Il a dit : « Tais-toi. Rentre aussi vite que tu le pourras. Mets tes gants, puis va chercher les clés de Lexie, son portefeuille et sa lampe. Raconte aux autres ce qui est arrivé. Surtout, empêche-les de t'accompagner ; par tous les moyens. Inutile qu'ils viennent piétiner les lieux. Inutile, également, de leur imposer des images que, de toute façon, ils devront oublier. Prends la lampe, mais ne t'en sers qu'en cas de nécessité absolue. Et essaie de ne pas faire de bruit. » Il m'a fait répéter. Puis il s'est assis par terre, à côté de toi. Pas trop près pour, je pense… enfin… ne pas maculer son pantalon de sang… Il a levé les yeux vers moi. « Qu'est-ce que tu attends ? Vas-y ! » Je suis donc rentré. Je claquais des dents. Terrifié, je me suis égaré plusieurs fois. En apercevant les lumières de la maison, je me suis senti tellement soulagé que j'ai failli crier.

— On aurait cru un dément, dit Rafe. Il pouvait à peine s'exprimer. Tout ce qu'il a réussi à bafouiller, c'est qu'il devait retourner à la masure et que Daniel exigeait que nous ne bougions pas d'ici. J'ai trouvé ça ridicule. Je voulais aller là-bas, voir ce qui s'y passait. Mais, au moment où j'allais prendre mon imper, Abby et Justin sont devenus tellement hystériques que j'ai renoncé.

— C'est ce que tu avais de mieux à faire, commenta froidement Abby qui, la tête de nouveau baissée vers sa poupée, cousait n'importe comment. À quoi aurions-nous servi ?

Rafe haussa les épaules.

— Je connais cette ruine. J'aurais pu y aller à la place de Justin pour lui permettre de retrouver ses esprits. Apparemment, ce n'était pas ce que Daniel avait en tête.

— Il avait certainement ses raisons.

— Oh, je n'en doute pas ! Donc Justin, toujours bafouillant, a rassemblé quelques objets à la hâte, puis il est sorti en trombe.

— Je ne me souviens pas de mon retour, enchaîna Justin. Je me suis aperçu, par la suite, que j'avais de la boue jusqu'aux genoux et les mains écorchées. Je suis peut-être tombé, et j'ai dû m'agripper aux haies... Daniel était toujours assis à côté de toi. Il m'a regardé. Ses lunettes étaient parsemées de gouttes de pluie. Et tu sais ce qu'il m'a dit ? « Cette pluie pourrait nous être utile. Si elle persiste, les traces de sang et de pas auront disparu lorsque la police arrivera. » Je l'ai fixé d'un air hébété. Je n'avais entendu que le mot « police ». Je ne voyais pas pourquoi les flics se seraient mêlés de quoi que ce soit, mais ça m'a épouvanté. Daniel m'a inspecté de la tête aux pieds. Il a constaté : « Tu ne portes pas de gants. »

— Avec Lexie à côté de lui, grommela Rafe. Charmant...

— Je les avais oubliés... Il a poussé un soupir et s'est levé très tranquillement. Il a essuyé ses lunettes avec son mouchoir, qu'il m'a ensuite tendu. J'ai cru que c'était pour que je nettoie les miennes. Il a eu un geste irrité. « Tu as les clés ? » Je les lui ai données et il les a essuyées aussi. Alors, j'ai compris à quoi servait ce mouchoir… Tu ne te souviens vraiment de rien de tout ça ?

Je ne le regardais pas, ce qui le mettait mal à l'aise. Je rétorquai, d'une voix agacée :

— Si je m'en souvenais, est-ce que je te demanderais de me le raconter ?

— D'accord, d'accord…

Il cala ses lunettes sur son nez.

— Bon. Alors, Daniel… Tu avais les mains sur le ventre ; et elles étaient entièrement… Il a soulevé un de tes bras par la manche pour glisser les clés dans la poche de ton caban. Ensuite, il l'a lâché et ton bras est retombé comme celui d'une poupée de chiffon, avec un affreux bruit sourd. Je ne pouvais en supporter davantage. Je me suis détourné. J'ai gardé la torche braquée sur toi pour lui permettre de voir, espérant qu'il penserait que je surveillais le pré au cas où quelqu'un arriverait. Il a dit : « Portefeuille », puis : « Lampe ». Je les lui ai passés. J'ignore ce qu'il en a fait… J'entendais des froissements, mais j'essayais de ne rien imaginer…

Il respirait par saccades.

— Ça lui a pris un temps fou. Le vent se levait. Il y avait partout des craquements, des cris, des murmures… Je me demande comment tu arrives à te balader là-bas la nuit… Enfin, Daniel s'est redressé. Il a dit : « Ça devrait aller. On s'en va. » Je me suis retourné. Ma torche était toujours pointée sur toi. Tu avais la tête un peu penchée sur une épaule. Il pleuvait sur ton visage. Tu semblais pleurer dans ton sommeil, comme si tu faisais un mauvais rêve… Mon Dieu… Je ne supportais pas l'idée de t'abandonner comme ça. J'avais envie de rester avec toi jusqu'au lever du jour ou, du moins, jusqu'à ce que la pluie s'arrête. Quand je le lui ai dit, Daniel m'a regardé comme si j'avais perdu la raison. Alors je l'ai supplié. « Au moins, mettons-la à l'abri. » Il a d'abord refusé. Toutefois, quand il a compris que je ne bougerais pas tant que nous ne l'aurions pas fait, qu'il devrait me traîner de force jusqu'à Whitethorn House, il a capitulé. Il était hors de lui. « Si nous finissons tous en taule, ce sera ta faute ! » Je m'en foutais. Alors…

De la sueur luisait sur ses joues.

— Tu étais si lourde ! Pourtant, tu es si menue ! Je le sais, je t'ai soulevée des centaines de fois… Or, à ce moment-là, j'ai eu l'impression de tirer un énorme sac de sable mouillé. En plus, tu étais si froide, si… Ton visage n'était plus le tien, mais celui d'une poupée. Je n'arrivais pas à croire que c'était vraiment toi… Nous t'avons mise dans la pièce protégée par un toit. J'ai essayé de te rendre moins… Il faisait si froid ! J'avais envie de te couvrir avec mon chandail, mais j'étais sûr que Daniel m'en empêcherait. Il n'aurait pas hésité à me frapper. Il frottait des tas de choses avec son mouchoir… même ton visage, là où je t'avais touchée, et puis ton cou, où il avait pris ton pouls… Il a cassé une branche d'un des buissons encadrant la porte, et il a balayé le sol. À cause des traces de pas, je suppose. Il était… il était grotesque ! Marchant à reculons dans cette pièce, voûté sur sa branche et balayant avec méthode, la lampe calée dans sa main gauche, projetant de grandes ombres qui dansaient sur les murs…

Il s'essuya le visage, contempla le bout de ses doigts.

— Avant notre départ, j'ai récité une prière pour toi. Je sais que c'est trop, mais…

— Justin, dit doucement Abby. Elle est là, devant nous.

Il secoua la tête.

— Enfin, nous sommes rentrés.

Il se tut. Soudain, Rafe alluma son briquet, dont le cliquetis appuyé nous fit sursauter.

— Ils sont apparus dans le patio, dit-il. Ils semblaient sortis tout droit de *La Nuit des morts vivants.*

— Nous les avons harcelés pour savoir ce qui était arrivé, enchaîna Abby. Mais Daniel est passé devant nous sans un mot. Son regard était atroce, presque vitreux. Je crois qu'il ne nous a même pas vus. Au moment où Justin s'apprêtait à entrer dans le salon, il l'a retenu par le bras. Et il a demandé : « Quelqu'un a une lessive à faire ? »

— J'ai cru qu'il avait perdu la tête, continua Rafe. J'ai essayé de le secouer, de le forcer à raconter ce qui s'était passé là-bas. Il m'a repoussé en sifflant : « Ne me touche pas ! » Ce n'était plus Daniel, mais un animal sauvage.

— Il était couvert de sang, précisa Abby. Et il ne voulait pas en maculer Rafe. Voilà pourquoi il l'a repoussé… Il s'est frotté les mains contre son front et m'a dit : « Abby, s'il te plaît, va nous chercher des vêtements de rechange et une serviette. Rafe, trouve-moi un grand sac en plastique. Justin, déshabille-toi. » Il déboutonnait déjà sa chemise…

— Quand je suis revenu avec le sac, Justin et lui étaient tous les deux dans le patio, en caleçon, dit Rafe. Spectacle peu ragoûtant…

— J'étais frigorifié, ajouta Justin, qui semblait moins traumatisé que lors de son récit. Il pleuvait des cordes, il faisait un million de degrés au-dessous de zéro, le vent était glacé et nous étions dans le patio, en calebar. J'étais trop hébété pour me demander pourquoi. Je faisais ce qu'on me disait. Daniel a fourré nos fringues dans un sac en marmonnant : « Heureusement que nous n'avions pas de pardessus. » J'ai voulu mettre mes pompes dans le sac pour me rendre utile. Il m'a arrêté. « Non, laisse-les là. Je m'en occuperai après. » Abby est revenue avec les serviettes et les vêtements de rechange. Nous nous sommes séchés et nous nous sommes habillés.

— J'ai encore essayé de savoir ce qui s'était passé, cette fois à distance respectueuse. Justin m'a jeté un regard de poisson rouge. Quant à Daniel, il m'a ignoré. Il a rentré sa chemise dans son pantalon et nous a ordonné : « Rafe, Abby, apportez votre linge. Si vous n'en avez pas de sale, le propre fera l'affaire. » Il a pris le sac à bout de bras et a gagné la cuisine, pieds nus, Justin sur ses talons comme un petit chien. Et moi aussi, j'ai obéi. Je suis allé chercher mon linge.

— Il avait raison, intervint Abby. Si la police était arrivée pendant que la machine tournait, ça devait avoir l'air d'une lessive habituelle, non d'une tentative pour se débarrasser de preuves.

Rafe eut un geste dubitatif.

— Peut-être… Daniel a mis la machine en marche et il est resté là, devant elle, comme s'il examinait un objet mystérieux. Nous étions tous dans la cuisine, attendant Dieu sait quoi. Que Daniel dise quelque chose, je suppose…

— Je ne voyais que le couteau, murmura Justin. Rafe et Abby l'avaient laissé là, par terre…

Rafe leva les yeux au plafond puis désigna Abby d'un mouvement du menton.

— Oui, admit-elle, c'était moi. Je me suis dit qu'il valait mieux ne toucher à rien avant le retour des autres ; et avant d'être au courant du plan.

— Car, bien sûr, me lança Rafe avec ironie, il y avait forcément un plan. Daniel en a toujours un.

— Abby hurlait, dit Justin. Elle a crié dans mon oreille « Bordel, où est Lexie ? » J'ai failli tomber dans les pommes.

— Daniel, reprit Rafe, s'est retourné et nous a regardés comme s'il ne savait pas qui nous étions. Justin a essayé de parler puis a ravalé un sanglot. Daniel l'a fusillé du regard. Puis il a martelé : « Lexie est dans la masure en ruine qu'elle aimait. Elle est morte. Je croyais que Justin vous l'avait dit. » Et il a enfilé ses chaussettes.

— Justin nous l'avait dit, précisa Abby, mais nous espérions qu'il s'était trompé.

Silence. De l'étage nous parvenait le bruit monotone de l'horloge du palier. Quelque part, Daniel avait le pied sur l'accélérateur. Chaque seconde le rapprochait de nous.

— Et ensuite ? m'enquis-je. Vous êtes tranquillement montés vous coucher ?

Ils se dévisagèrent. Justin éclata d'un rire aigu, incontrôlable. Et contagieux. Les autres, eux aussi, s'esclaffèrent.

— Qu'est-ce que vous avez ?

— Je ne sais pas ce qui nous prend, répondit Abby. Oh, mon Dieu ! Ce n'était pas drôle, non. C'était…

— Tu ne vas pas y croire, dit Rafe. Nous avons joué au poker.

— C'est vrai. Nous nous sommes installés à la table…

— Nous avions carrément un infarctus chaque fois que la pluie giflait les vitres.

— Les dents de Justin n'arrêtaient pas de s'entrechoquer. J'avais l'impression d'être assise à côté d'un joueur d'osselets.

— Et quand le vent a fait claquer la porte ? Et quand Daniel a renversé sa chaise ?

— Et toi ? Tu étais tellement distrait que tu me mettais carrément ton jeu sous le nez. Tu as de la chance que je n'aie pas été d'humeur à tricher. Je t'aurais plumé…

Ils parlaient tous en même temps, comme des adolescents sortant d'un examen difficile, harassés mais soulagés.

— Ce putain de poker ! s'exclama Justin d'un ton plaintif en pressant son verre contre sa tempe. J'en rigole encore chaque fois que j'y pense. Et Daniel qui n'arrêtait pas de déblatérer : « Le seul alibi crédible est une succession d'événements réels… »

— Nous pouvions à peine articuler une phrase, pouffa Rafe. Et lui dégoisait pompeusement sur l'art de se forger un alibi…

— Il nous a donc obligés à retarder toutes les pendules jusqu'à 23 h 15, juste avant que tout dégénère, puis à retourner dans la cuisine pour terminer la vaisselle. Ensuite, il nous a fait venir pour que nous jouions aux cartes ! Comme s'il ne s'était rien passé.

— Il jouait non seulement pour lui, mais à ta place ! La première fois que tu as eu du jeu, il a misé pour toi puis, le sien étant meilleur, il t'a ratissée ! C'était surréaliste.

— Et il n'arrêtait pas de décrire à haute voix ce qu'il inventait ! s'exclama Rafe en se servant une autre vodka. « Lexie double la mise, Lexie passe, Lexie aurait besoin, à ce stade de la partie, d'un autre verre, est-ce que quelqu'un pourrait lui passer le vin… » On aurait cru un de ces cinglés qui, assis sur un banc, partage son sandwich avec un copain imaginaire. Après t'avoir éliminée, il nous a fait jouer la petite scène suivante : toi partant pour ta promenade et nous agitant la main dans le vide… J'ai cru que nous perdions la boule. Je me souviens de moi assis là, sur cette chaise, disant poliment au revoir à la porte et pensant tranquillement : « Voilà comment vivent les fous. »

— Il devait être 3 heures du matin, dit Justin, mais il n'a pas voulu que nous allions nous coucher. Nous avons dû continuer à jouer jusqu'au dernier jeton. Bien sûr, c'est lui qui a gagné. Il était le seul capable de se concentrer. Il lui a pourtant fallu un temps fou pour nous plumer tous. Les flics doivent nous prendre pour les plus mauvais joueurs de poker du monde. Je passais alors que j'avais un brelan de rois et je mettais cent de mieux sur le tapis avec une paire de dix… J'étais tellement crevé que je voyais double. J'avais le sentiment de vivre un cauchemar et je ne cessais de me dire : « Il faut que je me réveille. » Nous avions suspendu les vêtements devant le feu pour les faire sécher. Ils fumaient, le feu craquait. Nous aussi nous fumions, comme des pompiers, les saloperies sans filtre de Daniel…

— Il n'a pas voulu que j'aille acheter nos cigarettes habituelles, intervint Abby. Il m'a dit que nous devions tous rester ensemble, que, de toute façon, les caméras de la station-service indiqueraient l'heure de mon passage là-bas, ce qui aurait tout fichu par terre… Il se comportait comme un général. Ne ricane pas, Rafe. Il l'était vraiment. Nous, nous pouvions à peine tenir nos cartes…

— Justin est même allé vomir dans l'évier de la cuisine, dit Rafe.

— Je ne pensais qu'à toi, allongée toute seule dans le noir… expliqua-t-il. Ça me rendait malade.

Il se pencha, me serra le bras. Je posai une main sur la sienne, qui était glacée.

— Ça nous obsédait, renchérit Abby. Et Daniel… Il avait une mine épouvantable ; les traits ravagés, les yeux exorbités. Pourtant, il était d'un calme inouï, comme si rien n'était arrivé. Quand Justin a commencé à nettoyer l'évier, il lui a intimé d'arrêter : cela risquait de perturber, dans notre esprit, le déroulement de la soirée qu'il avait mis au point.

— Apparemment, m'informa Rafe, le secret d'un bon alibi est la simplicité. Moins on a d'épisodes à omettre ou à inventer, moins on a de chances de commettre un impair. Daniel nous a dit : « Nous devons uniquement nous souvenir que nous sommes passés de la lessive au poker, et éliminer les événements intermédiaires. Ils n'ont jamais eu lieu. » En d'autres termes, reviens ici et joue, Justin. Le pauvre vieux était vert.

Daniel avait raison. En matière d'alibi, il était doué. Trop doué. Je me revis dans mon studio, établissant, devant Sam qui prenait des notes, le profil du tueur : quelqu'un qui avait déjà une expérience criminelle.

— Il nous a même interdit de déplacer le couteau, dit Justin. Il est resté au même endroit pendant toute la partie.

— Mon Dieu, m'écriai-je, est-ce que nous nous en sommes ensuite servis… à table ?

Je plaquai un poing contre mes lèvres. L'idée d'avoir pu porter à ma bouche ce couteau strié d'invisibles traces du sang de Lexie me révulsait.

— Non, s'empressa de répondre Abby. Daniel s'en est débarrassé. Après que nous avons tous regagné nos chambres, je l'ai entendu redescendre l'escalier. Je ne sais pas exactement ce qu'il a fait en bas, mais, le lendemain matin, les pendules avaient été remises à l'heure, l'évier était immaculé, le sol de la cuisine d'une propreté étincelante, comme si on l'avait nettoyé à grande eau. Les chaussures que Daniel et Justin avaient laissées dans le patio étaient rangées dans la penderies, propres elles aussi ; pas impeccables, mais brossées à la va-vite, ainsi que nous le faisons habituellement, et sèches, comme s'il les avait placées devant le feu. Les vêtements étaient repassés, pliés, et le couteau avait disparu.

— C'était lequel ? lui demandai-je d'une voix tremblante, le poing toujours devant la bouche.

— Oh, juste un de ces vieux couteaux à viande au manche de bois. Tout va bien, Lex. C'est fini.

— Je ne veux pas de cette horreur dans la maison.

— Je sais bien. Moi non plus. J'ignore combien nous en avions au départ, mais j'ai entendu la porte d'entrée. Daniel a dû le cacher quelque part dehors.

— Où ça ? Je n'en veux pas non plus dans le jardin. Je ne le veux nulle part dans les parages !

Ma voix tremblait de plus en plus. Celle de Frank, qui écoutait tout, serinait à mon oreille : « Vas-y, Cass, vas-y… »

Abby secoua la tête.

— Je n'en sais rien. Il n'est sorti que quelques minutes. Je doute qu'il l'ait enterré. Veux-tu que je lui pose la question ? S'il l'a dissimulé près d'ici, je peux lui demander de le déplacer.

— Oui… Demande-le-lui.

Il ne le ferait jamais. Mais je devais envisager toutes les possibilités. Et je l'imaginais avec un malin plaisir surveillant les alentours en pure perte ; si les choses allaient aussi loin…

— Moi, gémit Justin, je ne l'ai même pas entendu redescendre. Je suis resté assis sur mon lit, dans le noir, à me balancer ! Après cette abominable partie de cartes, je n'avais qu'une envie : me retrouver seul. Ç'a été encore pire. Le vent, la pluie… La maison craquait de partout. J'avais l'impression que tu marchais dans ta chambre que tu te préparais à te mettre au lit. Une fois, je le jure, je t'ai entendue fredonner. J'ai pensé à regarder par la fenêtre pour voir si ta lampe était allumée, si elle projetait sa lumière sur la pelouse… Je n'en ai pas eu le courage. J'étais anéanti. Daniel aurait pu faire un chahut de tous les diables, je ne l'aurais même pas remarqué.

— Moi, dit Rafe, j'ai tout entendu. Et c'était très intéressant.

Abby planta son aiguille dans un ourlet. Elle posa sa poupée près d'elle, sur le canapé, et le dévisagea.

— Tu veux vraiment t'aventurer sur ce terrain ? Je ne pourrai pas t'en empêcher, mais si j'étais toi, je réfléchirais à deux fois avant d'ouvrir cette boîte de Pandore.

Il y eut un très long silence. Elle plaqua les mains sur ses genoux, observa calmement Rafe.

— J'étais saoul, lâcha-t-il d'un ton âpre. Ivre mort.

— Pas tant que ça, répliqua Justin.

— Si. Je crois que je n'ai jamais été aussi bourré de ma vie.

— Tu mens. Si tu avais été défoncé à ce point…

Abby le coupa net.

— Nous avions tous beaucoup bu, ce qui n'est pas étonnant. Cela ne nous a aidés en rien. Aucun d'entre nous n'a beaucoup dormi. Le lendemain matin a été cauchemardesque. Nous nous sentions si mal, nous étions épuisés, nous avions une telle gueule de bois que nous tenions à peine debout. Et nous étions incapables de réfléchir. Nous n'arrivions pas à décider si nous devions prévenir la police, signaler ta disparition. Rafe et Justin voulaient le faire…

— Plutôt que de t'abandonner dans un taudis infesté de rats jusqu'à ce qu'un péquenot du coin bute sur ton corps, précisa Rafe. Traite-nous de cinglés.

— Daniel a objecté que ça paraîtrait bizarre. Tu étais assez grande pour aller te balader tôt le matin, ou même sécher la fac une journée si ça te chantait. Il a composé le numéro de ton portable. L'appareil était à deux pas, dans la cuisine, bien en évidence. Mais il pensait qu'il fallait qu'il y ait un appel enregistré à ce moment-là.

— Et il nous a obligés à prendre le petit déjeuner ! s'exclama Justin.

Rafe se moqua de lui.

— Cette fois, tu as réussi à aller jusqu'à la salle de bains.

Abby reprit sa poupée et se mit, sans même s'en rendre compte, à tresser méthodiquement ses cheveux, tout en parlant.

— Nous nous sommes disputés comme des chiffonniers. Pour tout. Devions-nous prendre le petit déjeuner, téléphoner à la police, aller à la fac comme si de rien n'était ou feindre de guetter ton retour ? Dans une situation normale, en cas de fugue, par exemple, nous aurions chargé Daniel ou Justin de t'attendre ici, tandis que les autres seraient partis pour Dublin… Nous n'avons pas pu nous y résoudre. L'idée de nous disperser nous rendait fous. Nous étions sur le point de nous entre-tuer.

— Tu sais ce que j'ai pensé ? déclara Justin. Que la meilleure solution aurait été de nous glisser tous les quatre sous une couette et d'ouvrir le gaz.

Rafe pouffa.

— Nous n'avons pas le gaz. Arrête ton cinéma.

— Je crois que nous l'avons tous envisagé, murmura Abby. Mais personne n'a osé y faire allusion. Heureusement, les policiers sont arrivés à ce moment-là. Justin les a vus le premier, par la fenêtre. Il a dit : « Je crois qu'il y a quelqu'un. » Nous nous sommes tous figés, au milieu de nos hurlements. Nous nous sommes dirigés, Rafe et moi, vers la fenêtre. Mais Daniel a décrété : « Tout le monde s'assied. Immédiatement. » Nous nous sommes donc installés à la table de la cuisine comme si nous venions de terminer notre petit déjeuner, et nous avons attendu qu'on sonne à la porte.

— Bien sûr, enchaîna Rafe, Daniel est allé ouvrir. Il était de marbre. Je l'ai entendu dans le vestibule : « Oui, Alexandra Madison habite ici, non, nous ne l'avons pas vue depuis hier soir, non, nous ne nous sommes pas querellés, non, nous ne nous sommes pas inquiétés, nous nous demandions simplement si elle viendrait à l'université aujourd'hui, y a-t-il un problème, messieurs ? » Sa voix était de plus en plus froide. Il était parfait. Terrifiant.

Abby réagit vivement.

— Tu aurais préféré qu'il bredouille ? À ton avis, que se serait-il passé si c'était toi qui les avais accueillis ?

Il recommença à jongler avec ses cartes. Abby poursuivit le cours du récit : Justin, Rafe et elle décidant d'aller eux aussi jusqu'à la porte, car le contraire aurait semblé étrange, sa surprise de tomber non sur les « crétins en uniforme » de Rathowen, mais sur deux inspecteurs, Sam et Frank, en costume-cravate ; leurs visages inexpressifs, leur ton placide…

— Je croyais que le pire était derrière nous. Mais quand j'ai vu ces deux-là, j'ai compris que nos ennuis ne faisaient que commencer.

— Ils ont été d'une cruauté inimaginable, ajouta Justin. Ils ont mis un temps fou avant de nous révéler quoi que ce soit. Nous n'arrêtions pas de leur demander ce qui s'était passé. Ils nous fixaient d'un œil indifférent, sans répondre. Et puis…

Frank s'était exprimé le premier. Rafe, toujours en verve, singea son accent traînant de Dublin : « Qu'est-ce qui vous fait croire qu'il ait pu lui arriver quelque chose ? Quelqu'un avait-il une raison de s'en prendre à elle ? Avait-elle peur d'une personne en particulier ? »

— Et même à ce moment-là, explosa Justin, ces salauds ne nous ont pas annoncé que tu étais vivante ! Mackey a simplement dit : « On l'a retrouvée il y a quelques heures, non loin d'ici. Elle a été poignardée la nuit dernière. » Il a délibérément laissé entendre que tu étais morte !

— Seul Daniel a gardé son sang-froid, reprit Abby. J'ai failli fondre en larmes. Je m'étais retenue toute la matinée, pour éviter de paraître bouleversée. C'était un tel soulagement d'avoir enfin le droit de savoir ! Alors, Daniel a lancé à brûle-pourpoint : « Est-elle vivante ? »

— Ils sont restés de bois ! s'exclama Justin. Ils n'ont pas prononcé une parole pendant une éternité. Ils sont restés là, à nous lorgner. Des monstres.

— Enfin, conclut Rafe, Mackey a haussé les épaules et a maugréé : « À peine. » Ce fut un véritable coup de massue. Vivante ! Nous n'étions pas préparés à un coup de théâtre aussi ahurissant. Ça nous a tellement secoués que nous aurions pu cracher le morceau, là, tout de suite, devant eux. Grâce à Dieu, avec un à-propos admirable, Abby a eu une syncope. Était-ce authentique, Abby ? Ou cela faisait-il partie du plan ?

— Rien n'était planifié, rétorqua-t-elle. Et je ne me suis pas évanouie. J'ai eu un étourdissement. Je te rappelle que je n'avais pas beaucoup dormi.

Il eut un rire méchant puis se tut. Justin prit la relève.

— Tout le monde a bondi pour l'empêcher de s'effondrer, la faire asseoir, lui servir un verre d'eau. Quand elle a recouvré ses esprits, nous nous étions ressaisis.

Rafe s'esclaffa encore, se versa de nouveau à boire.

— Tu parles… Tu geignais comme une femmelette. Tu aurais pu tout balancer.

— Tu as trop bu, lui dit froidement Abby.

— Et alors ? Papa gourou ne va pas être content ? Lexie, tu as raté une certaine nuit. Si tu te demandais pourquoi Abby prend tout ce que dit Daniel pour parole d'Évangile…

Elle demeura impavide.

— Je t'ai averti une fois, Rafe. À présent, c'est la deuxième. Tu n'auras pas de troisième chance.

Il enfouit le nez dans son verre. Justin, lui, rougit jusqu'aux oreilles, ce qui ne m'échappa pas. Abby poursuivit :

— Les jours suivants ont été un enfer. Les policiers nous ont dit que tu étais dans le coma, en soins intensifs. Les médecins réservaient leur pronostic. Ils ne nous ont pas autorisés à aller te voir. Ils nous distillaient les informations au compte-gouttes. Tout ce que nous avons pu obtenir, c'est que tu n'étais pas encore morte, ce qui n'était guère réconfortant.

Rafe décrivit la maison envahie par la police, les agents fouillant les sentiers, la chambre de Lexie, soulevant les tapis…

— Ils nous ont interrogés tant de fois que j'ai commencé à me répéter. Je ne me souvenais plus de ce que j'avais déjà dit, ni à qui. Même quand ils n'étaient pas là, nous restions sur nos gardes. Daniel affirmait qu'ils n'avaient pas le droit de placer des micros dans la maison, mais Mackey ne me semblait pas le genre de type à se soucier de légalité. De toute façon, les flics, c'est comme les rats, ou les cafards. Même quand on ne les voit pas, on les sent ramper partout.

— C'était épouvantable, renchérit Abby. Rafe peut se gausser tant qu'il veut de cette partie de poker, mais Daniel a eu raison de nous obliger à la jouer. J'aurais cru que fournir un alibi prendrait cinq minutes : j'étais là, tout le monde le confirme, basta. Mais les flics nous ont harcelés pendant des heures, à propos du moindre détail... À quelle heure avez-vous commencé la partie ? Qui était assis où ? Quelle a été votre mise de départ ? Qui a distribué les cartes le premier ? Est-ce que vous buviez ? Qui buvait quoi ? Quel cendrier utilisiez-vous ?

— Ils essayaient sans cesse de nous piéger, dit Justin. Le pire, c'était Mackey. Par exemple, il me demandait à quelle heure avait commencé la partie. Je répondais : 23 h 15. « Vous en êtes sûr ? Parce qu'un de vos amis m'a assuré qu'elle avait débuté à 23 h 10. » Et il se mettait à consulter ses notes. J'étais pétrifié. En fait, personne n'avait commis d'erreur. Les flics bluffaient sans arrêt. Si ça avait duré, nous aurions tous perdu la tête.

Rafe se redressa, laissa tomber ses cartes et interpella Abby.

— Tout ça pour quoi ? Voilà ce qui me sidère encore : nous avons cru Daniel sur parole. Il s'y connaît autant en médecine qu'un marchand de bonbons. Pourtant, il nous a assené que Lexie était morte et nous n'en avons pas douté une seconde. Pourquoi le croyons-nous toujours ?

— Par habitude, répondit Abby. Il a généralement raison.

— Tu crois ? Eh bien, cette fois, il se trompait. Nous aurions pu tout bonnement appeler une ambulance, comme des gens normaux, et tout se serait bien passé. Lexie n'aurait jamais porté plainte. Nous le savions. Mais non, il a fallu que nous laissions Daniel diriger les opérations de A à Z. Nous avons accepté cette partie de cartes digne d'un asile de fous !

— Il ignorait que tout finirait par s'arranger, Rafe. Qu'aurait-il dû faire, à ton avis ? Il pensait que Lexie était morte !

— C'est ce qu'il prétend…

— Qu'est-ce que tu insinues ?

— Rien. Je m'interroge, c'est tout. Tu te souviens du jour où ce fumier s'est pointé pour nous annoncer qu'elle venait de sortir du coma ?

Il s'adressa à moi :

— Nous étions tellement soulagés, tous les trois, que nous sommes presque tombés dans les pommes.

Puis, à Abby :

— Mais est-ce que Daniel t'a paru soulagé ? Des clous ! On aurait dit qu'il venait de recevoir un coup de matraque dans le bide. Bon Dieu, même les flics l'ont remarqué. Tu te rappelles ?

Elle eut un geste dédaigneux, se pencha de nouveau vers sa poupée, chercha à tâtons son aiguille.

— Hé, lançai-je, donnant un coup de pied dans le canapé pour attirer l'attention de Rafe. Moi, je n'étais pas là ! Que s'est-il passé ?

Il remplit son verre de vodka ; pure, cette fois.

— C'était ce salopard de Mackey. Le lundi matin, à la première heure, il sonne à la porte. Il nous déclare qu'il a une bonne nouvelle à nous annoncer et nous demande s'il peut entrer. Personnellement, je l'aurais envoyé se faire foutre. Ce week-end, j'avais eu ma dose de flics pour le restant de mes jours. Mais c'est Daniel qui est allé ouvrir. Selon sa théorie à la con, il ne fallait surtout pas braquer les poulets. Or Mackey ne pouvait pas nous blairer. Il nous avait eus dans le nez dès la première seconde ; alors, pourquoi prendre des gants avec lui ? Bref, Daniel le fait entrer. Je sors de ma chambre pour voir de quoi il s'agit, Abby et Justin émergent de la cuisine. Mackey était là, dans le vestibule. Il nous regarde droit dans les yeux et il nous lance : « Votre amie va s'en sortir. Elle s'est réveillée et a demandé son petit déjeuner. »

— Nous avons sauté de joie, dit Abby, qui s'était remise à coudre.

— Ouais. Pas tous… D'accord, Abby s'est jetée dans les bras de Justin, qui souriait comme un idiot du village. Quant à moi, j'ai poussé un rugissement de triomphe. Mais Daniel… Il s'est figé. Il était blanc comme un linge. Il a regagné le salon. Il s'est calé contre le rebord de la fenêtre et a contemplé le jardin. Pas un mot. Mackey nous a jeté un regard surpris. « Qu'est-ce qu'il a, votre copain ? Il n'est pas content ? »

Frank n'avait jamais mentionné cette scène devant moi. J'aurais dû être furieuse contre lui. Mais il était loin, si loin : dans un autre monde, à des années-lumière…

— Abby s'est détachée de Justin et a débité une phrase sur l'émotivité excessive de Daniel.

— Qui est bien réelle, lâcha-t-elle en tranchant un fil d'un coup de dents.

— Mackey a eu un rictus et il a tourné les talons. Une fois certain qu'il était parti, qu'il n'était pas planqué quelque part pour écouter la suite, parce que c'est tout à fait son style, j'ai rejoint Daniel et je lui ai demandé quel était le problème. Il s'appuyait toujours contre la fenêtre. Il s'est retourné. Il suait à grosses gouttes. Il a rétorqué : « Il n'y a aucun problème. Mackey ment, bien sûr. J'aurais dû m'en rendre compte tout de suite, mais il m'a pris par surprise. » J'ai cru qu'il avait fini par péter les plombs.

— C'est toi qui débloques, fit Abby d'un ton acerbe. Je n'ai aucun souvenir de ça.

— Vous étiez trop occupés, Justin et toi, à danser et à brailler comme deux tocards beuglant de la musique pop à la télé. Daniel m'a toisé avec une mimique exaspérée. « Ne sois pas naïf, Rafe. Si Mackey a dit la vérité, crois-tu que ce soit bon pour nous ? As-tu réfléchi un instant à la gravité des conséquences que cela pourrait avoir ? »

Il engloutit une grande lampée de vodka.

— Dis-moi, Abby. Est-ce que ça ressemble à de la joie ?

Elle se redressa brutalement, en colère.

— Qu'est-ce que tu racontes ? Tu deviens dingue ? Personne ne souhaitait la mort de Lexie !

— Pas toi, pas Justin, pas moi. Peut-être pas Daniel. Je dis simplement que je n'ai aucun moyen de savoir ce qu'il a ressenti quand il a tâté le pouls de Lexie. Je n'y étais pas. Et j'ignore ce qu'il aurait fait s'il s'était rendu compte qu'elle était vivante. Et toi, Abby ? Peux-tu me jurer, la main sur le cœur, que tu sais comment il aurait réagi ?

Un frisson glacé me parcourut l'échine. Tout ce que Cooper et la police scientifique avaient été capables de nous apprendre, c'était qu'on avait déplacé Lexie après sa mort ; mais non pas combien de temps après. Pendant au moins vingt minutes, Daniel et elle étaient restés seuls dans la masure. Je pensai à ses poings crispés. « Stress émotionnel extrême », selon l'expression de Cooper. Et j'imaginai Daniel assis tranquillement près d'elle, fumant, tapotant avec soin ses cendres de cigarette au-dessus de son paquet, la pluie fine mouillant ses cheveux sombres. S'il y avait eu autre chose, le mouvement convulsif d'une main, un spasme, de grands yeux bruns braqués sur lui, un murmure à peine audible, personne n'en saurait jamais rien.

« Les médecins auraient pu la sauver », avait également affirmé Cooper.

S'il l'avait voulu, Daniel aurait pu ordonner à Justin de rester dans la masure. C'était la logique même. Si Lexie était morte, celui qui restait sur place n'avait rien à faire, à part se tenir tranquille et ne toucher à rien. À l'inverse, celui qui regagnait la maison devait annoncer la nouvelle aux autres, trouver le portefeuille, les clés, la lampe torche, garder son calme et agir vite. Or Daniel avait envoyé Justin, qui tenait à peine debout.

— Jusqu'au soir de ton retour, continua Rafe, il n'a cessé de répéter que tu étais morte. Selon lui, les flics bluffaient, certifiaient que tu étais vivante pour que nous pensions que tu étais en train de tout leur déballer. Il fallait que nous gardions la tête froide. Ils reviendraient tôt ou tard avec une histoire à dormir debout : ton état s'était brusquement aggravé et tu avais succombé à l'hôpital. Il n'a changé d'avis que le jour où Mackey a téléphoné pour nous demander s'il pouvait te déposer le lendemain à Whitethorn House. Après tout, il n'y avait peut-être pas de complot. Peut-être ne s'agissait-il que d'un concours de circonstances…

Il termina son verre d'un trait.

— Ça ne l'a pas apaisé. Ravi ? Mon cul ! Il était terrorisé ! Avais-tu réellement perdu la mémoire ou avais-tu menti aux flics ? Et comment te comporterais-tu une fois rentrée ? Ça le hantait !

— Et alors ? explosa Abby. Ayons l'honnêteté de reconnaître que nous le redoutions tous. Où est le mal ? Si la mémoire de Lexie était intacte, elle avait le droit de nous haïr tous. Le soir de ton retour, ajouta-t-elle à mon intention, nous étions sur des charbons ardents. Une fois certains que tu ne nous en voulais pas, nous nous sommes calmés. Mais lorsque tu es descendue de cette voiture de police… Mon Dieu ! J'ai cru que ma tête allait exploser.

Un instant, je les revis tels qu'ils m'étaient apparus ce soir-là, dans la lumière dorée du crépuscule, debout sur le perron, semblables à de jeunes héros d'une ancienne légende, presque irréels.

— Inquiets, insista Rafe, oui, nous l'étions. Mais Daniel était bien plus que cela. Il était tellement nerveux que je me suis résolu, après le dîner, à monter le voir dans sa chambre pour lui demander ce qui n'allait pas. Tu sais ce qu'il m'a répondu ? « Nous devons accepter que cette affaire pourrait ne pas se terminer si facilement. J'ai un plan pour parer à toute éventualité, mais quelques détails restent encore flous. Essaie de ne pas t'en préoccuper pour le moment. Cela n'ira peut-être pas jusque-là. » À ton avis, qu'entendait-il par là ?

— N'étant pas extra-lucide, rétorqua Abby, je n'en ai aucune idée. Je suppose qu'il essayait de te rassurer.

Un sentier plongé dans l'obscurité, un infime cliquetis, et la voix de Daniel : concentrée, calme… J'en eus la chair de poule. Pas une seule fois il ne m'était venu à l'esprit que le revolver n'était peut-être pas pointé sur Naylor.

Rafe ricana.

— Oh, je t'en prie ! Daniel se fichait pas mal de savoir comment nous allions, y compris Lexie. Son seul souci, c'était de découvrir si elle se souvenait de quoi que ce soit et de la façon dont elle allait se comporter. Il s'est même montré lourd : dès que l'occasion se présentait, il s'acharnait à lui soutirer des informations. Te rappelles-tu le chemin que tu as emprunté cette nuit-là, vas-tu prendre la veste commune, oh, Lexie, raconte-nous… J'en étais malade !

— Il essayait de te protéger, Rafe. De nous protéger tous !

— Je ne suis pas un moutard. Je n'ai nul besoin de protection, merci beaucoup. Et surtout pas de la part de Daniel !

— Grand bien te fasse. Bravo, Superman. Mais quoi que tu penses, il faisait de son mieux.

Rafe soupira bruyamment.

— Peut-être. Mais, pour un homme si intelligent, il s'est débrouillé comme un manche. Le résultat est là : ces dernières semaines ont été un enfer. S'il nous avait écoutés, au lieu de « faire de son mieux »…

Il se tourna vers moi.

— Nous voulions tout te dire. Tous les trois. Dès qu'on nous a appris que tu rentrais.

— C'est vrai, confirma Justin. Tu n'imagines pas le nombre de fois où j'ai failli craquer.

— Mais Daniel nous en a empêchés. Et regarde le résultat. Regarde-nous. Regarde où il nous a menés. Rien de tout cela n'aurait dû arriver. Nous aurions pu appeler une ambulance, nous aurions pu tout te dire tout de suite…

— Non, le coupa Abby. Non. Toi, tu aurais pu appeler une ambulance. Toi, tu aurais pu tout dire à Lexie. Ou moi, ou Justin. Comment oses-tu tout mettre sur le dos de Daniel ? Tu es un adulte, Rafe. Personne ne t'a placé un pistolet sur la tempe pour te forcer à te taire. Tu l'as décidé toi-même.

— Peut-être. Mais je l'ai fait parce que Daniel me l'avait ordonné. Et toi aussi. Cette nuit-là, combien de temps sommes-nous restés seuls, toi et moi ? Une heure ? Davantage ? Tu n'as pas cessé de gémir, de me dire à quel point tu souhaitais demander du secours. Mais quand je t'ai répondu : « D'accord », tu as refusé. Daniel nous avait enjoint de ne rien faire. Daniel avait un plan. Daniel prendrait tout en main.

— Parce que je lui fais confiance ! Je lui dois au moins ça, et toi aussi ! Tout ce qui nous entoure, il nous l'a donné. Sans lui, je vivrais dans un entresol minable. Ça ne représente peut-être rien pour toi…

Il eut un rire plein d'amertume.

— Cette foutue baraque ! Chaque fois que l'un de nous hasarde que ton Daniel pourrait ne pas être parfait, tu la lui balances à la figure. Si je me suis tu, c'est parce que je pensais que tu avais peut-être raison, que, moi aussi, j'avais une dette envers lui. Mais maintenant… j'en ai ma claque, de cette turne. Une autre brillante idée de Daniel… Et à quoi a-t-elle abouti ? Justin est une loque, tu es dans le déni jusqu'au cou, je bois autant que mon père, Lexie a failli mourir et, la plupart du temps, nous nous haïssons. Tout ça à cause de cette putain de maison.

Elle redressa vivement la tête, le regarda droit dans les yeux.

— Il n'y est pour rien ! Tout ce qu'il voulait…

— Il voulait quoi, Abby ? Quoi ? Pourquoi crois-tu qu'il nous a cédé des parts de Whitethorn House ?

— Parce qu'il nous aime, énonça-t-elle avec une lenteur menaçante. Parce que, à tort ou à raison, il y voyait le meilleur moyen de faire notre bonheur à tous les cinq.

Je m'attendais que Rafe éclate encore de rire, mais il ne le fit pas. Il contempla son verre avant de murmurer :

— Au début, j'y ai cru moi aussi. J'ai vraiment cru qu'il agissait par amour.

Sa voix n'exprimait plus le moindre sarcasme, mais une mélancolie lasse.

— Cette pensée m'a rendu heureux. À cette époque, j'aurais fait n'importe quoi pour lui. Oui, n'importe quoi…

— Et puis tu as eu une révélation, chuchota-t-elle avec une tristesse que je ne lui avais jamais connue. Un homme qui offre sa maison à ses meilleurs amis ne peut avoir que des motifs purement égoïstes. Et tu le traites de parano ?

— J'y ai réfléchi, ces dernières semaines. Je ne pouvais pas m'en empêcher.

Il la regarda à son tour, au bord des larmes.

— Admettons que nous nous soyons inscrits dans des universités différentes, Abby. Admettons que nous ne nous soyons jamais rencontrés… Nous irions très bien, tous les quatre. Nous aurions peut-être connu quelques mois difficiles, il nous aurait peut-être fallu du temps pour nous lier avec des gens, mais nous en serions venus à bout. Même si nous ne sommes pas des extravertis, nous aurions appris. C'est ce que font les étudiants : ils finissent par s'intégrer au monde extérieur. Aujourd'hui, nous aurions des amis, une vie sociale…

— Pas moi, contesta posément Justin. Je n'aurais pas survécu. Pas sans vous…

— Mais si, Justin. Tu aurais un compagnon… Toi aussi, Abby. Pas un amant occasionnel pour te réchauffer dans ton lit, mais un amant véritable. Un partenaire.

Il me décocha un petit sourire triste.

— En ce qui te concerne, pauvre pomme, je n'en suis pas certain. Mais tu t'amuserais bien.

— Merci d'évoquer notre vie amoureuse, entremetteur de mes deux, déclara froidement Abby. Que Justin n'ait pas d'amoureux ne transforme pas Daniel en Antéchrist.

— Non, bien sûr. Mais réfléchis une seconde. À ton avis, s'il ne nous avait jamais rencontrés, que ferait-il, à présent ?

Elle ne se départit pas de sa froideur.

— Il escaladerait l'Everest ? Travaillerait dans un bureau ? Habiterait tout seul ici ? Comment veux-tu que je le sache ?

— Moi non plus, je n'en sais rien. Mais je suis sûr d'une chose : il n'aurait jamais appris à affronter le monde extérieur. J'ignore s'il est né comme ça ou s'il est tombé sur la tête quand il était bébé, mais il est incapable d'avoir la vie d'un être humain normal.

— C'est faux !

— Tu sais bien que non. Nous, nous sommes normaux. Nous pouvons parler aux autres. J'ai levé une fille, l'autre soir. Les étudiants de ton groupe de travaux dirigés t'adorent. Justin drague un blondinet employé à la bibliothèque… Ne le nie pas, Justin, je t'ai vu… Lexie plaisante avec le premier venu. En faisant un effort, nous sommes capables d'avoir des relations avec le monde. Mais lui… Seules quatre personnes, sur cette terre, ne le prennent pas pour un martien ; et ces quatre personnes sont là, dans cette pièce… Sans lui, nous nous serions débrouillés, d'une façon ou d'une autre. Lui ne s'en serait jamais sorti sans nous. Il serait plus solitaire que Dieu Lui-même.

— Et alors ? Alors, quoi ?

— Alors, voilà pourquoi il nous a cédé des parts de la maison. Non pour nous offrir une existence de rêve, mais pour avoir de la compagnie, ici, dans son propre univers. Pour nous garder à jamais.

— Salaud ! Minable ! Comment oses-tu ?

— Il n'a jamais cherché à nous protéger, Abby. Il a toujours eu un seul souci en tête : préserver le petit monde qu'il s'était forgé. Dis-moi : pourquoi es-tu montée dans sa voiture, ce matin ? Pourquoi ne voulais-tu pas le laisser seul avec Lexie ?

— Parce que je ne supportais pas l'idée d'être assise à côté de toi. Tu me débectes !

— Des clous. Que pensais-tu qu'il ferait à Lexie si elle insinuait qu'elle comptait toujours vendre sa part ou parler aux flics ? Tu continues à prétendre que j'aurais pu la mettre dans la confidence mais, à ton avis, que m'aurait-il fait s'il avait craint que je ne franchisse la ligne ? Il avait un plan, Abby. Il m'a certifié qu'il pourrait parer à toute éventualité. Nom de Dieu, c'était quoi, ce plan ?

Justin sursauta et poussa un cri de terreur, comme un enfant aux prises avec des fantômes. La lumière déclinait, virait au gris. Immense, immobile, les mains dans les poches de son long pardessus sombre, Daniel se dressait dans l'encadrement de la porte.

— Tout ce que j'ai souhaité au cours de ma vie, dit-il, se trouvait ici, dans cette maison.

24

— Daniel ! s'écria Abby avec un soulagement indicible. Grâce à Dieu !

Rafe se laissa tomber sur le canapé.

— Belle entrée, déclara-t-il froidement. Depuis combien de temps écoutes-tu à la porte ?

Daniel ne bougea pas.

— Que lui avez-vous révélé ?

— La mémoire lui revenait ! lança Justin d'une voix tremblante. Tu n'as pas entendu, dans les locaux de la police ? Si nous ne lui avions pas dévoilé le reste, elle leur aurait téléphoné et…

— Ah, fit Daniel.

Il m'observa un instant, avant de se détourner.

— J'aurais dû deviner. Jusqu'où êtes-vous allés, Abby ?

— Elle se sentait mal, Daniel. Les bribes qu'elle retrouvait l'angoissaient, il fallait qu'elle sache. Nous lui avons raconté la scène. Rien sur la personne qui… enfin… qui l'a fait. Mais le reste.

— Ce fut une conversation très instructive, ironisa Rafe. De bout en bout.

Daniel eut un mouvement du menton.

— Parfait. Voici ce que je vous propose. Nous sommes tous sur les nerfs et nous ne gagnerons rien en poursuivant cette discussion pour le moment. Mettons-la de côté quelques jours, jusqu'à ce que nous nous sentions plus sereins. Ensuite, nous parlerons.

Une fois que moi et mon micro aurions quitté la maison…

— Pourquoi ? demanda Rafe avant que j'aie pu intervenir.

Je me rendis compte, d'après la dilatation de ses pupilles, à quel point il était ivre. Daniel, lui aussi, s'en aperçut.

— Si tu préfères que nous restions là, répliqua-t-il, je n'y vois aucun inconvénient. Je serai ravi de penser à autre chose.

— Non. Je voulais dire : pourquoi laisser cette conversation en plan ?

— Je te l'ai expliqué. À mon avis, nous ne sommes pas en état de discuter de façon rationnelle. Nous avons eu une journée pénible, épuisante…

— Et si je me foutais de ton avis ?

— Je te demande de me faire confiance. S'il te plaît, accorde-moi cette faveur.

— En fait, ajouta Rafe en posant son verre sur la table, tu as exigé de nous une confiance aveugle, ces derniers temps.

— C'est possible.

Il avait l'air épuisé, au bout du rouleau. Je me demandai pourquoi Frank l'avait gardé si longtemps ; de quoi tous les deux avaient parlé, seul à seul.

— Donc… quelques jours de pause ne feront de mal à personne, non ?

— Tu as écouté assez longtemps derrière cette porte, comme une concierge affamée de ragots, pour savoir exactement le degré de confiance que je te porte. Que redoutes-tu, si nous continuons à évoquer ce qui s'est passé ? As-tu peur que Lexie ne soit pas la seule à vouloir s'en aller ? Alors, que feras-tu, Daniel ? Combien d'entre nous es-tu prêt à éliminer ?

— Daniel a raison, dit Abby.

Son retour l'avait calmée. Sa voix était de nouveau ferme, assurée.

— Nous sommes tous sous le choc, ajouta-t-elle. Nous ne sommes plus lucides. D'ici quelques jours…

— Au contraire, la coupa Rafe. Je me sens en pleine possession de mes moyens pour la première fois depuis des années.

— Laisse tomber, chuchota Justin. Je t'en prie, laisse tomber.

Rafe ne l'entendit pas.

— Tu peux prendre tout ce que dit Daniel pour la parole de Dieu, Abby. Tu peux accourir dès qu'il claque des doigts. Crois-tu que le fait que tu sois amoureuse de lui l'intéresse ? Il s'en tape. Il se débarrasserait de toi en trente secondes s'il était obligé de le faire, tout comme il était prêt à…

— Salaud !

D'un geste convulsif, elle saisit sa poupée et la lui jeta à la figure. Il se protégea en levant un avant-bras à hauteur de son visage. La poupée rebondit contre son coude et alla s'écraser dans un coin.

— Je t'ai prévenu ! cria Abby. Et toi hein ? Tu n'hésites pas à utiliser Justin pour satisfaire tes caprices ! Tu crois que je ne l'entendais pas, la nuit, descendre l'escalier ? Ta chambre est juste sous la mienne, Einstein ! Et quand tu n'as plus besoin de lui, tu le traites comme un moins que rien, tu lui brises le cœur sans le moindre remords et…

— Arrête ! hurla Justin en se bouchant les oreilles. Arrête ! Arrête !

— Ça suffit ! aboya Daniel.

— Non, criai-je à mon tour, ça ne suffit pas ! Je refuse qu'on en reste là !

— Pourquoi ? s'enquit Daniel, retrouvant tout à coup son calme redoutable. J'aurais cru que, plus que nous, tu aurais souhaité que tout redevienne normal le plus rapidement possible. Être obsédé par le passé ne te ressemble pas.

— Je veux savoir qui m'a poignardée ! J'ai besoin de le savoir !

Ses yeux gris, glacés, m'examinaient avec détachement.

— Pourquoi ? répéta-t-il. C'est fini. Et nous sommes toujours là, tous. Aucun mal irrémédiable n'a été fait. Alors ?

« Tes munitions sont intactes », m'avait susurré Frank. Il me restait une dernière cartouche, mortelle. Ma gorge se serra au point de m'empêcher de respirer. Je repris mon souffle. Et je clamai :

— J'étais enceinte !

Ils me considérèrent d'un air hébété, comme s'ils n'avaient pas compris.

— J'allais avoir un bébé, ajoutai-je en baissant le ton. Il est mort.

Silence de plomb. Daniel garda les yeux rivés sur moi, ne cherchant même pas à savoir comment les autres réagissaient.

— Ce n'est pas vrai, dit-il enfin.

— Si, Daniel. C'est vrai.

— Non, haleta Justin. Oh, Lexie, non. Je t'en prie !

— Si, c'est vrai, lâcha Abby avec lassitude. Je le savais. Avant même que tout arrive.

Daniel laissa échapper un long soupir, immensément triste.

Rafe murmura :

— Fumier.

Je crus tout d'abord qu'il insultait Daniel. Ce ne fut que lorsqu'il répéta, en haussant le ton : « Fumier », que je compris qu'il s'adressait à Justin.

Daniel intervint immédiatement.

— Tais-toi, Rafe. Tout de suite. Assieds-toi et reprends-toi.

C'était l'erreur à ne pas commettre. Les poings levés, les yeux étincelants, Rafe rugit :

— Ne t'avise plus de me dire ce que je dois faire ! Plus jamais ! Regarde-nous ! Contemple ton œuvre ! Tu es fier de toi ? Tu es content, maintenant ?

— Rafe ! s'exclama Abby. Écoute-moi. Je sais que tu es bouleversé…

— Mon… Oh, Seigneur ! C'était mon enfant ! Mort ! À cause de lui !

— Je t'ai demandé de te calmer, articula Daniel, une tension dangereuse dans la voix.

Abby m'interrogea fébrilement du regard. J'étais la seule personne que Rafe écouterait. Si je m'étais avancée vers lui, si j'avais mis mes bras autour de lui, ramenant ce drame à son propre chagrin et à la douleur de celle qu'il prenait pour Lexie au lieu d'en faire l'enjeu d'un affrontement général, j'aurais pu tout arrêter.

Je ne bougeai pas.

— Toi, lança Daniel, sans que je puisse savoir s'il s'adressait à Rafe ou à Justin. Toi.

Dès lors, tout alla très vite. Rafe bondit comme un taureau furieux vers Daniel, ou Justin, ou les deux. Sa jambe heurta la table basse, qui bascula, entraînant dans sa chute les bouteilles et les verres. Il se rattrapa d'une main, fonça tête baissée. Je lui bloquai le passage, saisis son poignet. Il me repoussa avec violence. Mon pied glissa sur une flaque de vodka. Je m'écroulai lourdement. Justin s'était levé et, les mains en avant, tentait de se protéger de l'assaut de Rafe. Peine perdue. Rafe le heurta de toutes ses forces, le renversa dans le fauteuil. L'agrippant par les cheveux et le col de sa chemise, Abby essaya de le tirer vers elle. Il hurla, se dégagea, la rejeta loin de lui. Puis il leva le poing pour frapper Justin en pleine figure. Je me redressai péniblement. Abby avait une bouteille à la main.

Puis je me retrouvai debout. Rafe avait lâché Justin et Abby était plaquée contre le mur, comme si nous avions été projetés loin les uns des autres par le souffle d'une bombe.

Silence, troublé seulement par nos respirations saccadées.

— Voilà, dit Daniel. C'est mieux.

Il s'était avancé dans le salon. Juste au-dessus de lui, une estafilade zébrait le plafond. Un morceau de plâtre tomba sur le plancher, fit un petit bruit de pluie. Daniel tenait à deux mains le Webley de la Grande Guerre, avec l'aisance d'un homme qui avait appris à s'en servir. Et il le pointait sur moi.

— Lâche ça tout de suite, lui intimai-je.

Justin poussa un piaillement. Les yeux de Daniel rencontrèrent les miens. Il semblait plus détendu que je ne l'avais jamais vu ; presque soulagé. Tous les deux, nous savions : l'écho du coup de feu s'était propagé dans le micro. Sam et Frank l'avaient entendu. D'ici à cinq minutes, la maison serait cernée par des flics dont les armes feraient ressembler le vieux revolver de l'oncle Simon à un jouet d'enfant. Il n'y avait plus d'issue possible. Les cheveux de Daniel lui tombaient dans les yeux. Je jure qu'il souriait.

— Lexie ? gémit Justin, incrédule.

Mon regard suivit le sien, vers mon flanc. Mon chandail retroussé dévoilait mon pansement, ma gaine, et j'avais mon arme entre les mains. Je ne me rappelais pas l'avoir sortie.

— C'est quoi, ce bazar ? hurla Rafe, les yeux hors de la tête. Lexie, qu'est-ce c'est que ce bordel ?

— Daniel, dit Abby.

— Chut, répondit-il doucement. Tout va bien, Abby.

— Où tu as dégoté ça ? Lexie !

— Daniel, écoute !

Des sirènes dans le lointain…

— Les flics, dit Abby. Daniel, les flics t'ont suivi !

Il repoussa ses cheveux d'un geste du poignet.

— Ce n'est pas si simple. Mais, oui, ils sont en route. Il ne nous reste plus beaucoup de temps.

— Baisse ce machin, Daniel. Toi aussi, Lexie. S'ils les voient…

— Encore une fois, ajouta Daniel, ce n'est pas si simple.

Il se trouvait à présent juste derrière le siège de Justin : le fauteuil à haut dossier. Ce dossier et Justin lui-même, pétrifié, le regard fixe, les mains serrées sur les bras du fauteuil, lui servaient de bouclier à hauteur de la poitrine. Au-dessus d'eux, le canon du revolver, petit, sombre, menaçant, était braqué sur moi. Je n'avais qu'une possibilité : viser la tête.

— Elle a raison, lui dis-je.

Je ne pouvais même pas m'abriter derrière un autre fauteuil, avec tous les autres dans la pièce. Au moins, tant qu'il le pointait dans ma direction, il ne risquait pas de les atteindre.

— Lâche ta pétoire, Daniel. À ton avis, comment cette affaire se terminera-t-elle le mieux ? Si la police nous trouve assis paisiblement dans le salon, en train de les attendre, ou s'ils doivent faire venir une équipe de brancardiers ?

Justin tenta de se lever. Daniel ôta une de ses mains du revolver et le força à se rasseoir.

— Reste là. Il ne t'arrivera rien. C'est moi qui t'ai entraîné dans cette histoire ; je t'en sortirai.

— Qu'est-ce qui te prend ? éructa Rafe. Si tu t'imagines que nous allons tous nous envoler dans la gloire, tu te fourres le doigt dans l'œil !

— Calme-toi, répondit Daniel.

— Baisse le tien, lui dis-je, et je baisserai le mien. D'accord ?

Profitant de la seconde pendant laquelle il avait reporté son attention sur moi, Rafe le saisit par le bras. Daniel fit un pas de côté et lui donna un coup de coude dans les côtes, sans cesser de me mettre en joue. Rafe recula en expirant bruyamment,

— Si tu recommences, l'avertit Daniel, je te tire une balle dans la jambe. Il faut que je règle ce problème et je n'ai pas le temps de me laisser distraire.

Rafe revint s'asseoir sur le canapé.

— Tu es fou, gémit-il. Fou à lier.

— Je vous en prie ! supplia Abby. Ils arrivent. Daniel, Lexie, je vous en conjure !

Les sirènes se rapprochaient. Un fracas de métal se répercuta dans les collines : Daniel avait fermé le portail et une voiture venait d'en forcer les battants.

— Lexie, prononça-t-il très distinctement à l'intention du micro, c'est moi qui t'ai poignardée. Comme les autres te l'auraient appris, ce n'était pas prémédité…

— Daniel, hoqueta Abby. Ne fais pas ça.

Je ne crois pas qu'il l'entendit. Ses lunettes glissèrent sur son nez, mais il parut ne pas le remarquer.

— La dispute a dégénéré, poursuivit-il. Nous nous sommes battus et… franchement, je ne me souviens pas précisément de la suite. Je venais de finir la vaisselle, j'avais un couteau à la main, fou de rage à l'idée que tu aies voulu vendre ta part de la maison. Je suis sûr que tu peux le comprendre. J'avais envie de te frapper, je l'ai fait… Sans me soucier des conséquences qu'aucun d'entre nous, à aucun moment, n'avait envisagées. Je suis désolé pour tout le mal que je t'ai fait. À toi… et à vous tous.

Crissements de freins, martèlements de souliers au bas du perron. Les sirènes hurlaient toujours.

— Baisse ton pétard, Daniel.

Il devait savoir que je ne pouvais que lui tirer dans la tête, qu'il m'était impossible de le rater.

— Tout ira bien. Nous mettrons tout à plat, je te le jure. Mais baisse ton flingue.

Il dévisagea les autres, un à un : Abby désespérée, prête à courir vers lui, Rafe qui, voûté sur le canapé, lui jetait des regards chargés de haine, Justin, les yeux effarés.

— Chut, leur dit-il en posant un doigt sur ses lèvres.

Jamais je n'avais vu une telle tendresse, un tel amour transfigurer le visage d'un homme.

— Pas un mot. Quoi qu'il arrive. Tout se passera le mieux du monde. Vraiment. Vous n'avez rien à craindre.

Il souriait.

Alors, il se tourna vers moi, hocha imperceptiblement la tête. Ce mouvement, je l'avais vu tant de fois ! Rob et moi nous consultant de chaque côté d'une porte qui ne s'ouvrait pas, ou de part et d'autre de la table d'une salle d'interrogatoire ; ce geste du menton qui signifiait : « On y va. »

Cela dura si longtemps… La main libre de Daniel s'élevant lentement pour se refermer sur le revolver. Le silence s'abattant dans la pièce au moment où les sirènes se taisaient, la bouche de Justin grande ouverte, incapable de proférer un son. Le cliquetis du revolver armé par Daniel. Abby tendant les mains, lui ouvrant les bras… J'eus tout le loisir de voir la tête de Justin plonger vers ses genoux, mettant la poitrine de Daniel à découvert, de voir les mains de Daniel serrer la crosse du pistolet, de me remémorer leur chaleur sur mes épaules, leur bienveillance… Le temps, même, de retrouver cette sensation lointaine, la panique du dealer se vidant de son sang qui coulait entre mes doigts, de réaliser à quel point il était facile de mourir ainsi, à quel point c'était simple.

Alors le monde explosa.

J'ai lu quelque part que le dernier mot enregistré par la boîte noire d'un avion qui s'écrase, le dernier cri du pilote qui sait qu'il va mourir est : « Maman ! » Moi, ce que je murmurais, entre le coup de feu de Daniel et le mien, ce fut : « Sam. »

Daniel, lui, ne dit rien. L'impact le fit vaciller vers l'arrière. Le revolver tomba de sa main, heurta le sol avec un bruit sourd. Ses lunettes éclatèrent sur le plancher. Je crus discerner un trou de la taille d'une brûlure de cigarette dans sa chemise blanche. Je scrutai son visage. Aucune douleur, pas de peur. Pas même de la surprise. Ses yeux fixaient quelque chose derrière mon épaule. Quoi, je ne le saurai jamais.

— Non, murmura Abby.

Pas de cri. Sa robe voleta dans les ultimes lueurs du crépuscule tandis qu'elle se précipitait vers lui. Il cligna des yeux, puis s'affaissa lentement sur le côté. Et il n'y eut plus rien derrière Justin, hormis le mur d'une blancheur immaculée.

25

Les minutes qui suivirent m'apparaissent comme une succession de séquences cauchemardesques entrecoupées de blancs. Je sais que j'ai couru vers Daniel et glissé sur du verre brisé. J'ai couru encore. Accroupie près de lui, Abby se battait telle une chatte pour me repousser, toutes griffes dehors. Je me souviens de son tee-shirt éclaboussé de sang, du vacarme se répercutant dans la maison lorsqu'on força la porte d'entrée. Voix d'hommes vociférant, et des pas dans le vestibule. Quelqu'un me saisit sous les bras, me tira en arrière. Je me débattis avec furie avant de reconnaître Frank, tout près de moi.

— Cassie, c'est moi ! Arrête ! Du calme, c'est fini.

Sam l'écartant violemment, ses mains affolées me palpant de la tête aux pieds, cherchant des impacts de balle. Ses doigts ensanglantés.

— C'est le tien ? C'est le tien ?

Je n'en savais rien. Il me retourna, me serra à m'étouffer.

— Seigneur, tu n'as rien ! Rien ! Il t'a manquée…

Un agent fit une remarque à propos de la fenêtre. Je perçus des sanglots. Lumière trop forte, couleurs aveuglantes, interjections mêlées.

— Appelez une ambulance ! Appelez une…

Enfin, quelqu'un m'entraîna dehors, vers une voiture de police, claqua la portière. Je restai là longtemps, contemplant les cerisiers, le ciel paisible qui s'obscurcissait et, dans le lointain, les courbes sombres des collines, sans penser à rien.

Byrne et Doherty me conduisirent au quartier général de Phoenix Park, dans les locaux des affaires internes, la police des polices. Les « rats » : ainsi surnomme-t-on ces hommes à qui tout agent ayant tiré sur un suspect doit rendre des comptes. Ils sont haïs. Pourtant, ils me traitèrent bien, du moins ce jour-là. Ils se montrèrent détachés, professionnels et pleins de sollicitude, comme des infirmières effectuant leurs gestes rituels autour d'un patient défiguré par un terrible accident de voiture. Ils prirent mon insigne, « pour la durée de l'enquête », m'assura l'un d'eux d'un ton apaisant. Ils dénouèrent mon pansement, décrochèrent le micro. Ils confisquèrent mon arme. Des doigts protégés par des gants de latex la glissèrent dans un sachet d'indices qu'ils marquèrent au feutre. Une employée de la police scientifique, aux cheveux noirs et au chignon de gouvernante victorienne, me fit une prise de sang pour déterminer mon taux d'alcoolémie ou relever d'éventuelles traces de drogue. Je me souvins de Rafe me servant une vodka, du contact frais du verre. Heureusement, je n'y avais même pas trempé les lèvres. La jeune femme préleva sur mes mains les résidus du coup de feu, avant de conclure aimablement :

— Voilà. Rapide, indolore.

On me fit lanterner dans une salle d'attente. La nuit était tombée. La lune montait lentement entre les arbres du parc. Tout à coup, deux images s'imposèrent à moi : Whitethorn House à présent déserte, sans protection ; et les yeux pleins de rage de John Naylor…

Je n'avais pas le droit de communiquer avec Sam ou Frank jusqu'à ce que nous ayons tous été interrogés. Je demandai à la jeune personne au chignon impeccable la permission d'aller aux toilettes, lui jetant un regard complice pour lui expliquer pourquoi je prenais ma veste avec moi. J'ouvris en grand les robinets du lavabo. Tout, chez les « rats », vous rend paranoïaque : l'épaisseur des moquettes, le silence… Pendant que l'eau coulait, j'envoyai hâtivement un texto, à Frank et à Sam : « Gardez impérativement un œil sur la maison. »

Je m'assis sur le siège des toilettes, qui empestaient le désodorisant au faux parfum de fleur, et j'attendis aussi longtemps que je pus. Frank et Sam ne répondirent ni l'un ni l'autre. Ils avaient sans doute éteint leurs portables. Sans doute interrogeaient-ils déjà Justin, Abby et Rafe, se partageant la tâche, échangeant à voix basse leurs impressions dans les couloirs. Ma gorge se serra. L'un d'eux était peut-être à l'hôpital, au chevet de Daniel…

La jeune femme me confia de nouveau à mes censeurs. Si je me sentais encore en état de choc, me dirent-ils, nous pourrions remettre ma déposition au lendemain. Non, merci, leur répondis-je, je me sens tout à fait bien. Ils ajoutèrent que j'avais le droit de réclamer la présence d'un avocat ou d'un représentant du syndicat. Non, merci, répétai-je, ça ira. Leur salle d'interrogatoire était plus petite que la nôtre, et plus propre : ni graffiti, ni brûlures de cigarettes sur la moquette, ni brèche dans le mur provoquée par une chaise lancée avec fureur. Les deux « rats » ressemblaient à des comptables de dessin animé : costume gris, calvitie naissante, lèvres invisibles, lunettes sans monture. L'un d'eux se plaça derrière moi, s'adossa à la paroi : vieille tactique que je connaissais par cœur, mais qui me mit quand même mal à l'aise. L'autre s'installa à la table, face à moi. Il ouvrit son calepin, l'étala avec un soin maniaque, actionna le magnétophone et débuta par la phrase habituelle :

— Maintenant, nous vous écoutons, inspecteur.

Je prononçai les mots, les seuls, qui me brûlaient les lèvres.

— Daniel March. Va-t-il s'en sortir ?

Avant même qu'il me réponde, qu'il batte des paupières et détourne les yeux, je sus.

La jeune femme s'appelait Gillian. Elle me raccompagna chez moi au milieu de la nuit, une fois que les siamois eurent achevé de recueillir ma déposition. Je leur avais dit la vérité, telle que j'étais capable de la formuler ; rien que la vérité, mais pas toute. Non, je n'avais pas eu d'autre choix que de faire feu. Cela avait été si rapide que je n'avais pas pu ajuster mon tir pour infliger à ma cible une blessure qui l'aurait seulement neutralisée. Oui, j'avais cru ma vie menacée. Non, rien ne m'avait permis de soupçonner que Daniel ait pu représenter un danger. Non, il n'était pas notre principal suspect. Non, je n'estimais pas que nous avions fait preuve de négligence, Sam, Frank et moi, en laissant une arme à Whitethorn House. De toute façon, saisir le revolver aurait nui au déroulement de la mission. Cependant, oui, avec le recul, cette décision comportait des risques peut-être inconsidérés. Ils m'annoncèrent que nous nous retrouverions bientôt – c'était une menace à peine voilée –

et m'organisèrent un rendez-vous avec le psy, qui ferait sans doute preuve du même flegme qu'eux.

Gillian avait besoin de mes vêtements, ceux de Lexie, pour finir de prélever des résidus du coup de feu. Elle resta à la porte de mon appartement, les bras croisés, pendant que je me changeais : elle était censée assister à mon déshabillage, vérifier que je ne remplaçais pas mes frusques par d'autres. Mes propres vêtements me parurent froids, trop raides, comme s'ils ne m'appartenaient pas. L'appartement, lui aussi, était glacé. Il y régnait une odeur d'humidité, une fine couche de poussière s'était accumulée dans les coins. Sam n'y était pas passé depuis longtemps.

Je tendis mes fringues à Gillian. Elle les plia, les entassa prestement dans de grands sacs d'indices. Sur le seuil, les bras chargés, elle hésita. Pour la première fois, son assurance sembla se fissurer. Elle était bien plus jeune que moi, ce qui, soudain, me frappa.

— Vous n'avez pas peur de rester toute seule ?

— Ça ira.

J'avais si souvent débité cette formule ce jour-là que je me dis : *Je ferais aussi bien de l'imprimer sur un tee-shirt.*

— Vous ne connaissez personne qui pourrait vous tenir compagnie ?

— Je vais téléphoner à mon compagnon. Il ne va pas tarder, affirmai-je, même si je n'en étais pas sûre.

Que faire ? Retrouvant d'instinct mes vieilles habitudes, je m'assis sur le rebord de ma fenêtre avec une bouteille de cognac. Je déteste le cognac, mais je n'avais rien d'autre. Et le temps s'écoula. Comment dormir ?

Je bus avec méthode, admirant, à travers la vitre, les lumières de la jetée de Dun Laoghaire qui, loin vers le sud, scintillaient comme un arbre de Noël, et chantonnant ce que fredonnait jadis à mon oreille la voix délicieusement française de ma mère, morte si jeune : « À la claire fontaine, m'en allant promener, j'ai trouvé l'eau si belle que je m'y suis baignée… »

Le ciel commençait à virer au gris lorsque mon Interphone sonna. C'était Sam. Il n'enleva pas les mains des poches de son pardessus et je ne le touchai pas. Il s'excusa.

— Je ne voulais pas te réveiller.

— Je n'arrive pas à dormir. Comment ça s'est passé ?

— Comme on pouvait s'y attendre. Ils sont en miettes, ils nous haïssent et ne lâchent rien.

— Ça ne me surprend pas.

— Tu vas bien ?

— Ça va, répondis-je de façon automatique.

Il examina rapidement la pièce : trop bien rangée, pas d'assiette dans l'évier, le futon pas déplié…

— Ce message que tu m'as envoyé…, dit-il enfin. Je l'ai transmis à Byrne dès que je l'ai reçu. Il m'a assuré qu'il garderait un œil sur Whitethorn House, mais… Tu sais comment il est. Il n'a fait qu'un détour par là-bas lors de sa ronde de nuit.

Je frissonnai.

— John Naylor, murmurai-je. Qu'a-t-il fait ?

Sam se frotta les yeux.

— Les pompiers pensent que c'était de l'essence. Nous avions placé un cordon de sécurité autour de la maison, mais… La porte avait été forcée. Et il y avait cette fenêtre, démolie par le tir de Daniel. Notre homme n'a eu aucun mal à franchir le cordon et à entrer.

Une colonne de feu à flanc de montagne. Abby, Rafe et Justin seuls dans une lugubre salle d'interrogatoire, Daniel et Lexie couchés sur de l'acier froid.

— A-t-on sauvé quelque chose ?

— Entre le moment où Byrne a aperçu les flammes et l'arrivée des pompiers… C'est à des kilomètres de tout.

— Je sais.

Sans même m'en rendre compte, je me retrouvai assise sur le futon. Je frissonnais toujours. Ce que Lexie avait commencé, je l'avais terminé pour elle. À nous deux, nous avions réduit Whitethorn House en cendres. C'était peut-être ce qu'elle avait toujours voulu que je fasse.

— J'ai pensé, reprit Sam, qu'il valait mieux que tu l'apprennes par moi, plutôt que… par les bulletins d'information du matin, par exemple. Je sais à quel point tu t'étais attachée à cette maison.

Il n'y avait aucune trace d'amertume dans sa voix. Pourtant, il ne s'approcha pas de moi, ne s'assit pas. Il portait toujours son pardessus.

— Et les autres ? Ils savent ?

— Oui. Je le leur ai dit. Ils ne me détestent pas trop, mais Mackey… J'ai préféré le leur annoncer moi-même. Ils…

Il secoua la tête. Le pli de sa bouche me révéla comment ils avaient reçu la nouvelle.

— Ils s'en sortiront, ajouta-t-il. Tôt ou tard.

— Ils n'ont pas de famille. Ils n'ont pas d'amis non plus. Où sont-ils ?

Il soupira.

— Toujours en garde à vue, bien sûr. Complicité de meurtre. Ça ne durera pas. Nous n'avons rien de tangible contre eux et ils ne parleront pas, mais… Enfin, nous devons essayer. Demain, quand on les relâchera, le bureau d'aide aux victimes leur donnera un coup de main pour trouver un logement,

— Et l'incendiaire ?

— Naylor ? Byrne et Doherty le recherchent, mais il ne s'est pas encore montré. Quant à le traquer dans les collines, autant ne pas y songer. Il les connaît comme sa poche. Mais il finira bien par rentrer chez lui. On le cueillera à ce moment-là.

— Quel désastre… Quel superbe désastre…

Toujours debout, Sam contemplait, au-delà de la fenêtre, les dernières étoiles.

— Cette fille a été une catastrophe dès le début, murmura-t-il. Cela ne pouvait se terminer que comme ça… Je ferais mieux d'y aller. Il faut que je sois à la brigade à la première heure. Je dois interroger les trois une dernière fois, par acquit de conscience. Je voulais juste te prévenir…

— Sam…

Je n'eus pas la force de me lever. Je rassemblai toute mon énergie pour lui tendre simplement la main.

— Reste.

Il se mordit la lèvre, évitant toujours mon regard.

— Tu devrais dormir un peu, toi aussi. Tu dois être éreintée. Et je ne devrais même pas me trouver là. Les « rats » nous interdisent de…

J'étais incapable de lui avouer : « Quand j'ai eu la certitude que j'allais me faire descendre, ma dernière pensée a été pour toi. » Je ne pouvais même pas lui dire :

« S'il te plaît. » Je restai là, sur le futon, les mains tendues, priant pour qu'il ne fût pas trop tard.

Il s'essuya nerveusement la bouche.

— J'ai besoin de savoir quelque chose, dit-il. Vas-tu retourner aux infiltrés ?

— Non ! clamai-je. Jamais de la vie ! Ce n'était qu'une mission exceptionnelle, Sam !

Il eut une moue de dégoût.

— Ce n'est pas ce qu'affirme ce… ce branleur de Mackey.

— Qu'a-t-il dit ?

Il s'assit enfin, lourdement, telle une marionnette dont on a tranché les fils.

— Oh, un tas de conneries : un agent infiltré le reste jusqu'à sa mort, maintenant que tu y as repris goût, tu ne pourras plus t'en passer… Pour moi, ces dernières semaines ont été un enfer, Cassie. Si tu retournes là-bas à plein temps, je ne le supporterai pas.

Il s'était exprimé à voix basse, comme s'il avait été trop fatigué pour faire éclater sa colère.

— Il t'a fait marcher ! m'écriai-je. L'ultime coup de pied de l'âne ! C'est sa spécialité. Même si je le voulais, ce qui n'est pas le cas, il ne me prendrait jamais dans son équipe ! Il cherchait simplement à s'immiscer une dernière fois entre nous.

— Ça lui ressemble. Donc, tu restes aux violences domestiques ? Pour de bon ?

— Si je ne suis pas lourdée demain…

— Ce qui est arrivé hier est entièrement la faute de Mackey, assena-t-il, cette fois, sans dissimuler sa hargne. Tu n'y es pour rien. Il est responsable de tout depuis le début. Les gars des affaires internes ne sont pas des imbéciles. Ils finiront par le reconnaître, comme tout le monde.

— Non, tout n'est pas sa faute. J'étais là, Sam. J'ai laissé la situation déraper, j'ai laissé Daniel s'emparer d'une arme et je l'ai flingué. Je ne peux pas imputer ça à Frank.

— Moi, je l'ai laissé aller jusqu'au bout de son idée à la con, et il faut que je vive avec. Mais il a tout pris en main. Il doit en assumer la responsabilité. S'il essaie de te faire porter le chapeau…

— Il ne le fera pas. Ce n'est pas son style.

— Si, c'est tout à fait son style. Lui et moi, nous réglerons nos comptes le moment venu. Admettons toutefois que tu aies raison, qu'il ne te mette pas tout sur le dos pour sauver sa peau. Alors, tu restes aux violences domestiques ? répéta-t-il.

— Pour l'instant, oui. Ensuite…

Je repris mon souffle. Ce que j'allais dire m'était venu soudain à l'esprit, alors que, quelques instants auparavant, je ne l'envisageais même pas. Pourtant, lorsque je m'entendis prononcer les mots qui suivirent, j'eus l'impression qu'ils m'obsédaient depuis ce lumineux après-midi passé avec Daniel sous le lierre.

— La brigade criminelle me manque, Sam. Elle me manque affreusement. Je veux revenir.

— C'est ce que je redoutais. Alors, c'est la fin de nous.

Ainsi que l'a si élégamment décrété O'Kelly, toute fornication entre membres de la brigade est proscrite. Interdiction de s'envoyer en l'air contre la photocopieuse. Fébrilement, je m'efforçai de rassurer Sam.

— Non, Sam, non. Ce ne sera pas la fin. Même si O'Kelly est prêt à me reprendre, il s'écoulera peut-être des années avant qu'un poste se libère. Qui sait où tu seras, à ce moment-là ? Peut-être seras-tu à la tête de ta propre brigade ?

Cela ne le fit pas sourire. J'insistai encore.

— Et après ? Si, par hasard, nous faisons équipe, nous nous arrangerons pour passer entre les gouttes. Regarde Barry Norton et Elaine Leahy. Ils sont équipiers depuis dix ans et il y a huit ans qu'ils vivent ensemble. Ils font croire qu'ils profitent d'un covoiturage pour venir au bureau, et tout le monde, y compris les huiles, ferme les yeux.

Il se redressa aussi vivement qu'un chien qui se réveille.

— Je leur souhaite tout le bonheur possible. Mais je ne désire pas un arrangement à la petite semaine. Ce que je veux, c'est une relation au grand jour.

Il fouilla dans la poche de son pardessus. Il était tellement harassé qu'il titubait, comme un homme ivre.

— Je trimbale ça sur moi depuis des mois. Tu te souviens de ce dimanche où nous sommes allés marcher à Howth Head ?

Oh oui, je m'en souvenais. La bruine légère, impalpable, le parfum de la mer emplissant ma poitrine. La bouche de Sam avait un goût de sel. Nous avions arpenté les crêtes tout l'après-midi, avant de dîner de *fish and chips* sur un banc. J'avais les jambes en coton, et c'était la première fois, depuis l'opération Vestale, que je me sentais moi-même.

— Je l'ai achetée le lendemain, précisa Sam. Pendant ma pause-déjeuner.

Il trouva l'objet qu'il cherchait et le déposa sur la table basse. C'était une boîte de velours bleu.

— Oh, Sam ! Oh, Sam !

— J'étais sérieux, Cass. Toi, moi… Je t'aime, bon Dieu ! Pendant ta mission, je ne vivais plus. Et je ne pouvais me confier à personne, puisque personne ne savait !

Il s'essuya les yeux.

— Sam, aujourd'hui, j'ai tué un homme. Ou hier… Peu importe. Je n'ai plus toute ma tête. Es-tu en train de rompre avec moi ou me fais-tu ta demande ?

Il ouvrit la boîte. Puis, très pâle, il s'agenouilla et me l'offrit.

J'eus envie d'éclater de rire, non pour me moquer de lui mais à cause du moment, de cette journée qui, en dépit de tout, s'achevait en apothéose.

La bague était toute simple : un anneau fin surmonté d'un petit diamant rond scintillant comme une goutte de rosée. Je n'avais jamais passé de bague de fiançailles à mon doigt. Je songeai à Lexie ôtant la sienne dans une chambre sombre, l'abandonnant près du lit qu'elle avait partagé avec Chad. Soudain, je la sentis s'éloigner de moi. L'image de Rob, mon ancien partenaire, mon jumeau, mon ami perdu, s'estompa elle aussi. Car si j'acceptais, cette bague, ce serait pour toujours.

— Je veux que tu sois heureuse, dit Sam.

— Je le serai, chuchotai-je.

Je n'avais pas peur. En un instant, toutes mes déceptions, toutes mes terreurs d'autrefois se dissipèrent. Pour la première fois de ma vie, j'avais une certitude.

Je dormis jusqu'à 14 heures. À un moment donné, Sam s'extirpa du lit et m'embrassa pour me dire au revoir, avant de refermer doucement la porte derrière lui. Personne ne me téléphona pour m'enjoindre de me pointer vite fait au bureau, sans doute parce que personne ne savait plus à quelle brigade j'appartenais ni si j'étais radiée pour de bon. Je faillis me renseigner auprès de Frank, mais il ne devait pas être d'humeur à papoter. Je décidai donc de laisser aux autorités compétentes le soin de démêler ma situation et d'aller me promener sur la plage de Sandymount, profitant en toute quiétude du bel après-midi ensoleillé.

Mes chaussures à la main, je marchai longtemps le long du rivage, de l'eau jusqu'aux chevilles. Un épisode de la veille me revint en mémoire ; la voix de Rafe, plus douce et plus dangereuse que la neige, disant à Justin : « Fumier. »

Juste avant que tout explose, j'aurais pu demander : « Justin, c'est toi qui m'as poignardée ? » Il m'aurait répondu. Cela aurait figuré sur la bande et, tôt ou tard, Frank ou Sam auraient trouvé le moyen de le lui faire répéter dans les règles.

Je ne saurai probablement jamais pourquoi je ne l'ai pas fait. Par pitié, peut-être. Ou, pis encore, par solidarité, parce que Whitethorn House et ses habitants me collaient encore à la peau, comme du pollen. « Nous, contre le reste du monde… »

Je rentrai chez moi après avoir fait des provisions. Frank m'attendait, assis sur les marches de mon porche, taquinant le chat de la voisine avec un de ses lacets défaits. Il avait une mine épouvantable, les yeux cernés et une barbe de plusieurs jours. Dès qu'il me vit, il se leva et chassa le chat, qui disparut dans les buissons.

— Inspecteur Maddox. Vous ne vous êtes pas présentée à votre travail, aujourd'hui. Y aurait-il un problème ?

— Je ne sais plus très bien pour qui je travaille ; ni si j'ai encore un poste… En plus, j'ai fait la grasse matinée. J'ai quelques jours de congé en réserve. J'en ai pris un.

— Disons que je t'en accorde un autre. Toutefois, à partir de demain, tu réintègres les violences domestiques.

Il s'effaça, me laissa ouvrir la porte.

— Ça n'a pas été une mince affaire.

— J'imagine.

Une fois dans mon appartement, il se dirigea droit vers la cuisinière, où traînait une cafetière à demi pleine, vestige de mon petit déjeuner tardif

— Voilà ce que j'aime voir, lança-t-il en s'emparant d'une chope posée sur l'égouttoir. Un inspecteur toujours prêt. Tu en veux ?

— J'ai eu ma dose. Sers-toi.

Pourquoi était-il là ? Pour me débriefer, me cracher à la figure, se réconcilier avec moi dans l'effusion ? Je suspendis ma veste, retirai les draps du futon pour que nous puissions nous asseoir sans nous trouver trop près l'un de l'autre.

— Bien, dit-il en réchauffant son café au micro-ondes. Tu es au courant, pour la maison ?

— Sam m'a tout raconté.

Je repliai le futon, le transformant en canapé.

— *Sic transit*, dit-il. Elle était sans doute assurée. Tu as déjà parlé aux « rats » ?

— Oh, oui ! Ils sont consciencieux.

— Ils te sont tombés dessus ?

Je haussai les épaules.

— Pas plus que ça. Et toi ?

— Nous avons mis les choses au point.

Il se versa trois cuillerées de sucre dans son café. D'ordinaire, il n'en prend pas. Il luttait pour rester éveillé.

— Elles se présentent bien. J'ai écouté les bandes. Trois détonations. Les deux premières à une bonne distance de toi, que les informaticiens détermineront au centimètre près. Ensuite, la troisième, tout près du micro : elle m'a écorché les oreilles. Et j'ai eu une petite conversation avec mon pote de la police scientifique, une fois la scène reconstituée. La trajectoire d'une des balles de Daniel correspond presque à la tienne. Aucun doute : c'est lui qui t'a d'abord tiré dessus.

— Je sais, répondis-je en pliant les draps puis en les fourrant dans la penderie. J'y étais.

Il s'appuya contre le plan de travail, but une gorgée de café.

— Ne laisse pas les « rats » te déstabiliser, Cass.

— Ç'a été un désastre, Frank. Les médias vont se déchaîner et les huiles exigeront un bouc émissaire.

— Pourquoi ? La fusillade ne laisse aucun doute. Quant à l'incendie de la maison, il n'y a qu'un fautif : Byrne. On l'a prévenu, il n'a pas réagi. Et nous avons un argument imparable : ça a marché. Nous avons identifié le coupable, même si nous n'avons pas eu l'occasion de l'arrêter. Si tu ne fais pas de connerie, une de plus, nous nous en sortirons.

Je m'assis sur le futon et saisis mon paquet de cigarettes. J'ignorais s'il essayait de me rassurer ou s'il me menaçait. Un peu des deux, peut-être…

— Et toi ? m'enquis-je prudemment. Si tu as des ennuis avec les affaires internes…

Il eut un petit rire.

— Merci de t'en soucier. Si on en arrive là, j'ai aussi du biscuit.

Cet enregistrement, avec ma désobéissance à un ordre direct, mon refus d'abandonner la mission, surgit entre nous, aussi pesant que s'il l'avait jeté sur la table. Cela ne le tirerait pas d'affaire : un supérieur direct est censé contrôler son équipe. Mais cela m'impliquerait jusqu'au cou, entachant sa propre responsabilité. Il avait la possibilité de me mettre l'essentiel sur le dos, de ruiner ma carrière. Et il aurait sans doute raison.

Une lueur amusée anima ses yeux injectés de sang. Il savait ce que je pensais.

— Du biscuit, dis-je.

Il parut soudain très las, presque vieux.

— Comme toujours… Écoute… Les « rats » ont besoin de jouer les fiers-à-bras, de justifier leurs émoluments. Ils n'ont rien contre toi ni contre ton Sammy. Ils vont me faire mariner quelques semaines. Ensuite, tout ira pour le mieux. Pour nous trois.

— Pour le mieux ! explosai-je, lui jetant presque mon briquet à la tête. Nom de Dieu, Frank ! J'ai tué Daniel ! J'ai vécu sous son toit, j'ai partagé sa table, j'ai savouré les plats qu'il avait préparés (je n'ajoutai pas : « Je l'ai embrassé ») et puis je l'ai descendu ! Chaque jour, jusqu'à ma mort, il sera absent, à cause de moi ! J'étais censée confondre un assassin, ce que je fais de tout mon cœur, de toute mon âme depuis des années, et…

Je m'interrompis, au bord des larmes.

Son café à la main, il s'avança lentement vers le futon, s'installa à côté de moi en étirant les jambes.

— Tu as un gros défaut, murmura-t-il. Tu te soucies trop des gens. Daniel March n'était pas un imbécile. Il savait très bien ce qu'il faisait. Il t'a délibérément placée dans une situation où tu n'avais d'autre choix que de l'abattre. Il ne s'agit pas d'un homicide, Cassie. Ni même de légitime défense. Ce fut un suicide par flic interposé. Il se savait perdu et n'avait aucune intention d'aller en prison. Je le comprends. L'imagines-tu faisant ami-ami avec les autres détenus ? Il a donc trouvé une sortie et il est parti en beauté. Je dois reconnaître qu'il a des tripes. Je l'avais sous-estimé.

— Frank, as-tu déjà tué quelqu'un ?

Il m'emprunta une cigarette, l'alluma posément.

— Hier, tu as visé juste. Ça arrive, et ce n'est pas drôle ; dans quelques semaines, tu n'y penseras plus. Point final. Tu as clos l'affaire. Si tu devais descendre quelqu'un au passage, mieux valait que ce soit Daniel. Je n'ai jamais pu sentir ce petit con.

— Je m'en suis rendu compte. Tout le monde, d'ailleurs, s'en est aperçu. Et tu sais pourquoi tu le détestais ? Parce qu'il était exactement comme toi.

Il eut un petit rire narquois.

— J'avais oublié que tu avais étudié la psychologie de papa.

— Il te ressemblait comme deux gouttes d'eau, Frank.

— Des clous. Ce type ne tournait pas rond, Cassie. Tu te souviens du profil que tu as tracé du tueur ? Expérience criminelle. Tu t'en souviens ?

Je sursautai.

— Quoi, Frank ? Qu'est-ce que tu as trouvé sur lui ?

Il me regarda avec une indulgence appuyée.

— Rien. Mais quand quelqu'un est du mauvais côté, je le sens. Et toi aussi. Il y a une limite, Cass. Toi et moi, nous sommes du bon côté. Même s'il nous arrive de déraper et de franchir provisoirement la ligne, elle nous sert de garde-fou. Daniel, lui, n'en avait pas.

Silence. La fenêtre s'obscurcissait. Je pensai à Abby, Rafe et Justin, à l'endroit où ils passeraient la nuit. Je me demandai si John Naylor dormirait à la belle étoile au milieu des ruines de Whitethorn House, roi éphémère du lieu de notre naufrage. Je savais ce que Frank m'aurait répondu : « Ce n'est plus ton problème. »

Son ton changea brusquement.

— J'aimerais quand même savoir… Quand Daniel t'a-t-il démasquée ? Parce qu'il l'a fait. J'ai compris, à sa façon de parler, qu'il savait que tu avais un micro sur toi. Toutefois, ce n'est pas ce qui m'a mis la puce à l'oreille. Si elle avait survécu, nous aurions pu équiper Lexie du même matériel avant de la renvoyer là-bas. Ce n'est pas grâce à ce micro que Daniel a su que tu étais flic. Pourtant, quand il est entré dans la maison, hier, il était sûr que tu portais une arme et que tu t'en servirais.

Il se cala dans le canapé, tira sur sa cigarette.

— Tu as une idée de ce qui t'a trahie ?

Je haussai les épaules.

— Je parierais sur les oignons. Nous avons cru que je m'étais tirée d'affaire à ce sujet, mais Daniel jouait mieux au poker que nous ne le pensions.

— Ça se tient. Mais n'aurait-il pas tiqué, par exemple, sur tes goûts musicaux ?

Il savait ; il savait, à propos de Gabriel Fauré. Il ne pouvait pas en être absolument certain, mais son instinct lui soufflait qu'il tenait la véritable explication. Je feignis la surprise. Il fit semblant de me croire.

— Bien, conclut-il. Il y a toujours un grain de sable. Ces oignons t'ont trahie et tu n'y pouvais rien ; ce qui signifie que tu aurais été démasquée, de toute façon, à cause d'un détail de ce genre…

— Exact. J'ai fait tout ce que j'ai pu, Frank. J'ai été Lexie Madison jusqu'au bout.

— Et si, admettons, tu avais réalisé il y a deux jours que Daniel t'avait percée à jour, aurais-tu pu t'assurer que cette affaire connaisse une fin moins dramatique ?

— Non, affirmai-je. Aucune autre issue n'était envisageable.

Il hocha la tête.

— Alors, tu as rempli ta mission. Tu ne peux pas te reprocher ce que d'autres ont fait.

Pourtant, mon sentiment de culpabilité ne me quittait pas. Je me souvins de la tristesse avec laquelle Daniel m'avait dit : « Lexie ne mesurait pas les conséquences de ses actes. » Encore un élément qui m'éloignait d'elle.

— Cela m'amène, poursuivit Frank, à la raison de ma venue. J'ai encore une question en suspens à propos de cette affaire et j'ai l'étrange intuition que tu connais la réponse… Daniel a-t-il vraiment poignardé Lexie ? Ou a-t-il, pour un motif délirant qui m'échappe, endossé la responsabilité du meurtre ?

Il me dévisagea longuement, sans ciller.

— Tu l'as entendu comme moi, répliquai-je. Lui seul s'est montré précis. Les trois autres ne m'ont même pas donné un nom. Affirment-ils, à présent, que ce n'est pas lui ?

— Ils ne disent rien. Nous les avons cuisinés toute la journée d'hier et la plus grande partie de la nuit. Nous n'avons pas obtenu un mot, hormis : « Je voudrais un verre d'eau. » Justin a fait plusieurs crises de larmes et Rafe a balancé une chaise contre le mur lorsqu'il a découvert qu'il couvait, depuis un mois, une vipère en son sein. Nous avons dû le gifler pour qu'il se calme. La communication s'arrête là. Ils sont aussi butés que des prisonniers de guerre.

Daniel mettant un doigt sur ses lèvres, puis les regardant l'un après l'autre avec une intensité qu'alors je n'avais pas comprise. Même pour ce qui se passerait après sa mort, il avait un plan. Et les trois autres, soit parce qu'ils avaient confiance en lui, soit par habitude, ou simplement parce qu'ils n'avaient rien d'autre à quoi se raccrocher, lui obéissaient encore.

— Si je te pose la question, reprit Frank, c'est parce que les versions ne concordent pas tout à fait. Daniel t'a raconté qu'il avait un couteau à la main parce qu'il était en train de faire la vaisselle. Or, sur la bande, Rafe et Justin le décrivent tous les deux se servant de ses deux mains lors de sa lutte avec Lexie. Avant qu'elle soit poignardée…

— Ils ont peut-être confondu. C'est arrivé très vite. Tu sais ce que valent les déclarations des témoins. Ou alors Daniel cherchait à minimiser son acte, essayant de faire croire que le couteau s'était retrouvé dans sa main par hasard, alors qu'il s'en était emparé dans le but de poignarder Lexie. Nous ne saurons sans doute jamais ce qui s'est passé exactement.

Frank tira sur sa cigarette.

— Autant qu'il m'en souvienne, une seule personne faisait la vaisselle ; et elle n'a rien fait d'autre de ses mains entre le moment où Abby a brandi le message et celui où Lexie a été poignardée.

— Daniel l'a tuée, martelai-je. Je suis formelle, Frank. Il a dit la vérité.

Il m'observa avec attention, cherchant une faille, un signe d'incertitude. Puis il soupira.

— D'accord. Je te crois sur parole. J'ai quand même du mal à admettre qu'il ait agi à l'improviste, comme ça, sans plan, sans préparation. Mais peut-être, après tout, avions-nous moins de choses en commun que tu ne l'imagines. J'ai soupçonné quelqu'un d'autre dès le début, mais si tout le monde tient à ce que ce soit Daniel, qu'y puis-je ?

Il écrasa sa cigarette et se leva.

— Tiens, ajouta-t-il en fouillant la poche de sa veste. Il vaut mieux que tu gardes ça.

Il posa négligemment une minicassette sur la table.

— C'est toi jetant ta carrière aux orties. J'ai, semble-t-il, marché sur un câble lorsque j'étais au téléphone avec toi ce jour-là et déconnecté quelque chose. L'enregistrement officiel a un blanc d'environ un quart d'heure, avant que j'aie identifié le problème et tout rebranché. Les techniciens rêvent de m'étriper pour avoir maltraité leur gadget adoré. Ils devront patienter. Faire la queue, comme tout le monde !

« Il ne me fera pas porter le chapeau, avais-je affirmé à Sam. Ce n'est pas son style. » J'avais raison. Il avait été responsable de Lexie dès qu'il l'avait créée, la tirant du néant. Et il l'était resté après sa mort. Il ne se sentait en rien coupable du désastre qui avait suivi ; une fois débarrassé de la police des polices, il n'y penserait sans doute jamais plus. Mais certaines personnes assument leurs actes jusqu'au bout. Frank était de cette trempe.

— Il n'y a pas de copie, ajouta-t-il. Tu es tranquille.

— Quand je t'ai dit que tu ressemblais à Daniel, ce n'était pas une insulte.

— Alors, j'accepte le compliment.

— Merci, Frank, merci.

Ma main se referma sur la cassette. Tout à coup, il tendit la sienne, me saisit le poignet.

— Qu'est-ce que c'est que ça ?

La bague. Je l'avais oubliée. Je dus me maîtriser pour ne pas m'esclaffer. Je n'avais jamais vu Frank Mackey aussi abasourdi.

— Je trouve qu'elle me va bien, répondis-je. Elle te plaît ?

— C'est nouveau ? Ou bien ai-je raté un épisode ?

— Tout à fait nouveau, oui.

Son sourire malicieux, presque gouailleur… Il parut soudain bien réveillé, plein d'énergie.

— Ça, alors ! Je ne sais lequel de vous deux me surprend le plus. Je dois avouer, la main sur le cœur, que je tire mon chapeau à ton Sammy. Souhaite-lui bonne chance de ma part.

Il partit d'un grand éclat de rire.

— Bonté divine ! Cassie Maddox se marie ! Doux Jésus ! Le pauvre homme, le pauvre homme !

Il dévala les escaliers, riant toujours.

Je restai longtemps assise sur le futon, tournant la cassette entre mes doigts et cherchant à me rappeler ce qu'elle contenait d'autre, ce que j'avais fait ce jour-là, en dehors de me rebeller et d'avoir mis Frank au défi de me virer. Gueule de bois, café, vodkas à la tomate, et nous tous nous chamaillant. La voix de Daniel murmurant, dans la chambre sombre de Lexie : « Qui êtes-vous ? » Fauré.

Frank s'attendait sans doute que je la détruise, que je la déroule avant de la passer au broyeur. Je n'en ai pas chez moi, mais je parie que lui en a un. Au lieu de quoi, je grimpai sur le plan de travail de la cuisine et sortis du placard la boîte à chaussures renfermant mes documents officiels. J'y glissai la cassette, avec mon passeport, mon extrait de naissance et mes dossiers médicaux.

Un jour, je l'écouterai.

26

Quelques semaines après la fin de l'opération Miroir, alors que j'étais plongée jusqu'au cou dans de la paperasse, Frank me téléphona.

— J'ai le père de Lexie au bout du fil. Il veut te parler.

Un déclic, puis plus rien, sauf la petite lampe rouge de mon téléphone qui clignotait, signe d'une communication en attente.

J'étais installée à un bureau de la salle commune des violences domestiques. C'était l'heure du déjeuner, le temps était radieux. Tous les autres étaient allés s'étendre sur les pelouses de St Stephen Green, manches retroussées et espérant bronzer un peu ; mais j'évitais Maher, qui ne cessait de rapprocher sa chaise de la mienne et me demandait d'un air de conspirateur quel effet cela faisait d'avoir tué quelqu'un. Le plus souvent, j'inventais donc des corvées administratives urgentes et je déjeunais tard.

L'histoire était très simple. Un matin, à l'autre bout du monde, un très jeune flic nommé Ray Hawkins, qui habitait chez ses parents, était parti travailler en oubliant ses clés. Son père les lui avait apportées au commissariat. Lui-même inspecteur à la retraite, il avait, d'instinct, parcouru le tableau des annonces, alertes, voitures volées, personnes disparues, accroché derrière le bureau, tout en remettant ses clés à Ray et en lui demandant d'acheter, sur le chemin du retour, du poisson pour le dîner. Soudain, il s'était écrié : « Attends une minute ! J'ai déjà vu cette fille quelque part. » Ensuite, ils n'eurent plus qu'à éplucher les dossiers, remontant des années en arrière jusqu'à ce que le visage de la fille leur saute aux yeux.

Elle s'appelait Grace Audrey Corrigan et avait deux ans de moins que moi. Albert, son père, élevait du bétail à Merrigullan, une bourgade perdue de l'ouest de l'Australie. Il ne l'avait pas vue depuis treize ans.

Frank m'avait présentée comme l'inspecteur qui avait passé le plus de temps sur l'affaire et l'avait résolue. Albert avait un accent si prononcé qu'il me fallut un certain temps pour m'y habituer. Je m'attendais à d'innombrables questions, mais il n'en posa aucune, du moins au début. Ce fut lui qui parla. Il me raconta tout ce que je n'aurais jamais osé lui demander, d'une voix grave, bourrue et lente, s'interrompant souvent, comme s'il avait perdu l'habitude de s'exprimer. Il parla longtemps. Il avait économisé ses mots pendant treize ans, attendant ce jour.

— Enfant, me dit-il, Grace était une bonne petite. Vive comme un écureuil, assez futée pour faire de brillantes études. Mais ça ne l'intéressait pas. Une fée du logis, précisa-t-il.

À huit ans, elle lui expliquait que, le jour de sa majorité, elle épouserait un bricoleur qui l'aiderait à tenir la maison et à s'occuper de lui et de sa mère quand ils seraient vieux.

— Elle avait tout planifié, ajouta-t-il, attendri. D'ici quelques années, je devrais commencer à avoir ça à l'esprit chaque fois que j'embaucherais un gars, jusqu'à ce que j'en dégote un qui pourrait faire un bon mari. Elle me disait qu'elle aimait les grands mecs blonds, même ceux qui gueulaient, mais pas ceux qui se bourraient la gueule. Elle a toujours su ce qu'elle voulait, Gracie. Elle avait neuf ans lorsque sa mère est morte d'une hémorragie en donnant naissance à son petit frère, avant qu'un médecin ait pu arriver à Merrigullan.

« Elle était trop jeune pour le supporter. Je l'ai compris dès que je le lui ai annoncé. Je l'ai vu dans ses yeux. Ça l'a détruite. Si elle avait eu deux ans de plus, elle aurait pu encaisser le coup. Mais là, non. Elle a changé, après ça. En apparence, elle est restée la même : bonne fille, travailleuse en classe, obéissante. Elle s'occupait de la maison, mitonnait du ragoût de bœuf sur un fourneau plus grand qu'elle comme elle avait vu sa mère le faire. Mais je n'ai plus jamais su ce qui lui passait par la tête.

Pendant les silences, l'écho provoqué par la distance rugissait dans mes oreilles, comme dans un coquillage. J'aurais voulu en savoir davantage sur l'Australie. J'imaginais une terre rouge, le soleil qui frappe comme un cri, des plantes tordues assez robustes pour s'épanouir en plein désert, de grands espaces qui donnent le vertige et vous engloutissent.

Grace avait fait sa première fugue à dix ans. On l'avait retrouvée au bout de quelques heures, assoiffée et pleurant de rage au bord d'une route ; elle avait recommencé l'année suivante, et celle d'après. Chaque fois, elle allait un peu plus loin. Ces fugues, elle ne les évoquait jamais quand elle était revenue, fixant son père d'un œil morne quand il essayait d'en parler. Il ne savait jamais quel matin il trouverait sa chambre vide. Il mit des couvertures sur son lit en été, dormit sous un simple drap en hiver, tentant de rendre son sommeil assez léger pour être réveillé par le claquement étouffé de la porte.

— Elle s'est fait la malle pour de bon à seize ans. Elle a barboté trois cents livres sous mon matelas et une Land Rover de la ferme, dégonflé les pneus des autres voitures pour nous ralentir. Au moment où nous nous sommes lancés à sa poursuite, elle était arrivée en ville, avait abandonné la Land Rover à la station-service et s'était fait prendre en stop par un camionneur qui filait vers l'est. Les flics m'ont dit qu'ils feraient ce qu'ils pourraient, mais elle s'était volatilisée. Le pays est vaste…

Il n'eut pas de nouvelles pendant trois mois. Il rêvait d'elle balancée sur un bas-côté, dévorée par des dingos sous une énorme lune rouge. Et puis, le jour de son anniversaire, il reçut une carte.

— Ne quittez pas.

Froissement de papier. Dans le lointain, un chien aboya.

— Voilà. « Cher papa, joyeux anniversaire. Je vais bien. J'ai un boulot et de bons copains. Je ne reviens pas, mais je voulais dire bonjour. Je t'embrasse, Grace. P.-S. Ne t'inquiète pas, je ne suis pas devenue une pute. »

Il eut un petit rire contraint.

— C'est pas beau, ça ? Elle avait raison, vous savez. Je me faisais du mouron à cause de ça. Une jolie fille sans qualifications… Mais elle n'aurait pas pris la peine de me l'écrire si ça n'avait pas été vrai. Ce n'était pas son genre.

Le tampon de la poste indiquait Sydney. Il avait foncé jusqu'au terrain d'aviation le plus proche, pris l'avion du courrier en direction de l'est pour apposer sur les réverbères de mauvaises photocopies. « Avez-vous vu cette jeune fille ? » Personne n'avait téléphoné. La carte suivante venait de Nouvelle-Zélande. « Cher papa, joyeux anniversaire. S'il te plaît, arrête de me rechercher. J'ai dû partir parce que j'ai vu une affiche avec ma photo. Tout va bien pour moi, alors laisse tomber. Je t'embrasse, Grace. P.-S. En fait, je ne vis pas à Wellington. J'y suis simplement passée pour poster cette carte. Inutile, donc, de t'y précipiter. »

Il n'avait pas de passeport, ne savait même pas comment s'en procurer un. Grace venait d'avoir dix-huit ans, et les flics de Wellington avaient déclaré, de façon raisonnable, qu'ils ne pouvaient pas faire grand-chose si une fille majeure et en bonne santé décidait de quitter son domicile. Elle avait envoyé deux autres cartes de là-bas. Elle avait un chien, une guitare. Puis, en 1996, elle en avait expédié une de San Francisco.

— Elle avait donc atterri en Amérique, au bout du compte. Dieu sait comment elle avait réussi à y aller. Mais aucun obstacle ne la décourageait.

Elle avait aimé San Francisco. Elle prenait le tram pour se rendre à son travail, et son colocataire, un sculpteur, lui enseignait la poterie. Pourtant, l'année suivante, elle s'était retrouvée en Caroline du Nord. Aucune explication. Quatre cartes de là-bas, une de Liverpool reproduisant une photo des Beatles et trois de Dublin.

— Elle avait inscrit la date de votre anniversaire dans son agenda, lui dis-je. Je suis sûre qu'elle vous en aurait envoyé une cette année.

— Ouais, probablement.

En arrière-fond, un oiseau poussa un cri strident. J'imaginai Albert assis sur une véranda de bois délabrée au milieu d'un paysage désolé, impitoyable.

Il y eut un long silence. J'avais, sans m'en rendre compte glissé ma main libre dans l'échancrure de mon corsage pour toucher ma bague. Jusqu'à la clôture officielle de l'opération Miroir, nous ne pouvions annoncer la nouvelle sans provoquer, chez les siamois des affaires internes, un infarctus. Je portais donc l'anneau au bout d'une jolie chaîne en or qui avait appartenu à ma mère. Il pendait entre mes seins, juste à l'endroit où j'accrochais le micro. Lorsqu'il faisait très froid, il était plus chaud que ma peau.

— Qu'est-elle devenue ? demanda enfin Albert. Comment était-elle ?

Sa voix avait baissé d'un cran. Il avait besoin de savoir. Je pensai à May-Ruth offrant une plante verte aux parents de son fiancé, à Lexie jetant avec un rire joyeux des fraises à la face de Daniel ou dissimulant une boîte à cigarettes au milieu des hautes herbes ; et je ne sus quoi répondre.

— Elle était toujours aussi douée, dis-je enfin. Elle préparait un doctorat de littérature. Elle ne supportait toujours pas qu'on se mette en travers de sa route. Ses amis l'adoraient, et elle les adulait. Ils étaient heureux ensemble.

En dépit de tout le mal qu'ils avaient fini par se faire, je le croyais. Je le crois encore.

— C'est ma gamine, murmura Albert. C'est ma gamine…

Au bout d'un moment, il émergea de sa rêverie.

— L'un d'eux l'a quand même tuée, non ?

Il lui en avait fallu, du temps, pour poser cette question…

— Oui. Mais si cela peut vous réconforter, il n'en avait pas l'intention. Ce ne fut pas prémédité. Ils se sont querellés. Il avait, par hasard, un couteau à la main parce qu'il était en train de faire la vaisselle. Et il a perdu la tête.

— Elle a souffert ?

— Non, monsieur Corrigan. Selon le médecin légiste, elle n'a ressenti, avant de perdre connaissance, qu'un essoufflement et une accélération de son rythme cardiaque, comme si elle avait couru trop vite.

Je faillis ajouter : « Elle est morte paisiblement. » Mais je revis ses mains…

Il resta muet si longtemps que je crus que la ligne avait été coupée ou qu'il était parti laissant tomber le téléphone, s'appuyer contre la rambarde de la véranda pour respirer avidement l'air frais du crépuscule. Mes collègues commençaient à rentrer de leur déjeuner : des pas dans l'escalier, quelqu'un, dans le couloir, pestant contre la paperasserie, gros rire agressif de Maher. « Dépêchez-vous, eus-je envie de crier. Nous n'avons plus beaucoup de temps ! »

Il soupira profondément.

— Vous savez ce dont je me souviens ? Du soir qui a précédé sa fuite. Nous étions assis sur la véranda, après le dîner. Gracie buvait des gorgées de ma bière. Elle était si belle ! Plus, même, que sa mère : calme, pour une fois. Elle me souriait. Je crus qu'elle était sincère, qu'elle avait fini par se poser. Qu'elle s'était peut-être entichée d'un bricoleur… Elle avait la mine extasiée d'une fille amoureuse. J'ai pensé : *C'est ta gosse, Rachel. Tu ne la trouves pas superbe ? Elle a bien tourné, finalement.*

Frank ne lui avait rien révélé sur ma mission d'infiltration. Il ne lui avait rien dit sur moi.

— C'est le cas, monsieur Corrigan. À sa manière, elle a bien tourné.

— Peut-être... Ça m'en a tout l'air.

L'oiseau cria encore ; un long cri d'alarme, lugubre, qui s'évanouit.

— Vous avez certainement raison. Ce gus ne voulait pas la tuer. Mais ça devait arriver un jour ou l'autre. Elle n'était pas faite pour ce monde. Elle le fuyait depuis l'âge de neuf ans.

Maher fit irruption dans la salle. Il beugla quelque chose à mon intention, posa lourdement un énorme morceau de gâteau gluant sur son bureau et commença aussitôt à le dépecer. L'écho résonnant toujours à mes oreilles, je songeai à ces chevaux sauvages d'Amérique ou d'Australie qui, libres, affrontent victorieusement les lynx ou les dingos, mais qui, une fois capturés, deviennent fous. Certains, dit-on, tirent sur leur longe jusqu'à s'en briser la nuque. D'autres défoncent les enclos. L'encolure ou les flancs percés d'échardes, ils galopent vers la liberté jusqu'à ce qu'ils s'effondrent, vidés de leur sang. Et ils meurent.

Frank ne s'était pas trompé : nous sortîmes tous indemnes de l'opération Miroir ; du moins, aucun d'entre nous ne finit radié ou en prison. Frank écopa d'une suppression de trois jours de congé et d'un blâme inscrit à son dossier, officiellement pour avoir laissé son enquête échapper à son contrôle. Confrontés à une bavure de cette importance, les censeurs des affaires internes avaient besoin d'une tête sur le billot et j'avais le sentiment qu'ils étaient ravis de jeter leur dévolu sur la sienne. Les médias essayèrent de monter en épingle « ce cas inadmissible de brutalité policière », mais personne ne leur dévoila quoi que ce soit. Ils durent se contenter d'un cliché de Rafe adressant un doigt d'honneur à un photographe qui parut dans un tabloïd, agrémenté d'un commentaire moralisateur grotesque destiné à protéger les enfants. Je fis mon passage obligé chez le psy, enchanté de me revoir. Je lui décrivis quelques symptômes traumatiques mineurs qui, sous sa houlette éclairée, disparurent miraculeusement au bout de quelques semaines. Aux anges, il me déclara de nouveau bonne pour le service. Je me gardai bien de lui avouer la vérité, qui l'aurait consterné : quand je pensais à Lexie Madison, je n'éprouvais à son égard que de la gratitude.

Grâce aux cartes qu'elle avait écrites à son père, il fut facile de la suivre à la trace. Ce n'était nullement indispensable. Ce qu'elle avait fait avant de croiser notre route et d'être assassinée ne nous concernait pas, mais Frank tint quand même à reconstituer son parcours. Il m'envoya le dossier dans une enveloppe scellée, sans un mot d'accompagnement.

On ne découvrit aucune preuve du séjour de Lexie à Sydney. Un surfeur tombeur de minettes déclara l'avoir vue vendant des glaces à Manley Beach sous le nom de Hazel, mais il était trop imprécis et trop bête pour que son témoignage fût considéré comme fiable. On eut plus de succès en Nouvelle-Zélande. Là-bas, elle avait été Naomi Ballantine, la réceptionniste la plus efficace de son agence d'intérimaires. Elle se volatilisa lorsqu'un client satisfait essaya de la convaincre de travailler pour lui à plein temps. À San Francisco, elle se faisait appeler Alanna Goldman, travaillait dans un magasin d'articles de plage et passait une bonne partie de son temps à fumer du hasch devant des feux de camp. Des photos prises par des amis la montraient au bord de l'océan, les cheveux jusqu'aux reins, des colliers de coquillages autour du cou, pieds nus, les jambes bronzées et vêtue de jeans coupés. À Liverpool, devenue Mags Mackenzie, serveuse dans un bar louche, elle avait appris à fabriquer des chapeaux qu'elle vendait le week-end sur les marchés. Sur la photo, elle riait aux éclats dans une jupe tourbillonnante de velours rouge, une toque de dentelle et de soie sur l'oreille. Ses colocataires, une bande de filles noctambules comme elle, racontèrent qu'elle s'était évanouie dans la nature quinze jours après que le propriétaire d'une boutique dans le vent lui eut proposé un emploi stable. Son départ ne les avait pas du tout inquiétées. Mags s'en sortirait très bien, se dirent-elles. Elle s'en sortait toujours.

La lettre de Chad était attachée avec un trombone à un cliché flou les montrant tous les deux devant un lac par un beau jour d'été. Elle avait une longue natte et portait un tee-shirt trop large. Elle souriait avec timidité en se détournant de l'objectif. Chad était grand, bronzé, dégingandé. Une mèche blonde lui barrait le front. Un bras autour d'elle, il la dévorait des yeux, comme s'il n'arrivait pas à croire à son bonheur. « J'aurais aimé que tu me donnes une chance de partir avec toi, écrivait-il ; juste une, May. Je serais allé n'importe où. Quoi que tu aies désiré, j'espère de tout cœur que tu l'as trouvé. J'aimerais simplement savoir ce que c'était et pourquoi ce n'était pas moi. »

Je photocopiai les clichés et les témoignages puis renvoyai le dossier à Frank avec un Post-it : « Merci. » Le lendemain après-midi, je quittai tôt le bureau pour aller voir Abby.

Sa nouvelle adresse figurait dans un fichier. Elle vivait en banlieue, dans une petite maison délabrée à la pelouse envahie par les mauvaises herbes, avec trop de cloches près de la porte. Je l'attendis sur le trottoir. Il était 17 heures, et elle ne tarderait pas : la routine a la vie dure. Je voulais lui permettre de m'apercevoir de loin afin de se préparer à notre rencontre.

Une demi-heure plus tard, elle apparut au coin de la rue dans son long manteau gris et portant deux sacs de supermarché. Je ne distinguai pas encore ses traits, mais je reconnus la vivacité de sa démarche. En me voyant, elle se figea, faillit lâcher ses sacs. Elle hésita une seconde, tentée de rebrousser chemin, de s'enfuir. Puis elle respira un grand coup et se remit à marcher, vers moi. Je me souvins de ce premier matin, autour de la table de la cuisine, de ce que j'avais pensé : *En d'autres circonstances, nous aurions pu être amies.*

Elle s'arrêta devant le portail, scrutant chaque détail de mon visage, sans ciller. Enfin, elle murmura :

— Je devrais vous casser la gueule.

Elle ne semblait guère en mesure de le faire. Elle avait beaucoup maigri et son chignon rendait ses joues plus émaciées encore. Mais il y avait autre chose. Sa peau avait perdu sa luminosité, sa fraîcheur. Pour la première fois, je me la représentai très vieille ; droite, pète-sec, nerveuse, les yeux fatigués.

— Vous en auriez le droit, répondis-je.

— Qu'est-ce que vous voulez ?

— Cinq minutes. Nous avons découvert certaines choses sur Lexie. Je me suis dit que vous souhaiteriez peut-être les connaître. Cela pourrait… Je ne sais pas… Cela pourrait vous aider.

Un gamin efflanqué en Doc Martens, les écouteurs de son iPod dans les oreilles, passa en trombe devant nous, courut jusqu'à la maison et claqua la porte derrière lui.

— Puis-je entrer ? demandai-je. Si vous préférez, nous pouvons rester là. Juste cinq minutes.

— Comment vous appelez-vous, déjà ? On me l'a dit, mais j'ai oublié.

— Cassie Maddox.

— Oui. Inspecteur Cassie Maddox.

Elle glissa l'anse d'un sac autour de son poignet et prit ses clés.

— Entendu. Autant que vous entriez. Dès que je vous dirai de partir, vous partirez.

J'acquiesçai.

Son appartement ne comportait qu'une pièce, au fond du rez-de-chaussée. Il était plus petit que le mien, et plus nu : un lit à une place, une armoire, une cheminée obstruée par des planches, un mini-réfrigérateur, une table minuscule, une chaise contre la fenêtre. Pas de porte menant à une cuisine ou à une salle de bains, rien sur les murs, pas de bibelots sur la cheminée. Dehors, le soir était doux. Pourtant, dans la pièce, l'air était froid. De vagues taches d'humidité parsemaient le plafond, mais l'endroit était d'une propreté immaculée. Une grande fenêtre à guillotine, orientée à l'ouest, diffusait dans la pièce le rougeoiement mélancolique du crépuscule. Je revis la chambre qu'occupait Abby à Whitethorn House, ce nid richement décoré, encombré d'objets hétéroclites.

Elle posa ses sacs par terre, retira son manteau et l'accrocha derrière la porte. Les sacs avaient laissé des traces rouges sur ses poignets comme des marques de menottes.

— Ce n'est pas aussi miteux que vous le pensez, dit-elle d'une voix accablée où perçait une sorte de défi. J'ai une salle de bains. Elle est dans le couloir, mais c'est mieux que rien.

— Je ne trouve pas ça miteux. Toutefois, je m'attendais à ce que vous touchiez une partie de l'assurance de la maison…

— Nous n'étions pas assurés. Whitethorn House existait depuis si longtemps qu'elle nous semblait éternelle. Nous préférions investir notre argent dans sa réfection. Quels idiots…

Elle ouvrit ce qui ressemblait à une penderie, dévoilant un évier minuscule, une cuisinière à deux brûleurs et deux placards.

— Alors, nous avons vendu la propriété. À Ned. Nous n'avions guère le choix. Il a gagné. Ou Lexie, ou vous et vos collègues, ou l'homme qui l'a incendiée… Peu importe. Quelqu'un a gagné, en tout cas.

— Alors pourquoi habiter ici, si vous ne vous y plaisez pas ?

Elle haussa les épaules. Elle me tournait le dos, rangeait ses provisions dans les placards : des haricots et des tomates en boîte, un paquet de cornflakes. Ses omoplates, saillant sous son mince chandail gris, évoquaient celles d'une enfant.

— J'ai pris le premier logement que j'ai trouvé. Il me fallait un toit. Après notre relaxe, le bureau d'aide aux victimes nous a trouvés un horrible bed & breakfast dans Summerhill. Nous n'avions pas un sou. Nous mettions tout notre argent dans la cagnotte, ainsi que vous le savez, bien sûr, et il est parti en fumée lors de l'incendie. La propriétaire nous flanquait dehors à 10 heures du matin et ne nous autorisait à rentrer qu'à 10 heures du soir. Je passais mes journées dans la bibliothèque, à regarder dans le vide, et mes nuits assise dans ma chambre, toute seule. Nous ne nous parlions plus guère, tous les trois. J'ai déguerpi aussi vite que j'ai pu. Maintenant que nous avons vendu, la logique voudrait que j'utilise ma part comme apport personnel dans l'achat d'un appartement. Mais il faudrait que j'aie un emploi pour pouvoir emprunter le reste ; et jusqu'à ce que j'aie terminé mon doctorat… Tout ça me paraît trop compliqué. J'ai du mal à prendre des décisions, ces temps-ci… Si je tarde trop, il ne me restera plus rien et la décision s'imposera d'elle-même.

— Vous êtes toujours à Trinity ?

J'avais envie de crier. Tout me revenait en mémoire : nos conversations dans ma chambre, les chansons qu'elle fredonnait…

— J'ai commencé. Autant finir.

— Que deviennent Rafe et Justin ?

Elle ferma les portes du placard et passa une main dans ses cheveux, geste que je lui avais vu faire des milliers de fois.

— Je ne sais pas comment réagir avec vous, dit-elle à brûle-pourpoint. Une part de moi me pousse à vous répondre, à vous donner tous les détails, une autre a envie de vous maudire pour tout le mal que vous nous avez fait alors que nous étions censés être vos amis les plus chers, de vous crier de vous mêler de vos affaires, de hurler : « Sale flic, comment osez-vous prononcer leurs noms ? » Je… Je ne sais plus comment vous parler. Je ne sais même plus comment vous regarder. Qu'est-ce que voulez ?

Elle était à deux doigts de me mettre à la porte.

— Je vous ai apporté ceci, dis-je très vite, extirpant la liasse de photocopies de ma sacoche. Vous savez que Lexie vivait sous un faux nom, n'est-ce pas ?

Elle croisa les bras, me regarda d'un air las.

— Un de vos collègues nous l'a appris. Machinchose, qui nous a harcelés dès le début. Un blond costaud, avec l'accent de Galway…

— Sam O'Neill.

Depuis peu, je portais la bague à mon doigt. Les commentaires, qui allaient de la plaisanterie affectueuse à la pure malveillance, commençaient à s'estomper. Les membres de la brigade criminelle nous avaient même offert un plateau d'argent comme cadeau de fiançailles, ce qui nous avait laissés perplexes. Mais il n'y avait aucune raison pour qu'Abby fasse le rapprochement.

— O'Neill. C'est ça. Il espérait sans doute nous traumatiser pour nous faire avouer Dieu sait quoi. Et alors ?

Je lui tendis les photocopies.

— Nous avons reconstitué son existence.

Elle prit la liasse, la feuilleta rapidement.

— C’est quoi, ça ?

— Les lieux où elle a vécu. Les identités qu’elle a utilisées. Des photos. Des témoignages.

Toujours ce regard, aussi mortifiant qu’une gifle. J’ajoutai :

— Peut-être désirerez-vous les conserver…

Elle tassa les feuilles sur la table et retourna à ses sacs de provisions, casant ce qui restait de leur contenu dans le mini-réfrigérateur : une brique de lait, de petits pots de mousse au chocolat.

— Je n’en veux pas. Je sais déjà tout ce que je dois savoir sur Lexie.

— J’ai pensé que cela pourrait vous aider à comprendre certains aspects de sa personnalité, les raisons de son comportement…

Elle se redressa brutalement, ferma d’un coup sec la porte du réfrigérateur.

— Qu’est-ce que vous en savez, vous ? Vous ne l’avez jamais rencontrée ! Qu’elle se soit baladée sous un faux nom, qu’elle ait été dix personnes différentes dans dix endroits différents, je m’en contrefous ! Ça ne compte pas ! Moi, je la connaissais ! Je vivais avec elle ! Ça, ce n’était pas du bidon ! Vous me rappelez le père de Rafe, qui n’arrête pas de dégoiser sur le monde réel ! C’était ça, le monde réel ! Bien plus réel que ce cloaque !

D’un geste féroce du menton, elle désigna la pièce.

— Ce n’est pas ce que je voulais dire. Simplement, j’ai la certitude qu’elle n’a jamais voulu vous blesser, les autres et vous. Elle n’était pas comme ça.

Elle reprit son souffle, sembla enfin se détendre un peu.

— C’est ce que vous m’avez affirmé. Qu’elle avait paniqué. À cause du bébé.

— J'en étais persuadée. Je le suis toujours.

— Oui. Moi aussi. C'est la seule raison pour laquelle je vous ai laissée entrer.

— Souhaitez-vous que Rafe et Justin aient eux aussi ces photocopies ?

Elle roula en boule les sacs de plastique, les fourra dans un autre sac pendu à la chaise.

— Rafe est à Londres. Il est parti dès que vos collègues nous ont permis de voyager. Son père lui a trouvé un job ; dans la finance, je crois. Il n'y connaît rien, mais il ne sera pas viré tant que papa restera dans les parages.

— Mon Dieu ! Il doit être malheureux comme les pierres !

— Nous ne nous parlons pas beaucoup. Je lui ai téléphoné plusieurs fois pour le mettre au courant de la vente. Non que ça l'intéresse, il m'a dit de faire ce que bon me semblait et de me contenter de lui envoyer les papiers pour qu'il les signe. Mais je dois quand même le faire. Je l'appelais le soir. Il se trouvait chaque fois dans un bar ou une boîte de nuit. Musique plein pot, gens hurlant son surnom : « Raffy ! » Il était toujours aux trois quarts saoul, ce qui ne vous surprendra pas, mais, non, il n'avait pas l'air malheureux, si cela peut vous consoler…

Rafe au clair de lune, souriant, me regardant à la dérobée ; ses doigts brûlants sur mes joues. Rafe avec Lexie, quelque part… Où se retrouvaient-ils ? Je me le demande encore.

— Et Justin ?

— Il est retourné en Irlande du Nord. Il a essayé de continuer à Trinity, mais il n'a pas pu le supporter. Non seulement à cause des regards, des murmures, même si c'était déjà très dur avant. Mais… rien n'était plus comme avant. Deux fois, je l'ai entendu pleurer. Un jour, il n'a pas réussi à entrer dans la bibliothèque. Il a eu une crise de panique dans le hall, devant tout le monde. On a dû l'emmener en ambulance. Il n'est pas revenu.

Elle prit une des pièces de monnaie soigneusement empilées sur le réfrigérateur, l'introduisit dans la fente du compteur électrique, tourna la poignée.

— Je l'ai eu deux fois au bout du fil. Il enseigne l'anglais dans une école de garçons, où il remplace une femme en congé de maternité. Il dit que les gosses sont de sales enfants gâtés et qu'ils écrivent tous les matins, au tableau : « M. Mannering est une tapette », mais, au moins, il a la paix. C'est en pleine campagne et les autres professeurs le laissent tranquille…

Elle montra la table.

— Je doute que lui ou Rafe aient envie de voir ça. Si vous tenez à entrer en contact avec eux, démerdez-vous. Je dois vous avertir : ils ne sauteront pas de joie en entendant votre voix.

— Je ne le leur reprocherai pas.

Je me penchai vers la table et rassemblai les papiers. Derrière la fenêtre, le jardin du fond, dévoré par les mauvaises herbes, était jonché de paquets de chips et de bouteilles vides.

Dans mon dos, Abby articula calmement :

— Nous vous haïrons toujours, vous savez…

Je ne me retournai pas. Dans cette petite pièce, mon visage était encore une arme, une lame nue dressée entre elle et moi. Il lui était plus facile de me parler si elle ne me voyait pas.

— Je sais, répondis-je.

— Si vous cherchez une absolution, vous vous êtes trompée d'adresse.

— Je n'en cherche pas. Ce dossier est la seule chose que je puisse vous offrir. Je me suis dit que cela valait la peine d'essayer. Je vous le dois.

Silence. Enfin, elle soupira.

— Non que nous pensions que tout est votre faute. Nous ne sommes pas stupides. Même avant votre arrivée…

Silence encore. Puis :

— Daniel a toujours cru, jusqu'à la fin, que nous préserverions notre univers, que tout redeviendrait comme avant. Pas moi. Même si Lexie avait survécu… À mon sens, dès que vos collègues ont sonné à la porte, il était déjà trop tard. Trop de choses avaient changé.

— Vous et Daniel. Rafe et Justin.

— Cela crevait les yeux. Si ce changement ne s'était pas produit cette nuit, la nuit de la mort de Lexie, nous aurions pu maîtriser la situation. Nous avions surmonté d'autres épreuves, toujours sans dommage. Mais cette nuit-là…

Elle avala sa salive.

— Auparavant, nous avions un équilibre, vous comprenez ? Chacun de nous savait que Justin était amoureux de Rafe ; mais c'était simplement là, en arrière-plan. Moi, je n'ai jamais réalisé que j'étais… Traitez-moi de gourde, mais c'est vrai. À mes yeux, Rafe était le meilleur ami dont je pouvais rêver. Nous aurions pu continuer ainsi, peut-être pour toujours… peut-être pas. Mais cette nuit fut différente. Dès que Daniel a dit : « Elle est morte », le monde a basculé. Tout est devenu clair, trop clair, intolérable. Vous comprenez ce que je veux dire ?

— Oui. Je comprends.

— Ensuite, même si c'était Lexie qui était vraiment revenue, je ne sais pas si…

Sa voix se brisa. Je me retournai. Elle me dévisagea, plus près de moi que je ne le pensais.

— Vos inflexions ne sont pas les siennes, dit-elle. Vous ne marchez pas comme elle. Avez-vous quoi que ce soit de commun avec elle ?

— Certains traits, oui. Pas tous.

Elle hocha la tête. Puis elle chuchota :

— Maintenant, j'aimerais que vous partiez.

J'avais la main sur la poignée de la porte lorsqu'elle me lança subitement, presque malgré elle :

— Voulez-vous que je vous raconte une histoire étrange ?

La nuit tombait. Ses traits se diluaient dans l'obscurité de la pièce.

— Un des soirs où j'ai téléphoné à Rafe, il n'était pas dans un club, ou un bar, mais chez lui, sur le balcon de son appartement. Il était tard. Nous avons bavardé un moment. Je lui ai dit quelque chose à propos de Lexie… Qu'elle me manquait toujours, même si… enfin, en dépit de tout. Il m'a rétorqué, presque agacé, qu'il s'amusait trop pour que qui que ce soit lui manque. Mais avant qu'il dise cela, il y a eu un bref silence. Surpris. Comme s'il lui avait fallu une seconde pour comprendre de qui il s'agissait. Je connais Rafe, et je jure devant Dieu qu'il m'a presque répondu : « Qui ? »

À l'étage au-dessus, étouffée par le plafond, la sonnerie du téléphone vibra, suivie de pas sur le plancher.

— Il était ivre, comme d'habitude. Pourtant… Je ne cesse de me demander si nous ne sommes pas en train de nous oublier. Si, dans un an ou deux, nous ne serons pas devenus des étrangers les uns pour les autres. Si nous ne nous croiserons pas un jour dans la rue sans nous retourner, sans même sourciller.

— Pas de passé, dis-je.

— Pas de passé. Parfois, je ne vois plus leurs visages. Surtout celui de Lexie ; et celui de Daniel.

Elle tourna la tête. Son profil au nez retroussé se découpa contre la fenêtre.

— Je l'aimais, vous savez. Je l'aurais aimé de toutes mes forces, jusqu'à la fin de ma vie.

— Je sais.

J'aurais voulu lui dire qu'être aimé exige autant de talent, de caractère, de constance qu'aimer ; et que certaines personnes n'y parviennent jamais. Au lieu de quoi, je ressortis les photocopies de ma sacoche, les éparpillai sur la table puis, me baissant pour les distinguer dans la pénombre, saisis celle du cliché où ils souriaient tous les cinq, enveloppés de silence et de flocons de neige, devant Whitethorn House.

— Voilà.

Je l'offris à Abby. Elle alla jusqu'à la fenêtre, l'inclina vers le reste de lumière.

— Merci, dit-elle au bout d'un moment. Celle-là, je la garde.

Elle la contemplait encore lorsque je fermai la porte.

J'espérais rêver de Lexie, ne fût-ce que de loin en loin. Elle disparaît doucement des mémoires, s'estompe un peu plus chaque jour. Bientôt, elle sera partie pour de bon. Il ne subsistera d'elle que des jacinthes des bois et une aubépine dans une masure en ruine où personne ne va. Je croyais que je lui devais mes rêves. Mais elle n'est pas venue. Quoi qu'elle ait voulu de moi, je le lui ai sans doute apporté. Je ne rêve que de la maison, vide, ouverte au soleil, à la poussière et au lierre ; des pas légers, un murmure au fond d'un couloir ; et l'une d'entre nous, elle ou moi, riant dans le miroir.

Je n'espère qu'une chose : qu'elle ne s'est jamais arrêtée. J'espère que lorsque son corps fut incapable de courir plus longtemps elle l'a laissé derrière elle, comme tout ce qui tentait de la retenir, et qu'elle a pris son envol, libre, criant de joie tel un animal sauvage. J'espère que toutes les secondes qu'elle aurait pu encore savourer se sont engouffrées dans cette masure, telles des graines apportées par le vent : des rubans et des embruns, un anneau nuptial et la mère de Chad en pleurs, de grands galops sur la terre rouge du bush, en Australie, la première dent d'un bébé, de longs voyages autour du monde ; des fleurs d'aubépine tournoyant dans l'air d'été, les cheveux de Daniel grisonnant sous de hauts plafonds, la flamme des bougies et le rythme tendre des chansons d'Abby. Le temps travaille pour nous, m'a dit un jour Daniel ; il adoucit nos peines. J'espère pour Lexie que ces minutes ultimes l'ont à jamais comblée. J'espère qu'au cours de cette demi-heure elle a vécu pleinement ses millions d'existences.

Remerciements

À chacun de mes livres, le nombre de personnes à qui je dois d'immenses remerciements augmente. Le fabuleux Darley Anderson et tous les membres de son agence, spécialement Zoë, Emma, Lucie et Maddy ; trois brillants éditeurs, Ciara Considine, de Hodder Headline Ireland, Sue Flechter, de Hodder & Stoughton, et Kendra Harpster, de Viking Penguin, pour avoir rendu ce livre cent fois meilleur ; Breda Purdue, Ruth Ster, Ciara Doorley, Peter McNulty et toute l'équipe de Hodder Headline Ireland ; Swati Gamble, Tara Gladden, Emma Knight et tous les collaborateurs de Hodder & Stoughton ; Clare Ferrano, Ben Petrone, Kate Lloyd et tous ceux de Viking ; Jennie Cotter, de Plunkett Communications ; Rachel Burd, pour sa préparation impeccable du manuscrit ; David Walsh, pour avoir répondu à mes innombrables questions sur la procédure policière ; Joe Burgess, pour ses renseignements sur l'Australie, ses corrections et ses suggestions, sans oublier Tim Tams ; Fearghas O Cochlain, pour ses informations médicales ; mon frère Alex French, pour son assistance technique et sa sollicitude ; Oonagh Mantague, soutien constant ; Ann-Marie Hardiman et David Ryan, éminents universitaires qui ont comblé mes lacunes en la matière ; Helena

Burling ; tous mes amis de la PurpleHeart Theater Company, le BB, dont l'appui inlassable ne se dément pas ; et, bien sûr, mes parents, David French et Elena Hvostoff-Lombardi, qui m'ont toujours encouragée et n'ont jamais cessé de croire en moi.

J'ai pris parfois, pour les besoins de l'intrigue, des libertés avec la réalité ; l'Irlande, par exemple, ne possède pas de brigade criminelle. Toutes les erreurs, délibérées ou non, sont de mon fait.

Composition et mise en pages réalisées
par IND - 39100 Brevans

Achevé d'imprimer par N.I.I.A.G.
en avril 2010
pour le compte de France Loisirs, Paris

N° d'éditeur : 59113
Dépôt légal : mai 2010

Imprimé en Italie